めこん

プラムディヤ・アナンタ・トゥール

押川典昭 訳

［プラムディヤ選集］―7

ガラスの家

ガラスの家

RUMAH KACA
by Pramoedya Ananta Toer

This book is published in collaboration with P.T. HASTA MITRA

Deposuit Potentes de Sede et
Exaltavit Humiles

1

一九一二年。イデンブルフ総督にとって、もっとも困難な年。イデンブルフにその道をひらいたのは、じつは彼の前任者、ファン・ヒューツ(1)である。東インド各地の武力による抵抗闘争を、ファン・ヒューツはことごとく鎮圧した。かくして後任のイデンブルフが、天界から降り立った無憂《むゆう》の王子のように、軽やかに登場した。その意気たるや壮、彼の大きな頭には百万の博愛主義的な計画がいっぱいに詰まっていた。しかし予期に反してそれからわずか三年後——本来なら彼がオランダの、ヨーロッパの天使の顔を示しているべきまさにそのとき、時代は急転回をとげ、それ自身の方向へ歩みはじめた。あのファン・ヒューツの時代、勝利の歓呼と敗北の悲涙に彩られた軍事の時代は、盗人がおのれの墓穴にこっそり逃げ込むように、終焉を告げたのである。

いまや、総督は不安にさいなまれていた。博愛主義——彼が果たすべき倫理的な責務(2)——は時代の流れに挑戦を受けた。みずからの方向を選択した時代が、つむじ風のように、イデンブルフの博愛主義者の顔を打擲《ちょうちゃく》した。それは困難なことであった。イデンブルフにとって困難であり、そして、思いもかけず特別な任務を負わされたわたしにとっても、必然的にそれは困難なことであった。

その前年、一九一一年には、北のかなたで猛威をふるった嵐の余波が、東インドでも感じられるようになっていた。中国の清朝が倒れたのだ。庶民の子で、これもたまたま医者(3)であった人物が、大統領《プレシデン》の座につき、天なる国中国の指導者になった。孫逸仙である。全世界の目がこの中国初代の大統領にそそがれ、彼がいかなる政策をとるか万人が注視した。すでにその六年ほど前にも、孫逸仙は世界を驚愕させていた。彼が与えた最初の衝撃は、国境を越えた反響を引き起こした。国際的なテロ組織《党《トン》》(4)を手なずけるという、それまで不可能だと思われていたことをやってのけたのである。党は、この地球上のほとんどすべての港町で活動する集団で、東インドにも彼らの活動は及び、なかでもスラバヤがその拠点になっていた。

聞くところによれば、もともと党の勢力は、農民革命をたたかった亡命者たちであった。彼らの革命は中国南部から北部にまで波及したが、結局、皇帝の軍隊に鎮圧された。こうして彼らの太平天国(5)の革命は挫折した。その中核勢力は、ばらばらになって世界中に散り、祖国の外でテロ組織を結成、海外の中国人同胞を牛耳ることになった。

やがて、孫逸仙が党の指導者たちと会い、話し合った。会談は成功した。彼らは孫逸仙のリーダーシップを受け入れ、中華ナショナリズムを勝利させるための支援を約束したのである。だが、東インド総督の安眠を妨げたのは、このことだけではなかった。そう、これだけではなかったのだ。孫逸仙支援の資金を調達するために、党はビルマ阿片の密輸にますます力を入れた。東インド政府の阿片専売局と警察の取り締まり部隊は太刀打ちできなかった。専売局は対抗上、常用者たちに、より安い価格で阿片を提供しようとしたが、品質が劣っていたらしく、また、香港のように掛け売りも認められていなかった。それにしても、まったく、ナショナリズムとビルマの阿片が結びつくとは、東インド以外のどこでそんなことがありえようか。唯一、東インドだけである。艀《はしけ》、カヌー、ジャンク、帆掛け舟など、あらゆる手段で南シナ海から阿片が持ち込まれ、東インドの島々の大きな河川をさかのぼった。バンカやブリトゥンといった小さな島も例外ではなかった。さらに西ボルネオでは、北方のナショナリズムと阿片が手をたずさえてダヤク人社会を侵蝕した。ジャワでわたしは新手の密輸法を発見した。すなわち、大小のあらゆる河川を利用して、中部ジャワの王侯領の国境《くにざかい》まで進み、そこから陸路をたどるというやり方である。こうして阿片はジャワの隅々にまで供給された。総督は頭を悩ませた。

孫逸仙のリーダーシップのもとで中国革命が成功し、中国民族がひとつにまとまったことは、東インドにもその影響を及ぼした。一陣の清風にかき消されるように、東インドの中国人社会から分裂とテロの火が消えたのである。中華ナショナリズムの勢いはますます加速し、一九一一年の中華民国の成立によって頂点に達した。

ブタウィ(6)では、ナショナリズムの精神をかかげて、東インド生まれの中国人、若き知識人たちが『シンポー』(新報)(7)を発行した。イデンブルフ総督は、自己の管区内で勃興した、アジアのナショナリズムを抑止するすべを持たなかった。彼には中国人の新聞発行を差し止める法的な権限はなく、また、非常大権[8]にもとづく強制力もなかった。東インドは植民地にすぎず、中国とその国民の問題は、ハーグにあるオランダ外務省の専管事項だったのである。

イデンブルフは小さな手を打つしかなかった。中華ナショナリズムの奔流を、教育によって食い止めることである。だがそれは長い時間を要するものであった。こうして彼はオランダ語中国人学校（HCS《ハーセーエス》）を設立した。これはヨーロッパ人小学校（ELS《エーエルエス》）と同レベルの、オランダ語を教授用語とする、中国人児童用の小学校である。オランダ語中国人学校の設立によって、彼は、ヨーロッパを志向しヨーロッパの側に立つ中核的な人材が、東インドの中国人社会に育つことを期待したのだった。

むろん、東インド総督は、当面するさまざまな難問の解決を、オランダ本国の内閣にゆだねることができた。しかしある問題については、自己の責任において解決せねばならなかった。それは、原住民《プリブミ》知識層に対する中国革命の影響を防止することである。

原住民のなかに、中国革命に影響されただけでなく、それを讃美してやまないひとりの知識人がいた。ラデン・マスというジャワ貴族の称号をもつ、バタヴィア医学校[9]の元生徒である。彼はヨーロッパとちがった方法で組織をつくり、中国ナショナリストのやり方を踏襲しようとしているようにみえた。彼はボイコットという名の、強者に対する弱者の魔法の武器を行使することに憑かれていた。また彼は、孫逸仙が中国人同胞についてやったように、東インド国内および国外――アジアとアフリカの南部――に居住する東インドの諸民族を、統一したいと夢想していた。

そして、原住民の同胞が理解できるやり方で、東インド・ナショナリズムを勃興させることを夢みていた。中国と中国人について彼が直接言及することはめったになかったものの、こうした構想はすべて、彼自身の主宰する日刊紙『メダン』の論説から、うかがい知ることができた。

イスラム商業同盟（SDI）《エスデーイー》(10)の結成と、ボイコットに関する自身の教えをつうじて、彼はジャワの主要都市のほぼすべてに時限爆弾を仕掛けていた。そしてイデンブルフの眼には、ただちに対抗措置を講じなければ、いつの日か爆弾が炸裂し、ジャワを炎上させる光景が浮かんでいた。

それを阻止する重大な任務が、わたし、ジャック・パンゲマナンの双肩に託されたのだ。覚醒する原住民と中国人のブルジョアジーというふたつの大きな波に、槍の穂先よりも、矢よりも弾丸よりも鋭い、武力なき勢力に、東インド政府は挟撃されつつある——それが当局の認識であった。この内と外からの運動を、ふたつながら、過激に走らぬよう、できるかぎり穏やかな方向へ導くことを総督は願っていた。完全に無きものにしてしまう？　それは不可能である。ナショナリズムの勃興は、新しい時代の産物そのものだからだ。中華ナショナリズムへの対処は、そのために特別に任命された別の担当官がいた。わたしが命じられたのは対原住民工作である。

わたしの任務は、おおっぴらにできない、特殊な任務であった。東インドの四千八百万人のなかで、わたしの任務を知る者は、十五人もいたかどうか。だから、それは当然にも興味深い経験だった。すべてを書き留めておくに値する。いつか、役に立つときが来るかもしれないから。

まずは、教育をめぐる状況から記しておこう。なぜなら、ひとびとをして、はるか遠く、国外で起きているさまざまな出来事に眼と耳をひらかせ、それを評価させ、みずからの姿を鏡にうつして自省させ、そうやって自分たちがどれほどの距離を歩んできて、いまどこに位置しているかを知らしめるもの、それがまさに教育だからである。

ヨーロッパ人小学校は、頂点にいるのではない植民地官吏たち——つまり、原住民官吏のことだが——の不満を買っていた。彼らには、わが子をこのヨーロッパ式教育機関で学ばせる機会がなかったからである。わたし自身、彼らの不満は痛いほど理解できた。原住民児童用の特別な学校しか彼らには用意されていなかったのだ。

東インド政府は各県に、一級と二級のふたつの課程をもつ公立小学校を一校、設置しただけであった。このうち一級課程では、わずかでもオランダ語教育が受けられたが、二級課程ではまったく教授されなかった。校舎は木の柱に竹の壁。地方によっては、壁が石灰をこねたもので塗られ、遠目には石塀のように見えた。村のレベルには三年制の村落学校があったが、ここではその土地の言葉[11]による読み書きと、初歩的な計算しか教えなかった。多少ともオランダ語の読める、つまりは世界のことをわずかでも知る可能性があるのは、一級課程を修了した児童だけだった。それ以外の者たちには、世界は完全に閉ざされていたといってよい。

対照的に、ヨーロッパ人小学校を卒業した児童たち、ヨーロッパ人の子弟と、頂点に位置する原住民高官の子どもたちは、そのオランダ語の能力をもって、ただちにヨーロッパとヨーロッパの文化や生活習慣に適応することができた。ヨーロッパ人小学校の卒業生であるわたし自身、この学校に在籍していたときからすでに、われわれと一級、二級課程の小学児童を隔てる教養、学力の差がいかに大きいかを実感していた。それが村落学校の児童との距離ともなればなおさらで、両者の差をうめることは絶望的と思われた。

ふたつの課程を併設する原住民小学校が一県に一校。何千人の児童につき？　せいぜい、一万人に一校である。かたやヨーロッパ人小学校は、東インド政府の規定によれば、ヨーロッパ人児童四十人につき一校、設置しなければならないことになっていた。校舎もヨーロッパ人児童を対象とする保健衛生上の基準を満たさなければならず、生徒は生徒で洋服と靴の着用、そしてオランダ語の使用を義務づけられていた。最後の条項がわざわざ明記されたのは、当のオランダ人をふくむヨーロッパ人児童のなかに、オランダ語のできない児童が相当数いたからである。ヨーロッパ人小学校の学費は、原住民小学校の十倍した。むろん、こうしたことに不満を鳴らす下級、中級の原住民官吏は多かったが、それはただつぶやくだけで、その不満を文書にして上申する勇気のある者はいなかった。東インドの官僚制度は彼らの不満に貸す耳など持たなかったし、かりに上申書を提出したとしても、頭越しのそうした行為を不愉快に思う上司が、足もとの屑籠に投げ捨て、しかるべき宛先に届かないものも多かったはずである。

ヨーロッパ人小学校を出た原住民は、公職につかない場合、政府にとって攪乱要因になりかねない。彼らは原住民小学校では教えない地理学を習う。世界と諸国民のことを知り、ある国々の主要生産物について、なにがしかの知識を得る。また、諸国民のあいだの差異と同一性を知る。

彼らはヨーロッパが産み出したもので、同胞からはるかに突出した存在である。もちろん、同胞の眼となることもできる。さらに、もの言う口があれば、同胞の代弁者ともなりうる。少なくとも、自分自身のために発言するはずだ。

オランダ語中国人学校は、中国人社会を分断するために設立された。かつて、中国人社会を分断していたのは党《トン》であったが、いまや、ヨーロッパへの志向性、オランダ領東インドへの忠誠心が、彼らを分かつ境界線でなければならないのだ。しかし、東インド社会では、さらに新しい事態が発生していた。新世代の原住民知識層は、先行する世代とちがって、小声で不満をもらすだけではすまなくなったのである。彼らは、自分たちの駆使できる言語によって、新聞と雑誌で自分たちの怒り、不満を表明した。彼らの問題意識はおおやけのものとなり、多くの者たちに知られ、もはや彼らだけの問題にとどまらなかった。新聞と雑誌は、政府の意向にかかわらず、民主的な精神を誕生させた。もちろん政府は、沈黙を通し、知らぬ顔をよそおうこともできたのだが、こうした印刷物をつうじて打ち出されるさまざまな考え、主張によって、おのれの足元が侵蝕されていくことに、ひそかな危機感を抱いていた。印刷所の数と識字能力を身につけた原住民の数が増えるにつれて、東インドの表情は確実に変わりはじめていた。そしてそのなかにあって、変化の流れを加速するのに、小さからぬ、いや、中心的な役割をはたしていた名前が、ひとつあった。そう、彼！ あの男、ミンケである。

ヨーロッパ人小学校を出て公職につかぬ者？ 彼がそうだ！ 同胞の眼となり口となった原

住民？　これも彼だ！　とすれば、まさしく彼にどう対処するか、それがわたしの双肩にゆだねられた特別な任務であったのも、驚くにあたらなかった。彼の北方の師、孫逸仙がそうだったように、彼もまた、卒業こそしなかったものの、医学生であった。卒業するしないにかかわらず、彼が東インド政府にとって、さまざまな可能性を秘めた、近い将来に大きな困難を引き起こしかねない、要注意人物であることに変わりはなかった。そして彼を取り巻く状況が——おそらく彼自身はそのことを自覚していなかったであろうが——ますます危険な方向へと彼をつき動かしていた。

その任務を与えられたとき、わたしは絶句した。正直、その仕事だけはほかの者にやってほしかった。だが、わたしの上司である英国人の警察本部長ドナルド・ニコルソンは、こう言った。

「パンゲマナン君。この仕事は、きみ自身の作成した報告書にもとづいたものだ。ほかの者では複雑な事情がわかるまい。これは刑事事件にかかわることではない。盗人を捕まえるというような問題ではないのだ。これは特殊な問題で、きみ自身がこの新しい仕事の方向性をきりひらいてきたのだ」

特殊な問題——と彼は言った。わたしが愛した警察本来の仕事からわたしを引き剝がし、肉体よりも頭脳を酷使する仕事にわたしを引き込むことになった問題。これまでの五年間、わたしの毎日の仕事といえば、ただひたすら、東インドで発行されている新聞雑誌を読み、聞き取り調査を行ない、各種の記録、文書類を研究し、報告書を作成することだったのだが、その仕上げとしていま、新たな任務が課せられようとしているのだ。わたしはこのとき、自分の穏やかならざる心中を率直に打ち明けた。

「しかし、ここ数年、きみはがんばって、めざましい昇進をとげてきた。この仕事をやれるのは、きみしかいない。パンゲマナン君。繊細な問題は繊細な手をもって扱うほかないのだ」

こうしたやりとりが行なわれたのは、一九一一年のはじめ、バタヴィア警察本部でのことである。わたしの心は大きく動揺した。わたしに彼をどうせよというのか。彼は犯罪者ではない。叛逆者でもない。ひとりの原住民知識人《プリブミ》として、彼はただ、民族と祖国東インドを深く愛するがゆえに、民族を進歩させ、その生涯のうちに、東インドの大地に住まう同胞のため、そしてこの人間の大地に住まうすべての民族のために、正義を打ちたてようとしているにすぎない。彼は完全に正しいのであって、わたしは彼を支持するというだけでなく、彼の幾多の真摯な讃美者のひとりでさえあったのだ。

警察はこれまで、彼が犯罪を働いたという報告を受けたことはない。警察沙汰にならないような悪事があったかどうか、わたしは知らない。だが、重大な悪事かケチな悪事かはともかく、なにひとつ悪をなしたことのない人間がいるとしたら、お目にかかりたいものだ。当人の胸のうちに秘めたままのこと？　この世に聖人君子など存在しないことは、ほかならぬ警察自身がいちばんよく承知している。人は誰でも、なにかしら悪いことをしたり、不正や過ちを犯したりしたことがあるはずだ。警察官とて例外ではありえない。警察に逮捕されるのは、その犯罪行為が立証され、証言が得られたときだけである。立証されず証言も得られないものは、当事者だけの秘密として、伏せられるほかないのだ、おそらくは墓場まで。

　彼は基本的に善人であって、悪人ではない。むろん、犯罪者でないのは明らかだ。彼が美女に弱いことは、ここでうんぬんすべきことではなかろう。それはいわば真の男子たることのあかしのようなものである。プリヤイ[12]社会や道学者づらした連中の偽善ぶりについては、わたしがここであげつらうまでもない。わたしはたびたびこの人物を観察してきた。もとより、彼自身はわたしが何者か知らなかったし、さしあたり知る必要もなかった。

　いつも彼はジャワの服装をしていた。頭に伝統的な被り物、胸ポケットから懐中時計の金鎖を垂らした白の詰め襟服、やや大きめの襞のついたバティックの腰衣《カイン》[13]、そして革製のスリッパである。歩くとき彼は両手を振ることがなかった。わたしの観察したかぎり、右手を振らなかったのは、腰衣のすそを右手でもち上げていたからだ。肌はどちらかといえば色白で、黒々とした口ひげはよく手入れされ、より合わさったひげの両端がぴんと上に伸びていた。

　頑健な身体に支えられて、その歩き方は颯爽としていた。おそらく、なにか激しい運動をしたことがあるのだろう。身長は一メートル六十五センチ程度、それに届かないとしてもわずかだったはずだ。外見からすると、彼は揺るぎない信念の人、という印象があった。しかし彼自身の書いたものを読んでみると、そうではなく、むしろ不安げで、確信がなく、いつも手探り状態で、混乱ぎみ、断片的に受け入れてきたヨーロッパの雑多な思潮におぼれている、そんな印象を受けた。原住民《プリブミ》の基準からいえば、彼はハンサムで、男らしく、とくに女性にとって魅力的な人物であった。

話をするときは口も手も惜しみなく動くタイプで、このため原住民は場慣れした者でも、彼の前では気おされがちだった。彼の一般的な知識は、わたしの採点では、ヨーロッパの尺度からすればきわめて限られていた。しかし原住民の現在の生活においてみれば、彼は来たるべき発展にむけた発火点ということができた。王や預言者や聖人を、あるいはワヤンの英雄や悪魔を名乗ることなく、みずからの人格と善意と知識だけで、数千の人間をひとつにまとめることができた原住民は、過去百年間、いなかったのである。

彼の数千の支持者たちは、敬虔なムスリムと、アバンガン(14)のとくに独立民からなっていた。彼自身はプリヤイの出身で、そのイスラムへの信仰心がどの程度のものかは、容易に察せられた。彼にとってイスラムは、東インドを統一するための、所与の条件だったのだ。それを彼は巧みに利用した。かくも多くの支持者があったのであるから、彼には当然、自分をフィリピンのアギナルド(15)、中国の孫逸仙につぐ、アジアで三番目の大統領候補に擬する権利があった。彼はおのれの力になみなみならぬ自信を持っている、とわたしは読んでいた。それは栄光にむかって歩んでいる人間にありがちなことで、おそらくわたしの読みもさほど外れてはいまい。彼は自分自身のイメージに自信を持っていた。人間というのは自己の欠点を許し、忘れ、またそれに目をつぶるものだが、彼は栄光にむかって、ためらうことなく、果敢に突き進んでいた。

自分の文章に彼がコーランの章句を引用することは一度もなかった。疑いなく彼はリベラルな思想の持ち主で、身も心も封建的な因習から脱却した人間であったが、しかしそれでも、仕事をするうえでの便宜を考えて、ジャワ貴族の称号を手放すことはなかった。彼は金儲けより弁舌が売り物の商人精神にあふれていた。つきあいは支持者より、むしろヨーロッパ人とのほうがやりやすかったらしく、彼らの信仰上の問題に干渉することなく、うまくヨーロッパ人を操縦していた。

多くの面で卓越したこの人物を、わたしは個人的には心から尊敬していた。すでに彼は、年長のわたしがこれまでの人生でなしえたことより、はるかに、はるかに、はるかに多くのことをなしとげていた。わたしは彼にひそかな敬意を払っていたのだ。

わたしはこれまで、国家の下僕として、上司の命令で報告書を作成し、東インド政府に対する彼のあらゆる攻撃について、そのさまざまな可能性とあり得べき結果を比較分析し、問題提起を行なってきた。そしていま、わたしの結論と提言を、わたし自身が実行に移すよう求められているのだった。これはすなわち、自分がひそかに評価し尊敬している人物に、わたしがみずから監視の眼を光らせ、直接手を下さなければならないことを意味した。近くから監視と直接行動を、遠くから評価と敬意を、というわけである。

任務を拒否することは造反を意味した。おざなりにやったとしても、事情は同じで、彼に対するわたし自身の気持ちを裏切ることに変わりはなかった。

そう、まさにわたしは板ばさみの状況にあったのだ。シーッ、シーッ！

それもこれもわたしがだんだん年老いて弱ってきたせいか、この十年来みずからの心の声に背くことに慣れてしまったせいか、あるいは、おそらく、いや、あえて断言しよう、事実はわたし自身の思想信条の背骨がしだいに弱くなって、原則を放棄し、十年前にわたしが逮捕していた犯罪者どもと同じように、卑しく地面にはいつくばって生きてきたせいなのだ。

わたしがこの任務をよろこんで遂行したと思ってはいけない。さりながらそれは、わたし自身の報告書の提言にもとづいてやったことだというのも、まぎれもない事実である。

第一に、このミンケの活動は違法なものではない。彼の活動を禁止できる法的根拠は、植民地法にも、東インドに持ち込まれたオランダの法律にも、どこにもないのだ。だが、東インドにおいて力の結集をめざす運動は、どんな運動であれ、つねに政府にとって危険である。そうした運動は、いずれにせよ、政府の権威を損なうであろうし、また自分たちの要求を政府に押しつけ、最後には政府に反旗をひるがえすだろう。どんな小さな騒ぎでも、力の結集をめざす運動の発火点になりうる。そして政府がそうした動きに対抗措置を発動できるのは、自己の権威が否定されつつあるとの判断があったときだけである。

しかしながら、東インドはヨーロッパの国ではなく、植民地国家にすぎない。ここには既存の力を結集する回路となりうるような、代議制の議会は存在しない。政府が権力の基盤にしているのは、軍隊の力と原住民官僚の忠誠心であるが、その権力基盤はヨーロッパの民主国家ほど強固ではない。政府の権威に対するあらゆる反抗、異議申し立ては、力の結集をめざす運動をいっそう勇気づけ、他の植民地国家の原住民にも影響を及ぼすだろう。

第二に、このジャワ貴族の活動は、いかなる植民地国家の原住民にとっても、当然のことである。いわんやヨーロッパの学問と知識の洗礼をうけた者たちには。彼の行動はヨーロッパの学問と知識がもたらした当然の帰結にすぎない。彼は原住民の生活における新しい要素の伝播者であり、ヨーロッパの学問、知識の精神を反映した者である。植民地国家におけるヨーロッパ式教育の果実は、どこでも同じで、当該政府にとっての禍害なのだ。

植民地住民が賢くなっていくなら、植民地政府もまたそれ以上に賢くならなければならない。進歩の過程を力で押しとどめることはできないのだから。ひとたび植民地住民がものの道理に目覚めれば、いかに政府が彼らの発展を阻害しようとしても、彼らはみずから道を求め、自力でそれを獲得するだろう。政府のあるなしにかかわらず。発展の法則を無視するのは、たとえ政府側にその備えがまだなかったとしても、愚かなことで、賢明な策とはいえないのだ。

こうしたもろもろのことをこのノートで詳述するのは不要であろう。ただ、わたしを驚愕させたのは、ミンケと彼のイスラム商業同盟の動きがあまりに急で、予想をこえて組織が拡大しており、その現実とわたしは向き合わねばならないことだった。力の結集をめざす彼らの運動は、まさしくダモクレスの剣であった。こうした状況は、当然ながら、法の枠内で対処できるものではなかった。

法の枠内で対処できるものではない、とわたしは書いた。こうしてある日、わたしは一軒の中華レストランで、あるヨーロッパ混血児の男に引き合わされることになった。この場を設定したのは警察本部長である。彼はわたしを男に紹介した。

「スールホフ[16]だ」と男は、いささか尊大な口調で自己紹介した。

即座にわたしは本部長の意図を理解した。どうやら、わたしの作成した報告書は、農企業家総連合の会員にも閲覧されているらしかった。そうでなければ、その傘下にある農園企業家連盟の用心棒集団の首領として知られる、スールホフのような輩と、わたしが対面することなどありえまい。そこまでわたしも落ちぶれたというのか。

「スールホフさんと協力してやっていけるはずです」と本部長は言い、レストランを出ていった。

わが標的に法の枠外で対処するために、この男と、この悪党と組めというのだ。ブタウィの警察関係者でスールホフのことを知らぬ者はなかった。名もない地方役人や、か弱い庶民を脅迫することを生業《なりわい》にしてきた雇われ者。ヨーロッパ人企業家の意思に屈服させるために、ありとあらゆる偽の証言、証拠を売ってきた男。牢獄に出入りをくり返してきた前科者。そんな輩と協力していかねばならぬとは！ そこまでわたしは堕ちてしまったのだ。すべてを受け入れなければならないのか。政府の最高首脳レベルは承認しているのか。それにしても、よりによって、なぜわたしがやらなければならないのか。これはまさしく、頭脳を使ってやってきた、わたしのこれまでの仕事に対する侮辱である。

「おたくからなにを聞きゃあいいんだ」とスールホフは尋ねた。相変わらず尊大な口調だった。

「おまえが本部長とどんな話をしたのか、わたしは知らない」

「話はなにもない。パンゲマナンさん。俺は指図をもらいにきただけだ」と彼は、同じ混血児であるわたしの上手に出ようとして、刺すようにわたしを見つめた。

わたしは血が煮えたぎった。この腐りきった無頼漢め、政府高官のわたしにむかって、よくもそんなぞんざいな物言いができるものだ。指図をしろと迫られて、わたしの自尊心はひどく傷ついた。

レストランは客で混んでいるときだった。わたしは私服、彼はプランテーションの従業員のような厚地の作業服を着ていた。帽子は服と同色のカーキ色のつばひろ帽。わたしは上下とも白い服で、竹編みの帽子をかぶっていた。彼もわたしも帽子を脱がなかった。

わたしがしゃべるのをうながすように、彼はソーダ水のグラスを、小刻みにテーブルに打ちつけた。そのコツコツという音がわたしの神経をいらだたせた。

「どうやらまだ準備ができてないようだ」

「準備ってなんのことだね。なにが言いたいのかわからない」

「呼び出されて来てみたが、無駄足だったたってことか」

「どんな仕事を期待してたんだ、おまえは」とわたしは問い返した。

スールホフは刺すように笑った。周囲の者にはたぶん、わたしの顔が怒りで真っ赤になるのがわかったはずだ。彼の左側の不揃いな歯が、真珠のように、白く輝いていた。黒く日焼けした顔の皺が、こわばった線になった。急に彼は不敵な笑いをやめ、二度うなずいた。不意に態度を変えることで相手をとまどわせるというのが、どうやら、こういうときの彼一流のやり方らしかった。

「わかった。きょうのところは、話をしたくないということらしい」彼は椅子を立ち、軽く帽子をとってから立ち去ろうとした。しばらくレストランの入り口で立ち止まっていた。シャツの前をすばやく開けて熱気を払った。それから、あることを思いついたように、ふり返り、また近づいてきた。

「考えは変わらない？」と彼は身をかがめ、わたしの顔を下からのぞき込んで、ささやいた。

その侮辱的な態度は、まるでわたしが犯罪者、彼が警察のようだった。わたしは首を振った。

彼はまたもとの席に坐った。そしてこんどは、柔らかな口調で、

「パンゲマナンさん。われわれは協力してやっていけると信じてます。どこでもあなたが指定された場所に参上します。なにもかもすんなりと行きますよ、ブタウィ＝スラバヤ間の急行列車のようにね。そう思いませんか」

「なにを言いたいのか、わたしにはさっぱりわからない」とわたしは言い、立ち去ろうとした。

「そうあわてないで。まだ時間はあるでしょう」

「あいにくだが、わたしにはまだ仕事があるんでね。ごきげんよう」と、わたしは入り口のとこ

ろで自分の勘定をすませた。彼も自分の代金を払って、レストランを出たわたしのあとをついてきた。その追い方はわたしの飼い犬よりも忠実だった。そうやってしっぽを振りながらわたしのあとを追ってくる彼の屈辱を思うと、わたしの悪感情もいくらか救われた。

警察の制服ではなく、ふつうの格好で自由に街を歩くのは、スールホフさえいなければ、もっとさわやかだったにちがいない。まるで彼はわたしの服にこびりついた汚物で、そのためにわたしはまわりの者たちからじろじろ見られる、そんな気分にさせられた。

チリウン川にかかった橋までやってくると、彼がどうやってあとをついてきているか見てみたくて、わたしはそれとなくうしろをふり返った。彼はにっこり笑い、まだあきらめていないという合図を送ってきた。わたしは立ち止まって、橋の欄干を抱くようにもたれかかり、川の流れを眺めた。

すぐに彼はわたしの横にやってきて、わたしの格好をまねた。

「まだ黙ったままなんですね」と彼は親しげに言った。「ほんと、協力してやっていけますよ。請け合います」

「よけいなお世話だ!」とわたしは吐き捨てるように言った。

「失礼ながら、そういう言い方はあなたに似合わない」

「おまえと協力する理由などなにもない」

「なるほど。でもとにかくあなたの命令を待ってます」

「おまえはわたしのことを知ってるのか」

「もちろんですとも。パンゲマナン警視を知らないやつなんていない。あなたこそバタヴィア警察そのものだってみんな言ってますよ」

「シーッ！」わたしの脳裡を一瞬、知りすぎた顔がよぎった。警察組織のなかで、夢にも思わなかった地位にわたしを押し上げることになったあの大盗賊、ピトゥン[17]の顔である。

「どうしてシーッなんですか。ロベルト・スールホフは犬じゃない」と、骨の髄まで腐りきった悪党は抗議した。

わたしは彼が腹を立てたこと、少なくとも気を悪くしたことが愉快だった。

「またべつの機会にしよう」とわたしは言った。

「それはだめだ」と彼は拒否した。「農企業家総連合は警察より力がないとでも思ってるんですか」

「おまえはペテン師だ。いんちきの手紙を売り歩いてるほうがお似合いだよ」とわたしは言ってやった。「誰がおまえなど必要とするものか」

まったく、この悪党は、くるくる態度を変える訓練ができていた。あるいはそれがもう彼の地になってしまっていたのか。

「失礼しました、パンゲマナンさん。言い方が不適切でした。わたしのほうから警察に協力させていただきたい、と言うべきでした」

「ちがう。そもそもおまえなんか必要じゃないんだ。おまえの協力もいらない。警察には十分な能力がある。おまえは警察に恩を売りたいだけだ。そんなことでおまえが本当はどんな男か、みな忘れるとでも思ってるのか」

「そうかもしれない」と彼はあっさり認めた。「それはそれとして、わたしにどんな命令をくださるんで。なにもなければ、わざわざ本部長が呼び出すはずもないでしょう」

「おまえは自分を何様だと思ってるんだ。本部長と同じくらい偉いとでも思ってるのか。それに、わたしはおまえの同輩か部下だと?」

「いや、わたしがまちがってました。ごめんなさい」

わたしはしばらく口を閉ざし、彼の謙虚さが本物かどうか見定めようとした。いかにも彼は、しっぽを振って主人から残飯が投げ与えられるのを待っている、飼い犬のようだった。まさにそれが、かなわない相手に対したときの、彼の本来の姿であるらしかった。へどが出そうだった。

「よかろう。わたしは願い下げだが、それが本部長の意向とあればしかたがない。あすの午後五時、バイテンゾルフ駅(18)で待て。手下の者を連れてくるのは最小限にしろ」

「わかりました。わたしと三人だけにします」

「行け！　もうこれ以上わたしにつきまとうな」

彼が別れ際にあいさつしたかどうか、わたしには聞こえなかった。そのままわたしはチリウンの川面をじっと見つめていた。舢板《サンパン》が二隻、百キロくらいありそうな荷物を積んで、すれ違った。

あの積荷の袋、中身は何なのか。願わくは、阿片でないことを。漕ぎ手たちは、わが身と艀板と積荷の安全を、すっかり信じているようだった。彼らは、わたしにはわからない田舎なまりの強いスンダ語[19]で、歌をうたっていた。

　翌日、バイテンゾルフ駅で待つスールホフの姿が見えた。まるでどこかの省庁を視察する総督のように、両手を腰にあててプラットホームに立っていた。警察と友好関係ができる以前は、おそらくあれほど高慢な男ではなかったはずだ。わざとわたしは人の背に隠れて、彼を観察しようとした。しかし彼の鋭い眼は、すぐにわたしの姿をとらえた。

　わたしは彼の存在に気づかぬふりをして、プラットホームを離れた。すると彼は五メートルばかり距離をおいて、わたしのあとをついてきた。事務用の鞄をさげたまま、わたしは駅の前庭の端にあるヤシの木の下で立ち止まった。彼はすぐに追いつくと、頭を下げ、あいさつをした。

「この仕事のリスクをわかってるのか」とわたしはささやいた。

「リスクなんてなんにもありませんよ」

「ないと誰が言った。おまえは法の枠外で行動するんだ。けがをして、命を落とすようなことになるかもしれない。そうなっても、法律はおまえを保護しない。法律は知らん顔をする。リスクとはそういうことだ。わかったか」

　彼はせせら笑った。

「なんのリスクもありませんさ」と彼は自信ありげだった。

「わたしの言う意味がおまえはわかってない。おまえは他人の言うことに耳をかたむけたことがないのか。これは約束だから、よく聞いておけ。おまえやおまえの手下の身になにかあっても、法律は関知しない。わかったか。もう一度くり返してやろうか」

「わかりました」

「後悔しないか」

「一回きりの人生でなにを後悔しなきゃいけないんですか」

「おまえが四回生きようが五回生きようが、わたしの知ったことじゃない。でも、よく聞け。後悔しないか」

「しません」と彼はかしこまって答えた。

「おまえの手下はどこだ」

「あの道の先にいます」

「よし。では、もう一度わたしの言うことを聞け。なにも口をはさむな。これからわたしはある人物の家を訪ねる。その家からわたしが出てきたら、おまえたちが訪ねる番だ。わたしが誰を訪問するのか、おまえは知らなくていい。とにかく、わたしが訪ねたあと、その人物が外出する余裕を与えないよう、タイミングだけを考えろ。わかったか」

「わかりました。それで十分です」

「おまえがやるのは、脅しをかけることだけだ」

「脅しをかけるだけ？」とスールホフは口をとがらせた。「脅しをかけるだけ？　スールホフの仕事は脅しをかけるだけだと？」彼は自分の胸を指さしながら、またせせら笑った。

「だったらわたしについてこなくていい。くそったれが！　わたしひとりでやれる」

「そんなつもりで言ったんじゃありません。殴り合いになるんだと思ったもので」

「誰を殴るんだ。わが身を守れない、守る勇気もない原住民《プリブミ》をか。おまえたちがこれまでやってきたのは、せいぜいそんなところか」

「でもやつらは抵抗してきた。そして俺たちは、あちこちで抗争を勝ち抜いてきた」

「この仕事で必要なのは、かならずしも暴力じゃない」

「はい。おっしゃることはわかりました」

「よろしい。だから、おまえはその家の主人を脅すだけでいい。彼が活動を停止するようにな。組織を解散するように。それで十分だ。わかったか」

「脅しがきかなかったら？」

「それはおまえの考えることだ。ばかやろう！　おまえ、どの学校を出たんだ」

「高等学校《ハーベーエス》(20)です」

「どうしておまえはそんなにバカなんだ。おまえたちは学歴が高くなればなるほどバカになるようだな」

「よかった、高等学校までしか行かなくて」

「高等学校は東インドか、オランダか」

「東インドです」

「シーッ！　ほんとに高等学校を出てるんなら、わたしがその家に案内するまでもあるまい。おまえたちだけで行けるはずだ。それじゃ行け。いいか、気をつけろ、脅しをかけるだけだ。相手をすっかりおびえさせればそれで十分だ」それから、わたしはめざす住所をスールホフに渡した。

「わたしは植物園の入り口で待つ」

　彼はその住所を見ると笑って、わたしにうなずき、立ち去った。道の先で、三人の男が前後して彼のあとを追うのが見えた。いずれもヨーロッパ混血児だった。うちひとりは、痩せこけて、阿片中毒らしかった。わたしは彼らのあとからゆっくり歩いていった。

　われわれの作戦の標的になっている家に、彼らは迷わずむかっていった。スールホフはその家の主をよく知っていたのだ。彼の率いるド・クネイペルス[21]はこれまで、再三にわたってイスラム商業同盟に攻撃を加え、同盟員を負傷させ、殺害したことさえあった。その双方の首領が総督宮殿から目と鼻の先で、直接相対し、押し問答になったら、いったいどうなるか、わたしは見てみたかった。

　TAI《タイ》、すなわち「絶対的反原住民《トタール・アンチ・インランデルス》」という名でも知られるド・クネイペルス一派を、どのように利用すべきか、わたしはまる一晩かけて考えた。本部長は彼らをわたしの手足として与えた。そしていま、自分が心から尊敬し評価している人物に、わたしはそのならず者たちを差し向けようとしているのだった。彼が負傷するようなことがあってはならない。万が一わたしの命令の範囲をこえてなにか起きたら、総督宮殿の警備兵がスールホフ一味を制止することを祈っていた。

フリッシュボーテン夫妻[22]が、原住民の従者を連れて、その家から出てくるのが見えた。スールホフ一味は目標の家にゆっくり歩いて近づいていた。その家の者たちがフリッシュボーテン夫妻と別れのあいさつをかわした。それから、客人を乗せた馬車と従者たちのもう一台の馬車が、走り去った。駅にむかったようだった。

わたしはなおも彼らの後方を歩いていた。スールホフ一味の任務は脅すだけということになっていた。だから、その家族に危害が加えられることはあるまい。だが侵入者にその家族はどう反応するか。それが最大の問題だった。

スールホフと手下たちは敷地内に足を踏み入れた。わたしも前庭に近づいたが、敷地内には入らなかった。スールホフらは家のなかに入っていった。わたしは正門の前を通り過ぎると、歩く足を速め、これから起こる事態を見守るのに好都合な場所を確保しようとした。

太陽がゆっくり傾いていた。わたしは一本の街路樹の下に立った。それが何の木であったか、気に留める余裕はなかった。たぶん、ミモザの木であったろう。わたしはタバコを一本とってマッチを擦った。それから、「バーン」という銃声がした。明らかに回転式拳銃《リボルバー》の音だった。もう一発、さらにもう一発。

なんてことを！　スールホフが約束を破ったのだ。わたしの脳裡には、ひそかに尊敬し評価してきた人物が、血まみれになって床に倒れ、ぴくりとも動かない姿が浮かんでいた。

スールホフと男たちが家から出てくるのが遠目に見えた。あわてふためいていた。武器を投げ捨て、ちりぢりになって走った。スールホフも走っていた。彼は植物園の門にむかってきた。わたしの存在に気づかずに、彼はわたしの前を通り過ぎた。もう銃声は聞こえなかった。

それから、総督宮殿の警備兵たちが、隊列も組まずに大あわてでやってきた。事前に予測していたかのように、彼らはまっすぐ事件のあった家にむかった。

スールホフはもう姿が見えなかった。彼の手下で痩せこけた例の混血児が、息せき切ってわたしの前を通り過ぎた。警備兵たちに気づくと、彼はふつうの歩き方になり、色あせた青のズボンのポケットからハンカチを取り出し、道端に立ち止まって顔と首筋をぬぐった。

わたしが発見したとき、スールホフは植物園の正門の柱に寄りかかっていた。彼は走るのが苦手らしかった。顔が紅潮して、息が荒かった。

わたしは彼に近づいて、小声で言った。

「おまえはわたしの命令を無視した。彼を撃ったな」

スールホフはわたしのあとについてきて、並んで歩くようにしながら、声を低めて答えた。

「ちがいます。誓ってわたしが撃ったんじゃありません」

「でたらめ言うな！　嘘つき！　この悪党め！」とわたしは小声で罵倒した。

「誓います。あっちが撃ったんです」

わたしは足を止めた。まじまじと彼の顔を見て、半信半疑で尋ねた。

「あっちが撃った？　彼が？　ミンケが？」

「そうじゃない。やつの女房です！」

突然、わたしのなかである感情がこみ上げてきた。激しい怒りが滑稽さに変わり、吹き出してしまった。

「からかわないでください」と彼は抗議した。

「腕に自信のある悪党どもが、女相手にしっぽを巻いて、ほうほうのていで逃げだしたというわけか」わたしはまた歩きはじめた。「どうしようもないやつらだな、おまえらは」

「あんな物騒なものが相手じゃかないません」

「おまえはオランダ国籍だそうだな」

「はい」

「オランダに住んだことがあるとか」

「はい」

「あちらでは兵役にかからなかったのか」

「警察に捕まって東インドに送還されたもので」

そう言う彼の声には、どこかしら誇らしげな響きがあった。彼は依然わたしのすぐあとについて歩いていた。

「剛の者が四人もいて、しっぽを巻いて退散するとは……フン！　女ひとりを相手にしただけで。恥ずかしい。人間なんかやめてしまえ。くそったれが！」

　彼は抗議しなかった。

　わたしが歩く速度を上げると、飼い主のあとを追う犬のように彼も足を速めた。ふり返ると視線が合った。その大きな身体から男らしさはすっかり消えていた。口ひげも、顎ひげも、もみ上げも、荒くれ者という印象を与えることはなかった。ますますいやらしかった。原理原則もなく、勇気もなく、矜持もなく、理想もない男。これまで彼は無力な者たちを迫害し、脅迫することに悦びを見いだしてきた。それが銃をもった女ひとりを相手に、青菜に塩のように意気阻喪してしまったのだ。

「これからどうすればよろしいでしょうか、パンゲマナンさん」

「もういい。役立たずが。おまえには一銭の値打ちもない。失せろ！」

　なおも彼は、疥癬《かいせん》にかかった汚らわしい犬のように、わたしのあとをついてきた。

「銃を使って追い払わなきゃいかんのか」とわたしは脅しつけた。

「わたしは本部長に面会します」

「勝手にしろ！」

　そうしてようやくわたしは唾棄すべき悪党から解放された。

　それからわかったことだが、スールホフはわたしに先んじて本部長に会っていた。本部長はスールホフへのわたしの態度が厳しすぎると注意した。

「そこまでやる必要はない」と彼は、白いものがまじった、拳ほどの太さの赤茶けた口ひげをなでながら、言った。

「あの男はわたしの仕事をだいなしにしかねません」

「ほかにきみの手足になれる男はいない」

「いないほうがかえってうまく行く。本部長から押しつけられて足手まといになるだけです」

「しかしそれはきみ自身が提言したことじゃないか。極悪人を使って彼を脅すと。最上層部もみな同意しているんだ」

＊

それから数週間後、スールホフ一味を伴わずに、わたしはひとりで彼の家を、ミンケの家を訪ねた。貸し馬車を降りて前庭に入っていくと、ちょうどミンケ夫妻が庭の椅子に坐っていた。お互いに自己紹介をしたあと、あのTAI《タイ》のならず者たちを遁走させた彼の妻は、夫とわたしを残して家のなかに引っ込んだ。

これがまぢかに見る、かのミンケなのだ。彼は不安そうだった。ときおり、やや離れてベンチに坐っている男と、眼で言葉をかわしていた。むろん、スールホフ一味の訪問を受けたあとであってみれば、彼が神経質になるのも理由があった。TAI＝ド・クネイペルスのなかに、メナド人が一名いることは、西ジャワの町の住民には知れ渡っていた。わたしが、少なくとも名前からは、メナド人[23]であることを見抜いていたのだ。彼は不審を抱いていた。

　わたしは彼と話すべきことをあらかじめ用意していた。第一の話題は、短期間のうちにジャワ中で人口に膾炙《かいしゃ》するようになった、ハジ・ムルクの『シティ・アイニ物語』である。これは東インドの基準からすれば、原住民にとっても混血児にとっても、傑作であった。

　まずわたしは、彼に対する衷心からの思いを伝えた。これすべて讃辞だった。その讃辞がかえって彼を警戒させた。容易には近づけない、とわたしは考えた。それからわたしは『シティ・アイニ物語』について切りだした。あまり興味がなさそうだった。彼はなお疑ったまま警戒を解かなかった。

　警戒する相手と話をするのはむつかしい。彼は全身に不審の色をにじませていた。そして事実、彼には不審を抱く権利があった。

　すぐにわたしは話題を変更せざるをえなくなり、わたしの親戚筋の者が書いた《盗賊ピトゥン》という題名の原稿の話をもち出した。その原稿はかなり長いあいだわたしの手もとにあって、警察のファイルと照らし合わせながら、わたし自身があちこち訂正を加えてきたものだった。しかし書いた当人は、いつまでたっても姿を見せなかった。こうしてわたし自身がたびたび原稿をチェックしては読み返しているうちに、まるで自分が書いた作品のように思えてきた。もとの作者の名もパンゲマナンといったが、末尾の〈ン〉にはnが一個しかつかず、しかも彼はプロテスタントだった。わたしの妻は彼が訪ねてくるのをうるさがっていて、このため彼もずっと姿を見せなくなったというわけだった。

原稿の話に彼はにこやかに応じたが、その愛想のよさは無理につくったものだった。彼と正直に話をするのはますます困難に思えてきた。いや、真実は、わたし自身が正直でなかったのだ。どうもわたしは芝居を演じること、ふたつの顔を使い分けることが苦手だった。この点ではどうやら彼と同じで、わたしもまたひとつの顔、ひとつの心——もちろん、警察官僚としてのそれだが——しか持っていなかった。ただ、首尾一貫ということでは、彼のほうがはるかに徹底していて、人間としてまったく裏表がなかった。

自分が本当に尊敬し評価している人物を前に、すっかり袋小路にはまったわたしの口をついて出たのは、心中の偽らざる思いだった。わたしはド・クネイペルスのことを話した。そして、正直さと下手な芝居のあいだを揺れ動きながら、最近のテロ事件について憂慮していることを伝えた。彼の目つきが鋭くなった。それから堰を切ったように、わたしはTAIについて、さらにド・ズウェープ[24]について、率直に話をした。その間、わたしは自分自身が恥ずかしくもあった。

「おもしろい!」と彼はひとこと感想を述べただけで、それがわたしにはひどく辛かった。とてもわたしなどの太刀打ちできる相手ではなかった。こんな話をつづけることはできなかった。わたしがますます言葉に窮するのは目に見えていた。わたしは礼をして、いとまを乞うた。

ホテル・エンクハイゼンに戻って、わたしは仕事の首尾をふり返った。結論は単純明瞭で、スールホフと同様、わたしもまた早々にしっぽを巻いて退散したということだ。これは神に感謝しなくてはならぬが、救いは目撃者がいなかったことである。このためわたしは、いざとなれば、会話の内容をすべて否定して、面目だけは保つことができた。ああ、ほかの者ならこの仕事をもっと簡単にやれたろう。ことの真相を知れば、本部長は、わたしがスールホフを嗤《わら》ったようにわたしをあざ笑うはずだ。正直に報告して嗤われるくらいなら、そんな正直さなど犬に食われるがいい。こう言えばすむだけである。今回はうまく行かなかった、相手が不在だったので、と。それでわたしの名誉は汚されず、威信は傷つかない。そう、なにも報告する必要はないのだ。

それとともにわたしはホテルで、ある決意を固めた。同胞に対する善なる心と意志をもったこの人物を、わたしは助けなくてはならぬ。神にかけて、彼を支援しよう。一個人としての彼を、一個人としてのわたしが。神にかけて！　わたしに力を与えよ。なんとしても彼を成功させなくてはならぬ。ここまで状況が彼の味方をしてきた。時代が原住民《プリブミ》をして組織を求めさせた。わたしは進歩の側に、歴史を前進させる側につかねばならない。これはわたしの良心の声である。純粋な。ここには私的な利害が入り込む余地はなかった。

ブタウィで、本部長はわたしの要領を得ない報告を聞いて、ただうなずくだけだった。それから、ぐさりと痛烈なひとことを放った。

「報告書を作成するほうが実行するより簡単そうですな」

「ご自身で報告書をつくってみてください」とわたしはやや辛辣に答えた。本部長の言葉は、彼を補佐すべき警視としてのわたしではなく、分不相応に高い地位についたと見られている、ヨーロッパ混血児としてのわたしに発せられたものであることを、わたしは理解していた。

「わたしがソルボンヌに数年いたとしたら……」と彼は手あかにまみれた、いつもの皮肉をくり返した。「これ以上は聞かないでくれたまえ、パンゲマナン君」

「ソルボンヌを出てなくとも報告書くらいは書けます。わたしは理由もなく警視になったわけじゃない。わたしがこの地位についたのは、報告書をせっせと書いたからじゃない。それくらいあなたもご存じでしょう。またそれに、ああいう報告書をつくる仕事は、部隊を指揮するよりはるかに簡単だとでもお思いですか」

「ヨーロッパ人は仕事の結果だけで人を評価するんでね」

「そのとおり。まさにそれが近代ヨーロッパ文明の基礎だ。なぜ、われわれふたりがいまこうして向き合っているのか、その答えもそこにある。いまわれわれの取り組んでいる仕事がどういうものか、あなたもわたしもよく承知している。それなのに、なぜあなたは、懸命になってそれを貶《おとし》めようとするのか。ネアンデルタール人の文化の名残なのでしょう、たぶん。わたしとしてはあなたが満足されるよう願うしかありません」

わたしは敬礼をして彼の執務室を出た。

このことをもって彼がわたしの任命を取り消し、わたしの任務を解除することはありえない。

それはわかっていた。わたしが報告書を作成したのは、彼の命令ではなく、総督官房府長官(25)の命令によるものだったのだ。彼はその命令を伝達したにすぎない。政府の最上層部の意向を妨げる権限は、たとえそれが既存の指揮命令系統に反するようなやり方であっても、どこにもないのである。要するに、わたしは今後も、自分がもっとも尊敬する人物の活動を、法の枠外の行動と方法と手駒でもって、封じなければならないのだった。やるのはわたし以外になかった。警察官吏であり、法の下僕でありその執行者であるわたし以外に。

わたしは落ちるところまで落ちてしまっていたのだ。しかしそれでもなお、わたしの心の声はこの現実を進んで受け入れていたわけではない。どうやらわたしには、三十年前の奨学生のときのように、あるいは十年前の警部補のときのように、まだ羞恥心というものが残っていたらしいのだ。だが現実は現実である。わたしの指と頭脳と心臓はすでに泥にまみれていた。むろんその泥は、農民たちの手についた肥沃な泥ではない。それは資本家たちの生活を利するだけの植民地の泥――政府官吏の衣服を汚す泥だ。

たしかに、わたしに与えられた任務は、わたし自身がまとめた報告書の結論と提言にもとづいたものであった。そしてそれは『メダン』の編集長にむけられた最初の卑劣な企みだった。植民地権力に正直さは無縁である。法の正義? フン! その執行者たち? さらに卑劣なだけだ。わたしが報告書に書いたことは、これからさらに千年も東インドに揺るぎない支配権を確保しようとする、植民地主義のどす黒い欲望を敷衍《ふえん》したものにすぎなかった。

しかし、これはわかってほしいのだが、わたしが心ならずもイスラム商業同盟（ＳＤＩ）対策にかかわる以前から、すでにド・クネイペルスは活動していたのである。その当時、警察はまだ関与していなかった。もともとスールホフ一味は、農園労働者を脅迫するために経営者たちに雇われた。それがことのはじまりである。これに味をしめたスールホフ一味は、その後、活動範囲をひろげて都市部にまで進出した。彼らはイスラム商業同盟に大きな打撃を与えたとして、植民地社会から称讃された。その活動は派手で、過激で、注目を集めやすかった。それからようやく植民地社会は、ド・クネイペルスの攻撃はかえって、同盟員をいっそう強く結束させ、反撃に転じさせるだけであることに気づいた。やむなく東インド政府は、農企業家総連合に警告して、スールホフと一味の活動を停止させた。この政府の措置がとられたのは、明らかに、なんらかの報告書の結論や提言にもとづいたものではなく、警察本部のわたしの部屋で行なわれた、Ｗ氏とわたしとの一対一の話し合いの結果であった。

もしド・クネイペルスが活動を停止しなければ――と、わたしは言った――おそらく、抗争の性格が変わって、もはやイスラム商業同盟対ド・クネイペルスではなく、イスラム対キリスト教の衝突という様相を帯びるだろう。そうなれば政府は新たな困難におちいる。それは小さな問題かもしれないが、泥沼化するだろう。東インドであれ地球上のどこであれ、およそ植民地政府が手本とすべきは、依然としてマキャベリである、とわたしはＷ氏に警告した。植民地社会では彼の名が言及されることはなく、その功績を称えて銅像が建てられることもないが、マキャベリはわれわれがあおぐべき手本である、と。

それから、実際、ド・クネイペルスの活動に網がかぶせられた。彼らは失意のうちにド・クネイペルスを解消し、名をTAI《タイ》（絶対的反原住民《トタール・アンチ・インランデルス》）と改めた。だが政府はなおも満足せず、グループそのものを解散させた。そのうえでスールホフを慰撫するために、庇護を与えることを約束し、配下に十人だけ残すことを認めた。この残党はド・ズウェープと改称し、手駒としてわたしにあずけられたが、それはわたしの意思を無視した措置だった。そう、いまやわたしは、ゴロツキどもの頭目になったのだ。これでも、わたしが落ちるところまで落ちたことを、誰か否定するだろうか。くそっ！

事態はわたしの予想をこえて悪化していた。どうやらミンケは、わたしが彼の家を訪ねてド・クネイペルス、TAI、ド・ズウェープの話をしたことに、砂糖シンジケートの権威を失墜させることで回答してきたようだった。オランダとブタウィとの、ジャワの製糖工場とオランダとの電報のやりとりが、四十八時間にわたってせわしなくつづけられた。電報は重ねれば辞書くらいの厚さになったであろう。上司はわたしを激しく叱責し、わたしは部下たちをどなりちらした。わたしの部下たちはおそらく自分の妻を、妻は子どもを、子どもは女中をどなりちらしたことだろう。女中にはもうどなりちらす相手もいない。なぜなら、彼女たちはその下に誰もいない最下層の人間だから。夜、まる一日汗水たらして働いた彼女たちは、自分の部屋に戻っても、しばしば晩飯を食うことさえ忘れる。彼女たちはアッラーの神に泣訴《きゅうそ》して、自分には片隅でもいい天国への権利が与えられることを、雇用主はみな地獄に落とされることを神に祈るだろう。だが翌日になれば、彼女たちはまた奴隷として仕え、いつものようにまた働き、またいつものように口汚くののしられる。主人のもとを去る？　それはありえない。ちょうどわたしがそうであるように。どれほど激しい罵声の雨を浴びせられようと、仕事を辞めることはないのだ。

わたしは『メダン』の編集長がわたし個人に声高な挑戦状をたたきつけ、わたしの地位と引退後の生活を直接脅かしていると感じた。わたしはド・ズウェープを動員した。脅迫状を送りつけるようスールホフに命じ、それからわたし自身が先乗りとして、バンドゥンにある彼のオフィスを訪ねた。

わたしが先に訪ねた目的は、ただひとつ、彼をおさえることがまだ可能かどうか、最終的に確認したかったからだ。結論は、否であった。彼は矛を収めるどころか、砂糖シンジケートに公然と挑戦した。この男を無力化すれば、彼の影響力と組織もまた無力になるだろうか。彼の資本は考える勇気と行動する勇気だけだ。幸いにも、すべての者に彼と同じような勇気があるわけではない。しかしそれにもまして驚嘆すべきは、彼には自分自身の行動のリスクを引き受ける勇気があったことである。

わたしは彼のオフィスを出て、スールホフに行動を起こすよう合図を送った。ほかに打つ手はなかった。彼が『メダン』に書く文章は、時間とともに、きわめてやっかいなものになっていたのである。彼をおさえられなかったことで恥をかかされるのは願い下げだ。わたしの意思に彼は従わなくてはならない。一個人としてのミンケがどれほどの男だというのか。ひとりの人間としてみれば、彼もわたし以上の存在ではない。このわたしだってそれなりの人間なのだ。

このときのスールホフ一味による襲撃事件は、当然のことながら、『メダン』によって報じられた。弁護士ヘンドリク・フリッシュボーテンは迅速に事件を提訴した。裁判は不可避だった。彼の強硬な主張でやむなく白人法廷[26]が開かれることになった。そしてこれで何度目になるのか、スールホフという名のいまいましい悪党は、またしてもわたしを災難におとしいれた。バタヴィア警察は検察当局との折衝をよぎなくされ、わたしはダイナマイトがつづけざまに炸裂したように、いつ止まるともしれぬ激しい叱責を受けた。ひげのあるのもないのも、みな大きく口を開けてわたしに胆汁を浴びせかけた。その口はすべてヨーロッパ人、プロテスタントの口で、全員がわたしの上司だった。

むろん、わたしは自分を弁護した。スールホフの行為は計画を逸脱したものである。彼は既定の方針を踏み越えたのだ、と。すると彼らはさらに臭い息を吐きかけた。アルコールの匂いをさせる者、ライムの匂いをさせる者、はたまたニンニクの匂いをさせる者……これまた全員わたしの上司であった。他人を悪者にすることにかけては、彼らはまさに達人だった。そしてわたしはと言えば、不相応に高い地位についた混血児にすぎなかった。大卒の肩書きなぞ東インドではなんの意味もない。こうやってひとたび権力の道具になれば、地位が上がれば上がるほど口は大きくなる一方、耳はなくなり、地位が低ければ低いほど耳は大きく、口はなくなるのだ。さらに、無学な上司ほどますます加虐的になりがちで、自分の力のほどを他の者に思い知らせることに、無上の悦びを見いだしていたのである。

彼らはわたしの弁明など聞く耳を持たなかった。このため、スールホフがわたしの怒りの捌け口になった。おぼえてろ、このロクデナシめ！　わたしの自尊心につけられたあらゆる傷の代償を、かならず支払わせてやる。償いもなしに大手を振って歩くのは、けっして許さない。権力の庇護を受けてきただけおまえはまだ運がいい。おまえは、この数年間、『プレアンゲルボーデ』紙の記者であったことを、法廷で立証できるだろう。そう、もちろん、反論答弁書をつけて。フリッシュボーテンはその証拠をつき崩せまい。だが、スールホフよ。わたしに対してはどうだ。わたしがその気になれば、おまえのその頭蓋をまもれるものは枯葉一枚ないのだ。

家に帰ると、オランダにいる子どもたちから来た手紙が数通、未開封のままになっていた。

「ジャック。あの子たち、学校はうまく行ってるんでしょうね、きっと」と、わたしがなにも言わないうちに、妻のポーレットが訊いた。

「心配ないさ。どうしてきみの子どもたちが落第なんかするものか。あの子たちを育てたのはきみ自身じゃなかったのかい」と、妻がわたしの胸中を詮索しないように、わたしは彼女の機嫌をとった。「自分で読んでごらん」

「いつもはあなたが読んでくれるわ」

「わかった。でも、まずちょっと休ませてくれ」とわたしは言い、そのまま寝室に入って着替えをし、ベッドに身体を横たえた。

「食事は外ですませてきたの？」

「そうなんだ。悪いね」空腹で胃袋がキリキリ痛んでいたにもかかわらず、わたしはそう返事した。食欲はすっかり失せていた。

それからいつものように、ポーレットは、わたしの言ったことが本当かどうか確かめにかかった。彼女は家庭の主婦として、調理から食卓のあとかたづけまで、夫の食事について他人が口や手を出すのを許さない女性だった。たいてい、まず、あれやこれやを装いながら、わたしの口臭をかごうとした。そしてアルコールの匂いがしないのを確認してからようやく、新婚のように甘えたしぐさでわたしを抱擁し、キスをするのだが、それでも手は怠りなくわたしの胃袋をチェックしていた。

「あなたまだ食べてないわ。わたしのお料理を無駄にしないで」

家では、こうした過剰な愛情から逃れることができなかった。やむなくわたしは起き上がって食卓に坐った。

「あなたがわたしのお料理を気に入らなくなって、とっても残念だわ。それとも、プリブミの料理のほうがお口に合うのかしら。こんどレストランに行きましょうよ。いいでしょう？」

わたしは首を振って、食べはじめた。彼女も食事に手をつけたが、わたしが料理を口に運んでしっかり食べているか、ずっと目を光らせていた。

「ジャック。なにか問題でもあったの。あまり楽しくなさそう」

妻の過剰な関心がますますわたしの食欲を殺《そ》いだ。

「ひとりで食べてくれないか。頭痛がするんだ」とわたしは言い訳をした。

わたしはベランダに出て揺り椅子に坐った。妻も食べるのをやめて、もっと自分に構ってほしいとベランダに来てわたしを困らせるだろう、とわたしは確信していた。

わたしの予想は当たらなかった。妻はそのまま食事をつづけ、夕方まで奥の部屋にとどまっていた。こうやってひとりでいると——子どもたちはどこにいたのか——結婚以来こうした瞬間にいつもくり返し襲ってくるある思いに、スールホフの問題はどこかに追いやられていた。もし原住民《プリブミ》の女と結婚していたら、きっとわたしの心は、こうした些細なことに煩わされずにすんだはずだ。原住民の妻は黙って夫につくすだけである。なぜなら、それが生活のなかで彼女の唯一のつとめなのだから。わたしは彼女がなにを考えているか知る必要もなく、男としてのわたしの王国のなかで、無限の自由を享受することができたはずだ。

夕方の五時、妻はようやく出てきて、わたしをせっついた。

「ジャック。マンディー[27]をなさいな。なにを浮かない顔してるの。仕事上の問題は家に持ち込まないで。家庭では、あなたは子どもと妻だけのものだわ。そうじゃなくて?」

「すまない」と言ってわたしは立ち上がり、誰とも話をしたくないばっかりに浴室に行った。

心地よい冷水がわたしの健康を回復してくれた。ああ、神よ、こんなに打ちひしがれたわたしを生き返らせてくれるとは、なんとあなたは慈悲深いことか。部屋に戻ってわたしはすぐ仕事服に着替え、妻に出かけるあいさつのキスをした。

「わたしたちに手紙を読んでくれる約束じゃなかったの」

「子どもたちにはきみが読んでやればいい」

「でもあの手紙はわたし宛てじゃないわ」

手紙を読むというたったそれだけのことが、夫婦間のかた苦しい分業になっているのだ。本当にわたしは気が変になりそうだった。

「わかった。子どもたちが寝る前に帰ってくるよ」

バタヴィア警察本部で、わたしはドナルド・ニコルソンに、スールホフに関係するすべての問題は、警察の不名誉にはならないだろうと報告した。スールホフに有罪の判決が下されたのは事実で、彼の配下の男たちも同様であったが、しかし警察にはいっさい汚点を残さずに、すべてがなにごともなかったかのように収められようとしていたのだ。ただ、口惜しいのは、拳のようにごつい口ひげを生やした本部長に相対したとたん、わたしの言葉が事前に考えてきたほどには毅然としていなかったことだった。

「なるほど、パンゲマナン君」と、こわばらせた唇を横に大きく開きながら、本部長は切りだした。「またしてもきみは自分で証明してみせたようだね、報告書を作成するほうがそれを実行するよりはるかにたやすいことを」

怒りと名声をうしなうことへの恐怖で、わたしはどう返事してよいかわからなかった。

「遺憾ながら、あれはきみ自身が提言したことだからね」

「わたしを以前のように実戦部隊に戻すお考えはないのですか」とわたしは降格処分をはねつける強い口調で訊いた。

「いずれ考えるときが来るだろう」と彼は答えた。「いまのきみの任務は、スールホフの一件が尾をひかないように、万全をつくすことだ。法の枠外で打つ手があると提言したのは、きみ自身だからね」

「残念ながら、スールホフは袋のなかの薄汚れた野良猫にすぎなかった」

「あれよりましなのを自分で探すというのかね。もっと頭のいい悪党を?」

彼はわたしの弱みを実によく知っていた。そしてそれがまたわたしを傷つけた。

「代わりになりそうな名前をきみからあげてくれたまえ」と彼は言った。

いかにも、スールホフは、わたしが免職か定年退職になるまで、わたしを苦しめつづけそうだった。しかしどうなっても、わたしは定年まで勤め上げることしか頭になかった。定年に達せずに辞めるのは、たとえそれが一日前であっても、いやだった。こうしてわたしは、何度目のことか、またしても敗北を呑み込んだ。ただひたすら呑み込むしかなかった。そうやって敗北を呑み込むことで腹が限界までふくらんだら、内臓のメカニズムが自動的に作動して、それを排出してくれることを祈っていた。さもなければ、わたしはこなごなに破裂しそうだった。

「あれからきみもわかるように」と彼は壁に貼られた、なんの説明もついていないグラフを指さした。「イスラム商業同盟は依然として退潮がみられない」

「もうこれ以上はやれない、とわたしが投げ出すのを待ち望んでらっしゃるのでしょうね」

「判断する権限があるのは、わたしであって、きみじゃない」と本部長は言った。「自分でよく確認したまえ」そう言ってふたたび彼はグラフを指さした。

わたしは壁に貼られた、いまいましいグラフに近づいてみた。どうやら、そうだとはっきり断定するにはためらいがあったらしく、スールホフがミンケに攻撃を加えるたびに、イスラム商業同盟の加入者数が目立って増加していることを示す新しい線は、鉛筆で書かれていた。

「挑戦だ」と本部長は吐き捨てた。

「この線は暫定的なものでしょう。鉛筆で書いてあるだけだ」とわたしは反論した。

「きみが製図用のペンで書いたらどうかね。いつものところに墨汁が残っているはずだ」と彼は応じた。

わたしはグラフを壁から机の上に下ろし、製図用のペンをとって墨汁をつけ、雲母製の三角定規で鉛筆の線の上に墨汁を重ねようとした。そうしたのは、ただ、本部長がわたしをからかっているのかどうか、知りたかったからだ。

「線を引きたまえ。躊躇しないで」と彼は言った。

してみると、イスラム商業同盟の加入者数が増えているというのは、事実だったのだ。わたしは墨汁で線を引き、グラフを壁に戻した。

「時限爆弾が増えたわけだ。そう呼んだのはきみ自身だったね」

「そうです」とわたしは答えた。「この問題については、まだまだやり残したことがあります」

「やり残したことがあるかどうかじゃない。問題なのは、きみが自分でまとめた報告書にだんだん自信がなくなっているように見えることだ」

「本部長。警視パンゲマナンが頭を使ってやった仕事の結果に瑕疵《かし》はありません。一語たりとも削除する必要はない。ただ、それを技術的にどう実行するかは、わたしの専門じゃない。これは盗人を捕まえるというような問題じゃありませんからね。建築家が自分で良い家を建てられるとはかぎらない」

「では、誰が良い家を建てるのに一番ふさわしいというのかね」と彼はわたしを追いつめた。

「それを考えるのはあなたの仕事です」

「でもきみはその家を建てるために指名されたはずじゃないか。それに、まだきみはこれ以上やれないとは明言していない。いまのところ」

「あなたの権限で他の者と交代させることができるはずです」

「それはもちろんできる。だが、パンゲマナン君。きみの作成した報告書は極秘だということを、どうやらきみは忘れているようだ。あれを読んで検討した人間は、東インドとこの地球上に数人しかいない。わたしはその栄誉に浴したひとりだが。ほかに誰が読んだか、きみは知らないし、これからも知ることはないだろう。きみは学術研究と呼ぶのが大好きだからわたしもそう呼ぶのだが、きみの書いた学術研究とやらが、国立公文書館に保存される栄誉にあずかることはないだろう。そんなものは誰かが読んで研究したあとは、闇にうごめく悪魔が保管するだけで、埃と煙になって消えるのがせいぜいだ」

彼の言葉はわたしの心の奥底のもっとも弱いバネを激しく震わせた。わたしは傷つけられ、吐き気がした。

「怒らないでくれたまえ」と本部長は穏やかな口調で言った。「この任務は、東インド警察の仕事としてまったく未経験のものだ。最上層部はきみの報告内容に完全に同意している。同意しているだけじゃない。絶讃だ！　弱気になる必要はない。きみは東インドにおける新しい現象について、深い知識と認識、理解、思想をもった唯一の官吏だと評価されている。正しい結論をまとめて提言できるのは、きみしかいない。きみの前途には、疑いなく、出世の道がひらかれているのだよ、洋々と、光り輝く未来が……。そう、これは唯一無二の、きみだけのものだ」

わたしは得意になって帰宅した。胸が破裂しそうだった。その一方で、自分がたまらなく恥かしくもあった。もうすぐ五十になろうという人間が、おそらくなんの根拠もないはずのお世辞にどうすればこうも有頂天になれるのか。そうやって恥かしさにとらわれると、こんどは例のピトゥンの幻影が、脳裡をよぎって、わたしはとたんに身をすくめた。このチビノンの大盗賊は、歯をむき出しにしてわたしをあざ笑った。――パンゲマナンさんよ。俺がいなければ、あんたこれ以上出世できまい。東インド総督になるのはもちろん無理としても、警視総監まではあと一歩だったのに。

シーッ、失せろ、ピトゥン！　わたしは十字を切って、それから自分の精神状態を確認した。なぜこんなに感情の起伏が激しいのか。わたしは十字を切って、それから自分の精神状態を確認した。

なぜこんなに感情の起伏が激しいのか。本当に異常をきたしてしまったのか。なぜ、自分の内部で、現実と希望の葛藤を許しておくのか。どうしても二者択一しなければならないのか。原則か出世か。モラルか仕事か。わたしは自分がその両方を必要としていることをよく知っていた。しかし一方でまた、どちらかひとつを選択しなければならず、ふたつともというのは不可能なこともわかっていた。まさにその葛藤がわたしを苦しめてきたのだ。生活においてだけでなく、精神においても。そしてこれは個人的な問題で、解決できるのはわたし自身を措いてないことも、よく承知していた。それでもわたしはなお、その両方を同時に手に入れようとしていたのだ。

こうした不安定な精神状態のままわたしは、子どもたちとその母親にベルナルデュスとユベルテュスの手紙を読んでやった。手紙を読むのは楽しかった。彼らの手紙には、苦悩は苦悩として自分ひとりのなかにしまい込み、すべての者に喜びだけを伝えようとする、ヨーロッパ文明の良き伝統が反映されていて、いつもわたしを幸福にしてくれた。人にはそれぞれ、子宮のなかの赤子でさえ、悩みや苦しみがあることはみな百も承知なのに、手紙にはただ喜びだけがあった。わかってはいても、悩みや苦しみだけ伝えるよりも、また喜びをひとり占めにするよりも、そのほうがまだましなのではないだろうか。

母親は喜び、弟と妹も喜んだ。むろん彼らとて、オランダにいる子どもたちが、血のにじむような努力を重ねていること、おそらく彼らの生活と将来の人生にとって、役に立つことはなく、せいぜい名前に箔をつけるだけの勉学に、懸命に励んでいることを知らないわけではなかった。

手紙を読み終えるとすぐに、妻が神に感謝の祈りをささげ、わたしと子どもたちはアーメンだけをとなえた。すべてはお互いを幸福な思いにさせるためであった。心の底に澱《おり》のようにたまった仕事上の問題が、わたしにはなお重くのしかかっていた。人間を早く老いさせる重荷が。それにしても不思議なのは、昼夜を問わず働きつづける文明の機械は、いつまでも老いを知らないことである。

その夜、わたしはスールホフと手を切る決心をした。方法？　みなを苦しめてきた悪党を排除するためなら、どんな方法だって許されるはずだ。権力の機械はいつだってそうやってきたのである。スールホフなどなんの値打ちがあるものか。

神の祝福のあらんことを……。

2

ロベルト・スールホフが入獄したことは、わたしの困難をいささかも軽減しなかったようである。ドナルド・ニコルソンは、イスラム商業同盟の加入者数が増加の一途をたどっている新たな事実をあげて、わたしを責めたてるのにいよいよ倦むことがなかった。かの『メダン』の編集長に対して、さらに強硬な手段に訴えざるをえないよう、彼は意図してわたしを追い込もうとしていた。

スールホフという頼りにならない武器をあてがい、さらなる圧力をわたしにかけることによって、ミンケによりいっそう強い迫害を加えるよう、わたしがスールホフに命令せざるをえなくなること、それをおそらく本部長は期待していたのだ。ヘマをしなければ、万事うまく行くかもしれない。だがスールホフがふたたび法の網にかかって、彼に命じたのはわたしだと法廷でぶちまけるようなことになれば、小石が溝《どぶ》にころがり落ちるように転落するのは、このわたしである。わたしの生活は破滅し、わたしの名声は泥にまみれるだろう。

いずれにせよ、わたしのような混血児が警視という地位にあることを、ましてや警視総監にまで昇りつめることを、こころよく思う純血のヨーロッパ人は、ひとりもいなかった。そして、わたしをおとしいれようとする罠は、無数にあった。そうしたいかにも植民地的なやり方については、わたしも十二分に承知し肝に銘じていた。同僚をその職からひきずり降ろすのは、自分が上にはいあがるための方便だったのだ。

罠であろうがなかろうが、わたしを追い落とす陰謀であろうがなかろうが、わたしの仕事は、イスラム商業同盟の急速な発展に歯止めをかけるだけでなく、それを衰退させること、あわよくば一挙に解散に追い込むことであった。その一方、わたしが片腕とすべき才気ある悪党は、スールホフのような連中がせいぜいだった。どれもこれもデクノボウばかり。警察官としては、自分のかかわった犯罪者が自分より馬鹿だったら神に感謝すべきところだが、わたしに与えられたこのいまわしい任務は、まさしくそれにふさわしい器量をもった悪党が必要だったのである。それにしても、この唾棄すべき仕事を、いったい何といえばよいのか。そして、よりによってわたしがそれを遂行しなければならないとは。

とはいうものの、スールホフがいなくなってわかったのは、わたしひとりではなにもできないということだった。

「よろしい」とニコルソンは言った。「スールホフが出所するまで待つとしよう」

このケチな悪党が獄中で自由を奪われていた数か月は、わたしには喜ばしい猶予期間となった。しかし本部長は、法の枠外での努力が失敗に終わった場合はどうするべきか、研究しておくようわたしに命じた。まったく、法の枠外でとりうる手段は、それこそ無限に用意されていた。脳味噌のない驢馬《ろば》にさえ実行可能だった。研究のまねごとなどやる必要はなかったのである。

それでもわたしは、報告書を作成するために、国立公文書館のL氏に会うことにした。東インドの諸民族について彼の講義を拝聴する必要があったのだ。

「新しい時代のさまざまな要素は、いまなお原住民《プリブミ》の思考法を変えていない」と彼は講義をはじめた。「原住民の思考世界は、いまでも五百年前のようだ。世界をどう見るか、それにどう対するか、彼らのやり方はちっとも変わっていない。もちろん、新しい要素を吸収した原住民を、その他の者たちと同列に論じることはできない。彼らは原住民の身体をした半ヨーロッパ人だ。あなたのように。彼らへのアプローチと対処のしかたは、おのずとヨーロッパ的なやり方でなければならない。それ以外の方法はまったく無用だ。あなたの質問はご自身のお仕事に関連してのことなのでしょうね」

「いや、ちょっと興味があるだけでして」とわたしは答えた。

彼は信じられないというように笑った。

「原住民の組織の形態とその精神について、少しご教示ねがえませんでしょうか」

「おや、そんなことを？」と彼はわたしを横目に見てから、即座にこう答えた。「その形態と精神は今日まで変わっていない。変わったのは、たぶんやり方だけだ。それ以外は、むかしのままで、なんら変わっていません」

「どういうふうに変わっていないのですか」

「ヨーロッパ的な、西洋的な意味での組織は、東インドには存在しない。原住民が団体に加わるのは、目下の者が目上の者をおそれるから、上に立つ者の権威を畏怖するからです」

「しかし、いまや新しい現象が起きていて、そこでは上位、下位という問題は存在しないため、上の権威とか下の畏怖といったことは関係がない」

「十分な証拠があるようですね、あなたには」と彼は疑わしそうな口調で言った。

彼のまなざしは、わたしの知的良心にかけてそれを立証せよ、と要求しているように感じられた。ためらいながら、わたしはイスラム商業同盟について話さざるをえなかった。彼はわたしのひとことひとことを注意深く聞いていた。

「ブディ・ムルヨ[28]と比較してどうですか」と彼は不意に尋ねた。

わたしはブディ・ムルヨについても話をした。そして、

「ブディ・ムルヨに参加した何人かの王子たち[29]は、権威とか畏怖の念が加入の動機になったことを完全に否定している」

「その王子たちが参加したのは、彼らの個人的利益や集団の利益をはかるためではない、とあなたは断言できますか。そうやって組織を利用するためではないと。人類社会の組織の歴史では、つねにそういうことが起きてきたと思いますが」

「人類社会の組織の歴史？」と、わたしは彼をためすように訊いた。

「ええ、どこだって同じです」と彼はきっぱり答えた。

「その言葉にまちがいはありませんか」

L氏は例をあげた。パプアの部族社会では、特定の個人がいかにして権力の階段を昇っているか。コトガダンのミナンカバウ人社会では、慣習法の運用にあたって、どのような陰謀があるか。彼の言葉は唇から滑るように、よどみがなかった。自分よりずっと年下のこの役人をわたしは尊敬の思いをもって見つめていた。

「あなたはディポネゴロ(30)のことを研究なさったことがありますか。ひとびとが彼に従ったのも、彼のカリスマ的な権威のせいだ。五十万もの人間が彼のために死ぬことを厭わなかった。死を恐れなかった彼の支持者とその組織の形態は、どのようなものだったか。それはまさに、わたしが言ったような性格のものだった。そういう組織では、年齢のせいでもいい、不慮の事故でもいい、指導者の求心的な権威がうしなわれ、権威に対するひとびとの畏怖がなくなるやいなや、すべては雲散霧消する。もちろん彼らの組織の形態と精神は、犯罪者組織のそれとはちがう。犯罪者の組織を結束させるのはテロリズムであり、またテロによって組織は活性化する」

ここですでにわたしは彼の講義から、問題の核心をつかむことができていた。『メダン』の編集長ミンケに対処するには、なんらかの不慮の事故を計画しなければならぬ、ということである。わがラデン・マスさえいなくなれば、ヨーロッパ的な意味での組織は、東インドにはまだ存在しないというのだから、すぐに彼の組織も雲散霧消するにちがいない。まさにわたしがこれまで考えてきたとおりだった。問題は、どのような事故を、どこまで徹底して、どうやって仕掛けるかということである。イスラム商業同盟は明らかに犯罪者組織ではない。犯罪者組織とは、スールホフが牛耳っているようなやつだ。そして、それよりはるかに巨大な犯罪者組織は、総督が掌握する組織、すなわちオランダ領東インド政府であって、わたしもまたちっぽけな悪党としてその末席に連なっているのである。

それは否定したいことではあったが、逃れようもない事実だった。それと同時にわたしは、巨大な犯罪者組織の一員であることを最後までまっとうしたい、そして、何年かのち、おそらく十年後、いや七年後に、引退して年金生活に入る権利を確保したいとも願っていた。あのジャワ貴族にくらべて、そんなわたしにいったい何の価値があるだろう。ただこれだけは譲れなかったのは、わたしの妻と子どもたちがいつまでも、わたしを喜ばせるような素敵な手紙を書き、話をすることができなくてはならぬ、そしてわたしもまた彼らに同様のことができなくてはならぬ、ということだった。そのためであれば、わたしも家族も、われわれ以外の誰に聞かれることなく、ひそかに、それぞれの苦汁を呑み込むことができるはずだった。

まったく、この人生のなんと単純なことか。むつかしいのは、ものごとをどう受け止めるかということである。毎日、何百万という蟻たちが、人間の足に踏みつぶされて死んでいる。農地では一秒ごとに、何十億もの虫たちが人間に駆除されている。虫たちの生命は死に絶え、そして生き残ったものはまたたくまに繁殖をくり返す。人間もまた、蟻や虫たちと同じように、つぎつぎに戦場で斃《たお》れ、生き残ったものたちはたちまち再生産をくり返す。死に対して、なぜ、感傷的にならなければいけないのか。それはただ、悪魔や天使、地獄、天国についてのおとぎ話を、幼いころから注入されてきたからではないか。すべては受け止め方の問題であって、それだけなのではないか。天変地異のために、何百万という人間が、住居もろとも地上から消える。誰がそれに感傷的になるだろう。われわれはむしろ、自分がその災害に遭わなかったことを、神に感謝するだけである。

それで、わたしは？　流れを巧みに漕いで渡るすべを知らなければ、鮫にねらわれた餌食のように、わたしもまた権力者どもに食われて滅びるしかない。では、なぜわたしも、植民地の権力者のように、鮫にならないのか。いや、ちっぽけな感傷ごっこは無用だ。ヒューマニズムが教えてきた価値は、それを理解し必要とする者たちのためだけにある。偉大なる人文科学は、偉大なる教師たちが語るときは美しく、また才能ある学生たちが聞くときは美しいが、愚かな学生たちには退屈なものだ。幸いかな、愚かなる学生たちよ。なぜなら、おまえたちはなにをやっても許されるのだから。

夜明け前に、わたしの計画は練り上がった。ちっぽけな感傷などくたばるがいい。それよりわたしは、生きた現実に忠実でなくてはならぬ。なぜテロが非難されるべきなのか。植民地はテロの世界なのだ。人間は二百年あまり、いやおそらくそれ以上にわたって、法律の意味をめぐって議論をたたかわせてきた。あるものは公衆の安全と福祉を守るための法といい、あるものは民衆を管理する手段としての法をとなえてきた。そのほかにも、法の意味をめぐって、十指にあまる解釈があった。わたしからすれば、いちばん正しい解釈は、法律とは必要なとき必要に合わせて行使できる手段である、というものだった。

わたしの警察官としての生活にかけて、『メダン』の編集長、ミンケは排除しなければならない。そしてわたしの名誉にかけて、スールホフもまた滅ぼさねばならない。

ニコルソンはここまで、いったい何度、わたしの計画を明らかにするよう迫ったことか。いまやわたしは、自信にあふれた声で、胸を張って、

「本部長。心配はご無用です」と答えることができた。

彼はもうイスラム商業同盟の伸張を示すグラフを見るようわたしに求めなかった。わたしの坐っている席から、わたしが黒い墨汁で引いた線が、ある点で止まっているのが見えた。同盟員の新たな加入について、警察はなんの報告も受けていなかった。

「しかしきみは、その計画がどういうものか明らかにしていない」

「同盟工作はわたしに一任されているのですから、すべてわたしだけの秘密にさせてください」

ニコルソンは笑みを浮かべた。彼が満足なのはわかっていた。ついにわたしを汚れた犯罪者にすることに成功したからだ。むなしさを胸に、わたしはバタヴィア警察本部をあとにした。自分が植民地の役人であること、悪党であること、テロリストであることを自覚しながら。

スールホフが出獄した。彼はクウィタンのリエンチェ・ド・ロオの家でわたしに報告すること

になった。リエンチェ・ド・ロオとは、ブタウィの若い伊達男たちの胸をときめかせてきた、若く、美しい娼婦のことである。最高級の売春婦で、客になれるのは海千山千の悪党や、汚職の常習者、投機で儲けた商人、高級官僚たちに限られていた。この場所を指定したのはスールホフだった。

その家はある屋敷の別棟になっていて、閑静なクウィタン地区に建っていた。リエンチェ・ド・ロオはまっすぐわたしを請じ入れた。さほど広くない表の間にはわざと家具を配置していないようだったが、内部の部屋には、娼婦にはまったく不似合いな家具が並んでいた。それは家具というよりむしろ、料金が高いことを客たちに示すシンボルの意味あいが強かった。

「パンゲマナンさま」と彼女は鼻にかかった声で言い、その魅力をわたしに誇示しようとした。前置きもなく、いきなり彼女はわたしの膝に腰を下ろした。わたしの受けてきた旧い教えがそうした女の振る舞いに嫌悪感を抱かせた。

すると彼女は抗議した。

「こんなことお嫌い?」

わたしの内部の大きな笑い声がわたしをあざ笑った。おまえは悪党になることをもはや躊躇しなかったはずだ。だとすれば、なぜ、これを拒むのか? 偽善者め! 警察官吏としての生活のために、おまえはいっさいの原則を放棄したはずではないか。そうだ。しかし警察官吏としての生活をまっとうするためにも、わたしは、この豊満な肉の塊を餌にわたしを釣ろうとするスールホフのような男に、屈服するわけにはいかないのだ。パンゲマナンはスールホフほど下劣ではないのだ。

リエンチェ・ド・ロオは、わたしの正面に席を移し、すばやく笑顔を連発してその失望をおおい隠した。

「その美しさを眼で味わわせておくれ、リエンチェ」とわたしは機嫌をとった。

日も暮れかかり、あたりはしだいに静かな、落ち着いた雰囲気になっていった。窓にかかったレースのカーテン越しに、人の通り過ぎるのがちらっと見えた。

「軽い飲み物でもいかが」とリエンチェはすすめた。「きょうは、ちょっと蒸しますわね」

「いやいや、いらない」とわたしは制止した。それもこれも、わたしを支配するためにスールホフが仕組んだことだとわかっていた。

「客はどうだね。ロベルト・スールホフはきみのお気に入りなのか」

彼女は立ち上がってわたしに近づくと、薄茶色の絹のナイトガウンにつつんだ肉体を見せつけ、それからわたしの椅子の肘掛けに腰を下ろした。わたしは香水の匂いで頭がしびれていくのを感じた。甘えたしぐさで彼女は顔をわたしに近づけ、こうささやいた。

「好きな人などいないわ。いつか現われるでしょうけれど。その人はきっと警察の警視さま」

「そんなふうにスールホフが耳打ちしたのか」

わたしがしだいに打ち解けてきたのを見て、彼女はふたたびわたしの膝に腰を下ろした。わたしは拒めなかった。スールホフのことを彼女から聞き出さねばならなかった。わたしはリエンチェを愛撫した。ガウンの絹も彼女の肌ほどこまやかではなかった。彼女はますます甘えてきた。わたしの末娘と同じくらいの年齢の娘だった。

「スールホフは？」とわたしは尋ねた。

「表のドアをあたしが閉めたのごらんになりませんでしたか。あれは、きょうは客がないというしるし」

「もう約束の時間だ。そろそろ来てもらわなきゃ困る」

「来るときになれば来ますわよ。ここではあなたは誰からもじゃまされない。ゆったりして、楽しんでくださいな。お仕事にはきりがありませんわ。増えるばかりで」

それはロベルト・スールホフが授けた言葉にちがいなかった。まともに働いた経験のない小娘が、仕事のことをそんなふうに語れるはずもなかった。

「きみの仕事もきりがないんだろうね」とわたしは言った。

彼女はわたしの頬をつねって返した。

「スールホフとはいつ知り合った」

「おぼえていませんわ」

「チッチッチッ。わたしは警察だ、リエンチェ。答えなさい」

ふたたび甘えたしぐさで彼女は立ち上がり、手を引いてわたしを立たせようとした。

「スールホフとはいつ知り合った」とわたしは質問をくり返した。

彼女は動作を止めた。その眼には不安が見えたが、それでも結局こう答えた。

「彼がバンドゥンの刑務所に入るひと月くらい前に」

「どこで会った」と、さらにわたしは問いつめた。

「こんなところでそんな話はやめにしましょうよ、警視さま」

「わたしの名前と階級もスールホフから知ったんだな」

彼女は唇を噛んだ。

「質問には全部答えろ。おまえは初対面なのにわたしが警察だというのを知っていた。答えろ！」とわたしは声を荒げた。

「はい、それはその……」

「そのもなにもない。こわがらなくていいんだ、リエンチェ。質問に答えるだけでいい。答えるだけで」わたしは彼女の手をとって、もとの椅子に坐らせた。顔が青ざめていた。「そこに坐って落ち着いて」

わたしはしばらく彼女の髪をなでていた。それから突然、別の部屋に通じるドアに駆け寄ってそれを開けた。青色のズボンの片方の足が、あわてて裏のドアから消えるのが見えた。われわれの会話を盗み聞きしていたのだ。追うまでもなかった。ロベルト・スールホフ以外にありえなかったからだ。

わたしはリエンチェ・ド・ロオのところに戻って、すぐにまた尋ねた。

「やつはどこだ、リエンチェ」

彼女はしくしく泣いて応えた。

「なぜ泣く」

すばやくわたしは持てる知識を動員して、スールホフのような悪党とそのやり口、そしてリエンチェ・ド・ロオのような美女という、そのとり合わせがなにを意味するか、考えてみた。

「おまえは自分の意思でここにいるんじゃないんだね」とわたしはまた尋ねた。

彼女は立ち上がって、わたしの胸に顔をうずめた。

「なぜ返事をしないんだ。こわいのか。いまロベルト・スールホフが裏口から逃げていった。青のズボンだった」

彼女はうなずいたが、依然なにも言わなかった。

「こんなことをしてるのは、スールホフに強制されたからか」

すすり泣いて押し黙ったまま、彼女はふたたびうなずいた。

「こんな生活を後悔してるのか」

また彼女はうなずいた。

しがみついてわたしの胸に顔をうずめるリエンチェを見ていると、ふたたび彼女がわたしの末娘のように思われてきた。まっとうな夢をみていたまっとうな娘が、スールホフのような悪党よって家族から引き剝がされ、彼の力を誇示する飾り物にされてきたのは想像に難くなかった。

「家族のもとに帰りたいか」

「二度とあたしなんか受け入れてはくれないわ」と、ようやく彼女は返事をした。

ちょうどそのとき、表のドアを誰かがノックした。開けると、わたしの目の前にスールホフが立っていた。口も顎もひげはさっぱりと剃り落とされ、白い絹のシャツを着て、黒い縞の入った灰色のズボンをはいていた。

ほんの数秒前まで、わたしは愛する家族と社会のなかにいるような、善悪をわきまえた、教育ある、まっとうな人間に戻っていた。だが、それも一瞬のことで、スールホフと向かい合ったとたん、ふたたび彼と同じ穴のムジナに逆戻りした。

「ごめんなさい、パンゲマナンさん。ちょっと遅くなってしまって」

彼は満面に笑みをつくり、手を差し出した。わたしはその手を握り返したが、眼だけは、青から灰色に変わった彼のズボンと、ひげがきれいに剃り落とされた顔を観察していた。

「まるでわたしの顔をお忘れになったみたいで」と言って彼は声をたてて笑った。口ひげも、顎ひげも、長いもみ上げも、きれいさっぱり消えて、肌には一ミリの毛も伸びていなかった。つるつるしたその肌は、ひげを剃ったばかりであることを物語っていた。

「おかけになって、おふたりとも」とリエンチェ・ド・ロオは、急にまた快活さをとり戻したようだった。

スールホフとわたしは椅子に腰を下ろした。リエンチェ・ド・ロオが奥に消えると、スールホフは立ち上がって部屋の隅に行き、蓄音機のハンドルをまわして音楽をかけた。そして、いつでもそれに手が伸ばせるよう蓄音機のそばに坐った。

ヴェルディの《椿姫》の一節が流れてくると、わたしの内部の笑い声がまた響いてきた――まったく、おまえたち三人は世界で最悪の喜劇役者だ。

「ここで会うことにしたのは、その新しい蓄音機に感心するためではあるまい」とわたしは皮肉った。「それもきっと、おまえがリエンチェに贈った、たくさんのプレゼントのひとつというわけだな」

スールホフは声をたてて笑った。

「あわてる必要はありませんよ、パンゲマナンさん。俺たちの行く道には、なんの障害もないんですから」

それから彼は不意に席を立って、奥の部屋に行き、リエンチェを連れて戻ってくると、わたしに聞こえるようにこう言った。

「おい、おまえ、お客さまにサービスが足りないみたいだぞ」

「表のドアが閉めてあったの、あなた見たでしょ。それなのに入ってくるんだから」とリエンチェは言い返した。

「いやまったく、俺が悪かった。来るのが一時間早すぎた。さてさて、パンゲマナンさん。もうリエンチェの部屋はごらんになりましたか。どうぞ、ご遠慮なく」

指揮官の命令を受けたように、リエンチェ・ド・ロオは甘えたしぐさでまたわたしの膝に腰を下ろし、わたしの顔をなでた。

「仕事の話は、今晩でもゆっくりできますよ。ひとまずこれで失礼します。またあとで、ころあいをみて戻ってきますので」

そう言ってスールホフは蓄音機を止め、颯爽とした足どりで表のドアから出ていった。

「わたしの部屋をごらんになる?」とリエンチェが訊いた。

「すぐに行かなきゃいけないところがあるんでね」

「だめ、行っちゃだめ。ロベルトにこっぴどく叱られるわ。さあ、いらして」と彼女は立ち上がり、わたしの手を引こうとした。

「だめだ、リエンチェ。きみを見てるとわたしの末娘を思い出してしまう」

「だったらそこにゆっくり坐って、わたしとおしゃべりしましょう。どんなお話でもいいから」

わたしの瞼に、スールホフの告げ口で、いまにもわたしの妻が飛び込んできそうな姿が浮かんだ。そうやってわたしの弱みを握ることで、スールホフは完全にわたしを薬籠中のものにできるのだ。

「だめだ、リエンチェ。わたしはすぐに行かなくちゃ。たぶんまたいつか機会があるだろう」

わたしは彼女の花代に見合ったお金を置いて、さよならも言わずに出ていった。

通りに出て数歩あるいたところで、早くもスールホフがわたしの背後に現われ、先に声をかけてきた。

「どうしてそんなに急ぐんですか」

「おまえの出る幕じゃない。くそったれめが！　おまえは利口になったのか、それとも相変わらずのバカなのか」

「どちらでもお好きに」

われわれは街灯から離れた、道端に立ち止まった。通行人はひとりふたりで、われわれのじゃまになる気配はなかった。一本のカンボジャの木の下にあった、ある建物の低い石塀にわたしから先に腰を下ろした。

「これからも命令を実行できるか」

「いつでも」

わたしはバンドゥンの、ある日のある時刻に、わたしのうしろを離れてついてくるよう命じた。スールホフも手下の者たちも、後日わたしが指定する色の服装をしてくること。わたしはミンケを狙っていることを話した。なんとか彼と話ができる機会をつくる。わたしが彼と別れたら、スールホフらは、銃も刃物も鈍器も使わずに、彼を抹殺しなければならない。素手でやるのだ、と。

「気をつけろ、スールホフ。二度と裁判になるようなヘマはするな。おまえも手下のやつらも、しくじったら、わたしの銃弾を食らって死ぬと思え。おまえはこれまでさんざんわたしを困らせてきた。とくに二度目の失敗は」

「こんどはもっと慎重にやります」

帰宅してから、わたしは計画の変更をよぎなくされた。妻のポーレットとのある会話が、わたしの決意を鈍らせたのだ。そのとき、わたしたちは食事をすませたばかりだった。子どもたちは勉強のために奥の部屋に引っ込み、わたしと妻はベランダに坐っていた。妻は家庭のことを話したあと、こんな話題をわたしにぶつけてきた。

「ねえ、ジャック。女性の半分、妻たちの半分は、自分より夫が先に死んだほうがいいと思ってるらしいわよ。妻に先立たれた夫は、どんなに能力があっても、子どもをきちんと育てることができない。でも先に死ぬのが夫だったら、子どもたちは、たとえ貧乏生活であっても、ほったらかしにされることはないから」

「いや、それはただのたとえ話だよ」とわたしは応じた。「現実には、妻であれ夫であれ、毎日いくらでも死んでいる。それでも子どもたちは生きていく。たとえ、ふた親に死なれても、生きていくものだよ」

「でも、ジャック。その子どもたちは、誰からも、どこからも手に入れることのできない、なにかをうしなうことになるわ」

「生きていくのはまったく単純なことだよ。むつかしいのは、ものごとをどう受け止めるか、どう判断するかということだ。たとえば、ある日突然、このブタウィで大地震があったとする。大地が裂け、建物は倒壊し、われわれは大地に呑み込まれる。そんなときわれわれには、子どもがどうなるか、考える余裕などないはずだ」

「ジャック。今夜のあなた、恐ろしいことを考えるのね」

「悪いけれど、現実はそんなものだよ。人類の大半が死ぬのは、寿命ではなく、なんらかの不慮の事故が原因で……」

そう言いかけたまさにそのとき、わたしは、自分がひとりの人間に不慮の事故を計画していることを自覚した。ある日、ある曜日に、おそらくは何時何分まであらかじめ決められた時刻に、彼はわたしの意思と命令によって死ぬだろう。わたしの職務のために。そしてその職務は、東インド総督の安眠を保証するため、天使の顔を守るためのものだ。

「ジャック!」ポーレットがはっと声を上げた。「あなた、どうかしたの。ほんとに恐ろしいことを考えるのね、きょうのあなたは。ごめんなさい、あなた。疲れすぎてるのよ。数日前にも、わたしをぞっとさせたわ。いまみたいに。そのときあなたは、高級官僚の死は下の者たちに歓迎されるって言ったの。それからあなたは黙りこんで、石のように固くなっていた。恐ろしい顔をして。いまもそうだわ」

「そしてそのとき、きみは反論した。死んだのが良い人間であったなら、尊敬と悲しみをもって見送られると言った。でも、あとに残った者たちの思いは、そうとばかりはかぎらない。死んだ者はけっして還ってこないのだから」

「ジャック、ジャック。なぜあなたは、そんな不吉な話ばかり家にもって帰らなきゃいけないの。そんなものは道端に捨ててきて！」

わたしは口ごもった。妻の言うとおりだった。

「以前のあなたは、そんな恐ろしいこと考えてなかったわ、ジャック。だからこそ、わたしはあなたに連れられて、喜んでこの東インドにやってきたんじゃないの。最近のあなた、すっかり笑顔が消えてしまったわ」

「そう、たぶん疲れのせいだ」

「わたしもさっきそう言ったけれど、でもそうじゃないと思う。疲れているからじゃない。あなた、たぶん、わたしが先に死ねばいいと思ってるのでは」

辛辣な問いだった。たしかに、このころのわたしは、自分でも冷酷なことばかり考えていたと思う。たぶんわたしはすぐに、こう応じたはずだ。

「それとも、きみこそ、わたしが先に死ねばいいと思ってるのではないのか」

「そんなことを決めるのはわたしたちじゃないわ、ジャック。どちらが先に逝ったとしても、残された者は悲しむだけ。なぜこんな、わたしたちの領分をこえたことを議論しなきゃいけないのかしら」

就寝の時間が近づいて、死という問題はいよいよわたしの頭をかき乱した。わたしの脳裡に、どことも知れぬ場所に倒れている彼の姿が浮かんだ。そしてプリンセス・カシルタ(31)、あの気性の激しい女性が、崇拝してきた夫をなくして泣き叫んでいる姿が。だが倒れた者は起き上がらない。これまで彼女は夫をおおいに尊敬し、つねに毅然たる姿勢をつらぬくよう彼を励ましてきた。プリンセス・カシルタはしとやかで、おとなしいという情報もあったが、彼女がスールホフ一味を銃で退散させたあとでは、その信憑性には大きな疑問符がついた。ミンケとその家族を亡きものにするためになにかを仕掛けることは、たやすかった。しかしあの銃撃事件は、プリンセス・カシルタがどれほど夫を敬い、慕っているかを証明した。そして彼女はまちがっていなかった。ミンケのような人物は、妻だけでなく、同胞からも尊敬されて当然なのだ。すでに彼は東インドの表情を変えはじめ、力の結集を呼びかけ、東インド政府を憂慮させるに至っている。誰にでもやれることではない。わたしにやれないことは明らかである。その能力は、わたしにはこれっぽっちもない。わたし自身は、みずからの理性の声にしたがって、彼を心から尊敬し評価していたのだ。

であれば、なぜ、彼が悪党どもの毒牙にかかって倒れなければならないのか。もとより彼の死は彼に代わる者たちを新たに誕生させるにちがいない。だがそれではたして、彼の殺害計画をわたしの知的良心は正当化できるのか。残りのわたしの人生の重荷にならないのか。知性と良心のふたつの呵責に苦しまないだろうか。

ミンケを排除するのは、殺害ではなく、別の方法でなければならなかった。新たな計画を練り上げるのに、わたしはそれからさらに一週間を要した。いや、すべてをスールホフに知られている以上、当初の計画を変更することはできない。変更ではなく、当初の計画にもうひとつの筋書きを加えるのだ。まさしく、その新しいやり方は、わたしの逡巡ぶりを反映していた。わたしの決意はふたたび揺らぎ、かたちをうしなったのである。

夫がバイテンゾルフを離れてバンドゥンにむかった直後、わたしはプリンセス・カシルタに偽りの手紙を送った。彼女の激しい気性と夫への忠誠心を利用して、ロベルト・スールホフ一味の攻撃からミンケを守らなくてはならぬ。そうすれば、わたしの当初の計画どおり、彼は死なずにすむ。あの烈女はスールホフとその仲間を躊躇なく殺すだろう。夫の生命を守るためであれば、彼女はどんな代償もよろこんで払うにちがいない。ほんのわずかな挑発で、あの気性の激しい女はあとさきを考えずに、行動に出るはずだ。それでもスールホフがプリンセス・カシルタの手を逃れ、ミンケがスールホフに殺害されたら、それはもう神のおぼし召しであったと考えよう。

当初の計画に新たな筋書きを加えたそのもくろみが、わたしの優柔不断で曖昧な態度を反映しているにすぎないこと、そしてそうした態度は自分の保身をはかり、職務と地位と家族の名において安楽を手放したくないわたし自身の欲望に由来することを、わたしはよく認識していた。しかし他方で、わたしの知的良心がそれを正当化するのは困難だった。まさにそうした態度がわたしを原則なき、愚かな悪党にしたのである。おのれの保身と安楽は、なんと高くつくことか。そのためには他人を売り、犠牲にしなくてはならない。考える人間であればみな、こうした個人の深い欲望の複雑さ、裏表をよく知っているだろう。それに、こうした問題にからめとられたのは、わたしひとりではないはずである。

当日、わたしは、匿名の手紙で指定された場所に、プリンセス・カシルタがやってくるのを目撃した。彼女はすぐに、手紙に書かれたとおりの色の服装をした男たちに気づいた。平然と彼女は男たちのあとをつけ、黒い傘で顔を隠していた。このとき警察のスパイたちが、ミンケの居場所をわたしに知らせていた。わたしは彼があるワルン(32)に入るまで、その颯爽とした動きを追い、つづいてなかに入った。

ミンケは不審そうだった。ひどく警戒し、すぐにわたしを避けようとした。わたしの一挙一動がよく見えるように、わざわざ席を移動させたのだった。銃声が聞こえた瞬間、彼はわたしのことなどすっかり忘れ、たちまちわたしの視界から消えた。

スールホフとその一味は地面に倒れていた。そこまではわたしの予想どおりだった。だが、スールホフの手下のひとりを倒したのが、一本のナイフであったとは。これは完全にわたしの予想外のことだった。誰がナイフを使ったのか、警察にもつかめなかった。

わたしはドナルド・ニコルソンにこんな言葉を浴びせてやった。

「あなたが与えた手駒は、ろくでもないやつで、まったく使いものにならなかった。やつは銃弾に倒れた。ああいう男を選んだのがそもそものまちがいです。おそらく、やつより悪賢いのはいないという判断があったのでしょうが」

「獲物には逃げられてばかりか」とドナルド・ニコルソンは残念がった。

わたしは彼が悔やむのを聞いて内心ほくそ笑んだ。それにもましていい気味だったのは、わたしが彼についたおそらくはじめての嘘を、ニコルソンが真に受けたことである。

ミンケの住居の捜索が行なわれた。いまや捜査の焦点はスールホフ銃撃事件に移り、プリンセス・カシルタが疑われることになった。しかし彼女は、事件当日、自宅を離れなかったとアリバイが証明された。家政婦のピアが彼女のアリバイを裏づけた。さらに、彼らの警護にあたっていた数人の男たちも、同様の証言をした。夫のミンケが所持していた回転式拳銃《リボルバー》を調べても、使われた形跡はなかった。弾丸の数が、最近の報告書に記載された数と、一致していたのである。

スールホフは、片方の腕が永久に使えなくなったものの、死んではいなかった。銃撃事件は迷宮入りになるだろう。事件がかりに表沙汰になったとしても、警察は刑事事件として処理することはないだろう。もしそれをやれば、フリッシュボーテンは警察のずさんさを容赦なく攻撃するはずである。わたしと本部長は、約束こそかわしていなかったものの、スールホフは死ぬべきであるという点で暗黙の合意ができていた。さらに、彼が病院のベッドに臥せているうちに、誰かの手で地獄に送ることができれば、それにこしたことはない、と。

上層部からはなんの叱責もなかった。事件は時間とともに忘れ去られることが期待された。スールホフはひそかに、法の枠外でやった仕事のリスクを、引き受けねばならなかった。もし彼が自分の意思ではなかったといって、わたしの名声を脅かそうとしたら、おそらくわたしは入院中の彼を抹殺せざるをえなかったであろう。

その間、イスラム商業同盟の加入者数の伸びを示すグラフの線――それが何のグラフであるかの説明は付されていなかったが――は依然、止まったままであった。本部長は、もはや法の枠外での活動を継続することはできないとの見解をとった。警察にはそういう活動の経験がなく、また、奸智にたけた信頼できる男たちを確保することも、困難だったのだ。警察組織のなかで、こうしたいまわしい仕事にかかわってきたのは、わたしだけらしかった。そしてこの仕事は、いつ何時《なんどき》、わたし自身を撃つかもしれなかった。まさしく、わたしを破滅させる方法は、いくらでもあったのである。

わたしは自滅するつもりはなかったし、むろん、同僚たちに破滅させられるのはまっぴらだった。自分の職務遂行に最善をつくすつもりだった。わたしにはまだこの先何年か、さらに出世し、より多くの栄誉と、より高い名声と、より良い収入を、いかなる名目であれ手にする道が残されていたのだ。

おそらく東インド政府は、ニコルソンの報告によって、法の枠外で対処することは不可能である、少なくとも現在のところは無理である、と思い知らされたはずだ。しかし政府の最高首脳レベルでなにがあったのか、わたしの関知するところではなかった。

それから、まったく思いもかけないことが起きた。わたしはミンケ、『メダン』の編集長に対するバタヴィア地方裁判所の決定を執行するよう命令を受けたのである。それはアンボン(33)への追放令であった。その命令書を受け取るわたしの手はぶるぶる震えた。自分が無力化するはずだった人物に、わたしは直接相対しなければならなくなったのだ。

彼はなお偉大な輝きをうしなっていなかった。それにひきかえ、わたしはもはや原理原則をなくし、自分でも見分けがつかないほどの別人に変わってしまっていた。彼は大きな人物で、同胞のために大きな仕事をなしとげていた。わたしは肩章つきの制服につつまれた、かたちのない一匹の害虫にすぎなかった。これはいったい、どんな人生といえばよいのか。しかしそれでも、わたしは任務を遂行するために、その他もろもろのことどものために、バイテンゾルフにむけて出発した。そして同地の警察の一個小隊を率いて、彼の逮捕を執行した。

ミンケはなにごともないかのように、冷静な態度を崩さなかった。旅の荷物を彼は持たなかった。携行したのは文書類のみだった。そして、あのピア――ああ、あの田舎女のなんという魂の大きさ。偉大なる魂はヨーロッパの歴史にのみ存するというのは、真実ではなかったらしい。彼女は山であり、わたしは石ころにすぎなかった！　ヨーロッパの教育を受け、世界でも屈指の名門大学に何年も学んだわたしは、ピアという家政婦の大きさにも届いていなかったのだ。彼女は凛として筋をとおした。それにひきかえ、わたしは？　このわたしはなにほどのものだったのか――いかめしい制服に身をかため、重い拳銃を腰に下げたわたしは？

ミンケをブタウィに護送する道すがら、わたしは自分の心の顔を隠すことができなかった。彼は道中ずっと口を閉ざしていた。しかし無言のうちに、その眼光と表情の変化のみで、休みなくしゃべりつづけていた。音のないその言葉のすべては、ただひとつの意味を発していた。パンゲマナンよ、将来の警視総監よ、いったい、おまえはどういう人間なのか、と。

アンボンの流刑地まで移送するとき、わたしは彼と同じ船室に寝泊りすることを命じられていた。彼がどこに行くにも同行しなければならなかった。眠ることもままならず、彼が目を覚ます前に起きていなければならなかった。五日間、わたしがどれほどにこやかな顔をむけても、彼はわたしの言葉に返事することをかたくなに拒んだ。自分でもわかっていたが、彼の眼と心には、わたしなどまったく価値がなくなっていたのである。いかにも、わたしは自分自身にすら、無価値な人間になっていたのだ。このときわたしの身体をおおっていたのは、見せかけの輝きだけだった。制服を脱ぎ、拳銃と肩章をはずし、警察官としての地位を剝いでしまえば、誰から見てもわたしがピアよりも卑しい人間であることは明らかだった。そう、そのことをわたしは正直に認める。

ジャワからアンボンの流刑地に渡った人間は、むろん、ミンケが最初ではない。その少し前にも、ある王子が同地に流されていた。彼の名はパンゲラン・ファン・ソン。幼時からヨーロッパで教育を受け、長じては冒険を好み、抗争に走り、さまざまな騒動を引き起こしてきた人物である。ミンケもまた冒険者であったが、彼は歴史の冒険をくわだてた者である。ファン・ソン王子はちがう意味での冒険者——狼藉、無頼の徒だった。流刑地で彼らは顔を合わせるだろうが、対照的なふたりが同一の場所にいれば、衝突するのは避けられまい。ミンケは犯罪者と同じ扱いを受けていた。犯罪者？　いや、東インド政府と総督の決定を、植民地の権力を、なんの障害もなく執行できるよう、彼の殺害を計画したわたしこそ犯罪者である。なんと堕落した人生劇であることか。

植民地生活で堕落していない、腐敗していないものがあろうか。腐った大魚は群れをなして植民地の海に君臨し、腐った小魚たちもまた群れずして海を腐敗させるのだ。

白い制服に身をつつんだマルクの理事官[34]が、失意の流刑者を引き取り、それをもってわたしの任務が完了したことを宣言した。わたしは理事官の監督のもとで彼の部下がわたしの任務を引き継ぐのを見ていた。理事官は笑いながら命令書にわたしの署名を求めた。それから彼は、まるで招待客を迎えたかのように、新来の流刑者にこう言った。

「わたしの土地へようこそ。アンボンでの生活がお気に召しますように」

ミンケはうなずくだけで、ひとことも言葉を発しなかった。自身の主宰する新聞であれほど多弁であった人物が、いま、その言葉を惜しんで口を閉ざしていた。他人から傾聴されることに慣れた人物が、いまや、自身に執行された植民地権力の決定におとなしく耳をかたむけねばならなかった。つねに自分の書いたものを他人に読まれてきた人物が、このときは、彼の自由を制限するさまざまな規則に目をとおすしかなかった。

アンボン市内のベンテン通りにあった彼の新しい住居に案内されるミンケに、わたしも同行した。それから、ブタウィに戻る直前にも、わたしはなお、衷心から出た言葉をひとことふたこと彼に伝えようとした。しかしどうやら彼の口と耳は、依然わたしには閉ざされたままのようだった。いかにも、わたしのような卑劣な男が彼の関心の埒外にあるのは、当然であったのだ。敗北してなお彼は偉大であった。その凛乎とした態度はまったく冒し難かった。自由の喪失という危機に際して、かくも毅然たる姿勢をつらぬいた彼であってみれば、さらに残されたものすべてをうしなうことがあっても、けっして動じることはなかったはずである。

そしてわたしは？　この卑劣さを卑劣なままに生きる——それしかわたしの道はないようだった。ああ、神よ、地位や職業はなんと人間の内奥を変えてしまうことか……。

五十歳にもなれば、人は円熟期を迎え、まどうことはなくなるという。生きる姿勢は安定してきて、人生の智恵はますます豊かになるのだ、と。だがわたしは逆だった。半世紀を生きて、むしろわたしの内面は揺らぎ、節操をなくしてしまったのだ。さらに悪いことは、わたしがそれらの理由を十分に承知していながら、それに抗する勇気がなかったことである。

こうしたおぞましい状態がはじまったのは、それに劣らずおぞましいある出来事がきっかけだった。それはおよそ十年前、わたしが四十代のときのことである。そのころわたしは健康で、たくましく、激しいスポーツに毎日汗を流し、堅実で、謙虚で、そして警察組織における原住民《プリブミ》の最高位の階級、一級警部の地位にあった。わたしは善意と善行を信じ、人間として、警察官として、わたしの全生活をそれにささげるに足ると信じていた。

警察官吏としての、夫としての、また一個人としてのわたしの幸運を、同僚たちがみな妬ましく思っているのをわたしは知っていた。わたしの階級に対するやっかみは、わたしへの中傷や告げ口といったかたちで表明された。このためわたしは、つねに警戒を怠らず、わたしをひきずり降ろそうとする者たちにすきを与えなかった。すべての任務をわたしは全力で遂行した。わたしは家庭から、学校から、環境から、そしてわたしの信仰から得た良き教えを信じ、それに忠実に仕事をしていた。それはわたしには疑う余地のないモラルだった。わたしにとって、どんな些細なことであれ、悪を地上から一掃することは、善なる行ないであったのだ。

その当時、わたしの上司であったファン・ダム・トット・ダム警視は、英国人の血もユダヤ人の血もまじっていない、純粋のオランダ人であることを誇りにしていた人物だが、その彼がある日、異例の任務をわたしに与えた。ブタウィとバイテンゾルフの管区内にあったチビノン、チバルサ、チルンシ一帯に跋扈《ばっこ》するピトゥンの残党を壊滅させよ、というのだった。

わたしは机上での犯罪捜査から、実戦部隊へ配置替えになった。

当時、国内の治安維持の任務は、すでに警察にゆだねられていた。要請があったときを除いて、軍がそれに関与することはもはやなかった。ジャワ外での大小の戦争が、結果的に、常設の治安維持機関としての警察の確立につながったのである。そしてわたしもまた、創設当初からそれにかかわってきたひとりだった。

こうしてわたしは、ブタウィとバイテンゾルフの野戦警察の合同部隊、総勢六十名近くを率いて、現地にむかった。

ピトゥンの残党が支配する地域には、もはや法もなく、行政もなかった。あるのはテロと恐怖、殺人、誘拐、暴力だけであった。わたしは迅速かつ強力な部隊展開と、容赦ない作戦によって、この無法地帯を分断し、それぞれを小さな戦場に分けた。英国人、中国人、オランダ人の地主たちは、家族ともども事前に逃げだし、ブタウィやバイテンゾルフに避難していた。
一味の抵抗をわれわれはいたるところで粉砕した。彼らはどこへでも容易に、あまり目立たずに持ち運びできるよう、銃身の先端を切り詰めた鉄砲を使っていた。すでに地主たちの私兵は彼らに全滅させられ、それがわれわれの作戦を困難にした要因のひとつになっていた。私兵の実態は、地主たちの利益を守るためのテロ集団にすぎなかったとはいえ、通常は彼らの存在が警察の負担を軽減していたのである。

われわれは村に入るとき、まず銃を二、三発空中にむけて放ち、屋外を無人状態にすることにしていた。その銃声で村人たちはいっせいに家に逃げ込んで身を隠した。家のなかに隠れないでいるのはピトゥンの残党だけで、彼らはかたまって竹藪の陰に身をひそめるくせがあった。こうした敵の習性を知れば、おのずと彼らを殲滅する方法もわかるというものだった。

敵をひとり倒すたびに、わたしは神を称え、神のおぼし召しを実現する機会がわたしに与えられたことを感謝した。そして、わたしの子どもたちが父親のこれまで切りひらいてきた道を、つつがなく歩んでいけるよう祈りをささげた。

三百人の俘虜はわたしの成功を証するものであった。たしかに、俘虜の口から新たな情報を引きだすのは、ほとんど不可能だった。尋問に対して、彼らはしゃがんだまま地面に踵《かかと》を打ちつけたり、唾を吐いたりするだけで、またそれに激昂したわたしの部下たちが、銃床を彼らの頭上に振り下ろすというのがつねだったのだ。こうして、情報を得るのはほぼ不可能だったが、それでもチビノン、チトゥルップ、チバルサ、チルンシ一帯の治安が回復されたことは明らかであった。だから、重要な情報こそ得られなかったものの、わたしの成功はもはや否定すべくもなかった。六十人の警察力で、わずか二か月間での成果である。

彼らは頑として口を割らなかったが、それでも誰がリーダーであるかを特定するのは、むつかしいことではなかった。銃剣を突きつけて脅しても恐れない者、それがリーダーであり、そうした男たちは不死身を誇っていた。実際、三百人の俘虜のなかで、不死身の者が八人いることが判明した。これら不死身の領袖から引き離されると、配下の者たちはたちまち意気消沈し、われわれの尋問に答えはじめた。彼らはマライ人とスンダ人の混成部隊で、後者が大半を占めていた。

不死身の男たちはそれぞれ、正規の婚姻関係にあるかどうかはともかく、多くの妻を持っていた。そしてこれらの妻たちが貴重な情報源になった。なかのひとりに、ニ・ジュジュという女がいた。この女がわたしの前に連行されてきたとき、わたしは一瞬わが眼を疑った。その体格も肌の色も容貌も、原住民《プリブミ》のそれではなかったのだ。明らかに、ヨーロッパ混血の一世だった。彼女への尋問はチバルサの駐在所で行なわれた。

「ジュジュ。おまえの父親は誰だ」とわたしはマライ語で尋ねた。

「カルタ・ビン・ドゥスンでございます」

このときすでにカルタ・ビン・ドゥスンは、われわれが一味を急襲したときの戦闘で死亡しており、尋問することはできなかった。しかし彼はふつうの原住民であり、妻のニ・ロムラも同様だった。

こんどは、ニ・ロムラが別室で尋問を受けた。

「まことにニ・ジュジュはおまえの娘か」とわたしは尋ねた。

「まことでございます」

「ニ・ジュジュは、おまえとカルタのあいだにできた子か。べつの男が産ませたのではないのか」

一瞬にしてロムラは青ざめ、うろたえた。わたしが籐の鞭を机に打ちつけると、彼女は震えだした。

「なにもかも正直に言え。嘘をついたらこの鞭をくれてやる」とわたしは脅しつけた。

ロムラは真実を述べる勇気がなく、そのまま失神した。彼女はわたしを恐れ、また、別のある力におびえていたのだが、その力の正体はわたしにはまだ不明だった。わたしはジュジュのいる部屋に戻った。

「おまえはたしかにロムラの娘だ。しかし父親はカルタ・ビン・ドゥスンではない。おまえの父親はオランダ人ではないのか」と、わたしは穏やかに尋ねた。

「どうしてそんなことがわたくしにわかりましょうか。みなが言うには、わたくしはピトンさまの子だとか」

彼女のいうピトンとは、タナバンの地主の身内にあたる英国人で、ブタウィ競馬で何回か勝利をおさめたことのある騎手、ピンカートンのことであった。

水を浴びせられて意識を回復したロムラを、わたしは厳しく追及した。

「ジュジュはピトン氏とのあいだにできた娘なんだな」

彼女は返事をする勇気がなかった。

「ピトンを恐れることはない。答えろ」

「おっしゃるとおりでございます。でも、わたくしの意思ではございません」

「わかった。ピトンからおまえと同じような仕打ちを受けた女は、ほかに誰がいる」

見ていると、ロムラは恐怖心をこらえるように下顎をぐっと引いた。

「恐がらなくていい。正直に言うんだ」

「たくさんおります、数えきれないくらい」

「どうしてそんなにたくさんいるんだ」

「地主の用心棒たちが、わたくしやほかの女たちを家から連れ出して、ピトンさまのお屋敷に連れて行ったのでございます」

「おまえの亭主は黙っていたのか」

「恐ろしくてものが言える者はおりません」

「なぜ村長や警察に通報しなかった」

「わたくしどもにそんな勇気はございません。そんなことをしたら、かえって怒られることもありまして。それがもうあたりまえになっていたのでございます」

「娘のジュジュも同じ目にあったのか。クランの悪党に家から連れ出されたと?」

「同じでございます。ただ、あの子は、わたくしのもとに二度と返されることはありませんでした」

わたしは別室にいるジュジュのところに戻った。

「おまえは自分の意思でクランの女房になったのか」

「母の家から連れて行かれたのでございます」

「嘘をついたら承知しないぞ」

「嘘ではございません」

一味のリーダーたちの妻になった二十一名の女からは、ニ・ジュジュと異口同音の答えが返ってきた。そのうち十一名は、通常の結婚式まであげていた。女たちが選ばれたのは、明らかに、美貌のせいだった。その存在が外部に知られることはめったにないが、チバルサに魅力的な混血女性が多いのは、おそらく、ピンカートンのような男たちがいたせいである。そしてそうした混血の美女たちが、農園のヨーロッパ人や、その用心棒、ならず者たちの犠牲になるのだった。

これら女たちへの尋問から明らかになったのは、ヨーロッパ人とその用心棒どもはこれまで、村人たちの財産を奪い、娘たちを陵辱し、過剰な税金を取りたて、暴力をほしいままにし、殺人まで犯してきたにもかかわらず、当局はなんの捜査も行なってこなかったという事実である。女たちの話はわたしの心を萎えさせた。ピトゥンの教祖的な影響力のもとにあった集団は、じつはヨーロッパ人と中国人の地主、およびその手先どもの暴虐に抗するレジスタンスだったのだ。警察は本来、ピトゥン一味が決起する以前に、こうした外国人地主とその走狗どもの悪逆無道ぶりに手を打つべきだった。しかし現実には、わたしは警察官吏として、暴虐に抗して立ち上がろうとした村人たちを、容赦なく弾圧する側にまわっていたのである。

わたしは輝かしい勝利をひっさげてブタウィに帰還したが、平穏な暮らしを切望していたにすぎない村人たちに対するその勝利は、野戦警察に勇名をもたらし、同時に、東インドには住民を不幸にしてやまない白人の政治があることを思い知らせた。わたしは帰還したとき、いったいどちらに正義があるのか、心理的な葛藤に苦しんだ。その間、わたしの作戦で十四名の部下が死亡していた。

わたしは、この任務を与えた権力に責任と良心の呵責を転嫁できることを願って、包括的な報告書を作成した。しかし四十ページにおよぶその報告書も、わたしを満足させることはなかった。なにもかも白紙に戻したい、人間の原点にたち返って、つねに神の赦しとともに歩いてゆきたい、とわたしの心は叫んでいた。

報告書には、なんの反応も回答もなかった。ただ一度、ファン・ダム・トット・ダム警視が、立ち話のように声をかけただけだった。彼は、作戦を成功させたことでわたしは称讃されていると言い、わたしの報告書は貴重なものとして高い評価を受け、わたしがやったことはヨーロッパ人にもめったにできないことだと語った。しかしそれでもなお、地主たちの暴虐に抗して立ち上がった者たちを殲滅した責任は、わたしの頭と胸に重くわだかまり、わたしは罪の意識にさいなまれた。

こうした罪悪感をふり払うために、わたしはピトゥンに関する捜査資料を詳しく調べてみようとした。金持ちに暴力行為をはたらいたということ以外、ピトゥンの全体像はつかめなかった。資料によれば、彼は極悪非道の残忍な男で、多くの手勢を率いて村々に野蛮な襲撃をかけ、殺人と掠奪と放火をくり返し、まるで彼らに個人的なうらみがあるかのように、徴税吏たちにむごたらしい拷問を加えた、とされていた。彼は政府の仕事を行なう者たちを、肌の色にかかわりなく攻撃した。それから、ピトゥンの死後、ふたたび立ち上がった彼の残党が、彼と同じことをくり返した。彼らが一揆を起こした理由も同じだった。そして彼らのなかの誰ひとり、決起した動機を説明できる者はいなかった。いかにも彼らは、自分たちの心情を明確に言語化することができなかったのである。

ピトゥンの顔が脳裡に浮かんできた。口と顎に薄いひげ、色白の肌、背は高からず、肉づきのいい、がっしりした体型をしていた。資料によれば、[35]攻撃をかけるとき、つねに彼は白いガウンをまとってターバンを巻き、左右には愛用の鉄砲とシリの箱をもった側近が二名、脇をかためていた。ピトゥンとその一党の印象はまことに強烈で、なかなか消えようとせず、自分自身の影のように、わたしに執拗につきまとった。

わたしは自分の神経が圧迫されはじめたのを知った。

警視補への昇任式の最中、わたしはピトゥンの幻影を手でふり払いたいという衝動を、ほとんどおさえることができなかった。まるで彼のまばらな口ひげがわたしの首筋にくっついて、ささやくように《パンゲマナンさん。俺たちには死を、あんたには昇進をというわけか》と、わたしをあざ笑っているような気がした。

わたしは警視補になった。これほどの高い階級は、数千人いるヨーロッパ人や混血児にもなかなか望みえないもので、まして原住民《プリブミ》にはまったくの高嶺の花だった。いまや、あの倶楽部ハルモニ(36)にも堂々と入ることができるのだ。この地位と、わたしをオランダ人と同等に扱う法律によって、わたしはすっかり別の人格を獲得した。警察の制服を着ていようがいまいが、倶楽部ハルモニの支配人は、たとえ片目で不快感を表わすことがあったとしても、わたしを受け入れなければならないのだった。わたしは倶楽部の正式の会員になることを認められたのであり、この地上にわたしを誕生させた者たちは、ヨーロッパ人だけに許された地位にわたしが就こうとは夢想だにしなかったであろう。

資料から、ピトゥンが若いころ、ハルモニ橋の周辺や地主アライドゥルスの所有地を徘徊していたのはわかったが、それでも、倶楽部ハルモニの階段を昇ったことは一度もなかったはずである。しかしわたしが倶楽部にやってくるたびに、決まったように彼は、白いガウンとターバン姿で入り口の階段のところに立っていて、わたしに手をあげ、《こんにちは、パンゲマナンさん。きょうは、ご機嫌いかがですか》と声をかけてきた。むろん、その姿が見えるのはわたしだけだったのだが……。

シーッとわたしは悪魔の幻影を追い払った。それでようやくピトゥンは消えた。わたしはこうした神経の不調をけっして妻には明かさなかった。神経科医に診てもらうこともできなかった。東インドにはひとりの神経科医もいなかったのだ。

こうして、警視補に昇進するのと同時に、ピトゥンの幻影を追い払うためにシーッとうなり声を上げるのがわたしの習癖になった。それに加えて、地主たちがわが家を訪ねてきて、それぞれのやり方で感謝の意を表明するたびに、わたしは急激な血圧の上昇でめまいを起こすようになった。彼らが手ぶらでやってくることはめったになく、あるときは妻に、またあるときはわたしの子どもたちに、なにがしかの手みやげをもってきた。地主たちがわたしに感謝したのは、もはや誰にじゃまされることなく、ふたたび原住民への暴虐をほしいままにできたからである。

それからやがて、ルマアバンとタンブンで同じような騒擾事件が発生した。これも英国人と中国人の地主たちの権力に対する住民の抵抗であった。その後さらに、プマヌカンとチアスムにあった私有地、P&T社の農園地帯でも一揆が起きた。これらの抵抗闘争はいずれも、亡きピトゥンのやり方を踏襲していた。そしてこのすべての事件で、ふたたびわたしは野戦警察の合同部隊を率いて、鎮圧することを命じられた。いまやわたしの任務は、警察の通常の仕事から事実上、軍事的なものへと性格を変えていた。このときわたしが用いた作戦は、ピトゥン一味の残党に対したときと同じであった。

この歴史の皮肉を見るがいい。かつて、軍事的な野心に燃える総督ダーンデルスは、イギリス軍が東インドなかんずくジャワに侵攻するのを防ぐために、ジャワ全体の要塞化をはかった。こうして、アニェルからバニュワンギまで軍用道路が建設されたのだが、そのせいで財政破綻におちいったダーンデルスは、政府所有地を民間人につぎつぎ売却した。だがそうした努力にもかかわらず、ジャワはイギリスの手に落ち、トーマス・ラッフルズ[37]が総督に就任した。ラッフルズもまた歳費不足という深みに足をとられ、ダーンデルスの先例にならって、政府所有地をイギリス人と中国人の資産家たちに売却した。西ジャワの北海岸側にひろがる私有地がそれである。そしてそれからほぼ一世紀後、警視補パンゲマナンが、彼らふたりの遺産たる騒擾事件を解決せねばならなくなったのだった。

ダーンデルスもラッフルズも、むろん、末尾にnが二個ついたパンゲマナンなど知るよしもない。いかに彼が良心の呵責におしつぶされて背中を丸めた、自己の意思を持たない無原則な男になったか、彼らは知らない。いまやパンゲマナンは、彼らの残した汚物を清掃することだけが仕事の、下郎になりはてたのだ。ヨーロッパの倫理主義者の顔は、あくまで清らかでなければならず、それを守るために、わたしはもっとも汚れた手段さえ使わなければならなかったし、また使うことを許されたのである。

わたしはこのとき、およそ百年前の不可視の力にもてあそばれていることを、よく自覚していた。それはわたしが手に触れることのできない、目に見えぬ亡霊たちで、植民地の生活に残された、わたし自身が生きているこの時代の生活に残された、彼ら自身の汚物と、きれいな文書類にその足跡をたどるしかないものであった。

いったい誰にこれを訴えればよいのか。わたしが生きるこの時代にあって、勝利する力はつねに植民地主義的《コロニアル》な力である。植民地主義的でないものはすべて、その敵なのだ。わたし自身はその植民地主義者の道具にすぎない。わたしが学んだソルボンヌの教授たちは、ルネッサンスや啓蒙主義の時代がもたらした人類世界の開明化について、ヒューマニズムの勃興について、封建勢力からブルジョアジーへの交替という、フランス革命をもってはじまった階級の移行について、美しく語り、歴史の進歩に与《くみ》することを呼びかけたものだった。だがわたしは、こうやって植民地主義の泥のなかに沈んでいるのだ。

この惑乱した心理状態から立ち直る余裕もないうちに、バン・コメンという男を指導者とする新たな暴動が、チュルクのイギリス人私有地で発生した。またしてもわたしが派遣された。わたしはブタウィの野戦警察の小さな部隊を率い、自分自身の良心の乱れにみあったやり方で、暴徒を鎮圧した。彼らの勢力はとるに足らないもので、ピトゥン一味の残党とは天地の差があった。暴動の発生したふたつの地域を掃討するのに、わずか三日しか要しなかった。あとは、バララジャ、チュンカレン、タンゲラン、バンテン、セランで暴動にかかわった者たちの逮捕を行なうのみであった。

こうした数々の勲功によって、いまやわたしは、倶楽部ハルモニに足を踏み入れたとき、たびたび喝采をもって迎えられるようになった。シーッというわたしのうなり声にみないっせいにけげんな顔をしたあとでも、それは変わることがなかった。彼らはただ、わたしのその奇妙な癖は、アジア人特有の残虐さと東インド人の野蛮さをもって、あまりにも多くの人間を殺してきたせいであろうと、うわさするだけだった。もしわたしがヨーロッパ人であったなら、他の者にその任務を遂行するようわたしが命令することになったかもしれない。だが、わたしはヨーロッパ人の職務に縛られた原住民《プリブミ》であり、人類の歴史上もっとも恥ずべき文化となった植民地主義者の陰謀によって、これまでわたしの得てきたものすべてが灰燼《かいじん》に帰してしまわぬよう、完璧に任務をはたし惜しみない献身を行なうことで、自分自身の周囲に防護柵を張りめぐらせておくしかなかった。

わたしの直接の上司とそのまた上司は、わたしの武勲を評価しただけではない。彼らはわたしの書いた報告書をそれにもまして高く評価した。その報告書の方法は、尋問と聞き取り調査、社会調査と歴史的背景の究明を組み合わせたもので、私領地の住民たちの意識形態と、それがどんなかたちで表現されるかを明らかにしていた。

わずか七年でわたしは警視の地位にまで駆け上がり、野戦警察や犯罪捜査の仕事から解放された。それを誰よりも喜んだのは、むろんわたしの妻であった。もはや夫が生命の危険にさらされる心配もなく、加えて、ヨーロッパ人高官のみが享受できた高い俸給を得られるようになったからだ。わたしもまた、留保つきながら、暴徒の鎮圧という仕事から解放されたことを、神に感謝した。少なくともこれでわたしは、良き教育を受け、悪を憎み、善を尊ぶ人間という、本来のわたし自身についてのイメージを回復する機会が得られるはずだった。

これという決まった仕事もないまま一か月が過ぎたころ、わたしはファン・ダム・トット・ダムから、各地で暴動に加わった者たちを、国家権力に対するそれぞれの態度と行動に応じて分類するように、という新たな指示を受けた。そのたぐいの記録をここで紹介しようとは思わない。それから先の結論だけを言えば、わたしはバタヴィア警察本部長ド・ベールとかかわることになったということである。

ある日の午後、ド・ベールがわたしをかの有名な倶楽部まで散歩に連れだした。シーッ。それでピトゥンの幻影は、長い長い入り口の階段からたちまち消え去った。倶楽部のなかに入ると、ビリヤードやダーツ、トランプに興じる者はなく、それぞれ小さな輪をつくって談笑する者たちもいなかった。全員がひとりのヨーロッパ人を囲んで坐っていた。といっても、見えたのはその禿頭だけで、わずかに残った縮れ毛がもみ上げになって頬に落ちていた。

身体のほかの部位や顔を見ずとも、それがK博士であることはすぐに識別できた。植民地各界の有力者たちの尊敬を集めている知識人、法学者である。彼は当代随一の植民地問題の理論家と目されていたが、名前が新聞に登場することはきわめてまれで、彼自身がなにかを書いて発表するということもなかった。おそらく、書けなかったのであろう。その眼光は人をうつむかせ、その声には人が低頭して聴き入らずにはおれない力があった。エリートたちの社会では、彼はつねに注目の的だった。そしてみなが彼の発言を待望していた。博士の公的な地位がいかなるものであったのか、わたしは詳らかにしない。彼は東インドよりヨーロッパにいることのほうが多かった。聞いた話では、歴代の総督三人が彼の助言と見解を求めてきたということだった。

十数個の電球をつけたシャンデリアの光に照らされた博士の禿頭が、その頭の動きにリズムを合わせて、光の波を天井に反射させていた。意地の悪い風刺画家であれば、おそらく、この非日常的な光景を描いてみたいという悪意を、おさえることができなかったであろう。

倶楽部ハルモニでは、もう長らく詩文の朗読会や講演、コンサートなどは開催されていないらしかった。いかにも東インドは、文化生活がきわめて貧弱だったのだ。であれば、植民地主義者の心もまた貧しいのは当然である。むろん、オペラも、バレエもなかった。小人数の合奏団のコンサートが開かれることはあっても、それは通常、音楽家たちがヨーロッパとオーストラリアを往き来する旅の途次に、演奏されるにすぎなかった。

わたしとド・ベール氏は、午後のあいさつをして、すぐに着席した。

外では雨が激しく降っていた。倶楽部の雰囲気はしだいに陰気で、冷えびえとしてきた。いつものように華やいだところはなかった。冷たい風がこまかな雨のしずくといっしょに侵入してきた。客人たちのなかに、多少とも厚着をしている者はいなかった。いまや倶楽部の伝統的な出し物となった新しいスキャンダルをめぐる話は、すっかり影をひそめ、あれやこれやの変わりばえのしない話だけが、つぎつぎに役者を替えながら、聞こえてくるだけであった。

その日の雨はめったにない大雨で、夜になっても降りやまなかった。遠く窓ごしに、街路を行きかう馬車が、馬たちに雨やどりさせる場所を探しているのが見えた。唯一の帰りの足は電話でタクシーを呼ぶしかなかった。しかし夜間のタクシーは料金が高すぎた。そして、浪費は神の道に背くもの、というのがオランダ人の信条になっていた。

それから行なわれた質疑応答はきわめて興味深かった。K博士はあらゆる質問にざっくばらんに答えた。彼の声は、熊がうなるような、くぐもった低い声だった。やがて、わたしが生涯忘れられないであろう発言がとび出した。

「みなさんはもっと監視を強めなければなりません。さもなくば……この美しいわが植民地の大地に、第二のフィリピンが誕生するかもしれない。われわれはたたき出されるかもしれない。それに乗じて、西洋のどこかの国が入ってくるでありましょう。アメリカか、ドイツか、フランスか、はたまたイギリスか。またしかし、そうならないかもしれない」

「第二のフィリピンとはどういう意味でしょうか」と出席者のひとりが尋ねた。

「第二のフィリピン！　みなさんがフィリピンの事態をご存じないとしたら、まことに悲しむべきことだ。どうやらみなさんは、東インドの外で起きている植民地をめぐる問題に、関心が薄いらしい。そんなことは許されませんぞ。アジアの植民地の問題は、鎖のように互いにつながっているのですから」

全員が口を閉ざし、K博士の沈黙の石の壁をつき崩そうとはしなかった。雨がやむまで、この植民地問題の泰斗は、それ以上の発言を加えることがなかったのだ。

オランダはこの東インドの島々を最後の裁きの日まで支配する——これが植民地生活における ほとんど宗教的な信念になっていた。なるほど、英仏がかつて、オランダを東インドから放逐したことはある。およそ百年前のことだ。しかし英仏の手からふたたび東インドが戻ってきたことは、ますますその信仰を揺るぎないものにしていた。

窓の外が霧雨に変わっても、K博士は沈黙したままで、ついにはひとりだけ先に席を立ち、禿頭を下げて「おやすみなさい」と言うと、われわれを残したまま倶楽部を去っていった。他の者たちもそれにならった。ド・ベール氏も、わたしも。

あまりに長い倶楽部の入り口の階段の下から二段目にわたしが達するや、あのいまわしいピトゥンの幻影が、

《お帰りですか、パンゲマナンさん。もっと重要な仕事でも?》と声をかけてきた。

《そう願いたいものだ》とわたしは挑戦的な口調で応じた。

すると彼は、さらに、

《わたしもごいっしょしましょう》と言った。

ハッとわれに返ったわたしは、あわてて「シーッ」を浴びせかけた。みながいっせいにふり返ったのを見て、わたしは赤面した。わたしはばつの悪さを押し隠して、急いで他の者たちと別方向に歩き去った。ド・ベール氏のことはすっかり失念していた。

冷たい霧雨のなか、ぬかるんだ夜道を歩いて帰りながら、わたしはK博士の言葉とピトゥンの追及から逃れることができなかった。あの植民地問題の権威とピトゥンの幻影は、なぜ、わたしのなかで、つがいのアヒルのように呼応するのか。この六年間、ピトゥンの幻影というかたちをとった良心の呵責が、なぜこれほどわたしを苦しめつづけるのか。いや、そもそもわたしはまだ良心というものが残っていて、汚れのない心を求めているのか。しかしオランダの権力がなくなったら、東インドはどんな表情になるだろうか。植民地の人間も思想も、むろんわたし自身も、天地が逆転し、収拾がつかなくなるだろう。そして何百、何千というピトゥンたちが、復讐をねらって跳梁《ちょうりょう》するにちがいない。

ぬかるんだ道路の汚い水が靴下にしみてきた。その水が、ブタウィ中からかき集められ、あらゆる排泄物と泥のまじった、不衛生なものであることをわたしは知っていた。

帰宅が遅くなるのはもう日常のことで、それじたいを妻がいぶかることはなかった。

「こんなに濡れて冷たくなって!」と妻は、ドアを開けると、愛情たっぷりにフランス語で声を上げた。まるで十年も会わなかった夫を待ちわびていたように、彼女は甘いキスをした。そしてわが家の日常語になっていたフランス語で、こうつづけた。「早く靴と靴下を脱いで。雨靴をはいてなかったの？」

わたしは玄関先で靴を脱いだ。その靴はあす、家政婦がかたづけるだろう。そんな泥だらけの靴で家に入ろうものなら、妻がカンカンになるのは目に見えていた。わたしは素足でそっとなかに入った。妻は魔法瓶から湯を洗面器にそそぎ、わたしが坐ることになっている椅子の前の床に置いた。わたしは彼女に言われるままにした。着替えをすませてから、椅子にかけ、洗面器に足をひたした。このときもまだ、わたしの頭はK博士の言葉にとらわれていた。彼の発言はすべて正しいのか。この植民地世界における博士の立場の重要さを考えれば、つねに彼は正しくなくてはならない。わたしがまちがえることはあるだろう。だが、植民地問題の権威とされる人物にあやまちは許されない。K博士のような偉大な頭脳が、この群島国家に対するオランダの永続的な支配の保証となるのだ。

わたしの脳漿《のうしょう》を絞らせたK博士の発言は、わたしの仕事とかかわりがあった。わが植民地の大地に第二のフィリピンが誕生するかもしれない、われわれはたたき出されるかもしれない！　と彼は言ったのだ。

わたしの誤解でなければ、K博士の発言の意図は、フィリピンの原住民知識層《プリブミ》について、われわれの注意を喚起することだったにちがいない。彼らは植民地支配者スペインに叛乱を起こしたが、アメリカ合衆国の介入を招き、結果的にアメリカがまた新たな支配者としてフィリピンに君臨することになった。オランダはスペインの前轍を踏んではならない、と。

K博士の言葉はわたしの導きの糸になった。パンゲマナンよ、東インドの原住民知識層に気をつけよ。彼らもまた、フィリピンの原住民知識層と同様、未熟であるがゆえに、他の植民地列強の支援という名の介入を招きかねないのだ。

ピトゥンが登場してわたしの頭をかき乱した。彼もまた彼なりのやり方で叛乱を起こした。彼は教育を受けた人間ではなく、叛乱の動機と自分の意思をはっきり言語化することができなかった。狂った水牛のように暴れまわるだけだった。ああ、ピトゥンよ、おまえを滅ぼすのはなんと簡単だったことか。シーッ！

「どうしたの、ジャック」

「なんでもない。寒いだけだ」

「ウイスキーをもってきましょうか」

「そいつはいい。ありがとう」

妻はすぐさま酒類のある棚のところに行き、ウイスキーのグラスをもって戻ってきた。わたしはグラスをひったくるようにして一気に飲み干した。

「だめよ。おかわりはだめ。さあ、もうベッドにお上がりなさい。もうすぐ夜が明けるわ」

わたしはお湯の入った洗面器から足を抜いた。

「だいじょうぶだわよ。子どもたちの顔は見なくてもだいじょうぶ。もう自分のことは自分でやれる年ごろですもの」そう言って妻は電気を消した。

蚊帳のなかでマダム・パンゲマナンはわたしを抱いて、尋ねた。

「あなた、最近、わけもなくシーッとよくうなるけれど、いったいどうしたの。あれを聞くと、わたしぞっとする」

「おかしなことを聞くんだね。おやすみ」

それからすぐ妻は眠りに落ちた。

K博士の言葉はなおもわたしの意識を悩ませた。教育を受けた原住民《プリブミ》！　彼らはオランダ領東インドの支配者にとって、永遠の敵になるだろう！　植民地権力は原住民の知識層に嫉妬している！　東インド政府が原住民に学問をできるだけ高く売ってきたのは、けっして偶然ではない。学問と知識は、未開で素朴な者たちを途方もない観念の世界に導き、その甚大な影響は数字で計れない。そうであるなら、当然の理として、教育を受けた原住民はみな、政府の側に立つようにしむけるべきではないか。政府の側に立たせるために、良い俸給と良い地位、そしてそれに劣らぬもろもろの名誉を与えて、彼らを甘やかせてきたのも不思議ではないのだ。

K博士の警告はまた、次のことを意味してもいた。すなわち、そのような状態をいつまでも維持することはできない。遅かれ早かれ、奇妙な観念にとり憑かれた原住民の知識人が出現するのは、避けられない。彼あるいは彼らの登場は、おのれの鼻の長さしか知らなかったピトゥンとはちがう。ピトゥンには理念も展望もなく、したがって悪に生きるほかなかった。そしてその悪事は結局、彼自身の新たな敵を生むだけだった。だが、教育を受けたピトゥンはどうか。政府の給与生活者となることを拒否し、政府と同じような武器をもち、生きるために悪事をはたらく必要もないピトゥンは？ そして、いつの日か、わたしの前に現われるであろうその最初の原住民知識人、新時代のピトゥンとは、いったい誰なのか。

シーッ！ シーッ！ 現われたのは、またしてもいつものピトゥン、片方はシリの箱を、もう一方は愛用の鉄砲をもった二名の配下が両脇をかためる、あの白いガウン姿のピトゥンだった。

妻がわたしの首に手をまわして、ささやいた。

「ジャック！ あなたほんとに気味が悪いわ、そんなにシーッを連発して。あす、医者に診てもらいなさい。過労なのよ。お眠りなさいな。睡眠薬をもってきましょうか」

「そうだね。あす、医者に行ってみよう」

「体が冷たくて、汗びっしょりだわ」

妻はなにも知らなかった、わたしの内部でわたしを責めさいなむものがあることを……。

わたしが受けてきた教育は偽善を許さなかった。小さいころから教えられてきたように、わたしは善なるものを信じていた。刑事事件の捜査にあたっていたとき、わたしは自分が適所に配されているという充足感があった。こうして良心の呵責に苦しめられるようになったのは、ようやく、ピトゥンの残党を滅ぼしたあとのことである。これまで、正義は彼にあったと幾度つぶやいたことか。まさしくピトゥンこそ、わたしを苦しめてきた張本人だった。おのれの心の声をわたしは偽ることができなかった。ピトゥンは犯罪者ではない。彼の置かれた社会経済的な状況が彼をして犯罪に走らせたにすぎない。あくまで彼は、原住民よりも政府の庇護を受けてきた白と黄色の地主たちの悪の力に、抵抗しただけなのだ。そしていま、K博士が登場して、新時代のピトゥンに、教育を受けた原住民に、これからわたしがどう立ち向かうべきかを暗示したのだった。

「ジャック。考えごとなら、あしただって時間はあるでしょう」と妻が眠そうな声でわたしを責めた。

「もちろん、あしたも時間はある」

悶々とする夫に寄り添ったまま、妻はそれから夜が明けるまで眠らなかった。なんという驚くべき女性であることか。喜びも悲しみも彼女はつねに夫と分かち合おうとした。そしてまさにそうした妻の愛情と忠誠心こそ、自分の良心に背いた仕事にわたしがだんだんのめり込んでいった原因でもあった。わたしは彼女に最善のものを与えたいと願っていた。それは逃れようもない、道徳的な義務であったのだ。わたしはフランス、リヨンの近郊にあった妻の故郷と家族から、彼女を奪い去った。そのとき彼女は、世界のことをなにひとつ知らない、うぶで、美しい、農家の娘だった。ともに若かったわれわれは出逢い、恋に落ちた。そして、結婚に反対していた彼女の両親の立ち会いのもと、村の古い教会で結婚式をあげた。以来、彼女は、まずオランダへ、ついでこの東インドへと、わたしと行動をともにして国外に渡った。妻はわたしに四人の子どもを与えてくれた。そのうちふたりはオランダに留学中で、あとのふたりはまだわれわれといっしょに暮らしている。同居している子どもの名は、ひとりがマルキス、略してマルク、もうひとりは

〝恋しき人〟という意味のデジレで、かのナポレオン・ボナパルトの恋人と同じ名であるが、われわれはデデと呼んでいる。

この生活は美しく、幸せで、けっしてお金では購《あがな》えないものだ。オランダの高等学校と大学の地質学科で勉強をつづけるふたりの子どもは、さらに美しい未来を約束してくれる。ひと月に七十五ギルダー[38]の仕送りも、少しも惜しいと思わない。マルクとデデも、素直な良い子で、向上心が強い。そうした資質はいずれも、彼らを愛し慈しんできた母親から受け継いだものである。

だが、わたしのいま生きている現実は、なんと醜いことか。時代が変化し、時代がわたしに変わることを強いた。この幸せのすべてを守り抜く代償として、わたしは古き良き教えを忘れ、あらゆる美徳を忘れねばならなかった。小さいころから、わたしは、「恩返しを忘れない良い子」とほめられるのがうれしかった。そのむかし、隣家に住んでいた老人が、「こんなに心優しく、素直で、礼儀正しい子どもをもったご両親は、どんなにか幸せだろう」と言うのを聞いたときなどは、有頂天になったものだ。

そうした讃辞が人生においてわたしを導いてきた。たしかに、わたしのような子をもったわたしの両親は、幸せだったろう。ただ残念ながら、わたしは両親の顔を知らない。幼くしてわたしは孤児となり、父親の弟フレデリック・パンゲマナンに引き取られたのだ。その後、メナドのヨーロッパ人小学校を卒業する直前に、フランス人の薬剤師ド・カニーの養子になった。子どものなかったド・カニー夫妻は、わたしを心からかわいがってくれた。それからわたしは、薬局と小さな薬工場を持っていたリヨンに帰る夫妻に連れられて、同地に渡った。

わたしの人生は順風満帆、ピーンと伸びた針金のように、なんの曲折もなかった。その針金にはじめて歪みが生じたのは、ピトゥンの残党狩りの任務を受けてからのことである。それは歪んだだけでなく、複雑にからみ合い、どうすればそのもつれを解くことができるのか、わたし自身には見当がつかなかった。任務という名の外在的な力が、日に日に強くわたしの首にからみついていった。

翌日、わたしはポーレットといっしょに医者に行き、静養のために一週間の休みをもらった。しかし、一週間なにもせずに過ごすのは無理だった。相変わらずK博士の言葉が、やがて課せられるであろう新たな任務へと、わたしを突き動かした。フィリピンのボニファシオやホセ・リサール(39)のような人物が東インドに登場するのを、わたしはなんとしても阻止せねばならなかった。

たしかに、東インドの原住民知識層の民族的な覚醒は、まだフィリピンほど高まってはいなかった。しかしそれでもなおわたしは、藁の山に一本の針を探すように、あちこちに目を凝らし、内偵をつづけねばならなかった。なんとしても針を発見しなければ。必要とあらば、藁を灰にしてもかまわない。たとえそれが純粋な鋼鉄の針で、一粒のちっぽけな夢、祖国と民族への愛――いまだその行き先の明らかならざる、愛郷心《パトリオティズム》とナショナリズムの小さな種のほかに、悪の錆の花を咲かせなかったとしてもである。うっかり針に刺されぬよう身を守らなければならぬ。東インド政府とその道具たるわたしからすれば、いずれにせようした考えは犯罪とみなすしかなかった。だがそうだとすれば、なぜわたしは良心の呵責に苦しみつづけるのか。文明社会もわたし自身の心の声も、そうした考えが彼らの権利であり、崇高で、人間の尊厳を高める価値であることを認めないわけにはいかなかった。しかし、わたしとわたしの家族の生活は、まさにそれを根絶やしにする仕事の上に成立していたのであり、わたしはそれをやるために雇われているのだ。中年の坂をこえた男にそれに「ノー」という力はなかった。

わたしは時間の経過とともに、上司たちは意図的にわたしをこの不愉快な状況に置いたのではないか、との疑いを強めていった。しかしそのことを誰に訴えることもできなかった。神父にも。

原住民《プリブミ》であるわたしが警部から警視補に、ついで警視に駆け上がったことは、昇進できなかった同僚たちを不愉快にしただけでなく、彼らに不審を抱かせた。そしてわたしは、プロテスタントの牢につながれた異教の徒として、疎外感を味わった。警視に昇進したことで、わたしと彼らとの社会的な関係はますます悪化した。わたしは野鶏のなかの孔雀になったのだ。どこへ行っても、どこにいても、つねに彼らがわたしを見張っていて、わたしのあら探しをしているように思われた。こうしてわたしは、細心の注意と最大限の警戒心をもって生きることを強いられた。

アチェ戦争(40)の終結後、たしかに東インド陸軍内では、カトリック教徒の処遇に変化がみられた。カトリック教徒がプロテスタントと同等の扱いを要求していたのだ。戦争における死傷はカトリックであるかプロテスタントであるかを区別しない、と。彼らの要求は実をむすび、カトリック教徒の昇進の道が、かつてのように狭められることはなくなった。こうしていまや、陸軍ではカトリック教徒に、海軍ではプロテスタントに、士官ポストが優先的に割り振られているような感すらある。しかし警察組織では、わたしは依然として野鶏のなかの孔雀であった。陸海軍にみられるようなポストの配分は、警察にはなかった。警察組織のなかで、わたしは一羽の孔雀というだけでなく、カトリック教徒として、またヨーロッパ人と同等の地位を与えられた原住民として、モルモットにされていたのだ。

このように、警察組織はわたしの生活の源であり、また牢獄でもあった。わたしは警察官であると同時に、警察組織の囚人でもあったのだ。まるでわたしは自分の意思をうしない、善なるものについての教えに盲目で、ド・カニー夫妻とパンゲマナンの叔父叔母の教育に背いたようだった。

肉体的、精神的な——政治と経済の——抑圧からの人間の解放について、ヨーロッパで学んだ多くの書物と知識から、わたしは、この地球上のいかなる土地の植民地支配も悪であることを完全に理解していた。警視補に昇進してからの仕事をわたしは嫌悪していた。家族を養うために、自分自身の内部にあった崇高なものをことごとく抑圧しているように思えたのだ。

それから、わたしが想像し恐れていたことが現実となった。休暇を終えてバタヴィア警察本部に出勤したわたしを、ド・ベール氏がこう言って迎えたのだ。

「パンゲマナン君。すっかり元気になったようだね。きみに新たな仕事があるんだ」

「また特別な仕事ですか」

「そのとおりだ、パンゲマナン君」

彼の指令はまさしく、あの倶楽部ハルモニでK博士の発言を聞いてから、わたしが想い描いていたとおりのものであった。新聞雑誌に発表された原住民による記事や論説を仔細に研究、分析し、執筆者に面談を行ない、それらを比較しながら、彼らの傾向と重要度、さらにオランダ領東インド政府に対して彼らはいかなる信念をもって臨もうとしているか、について結論をまとめること——それがわたしの新たな仕事だったのだ。

これは警察にとってまったく未知の仕事だった。そしてそれを遂行する栄誉に浴した最初の人間が、わたし、警視パンゲマナンというわけだ。この日から、わたしは絵具を使って、新聞記事や論説の書き手たちを、政府の目に見えるように色分けすることになった。わたしの仕事は学問とその発展に寄与するのではなく、植民地政府の権力を永続ならしめるためのものであった。

植民地を支配するヨーロッパ人には、彼らなりの言い訳があって、白人が植民地住民に対してやってきたことはすべて、植民地の土着の支配者たちがやってきたことよりましであると正当化された。白人が植民地の民にやってきたことは、彼らを文明化しようとする聖なる動機に駆られたものというわけだ。この聖なる動機のなんたるすばらしさ! それはあるときはすべての行為を正当化する旗じるしとなり、またあるときは心の声を沈黙させる麻酔薬ともなった。それで、わたしはどうであったのか? ヒューマニズムの精神——教会をとおしてであれ何であれ——が深くしみついたわたしは、それを受け入れることはできなかったが、しかし結局は植民地権力の一個の歯車として、否応なく任務をはたすほかなかった。

　わが身を守るためにわたしがとるべき方法は、ただひとつ、ふたつの顔と多くの内面を意識的に使い分けることである。そうやって表と裏の顔を使い分け、内面をこまかく分裂させることに無理にも慣れてしまえば、パンゲマナンという人間の新たな人格を誕生させるのに、わたしの良心は十分に耐えていくことができた。しかしそれでもなお、正直で、純朴で、人間の善なるものを信じていたかつての人間パンゲマナンが、いつも恋しかった。そして、わたしの内面生活において、自己を分裂させ、表と裏を使い分けることが、ときとしてどれほど耐えがたいものであるか、両者が互いに攻撃しあい、非難しあい、あざけりあい、収拾のつかない修羅場と化していった心の葛藤を知るのは、わたしだけだった。一方は道義的な原則という名の、もう一方は現実生活という名のこのふたつは、どちらも勝利を収めねばならなかったのだ。なんとしても！

　ポーレット・パンゲマナン、そしてわが子ベルナルデュス、ユベルテュス、アンドレ（彼はマルキス、略してマルクと呼ばれることのほうが多かった）、デデ（デジレ）よ。たぶんこれまで、おまえたちはわたしのことを、強く、たくましい、成功した夫として、父親として、警察官吏として尊敬してきたはずだ。そう、おまえたちには、願わくは、いつまでもわたしをそう評価してもらいたい。おまえたちを愛する夫、父親として、信頼できる官吏として。だがわたしはおまえたちを裏切ることになるだろう。いつかわたしがこの世からいなくなったら、わたしが演じてきた芝居ゆえに、おまえたちはわたしに対する尊敬と誇りをうしなうことになるだろう。

それはなんとしても避けたい。だから、妻よ、わたしは、おまえたちがわたしのことを知って、わたしという人間の真実の姿をよりよく理解できるように、このノートを書き残す決心をしたのだ。わたしはけっしておまえたちが評価するような良い人間ではない。正反対の人間かもしれないのだ。そして、子どもたちよ、おまえたちは父親を手本にしてはいけない。原則をなくした生活の奴隷のまねをしてはいけない。ヨーロッパ文明の尺度に照らすまでもなく、原則なき者はもっとも卑しい人間であり、もっとも忌むべき人間であることを、おまえたちは知っているだろう。わたしのまねをしてはいけない。おまえたちの父親は人格破綻者であり、敗北した人間であり、奴隷であると思え。ヨーロッパ文明が理想とするような、清らかな心をもち、原則と人格をもった人間になれ。偽善と野心から自由な人間になれ。あるがままの文明的な人間になれ。この父を許しておくれ。なぜなら、この父はみずから願っていたことと裏腹に、最良の手本をおまえたちに示すことができなかったのだから。

子どもたちよ。おまえたちは自分の子どもの前でわたしを讃美してはならない。なぜなら、たとえわたしの人間としての蹉跌《さてつ》が、おまえたちの利益のためにわが身をささげたい一心から生まれたものであったとしても、それは真実を裏切り、称えられるべき善に反することだから。どうかわたしを、植民地主義者の権力と力に屈服させられた、敗北せる原住民《ブリブミ》世代の代表だと思ってほしい。

わたしはこのノートを五十歳のときに書きはじめた。五十という年齢は、それまでに通過し、見、経験してきたことのすべてを正しく評価するのに、十分に安定した年齢だと思う。教育を受けた人間であれば、そのくらいの年齢に達したら、来し方をふり返り、おのれの善なる行ないと悪なる行ない、正しきことと過てることについて、評価を下してしかるべきである。

　こっそりこの世を去ること、そして子と妻とその世界の前で汚れなき父親や夫を演じることは、正しくない。子どもたちが成功し、父親よりもずっと良い人間になること、もっと思慮深く、もっと善意にあふれ、もっと聡明な人間になることをわたしは願っている。ここまで半世紀を生きてきたわたしの人生に対する最初の評価は明らかだ。小さいときから警部になるまでは、神のおぼし召しにしたがって道を歩んできた。警視補になり警視に昇進してから現在までは、疑いようもなく、わたしは泥の上を歩き、ますますその泥の深みにはまり、神のおぼし召しからますます遠ざかっている。

　子どもたちよ。わたしの最終的な評価を下すのは、おまえたちだ。おまえたちはやがて、わたしのことを知り、わたしが生まれ、生活の糧と安楽のために政府の下僕として働いてきた東インドという土地のすべてを、知ることになるだろう。いや、それはわたしが泥にまみれた土地、と言ったほうが正直であろう。

　もはや明らかではないか。警部であれ警視であれ、わたしの仕事はまぎれもなく、東インド政府の安寧と永続のために、同胞たちを厳重に監視しつづけることだったのだ。すべての原住民《プリブミ》――なかんずく、政府の安らかな眠りを妨げる新時代のピトゥンたち――を、わたしはひとつの

〈ガラスの家〉に入れ、わたしのオフィスの机に置いてきた。これからもそうするだろう。すべてがはっきりと見えるように。その〈ガラスの家〉のなかで起きているすべての動きを、つぶさに監視すること、それがわたしの仕事なのだ。それは東インド総督の願っていることでもあった。東インドは変化してはならぬ——永久に不変でなければならぬ、と。だから、わたしが首尾よくこのノートを保存して、おまえたちの手に渡すことができたあかつきには、どうかおまえたちはこのノートに、《ガラスの家》という題名をつけてほしい……。

3

ある日、新たな指示があった。それはわたし自身が作成して本部長の承認を得た職務計画にもとづいたものだった。その指示を受けて、わたしは午前九時、総督官房府の紹介状をもって国立公文書館を訪ねた。

なぜその紹介状がブタウィの警察本部ではなく、バイテンゾルフの総督官房府からのものでなければならないのか、わたし自身にはわからなかった。それほどの上級官庁が、なぜわたしの仕事に関与するのか謎だった。総督官房府からの特別な紹介状を持参しているとあれば、公文書館の全職員が起立して丁重にわたしを扱うだろう。官房府は東インド総督と指呼《しこ》の間である。東インド評議会が設置されてから、官房府の権力はそちらに移ったと一部で思われているが、事実はそうではない。東インド評議会はあくまで総督の諮問機関にすぎないのだ。東インド政府の全政策の遂行をつかさどっているのは、依然として総督官房府なのである。

紹介状を示すと、担当部局の職員があわてて部屋からとび出してきて、わたしを迎えた。事実上、総督官房府長官じきじきの職務執行命令書であるそのような紹介状を、いったいどうしてわたしが手にできたのか、職員はいぶかしげにわたしを見つめた。それからすぐに彼は態度を一変させ、にこやかに言った。

「それで、パンゲマナンさん。なにをご用意すればよろしいのでしょうか」

彼はLという名の若い純血のオランダ人で、社会的にはほとんど無名といっていい公文書の専門家だった。細く上品な金の鎖でつないだ柄つきの眼鏡がお気に入りらしかった。上着は白い亜麻布の詰め襟服、ズボンも同じ素材、靴は黒色だった。ブロンドの髪を真ん中で分け、かなりの長身で、がっしりした体格をしていた。

「まず手始めに」と、わたしは自己紹介してから言った。「フィリピンに関する文書を調べたいのです」

「重要な問題ですが」と彼は応じた。「関心のある人はほとんどおりません。ただ、フィリピン関連の文書を集めるとなると、数日かかります。特別な文書もご入り用ですか」

「あるものは全部」

「全部!? いや、全部ということであればもっと簡単です。この公文書館はアメリカなどのようにきちんと整理されていませんでね。特別な文書ということになれば、ちょっと手間がかかります。三日くらいして、またいらっしゃってみてください」

それからちょうど三日後、わたしはふたたび国立公文書館を訪ねた。正門から奥にむかって長く伸びた前庭は、進入路の左右に芝生がひろがり、朱塗りの本館はフランス田園地帯の地主の城を思わせた。かつて歴代三人の総督がここを住居にしていたのだという。ド・エーレンスか、フアン・ホーヘンドルプか、ロシュッセンか。正確なことはわたしにはわからない。進入路の両側にモクマオウの並木があったが、これは総督宮殿として使われなくなって以降に植えたものらしかった。

L氏はわたしを吹き抜きのパビリオンで迎えた。そのむかし、レセプションに使われ、招待客がワルツの調べに合わせて踊った場所である。だが、いまはがらんとして、わずかに受付係を兼ねた守衛がひとりいるだけだった。

わたしはさっそく建物のなかに案内され、ある大きな部屋に通された。そこはさらに静かで、湿気があり、涼しかった。

「ええと、これがあなたの机です」そう言ってL氏は部屋を出てゆき、まもなく書類をひと山かかえた用務員を伴って戻ってきた。「お探しのものは全部このなかにあるはずです。必要なものがあれば、なんでもこちらのド・マンさんにお申し付けください」そして、その用務員のほうをふり返って「ド・マンさん。こちらはパンゲマナンさんです。しっかりお世話してあげてください。ではパンゲマナンさん、わたしはこれで。お仕事がはかどりますように」

「でも、Lさん」とわたしは引き止めた。「この文書は全部ここで読まなくてはいけないのですか」

「そうです。この文書類は持ち出し禁止になっておりまして。あいにくですが。全部ここで読んでいただかねばなりません」

彼は一礼をして別の部屋に消えていった。

わたしの前に積まれた高さ二十センチほどの文書の山は、ド・マンが差し出した閲覧書にサインをしないうちは、手をつけることができなかった。サインをすませると彼は閲覧書をしまい込み、部屋の隅にさがって椅子に坐った。わたしは小役人の監視下に置かれている気がした。

文書の一枚たりともポケットに忍び込ませてはならぬと、ド・マンはわたしにじっと監視の眼を光らせ、そのことが静かで人気《ひとけ》のない部屋の雰囲気をますます落ち着かないものにした。わたしとド・マン以外に誰もいない部屋、その高い天井と東インド会社時代[41]からの古びた家具類、ドアのように大きな窓、そこを自由に吹き抜ける風――まるでそれは壮大な霊廟の一室といった趣だった。わたし自身が家具と同じ年代物の、霊廟の一部になった気がした。

遠く大通りを往き来する人や乗り物の音が、かすかなざわめきのように部屋に入ってきて、たえまない地鳴りのように壁から壁に反響した。一方、わたしの眼の前にある文書類は、秘密にみちた過去のあるものを代表し、不可視の霊たちを象徴していた。わたしは鳥肌が立った。

ド・マンは黙って部屋の隅に坐り、眼だけが、わたしとわたしの前に積まれた文書の山をずっと見張っていた。

命令でなければわたしがこの建物に足を踏み入れることはなかったろう。

文書の山はすでに、いったい何人の専門家の手を経てきたのか、独自のやり方にしたがって、犯罪、移住、歴代総督の命令……というように問題群ごとに分類されていたが、肝心のフィリピンに関する記録、ましてやボニファシオやリサールに関する記録は、どこにも見あたらなかった。そのなかでわたしの目をひいたのは、総督スルット・ファン・ド・ベールの発した一通の命令書だった。もちろんそれは原本ではなく、写しにすぎなかったのだが、東インドの哨戒艇に対して、アメリカの海賊船への警戒を強めることを命じたものだった。海賊船は、フィリピンのある小さな島を根拠地として、中国本土沿岸から調達できなくなった中国人の代わりに、北セレベスの沿岸一帯から男たちを拉致し、南米の鉱山に労働力として売りとばすために暗躍していた。その命令書は、顔も知らないわたしの兄が生きていた、一八六四年のものであった。

わたしはその記録を読んで、沖合で漁民たちを捕らえて連れ去った、白人の海賊にまつわる古老たちの話を思い出さずにはいられなかった。漁民たちは二度と故郷に帰ることはなく、どこに連れて行かれたのか知る者もなかった。以来、小舟で海に出る漁民たちはみな、大型船が見えると逃げだすようになった。しかしその海賊がアメリカ人であるとは、わたしの常識ではにわかに信じられなかった。もし連れ去られたメナドの男たちが、前世紀の世界で黒人がそうであったように、南米までの長い航海の途中で死なずに、また鉱山の重労働で命を落とさなかったとしたなら、おそらく彼らは渡った土地の女たちとのあいだに子孫を増やしているだろう。そしてメナド人ではなく、中国人として通っているはずである。

北セレベスの同胞がスペインの植民地支配に抗して起こした叛乱の記録は、わたしの関心をひかなかった。少なくともこの時点では。わたしが必要としていたのは、フィリピン原住民の反抗に関する、より新しい情報だったのだ。それらの記録のほとんどは旧綴りで、さらに一部はスペイン語で書かれていたため、わたしはゆっくりと読まねばならなかった。そのスペイン語の記録は出処についてなんの注記もなく、作業はさらに困難を強いられた。

五時間たって、わたしはド・マンに飲み物をもってきてくれるよう頼んだ。彼は席を離れようとせず、わたしの前に積まれた文書から眼をそらさずに別の用務員を呼んだ。結局、呼ばれた用務員が熱いミルクを一杯運んできた。

「ド・マンさん」わたしが呼ぶと彼は近づいてきた。「この調子でいったらとても仕事は終わらない。必要な個所を写すために、書記を雇うことはできないかね」

「あいにくですが、できません」

「だったらこの記録はもとに戻してもらいたい。あす、また来る」

「お顔の色がすぐれないようですが」

いかにもわたしは、その無愛想きわまりない雰囲気に頭がくらくらしはじめていたのだ。

彼は文書をチェックし、貸し出しリストと照合した。一枚も欠けていなかった。

「あす、またこの部屋にいらしてください」

わたしはホッとしてその過去の亡霊たちが眠る墓場をあとにした。馬車に乗り込む前に建物をふり返らずにはいられなかった。朱色の建物はたしかに遠目には美しく、あか抜けてみえた。かって、ここを訪れるのは植民地の著名人士たちだけであったが、いま足を踏み入れるのは墓掘り人だけで、わたしもそのひとりなのだ。

　翌日、L氏が公文書館内のわたしの仕事場にやってきた。

「お求めになっているものの関連資料を探してみました」と彼は言った。「いまも四人がその作業をかかりっきりでやっていますが、まだ見つかっておりません。どういうシステムで文書を管理するのがよいのか、わたしどももまだつかんでいないもので。なにしろ、文書を並べると長さ七キロにもなるんです。大半は二度と人の目に触れることのないものなんですが。文書管理の専門家を育成する機関もありませんで。なにもかも経験と見よう見まねでやっていくしかない。ほかの進歩した文書館はどうなっているのか、視察して研究しようにも、予算のついたためしがないんです」

　わたしはL氏のぼやきを聞いていた。わたしへの職務執行命令書が東インド総督の指示にもとづくものだと彼が考えているらしいのは、容易に察せられた。自分の愚痴がイデンブルフ総督の耳に入ることを期待しているのだ。そんな期待はやめたほうがいい、とわたしは同情の笑みを浮かべながら心のなかでつぶやいた。東インドの官僚機構は、植民地権力そのものと同じように腐っているのだから。

「さらにやっかいなのは」と彼は言葉をついだ。「わたしどもの文書の一部がバイテンゾルフに保管されていることです」

「おや、あんなところに？」とわたしは調子を合わせるように応じた。

「ただ、あそこは閲覧者を受けつけておりません。倉庫があるだけで。専門家の育成を急がないと、すべてが紙くずになって、価値がなくなるでしょう」

「わかります」

「これから再々いらっしゃると思いますが、すぐにはお役に立てないこともありますので、その点はご承知おきください。わたしどもの大変さをお話ししたのも、あらかじめそのことをご理解いただきたかったからです。すきまなく並べて七キロもありますもので」

「どんなにむつかしいかよくわかります」

「ご理解いただきありがとうございます」そう言って彼はうれしそうにうなずいた。「これ以上お仕事のじゃまはいたしません。では、お仕事がはかどりますように」

L氏が去っていったのを見てド・マンが言い添えた。

「総督官房府の命令書をもって閲覧に来られたのは、あなたがはじめてです。Lさんの期待には大変なものがあります、ここの抱えているさまざまな難題をあなたが理解してくださると。わたしどもの仕事がやりやすくなるようお力添えをいただければ、こんなありがたいことはありません」

ド・マンは昨日と同じように部屋の隅に行って腰かけ、わたしは資料の閲読に没頭した。わたしが必要とする記録はさほどの分量ではなかったが、まさにその少ない記録のなかに当面の問題解決の手がかりが埋もれていた。資料を読んでいると、隣国フィリピンはまるで、はるか遠く、北極に位置しているかのように思われた。ファン・デル・ウェイク総督が統治していた時代の記録に、フィリピン原住民の騒擾事件について報道管制を命じた、一八九八年の文書を発見した。

その通達がはたして守られたのかどうか、あるいはまた、どうやって実行されたのかを証拠だてる他の記録は見あたらなかった。

さらに、ファン・デル・ウェイクの後任、ローセボーム総督時代の文書に、アチェ戦争が終結にむかいつつある現在、同地域の併合をねらってイギリスがアチェに秋波を送っていることに対し、あらゆる措置を講じてイギリスの野望を阻止すべきである、という官房府から総督へ宛てた覚え書きふうの提言があった。そこにはこう書かれていた。イギリスにせよアメリカにせよ、英語圏の国民を、同じ白人だからといって信用するのは危険である。フィリピン問題でスペインに圧力をかけるアメリカに刺激されて、イギリスはアチェに侵攻する可能性がある。これまでイギリスは間接的に、また、さまざまなシグナルを送ることで、アチェに多大の武器援助と助言を行なってきた。イギリスがアチェを支援してきた理由はわからなくもない。というのも、イギリスとオランダは、一八二四年のロンドン条約において、アチェをシャムと同じように、隣接する両植民地間の緩衝地帯とすることで合意したにもかかわらず、オランダ領東インドがその協定を破ったからである。イギリスもまた、この秘密協定を遵守しなかった。北スマトラ、中央スマトラへ学術調査を行なったドイツ人植物学者ユンフンの遠征隊は、原住民《プリブミ》によるオランダへの反抗の一因に、シンガポール、マレー半島からの火器の供給があるという状況証拠を得ていた。こうしたオランダとイギリスの紛争を解決したのは、スマトラをめぐる一八七一年の条約である。これによって両国は、植民地の領土を平和的に分けあうことで和解した。すなわち、オランダはアチェで行動の自由を獲得し、他方イギリスは、シアックとその支配地全域において、オランダ企業と同等の権利を保証されることで自由な行動が可能になった。オランダ領東インドはアチェを攻撃し、それまでのイギリスの干渉に終止符を打った。現在、アチェの抵抗は、軍事的には意味をうしなっているが、しかしイギリスがフィリピンの事態に勇気づけられ、ふたたび食指を動かす可能性がある。したがって、アチェの情勢を判断するにあたっては、フィリピンにおけるアメリカ合衆国の動向を軽視すべきでない。

　ページを繰りながら、わたしは、かつて倶楽部ハルモニで植民地問題の権威、K博士が語った問題の鍵を発見できた思いがした。問題の図式は、こうである。すなわち、東インドの原住民《プリブミ》知識層が叛乱を組織するのを、イギリスとアメリカは支援するのではないか。そうやって、ちょうど北セレベスの対スペイン叛乱に乗じてオランダ自身がやったように、自分たちで東インドの全体もしくは一部を併合しようとするのではないか。それをオランダ植民地権力は憂慮し、疑っているということである。

　しかしながら、東インドには、原住民知識層が叛乱を組織することを不可能にする、重要なファクターがあった。フィリピンの大学に相当する高等教育機関が、いまなお東インドには存在しないことだ。ただひとつ例外は、おそらく、バタヴィア医学校である。そこでわたしは、この医学校について特別のリポートを作成した。というのも、一般に、ヨーロッパでその役を演じたのが法律家であったのに対し、アジアにおいてひとびとの覚醒をうながす推進役となったのは、まさしく医者だったからである。ヨーロッパでひとびとを立ち上がらせた運動の動機は、法的な権利が侵害されているという意識だといってよいが、アジアでそれをうながしたのは、病んだ社会と生活を治癒させねばならないという自覚である。東インドでもしそのような運動が起きるとするなら、ヨーロッパ型ではなく、アジア型になることは疑いない。東インドの原住民《プリブミ》には法意識がない。ためしに、彼らの財産を奪ってみるがいい。奪ったのがヨーロッパ人かヨーロッパ混血児だったら、原住民は沈黙するばかりで、権利が侵害されたとは感じないだろう。彼らは権利の何たるかを知らず、法の何たるかを知らない。知っているのは、彼らを裁く裁判官の存在のみである。原住民がいつまでも刃向かうことがないように、教育を受けた原住民が倍増することを東インド政府が抑制してきたのも、偶然ではない。もちろんわたしとしては、いまのところ、十分な裏づけと確証が得られるまで、このようなリポートを公表する勇気がない。だから、あくまでこのリポートは暫定的な性格のものである。

現在、アチェはすでにオランダ領東インド権力の庇護下にあり、もはやアチェをめぐってイギリスと紛争が起きる可能性はないだろう。フィリピンはアメリカの支配下にある。自尊心の強いこの国民はアメリカに多大の困難をもたらすだろうと予測する者たちがあったが、その予測は現実のものになりつつある。東インドの北に位置するこの英語国民は、オランダ領東インドにとって依然、危険な存在である。だから、東インドの原住民知識人が彼らと接触することは、個人的な関係であれ書物を介してであれ、注意を要する。

東インドの東には、さらにふたつのヨーロッパ植民地権力が存在する。東パプアのドイツとティモールのポルトガルである。

ポルトガルが原住民知識人をとおして、その領土の外に影響力を浸透させることは、ありえない。どうやらポルトガルは、過去一世紀、北側の近隣諸国、ベルギー、オランダ、フランスに圧迫されて、ヨーロッパ文化圏からアフリカ文化圏に追いやられ、資金も力も尽きはて、戦う意欲も失せてしまっているからだ。

だが、東パプアのドイツは、一見おとなしくしているようでも、特別の注意を払わねばならない。歴史上いくたびも戦場でその運命を決してきたドイツ民族は、いつも若々しく、たくましい民族である。わたしはそう言うだけの独自の根拠を持っている。過去に二度つづけて、警察はトルコ人青年たちを逮捕し、国外追放に処したことがある。彼らは東インドを徘徊し、イスタンブルを拠点とする汎イスラム主義(42)の工作者だと名乗った。尋問で明らかになったのは、彼らが英語よりドイツ語に通じているということだった。東インドの若いムスリム集団とはアラビア語で接触できると彼らは考えていた。トルコ人青年たちの工作は完全な失敗に終わったのだが、彼らはほぼ全員、ドイツの教育を受けていることが判明した。

東インド政府は、この事件をあえて重大視することは避け、一般に公表するべきでないと判断した。東インドの植民地主義的なヨーロッパ人ジャーナリストたちでさえ、事件の詳しい事実関係をつかむことができなかった。

いまや時代は移り、あのピトゥンのような者たちが活躍できる時代ではない。この新しい時代の生活において、勇敢さとテロという武器だけでは、得られるものは少ないのだ。現代は科学と学問の時代である。あらゆることが科学と学問によって秤にかけられ、評価される。ピトゥンとちがって、ことによってはみずから戦いの場に降りてゆく必要のない、思想のリーダーたちの時代なのだ。導くのは思想の力であって、たんなる勇気とテロではないのである。

うっ、ピトゥン。シーッ!

「なにかご用で?」とド・マンが、むっとした口調で尋ねた。

「いや、つい。ド・マンさん。恐れ入りますが、飲み物をもらえませんか。きのうと同じ、熱いミルクを」

ド・マンは別の用務員を呼び、まもなく注文したものがやってきた。用務員はコップをわたしの前に置いた。ド・マンが不愉快そうな目つきでわたしを見ているのがわかった。

三回目に訪ねたとき、ド・マンはますます露骨に、わたしを歓迎しないという態度を示した。わたしは気にかけなかった。きょうは、シーッが口をついて出ませんように。ピトゥンのことが頭に浮かんだら気をつけるよう自分に言い聞かせていた。

文書の閲覧をはじめて四時間、わたしはローセボーム総督の訓令を発見した。総督官房府をつうじて各州知事と東インドの各通信社の代表者に通達したもので、その管轄下にある新聞、雑誌等がフィリピンの不穏な事態について報道したり論評したりするのは、いっさいまかりならぬという内容であった。

こうして、ほぼ一か月、わたしは国立公文書館の机に坐ってページを繰り、記録を読んだ。もはや注目すべき記述は見つからなかった。それ以上はオランダ語とマライ語の新聞、雑誌にあたるしかなかった。わたしはジャワ語はできなかった。新聞、雑誌はバタヴィア学芸協会の附属博物館の図書室で借り出すことができた。むろん、発行されたものがすべてそこに所蔵されているわけではなかったから、読めないものもあった。かつて新聞、雑誌および出版各社に、保存のため、それぞれの刊行物を三部ずつ、博物館に寄贈するよう要請が行なわれたが、その呼びかけには法的な拘束力がなかったため、全社が応じたわけではなかったのだ。このほか、わたし自身のオフィスも、オランダ、フランス、イギリスの新聞、雑誌を定期購読していた。東インド内外のそうした刊行物を読んでまとめたのが、以下のリポートである。

ヨーロッパの植民地宗主国はいま無風状態にあるが、それは嵐の前の静けさといったものである。アメリカと日本が台頭して植民地列強の仲間入りをはたしたことで、ヨーロッパの平穏にはますます疑問符がつくようになった。各国は、オランダとベルギーを除いて、アジア、アフリカ、ラテンアメリカの現状の植民地で満足していない。すでにイギリスは南アフリカをうしない、スペインはメキシコ、フィリピン、キューバをうしなった。小国オランダ、ベルギーは、たとえばフランス、ドイツと戦場で覇を競う力はないだろうから、自重するのも当然である。

宗主国のなかで、新たな植民地獲得に貪欲さを隠さないのは、ドイツである。過去二百年間、ドイツはヨーロッパの問題にかまけていたため、アジア、アフリカにおける植民地争奪戦におくれて加わった。ドイツは立ち遅れを自覚している。しかし、ヨーロッパの外の世界は、すでにヨーロッパ列強に分割されてしまっている。仲間内では法律を尊ぶヨーロッパの諸国民には、近隣諸国の植民地を奪って仲たがいする口実がない。ただひとつ口実ができるのは、植民地の原住民がみずから騒乱を起こして、介入を招いたときだけである。

いかに優秀な西洋の学者でも、植民地のことを深く知らなければ、どこまで行っても世界のことはわからないという。彼らは象牙の塔の、ある階からこの世界を眺めているにすぎない。人類の歴史をつうじて、今日まで、ある国が世界になるのは、植民地を所有することによってであった。植民地を持たない国家は、たとえて言えば、ひとりで家事をこなし、ひとりで生計を立てなければならない男やもめと同じである。植民地は従順で、貞淑で、素直な、働き者の妻のようなものだ。たとえキリスト教の倫理に反しても(もちろん、モルモン教徒については例外だが)、妻の数が増えれば増えるほど、夫はさらに豊かに、さらに一目置かれるようになるのである。

この比喩が正しいとするなら、ドイツがアフリカで手に入れたのは、洗濯ひとつできない妻であったのに対し、東パプアのそれは、ものも言えない、能なしの妻で、ドイツにとってはなにも産まないばかりか、最近ではかえって重荷になるばかりである。

隣人の手から植民地を奪うためには——ああ、人間の覇権欲とやらにとって、この世界はなんと狭くなっていることか——、植民地の原住民《プリブミ》の協力が得られないとすれば、ヨーロッパ植民地列強間の力のバランスを変えなければならない。

わたしは国立公文書館に戻って、はたしてドイツが東インド領内まで跳躍をはかる可能性があるかどうか、パプアについてあたうかぎり研究してみた。

その結果わかったのは、パプアはずっとむかしから植民地勢力の標的になってきたということである。一七八四年にイギリスは西パプアの支配をこころみたが、撤退をよぎなくされた。住民があまりに原始的だったというだけでなく、黒水熱(43)が恐ろしい死神となったからだ。この熱病にやられてチョコレートのような黒い尿が出るようになると、人間は地上から消えていく運命にあった。イギリスはパプアから逃げだし、やがてオランダがそれに替わって、マノクワリに支配の拠点を築いた。

まる一週間かけて記録を調べた結果、わたしは、イギリスは一七九三年にパプアから撤退したことを後悔するだろうと結論づけた。オーストラリアとシンガポール、マラヤをつなぐ基地として、イギリスはパプアを開発すべきだったのだ。ティモールのポルトガルと東パプアのドイツは、そこを中継基地にしようにも、他の支配地域と距離がありすぎた。これはオランダにとっての東インドも同じである。しかしいずれにせよ、ポルトガルもドイツ、オランダも、この三つの植民地を永遠に手放すことはない。植民地を所有することは、それが空っぽであろうがなかろうが、富をもたらそうがもたらすまいが、現代世界においてはなによりもまず、国家的な威信の問題なのだ。その威信があればこそ、彼らは隣人と顔を合わせたとき、堂々と胸を張ることができるのである。

　こうしてわたしは、まる三か月、過去の記録を洗いなおす仕事に没頭し、教育を受けた原住民の叛乱と、それが他の植民地列強の介入を招く可能性に焦点を合わせて、オランダ領東インドの植民地問題の基本的な構図をつかもうとした。

　わたしがポルトガル領ティモールの資料を求めたとき、L氏はまたしても自分自身で資料を出してきた。机の反対側に坐って、彼はわたしをしばらく見つめてから、こう言った。

「請求されるファイルから判断して、あなたのお仕事がどんなに重要なものか、わかった気がします」そして、「必要なものは全部お見せしました。ここにある記録はすべてわたしの全面的な管轄下にある。鍵のコード番号を知っているのは、わたしだけです。わたしがダメだと言えば、強制できる権限はどこにもない」

「ほんとにあなたはお偉いのですね」とわたしは応じながら、L氏はわたしから感謝と総督からねぎらいの言葉を期待しているのではないか、と勘ぐっていた。

「どういう意味ですか」

「あなたは、こちらがある資料を請求しても、提供したくないなら簡単に拒否できるということです」

L氏は口を真一文字に結び、感情が表に出ないようおさえていた。どうやら彼は、公文書館という名の墓場であまりに孤独な長い年月を過ごしてきたことに、同情を求めているらしかった。

「おっしゃるとおり、わたしがないとひとこと言えば、それでおしまいです。それでその文書は存在しないこととなる。手品師にかかったみたいに。信じないなら、長さ七キロの文書のなかから自分で探してみればいい。孫の代になっても見つからないでしょう」

「ここの文書についてはあなたが絶対的な権限をお持ちのわけですね。お力添えをいただきまことにありがとうございました」

ようやく彼は満足そうな笑みをみせた。

彼が恩着せがましいことを言ったのは、総督官房府の職務執行命令書があるとはいえ、原住民《プリブミ》に便宜をはかってやらねばならない腹立たしさを、晴らしたかったからであろう。いや、それよりもやはり、当初の推測が当たっていて、わたしの話が総督か官房府の上層部に伝わり、公文書館の扱いが改善されることを期待していたのだろうか。

「政府の重要な仕事は、たいていこの公文書館の研究室からはじまっているんです」と彼は補足した。

「もちろん東インド評議会のお偉方も？」

「そうです」

「機関として？　それとも個人的に？」

「機関としてです。だから、あなたのお仕事がどれほど重要か、わかるんです。それに、あなたご自身もたいへん重要な方だと」

「正直なところ、わたしの仕事が重要なのかどうか、自分ではわかりません。まして、わたしが重要人物だなんて」とわたしは急いで否定した。「わたしにわかっているのは、やらなければならない仕事があるということだけです。それ以上はわかりません」

「今晩、なにかご予定は」と不意に彼は訊いた。

「家族と過ごすだけですが」

「夕食にお招きしてもよろしいですか。レストラン〝トンアン〟で。八時ちょうどに」

「ありがたいご招待ですが、あいにくお受けできそうにありません」

「あすは？」と彼はあわてて言った。

「ほんとに申し訳ありません」

「奥さま同伴では？」となおも彼は食い下がった。

「わかりました。あす、妻といっしょに」

彼は握手を求めて、わたしの手を上機嫌でゆり動かし、それから自分の部屋に戻っていった。

オランダ領東インドとポルトガル領ティモールの関係についての記録は、まったく無味乾燥なもので、大半は国境地帯における部族間の抗争に関する報告に終始していた。それからつづけて調べたのは、豊富な石油資源をもつ北ボルネオとイギリスについてだった。

土地が豊かで鉱物資源に恵まれていればなお申し分ないが、どうやら、ヨーロッパをひきつける植民地とは、人口の多いところであったらしい。オランダがジャワに権力を集中したのも、まさに人口の多いところを選んだからである。その多くの住民を、オランダは鉄砲や大砲、銃剣にものを言わせて、牛馬のように酷使することができた。だから、オランダの東インド支配は、つねにジャワ中心主義だった。東インドの全領域と、そのヒト、モノを彼らはジャワから眺め、値踏みしたのである。

レストラン〝トンアン〟で、ふたつのことが明らかになった。L氏が、中華料理に目がないこと、そして、ジャワについて学問を究めたいと願っていることである。

「あんなに膨大な資料が利用できるのですから」とわたしは話を引きとって言った。「きっとあなたは、二十世紀に、ラッフルズとフェス[44]の業績をこえることでしょうね」

「パンゲマナンさん。彼らをこえる必要はありません。あのふたりは永遠に生きつづける偉大な学者です」彼はわたしの健康と成功を祈念してから、ブランデーを飲み干した。そして、こうつづけた。「ジャワ人は、いつの日か、感謝ということを理解したあかつきには、ジャワを照らしだしたふたりの先学の記念碑を建てるでしょう」

「そしてあなたの記念碑も」とわたしは言い添えた。

「それはほめすぎです。わたしはパイオニアじゃない。せいぜい、彼らのやったことを補完するくらいのものだ。ラッフルズとフェスは、この分野では永遠に不滅です」

やはりこのときにわかったことだが、L氏はべつに総督や官房府に注目してほしいと願っているわけではなかった。彼にすれば、人気《ひとけ》のない、うすら寒い霊廟に埋もれているだけで、すでに十分なのだ。必要な資料はすべて揃っていて、自分の好きなように閲覧できるのだから、無制限に研究して、どんなテーマでも論文が書けるはずだ。彼は成功するだろう。であれば、そのうえなにを注目される必要があろうか。ジャワ人がジャワ研究で彼に肩を並べるようになるのは、まだまだ先の話で、ましてや西洋式の論理を身につけなければ、それがとうてい無理なことは明らかである。とするなら、L氏は中華レストランにわたしと妻を招待して、いったいなにを期待していたのか。

わたしの妻はL氏の妻とおしゃべりに忙しかった。百ワットの電灯の下で、しきりにハンカチで汗をぬぐってはいたが、妻たちの顔はどちらも光り輝いてみえた。食事がすむと、ボーイが香水の匂いのする蒸しタオルをくれた。わたしの妻は中国式の食事がはじめてで、その芳香つきの熱いタオルでどうしたらよいのか、理解できなかった。L氏がタオルで顔と口をふくのを見て、妻はなるほどそうやるのかというように笑い、そのまねをした。

「どうしてあなたはジャワを研究の主題に選んだのですか」

「いまもってどうしても解けない謎があるからです。簡単な仮説を立てることさえできない。たとえば、あなたなら、こういう疑問にどう答えますか。時間的条件が同じで自然条件も同じなのに、なぜ、ジャワ族の人口は、東インドの他の民族よりはるかに多いのか。なぜジャワは、より長く、より豊かな歴史的背景を持っているのか。なぜ彼らは、一定の歴史の時間のなかで、より多くの文化遺産を残してきたのか。それどころか、ある同じ時代とある分野をとれば、ヨーロッパのある国民を凌駕したことさえある。それはなぜか。ハハハ、驚いてらっしゃるようですね」

わたしは驚いてはいなかった。東インドの他の民族とくらべて、ジャワ族がいかに偉大であるか、L氏のような専門家がほめちぎるたびに、わたしはどこか腑に落ちないものを感じていた。そして、いつかきっと、ジャワ族について、もっと深く知る必要があると痛感していた。このときのわたしは、ジャワについて熱弁をふるうL氏に、こう応じるほかなかった。

「それはオランダの東インド支配が、最初から、ジャワ中心主義をとってきたからではありませんか」

「事実はむしろ逆です。パンゲマナンさん。いま言ったような理由があったからこそ、オランダ領東インドの行政はジャワが中心になってきたんです。ヨーロッパ人がやってくる以前から、ジャワは社会経済的な、また文化的な繁栄を可能にする社会組織を持っていた」

「ジャワ族をそれほどほめちぎるのであれば、なぜ彼らはヨーロッパ人に敗北したのでしょう」

「ひと口では説明できません」そう言って彼は、ブランデーのグラスをかかげ、わたしのグラスにカチンと触れ合わせた。「植民地問題の専門家としてのあなたの成功を祈念して！」

「そして、ジャワ研究者としてのあなたの成功を」とわたしは応じた。

ジャワについてのL氏の講義は、翌日、わたしが文書の閲覧をはじめる前に、国立公文書館で継続された。

まだ腑に落ちないものがあったわたしは、こう質問した。

「みんなが大げさに言うあのスリンピ[45]の踊りも、あなたの称讃するもののひとつですか」

「ええ、そうです。スリンピは最良の例じゃありませんがね。むしろ正反対かもしれない。あれはジャワの封建制度の衰退期に生まれたものです。あれがつくられたのは、神々や先祖を、あるいは悪に対する勝利を、また人間の内面の奥深さや崇高さを、称えるためじゃない。スリンピには、ドラマチックなもの、ヨーロッパの尺度でいうドラマチックなものはない。スリンピを生んだのはジャワの封建制度の衰退そのもので、それはあれやこれやの原住民《プリブミ》支配者たちに、肉体を誇示してスリンピを踊る女たちのなかから、どの女を同衾《どうきん》の相手にするか、選ぶチャンスを与えるためにつくられたものです」

「ちょっと信じられないような話ですね」とわたしは言った。「そんなことまでご存じなんですか。おそらくはこの建物から出られたこともないでしょうに」

「いくらでも証明できますよ。大事なのは、どういう視点から見るかということです。パンゲマナンさん。輝けるジャワ学者であったあのフェスは、いちどもジャワの大地を踏んだことがなかったんです。東インドの植民地問題のエキスパートになろうというあなただって、もっぱら公文書館や博物館に出入りしながら研究なさっているだけで、東インドの住民のなかにみずから飛び込んでいってるわけじゃないでしょう」彼はそう言って首を振ったが、わたしにはそのしぐさの意味がわからなかった。「要するに、書かれた資料のほうがより信頼できるということです。それを書いた当人の口よりも信頼できる」

わたしは首肯した。そしてそのとき以来、わたしはL氏と、妻はL夫人と仲良くなった。

「あなたはジャワ人をべたぼめですが、だとしたらなぜ彼らはヨーロッパに敗北したのでしょう」とわたしは、以前の質問をくり返した。

「なによりもまず、この民族はいつも、社会的な対立を回避するために、同一性や調和を追求して、差異を忘れてしまう性質があるからです。ジャワ人はそういういき方を固守し、ときとして歯止めがかからなくなる。そうやって結局、歴史のなかで、ひとつの妥協からさらなる妥協を強いられ、原理原則をうしなうということをくり返してきた。彼らは原則問題で争うよりも、順応するほうを好む」

「それもちょっと信じられないな」とわたしはさらに水をむけた。

「あなたもジャワについて研究するべきですよ。東インドの植民地問題の専門家はみな、このたぐいまれな民族のことから研究をはじめている。もちろん、わたしが言ったことは嘘じゃない。ジャワ人自身がそういう証拠をたくさん残している。石と銅に刻まれたものや、おとぎ話のなかだけでなく。そうしたジャワ人の性質がどうやって形成されてきたかといえば、はてしない戦乱の世がつづいてきたことに原因があるのは疑いない。ひとびとは平和を渇望し、そのために原則を放棄した。十四世紀、ハヤム・ウルク(46)の時代の偉大な詩人ムプ・タントゥラル(47)は、ある詩の一節で、こうした順応的な性質を簡潔に表現している」

「詩?!」とわたしは信じられずに声を上げた。

「そう、十四世紀に書かれた詩です。翻訳すれば、だいたいこんな内容になる。崇高なるブッダは神々のなかの最高神シヴァと変わるところがない。崇高なるブッダは全宇宙である。ふたつをいかにして分離させることができようか。ジャイナの本質とシヴァの本質は同じである。両者は異なるが、ひとつのものであり、対立するものはない」彼はわたしの関心をそらさぬように、わたしに目をやった。そしてこうつづけた。「同じ時代のもうひとりの詩人であるプラパンチャ(48)は、その当時ジャワの仏教寺院を統轄していた人でもあるのですが、それほど高い、責任ある地位にあって、『ナガラクルタガマ』という詩を書き、やはりシヴァをブッダと同じものとして扱っている。それが原理原則を放棄して、妥協をはかる大きな流れになっていったのです」

「でもそれは宗教の問題でしょう」とわたしは反論した。

「パンゲマナンさん。その時代には、宗教は同時に政治であり、権力の問題でもあったのです。ヨーロッパでも、ずっとむかしはそうだったのじゃありませんか。オランダがスペインとたたかった八十年戦争は、カトリシズムに対するプロテスタンティズムの抵抗であり、そこから独立国家オランダが誕生した。そうでしょう? ジャワでも事情は同じで、ある王が別の王に倒されるのは、宗教のちがいが原因だった。たとえば一方がヴィシュヌ神を、もう一方がシヴァ神を信仰するというように」

Ｌ氏の言うことは理解できたが、それにしてもジャワ人が十四世紀に詩を書いていたとは……。

「今日のヨーロッパ諸国民の大半がまだ読み書きを知らなかった時代に、彼らはすでにものを書いていた。碑文などの証拠から、ジャワ人が文字を使ったのは八世紀にさかのぼるが、その八世紀に、オランダ人はようやくキリスト教に出会い、文字表現というものにはじめて触れたばかりで、まだ読むことはできなかった。それどころか彼らは、はじめてオランダに聖書をひろめようとした使徒ボニファティウスを殺害さえした。そうじゃありませんか」

この人物が過去と現在のジャワについて深い学識を持っていることを、わたしは率直に認めざるをえなかった。

「あなたは実際にその十四世紀の詩を読まれたのですか」

「もちろんです。古代ジャワ文字で書かれたものを」

そう言う彼はこの墓場に埋もれた蝸牛《かたつむり》のようであった。

「ジャワ人自身の死をもたらした要因のひとつであるジャワの公式の思想は、プラパンチャとタントゥラルに起源をもつが、マジャパヒト[49]の時代に爛熟期を迎えた。ジャワ人はいよいよ原理原則に拘泥しなくなった。およそ百年後にイスラムがジャワに入ってきたときも、そうだった。彼らはシヴァ＝仏教とイスラムのあいだに同一性を見いだそうとした。こうしてイスラムもまた無原則に受け入れられ、イスラム法がとり入れられた。それから数十年、原則を放棄してもはやなんの痛痒も感じなくなったころ、こんどはヨーロッパが、まさに原則に固執するヨーロッパがやってきた。ヨーロッパ人は数では劣勢だったが、その原則ゆえに勝利をおさめた」

「あなたはそういう論文で博士号をとるおつもりなのですか」

「いいえ。わたしはただ、この公文書館の設備が改善されること、いくつかの費目について予算が増やされることを願っているだけです」

「そういう予算請求をしたことはないのですか」

「請求しても無視されてきました。いまだに百年前の指針に従っているだけで」

それからわたしはまた記録の閲覧をはじめた。ドイツが東インドのオランダにとって替わろうとする兆候を示すものがあるかどうか。そうした痕跡は発見できなかった。ドイツは植民地国家として他の欧米列強の後塵を拝してきたが、オランダ領東インドに対するドイツの野望を示すものを見つけるのは不可能だった。いくつかわたしの興味をひいたのは、ファン・イムホフ総督の五年の在任期間中のことだった。ファン・イムホフは、オランダ東インド会社の歴史において、ドイツ人としてはじめて総督になり、大量のドイツ人兵士を東インドに導入した人物である。その在任中の記録文書には、あたかも彼が東インドをドイツ化しようとしているかのごとき、皮肉や中傷が数多くまじっていた。むろん、公然と彼を告発するような文章はひとつもなかったが、オランダ人は、ドイツの匂いがするものはなんであれ警戒を怠っていなかった。ファン・イムホフの統治時代の資料で驚きだったのは、『ヒモフの詩』——〝ヒモフ〟とはイムホフが誤って発音されたもの——と題するマライ語の物語形式の詩を発見したこと、また、ドイツ人兵士たちのために彼がルター派教会を設立したことに対する植民地社会の異論をめぐって、頻繁に書簡のやりとりが行なわれていたことである。

もうひとつわたしの目にとまったのは、マタラム王国[50]と手を組んでオランダ東インド会社を転覆させ、東インドをドイツ化しようとした、原住民を母親にもつドイツ人、ピーテル・エルベルフェルトの事件をめぐる色あせた文書だった。この逆賊について一般に知られてきたのは、彼がいかに残虐な刑罰を科せられたかということである。四肢を四頭の馬に引かせて切断し、無残に切り刻んだうえで、頭部は槍につき刺して、いまでもパッサル・イカンにある記念碑の上に飾ってあるのだが、そこはもともと彼の屋敷があった場所である。公文書館の記録を読んでみると、エルベルフェルトに関して、すべての事実が公表されているわけではなかった。しかしそれはともあれ、いまわたしにとって重要なのは、東インドをわがものにしようとするドイツの足跡だった。その足跡が過去にあったとするなら、なぜいま、それが見当たらないのか。汎イスラム主義の外皮をまとったトルコ人青年たちもまたドイツの足跡ではなかったのか。

それからわたしは、ドイツ人宣教師たちの布教活動に関する記録を閲読した。彼らの活動している地域が、東パプアのドイツ植民地権力とつながる拠点になっていないか、そのヒントを与えてくれそうな気がしたのだ。正直なところ、わたしはこの件についてなにか明確なことを言う勇気も、結論をまとめる勇気もない。わたしは記録文書をかたづけて、まるでそれを読んだことがないかのような顔で返却するしかなかった。この微妙な問題をヘタに扱えば、プロテスタントにあらざるわたしは破滅するかもしれなかったのだ。

植民地研究に関する幾多の特別刊行物にさらに目を通してから、わたしは、原住民知識層《プリブミ》および、東インド周辺の植民地諸国の原住民知識層と彼らとのあり得べき関係について、報告書をまとめはじめた。それはわたしが作成したもっとも長い報告書で、完成させるのにほぼ一年を要した。

わたしが警視に昇進して以降の仕事について述べてきたことは、説明不足であったかもしれない。警視とはいっても、実際のところ、わたしにはなんの権限もなかったのである。ただひたすら文書類に目をとおし、書くだけ。わたしに命令する力があったとすれば、用務員や給仕に対してだけで、タバコを買ってきてくれとか飲み物を買ってきてくれ、と言いつけるくらいだった。合同の野戦警察隊に号令をかけられた警部時代とは様変わりだったのだ。

報告書が完成するとわたしは本部長に提出したが、それ以後はなんの音沙汰もなかった。通常の勤務に戻ったわたしは、毎日、オフィスで机にかじりついているだけだった。こうした状況が変化したのは、イデンブルフ総督になってからである。わたしは重大な任務を与えられた。それはわたし自身がやってきた研究にそった任務で、原住民知識層の監視にあたることだった。そしてそれは自動的に、彼らの最前線に立つ人物、ミンケを監視することを意味した。この任務のおかげで、わたしは彼のことをつぶさに知るようになった。むろん彼はわたしのことなど知るよしもなかったが。

すでにこれまで述べたように、アンボンに追放された彼をマルクの理事官に引き渡すまで、わたしはその任務を遂行した。同地で彼は住居を与えられ、そこに軟禁された。外部の人間と接触する場合には、報告を義務づけられた。毎週、今後七日間に訪ねる予定の相手と場所のリストを、あらかじめ提出しなければならず、さらに、どこで、誰と会ったか、事後報告しなければならなかった。また、バタヴィア医学校の卒業者の初任給に相当する額の手当てを受け取ることになっていたが、彼は中退者であったため、月々十八ギルダーではなく、十五ギルダーを支給された。外部から手紙を受け取ることはできたが、相手が誰であれ、許可なく手紙を書くことはできなかった。理事官は彼の希望する出版物をすべて与えたものの、逆に彼が自分の考えをおおやけにすることは、いかなる出版物をつうじてであれ、いっさい認められなかった。わたしには痛いほどわかったが、自分の考えを外部にむかって表明することがごく当たり前になっていた者にとって、こうした規則は耐えがたい虐待であり、新しい時代の人間にとっては精神的な拷問であったろう。

アンボンからの帰途、わたしは船上で、ノートに次のように記した。

わが人生においてはじめて、わたしは歴史的な出来事にかかわった。わたしが師とあおぐ人物——ラデン・マス・ミンケの追放を執行したことである。彼は東インドが第二のフィリピンになることを防止するためにとられた、植民地主義的措置の最初の犠牲者になったのだ。

アンボンを離れる前に、わたしは共感をこめて、短い手紙を書き残した。彼がどう受け取ろうと、わたしはあくまで彼の友人である。わたしは彼を師とあおぐものであるが、彼と同じ道を歩むことはできない。わたしは政府の下僕にすぎず、個人的にはこの追放処分の決定に関与していない、と。

ノートの末尾に、わたしはこう書いた。つねに政府に責任を負い、政府に責任を感じながら、おのれの保身と生活の歓びのため以外には、けっして自分で責任を引き受けぬ者、汝の名は政府の下僕なり！

バタヴィア警察本部に戻ると、本部長がわたしを部屋に呼んだ。彼はわたしが任務をまっとうしたことを祝福し、上層部から注目されていると語った。上層部から注目されていると聞いて喜ばない役人がどこにいようか。

わたしの仕事ぶりに満足しているというように、彼は給仕に命じてコーヒーと菓子をもってこさせた。これは人事部の職員から聞いて知ったのだが、彼は英国国教会派の人間だった。おそらくわたしに宗教的な敵対感情を抱いていたはずで、わたしとしても彼には警戒しなければならなかった。

彼はにこやかに、こうささやいた。

「きみに辞令が出ているんだ」

彼はポケットからその辞令を取り出し、わたしに手渡した。まるでわたしがそれを読むのを待っていて、自分もいっしょに読みたいというように、起立したままだった。事情を察したわたしは封筒を開け、辞令を読んだ。その瞬間、わたしはめまいがして、目の前が真っ暗になった。昨日をもってわたしは退職になっていたのだ！　ああ、神よ、どうやらこれが、おのれを売り、原則を売り、かくも卑しい人間になりはてたわたしへの、政府からのご褒美であったらしいのだ。

「年金をもらうことになってうれしくないのかね」と彼は訊いた。

「わたしはまだそんな歳じゃありません」

「だったら、きっとまだ十通くらい、きみ宛ての書類があるはずだが」と彼はからかうように言った。そして上着とズボンのポケットを探るような格好をしてから、さらにもう一通の書類を取り出した。「たしかにきみはまだ若い。年金をもらって老け込むような歳じゃない。パンゲマナン君。もう一通あるんだ」

しかしわたしはもうすっかり意気消沈して、読む気力もなくなっていた。その書類を受け取るとそのままポケットにしまい込んだ。

「なぜいまここで読まないのかね」

「ありがとうございました。もう帰らせていただきます」

彼はわたしの肩をたたいて、警察本部の正面玄関までわたしを見送り、守衛に車を手配するよう命じた。これほど親切な彼はかつて見たことがなかった。

「奥方《マダム》によろしく」と彼は伝言した。

車のなかでわたしの心は、なんたる感謝知らずと、政府を非難していた。いまやわたしは道端のごみのように棄てられたのだ。ふたつのｎのパンゲマナンに、地位をなくしたいま、なんの値打ちがあるだろう。もはや社会的な地位や名声を期待できないポーレット、あのヨーロッパ人の妻にとってどんな意味があるだろう。警察の制服を脱いだパンゲマナン、彼は何者なのか。ただの民間人、年金暮らしの父親！　政府の建物は彼に閉ざされるだろう。世間はもはやパンゲマナンにおじぎをすることも、脱帽することもないだろう。彼はそこからどんな意味のある言葉も引き出すことのできない、無価値な白い紙になるのだ。

ミンケは追放されてもミンケである。政府はいまも彼を評価している。それにひきかえ、職をうしなったパンゲマナン……国家の後ろ盾をなくした彼に、いったいなんの意味があるというのか。まだなにか誇るべきものがあるだろうか。政府の利益のために、原則はすべて放擲《ほうてき》してしまったのだ。

わが家の玄関先に車が止まると、運転手が外にとび出し、わたしの鞄を抱えてそのまま家のなかに入った。

「あなた顔が真っ青だわ、ジャック！」と妻が迎えた。よろめきながら歩くわたしを見て、彼女はあわててわたしの身体を支えた。わたしの足は重く、関節がはずれそうな気がした。なぜこんなことに。

運転手もわたしに肩を貸して部屋まで入り、そのあとおじぎをして出ていった。

力なくベッドに腰かけたままのわたしから、妻は制服を、もう二度と着ることはないであろう制服を、脱がせた。わたしは感謝の言葉もなく、特別な式典もなく辞めさせられたのだ……。ピストルが革ケースごとベッドにどさっと落ちた。妻はわたしの靴ひもをほどいて、やっとのことで靴を脱がせ、息をつめたまま靴下を脱がせてから、わたしの足をベッドに上げて枕の上に頭を横たえた。

「あなた最近ずっとこんなだわ。弱々しくなって。ジャック。まだ未成年の子どもがふたりいるのよ」彼女は蚊帳を下ろし、またわたしに近づいてキスをした。「わたしの愛情が足りないのかしら」

「その汚れた制服をあっちにやってくれないか」

妻はベッドを離れてわたしに言われたとおりにした。革のベルトを制服からはずし、いつもそうするように帽子かけにかけた。ピストルを戸棚にしまい込み、また鍵をした。そのあと汚れた服をもって寝室から出ていったが、まもなくまた戻ってきて、蚊帳を上げ、そして、

「ジャック、はいこれ。公的なお手紙みたいだけど、封をしたまま。なぜすぐに読まないの」

わたしのこれまでの過失をリストアップしたものにちがいない、とわたしは考えた。

「引き出しにしまっておいて」

「そんなのダメよ！」と妻は聞かなかった。「お仕事の手紙はすぐに読まなくては。あなたどうしてそんなにいい加減になったの。わたしが読んであげましょうか」

「きみが読んでくれ。僕はくたくただ」

妻が封筒を破るのが聞こえた。わたしは耳をふさぎ、身体を斜めにして目を閉じた。なにも聞きたくなかった。それから、突然、

「ジャック！」と妻が叫んだ。

わたしは枕をさらに強く耳に押し当てた。きっと妻は、わたしの不手際や過失をならべたリストを読んで、泣きだしたのだ。

妻がわたしの身体を揺すった。無視するのもまずいと思ったわたしは、やむなくあお向けになり、妻を見やった。妻は泣いてはいなかった。顔が輝いていた。

「どうしたんだい」

「ジャック！」と妻は歓喜の声を上げた。「どうしてあなた黙ってたの。昇進よ、ジャック！栄転になったのよ、あなた！」妻はわたしに抱きついてキスをした。「ああ、ジャック。あなたがくたくたになるまで働いてきたのも無駄じゃなかったのだわ。ジャック！ジャック！」彼女は感涙にむせんだ。

妻のオランダ語は十分ではなかった。わたしはこれから、二百ギルダーの年金を受け取ることになるのだ。あの倶楽部ハルモニはわたしに永久に門を閉ざすだろう。わたしの名は会員名簿から削除されるはずだ。もう完全に終わりである。

わたしから身体を引き離すと、すぐに妻は十字を切って神に感謝した。オランダ語の不十分な

彼女が手紙の意味を誤解したことに気づいて落胆するのは、見るに忍びなかった。すると突然、

「ジャック。わたしたち、バイテンゾルフに引っ越すことになったのよ。あそこに住めるようになってうれしいわ。涼しくて、静かで。ここみたいに落ち着かなくて、うるさいところじゃない。ただ、子どもたちは転校しなければならないけれど」

バイテンゾルフに転居？　なぜバイテンゾルフなのか？　そんなおかしなことが。

「でも、ジャック。残念だわ、あなたがあの制服を着ることがなくなるのは。制服姿でないわたしの夫なんて想像もできない。[51]このお仕事をはじめたときから、ずっとあなたはあの制服だったたんですもの。フラールディンゲンからはじまって、スヘルトヘンボッシュ、そしてこのブタウィまで」

「きみの読みまちがいじゃないのか」

「わたし完璧にわかるわ」

「うれしい？」

「誰だってうれしいわよ、ジャック。夫が総督官房府に栄転になったら……」

わたしはベッドからとび降りた。妻の手から辞令をひったくって自分で読んでみた。妻は一語も読みまちがえていなかった。わたしは、二百ギルダー昇給のうえ、総督官房府に異動になり、バイテンゾルフに移るよう命じられていたのだ。住居もすでに用意されていた。

官房府！　総督からほんの一、二歩だ！

わたしは床に崩れるようにひざまずき、十字を切って神に感謝した。政府はパンゲマナンを忘れていなかったのだ……。

4

妻に腕を引かれなかったら、わたしはバイテンゾルフの新居の前に茫然と立ちつくしていただろう。子どもたちは先を争って家のなかに駆け込んだ。妻は、家具その他がすべて自分の指示どおりに配置されているかどうか、すぐにも点検したいと、はやる気持ちをおさえきれなかった。わたしだけが声もなく立ちつくしていた。その新居というのは、ラデン・マス・ミンケのかつての住まいだったのだ。本来わたしは、ここに住めることを喜んでよいはずだった。道をはさんで向かい側には、東インド総督の広大な宮殿があった。新居の庭は広く、思う存分に呼吸ができそうだった。よく手入れされた大きな木々には葉が生い繁り、緑が目にしみた。建物じたいも石造りの館で、大きくて、美しく、われわれの旧宅よりもずっと豪華だった。

この館に住めるようにするために、おまえはラデン・マス・ミンケを追い出したのだ！　おまえ、パンゲマナンよ！　良心の声が容赦なくわたしを責めたてた。

いや、とわたしは反駁した。政府の力の前には、わたしの良心などひとたまりもないのだ。くそっ！

背後で大きな笑い声がした。わたしはふり返った。ピトゥンとミンケが、互いに目くばせをして、わたしを指さしながら笑っていた。シーッ、シーッ、シーッ！

「ジャック、またはじまったのね！」と妻が注意した。

ピトゥンよ、ミンケよ。おまえたちは政府に敗北したのだ。ふざけたまねはやめろ！　それからようやく、わたしは家のなかに入った。

その日の午後さっそく、われわれは隣人たちの訪問を受けた。みな官房府の高官だった。彼らは一挙一動、また言葉のひとつひとつまで、ひどく慎重なうえに、奥歯にものがはさまったようで、トカゲの群れに迷い込んだ一匹のヤモリを見るような目で、わたしを観察した。みなやってきて十五分ほどでそそくさと帰っていった。

夜、子どもたちと妻の四人でくつろいでいたとき、新たな問題がもち上がった。マルキスがこんなことを言いだしたのだ。

「パパ。あと三か月したら、家族でヨーロッパ旅行するんだよね」

「そうだわ、ジャック。あなたの休暇はどうなったの。あれはまだ生きてるの。それとも、異動があったからもうお流れ？」

われわれ四人は、それ以前に、さまざまな計画を立てていた。妻は子どもたちを連れてリヨンの両親を訪ねてから、ルルドに巡礼し、そのあとローマに行って、念願のサンピエトロ大聖堂を拝観したいと考えていた。マルキスとデデはリヨンにとどまり、かつてわたしが通った学校に入って、勉強をつづけることになっていた。わたし自身は養父母を訪ね、東インドの特産品をみやげに届けるつもりだった。特産品といっても高価なものではなく、ジャワの伝統的な薬の材料として使われる木の根、葉、皮といったものだ。

わたしは、ヨーロッパで休暇をとる権利がまだ生きているかどうか、定かでなく、子どもたちと妻の夢のようなおしゃべりには反応しなかった。

翌日の日曜日、L氏と夫人が訪ねてきて一泊することになった。彼らは翌朝の始発列車でブタウィに帰ることにした。L氏はそのまま職場に直行、夫人は自宅にというわけだ。

L氏が訪ねてくれたことで、わたしはいくぶんホッとしていた。少なくとも、彼といろいろな話をすれば、わたしの錯綜した気持ちもまぎれるだろう。

夕方、L氏とふたりで庭の椅子に坐っていたとき、わたしはこう話をむけた。

「ジャワの敗北は、あなたの考えでは、彼らがなにごとにつけ同一性を求めることに夢中で、原則をうしなったからだということですが、そうだとすれば、もしポルトガルが友好的にジャワと接触していたら、ジャワは十五世紀にはすでにカトリック化していたはずですね」

「そう思います」と彼は答えた。「ジャワ人は、同じであることが確認されれば、なんでも受け入れる。ところが本質的なちがいがわかると、とたんに疑心を抱き、身構え、抵抗さえする」

「きっと、比較の材料をお持ちなんでしょうね」とわたしはさらに突っ込んで尋ねた。

「もちろんです。パンゲマナンさん。たとえば、ジャワに最初に伝播した小乗仏教と、おくれて伝わった大乗仏教は、本質的に天と地のちがいがあるにもかかわらず、両者に衝突があったとは歴史のどこにも書かれていない。両者の折り合いをつけるためにジャワ人が採用したのは、ジャワ的な、まことにジャワ的な先祖崇拝のやり方を導入することだった。かくして、さまざまな顔と教義をもつヒンドゥー教が渡来したときも、同じことが起きた。こうしたジャワ的な折り合いのつけ方、折衷法は伝統となって、いまもなおワヤン[52]の表現のなかに見ることができる。パンゲマナンさん。ワヤンをごらんになったことはありますか」

「いえ、まったく」

「もちろん、ワヤンの思想のエッセンスを研究するには、時間がかかる。ワヤンを理解することは、ジャワ人の人生観、世界観の歴史を理解することだ。パンゲマナンさん。研究テーマとしてワヤンの世界をきわめることは、とりもなおさず、ジャワの人間についてきわめることなんです。それは東インドの植民地問題の専門家になるための基本のひとつだ。たとえ、あるジャワ人が、研究テーマとしてワヤンの世界をきわめ、ワヤン的なものの束縛から逃れることができたとしても、彼が旧いジャワ人から脱却して新しいジャワ人へと生まれ変わるには、まだまだ長い道のりを要する。ワヤンの世界は、近代思想が触れることのできない、特殊な建築物なのです。クリスチャンであろうが、ムスリムであろうが、無宗教であろうが、ジャワ人はみなワヤン的世界にどっぷり浸かってきた。まさにプラパンチャとタントゥラルが描いたような世界に」

わたしは懸命に理解しようとしたが、彼の講義にはなかなかついて行けなかった。

「ポルトガル人がマルク諸島にやってきたとき、住民たちはなんの抵抗もせず、こぞってキリスト教に入信した。むろん、それには社会的歴史的な理由があった。その歴史をつうじて、マルクはつねに外部勢力に支配され、民族として独立したためしがない。それはまさに彼らの土地が香料を豊富に産出したからだ。彼らは近隣の、また遠来の多くの民族とまじわりながら、より進んだ文明との接触から、なんの利益も引き出すことができなかった。一六二〇年代に、総督ヤン・ピーテルスゾーン・クーンによって、マルク諸島からポルトガルが駆逐されるや、彼らはこれまたなんの抵抗も示さずに、あっさりカトリックを捨て、プロテスタントに宗旨がえした。プラパンチャ、タントゥラルと起源こそちがえ、ここでもまた彼らは異質なものに巧みに順応した。新来の支配者に自分を適応させ、合わせていった」

彼の説明にわたしは強くひっかかるものを感じた。マルク諸島についてそのように語ることができるのであれば、メナドについても彼は同じことを言うだろう。カトリックからプロテスタントへ。わたしはそうなる前に、すぐに言葉を返した。

「いまおっしゃったことは証明できますか。ひとつの仮説にすぎないのでは？」

「もちろん、それらを立証するのは、こうやって茶飲み話ついでにできることじゃない。いつの日か、きちんとした研究論文にまとめて出版できる機会もあるでしょう。でも、パンゲマナンさん。順応とか折衷とか妥協というのを、東インドの諸民族にだけみられる特質だと考えてはいけない。けっしてそうじゃないんです。それは原則にこだわる他の民族と接触して自己の原則を捨てる民族に、共通してみられるものだ。アメリカで起きたのは、東インドと反対のことだった。インディアンは、より進歩した、より強いスペインとの接触のなかで滅びるが、それは彼らが新しい事態に適応する道がわからずに、ずるずると敗北を重ねていったからだ。彼らは肉食から小麦を食うようになり、戦いにやぶれては特別保留地へと追い立てられ、そこでむごい仕打ちを受けて、あるいは結核に冒されて、また生きる力をうしなって、最期を迎えることになった。簡単に言うなら、自分たちより強い民族に遭遇したとき、弱い民族にはふたつしか選択肢はない。新しい事態に順応して生きるか、逃亡して密林に棲むかだ。後者を選べば、やがて彼らの文化や生活様式は退化し、草原のヒツジのように落ちぶれるしかない」

この公文書の専門家は、自分で自分の説明に納得していないようだった。おそらく、自分の言ったことが彼自身の求める学問的基準を満たしていないと思ったからだろう、こう補足した。

「ええ、どれもまだきちんとした検証が必要ですがね」

わたしは通りの方向に視線を投げた。フェンス——それは低いブロック塀の上にペンキを塗った木の柵を連ねたもので、内側にはハイビスカスが植えられていた——の向こう側に、前後に並んで立っている、ふたつの人影が見えた。どちらも女だった。前に立っている女は無言で、うしろの女が不安げにその腕を引っ張っていた。見たところ、ふたりは乞食で、敷地内に入るか入るまいかためらっているようだった。

L氏もわたしの視線をなぞった。そして、

「あれがジャワ人のなれのはてですよ」

宮殿の周辺が乞食の立ち入り禁止区域になっていることを、女たちはまったく知らないようだった。

「でも、ジャワ人は、わたしが『オランダ領東インドの歴史』を読んだかぎりでは、どんなときでも徹底抗戦してきたはずですが」とわたしは反論した。

「パンゲマナンさん。そもそも哲学がまちがっているとすれば、あとは自衛するしか手がないでしょう。ジャワ人が白人に立ち向かったといっても、けっして自分から積極的に仕掛けた戦いではなかった。彼らは防衛のための戦い、いかにもちこたえるかということのみに腐心し、いつも敗北の憂き目をみてきた。そもそも哲学において負けていたからだ。彼らの哲学が衰微すればするほど、戦場での敗北は必至だった。現在あなたが知っているジャワ人と、四百年前のジャワ人は同じではないんです」

「現在のジャワ人はどうだと？」

「現在？　残っているのは妥協や順応の精神だけで、現在の彼らにはもはや、もちこたえる力さえない。すっかり袋小路にはまっている。発展がない。悲しいかな、彼ら自身、自分たちがそういう状況にあることを理解していない。理解するには、他の諸国民と比較対照して、自分たちの姿を鏡にうつして見なければならない。過去百年間、彼らが書いてきたものは、敗北から脱することを知らない、負け犬の思想でしかなかった。ヨーロッパに学ぶことを奨励する者はなく、かえってヨーロッパに奴隷として仕えることが奨励されてきた。あるいは、ヨーロッパが彼らの生活を完全に支配している事実に、わざと目をつむってきた。パンゲマナンさん。ジャワ人はそのことさえ知らないのです。むしろ彼らは、ヨーロッパ人に知りあいでもいれば、それを誇りにさえ思っている。ただの知りあいを！　経験から利益を引き出すこともできずに」

「それは臆断にすぎるんじゃありませんか」

「熱くなりすぎたかもしれません」

「いまや原住民《プリブミ》のなかにも、ヨーロッパの学問に学びはじめた者が出てきています」

「わたしの考えでは、進歩しているのは頭脳だけで、彼らのメンタリティーは、三百年間の敗北の重さをひきずったまま、ジャワ的なものから脱していない。消極的で、臆病で、卑屈で。かと思えば、その反動で過度に攻撃的になる」

　ふたりの女はまだフェンスのところにいた。相方の腕をしきりに引っ張っているほうは、その場を離れるようせかしているようだった。しかし相方はうしろをふり向きもせず、フェンスのそばを動かなかった。女たちの視線はわれわれにむけられていた。

　わたしはL氏に失礼して家のなかに入り、女たちを追い払うよう地元の警察に電話をかけた。

「熱くなりすぎていたらごめんなさい。たぶん、わたしが学者になれないのは、そういうところがあるからでしょう」とL氏は、わたしが戻ってきて席に着くと、話をつづけた。

　太陽はすでに沈んでいた。警官がふたりやってきて、わが家の敷地内に足を踏み入れることなく、女たちをゴムの警棒で追い払った。それからどうなったのか、闇に視界をさえぎられて、わたしにはよく見えなかった。その夜、L氏は夫人とともにわが家に泊まり、翌朝早くブタウィに帰っていった。

午前八時、わたしは新しい職場に出勤した。職員がわたしを所属する部の責任者のところに連れて行った。部長は名をRといい、法学者で、フランスで教育を受けたフランス人であった。彼は思いもかけない愛想のよさでわたしを迎え、フランス語で言った。

「マライ語を使いこなし、高い教育を受け、ヨーロッパの近代的な諸言語につうじた、経験豊かな人材がどこかにいないか、懸命に探していたんです。あなたは薬剤師ド・カニーさんの養子でしたね。出身はリヨン?」と彼はわたしに質問を浴びせた。「ド・カニーさんはもう現役を引退された。ご存じですよね」

「ええ、もちろん」とわたしは返事をした。「三か月したら、ヨーロッパへの休暇旅行の折に、訪ねてみるつもりです」

「休暇旅行のことは忘れてください。さあ、こちらへ!」と彼は、ある部屋にわたしを案内した。そして、南部なまりのフランス語で、わたしの新たな仕事について説明をはじめた。「ここでは、あなたがどうしても必要なのです」

ヨーロッパへの休暇旅行の権利をわたしがうしなったことは、白昼のように明白だった。妻と子どもたちがどんなに落胆するか、想像できなかった。落胆したのは、わたしも同様である。これは自分の意思の及ばないことだが、人間の感情の浮き沈みのなんと早いことか。

「衆目の一致するところ、あなたのマライ語は相当なものらしい。まさに新しい仕事に打ってつけだ。これでわたしは、いつでも、あなたに質問し、あなたの意見を求めることができるというわけだ。新しい仕事といってもむつかしいものではまったくなく、わたしの質問に答えてくれるだけでいいんです。もちろん、被告人としてではなく、専門家としてね。報告によれば、あなたはこの方面で長年の経験がある。わたしが聞きたいのは、とりわけ、倫理政策の定めた枠組みから逸脱した、望ましからざる原住民《プリブミ》知識人たちの活動に関するものです」

ということは、わたしの仕事は警察でやっていたのと変わらないのだ。

その日から、わたしは、原住民知識人に関する公文書、あるいは彼ら自身の手になる私的な記録、また公開された文書類をおさめた大型のキャビネットが備えつけられた、特別室をひとりで占拠する栄誉にあずかった。この大きなキャビネットには、わたしが警察用に作成した報告書もおさめられていた。いちばん分厚いファイルは、言うまでもなく、過去六年間でもっとも精力的に活動した原住民知識人、ラデン・マス・ミンケの名が付されたものだった。そのなかには、あの『メダン』の編集長の有名なイニシアルのついた新聞記事の切り抜き、さらに同紙を引用したフランス語、ドイツ語の新聞の切り抜きもあった。こうしたヨーロッパの新聞の切り抜きは、わたしには未見のものだった。おそらくミンケ自身も、これらの存在は知らなかったはずである。

ファイルには、わたしが行なったミンケとの面談の報告書もふくまれていたが、彼を流刑に処すべしとした意見書には、わたしとは面識のない、しかしこれからまもなく知ることになるであろう、三名の人物がイニシアルで署名をしていた。

R氏はわたしをひとり部屋に残して出ていった。そこは国立公文書館のわたしの仕事部屋と同じくらい涼しかった。電話機が一台、机の上でわたしを待っていたが、そのダイヤルはまだぴかぴかで、クロム鍍金《めっき》に一点のきずもなかった。壁は装飾のない無地。部屋の隅に、白いテーブルクロスを敷いた、花瓶のない小机が一脚あった。その下の棚に器具がひとつ置いてあったが、何に使われるのかわからなかった。わたしは近づいてそれを手にとり、調べてみた。見たところ単純な器具で、内部に回転式のファンがあり、前部には針金で編んだ開閉可能なバスケットのようなものがついていた。針金のバスケットの内側、さらにその針金じたいにも、発火したような、焦げ跡があった。ドアをノックする音を聞いて、わたしはそれをもとに戻した。

上下とも白の制服姿の給仕が入ってきた。鼻の高いハンサムな混血児で、眼つきが鋭く、わたしに敬礼するのをためらっているらしく、立ったままじっとわたしを見ていた。

「誰だ、おまえは!」と、わたしはむっとなって、どなりつけた。

ようやく彼は小さく頭を下げた。そして、

「フリッツ・ドゥルティエルと申します。あなたのお世話係です」

「学校は?」とわたしは無愛想に訊いた。

彼は困惑したようで、髪をととのえながら内心の動揺を隠してから、こう答えた。

「小学校です」

「なんの用があって入ってきた」わたしはふたたび声を荒げた。

すると彼は首筋をポリポリかきながら、なにも言わずにつくり笑いを見せた。

「出ていけ！」とわたしは命じた。

おじぎもせずに彼は出ていった。わたしの植民地主義者の自尊心は傷つけられた。

給仕が出ていってまもなく、またドアがノックされた。こんど入ってきたのは、さほど身長のない、白髪の、太った純血のヨーロッパ人だった。彼もまた上下とも白の制服を着ていた。深々とおじぎをしてから、こう自己紹介した。

「館内の管理係をしております、ニコラス・クノルと申します」

「パンゲマナンです。こちらでは新米で」

「ようこそいらっしゃいました。気持ちよくお仕事ができますよう願っております。なにかわたしにできることはございませんか」

「いや、いまのところは。いずれお願いすることもあるでしょう。あっ、そうそう、フリッツ・ドゥルティエルって知ってますか」

「もちろん知っております」

「彼をこの部屋に入れさせないでもらいたい」

「そのようにいたします。まだ十いくつの子どもで、礼儀もわきまえておりませんもので」

ニコラス・クノルはうやうやしくおじぎをしてから部屋を出ていき、ドアのむこうに消えた。否応なくわたしは、大きくて重いそのドアを見つめていた。これからまた誰がやってくるのか。はたせるかな、またしてもドアをノックする者があった。ゆっくりと、ひどく慎重なノックに聞こえた。わたしは返事をしなかった。それだけでなく、誰かが部屋に入ってきたとき、ドアを開けた位置から見えないところまで退いた。ノックがくり返された。わたしはまだ黙っていた。三度目のノックがあった。それでもわたしは返答しなかった。ドアの取っ手が動くのが見え、それからドアが内側に押し開けられた。上下とも白の服を着た男が、部屋のなかをのぞき込んでから、歩を進め、うしろ手にドアを閉めた。片方の手に鶏毛のはたきを、もう一方にフランネルの雑巾を持っていた。

わたしはタバコを一本取り出し、火をつけた。そして勢いよく煙を吐き出した。男はキャビネットに近づくのをやめ、背後をふり返った。わたしが監視していたことに気づくと、男はうろたえだし、しぶしぶおじぎをした。顔面が蒼白だった。

「おはようございます」

「おはよう。誰がこの部屋に来いと言ったのかね」

「シモン・ズウェイヘルと申します。お部屋の掃除にまいりました」

「誰がこの部屋に来いと言ったのか、と聞いてるんだ」

「これはもう日課でして」

ちょうどそのとき、机の上の電話が鳴った。わたしは近づいて受話器をとった。シモン・ズウェイヘルの眼が一瞬、わたしに釘づけになり、それからあわてて大きなキャビネットをふこうとするのがはっきり見えた。そして、電話のやりとりに彼が耳をそばだてている気配を感じた。電話はR氏からのもので、A会議室に来てもらいたい、それもただちに、という呼び出しだった。

「シモン・ズウェイヘル」とわたしは、まだその職務も知らない男に声をかけた。「わたしはこれから席を外さねばならない。先に出ていってくれないかね」

「でも、まずお部屋の掃除をすませなければなりません」と彼は口ごたえをした。

「わたしの言ったこと、ちゃんと聞こえたな？」

「はい」

「出ていくんだ！」

彼はあからさまに不機嫌な顔をして部屋から出ていった。窓にわたしは鍵をかけた。そして部屋を出るとドアにも鍵をかけ、ようやく会議室にむかった。

会議室ではすでに数人の幹部職員が待っていた。彼らはわたしが入ってきたのを見ても誰ひとり関心を示さず、むしろわたしが同席することにけげんな顔した。

「おはようございます」とわたしはあいさつした。

誰も返事をしなかった。わずかに、冷ややかにうなずいただけだった。

R氏が椅子から立ち上がって、わたしを一同に紹介した。このときわたしは、魑魅魍魎《ちみもうりょう》の棲むこのオフィスで、誰がわたしの同僚なのかを知った。わたしは紹介される同僚たちを注視し、ひとりずつ観察した。ここにいる者たちが、オランダ領東インドとその人間、土地、その中身の運命を決めることになるのだ。そしていま、わたしも彼らの仲間入りをしたのだった。やがて知るように、われわれはみなオランダ領東インドの権力の頭脳であった。あの塀のむこうにいる東インド総督でさえも、われわれが考えたことを執行する、勲章をぶらさげた一制服にすぎないのだった。

R氏は同僚たちの職務内容については説明しなかった。その顔合わせの会議は、ごく短いもので、十分もかからなかった。散会後、会議室には、わたしとR氏、それにGr氏だけが残った。

「さて」とR氏がふたたび口を開いた。「パンゲマナンさんは、きっと、Grさんとおおいに協力せねばならなくなるでしょう」

どんなことで協力すべきなのか、わたしにはまだ不明だった。

「もちろんです」とGr氏が応じた。

「では、あとの話はおふたりでどうぞ。わたしはこれで失礼します」とR氏は、われわれに一礼して部屋を出ていった。

われわれは向かい合って坐った。わたしはさらにこまかくGr氏を観察した。彼はズボンに落ちた葉巻の灰を指ではじき、まるでわたしが彼の愛児であるかのように、自分の右手を机に置いたわたしの手の甲に重ねてから、低い声でこう言った。

「上司がフランス人でうれしいですか」

「けさ、はじめて顔を合わせたばかりで」とわたしは答えた。

「頭の切れる、有能な人でしてね。ちょっと残念なのは、重大な決定を下さねばならない瞬間になると、とたんに優柔不断になってしまうことです」と言って彼は、こうつづけた。「あなたはフランスの高等教育を受けてきた。そのことはわれわれ全員が知っている。フランスに関係のあることとなると、あの人はなんでも保守的でしてね。もうじきあなたもわかるでしょう」それから彼は不意に、あらかじめ用意していたと思われる本題に入った。「東インド臣民たる中国系住民に関心がおありですか」

「当然なければいけないはずですが」

「パンゲマナンさん。あなたは謙遜がすぎる。わたしがあなたをテストしていると受け取らないでください。ちょっと質問してみたいだけで。これはあなたの守備範囲ではありませんがね。孫逸仙のもとで中国が共和制になってから、あなたの関心をひいてきたものは何でしょうか」彼は黙ってわたしの返事を待っていたが、こう言い添えた。「わたしが言いたいのは、つまり、この東インドで起きていることのなかで、という意味です」

毎日、発行者名から最終の広告欄まで、新聞雑誌に丹念に目をとおしてきた者にとって、ここは一言あってしかるべきだった。

「最近、ものを書く中国人が非常に多くなっていることです」とわたしは答えた。「中国の詩をマライ語に翻訳し、ヨーロッパふうの小説を出版する者も現われている」

「ヨーロッパふうの小説！　そう断定するのは早計じゃありません？」

「たしかに、おっしゃるとおりです」とわたしはあわてて言った。

「あなたは中国人問題を研究なさったことがありますか、東インドもしくは中国の」

「ありません。まして、つっこんだ研究など、とてもとても」

「中国語は？　あるいは、広東語とか福建語とか？」

「できません。彼らがマライ語かオランダ語で書いたものだけです、わたしが読んだのは」

「それでも十分です」

「いまわたしの結論は早計だとおっしゃいましたが、だとしたらあなた自身はどうお考えなのですか」

Gr氏はさぐりを入れるような目でわたしを見つめた。それから、

「わたしの考えでは、中国民族はヨーロッパの表現形式をまねる必要がない。少なくみても、彼らはヨーロッパ人より千五百年もむかしから書いてきた。中国人は、ヒンドゥーと仏教に影響を受けてきたものの、具体的な事実を愛する民族のひとつだ。つまり、表現形式ということでは、彼らはヨーロッパから学ぶ必要などないのです。おそらく、実際に起きているのは、それと逆のことだ」

「彼らはヨーロッパに勝ったためしがない」とわたしは言い、同時に、ジャワ人について語った

L氏の言葉を思い出していた。

「そのとおり。政治と、われわれが生きてきた時代にかぎっていえば。しかし過去には、彼らはヨーロッパを攻略し、馬で蹂躙したことがある。ヨーロッパの君主たちは、つり目の征服者たちにひれ伏して恭順を誓い、ヨーロッパの赤ん坊の尻にいまなお蒙古斑を残すことになった」

「でもそれは中国じゃない。偉大なるチンギス・ハンだ」

「同じことですよ、パンゲマナンさん。彼らは同じ能力をもった同じ人種だ」Gr氏はそこでふたたび話をやめ、それから教師のように、わたしへの口頭試問をまたはじめた。「そのマライ語で書く中国人作家たちの名前で、覚えているものがありますか」

「中国人の名前は覚えるのがむつかしくて。ごめんなさい。たしか、リ・K・H、クウェ・T・H、タン・B・K[53]というような名前があったと思います。たぶん、わたしの発音はまちがっているでしょうが」

「いや、けっこうですよ。三人とも正確な発音です。あなたから見て、彼らの書いたものにはなにか傾向がありますか」

「特色ということで?」

「そう、その中国人作家たちで注目すべき点は何ですか」

「わたしはまだ深く研究していませんので」

「われわれはきっとうまく協力してやっていけると思います。これで失礼します、仕事を中断したままなので」彼は一礼をした。そして、部屋を出ていく前に、こう言った。「きょう、またお会いすることになるでしょう」

わたしはA会議室にひとり残された。

その部屋の壁は全体が褐色のワニスを塗った板材でおおわれていた。オランダ女王の家族写真が何か所かに飾ってあった。三脚の台がひとつあって、そこに三色旗が立てかけられていた。テーブルには銀の灰皿がいくつか置かれ、そのほとんどに灰がたまっていた。窓は宮殿が建てられて以来いちども開けたことがないようだった。窓のガラス越しに、宮殿の庭園と芝生が見え、花々のあざやかな色模様が目を楽しませた。

部屋のドアは開いたままになっていた。Gr氏が閉め忘れたのだ。給仕がやってきて外側からドアを閉めるのが見えた。

この会議室で、いったい、わたしはひとりで何をすればよいのか。それにしても、この部屋の静穏なこと。わたしは両手に顔をうずめ、その静けさと穏やかさを味わった。ここ十年、こうした安らぎのときを得たことは、めったになかった。わたしは、もう自分がもちこたえられないこと、忠実な官吏として、また立身出世を追い求めてきた者として、泥の原をますます遠くへ渡ろうとしていることを知っていた。誰だって二兎も三兎も追うことはできないのだ、とわたしは自分を慰めた。なにかひとつでもなしとげれば、それだけでもう他の者の上に立つことができるのだ、と。わたしは自覚していたが、わたしには多くの特別な成功をおさめた特別な人間になりたいという願望はなかった。ここまでやれたことでもう十分だった。そもそも、うまくやった人間とうまくやった犯罪者に、どんなちがいがあるというのか。どちらにもそれぞれ見るべき点はあって、ちがうのは、人間として成功したか、犯罪者として成功したかというだけのことだ。

わたしはすでに半世紀を生きてきた。あと何年、この肉体は生きながらえるだろうか。十年？十五年？　二十年？　医者のご託宣によれば、わたしに心臓病の兆候はない。肺も文句のつけようがない。血圧は、上が百二十、下が八十で、この年齢では理想的な数値だ。腰は若者みたいにどこも悪くない。動脈硬化もいまのところない。いま、この瞬間のように、いつも穏やかに、静かに暮らすことができたら、あと五十年は生きられるはずだ。そしてあと五十年生きられるようにするには、この心と頭をかき乱すような迷いごと、不安があってはならない。

わたしは野心家というタイプではなく、際限のない欲望は持っていなかった。少なくとも、金持ちになりたいと夢みたことはない。また、過剰な権力欲もなく、自分の実力と職務に見合った権限があれば十分だった。さらに、高邁な理想といえるものもなかった。こうした点ではわたしはごく普通の、健全な人間だった。しかしわたしには、その実現にむけて精力を傾注してきた、ひとつの計画があった。わたしの子どもたちに、彼らが成長して恥かしくない生き方ができるよう、それにふさわしい教育、学問を授けてやることである。そのために、きょうこの日から、わたしがひとりの官吏に徹する道を選んだとしたら、それは非難さるべきことなのか。

ひとりでにわたしの手は十字を切っていた。

「われを守りたまえ。われを導きたまえ」

それからようやくわたしはA会議室を出て、自分の部屋に戻った。

机に坐ってまもなく、わたしはまた立ち上がって窓を開けた。ひんやりとした湿気をふくんだ新鮮な空気が入ってきた。

ふたたび電話が鳴った。R氏からの呼び出しだった。

わたしの部屋に侵入しようとする者があとを絶たないことを知ってから、部屋を空けるたびにわたしは、窓とドアにかならず鍵をかけることにした。このときもそれを忘れなかった。

R氏は、朝と同じように、にこやかにわたしを迎えた。そして丁寧な口調で、

「あなたの銃をこの机に置いてください」

わたしは私服の上着の内側からピストルを抜き、机の上に置いた。

「その銃、気に入ってますか。それとも、最新式のもっといいやつをお望みで？」

「どちらでもおまかせします」

彼は机の上のピストルをとって引き出しのなかにしまい込んだ。そして同じ引き出しから、もっと小型のピストルを取り出して、わたしに示した。

「これはイギリス製じゃない。アメリカ製です」

アメリカ製品に対する一般の信頼はまだ薄かったので、

「それなら、さっきの古いやつのほうがまだましです」

「それはアメリカ製を使ったことがないからで、食わず嫌いというやつだ」とR氏は応じた。「いずれにせよ、あなたのピストルは警察の所有物だ。まずはこれを使い慣れてください。練習用に弾を一箱余分にあげましょう。射撃の練習場は知っていますね」彼は銃と弾と附属書類を机の上に置いた。「あなたもきっと気に入ると思いますよ。わたしはもうすっかり惚れ込んでいる。弾の使用を警察に報告する必要はありません。わたしに言うだけで十分で、それでなにも問題はない」彼はずっとフランス語でしゃべっていた。わたしはただ相槌を打つだけだった。彼は椅子を立ってキャビネットまで行き、リボンで縛って結び目を蠟で封印したままの文書ファイルを取り出した。そしてそれを机の上に置いてから、「これがあなたの最初の研究テーマです」と言い、さらにこうつづけた。「このピストルをもって行きなさい。腰に差すのではなく、腋の下に吊るしたほうがいい」と、ふたたび引き出しを開け、紐のついた黒革のホルスターを取り出した。「リボルバーよりピストルのほうが好きなんでしょう?」

つぎつぎにくり出される彼の言葉にうんざりしていたわたしは、ただうなずくだけだった。

「全部もって行ってください。正直なところ、こういう物騒なものが机の上にあると、どうも落ち着かなくて」

わたしは銃とファイルをもって自分の部屋に戻った。そして窓を開けてドアに鍵をかけ、上着を脱いだ。紐を肩にかけて腋の下に吊るした黒革のホルスターにピストルを差し、ふたたび上着を着た。そうやってようやく、封印されたままの文書ファイルを開けようとした矢先に、電話がまた鳴った。またしてもR氏からの呼び出しだった。

「あなた、法律に違反したのを知ってますか」

「だいたいわかっています。ピストルと銃弾にまだ書類の保証がないというのでしょう。でもわたしは、上司であるあなたの命令にしたがって全部やっただけですが」

R氏はほほ笑んだ。

「これがその書類です。その上にサインしてください。それでもうすべて合法というわけです」

わたしは言われたとおりにした。

「さっきのファイル、閲覧できるのはあなただけですから、厳重に保管しておいてください」

わたしは部屋に戻った。どうやらR氏の神経はわたしよりいかれているようだった。

《R氏があんたよりいかれていると誰が言った？》

わたしはファイルから顔を上げた。わたしの前に、白いガウンと白いターバン姿の男が立っていた。男はにやっと歯を見せてあざ笑った。脇の歯が二本欠けていた。シーッ、シーッ。

しかし幻影は消え去らないばかりか、人差し指を突きつけて、わたしを挑発した。

《あんたがこの部屋に坐っていられるのは、まさしくあんたがR氏よりいかれているからだ。いずれにしろ、あんたらふたりは、いや、ここにいる連中はみな、病人の集団だ。あんたらは俺たちを犯罪者だといって全滅させた。ここで働くあんたらは政府公認の犯罪者、俺たちは公認されざる犯罪者というわけだ。》

わたしはファイルを手にとってそれで顔を隠した。シーッ、シーッ！　失せろ！

「はい、なにかご用で？」

「飲み物をもってきてくれ」とわたしは、ファイルで顔を隠したまま、見ないで言いつけた。瞼をぎゅっと閉じたため目の端が熱くなるのが感じられた。

わたしはふと、ドアに鍵をかけていたことを思い出した。ファイルを机の上に落として、ドアのところに行き、鍵穴にさし込まれたままの鍵を点検してみた。ドアの取っ手を動かし、引いてみた。鍵はかかったままだった。全身が総毛立った。ひとりでに手が十字を切っていた。

わたしの症状はここまで進行しているのか。

ドアを開けると、フリッツ・ドゥルティエルが飲み物の載っていない、空の盆をもって足早に通り過ぎるのが見えた。

「フリッツ！」

彼はわたしのほうをふり返ったが、返事もせずにそのまま歩き去った。その目は腐った魚の目のように、光をなくし、まばたきひとつしなかった。ああ、ここに友人がいれば。管理係のニコラス・クノルにそばにいてほしい、痛切にそう思った。

ニコラス・クノルを呼びに行こうとして、ファイルをキャビネットに戻し窓に鍵をかけねばならないことに気づいたわたしは、足を止め、反転して部屋に入ろうとした。突然、また全身の毛が逆立った。窓とファイルまで、とてつもなく遠く感じられたのだ。わたしはひとりで部屋に入るのがこわくなって、心神喪失者のように立ちつくした。あるいは、本当にわたしは異常をきたしたのか。神経がダメになってしまったのか。それとも、この部屋には亡霊がいるのか。

フリッツ・ドゥルティエルのほかに、廊下に人影がなかったのは、なんと幸運だったことだろう。彼がわたしにうらみを晴らそうとしているのは明らかだ。ニコラス・クノルよ、おまえの部屋はどこだ？　あっ、いけない、ああやって窓を開けたまま、部屋を離れることはできないのだ。誰かが侵入して、部屋のなかを詮索し、無断でファイルに手を触れるかもしれない。そうなればもう身の破滅だ。

ずいぶん長くわたしはドアの前に立っていたような気がした。空の盆をもったフリッツ・ドゥルティエルの姿がまた見えた。

「フリッツ！」とわたしはオランダ語で呼んだ。

彼はわたしの前で立ち止まった。むっつりした顔がわたしへの嫌悪感をあらわにしていた。

「クノルさんを呼べ」

「わかりました」と彼はぶっきらぼうに答えた。

わたしは気分を害することもなかった。とにかく彼の助けが必要だったのだ。

遠くにニコラス・クノルの姿が見えた。上着の真鍮のボタンがぴかぴかして、白髪もまたそれに劣らず光っていた。彼はうやうやしく一礼をして、わたしの指示を待った。

「入ってくれ、クノルさん」とわたしはうながし、彼のあとについて部屋に入った。

「お顔の色がよろしくないようですが」わたしの真向かいの椅子に坐って、彼はそう言った。

「どうもそうらしい。すぐに鳥肌が立って。部屋に湿気がありすぎるからかもしれない」

彼は軽く咳をして、窓のほうに顔をそむけた。

「熱いミルクを飲めば治ると思うんだが」

「ご用意いたしましょう。ほかになにか？」

「あなたと話がしたい」

「わかりました。まずはミルクをおもちしますので」

彼は席を立ち、わたしも立ち上がった。部屋を出ていく彼をわたしは目で追った。建物の奥のほうへ彼は廊下づたいに歩いていった。かなり長い時間がたったような気がしたが、それでもまだ彼は視界から消えなかった。そうやってドアの前に立ちながら、自分自身がひどく恥ずかしく思えてきた。五十歳にもなって怪異を信じようというのか。これがフランスの大学教育を受けながら、堕落したパンゲマナンの姿なのか。

ニコラス・クノルが、熱いミルクの載った盆を運ぶフリッツ・ドゥルティィエルを伴なって、戻ってきた。ふたりは部屋に入り、わたしもあとにつづいた。クノルが盆からミルクをとって、机の上に置いた。

「ウイスキーもだ、フリッツ。グラス三つと」とわたしは言いつけた。「ウイスキーはひと瓶」

フリッツ・ドゥルティィエルは笑顔でうなずき、小走りに出ていった。

わたしは席に着くと、すぐにこう尋ねた。

「クノルさん。わたしの前任者は誰だった？」

「ド・ランゲさんです」

「定年で辞めたのか、それとも……」

「事故です、個人的な」

「どういう意味？」

「自殺です」

「ここで？」

「ここでです、昇汞水《しょうこうすい》を飲んで」と彼は声をひそめて言った。それからドアを指さして「あそこには鍵がかかっていました。発見されたのは勤務時間が終わってからです。なかなか部屋から出てこられないものですから。わたしは何度もドアをノックしました。返事はありませんでした。まだあんなにお若かったのに。大学を出られてまだ五年でした。それで、あそこの窓から」と彼は窓のほうに顎をしゃくった。「のぞいてみたんです。なんたること！ ド・ランゲさんが床に倒れていました。わたしは部屋に入るのが恐ろしくて、電話で宮殿の警備隊に連絡しました。彼らはやってきて窓からなかに入りました。わたしもつづきました。なんということでしょう！ あんなに若い方が。学者で。まだ結婚もしていなかったのに！ ここに倒れていたんです」彼は机の脚のそばの床を指さした。「口から血が出ていました。毛穴からも。たぶん、血管が全部破裂したのでしょう。よくわかりませんが」

わたしは汗で濡れたつま先に悪寒が走るのを感じた。

「自殺の原因は？」とわたしは尋ねた。

「いまもって誰にもわかりません」

「なぜここで自殺したのだろう」

「ご本人しかわかりません」

フリッツ・ドゥルティエルがウイスキーを運んできた。

「フリッツ。こちらへ来て、この椅子に坐りなさい。われわれの友情のために三人で飲もうじゃないか」

彼らはウイスキーのせいで陽気になった。わたし自身はミルクとウイスキーを交互に飲んだ。フリッツの顔が赤らんでくると、わたしは持ち場に戻るよう言った。もうわたしを憎んではいないようだった。

「ここで自殺者が出たなんて聞かなかったが」とわたしは言った。

「そんなことは口外する必要もありませんからね」

「家族は誰も世話をしなかった？」

「家族はいませんでした」

「恋愛が自殺の動機なのでは？」

「さあ、どうでしょう。社交的で、女性に好かれるタイプでした」

「ファースト・ネームは？」

「シモンです。シモン・ド・ランゲ」

その名もわたしは初耳だった。それほど重要な立場にいた人物が。少なくとも、ここで彼が毎日どんな仕事をしていたのか、想像できた。彼はこのオフィスでみずから死を選んだ。計画的に！　自宅ではなく、わたしのいるこの部屋で自殺したのだ。

「遺書のようなものはなかった？」

「どうしてわたしなどにわかりましょうか。詳しいことはあなたから宮殿警備の人たちにお聞きになれるはずです」

「わたしが着任する前に、誰かキャビネットと引き出しを開けましたか」

「もちろん」とニコラス・クノルは、人間の命がひとつうしなわれた事件など、どこにもなかったかのように、あっさり答えた。

「なにも発見されなかった？」

「わかりません。あったかもしれないし、なかったかもしれない」

「わたしの質問には答えたくない？」

「そんなことはありません。あなたがバタヴィア警察の警視だったことはよく承知しています。そういう質問をなさるのも、ごく当然のことです。あなたがこちらに赴任される前に、あなたの功績、偉業をみなが話題にしておりました。この伏せられた事件についても、きっと調べを進められるのでしょうね」

「クノルさん。あなた、この部屋にひとりで入ったことありますか」

その質問に彼はどきっとしたようだった。わたしは質問をこう訂正する必要があった。

「あるいは、ほかの誰でもいいのだが、ひとりで入った者がいるんじゃないのかな」

「わたしは管理係ですから、立場上しばしば部屋には入りました」

「わたしが聞いているのは、ド・ランゲさんの死後という意味なのだが」

「もちろんそうです」

「この部屋でなにかおかしなことに気がつかなかった?」

「ちょっとこわいと思っただけです。なにしろ、あのような恐ろしい事件があったばかりですから」

「自殺があったのは、いつ?」

「あなたが来られる三日前です」

「クノルさん。わたしの相手をしてくれてありがとう」

彼は椅子から立ち上がった。わたしはまっすぐ窓辺に行って窓を開け、それから彼のあとについてドアのところで見送った。彼が持ち場に戻る前に、わたしはこう言い添えた。

「ちょくちょくこの部屋に来てください」

ニコラス・クノルは、ほほ笑んだだけで、深々と一礼をして去っていった。

わたしは窓とドアを開け放しにして、封印されたままのファイルにふたたび手をつけた。そうしながら、自分で自分が滑稽に思えてきた。おまえは五十にもなって何をこわがっているのだ？　おまえにはあとわずかな人生しか残されていない。残りの人生をじっくり楽しむがいい。それを放棄するのは愚の骨頂というものだ。たまにはリエンチェ・ド・ロオのところに行って、残りの人生にうるおいを与えよ。そう、みながやっているように。人生はできるだけバランスをとらなくてはいけない。おまえはあまりに神経質で、些細なことにこだわりすぎる。それでいったいなんの得がある？　なにもない。自分自身をダメにしているだけで、おまえはこわくてその姿を他人に見せられない。おまえの妻にもだ。

ウイスキーのほてりが神経に働きはじめた。わたしは引き出しから鋏を取り出し、ファイルを縛ってあったリボンを切断した。なかの文書はたいした量ではなかった。その中身は、ラデン・マス・ミンケが実権を握っていたイスラム商業同盟中央の、全所有財産を凍結することについての覚え書きであった。凍結の対象は、『メダン』を発行していたバンドゥンの社屋と、その他の動産および不動産。不動産には新聞発行にたずさわる労働者たちのための住居が、動産には銀行預金とそれ以外のお金すべてがふくまれた。また、バンドゥン、バイテンゾルフ、ブタウィ、その他、ジャワの大きな町にあった『メダン』の販売スタンド。ブタウィで紙や筆記用具、事務用品を輸入していた会社。ブタウィのクラマット通りにあるホテル・メダン。バイテンゾルフにあったラデン・マス・ミンケの家にあるものすべて。さらに、バティックの原材料をドイツとイギリスから輸入していた、イスラム商業同盟ソロ支部が経営する会社も凍結の対象とされた。そこまで読んでから、わたしは幾度もページをめくってはまた読み返し、丹念に調べてみた。その凍結が裁判所の決定にもとづいて行なわれたことを示すものは、どこにもなかった。すべては超法規的に行なわれたものだった。

わたしはすっかり考え込んだ。どう考えても納得できなかった。あれほど高い法意識をもつヨーロッパ人が、どうして山賊みたいなことができるのか。これをやったのがアジア人であったのなら、わたしも納得できる。なぜなら、アジアにおいては、法の観念が欠落した支配者たちの専横、圧制のせいで、ひとびとの権利意識はうしなわれているからだ。これはまさしく山賊の所業である。これはヨーロッパではない！　被害者は自分を守ることも許されなかった。本当は彼には司法特権にもとづく自衛権があり、白人法廷で争うこともできたのに、それ以前にすでに自由と独立を奪われてしまっていたのである。

ああ、なぜこんなことで思い悩まなければいけないのか。わたし自身、ラデン・マス・ミンケをジャワから追放することにかかわったはずではないか。

わたしは瓶にあったウイスキーの残りを一気に飲み干した。

ラデン・マス・ミンケの追放は政治的な判断にもとづいたもので、彼が東インド政府と総督とその権威に対して過ちを犯したという証拠があったから、追放に処せられたのだ。実際、彼は『メダン』での意見表明をつうじて、政府と総督に挑戦した。しかし資産の凍結という事態は、完全にわたしの予想外だった。わたしの良心はそれを受け入れられなかった。そんなことがあってはならない！　もしこのような先例が許されるなら、この東インドでは、もはや私的所有権は保証されないことになる。誰もが山賊になりうる。法の信用は失墜してしまう。われわれは原始社会を生きることになるだろう。そしてついに人は、自分自身の生命と身体への権利もうしなうことになるのだ。

いや、なぜわたしは、こんなことで大騒ぎしなくてはならないのか。それでわたし自身が損をするわけでもあるまい。だが、こうした事態はいつの日か、おまえ自身の頭上と、女房、子どもの頭上に降りかかるかもしれないのだ。

ふっ！　いったい、わたしはどちらの側にいるのだ。そう言うわたし自身、この植民地体制の一部でありつづけるかぎり、他人のものを掠奪する権利を有しているのではないのか。

はじけるような自分自身の笑いを聞いて、わたしはハッとなった。植民地機構に加わってその重要な一翼を担うことで、わたしは東インドの原住民《プリブミ》に対して、また、かの北セレベスの同胞に対して、あらゆることをやれる権利を手にしたのだ。なにをためらうことがあるものか。女王陛下、万歳！

わたしはウイスキーの瓶にまた手を伸ばした。空だった。それからミルクのコップをとった。これも空だった。フリッツ、ああ、フリッツよ。ウイスキーをもうひと瓶もってきてくれ。だが彼はいつまでたっても現われなかった。甲高い自分の笑いがまたひとりではじけた。

わたしはファイルの記録を読みつづけた。あちこちページをめくった。幾度も幾度も。明らかになったのは、資産凍結がすべて、ある委員会の決定によって行なわれたということだった。そしてその委員会の責任者こそ、ド・ランゲ——数日前（一週間前？）に、口と毛穴から血を流して、わたしのこの机のそばに倒れていたという、ド・ランゲ法学博士にほかならなかった。ド・ランゲよ、なぜ、きみは自殺を？　良心の呵責に耐えられなかったと？

再度わたしは文書をこまかく調べてみた。目を引いたのは、わたしの前任者であった、この法律のエキスパートの署名だった。彼のサインのうち、いくつかが、良心の葛藤があったのだろう、不安定で、乱れているように見えた。資産凍結が執行されることになって、彼は、大学で修めた法律学の全体が瓦解し、がれきと化したことを知ったのだ。ド・ランゲ。きみの自殺の原因は、これだったのか？　大ばか者。少しくらい堕落したところで、なんということもなかったはずではないか。そうすればわたしがきみの後任になる必要もなかった。自殺の動機を調べても、きみの秘密のベールを開けることができないのは当然だ。きみは自分の命より自分の良心を選んだのだ。大ばか者。ド・ランゲよ。きみはそのためにわざわざ苦労して法律家になったのではあるまい。

終業を告げる鐘が鳴った。わたしはファイルをキャビネットに戻して鍵をかけた。そしてガラス窓とその外側の雨戸にも自分で鍵をし、さらにドアにも鍵をした。鍵は規則にしたがってポケットに入れて家にもち帰ることにした。管理係に預けることをしなかったのは、それも規則で禁じられていたからだ。

「クノルさん。車を用意してほしい」とわたしは言った。「それに、いい運転手を。用事があるので」

自動車はブタウィをめざして疾走した。急げ！ もっと速く！ この世の快楽を味わわずして、残りの人生を無にしてなるものか。わたしは警察本部に直行した。いや、本部長、あなたに会いたいわけではないのだ。

「この車はオフィスに戻していい」とわたしは運転手に言った。運転手はうやうやしくおじぎをして、また自動車に乗り込み、煙と埃を巻き上げながら走り去った。わたしは警察本部の建物に入った。そしてただちに電話機をつかんでタクシーを呼んだ。

わたしはタクシーのなかにいた！

「ゆっくりやってくれ」とわたしは運転手に言った。「クウィタンへ」

リエンチェ・ド・ロオがいる別棟の門戸は閉まっていなかった。ベランダの階段のところに自動車が停止すると、すぐさまわたしは駆け上がり、建物のなかに入った。その若い女はバッグをもって部屋から出てくるところだった。

「パンゲマナンさま」と彼女はあいさつした。「でもあたし、出かけるところでして」

「くそったれ！」わたしは毒づいた。「せっかくわたしが来たのにその言いぐさはないだろう」

「バンドゥンにまいりますの。もうタクシーも呼んでありますす」

「バンドゥンにはわたしよりどんな大事なものがあるというのだ」

「そんなことではありませんわ。パンゲマナンさま。怒らないでくださいませ。ロベルトに会いに行く約束をしておりますの」

「ロベルト・スールホフ？　あんなやつ、わたしが犬みたいに撃ち殺してやる。おまえ、今晩、客があるんだろ。わたしに嘘をつくな」

リエンチェ・ド・ロオは睫毛の奥にかくれた大きな瞳でわたしを見つめた。

まるで二十五年前に戻ったかのように、ある衝動が全身の分泌腺を駆けめぐって、神経の末端まで刺激した。わたしはやにわに女の腰に手をまわした。

「ほかの客なぞくそ食らえだ。いっしょに来い！」

わたしはリエンチェの手を引っ張って外に連れ出し、彼女は表のドアに鍵をかけた。われわれはタクシーに乗った。リエンチェはわたしの横に坐ったが、なにも言わず、わたしの顔を見る勇気さえなかった。

世間の目など知ったことか。

「タナバン・ブキ！」とわたしは運転手に言った。

「パングンでございますか？」と運転手は訊いた。

「そう、パングンだ」とわたしは無愛想に答えた。そして、リエンチェに「パングンに行ったことは？」

「ありません」

「嘘つけ。行ったことがないなら、どんなところか聞くはずだ」

リエンチェ・ド・ロオは黙っていた。なにか事件に巻き込まれつつあると疑っていたのだろう。タクシーはパングンに直行した。パングンとは、タナバン・ブキにあった大きな木造の楼閣で、中国人レフテナン(54)の経営する待合のことである。

そこにはすでにおおぜいの先客がいた。遊んでいるのは中国人だけでなく、ヨーロッパ人もまじっていた。経営者のレフテナン・スウィは、こう言ってわたしを迎えた。

「これは驚きました、パンゲマナンさま。リエンチェを連れて検分でございますか」

「心配するな、ババ・スウィ」とわたしは軽く応じた。

「ゆっくりお楽しみください。それでは」と言って彼は姿を消した。

リエンチェ・ド・ロオの目には、落ち着きがなく、まだ疑っている様子が見てとれた。わたしは彼女の腰をつかんでレジに連れて行った。

「半ギルダーのチップを十枚！」

リエンチェは横目でわたしをちらっと見たが、依然として口を開かなかった。警察の捜査がらみで連れてこられたとまだ誤解しているのだった。滑稽な。起訴されて法廷に引き立てられることがないかぎり、盗賊のやることと警察のやることに、ちがいなどありはしないのだ。

意味不明の赤い色の中国文字が刻まれた、なにかの骨でできたチップ十枚を受け取って、わたしはリエンチェに耳打ちした。

「だいじょうぶ。この十枚のチップ、十分もあれば使い切れるはずだ」

リエンチェはそれでも口をきかなかった。黙って十枚のチップを受け取った。

わたしは彼女の腰に手をまわしてルーレット台に連れて行った。わたしの末の子と同じ年格好の娘は、青い顔をしていた。しかしそれでも彼女の美しさと肉感的な魅力が損なわれることはなかった。賭け事に興じる、どこの馬の骨とも知れぬの中国人ほとんどが、劣情に満ちたまなざしを彼女にそそいでいた。

「どこにも行ってはいけない。このチップを使い切ってしまうんだ。わたしはあとでまた戻ってくる」

チップを手にした彼女はまだ不安げな顔をしていた。その理由は十二分に理解できた。

ルーレットの部屋を出たわたしは、多くの中国人とすれ違い、彼らの横を通り過ぎたが、旧い世代の中国人は辮髪で、若い世代は短くした髪をポマードと櫛でととのえ、洋服を着ていた。彼らのほとんどが脇に寄ってわたしに道を開けた。

わたしは、片隅に置かれた籐の椅子に腰を下ろし、遠くからリエンチェ・ド・ロオの一挙一動を観察した。しかし目に入ってくるのは、わたしのほうを横目にうかがう男たちの姿だった。誰ひとりリエンチェに近づく者はいなかった。その若い売春婦はと言えば、周囲を見まわす勇気もなく、終始うつむいていた。バタヴィア警察本部の警視の目が光っていることをよく承知していたのだ。そしてその警視はと言えば、すでに退職して、もはや警察官ではないことを自覚していた。

リエンチェが一枚目のチップをすったのが遠目に見えた。負けたのだ。それから彼女は二枚目を賭けた。

「警視さま」と辮髪のスウィ老人がわたしのそばに来て、深々とおじぎをし、両手を胸に当てて敬意を表わした。その動作で、ゆったりとした服の袖が肘までずり落ち、骨と皮だけの腕がむき出しになった。「ほんとにお久しぶりでございますね」と彼は笑顔を見せたが、老いて痩せこけてはいるものの、その歯は一本も欠けていなかった。「こうやってお姿を拝見して、とてもうれしゅうございます。お酒をおもちいたしましょうか。たまにはご自分で賭けてみられても不都合はなかろうと思いますが。そうなさらないのは、わたしを信用なさってないからでしょう」

「じいさん。妾《おんな》は何人いる?」

「へへ、六人でございます」

「その歳でか。おまえさん、いくつだ」

「八十でございます」

「八十で妾が六人。嘘つけ、八十だなんて」

老人は笑うだけだった。落ちくぼんだ頰がつり上がって目がなくなった。

「そんなふうにわたしに言ったのは警視さまだけでございますよ」

「わかった。酒をもらおうか」

彼は奥に引っ込み、小さな陶磁器の酒杯を、一匹の昇り龍が描かれた朱塗りの盆に載せて運んできた。

「ひと息にどうぞ。ジンやワインと同じようなものですから」

わたしは考えもせず一気に飲み干した。アルコール濃度はさほど高くなく、飲み口はまろやかだったが、あとに残る酒だった。老人は立ったまま待っていた。酒代の支払いを待っていたのだ。わたしはポケットを探った。

「ためしに飲んでいただいただけですから、お代はいりません」そのあと彼はポケットから鍵を数個取り出した。「きっとこれをお使いでしょう。どれでもどうぞ」

それぞれに番号が書かれた象牙のプレートのついた鍵を、彼は手のひらに並べてみせた。つられてわたしの手はそのうちの一個にさっと伸びた。

「このお代は払っていただかねばなりません。五ギルダーです。日の出まで」

彼は望みどおりの代金を受け取り、それ以後はわたしにかまうことはなかった。ルーレット台に目をやると、リエンチェが何枚目かのチップをうしなっていた。たぶん、それで全部すってしまったのだ。わたしは彼女を迎えに歩いていった。さらに多くの視線がわたしにそそがれた。カードやマージャンに興じる中国人、ヨーロッパ混血児、原住民、そして高級娼婦たち。

リエンチェのところに行ってみると、まだルーレットに夢中だった。目の前には五十枚、二十五ギルダー分のチップがあった。最後の賭けで彼女はさらに十枚を手にした。

「リエンチェ。もうおしまいだ。行こう」

彼女はチップを全部かき集め、わたしとレジに行って三十ギルダーに換金した。オランダにいるわたしの子どもたちの学資のほぼ半分に相当する額である。この娘がそれほど勝負強いとは思えなかった。ルーレットをまわすペテン師どもが、いずれわたしの財布をすっからかんにする魂胆で、わざとリエンチェを勝たせてやったに相違なかった。

「全部おまえのだ、リエンチェ」

はじめて彼女はいぶかしげな目でわたしを見つめた。それでもまだ口は開かなかった。三十ギルダーをバッグにしまい込み、立ったまま黙ってわたしの命令を待っていた。ふたたびわたしは彼女の腰に手をまわし、階上に通じる階段のところに連れて行った。

「リエンチェ、上がろう」

一段目に足をかけたとき、彼女は信じられないというように静かにわたしを見た。それまで優しい父親のように接してくれた人間が、いま、カネを払ってくれればどんな客ともよく利用してきた部屋の並ぶ階上へ、自分を誘っているのだ。

絨毯の敷かれた木造の階段は上がるときまったく音がしなかった。階上では、一枚の長い絨毯が、それぞれの好みの部屋に客を案内するようになっていた。そこは山の頂上のように深閑として落ち着きがあった。あちこちで窓が開け放たれ、下に目をやると、地上の星たちのなかにタナバン地区が浮かび上がった。そして乗り物のライトが、とびかう蛍のように闇に交差していた。わたしはリエンチェに鍵を渡した。彼女は黙ってそれを受け取り、鍵についた番号の部屋にそのまま入った。

わたしだってこれくらいのことは……。

翌朝、出勤して机にむかっていくらもたたないうちに、Gr氏が部屋に来てあいさつをし、わたしの真向かいに坐った。

「きょうはまずもって、わたしがあなたに敬意を払っているということを申し上げたい。わたしなどがかえって無関心だったことに、あなたはまことに鋭い関心をむけてきた。わざわざ時間を割いて、中国人作家たちのマライ語の物語を、注意深く追ってきたわけですからね。ところで、そのひとり、リ・K・Hは旧世代に属する作家と言えるでしょうが、彼がプロテスタントだということを知っていましたか」わたしは首を振った。「彼は独学の人で、多くの書物を読み、多くの発言をしてきた。しかし彼が中国の覚醒となんらかのつながりがあるとは、わたしにはどうも信じられない。専門家の意見では、先祖の信仰を棄てた中国人が、中国の覚醒に関心をもつことは、まずありえないらしい」

「そうかもしれません。古い信仰、宗教を放棄することは、父祖の国を捨てることと同じだと言ってよいでしょうから。でもわたし個人は、なかなかそこまでは断言できない。リ・K・Hについて、まだそれほど深く研究しているわけではありませんし。新しい書き手は十四人ほどいますが、彼らの書く物語はどれもジャーナリスティックな、長文の報道記事といった趣で、これまでオランダ語やマライ語でヨーロッパ混血児が書いてきたものと、ほとんど同じです」

「あなたの考えでは、若い中国人の書き手たちはだいたい、ヨーロッパ混血児が先鞭をつけたものを踏襲して、書いているというわけですね」

わたしは同意するしかなかった。

「では、パンゲマナンさん。原住民《プリブミ》についてはどうですか。こちらはあなたの専門ですが」

「原住民はまだ書いていません。少なくとも、ヨーロッパの表現形式では書いていない。マライ語でもオランダ語でも。いわんや自分たちの母語では。例外は、と問われれば、もちろん例外はあります。たとえば、『シティ・アイニ物語』のハジ・ムルク、『ニャイ・プルワナ』のラデン・マス・ミンケがそうです。ただ、彼らはまったく物差しにはならない」

「それはつまり、あなたの考えでは、いまだ原住民の覚醒がないしるしということですか。それに、ハジ・ムルクは混血児ではないのですか」と彼は水をむけた。

現代の原住民の世界についてどれほど知っているのか、Gr氏がわたしをテストしているのはわかっていた。そしてそれは疑いなく、総督官房府でのわたしの立場に影響するはずだった。わたしは間髪をいれずに、東インドの原住民は、ジャワにおいて、目覚めただけでなく、主要都市に時限爆弾を仕掛け、それはいつ炸裂してジャワを炎上させるかもしれない、と多くの証拠をつぎつぎに並べてみせた。まさにそれが、ラデン・マス・ミンケの追放、民族的《ナショナル》な目覚めのパイオニア、先覚者を排除する動機になったのだ、と。それは危険なことである！　ミンケ自身は、自分の行動が危険をはらんでいることを理解していなかった。東インド政府にとって幸運だったのは、そうした活動が招来するあり得べき結果を、当事者が認識していなかったことである、と。

わたしがジャワ人に関するL氏の講義を拝聴したように、彼はわたしの話に静かに耳をかたむけていた。わたしの言葉に聞き入るその表情は、まるで自然界の驚異の秘密をはじめて教わる小学生のように、曇ったところがなかった。

「あなたがおっしゃったことは、亡くなったド・ランゲさんが言っていたことと寸分のちがいもない。彼とは個人的に面識があったのですか」

「いいえ」

「彼が死んだのは残念でした。生きていたら、きっとあなたと力を合わせて仕事ができたでしょう。意見も評価も同じにするふたりで」

ド・ランゲはわたしの報告書を読んでいただけなのだが、それは職務上の秘密で口外することはできなかった。それにわたしの見るところ、Gr氏もそこらあたりの事情は百も承知で、わたしが職務上の秘密に口が堅いかどうか、テストしたかっただけなのだ。総督官房府におけるわたしの立場は、どうやら、警察組織にもまして危険な罠に囲まれているらしかった。

「つまり、あなたの考えでは、この東インドには二種類の覚醒があるということですか。中国人の覚醒と原住民の覚醒と」と彼は尋ねた。

「そのとおりです」

「二種類の覚醒。オランダ領東インド政府というひとつの権力しかないところに、ふたつの覚醒が。あなたの考えでは、ラデン・マス・ミンケの指導する運動が、ジャワの主要都市に時限爆弾を仕掛けたということですね。東インド政府は大きな危機に直面している、と。中国人の運動についても、なにか意見をお持ちなのでは？」

「こんどはあなたの意見を聞かせていただく番です」とわたしは応じた。

わたしがどんな考えを持っているか、まずはさぐりを入れてみるといった趣のその朝のやりとりは、そこでおしまいになった。Gr氏は自分の執務室に戻っていった。一方わたしは、今後もたびたび彼がやってきて、新たな問題をぶつけるにちがいないと確信した。わたしへの攻撃材料を提供するような、へたな回答をしないよう警戒を怠ってはならない。総督官房府の植民地問題の専門家に任命されたことは、とりもなおさず、わたしの意見のひとつひとつが、問題の解決や検討を行なう際の指針になることを意味していたのだ。

R氏が封印されたままの新しいファイルをもってやってきた。神経質なところを押し隠した、彼一流の人をそらさないやり方で、いつものようにフランス語でこう言った。

「このファイルは、あなたと、あなたが許可した者以外、閲覧できませんので」

「光栄です」とわたしも、そつなく答えた。

「なぜドアを開け放しにしているんですか」

「こうやって空気が出入りするようにしたほうが気持ちよく仕事ができますので」

「それがあなたの習慣とあらばしかたがありませんね。でも、ここに入ってくる人間には、くれぐれも注意してください。とくに書類には気をつけること。一枚でも紛失してはなりません」

最初のファイルと同様、このときのファイルにも、誰が送ったのか、宛先は誰なのか、なにも書かれていなかった。郵便消印や、発信地を示すものもなかった。赤い封印には、ただ、東インドにおけるオランダ女王の権威の象徴であるWの一文字[55]が、王冠とともに刻されていた。

「このファイルは、できるだけ早く研究してもらわねばならないでしょう。あなたの仕事にかかわりのある、誰がどんな質問をしても、いつでも答えられるように。この部屋に入ることを許された者がどんな質問をしても。もちろん、ここの一般職員は除いてということですが」

「わかりました」

「奥方はいかがですか。バイテンゾルフの生活はお気に召しているようですか」

「もちろんです。取りやめになったヨーロッパ旅行を思い出さなければの話ですが」

「まことに残念ですが、どうしようもありません。わたしも遺憾に思います。なにしろ、こんなにたくさん仕事があって、どれも早急に処理しなければならないものばかりなので」

R氏が出ていくとすぐにわたしはファイルの封を切った。ドアは相変わらず開け放しにしておいた。なかの文書にレターヘッドはついていなかった。文書の数と枚数を記した紙以外に、なんの説明もなかった。

最初の文書は、イスラム商業同盟ソロ支部の経営する輸入会社が凍結されたあと、バティック業界は輸入会社ジョージ・ウェーリィ、およびボルネオ・スマトラ貿易会社との取り引きを再開した、と述べていた。

その次の文書は、凍結措置をとった政府に対する、イスラム商業同盟の中央指導部の怒りについて触れ、さらに広範な大衆を煽動するために彼らはこの状況を利用した、と書いていた。

三番目の文書は、ミンケの追放はかえって、いくつかの土地でますます同盟員数を増加させる結果になった、と述べていた。そして、それらの土地の原住民行政当局は、これをイスラム商業同盟による東インド政府への公然たる挑戦とみなしており、政府はこの問題を真剣に検討すべきである、と。

四番目の文書は、四十ページにもなろうかというソロからの長文の報告書で、達筆の、小さな文字でぎっしり書かれていたが、そのマライ語はまったくひどいものだった。報告書は、ソロのイスラム商業同盟で、白人と原住民の行政当局の関心を引く、新しい動きがあったことを伝えていた。すなわち、ハジ・サマディ(56)およびイスラム商業同盟ソロ支部の指導部は、ハジ・サマディ自身を最高責任者として、シャリカット・イスラム＝イスラム同盟という名の団体が結成されたことを告げる、声明を出したというのだ。しかし、新たな同盟の指導部は、イスラム商業同盟の指導部とまったく同じ顔ぶれだった。どうやら、ハジ・サマディとその仲間たちは、イスラム商業同盟という名称を使わないことで、もはやラデン・マス・ミンケとかかわりがないことを訴えたかったようである。

スマラン発の五番目の文書は、ジャワの北海岸沿いの製糖工場地帯で、イスラム商業同盟の同盟員数が二倍の伸びを示していることを伝えていた。この急増はまさしくミンケの追放が原因であると思われた。

六番目の文書は、バンドゥンからのものだった。パムンプック、バンジャルヌガラ、チアミス、ガルト、チアンジュルといった西ジャワの諸地域、なかんずくスカブミにおいて、イスラム商業同盟員が、役人たちにあからさまに敵対的な態度をとっているというのだ。

このたぐいの文書は、いずれも現状報告といった性格のもので、それほどわたしに考えることを要求しなかった。わたしは紙をとってわたし自身の見解をまとめ、すべての報告書について——それらの報告書から何か所か抜粋し、その発信地をあげたうえで——書かれていることが事実であるかどうか、再度こまかく調べるようにという意見を添付した。そして、同じ問題について再調査した報告書を、すみやかに送ってくるよう求めた。その覚え書きをわたしは自分でR氏に届けに行った。

R氏は忙しそうに書類を読んでいるところで、そのままわたしは失礼した。

自分の部屋に戻ったわたしは、フリッツ・ドゥルティエルがわたしの文書をあわてて読んでいるのを発見した。迂闊《うかつ》だった。このときわたしは英国製のゴム底の靴をはいていた。彼がわたしの存在に気づいたのは、ようやくわたしが室内に入ってからだった。あわてて彼は机のそばを離れ、フランネルの布で椅子をふこうとした。

「フリッツ。どの部分を読んでいた?」

「なにも読んでません。かたづけようとしただけです、机の上を掃除しようと思って」

「どの部分を読んでいた?」とわたしはくり返した。

「読んでいません」

彼をどうすることもできないのは、わたし自身よくわかっていた。部屋を出るときドアを開けたままにして、書類をキャビネットにしまうのを忘れたわたしに責任があるのだ。

「それとも、懲戒免職になったほうがいいのか」

「よしてください。わたしはちっとも悪いことはしていません。わたしの仕事は、ドアの開いている部屋を掃除し、きれいにすることです。それがここの管理規定になっています」

「フリッツ。ポケットにあるものを全部出してみろ」

「できません。あなたにそんなことをする権利はないはずです。捜索は警察の命令がなければできません。少なくとも、警察官の立ち会いがなければ。それはあなたのほうがご存じでしょう」

「わかった」とわたしは言った。「このまま待ってろ。部屋を出てはならぬ」わたしは電話機をとって、R氏に事情を報告し、フリッツ・ドゥルティエルの身体捜索を行なうために、宮殿警備兵を一名呼んでほしいと要請した。

それから、R氏がニコラス・クノルといっしょにやってきた。ニコラス・クノルはすぐさまフリッツ・ドゥルティエルに怒りをぶちまけた。

「わたしがあれほど注意したのに、まだわからないのか。どうしておまえはわたしにこんな恥をかかせるんだ」

「クノルさん、もういい」とR氏が制止した。「それで、フリッツ。ここの書類に手を触れていいと誰がおまえに許可した？」

「机を掃除しなければなりませんので」

この一件で恥ずかしい思いをしたのは、わたし自身で、ほかの誰でもなかった。だが考えてみれば、恥ずかしさよりも、そのリスクのほうがよほど重大だった。ドアを開け放しにして鍵をかけ忘れたことを、わたしは認めねばならない。そしてキャビネットにファイルをしまわなかったことも。しかしそれ以上に、書類の紛失や漏洩の危険をおかすことは、政府に罪をおかすことだったのだ。

宮殿警備隊の軍曹がやってきて、わたしの報告を聞き、フリッツ・ドゥルティエルに下着以外を全部脱ぐよう命じ、ポケットの中身を出して調べた。私物のほかはなにも出てこなかった。軍曹はさらにフリッツの下着に手でさわった。それでもなにも発見されなかった。彼はなにもなかったと告げ、敬礼をして去っていった。

「さて、パンゲマナンさん。どうしますかな？　決めるのはあなたです」とR氏はフランス語でわたしに言った。

「ええ」とわたしもフランス語で応じた。「こんなことになってまったく面目ありません。ドアに鍵をかけず、ファイルをしまうのを忘れたのは、もとよりわたしの責任です。わたしと彼とこのオフィスにとってどちらが大切か、あなたに判断をおまかせします」

「もちろんあなたのほうが大切です」と彼は答えた。「彼をクビにしてほしいですか」

わたしは自分に落ち度があることを承知していたし、またフリッツにも非があるのは明らかだった。わたしの場合は不注意によるもの、彼は意図的なものである。このときわたしはとっさに答えが見つからず、なにが正義なのか頭のなかで行きつ戻りつ懸命に考えていた。

「フリッツ。おまえは謝らなくてもいいと思ってるのか」とR氏がオランダ語で訊いた。

ふたたび衣服をつけながら、十代の若者はこう言った。

「どういう理由で謝らなければいけないのですか」

「わかった。おまえはもう来なくていい」とR氏は、わたしの顔色をうかがいながら言った。

「それがいちばん妥当かと思います」とわたしはフランス語で応じた。

「残念だ、フリッツ」とR氏はオランダ語で言った。「いますぐこのオフィスを出ていくんだ」

「わかりました。解雇通知をあす取りにきますので、不名誉な懲戒免職ではないという証明をつけてください。わたしは悪くないのですから」彼はR氏と、わたしと、ニコラス・クノルにうやうやしく頭を下げ、わたしの部屋を出ていった。

「おふたりとも、わたしになにかできることはございませんか」とクノルが尋ねた。

R氏は首を振った。わたしの胸の内をさぐるように黙ってわたしを見た。

「こんなことになって、まことに遺憾に思います」とわたしは言った。

「パンゲマナンさん。警察組織ではこういうことは起きないでしょうね。わたしにとっても大変遺憾なことだ。あいにく、あなたはもう警察の人間ではない。まだ警察だったら、これを事件にされるだろうということは想像に難くない。でも、パンゲマナンさん、この建物のなかで起きたことは、けっしておおやけにしてはなりません。官房府はどこまでも敬意と信頼を集めなければいけない。ひとつの瑕疵《かし》も許されないのです」

ニコラス・クノルがマライ語の新聞雑誌をひと山かかえて戻ってきた。

「ド・ランゲさんが亡くなってからはじめてです、新聞と雑誌をこちらにおもちするのは」と彼は部屋の隅にあった小机にまっすぐ歩いてゆき、そこに新聞雑誌を置いた。それからわたしに礼を言ってまた部屋を出ていった。

「ここがどんな状況にあるか、どういう決まりになっているか、あなたもそのうちに慣れてきますよ」と言ってR氏も出ていった。

フリッツ・ドゥルティエルとの一件を忘れるために、わたしは新聞雑誌を読むことに没頭した。それはまた、これからわたし自身の毎日の業務となるものだった。そうした刊行物を読むのは、いつも興味が尽きなかった。ある人間が書いたものから、わたしは書き手の心理と思想の構図を読みとり、その人間の欲望、傾向、夢、愚かさ、欠点、賢明さ、知性、知識といったものを、そしてそれらが透明のガラスの糸のようにより合わさっている様子を、見てとることができた。それぞれが現実の世界と夢の世界のあいだを揺蕩《たゆと》う独自の世界を形成していた。そこまでが第一段階である。第二の段階は、そうした夢と現実のあいだの小さな世界が、東インド政府にむけられた銃弾にならないか、検討することだった。もし銃弾だとなれば、その威力と速度を調べるのもわたしの仕事である。そして十分な威力と速度をもつことがわかったら、標的に命中しないように、わたしはその銃弾に網をかけなければならないのだ。

わたしが新時代のピトゥンことミンケを護送してアンボンに行ったあとに書かれたもので、興味をそそったのは、彼の追放に関する新聞の論評だった。

そのなかのひとつは、およそ以下のような内容であった。

ヨーロッパそして一般に西洋世界は、知識と学問の宝庫を所有し、その発展はまさしく日進月歩である。東インドでは、その宝庫からほんのひとつまみの、とるにたりない知識を手にした原住民《プリブミ》が、自分たちの力を錯覚して、ヨーロッパに太刀打ちできるかのごとく振る舞っている。そんなことのためにオランダは原住民に読み書きを教えてきたわけではないのだ。現状でさえそうなのであるから、ますます多くの原住民が高等教育を受けるようになったあかつきには、いったいどうなることであろうか。彼ら自身と彼らの社会にとって、また東インド政府にとって、有益なことはないであろう。彼らはいたるところで騒動を引き起こすだろう。なお悪いことには、そうした知識を手にすることで、彼らは幸福をうしなうことになるだろう。東インドにおいて、農民たちほど幸せな者はいない。それはまさに、彼らが世界とその問題について無知だからである。原住民に教育を普及させることは、彼らの幸せを奪うことと同じである。

われわれはその好例を、いま追放地にむかっているイスラム商業同盟の指導者、ラデン・マス・ミンケにみることができる。追放処分を招いただけだとしたら、彼が受けた高い教育になんの意味があろうか。教育は彼自身にとって、また彼の家族と社会にとって、役に立たなかった。政府が彼に勉学の機会を与えたのは無益だったのである。

また別の論評は——。

かの『メダン』の暴れ者、ラデン・マス・ミンケはいまテルナテに追放された。テルナテはすぐそこである。彼の先祖らが追放されたのは、故郷からそんなに近い土地ではなく、セイロンや南アフリカであった。彼が道理のわかる男であるなら、総督閣下がかくも寛大な心をもって彼にまだ希望を残し、いつの日か故郷に帰る可能性を閉ざさないでおいたことを、理解するはずである。また、これまでオランダ領東インド政府は、ラデン・マス・ミンケのような名門出身の原住民を、死罪に処したことがない。なんと慈悲深いことであろうか。東インドを統治するようになってからの、オランダの権力の歴史を調べてみよ。死罪になった貴族がいたであろうか。この三百年間、人民をたびたび死罪に処してきたのは、むしろ原住民の王であった。それこそヨーロッパ人の気高さを物語るものではないか。

もし暴れ者、ラデン・マス・ミンケに、わずかでもいい、もっと歴史の知識があったなら、彼の同胞に東インド政府がやってきたことは、歴史をつうじて原住民の王たちがやってきたことより、はるかに、はるかに多く、はるかに有益であったことを理解するはずである。

賦役《ふえき》を廃止したのは、いったい誰か？ ラデン・マス・ミンケでも、原住民の王でもなく、高邁なる東インド政府である。ラデン・マス・ミンケ本人もふくめて、彼の同胞に読み書きを教えたのは誰か？ 東インド政府であって、ジャワの王たちではない。なぜ彼は、賢くなればなるほど、不穏な、反抗的な考えをもつようになったのか。かくなれば、騒動を防止するために、彼のような人間を社会から隔離するのは当然である。われわれの生きる目的は、治安と秩序、安寧を確立して、われわれの願いがかなえられるようにすることではないのか。

このふたつの論評を、わたしはL氏およびR氏との議論の材料にとっておいた。わたしにはよくわかっていたが、これはどちらも美辞麗句を並べて、尊敬すべきモラリストの顔をしつつ、しかし現実の植民地支配の本質には誠実に向き合おうとしない、もっとも純粋な植民地主義者の考えを代表するものである。現実は、力をもつ者だけが、われわれの生きることに、そしてあらゆることに、生殺与奪の権を握っているのだ。なにが正しくてなにが誤っているか、なにが正義でなにが不正義であるか、なにが善でなにが悪であるか、それを決める権限は強い者にあるという現実。強い者は誰でも、より強い者が現われてその動きを封じるまで、あるいは完全に滅ぼしてしまうまで、どんなことをしても許されてきたのだ。だから、植民地の生活は、民主主義的なヨーロッパの生活とはちがう。植民地の生活はひたすら、強い者、より強い者に、すなわち植民地権力そのものに、奉仕しなくてはならないのだ。

そう、新聞はもう少し公平であるべきではないか。なぜ、もっと正直に書かないのか。植民地権力は剣と機械と資本の産物であり、ミンケのような原住民は、それを持たないのだから、まだ十分に力がないことを認識すべきであった、と。

わが師、ミンケよ。東インドにおける三百年の支配の歴史をつうじて、オランダは原住民の屍《しかばね》でピラミッドを築いたこと、そしてそれがまさに彼らの王座なのだということを、きみは理解しなければならない。東インドの表情を変えてみせたきみを、わたしは尊敬し評価している。きみは旧いものを壊すことで成功をおさめた。だがきみは、植民地権力の複雑な実態を、その裏表を知らなかった。この権力に挑戦をこころみるには、きみはあまりに小さすぎた。きみは同胞の屍で築かれたピラミッドの王座を見たことがなかった。それを見ていたら、きみは逃げだしただろう。一目散に逃げていたはずだ。

植民地権力は旧いものを壊すことで成功したきみを追放したが、犠牲になったのは、きみだけではない。かつてヨーロッパで学び、ヨーロッパ人と同一の賃金を要求しただけの原住民を、総督イデンブルフは躊躇なく追放したのだ。彼らが総督の不興を買ったのは、大胆にも、自分たちはヨーロッパ人と対等だとうぬぼれたからである。そのひとりが、スタン・カサヤンガン(57)だ。そして、わが師よ。いま彼はきみと同じところにいるのだ、マルクに！

おそらくミンケ自身も、そうした追放の理由を読む機会があるだろう。彼の心にその鋭い槍の穂先がどのように突き刺さるか、わたしは想像することができたが、彼には自分を弁護することさえ許されていないのだった。

新聞雑誌を読み終わらないうちに終業の鐘が鳴った。

その日の夕刻、家族全員が応接間でくつろいでいた。子どもたちは物語の本を読んでいた。フランスの香りのするもの、フランスと関係のあるものとなると、彼らはなんにでも旺盛な勉学意欲を示した。妻はわたしの傍らに坐って、通りの方向を正面にして黙ってレースを編んでいた。

わたしはのんびり葉巻をくゆらせながら、夕暮れのさわやかな空気を味わっていた。オフィスに残してきた仕事のことは、いっさい思い出したくなかった。すでに半世紀を生きて、わたしはどうやって心を落ち着け、静かなひと時を楽しむことができるか、自分で自分をコントロールするすべを身につけねばならなかった。イスラム商業同盟がジャワ全土で暴れまわってもかまわない。だがこうした夕暮れの至福のときを味わう歓びは、何者にもじゃまさせてはならない。わたしと同じくらいの年齢で、心静かなひと時を楽しむことを覚えようとしない者は、早い、ますます早い退化を迎えるしかないのだ。こうした瞬間のために、わたしは良心の声に耳を閉ざして、必死に働いてきたのではなかったのか。

外の世界では、まもなく、電気が比類のない新しい楽しみを人間に与えることになる、との予測がなされていた。電気がモールスで信号を送り、さらに電話のように人間の声がワイヤーをとおして聞こえるようになったあと、いまやクラシック音楽から演説やセンセーショナルなニュースまで、電気で聞けるようになるのだ、と。そして予測では、家庭にそうした電気器具がそなえられるようになるとされていた。電気がニュースを読み、講演を、講義を読んでくれるから、われわれはもはや活字を読む必要はなくなる、と。そんなことを想像しながら、穏やかな夕暮れと葉巻の煙が、わたしを幸福な気分にみたしてくれた。良心の呵責に苦しめられることのない、こうした一刻一刻のささやかな歓びの連鎖を幸福と呼ばずして、いったいなにを幸福といえばよいのだろう。

表の通りも静かだった。ときおり、眠そうな馭者を乗せた馬車が通り過ぎるくらいだった。この町のひとびとは出歩くのが好きではないらしかった。

おや、あのふたり連れ、数日前の女たちだ。ふたりが前後に並んで歩いてきて、先日のように立ち止まり、フェンスに手をかけるのを、わたしは観察していた。なぜ、あのふたりの乞食、しきりにわが家の前を行ったり来たりしながら、なかに入るのをためらっているのか。

わたしは立ち上がって部屋に入り、双眼鏡をとってきた。そしてまた椅子にかけて、ふたりを双眼鏡でのぞいてみた。うしろの女がしきりに前にいる女の腕を引っ張って、すぐに立ち去るようせかしていた。見たところ、どちらもきちんとした身なりをしていた。乞食ではない。ござを入れる袋も、恵んでもらったお金を入れる椰子の実の殻も、持ってはいなかった。

うしろから引っ張っている女を、どこかで見たような気がした。わたしは立ち上がって、さらによく注意して見た。そう、たしかに見覚えがあった。とすると、前にいる女は？　鋭い眼で女はわれわれのほうを見ていた。それもちらっと見るのではなく、われわれの様子をじっとうかがっているのだ。

突然、ある衝撃がわたしの手から力を奪った。双眼鏡がテーブルに敷かれたガラスの上に落ちた。

「ジャック！」と妻が悲鳴を上げて仕事を放り投げた。子どもたちも本を読むのをやめた。みなわたしをじっと見ていた。

わたしはあわてて電話機に走った。そして警察に連絡し、女たちを追い払うよう要請した。

「それから身体捜索もやってくれ」

女は誰あろう、ミンケの家政婦、ピアだったのだ。前にいるのは、あの射撃の名手、プリンセス・カシルタである。くそっ、あの女め、わたしを殺す気なのだ。なんという身のほど知らず、恩知らずなのか。スールホフを撃ったのが彼女だと立証できるのは、この世界中でわたしだけなのに。

妻がわたしのあとを追ってきて、とりなした。

「あのふたり、失業中なのよ。ジャック。たぶん働き口を探しているんだわ」

返事もせずにわたしは部屋に入り、ピストルをとってポケットにしまった。こと射撃に関してはたぶんわたしの負けだ。それでも、あの女が兇行におよんだら、なんとしても妻と子どもたちだけは守らねば。

警察官がやってきて、ふたりの身柄を拘束した。わたしは警官とプリンセスが言い争うのを聞いた。

「どうなっているか見ておいで」とわたしは子どもたちに言ったが、どちらもすでに様子を見に行きたくてうずうずしていた。

われわれのいる場所から、プリンセス・カシルタが警官に罵声を浴びせ、足蹴にされたピアが泣き叫ぶのが聞こえた。それから、プリンセスの悲鳴も上がった。沿道の家々から人が出てきて、見物していた。子どもたちはなかなか戻ってこなかった。警察署に連行されるふたりについて行ったらしかった。

「ジャック。あなた、どうしてあの人たちにそんなひどいことをするの」と妻が言った。

「目ざわりだから。仕事でくたくたになって帰ってきて、こうやって休んでいるのに、あの女たちのおかげでだいなしだ」

妻はひどく驚いてわたしを見つめた。

「フランスにもああいう失業中の女性はいっぱいいるわ。その女性たちも警察を呼んで追い払うの？」

「そう」

「そう？　そんなことをしたら、世間から袋叩きにあうわ」

「ここはちがう。誰も非難しない」とわたしはぶっきらぼうに答えた。

「あなた最近、どうしてそんなに乱暴なのかしら」と妻は、わたしよりむしろ自分自身に、信じられないという口調でつぶやいた。

それからさらに妻がなにを言ったか、わたしは知らないし、聞こえもしなかった。怒りが体の内部から突き上げてきた。それはプリンセス・カシルタとピアへの怒りではなく、自分自身への怒りだった。あの若い女はなんと夫に忠実なことか。彼女はわたしと対決する道を探していたのだ。それを制止しようとしたのはピアだけである。もし銃があったなら、彼女はいきなりわたしのところに乗り込んできたはずだ。しかし銃は持っていなかった。おそらく刃物しかなかったのだろう。だから、ためらっていたのだ。

「男の人に、警察官に手ひどく殴られて。ああやって悲鳴を上げているのに！」

いや、いけない！　彼女たちを擁護する新聞はないはずだ。すでに『メダン』は葬り去られている。声を上げる者はないだろう。あの悲鳴は死人の口から発せられたも同然である。彼女たちの遠い祖先はオランダ東インド会社に、あれよりもっとひどい仕打ちを受けた。プリンセスとピアはかすり傷を負っただけである。殴った警察官は、きっとアンボン人[58]か混血児にちがいない。だが、パンゲマナンよ、バタヴィア警察の元警視よ。そういうおまえは、あのひどい仕打ちを黙って見ていたではないか。それどころか、彼女たちの身柄を拘束するよう命じ、身体捜索までやらせたのは、おまえではないか。

　妻はますます声高にわたしを非難した。まるで彼女自身が被害者のようだった。へたをすれば、あの若い女の銃弾が、わたしの頭を撃ち抜いていたかもしれないことを、妻は知らないのだった。

　われわれは敵対しているかのように、互いに口をきかなかった。子どもたちが帰ってきて、警察署に連行される道中ずっと、どのように警官がふたりの女性に暴行を加えていたか、話して聞かせた。

「暴行されるのを誰も止めなかったの？」と妻が訊いた。

「みんな見物してるだけだった」とマルクが答えた。

「あなたもそう？　おバカさん」

「黙れ！　話はそこまでだ！」と、わたしは声を荒げ、良心の声を圧殺した……良心の呵責を……。

5

政府の命令により、弁護士ヘンドリク・フリッシュボーテンは、東インドから退去をよぎなくされた。命令が執行され、原住民《プリブミ》に敬愛された法律家、『メダン』の法律欄のアドバイザーは、涙を流しながら船のタラップを上っていった。幼児《おさなご》の手を引いた妻もいっしょだった。港湾労働者の一団がつづいて乗船し、夫妻に感謝の言葉と贈り物の雨を降らせた。

フリッシュボーテンは声をつまらせて、労働者たちにこう言った。

「親愛なる友人のみなさん。心からの友情ほど尊いものはありません。みなさんの善意に感謝します。友情と善意がなければ、人間は生きていけない。なぜなら、それがなければもはや人間ではないのだから。わたしの愛するみなさん、さようなら」

彼らは家族どうしで別れを惜しむように、ねんごろに握手をかわした。そこには肌の色のちがいも、生まれのちがいもなかった。

わたしはうつろな気持ちで船を降りた。まったく面識のない者たちが、家族にもまして、あれほど仲良く、いつくしみあえるとは。それもひとえに善意が彼らを結びつけていたからだ。

フリッシュボーテンはこうも言った。

「メッセージを託すことを許してほしい。絶望的な困難のなかでそばにいてやることができなかったラデン・マス・ミンケに、わたしがくれぐれもよろしく言っていたと。それから、みなさんにもお願いしたい。どうか彼のことを忘れないでいただきたい。彼はまさに先覚者だ。なぜなら彼こそ同胞に光をともし、みなさんを導いてきた最初の人間なのだから」

フリッシュボーテンが気高い精神の持ち主で、自分にも他人にも誠実であることはわたしも承知していた。しかしその高潔の士の言動は、ここ最近、わたしを感動させることはなく、むしろいらだたせた。その理由は自分でもわかっていた。わたし自身の崩壊が、いよいよ決定的になっただけでなく、ますますひどく、ますます腐臭を放つようになっていたからである。さらに悪いことに、わたし自身、そうした自分の状況をよく認識していたのだ。

ミンケは追放されてなお、ひとびとの話題になっていた。むろんそれがわたしを不快にさせたのは言うまでもない。そしてイスラム商業同盟も死んでいなかった。わたしの目は、そしてもちろん政府の目も、ソロにむけられた。新しく壇上に登ったのはハジ・サマディである。彼の組織は、歴史上かつてないほど、ふくれ上がった。

イスラム商業同盟の各支部は、ソロでの緊急会議において、シャリカット・イスラム＝イスラム同盟と組織名を変更することで新しい事態に対応した。これによって残業を強いられることになったのは、このわたしである。政府の名を汚すおそれのない地下のコネクションをつうじて、カネで雇われた輩が動員され、わたしの指揮下に置かれた。しかしそのいずれをとっても、ロベルト・スールホフと選ぶところのない連中ばかりだった。

新しい同盟員の急増という流れを、わたしはせき止めることができなかった。ジャワではいまや、原住民の必需品のリストに、組織参加という項目を加えるときが来たのだ、とわたしは理解した。わたしの任務はそれを阻止することである。ミンケからハジ・サマディの手に組織の指導権が移って以後の、同盟の勢力伸張には、わたしだけでなく、植民地問題の専門家と政府首脳もみな驚嘆しているようだった。

この時点でも、わたしの作成した報告書が正しかったという評価は、なお変わらなかった。総督がとったミンケへの追放措置は、ちょうどよいタイミングで行なわれたからである。もう少し遅れていたら、新時代のピトゥンはおそらく、ジャワの外でも騒動を引き起こしていたはずだ。ミンケがいなくても、同盟の組織はさらに拡大できるだろう。だが彼の頭脳なしには、同盟はなにもなしえないはずである。

ある日、ますます勢力を拡大する同盟に対して、いかなる手を打つべきか、早急に結論をまとめるよう部長のR氏から指示されたとき、わたしは例によって、肌の色を問わず、地方政府の担当者から寄せられたさまざまな提案を検討した。彼らは一様に、行政担当者に対する同盟員の態度、とくに新しく加入した者たちの態度に、不安感を抱いていた。

わが部長の指示は、植民地を統治する政府首脳の動揺と、彼自身の混乱ぶりを物語っていた。

たしかに、この組織の成長は尋常ならざるものがあった。各地の報告からざっと計算して、同盟員数は二十五万ないし三十万人にのぼった。四年でここまで急増するとは、ヨーロッパの団体でもかつて経験しなかったことである。カスナナン王宮[59]の高官筋が作成したある報告書には、ふたりの指導者——ミンケとハジ・サマディ——が組織の中央をソロに移すことで合意したのは、社会経済生活にみられるように、住民がその独自性をいまなお維持しているジャワで唯一の地域がソロだからである、と述べられていた。その一方で、過去の栄光よ、ふたたび、と夢みるソロの貴族たちが、彼らの私的な目的のために新しい力を利用するだろう、と推測する者もいた。しかしまた、そうしたジャワの貴族たちはすでに意欲をうしなっており、ふたたびオランダに顔を上げることはありえないとの見解もあった。最後の報告書は、ソロのススフナン王家はイスラム同盟に対して中立的な立場をとるだろう、と述べていた。

それらの報告書を読みながら、ある疑念が浮かんだ。はたしてイスラム同盟は、頭脳なしに、ここまで発展できるだろうか。わたしはまさにミンケを相手に、チェスを使ったゲームをくりひろげているのだった。彼が追放されてなお冷静であったのに対し、わたしはすっかり浮き足だっていた。自分が師とあおぎ、評価し尊敬もしている相手とのゲーム。ゲームは彼の追放をもって終了したのではなく、むしろ開幕が告げられたばかりだったのだ。公然たると非公然たるとを問わず、テルナテとソロのあいだでの手紙のやりとりができないように、厳重な監視の目を光らせていたはずなのに。

ある報告書が、ハジ・サマディもまた不安のなかにある、という信憑性の高い情報を伝えてきた。かくも多くの大衆《マス》――リーダーシップと行動を渇望する大衆をもってどうしてよいか、わからないでいるというのだ。大衆の要求に応えようとすれば、彼自身の会社経営がおろそかになるだろう。逆に、手をこまねいていれば、社会的な信頼をうしなうことになるだろう。大衆の要求に応えるにしても、そのやり方が彼にはわからないのだ。

一週間、わたしは報告書の作成に忙殺された。R氏は毎日わたしの部屋にやってきたが、来るたびに彼の動揺はひどくなっていた。その一方で、ますます多くの情報が寄せられた。いずれも白い紙に、それぞれがそれぞれの物語を伝えていた。こうしたあわただしい空気のなかで、わたしは報告書をまとめ上げ、政府はラデン・マス・ミンケを嫌っているだけでなく、すべての同盟員も嫌悪しているということを、社会に周知させるよう提言した。そのため、下級から上級まですべての公務員を対象に、イスラム同盟に加入することを禁じる布告を出し、さらに、彼らが同盟に活動の場を与えないようにするべきである、と。

「あなたの提言は、もちろん、布告として発令されますが」とR氏は言った。「でも、なぜそんなに手ぬるいんですか」

「個人に対するのと大衆《マス》に対するのとでは、おのずとちがった考え方と方法が必要です。大衆を焚きつけて動かすのは比較的たやすいことですが、それもリーダーの能力いかんにかかっている。ミンケの能力はわれわれもよく承知していた。その彼がいなくなったことで、おそらく同盟は地方レベルの指導者を誕生させるでしょうが、彼らはわれわれにとって未知の存在です。われわれには時間が必要なのです」

このときの布告は、効き目のないことが明らかになった。東インド政府には、社会団体の内部問題に干渉する法的な権限はなく、また、公務員に対して、イスラム同盟の一員であることを政府に届け出るよう義務づけた法律も、なかったのである。

わたしの提言はこうして、時と場所によっては、公務員に対する一定の抑止効果をもたらしたものの、実を結ぶことはなかった。それどころか、時と場所によっては逆に、もともと植民地権力を基本的にこころよく思っていなかった者たちの、いっそうの怒りと反撥を招くことになった。同盟員のさらなる増加。これが布告の招来した、否定しようのない結果であった。オランダ以外のあるヨーロッパの日刊紙は、イスラム同盟は加入者数が五十万に達したと伝え、ヨーロッパ大陸に匹敵する広さの地域で活動する、新世紀最大の組織である、と表現した。東インド外で発行されている、ある英字紙は、その数を三十万と見積もった。ハジ・サマディ自身は、これらについてなんの反応も示さなかった。彼は自分の組織に関する海外の声を、まったく知らなかったのだろう。おそらく彼自身にも、同盟員の数はわからなかったのだ。役人たちからの公式報告にもとづいたわたしの計算では、三十万から三十五万の範囲と思われた。正確な数は誰にもわからなかったのである。

とはいえ、数について大騒ぎしても意味はない。リーダーおよび一般同盟員の質という観点からみれば、この組織にはまだ、あるレベルにまで質を向上させる力がないのは明らかだった。イスラム同盟は、共通の夢ではなく、それぞれの私的な白昼夢によって互いが結ばれた、石ころの山にとどまっていて、そのため共同行動を起こすことは不可能と思われた。

わたしの考え方の基本になったのは、こうした認識だった。

ハジ・サマディ自身、彼には五十万もの大衆を導いていく能力はあるまい、とする植民地主義者の声に、影響されているようにみえた。彼は途方にくれて気がおかしくなるだろう、と。それから、ある報告書が、ハジ・サマディが急遽、ジャワの主要都市をまわって、同盟の組織化と指導を託すことができそうな、教養ある原住民《プリブミ》を探している、と伝えてきた。さらに、彼の尾行から新たな事実が判明した。ハジ・サマディが発掘しようとしている人材の条件は、学問があるというだけでなく、宗教学に明るいムスリムで、また、現代の商業活動について、ただ知っているだけでなく豊かな経験をもつ人物というのだ。

かわいそうに、サマディよ。おまえは、リーダーになる野心さえ抱かなければ、自分の会社を経営しながら心静かに暮らせるものを。いまやおまえは、重い荷物を、おまえのものでも、おまえのものにもならない重い荷物を引いて、山を登り下りせねばならない馬車馬のようなものだ。

わたしは自分の執務室から、このバティック商人が住所録を手に、ブタウィ、スマラン、スラバヤと歩きまわっている姿を思い描くことができた。この三つの都市ではどこでも、彼がボルネオ・スマトラ貿易会社とジョージ・ウェーリィで働く、教育ある原住民たちと接触をはかろうとしたことがひろく知られていた。そしてわたし自身にとっては、こう結論づけるのは困難ではなかった。すなわち、彼の旅行でもっとも重要なのは、もはやヨーロッパから原材料を直接輸入できなくなったソロのバティック産業を救ってくれる人材を、確保することだったのだ、と。実のところ、彼は、バティック産業の直面する困難を打開できる人材を探していたのであって、イスラム同盟は二の次だったのである。

それから、思いもよらない、やっかいなことが起きた。わたしは一日に数回、R氏とGr氏の訪問を受けた。彼らはいずれも別々に訪ねてきたのだが、そのふたりの口から、ある英字紙の侮辱的な記事に、イデンブルフ総督が激怒していると聞かされたのだ。英領インドにくらべてオランダ領東インドは地獄である、と記事には書かれていたのだった。いわく、ジャワのイスラム教徒は、みずからを組織している。東インド政府の対策はどれも効果がない。政府に時代おくれの統治機構を抜本的に改革する勇気がなければ、各地ですぐにも騒擾事件が起きるであろう、と。

これに対し、イデンブルフは、統治機構の抜本的改革を行なうつもりは毛頭ない、と答えた。東インド政府は、これまで敷かれてきたレールを外れることはない、と。

しかし、仕事の山におしつぶされるわたし、パンゲマナンにとって、事情はさほど単純ではなかった。

いつもの神経質そうな口調で、R氏はこう言った。

「原住民社会になにか動きがあるというだけで、政府がおたおたするわけにはいかない。政府は強く、原住民よりもつねに強くあらねばならない。さもなくば、政府はもはやこの東インドに存在することができない」

それはわたしには、なんらかの強硬手段を考えださなくてはならないことを意味していた。ラデン・マス・ミンケとのゲームは、どうやら、最終局面を迎えざるをえなくなったようだった。だが、強硬手段といっても、合法的な手だてがないとすれば、どうすればよいのか。

「報告書から受ける印象では」とR氏は言った。「このイスラム同盟の問題に、あなたは組織の外からアプローチしているようですが、内部問題に手をつけてみてはどうですか」

「それは上からの指示ですか」

「そう、これは上からの指示です」

「念のために公式の文書にしてください」

R氏は文書にすることを約束して、部屋を出ていった。

「パンゲマナンさん」とこんどはGr氏が、わたしの差し向かいに坐って、さっそく切りだした。「かつて中国人問題で失脚した総督がいました。その経緯、覚えていますか」

なんという総督であったか、わたしは名前を思い出せなかった。そんな事件があったことは知っていたが、ことの顚末については詳らかにしなかった。

「お忘れとは残念ですな」と彼は言った。「まあ、これはあなたの管轄外ですからね。何年だったかはきっと覚えているでしょう」

「一七四〇年。中国人虐殺事件《シネーゼンモールト》」(60)とわたしは答えた。

「重要なのはその歴史的な背景です。あなたに異存がなければ、それについてちょっと話をさせてもらいたいのですが」

イデンブルフ総督の怒りを解く方法を見つけるために、さまざまな資料をそろえて格闘する仕事が残っていたのだが、わたしは彼の話を聞くことにした。

「その事件が起きるまでの十年間に、大量の中国人がブタウィの周辺地域にやってきて住みついた。オランダ東インド会社は彼らを立ち退かせると脅し、中国人社会に大きな不安が野火のようにひろがった。ブタウィ市内で働く中国人、その多くは小商人や各種の職人、公共事業の労働者たちだったが、彼らは東インド会社の支援するヨーロッパ人企業家に対抗して、結束を強め、互いに助けあう姿勢を示した。このとき原住民の商工業者《ブルジョアジー》は破産し、再興の兆しはなかった。原住民の職業は片手で数えられるくらいで、農民、職人、漁師、政府や土地の原住民支配層に仕える給与生活者、そして最後に——犯罪者たちだった。大規模な商業活動は、島と島をむすぶ運輸業もふくめて、完全に東インド会社もしくはその他のヨーロッパ人に握られていた。その当時、中国人はまだ現在のように仲買い業には進出していなかったものの、小規模な商業活動と公共の建設事業を押さえていた。そうした中国人のエネルギッシュな活動に、ヨーロッパ人は彼らを少しずつ手ごわい競争相手だと認識しはじめた。しかし原住民はそれ以上に、中国人の脅威をひしひしと感じていた。社会にひろがる嫉妬、そして煽動。その後なにがあったかは、あなたもご存じのはずです」

「中国人虐殺事件」とわたしは応じた。

「で、あなたはそれについてどう考えますか」

「総督が失脚するというのは、それだけ不手際を世間に糾弾されたということでしょう」

「むかしはいまより厳しかったですからね」と彼はつづけた。「事件は、中国人の社会経済的な発展に歯止めをかけようとして起きたものだった。しかし歯止めはかからなかった。やがて彼らは中小の商業活動を完全に支配するようになった。その後、中国人はさらに上をめざして圧力を強め、ヨーロッパ人とアラブ人の大規模な商業活動にまで進出した。ヨーロッパ人はもちこたえることができたが、アラブ人はつぎつぎに競争にやぶれて凋落した。二十世紀になってもこうした事態はつづいている。さらに彼らは、今世紀のはじめには、民族的な覚醒という新たな段階に入った。それが中国大陸だけで起きているのであれば、なにも頭を悩ませる必要はない。しかし、パンゲマナンさん、それが東インドで起きているのです。彼らがますます圧力を強め、勢いを増していったら、十年後にどういう事態になるか、あなたも想像できるでしょう」

Gr氏はわたしに、東インドの人種構成という問題を投げかけていた。ヨーロッパ人、アラブ人、中国人、原住民《プリブミ》の四者について、その相互関係を研究してほしい、と。

「クリン人[61]については？」とわたしは質問した。

「彼らがものごとを左右するような地位を占めたことはない。クリン人の立場はずっと脆弱だ。

彼らのことを考える必要はないでしょう」

こうしてわたしは、間接的な指示を受け、国立公文書館の記録を閲覧するための職務執行命令書をもって、その日のうちに車でブタウィにむかった。わたしの必要とする記録などなにひとつなかったのだが、ただ官房府のオフィスを逃れ、矢継ぎ早に飛んでくるあれやこれやの指示から逃れたかったのである。少しでも静かな雰囲気をわたしは必要としていたのだった。

L氏が満面の笑みでわたしを迎えた。さっそく彼はジャワ人の問題をもち出した。際限のない彼の講釈を聞かされると、わたしの脳は腫れ上がりそうだった。以前に話したことを、あちこち補強材料を加えながら、彼はくり返した。

「ですから、それはマジャパヒトの栄光の時代にはじまったのです、タントゥラルがまとめたように。すべての宗教は同じである、と。その結果、原則がなくなり、宗教そのものが消えてしまった。ジャワ人はこうして指針をうしなった。それから外国商人が彼らにイスラムを紹介した。イスラムを伝えた商人たちは、基本的にジャワ人の共感と信用をかちとる必要があって、おのずと妥協の精神を持っていた。もしそのとき別の宗教が、同じやり方で紹介されていたら、ジャワ人はそれもあっさり受け入れ、友好関係を結んでいたでしょう。新たな事態に適応するために。彼らは先祖の宗教から受け継いできた原則をうしない、新しい宗教から新しい原則を得ることができなかった。これがジャワ人の精神的また哲学的な凋落の時代で、そのために彼らはヨーロッパ人に対抗することができなかったのです」

それからさらに彼がどんなことをしゃべったのか、わたしは覚えていない。ともかく、たくさん、あまりにもたくさんしゃべったことは疑いない。そのなかで、かろうじてわたしの耳に入って興味をひいたのは、次のようなことだった。

「マジャパヒト……ローマ帝国に劣らないほど国家機構がみごとに整備された帝国……当時、世界最大の海洋国家……内部からの崩壊……精神的、哲学的、社会経済的な領域での衰退と、国家機構の解体……イスラムの導入も崩壊の歯止めにはならなかった。いま現在もそれはつづいている。その崩壊によって、ジャワ人は現実に背をむけ……夢や預言、呪文、マントラをより信じるようになった、インド密教の遺産として……。パンゲマナンさん。オランダ東インド会社が、原住民の軍事史では未知の戦略戦術を駆使して、ある地域からある地域へと、ジャワをつぎつぎに併呑していったとき、ジャワ人の社会生活の中心では、彼らの王たちの周辺では、なにが起きたのか？『ジャワ年代記[62]』、それが彼らの回答だった。あなたがジャワ語を読めなくて残念だ。これはジャワ人の古典で、今日までつづいている彼らのゆるやかな崩壊の歴史を物語ったものですが、その崩壊がたんに領域的な支配だけでなく、精神的、哲学的、社会経済的な崩壊であり、ジャワ人の生活の制度的な崩壊でもあることに気づいていない。マジャパヒトが滅びてから今日まで、ジャワ人は人類社会に、また彼ら自身に、なんの遺産も残すことができなかった」

「でも現在のジャワ人は？」

「それはまさにわたしがこれまで話したとおりです。一四七八年にマジャパヒトが滅びてから、ジャワ人の崩壊はその極点にむかって進行してきた。それ以降のジャワ人については、ひたすら無にむかっていく崩壊の過程以外に、なにも語るべきものはありません」

「海外の新聞は、東インドにおけるブルジョアジーの覚醒を報じているじゃありませんか」

「ブルジョアジーの覚醒?　つまり、フランス革命の初期の段階にみられたような?」

「もちろん同列に論じるわけにはいかない。ヨーロッパのブルジョアジーはヨーロッパを興し、やがて封建勢力を圧迫して、それにとって替わる支配層になった。ジャワのブルジョアジーはなにも興さなかった。あるいは、まだなにもなしえていない。ようやく眼を開けたばかりだ。ヨーロッパの新聞はそれを称して覚醒と言っているわけですが。いや、わたしに言わせれば、彼らはまだ目覚めてもいない。たぶんあなたも、わたしのこの見解には同意されるのでは?」

「ジャワ人の凋落はもはや極まれりだ。ブルジョアジーの覚醒というなら、それはジャワではなく、アチェとバリで起きるべきものです。アチェ人とバリ人はまだ個性、独自性を保持しているから。ただいかんせん、アチェとバリのブルジョアジーといっても、弱すぎる。ジャワ人の凋落が、プラスからマイナスに転じるように、どれほど深いものであるかをみれば、ジャワが立ち上がるとしても、当然、アチェとバリの抵抗のあとになる。おそらくオランダのジャワ中心主義がブルジョアジーの覚醒に影響したのだと思います、それを覚醒と呼ぶことができるならばの話ですが」

「覚醒と呼べるようなものがあると、あなたは信じているんですか」

「いや、信じていません。ジャワのブルジョアジーはあまりに弱体で、まだなんの事業も興していない」

「イスラム同盟についてはどう考えますか」とわたしは質問した。

「たんに規模の大きさだけをうんぬんするのであれば、イスラム同盟はいまだ論ずるに足りない存在だ。いや、ごめんなさい。これはややせっかちな意見かもしれない。でも、パンゲマナンさん。わたしの考えでは、われわれが生きているこの時代に、ある組織を評価しようとするなら、見るべきはその規模の大小ではなく、リーダーシップの実体とそれがどんな構想力を持っているのか、ということです。イスラム同盟のリーダーシップという問題については、あなたはどう考えるのですか」

わたしはその問いかけを聞いて恥ずかしくなった。ましてや答えることなど、とても恥ずかしくてできなかった。わたしは、まさにそうした分野の任務を帯びていながら、いまだかつてそのふたつの問題をまともに考えたことがなかったのだ。考えたことがない、とわたしは正直に答えた。とはいえ、その問いに対する回答こそ、新しい任務を遂行するにあたって、わたしが探し求めていたものだった。

わたしは家には帰らず仕事場に直行した。オフィスに残っていたのは、宮殿の敷地内の官舎に住むニコラス・クノルひとりだった。大あわてで彼はわたしのために自宅から食べ物と飲み物を運ばせた。

その夜、わたしは第一段階の報告書を完成させ、イスラム同盟の内部が実際のところどうなっているのか、すなわち、リーダーシップの実体について、また、同盟内におけるアラブ人の数と彼らの一般的な態度について、可及的すみやかに情報を集めるよう勧告した。

翌朝、わたしは、自宅でマンディーをしていたとき、緊急指示が最新の文明の利器をつうじてジャワ中に伝達されたことを知った。誰に、どう送られたのか、それはわからなかった。いずれにせよ、それはわたしのあずかり知らないことだった。

それから、歩いてオフィスにむかう途中、人間社会をブラフマン、クシャトリヤ、ヴァイシャ、シュードラという四つのカーストに分けてとらえたヒンドゥーの先見性に、わたしは感嘆の思いを禁じえなかった。カーストの序列がこの順になったのは偶然ではない。言うまでもなく、人間社会においてまず支配的な力を持ったのはブラフマンであるが、やがて彼らはクシャトリヤに倒され、とって替わられた。フランス革命は、さらにそのクシャトリヤが、いかにしてヴァイシャ＝商人や職人階層に倒され、とって替わられたかを示す最適の例である。

では、ジャワのヴァイシャは？　おそらくL氏は、イスラム同盟の問題を、こうしたヒンドゥー・カーストの序列に模して見ていて、ジャワの商人と職人階層は目覚めるにはまだひ弱すぎると考えたのだ。しかし、彼の楽観的な見通しにもかかわらず、わたしは浮き足だっていた。L氏のような視点からジャワのヴァイシャをとらえれば、問題はずっと単純になるだろう。発展の諸段階とか、台頭のしかたとか、自己表現のスタイル、といった問題を考える必要もなくなるだろう。だが、L氏によればまだまだひ弱で、いまだ目覚めていないというジャワのヴァイシャは、すでに脅威となっているのだ。そしてわたしは、彼らの力の秘密を解く鍵を、いまだ発見できないでいた。誰かその鍵を発見できるだろうか。ハジ・サマディ自身にそれができないのは明らかだった。

それからわたしは、ある提言をまとめた。その骨子はつまるところ、ラデン・マス・ミンケをして問題に答えさせよ、というものである。

約二週間後、部長からの異例の圧力——彼は彼で総督から圧力を受けていたのだが——のなかで、アンボンから返事が届いた。紐できつく縛ってその上に十か所、赤い蠟で封印をした文書の包みが、わたしの部屋に届けられたのだ。それがラデン・マス・ミンケからの贈り物であることは明らかだった。当局がそれをどうやって入手したのか、わたしにはわからなかった。

ただちにわたしはドアに内側から鍵をかけた。ガラス窓にも。それから包みを開けてみた。中身はノートの束であった。

そうやって部屋に鍵をかけておけば、中国人問題でわたしを悩ませるGr氏がドアをノックしても、無視することができるだろう。また、総督の圧力を受けて、右往左往の醜態を見せるだけのR氏からも解放されるはずだ。

ノートは全部で百二十三冊あった。いずれもミンケの乱暴な字で埋めつくされ、線を引いて消したり訂正したりした個所が無数にあった。ノートはいくつかに分けて縛ってあり、いずれもオランダ語で書かれていた。最初の束は、かつて彼が『メダン』に掲載したマライ語の物語、《ニャイ・プルマナ》だとわかった。わたしはそれを脇にどけた。彼のマライ語の作品は読んだことがあり、わたしの疑問に答えてくれそうになかった。二番目の束は《人間の大地》、三番目は《すべての民族の子》、四番目は《足跡》と、それぞれ題されていた。

これらの草稿については、いつの日か、ある程度まとまったことを書く機会もあるだろう。いま言えることは、要するに、三日かけて全体を大急ぎで読んだ結果わかったのだが、ジャワにおけるヴァイシャとその覚醒は、L氏が考えているほど単純ではないということである。それは、ある場合には目に見えにくいかたちで、また、ある場合には明白なかたちで、相互に連関しからみあった多くの側面をもち、多くの問題をはらんでいたのだ。しかしそれはわかっても、わたしは明確な答えを見いだすことができなかった。

ノートを読んでいた三日間のうちに、わたしは管理係のニコラス・クノルの口から、ある情報を聞かされた。アンボンで、政府によって同地に追放された、あるジャワ人に対する掠奪事件が起きたというのだ。わたしはそれ以上詳しいことは訊かなかった。

「パンゲマナンさん。答えを出すにはもう十分な材料がそろったでしょう。A会議室に来てください」

会議室にはすでに六人が坐っていた。そのうち三人はわたしと初対面だった。R氏が彼らを同僚として紹介したが、名前には言及しなかった。全員が純粋のヨーロッパ人だった。

R氏は、みずからは多くを語らずに、初対面の三人にひとりずつ発言をうながした。アラブ系同盟員たちの態度をふくめて、全員がイスラム同盟の内部事情について報告した。Gr氏は中国人の覚醒について話をした。そのあとR氏はわたしに、ジャワにおける原住民ブルジョアジーの覚醒について説明するよう求めた。わたしは知っているかぎりのことを話した。

「みなさん」とR氏はわたしの発言が終わってから言った。「われわれの前には、中国人、アラブ人、原住民《プリブミ》という、三つの住民集団の問題を検討する材料があるわけです。政府は統治機構の改革を望んでいない。実際、それをやる理由もなく……」

このときA会議室で行なわれた協議の結論がどのようなものであったか、わたしはここでそれを書き留める勇気がない。最低限ここで言えるのは、かつてGr氏が一七四〇年にブタウィで起きた事件に言及したことの意味が、しだいに明らかになってきたということである。わたしはある大きな計画が練り上げられつつあるのをまのあたりにしていた。そしてその計画にはわたしもみずからの意思で加わっているのだった。それは暴力という名の計画、サン・バルテルミ(63)の虐殺の新たな意匠による再現であった。このときの協議で決定されたことをすべてまとめて、文章化する任務を負ったのはわたしである。そしてそれはその日のうちに書き上げねばならなかった。

こうして、新たな計画ができ上がったのだが、それでもなおR氏の焦燥はますます強くなっていくようだった。オフィス全体が風車のように回転した。あちこちで用務員や給仕たちが怒声を浴びせられた。ニコラス・クノルは、なんの用があってか、右往左往するばかりだった。わたしの見たこともない者たちが出入りをくり返した。そんな状態が三日間つづいた。

命令が伝えられた。倶楽部ハルモニに行き、午前九時きっかりに入り口の階段を昇れというのだ。

午前九時、コル・オーステルホフが、倶楽部の階段の何段目かに立っているのが見えた。わたしがなかに入ると、彼は無言であとにつづいた。わたしは椅子にかけ、オレンジジュースを注文した。飲み物が運ばれてくると、すぐさまオーステルホフは近づいてきた。

「ごいっしょしてよろしいですか」

わたしはうなずいた。彼はアルコールを注文した。そして、到着したばかりの客や遊びに興じている客たちに目をやりながら、こう言った。

「あなたのお話をうかがいにまいりました。要点はもうまとめていらっしゃるのでしょう」

彼は名前も仕事も、また、どこに住んでいて、誰の命令でわたしに会いに来たのかも明らかにしなかった。

およそ十五年前にかかわった阿片の密輸事件の捜査以来、その顔と名前には覚えがあった。当時、彼は二十歳前の独身だったが、いまではもう成熟した年齢になっていた。どういうことで成熟したのかは定かでなかったが。いずれにせよ、それから十五年、いくつかの事件に関連して、わたしは何度か彼と顔を合わせていたのだ。

コル・オーステルホフが阿片の密輸事件にかかわっていたということは、とりもなおさず、彼は党《トン》の一味と深い関係がある、少なくとも、この中国人のテロリストと犯罪者の集団の実態をおそらく知らないまま、かつて関係があったということである。孫逸仙の尽力で党が解散になってから、彼がどうやって世に処してきたのか、わたしは知らない。それはともあれ、言えることは、彼がジャワの中国人社会に豊富な人脈をもち、彼らの行動や問題に通じていたということである。

「いまでも中国人の友だちはたくさんいるのかね」とわたしは訊いた。

「あらゆるところに」

「そいつはすばらしい」とわたしは応じた。「中国人問題について、わたしからどんな話を聞きたいのかね」

「あなたのほうがお詳しいので」

コル・オーステルホフは、話してみてわかったのだが、ロベルト・スールホフよりはるかに、はるかに相手にしやすい男だった。傲慢なそぶりは微塵もなかった。そればかりか、アルコールに口をつけるときも、まず会釈して、口と眼でわたしにいっしょに飲むよう誘いかけた。その態度にも精神にも偏屈なところがなかった。彼と話をしていると、あたかも、過去の恥ずかしい経験を思い出さなくてすむ、旧知を相手にしているような気がした。

仕事が円滑に進むように、わたしは彼に問題のイロハから説明した。まず、日本が覚醒し、それにつづいて中国が覚醒したこと。このふたつの覚醒が、ジャワでは、ラデン・マス・ミンケという原住民《プリブミ》知識人に甚大な影響を及ぼしたこと。さらに、日本と中国の覚醒は、東インドの中国系住民の一定層に影響を与えていること。このような影響は、中国系住民においてもミンケにおいても、彼らが組織をつくる刺激剤になったこと。そして、非ヨーロッパ人の組織、あるいはヨーロッパ人の利益のためでない組織は例外なく、発展し、やがてヨーロッパに挑戦するようになること。ここでわたしのいうヨーロッパとは、オランダ領東インド政府のことである。これらの組織は、東インド臣民の忠誠心を、政府ではなく別のものへむかわせるようになるであろう、と。

わたしはその実例として中華会館(64)の活動をあげた。中華会館の設立した学校で教育を受けた生徒たちは、あからさまに東インド政府に背をむけ、また政府を軽んじて、中国へより忠誠を誓うようになっている。これはイスラム同盟に加入した者たちについても言えることである。

「イスラム同盟については知っているかね」

「もちろんです」

「すばらしい」

「でも中国人とイスラムでは距離がありすぎます」

「中国人であろうがイスラムであろうが、それは外形的なことで、本質的なことじゃない。重要なのは、どちらも組織化されているということだ。わかるかね?」

彼はうなずき、また熱心に耳をかたむけた。

わたしはミンケが日本と中国の讃美者であったことを説明した。スラバヤでボイコット戦術がヨーロッパの大商人たちをいかに破産させたかを見て、彼は同盟員にこの弱者の武器を教えた。

イスラム同盟も、早晩、東インド政府に対してボイコット戦術を行使するだろう。イスラム同盟員は、いたるところで、ボイコットについて熱心に語り合っている。すでに政府はミンケを追放した。しかし同盟の組織は、指導者をうしなったくらいでは死ななかった。中国人組織のリーダーも数人、東インドを国外退去になったが、それで組織が死ぬことはなかった。イスラム同盟も中華会館も、ますます大きくなっていくばかりだ。政府は団体には対処のしようがない。団体は個人ではない。特定の事柄について個人個人をひとつにまとめる抽象的な存在だ。政府は個人個人を支配することはできても、団体という抽象的な存在に対してはそれができない。もしあらゆる事柄について個々人をひとつにするというなら、問題はもっと簡単だ。現在、彼らはある特定の問題についてのみ、ひとつにまとまっている。言い換えると、特定の問題以外のところでは、彼らは組織と関わりを持たない。つまり、構成員ではない、ということだ。

「わたしの言っていること、わかるかね？」

「つづけてください」

「ラデン・マス・ミンケは追放された。しかし同盟は死なず、それどころかいまや、ミンケにとってかわるべき新たな人材を手に入れた。その名はマス・チョクロ。スラバヤのボルネオ・スマトラ貿易会社の社員だ。マス・チョクロが逮捕追放されたら、また新たなリーダー候補が登場する。そうやって同じことがくり返されていく」

「ええ、わかります」

「そして今年、一九一二年」とわたしはつづけた。「たぶん、知っているだろうが、かの中国で、クオミンタンという政党が結成された。クオミンタンとは、国民党という意味だ。政党《パルタイ・ポリティク》とはどういうものか、知っているかね」

コル・オーステルホフは黙りこんだ。

「力を結集することを目的として設立される団体のことだ。中国で政党が設立されたとなれば、そう遠くないうちに、東インドでも、中国人か原住民《プリブミ》かは知らねど、かならずやそれにつづくものが出てくる。そうなれば、これまで唯一の権力保持者であった政府に対する挑戦が生まれる」

「でも、そういう連中を一掃するために軍と警察があるのでは?」

「戦争が起きれば、そうなるだろう。だが戦争になるとはかぎらない。それに、警察官や兵士が政党のメンバーということもある。殻を割って出てこないうちは、雛《ひよこ》の様子はわからない。さらに、現在までのところ、東インドには政党が存在しないから、政党に関する法律も存在しない」

「それで、わたしになにをしろとおっしゃるのですか」と彼は丁寧な口調で、慎重に尋ねた。

「そうだ、忘れていた。きみはわたしの命令を待っていたんだ。ロベルト・スールホフは知っているかね?」

「名前だけは。うわさでは、医者の治療を受けているとか」

正直なところ、彼に命令を伝えるのはためらいがあった。わたしはボーイにウイスキーを注文した。グラス二杯ではまだ、命令を伝えるのに十分な勇気が湧いてこなかった。

「心配そうですね」とコル・オーステルホフは言った。「もう何杯か飲んだほうがよいのでは」

わたしはさらに三杯ウイスキーを飲んだ。オーステルホフにはもうアルコールは不要だった。

「ふたつ、やってもらいたいことがある」とわたしはそれから言った。「まず第一に、同盟に対する海外の過大評価を打ち消すこと。東インドにとって同盟は脅威でもなんでもない、とるにたりない存在であるという印象を与えなければいけない。もう同盟は外国の諸勢力をあてにすることはできない、東インドへの介入を夢想することはできない、というようにするんだ。介入《インテルフェンシ》ってどういうことか、わかるか？」

オーステルホフは首を振り、わたしは説明した。説明しながらわたしの脳裡に浮かんだのは、汎イスラム主義運動の工作員と称する、イスタンブルからやってきたトルコ人青年たちのことだった。

「東インドに原住民ブルジョアジーの覚醒がある、という印象を持たれてはいけない」こちらの言っていることをオーステルホフが理解できているのか、わたしにはわからなかった。「第二は、東インド政府に対する中国系住民の忠誠心をとり戻すことだ。一七四〇年よりうまくやらなくてはいけない。両者をけしかけて対立をあおるんだ。ためらうな。頭を使え。けっして裁判沙汰になるような証拠は残すな」

コル・オーステルホフは何度も首を振った。原住民と中国人の対立をあおることはできない。中国人は原住民に敵対感情を持っていない。また、中国人は、さまざまな才能ゆえに、原住民に評価されている。その辛抱づよさは驚嘆の的になっている。敵意が生まれるとすれば、商業活動で太刀打ちできないとか、中国人は自分たちとちがって小金をためて財産を築いている、といった感情を、原住民の側が抱くようになったときだけである。オーステルホフはそんなふうに力説し、わたしの考えにあくまで反駁した。

「これは命令だ」とわたしはどなりつけた。

「これが命令だとおっしゃるのなら、わたしもここで、できないとはっきり言っておきます」

「おまえはわたしの話を聞いてしまった。いまこの瞬間から、おまえがどこにいようと、おまえの気づかぬところで、つねに銃口がおまえを監視することになる。わかったか」とわたしは脅してやった。

「わかりました」

「話を聞いたはいいが実行できませんと言うくらいなら、最初から命令を受け入れる用意があるなどと言うな」

「こんなに大変なことだとは思わなかったので」

「きのうきょうの洟《はな》垂れ小僧じゃあるまいし。よく聞け。最初のねらいはスカブミだ。信頼できる手下がいるなどと格好をつけるな。大物ぶるな。スカブミを手始めとして、さらにほかの町にもひろげていく。どの町を選ぶかはおまえにまかせる。おまえはもう計画の一部始終を聞いた。聞かなかったとか忘れたとか、それは通らない。聞かなかったことにするには、銃弾をくらってあの世に行くしかない。もういい、行け。おまえは誰を相手にしているか、覚えておけ」

ごろつき、悪党としてロベルト・スールホフの敵でもありライバルでもあった男は、倶楽部ハルモニを出ていった。その足どりは重く、ためらいがちだった。二度とわたしのほうをふり返ることはなかった。わたしのいる席からは、ひどく小さく、猫背で、つまらない男に見えた。A会議室で六人を前にしたときのわたしと同じだった。

一九一三年の初め、わたしは、これまで避けてきた町スカブミに乗用車でむかった。この町を避けてきたのは、残りの人生で、二度とプリンセス・カシルタに会いたくなかったからだ。会えば自分が恥ずかしくなるだけである。警察に連行されたとき、彼女は銃もナイフも身に帯びていなかった。三日後に釈放された彼女は、付帯条件がつけられ、スカブミを離れることは許されなかった。それは彼女の親についても同様だった。わたしがスカブミを第一の標的にしたのは、プリンセス・カシルタが違法行為にかかわって、一定期間、牢屋に留め置かれることを期待する、それだけの理由からだったのだが、その決定をわたしはひどく恥じていた。

「この先は進めません」と原住民の運転手が言った。

たしかに、無理だった。ひとつひとつ名前をあげることができないほどの、あらゆる種類の品物を運ぶ者たちで、道路がふさがっていたのだ。

わたしは自動車を降りて歩きはじめた。そのときわたしは長袖の白いワイシャツに、カーキ色の綾織りのズボンをはいていた。わたしは叫び声を上げながら行進していく集団の後についた。

すると、それから数分後、行進の列が割れたとみるや、いっせいに散開して沿道の中国人商店を襲いはじめた。わたしはなんの関係もない、通りがかかりの野次馬をよそおっていた。恐怖の悲鳴と、襲撃の喊声《かんせい》。やがて、悲鳴だけになった。喊声に代わって、手当たりしだいの商品の掠奪がはじまった。こうして、日に日をつぎ、何年も、いやたぶん何十年もかけて築いた商店は、ものの数分で打ち壊された。ふだんは惰眠をむさぼっている原住民が、いかにすれば狼の群れに変身して、哮《たけ》り、歯をむきだし、襲い、破壊することができるのか、わたしはほとんど理解できなかった。その眼はかっと見開かれ、復讐の炎を燃やしていた。一七四〇年のオランダ人と東インド会社の兵士たちも、かくのごとくではなかったか。競争に負け、辛抱づよさで敵《かな》わないと気づいたがゆえの復讐？　植民地支配の食べ残しの骨をめぐる争奪戦に敗れたがゆえの復讐？

まったくヘドが出る。

わたしは自動車に戻った。そのときスカブミの警官隊が総動員され、容赦なく暴徒たちを蹴散らしにかかった。警官たちは殴打し、蹴り上げ、組み伏せ、踏みつけた。警棒が宙を乱舞して、暴徒の頭や背中に着地した。警察OBとして、わたしは彼らの怒りが理解できた。みずからの管轄区域が暴徒に蹂躪されたことでカッとなったのである。

あとは警察当局からの報告を待てばよかった。自動車はさらにバンドゥン経由でチルボンをめざして疾走した。前方からの風を受けてシートにゆったりと身を沈めながら、何人が逮捕され、裁判所送りになるか予想してみるのは、なんとも楽しかった。わたしはさらに、プリンセス・カシルタがこの騒動にどこまで利害関係を持っているか、推測してみた。今後、事件にかかわった者たちは、イスラム同盟から切り離すことができるだろう。

さて、ラデン・マス・ミンケよ。おまえはこれから、いかにおまえの最愛の子がずたずたになって、海外メディアの信用をなくすか、まのあたりにすることになるだろう。原住民ブルジョアジーの覚醒と言えるようなものはどこにもない、と。そして、おまえ、孫逸仙よ。もうじきおまえは、大あわてで東インドに領事館を設置することになろうが、その最初の仕事が、今回の蛮行に対する抗議というわけだ。それから、おまえ、クオミンタン、国民党よ。おまえは東インドに自分の種を蒔いたものかどうか、頭を悩ますことになるだろう。

まもなく、同盟の中心メンバーは、犯罪者として裁かれることになる。そして、おまえ、流刑地にいるわが師よ。おまえにできることはただひとつ、手に負えない不肖の息子のことを泣き、悔やむだけだ。なにをどうすることもできない。おまえは急ぎすぎて、チェスの盤上に十全の備えを築くことができなかった。ミンケよ。おまえの負けはすぐそこだ。見るがいい。おまえが師とあおぐ中国人は、おまえの不肖の息子たる同盟によって、めちゃめちゃにされている。気がすむまで泣くがいい。この過程はおまえの同盟が壊滅するまでつづくだろうし、おまえはそれに対してなんの手も打てない。せいぜい祈りをささげるがいい。勝利するのはつねに政府だ。おまえは、おまえたちは、くたばるのだ！

チルボンでも同様のことが起きていた。とくに興味をひくことはなかった。自動車はわたしをバイテンゾルフに連れ帰った。

　わたしはその先に打つべき方策をまとめた。それは以下のようなものである。事件にかかわった同盟の指導部を、暴動の火つけ役、首謀者として信用失墜させる。同盟を萎縮させなくてはいけない。同盟員たちの犯罪行為を強調した報道が、全東インドと国際社会にむけてなされるべきである。同盟に対する国際社会の評価を失墜させ、将来を期待された組織としては忘却の彼方に追いやらねばならない。

　すべてが、わたしの指揮棒《タクト》に合わせて、なんと順調に進行したことか。いつのまにかわたしは、こうした大じかけの仕事の醍醐味が忘れられなくなっていた。そしておまえ、わが師、ラデン・マス・ミンケよ。いまや、決定するのはわたしだ。主導権を握るのはわたしで、おまえはただ耐えるだけだ。いや、耐える力すら、残ってはいまい。おそらく、いまおまえは、半狂乱状態にあるのだろう。あるいは、すっかり狂乱状態か。そしてこれから、おまえは、新聞がとぎれなく書斎に届けられ、いかに同盟の首魁《しゅかい》たちが鼠のように罠にはまっていったか、記事を追うことになるのだ。

　ひとつの暴動は次のところへ飛び火した。グレシク、クニンガン、マディウンがそうである。チャルバン、ウェレリ、グロボガンといった小さな町にいたっては、もはや数えようもなかった。しかしそうした事態にもかかわらず、ソロの同盟中央は平静を保っているようだった。それもそのはず、ソロでは、すべての経済活動が原住民《ブリブミ》の手にあったからである。ここでは中国人との競争はなかったのだ。それでも、わたしの計画に狂いが生じることはなかった。同盟は、ソロにいる指導部を残すだけになるだろう。

東インド政府はすでに、独自のチャンネルをつうじて、ハジ・サマディに警告を与えていた。暴動が同盟関係者によって引き起こされたことを示すものは、十分に存在していたからである。法廷の審理では、同盟員がかかわっていたことが立証された。

同盟は急遽、ソロで全国協議会を開いた。協議会は暗い雰囲気のなかで、政府による警告の圧力を感じながら進められた。暴動は、政府の対策と同盟中央のリーダーシップがあいまって、最終的には沈静化した。しかしもはや手遅れ、事態が旧に復することはむつかしかった。

こうして、ヨーロッパの同盟支持者や観察者を驚かせることが起きた。ハジ・サマディの提案により、同盟における手腕は未知数の新人が、イスラム同盟の議長に抜擢されたのだった。その新人とはマス・チョクロである。

この出来事によって、ヨーロッパの同盟支持者の熱は冷めた。東インド原住民はデモクラシーにまだ縁がない、と思われたのだ。そのような決定は石器時代にしかありえない、と。こうして海外の支持者たちは同盟へのシンパシーをうしなっていった。

しかしながら、なぜハジ・サマディが急遽、数十万のメンバーを擁する組織の指導部から降りようとしたのか、その理由を理解していたのは、わたしのような人間だけだった。要するに、神経が政府の圧力に耐えられなかったのである。彼はラデン・マス・ミンケのような太い神経の持ち主ではなく、組織になにか強い個人的な利害関係を築いているというわけでもなかったのだ。

この事態は、一九一三年から国立公文書館の予算が五パーセント増額になる、というニュースを届けたときのL氏の言葉を思い起こさせた。彼はこう言ったのだ。ヨーロッパのジャワ研究者は、ジャワの村落における民主的な生活を高く評価する傾向が強い。古代ギリシアが共和制と都市国家を持っていたとすれば、ジャワには完全に民主的な村落共和制があり、村長《むらおさ》の選挙にいたるまで、いまでもその証拠はジャワの村々で見いだされるとおりである。L氏はそのようなジャワ研究者たちの見解に与《くみ》せず、別の考えを持っていた。すなわち、村落民主主義とは、互いに個性を殺しあう弱い者たちの制度である。もし村落民主主義のもとで、ある人間が個性を伸ばすことができたとしたら、彼はその民主主義の世界を抜け出して、個性を生かそうとするだろう。ジャワの村落民主主義は今日のヨーロッパ民主主義のようなものではない。誤まった評価は、劣らず誤まった結論を導くものである、と。

ヨーロッパ人、なかんずくわたしの周辺にいる植民地主義的なヨーロッパ人は、マス・チョクロの議長就任をばかにして笑いこけた。そのうちのひとりは、それをジャワでひろく見られる一般的な現象だとさえ言い切った。ジャワ人は、考える仕事と責任を負う仕事から解放されようと、いっさいを指導者にゆだねがちである。というのも、考えることと責任を負うことのふたつはいずれもまだ、原住民の伝統になっておらず、知られてさえいないからである、と。

同盟の中央指導部がスラバヤ在住のマス・チョクロを議長に起用し、その中央本部をスラバヤに移転させると発表したとき、ひとびとの驚きはさらに大きかった。同盟の勢力基盤はソロにあるではないか。なぜ、みずからの勢力基盤を放棄するのか。

部長への報告のなかで、わたしは自分の見解をこう説明した。中央本部の移転はハジ・サマディの性格の反映にほかならない。彼は商業団体の活動、とりわけ彼自身のビジネスが非常にうまく行っているソロという土地を、無傷のまま残しておきたかったのである。他方で、スラバヤへの移転は、同盟の心臓部であるソロの重要性を無視した、マス・チョクロ自身の野心に合致したものでもあった。

それから、ハジ・サマディ一家がラウェヤンで感謝の宴を開いた、という報告が届いたが、その理由は十分に理解できた。つまり彼は、いっさいの難題から解放されたことを神に感謝したのである。

いまや正式にイスラム同盟《シャリカット・イスラム》と名乗るようになった、その同盟の中央指導部が移転してしまったソロは、いったいどうなるか。

わたしはソロの状況をコル・オーステルホフに問い合わせた。返答はなかった。わたしは、この目で確かめに、自分で現地に行くと伝えた。すると彼は、ここでの秘密工作は無理であろうと言ってきた。はたして本当に、ソロは手をつけることができないのか。そうわたしは尋ねた。無駄である、と彼はあっさり答えた。

こうして、わたしは汽車でソロにむかった。本当にもう、ソロが同盟の心臓になることはないのか、自分で確かめてみる必要があった。

ソロに行くのはこれがはじめてだった。この変転きわまる現代世界にあって、そこだけはなんの変動もないかのように、町は平穏そのものだった。街路は、バティックの肩掛けに子どもを抱き、あるいは、籠やバッグをさげた女たちであふれていた。どうやら、社会生活はすべて女たちにおさえられているらしかった。道端の屋台《ワルン》でも商店でも、客の相手をしているのは女なのだ。ヨーロッパ人は、ソロの男たちを、文明世界でもっとも後進的だと嗤う。ソロの男は女を、衣食を確保してくれる資本としか見ていないというのだ。ソロの女を嫁にするのは、働かずにそこそこの暮らしができることを意味する。ふたりの女と結婚するのは、衣食が保証され、博打と闘鶏の元手ができるということ。そして三人、四人の女との結婚は……。ここではみなが現状に満足していた。わたしはソロの男たちに対する冷笑が、当たっていると言う勇気はない。数日ここに滞在してみれば、たぶん確認できるのだろうが。

ここではすべての活動が原住民《プリブミ》によって行なわれていた。その日の夕刻、わたしの訪問を歓迎するように発生した騒ぎもそうだった。けっして数の多くない中国人の修理屋が何軒か、小さな集団の襲撃を受けたのだ。その後につづいたのはごく通常のこと、逮捕、尋問、そしてたぶん裁判である。それらのねらいは、ただひとつ、同盟を内部から崩壊させることだった。

コル・オーステルホフは正しかった。ソロにはたしかに、同盟に打撃を与えられる可能性はなかったのだ。その材料が、ソロには不足していたか、存在しなかった。わたしは手ぶらでバイテンゾルフに帰っていった。

それから、かなり大きな暴動の波が、クルトソノ、ガンジュク、パチタン、ラモンガンを襲い、モジョクルトで最高潮に達し、さらに反転して中部ジャワのクドゥスを襲った。十分だ！　とわたしはつぶやいた。もういい。これらすべての事件についてわたしがまとめた報告書は、十分に満足のいく評価を得た。これでまたヨーロッパ休暇をとれるだろう。八月三十一日の女王陛下の誕生日には、勲章を期待できるかもしれない。そうならないと誰が言えるだろう。

そして、おまえ、わが師よ。こんなことをやってわたしがちっとも幸せでないことは、おまえがいちばんよく知っているはずだ。もし最終的に負けるのがわたしだとしたら、わたしはせいぜいこの仕事を辞するだけのことだ。退職後の年金は保証されている。しかるに、肥満体になりすぎたおまえの同盟は、転んだら、自分の体重におしつぶされてしまうだろう。これがゲームというものだ。わたしは負ければ失職するだけ。おまえはすべてをうしなう。われわれはともに、あらかじめ仕組まれた決戦をたたかっている、チェスのプレイヤーにすぎない。この間、わたしは原理原則をうしなった。わたしには、敗北のなかの勝利に小躍りする、おまえの姿が想像できるのだ。

勝とうが負けようが、どちらでもいい。新時代のピトゥンよ、わたしはいま、ヨーロッパでの休暇をどうやって最高に楽しむか、計画を練っているところだ。オランダには、子どもたちの様子を見るために、数日だけ立ち寄る。わたし自身は、バスクの自然を満喫したい。賭け事と、情熱的な娘たちの踊りといっしょに。気を悪くしないでくれ、ラデン・マスよ。部長がわたしの質問に、躊躇なく答えてくれたのだ。「八月三十一日のお祝いのあとなら、休暇がとれると」と。

妻はもう準備をはじめている。なぜ、八月三十一日のあとなのか、推測できるできるかね。勲章だ!

ところで、おまえの後継者であるマス・チョクロは、おまえが中国の影響を受けてきたことをまったく知らない。中国では、クオミンタン、国民党が結成された。賭けてもいいが、おまえの後継者はそれを聞いたこともないし、興味もないはずだ。おまえの同盟が、国民党をまねて、政党になる気遣いはないわけだ。解散しないとすれば、いつまでも社会団体のまま。政党などになってなにかやってもらっては困るのだ……。

6

数年前、ひとりの人物がタンジュンプリオク港[65]から上陸した。誰が出迎えたのかは明らかでない。出迎える者はいなかったのかもしれない。彼はバンドゥンに落ち着き、そのころ『メダン』の発行を手伝っていたワルディと知り合った。ある者たちの話では、この人物もまたワルディの仲介で『メダン』を手伝い、海外ニュースを担当した。彼はニュースをできるだけ短縮して伝えようとしたが、同紙の読者はまだ海外ニュースに興味を示さなかったから、仕事はさほど忙しくなかった。しかしその仕事も長くはつづかなかった。

人物の名はD・ダウワーヘルといい、ムルタトゥーリ[66]の甥であると好んで称した。その肩に彼は過去の多くの体験を負っていた。南アフリカでトランスバールの側について英国とたたかった戦争の体験である。

東インドにやってきた当初から、植民地社会は、この人物を奇矯な考えの持ち主として敬遠した。南アフリカのオランダ人が、英国からもオランダ本国からも独立した、独自の国家を樹立できたのであれば、なぜ同じことが東インドでやれないのか。独自の主権国家の建設を。彼は東インドに南アフリカ型の共和国を夢想していたのだった。

どうやらこの御仁は、オランダ人が東インドに植民地を建設したやり方と、かの暗黒大陸の南端におけるそれとは事情がちがうことを、忘れていたようである。東インドはヨーロッパ混血児の数もはるかに少ない。オランダ人はアルジェリアやカナダのフランス人とはちがうのだ。しかし彼はどこまでも夢想をやめなかった。

オランダは東インド全域を征服したが、ジャワじたいの攻略もふくめて、オランダがその手足として使ったのはもっぱらジャワ人である。ところが彼はジャワ人に対してなんの権威も持たなかった。

ダウワーヘルの決意のどれほど固かったことか。彼はチマヒ、パダララン、バンドゥンで軍の兵営の者たちと接触をこころみた。しかし冷たくあしらわれ、あまつさえ狂人あつかいされる始末だった。

彼は知るべきであった、森林と水田と畑が緑なすこの東インドで、自分がじつは〈ガラスの家〉のなかに住んでいることを（あるいは、知らないふりをしていただけなのか？）。彼の睫毛の動きさえ、わたしは執務室の机に坐ったまま、逐一つかむことができたのだ。ダウワーヘルよ、おまえは、友人であるラデン・マス・ミンケの始まりと終わりから、なにも学ばなかったのか。

あの植民地ジャーナリズムの警告は正しかったらしい。おまえは、北カリマンタンのジェイムス・ブルック[67]のように、東インドの白い帝王になりたかったおまえの伯父、ムルタトゥーリの見果てぬ夢を実現させたい、という野望にとり憑かれ、正気をうしなっているのだ。ダウワーヘルよ、言動には気をつけろ！

事実は、帝王になったのはおまえではなく、マス・チョクロだということである。海外のジャーナリズムは、このイスラム同盟の議長に、〝王冠なき皇帝〟というあだ名をたてまつった。揶揄してそう呼んだだけなのだが、おそらくマス・チョクロ自身は、そのあだ名を名誉に思っていたはずだ。ヨーロッパの歴史と精神を理解した教養ある者からすれば、このあだ名は名誉どころか侮辱でしかなく、その意味するところは、組織活動の苦楽、甘酸を知らない者が、気がつけばいきなり最高指導者に昇りつめていた、ということなのである。もしイスラム同盟が彼の帝国だとするなら、そのような状況下にある同盟員たちは彼の奴隷にすぎない。彼は同盟に君臨する皇帝である。こうした現実は、近代的な組織の必須の要件としてのデモクラシーの発展を損なうだけだ。彼は未開部族の族長と選ぶところがないのである。

そして、むろん、そのあだ名がマス・チョクロの良心を苦しめることはなかった。かくも多くの同盟員をもって、おそらく彼は、本当に自己の帝国を夢想しはじめていたのである。

チョクロとダウワーヘルは、経歴においても組織的な基盤においても、出発点から対照的であった。ダウワーヘルが戦傷と敗北を負って、徒手空拳で南アフリカから渡ってきたのに対し、チョクロの美しい夢は、ボルネオ・スマトラ貿易会社の倉庫で生まれ、ラデン・マス・ミンケが残した王国をタナボタ式に手に入れた。こんなことはヨーロッパの公的な団体ではありえないが、この緑の東インドではそれが現実に起きたことなのだ。さらに、チョクロがジャワ人の救世主、「正義王《ラトゥ・アディル》(68)」と称されるようになったのにひきかえ、ダウワーヘルは、まだなにごともなしえていなかった。

　チョクロは、凍結された『メダン』に代わるものとして、『プルウトゥサン』の発行を開始したが、同盟《シャリカット》は依然として党《パルタイ》になることはなかった。ミンケの先例にならって、チョクロの新聞はジャワ語ではなく、マライ語を使った。ダウワーヘルもオランダ語の新聞『ド・エクスプレス』を創刊した。この新聞を舞台に彼は、ヨーロッパ的な基準からみて道理に反する、東インドのさまざまな状況を告発しはじめた。同じ仕事をしながら純血の者たちより低賃金のヨーロッパ混血児に呼びかけた。彼の新聞は、ワルディの協力を得て、炎のような熱弁と辛辣な冷笑主義《シニスム》というスタイルを確立した。

　同一賃金は闘いなくしては得られない。闘いは組織なくして——勇敢で、賢明で、明確な主義主張をもった組織なくしては、ありえない。そうダウワーヘルは訴えた。こうして、東インド党《インディッシュ・パルテイ》(69)が誕生した。これは中国における国民党の創設からほぼ一年後に結成された、東インド初の政党で、ダウワーヘル、ワルディ、チプトマングンを三位一体の指導部としていた。このうち最後のチプトマングンは、バタヴィア医学校出身の医師で、あのブディ・ムルヨの創設者、トモと同期生である。チプトマングンは幸運にも、東インド政府から大きな町での勤務を命ぜられた。これに対して、ブディ・ムルヨのせいで評判芳しからざるトモは、ブロラという名もない小さな町に配置になった。

東インド党の登場によって、わたしは、仕事がさらに増えることを覚悟した。加えて、イスラム同盟は騒擾事件と逮捕、裁判によっても壊滅していなかった。新たに増えた仕事がどのような種類のものであれ、その行き着く先はただひとつ、ヨーロッパ休暇旅行の可能性が消滅することである。

ミンケのはじめた全事業をそのまま継承すること、それがチョクロに残された仕事であったとすれば、東インド党もまた、程度の差はあれ、新時代のピトゥンの影響を受け継いでいた。ワルディはむろんのこと、ダウワーヘル自身も、ミンケのもとで働いていたことがあるからだ。チプトマングン医師については、目下のところ、わたしのキャビネットに彼のファイルはなかった。

このようなわたしの経験はまことに興味深いものであった。昨日まで、わたしは、師とあおぐ人物と対決していた。その師をわたしは倒した。当面、彼がふたたび立ち上がることはない。ところがいまや、四人の新たな教師が、同時に登場したのだ。ひとりの教師が去ったあとに、その後継者である四人と、わたしは対決せねばならなくなった。昨日まで、わたしがたたかっていたのは同盟《シャリカット》であったが、いまや相手は同盟と東インド党のふたつになった。与《くみ》しやすいのは、おそらく、後者である。少なくとも、東インド党の指導者と党員は、ヨーロッパ混血児および原住民知識層だから。つまり、彼らは新しい、現代的な考え方をしているということだ。L氏を訪ねて意見を聞く必要も、もうあまりないだろう。四人が恩師よりも優秀で、強靭な意志を持っているか、見てみよう。

「パンゲマナンさん」とR氏が、ある日、ドアの陰からわたしの部屋をちらっとのぞいて、声をかけた。「仕事が山積ですね」

ヨーロッパ休暇旅行が嵐に吹かれて雲散霧消したことを知ったわたしは、笑ってそれに応じただけだった。そのころ、家では、妻が相変わらず旅行の準備に追われ、みやげ物に香料、木の根、皮、葉を集めていた。

「D‐W‐Tです」とR氏は言った。「これからもっと多くの労力が求められるでしょう。とりわけ、知恵がいる。あなたの手持ちの知識、経験以上のものが必要になるかもしれない」

「D‐W‐Tとは?」

彼は笑った。たぶん、謎々がうまくいったと思ったのだろう。

「新たな三人の司令官、ダウワーヘル＝ワルディ＝チプトマングンのことですよ」

この問題については彼のほうに専門知識があるように思えて、わたしはちょっぴりその謎々に自尊心を傷つけられた。

これをきっかけに、イスラム同盟関連の資料と並んで、東インド党に関する資料が、わたしの机に積み上げられることになった。同盟に関する資料の山のほうがまだはるかに高かったとはいえ、東インド政府にとって頭痛の種という意味では、同盟はすでに問題ではなかった。組織としてはたしかに生きつづけたが、もはやダモクレスの剣とはならなかった。新時代のピトゥンの仕掛けた時限爆弾は、ジャワ各地で騒動の嵐が吹き荒れたことで、本来の標的とはちがった方向へ破裂し、また、中国国民党の影響力が浸透する危険性については、ある程度のところで食い止めることができていたのである。

イスラム同盟は、わたしの見るところ、新時代のさまざまな要素がまざりあう生活の海から発生した泡《バブル》であり、いずれその泡ははじけて、跡形もなく消えるだろう。東インド党はそうではない。この党はむしろ、ヨーロッパ混血児と原住民知識層という、東インドにおける新時代の人間集団を統合しようとしている。党員数では、イスラム同盟に比すれば、ものの数ではない。しかし政治意識の高さという点では、東インド党が上である。政治意識については、マス・チョクロはまだまだ彼らから多くを学ばなければならない。だがいずれにせよ、このふたつの組織は、暗い宇宙で、互いに数百万マイルも離れて輝く二個の星のようなもので、接触はおろか、接近する努力さえしてこなかった。一方は過剰な同盟員を抱えた肥満児で、なにもなしえていない。他方は数百人の党員しかなく、途方もない野心に冒された、痩せこけた荒馬である。

門外漢でも、一見しただけで、両組織が天と地のようにちがっていて、規模、目的、哲学、教え、メンバー間の共通語、中央組織、党員や同盟員のタイプにおいて、何ひとつ共通点がないことに気づくはずである。彼らが合流することはとうていあるまいと……。

ある日、わたしの要望がかない、たまたま警察沙汰を引き起こした東インド党の党員に、事情聴取を行なう機会が得られた。こうしてわたしはプルワカルタで、同地の警察幹部の立ち会いのもと、ある逮捕勾留中の人物と会った。

人物の名はレイナルド・ヤンセンといい、原住民の子どもをイノシシと勘違いして射殺した、過失致死罪に問われていた。彼はヨーロッパ混血児で、東インド党員だった。

短い尋問で、次のようなやりとりが行なわれた。

「ヤンセンさん。東インド党内でのあなたの地位は？」

「一般党員です」

「職業は？」

「定職はありません。売買するものがあれば仲買人をやるし、なければ狩りをやる」

「売買するものも、狩りをするものもなかった場合は？」

「援助を求めるか、借金するか」

「誰があなたに援助したり金を貸したりするのか、教えてください」

彼はすらすらとプルワカルタ在住の、多くはないヨーロッパ混血児の名前と住所をあげてみせた。立ち会った警察幹部がその供述内容を肯定した。

「いつでも援助を受けたり、お金を借りられたりするんですか」

「断られたことはありません。もちろん、援助するものや貸すお金がない場合は別ですが」

わたしは警察幹部を見つめ、それからまたレイナルド・ヤンセンに訊いた。

「あなたは彼らに信用されているみたいですね」

「ええ、われわれヨーロッパ混血児の生活はそういうものでして。混血児は暮らしにくい。われわれの生活基盤は土地や田畑《でんばた》じゃない。商売もできない。多くはただの名もない勤労者だ」

「あなたはまだ引退するほどの歳じゃない。病弱というわけでもない。あなたも元は勤労者だったようですね」彼は首肯した。「なぜ辞めたんですか」

「クビになりまして」

「なにか過失でも？」

「わたしはお茶のプランテーションで現場監督をやっていました。あるとき、母国から渡ってきたばかりの、青二才の純血のオランダ人が、プランテーションに雇われ、わたしに乱暴な口調であれこれ命令するようになった。そいつはわたしより高い教育を受けてきたわけじゃなく、どちらも小学校卒だった。乱暴な仕打ちに、九年間も現場監督をやってきたわたしは、とうとう堪忍袋の緒が切れて、そいつを叩きのめして歯を五本折ってやった。それがクビになった理由です」

「なぜ東インド党に加入したんですか」

「少なくとも、雇用上の公平さをかちとらねばならない、と認識している団体だったから。混血児も、同一の仕事に対しては、純血のヨーロッパ人と同一の権利があるはずですからね」

「東インド党は、一般のプリブミのためにも、その同一の権利をかちとるつもりですか」

「それはプリブミ自身の問題だ。われわれは、見ず知らずの家庭にプレゼントを配ってまわる、サンタクロースじゃない」

「東インド党は成功すると信じていますか」

「かりに成功しなくても、少なくともそれを実行しようとした団体があった。それだけではじまりとしては十分です」

「ほかに東インド党について知っていることは？」

「説明するのはわたしの義務じゃない。東インド党の指導部が、きっと、喜んで説明するでしょう」

「心配ご無用」とわたしは言った。「彼らにはもう会いました。ここでは一般の党員から直接聞きたいんです。これまでわたしが得たのと同じ説明をするかどうか。それで、あなたの返事は？」

彼は目を伏せた。返事ができなかった。おそらく、多くは知らないのだ。

「東インドをわがものとするために、純血のヨーロッパ人を排除するよう、東インド党が混血児に呼びかけているというのは、本当ですか」

「聞いたことがありません」と彼は言ったが、その目は、事実を知っていること、そして事実はそのとおりであることを語っていた。

「東インド党の三人の指導者のうち、混血児はひとりだけで、あとのふたりはプリブミですが、あなたはそれをどう考えますか」

「プリブミはおろかサルだって躊躇なく受け入れる、われわれに正義をもたらすためにたたかってくれるのであれば」

「プリブミでもなく、サルでもなく、たとえば悪魔だったとしたら、それでもあなたは受け入れますか」

「もちろん。ましてや、たとえばの仮定つきですからね」

「あなたの返事はとてもシニカルだ」

「現代の、この狂った時代には、正義さえもたたかいとらねばならないのですからね。おとぎ話に、正義は人の力によらずとも天からドシンと落ちてくるというのがあったが、そんなことはもはやありえない」

「むかしは、正義はたたかいとらずとも、ひとりでにやってきたと？」

ふたたび彼は沈黙したが、それは嘘をついたからではなく、返事をできるほど東インド党が彼に十分に教えていなかったからである。

それから、さらにいくつかの質問をぶつけてみた。彼は返事をせず、むしろいらだちをあらわにして机をたたき、黙れ、これ以上は放っておいてくれ、と声を荒げた。ここで、わたしは彼とのやりとりが終わったことを理解した。

このほか、それぞれ別の場所で刑事事件に関係した三人の東インド党員も、わたしの事情聴取に対して、まちまちの返事をしたが、ある核心的な部分では一致していた。すなわち、純血のヨーロッパ人を排除し、支配者として彼らにとってかわる、という考えである。わたしは、まだ信憑性が十分とはいえない、限られた材料にもとづいて、東インド党の本質は反ヨーロッパ純血主義であると結論せざるをえなかった。

東インド党員にとって、ワルディとチプトはおそらく、神がふたり誤って地上に降りてきたようなものであった。

調べれば調べるほど東インド党問題はわたしをとらえ、ヨーロッパ旅行のことを忘れさせた。見よ。イスラム同盟はなおもラデン・マス・ミンケが残したものに固執し、相変わらずマライ語を使っている。それは換言するなら、一貫して同盟は、政府の恩顧にすがって生きるクシャトリヤ、あるいはジャワ人の現在の命名によればプリヤイ（少なくとも、L氏はそう呼んでいる）ではなく、独立自由民からなる大衆《マス》、すなわちヴァイシャの問題を探求し、彼らに奉仕している、ということである。ブディ・ムルヨは当初、新たなプリヤイ層の生産工場の言語として、ジャワ語とオランダ語を使っていたが、現在はマライ語も使っている。そして東インド党はと言えば、その資本は理念と精神以外にないのだから、ブラフマンに模したほうが適切であろう。おそらく党員はみなマライ語を解するはずなのに、この党はあくまで、単一の言語、政治権力の言語として、オランダ語を使っている。オランダ語しか使わないことじたいに、原住民《プリブミ》に対するヨーロッパの優位性を揺るぎないものにしようとする、彼らの隠された意図が反映されている。彼らは、いま現に純血のヨーロッパ人がやっているように、原住民に君臨したいと願っているのである。

この一九一〇年代ともなると、新聞はただニュースを伝達するだけではなくなった。新聞はさまざまな考えを分析し、教え、推奨し、普及させようとした。新時代の新聞の背後にあるのは、印刷機だけでなく、頭脳という考える機械でもあった。『シンポー』(新報)は中国人ナショナリストの頭脳機械によって、『プルウトゥサン』はイスラム同盟の頭脳機械によって、『ド・エクスプレス』は東インド党の頭脳機械によって、それぞれ制御されていた。これらの新聞をつうじて、頭脳は組織の構成員に語りかけ、数百マイルの距離を無きものにした。しかしそれは同時に、同じ言葉と意図をもって、わたしに語りかけるということでもあった。

『ド・エクスプレス』は凱旋将軍よろしく、勝利の歓呼と、嘲笑と蔑み、夜郎自大で攻撃的な言葉、より良い未来への約束で飾り立てていた。それでも、発行部数は千五十部をこえることがなかった。かつて『メダン』は、約一世紀の伝統をもつ『ド・ロコモティーフ』の部数を抜いたことがあったが、いま、最大の部数を誇るのは、創刊されてまだ二年にも満たない『シンポー』である。他の多くの分野と同様、この分野でも、ラデン・マス・ミンケをしのぐ者はおろか、彼に肩を並べる者さえ現われていない。これらの新聞にくらべて、はるかに歴史の浅い『プルウトゥサン』は、まだ二千部に達していなかった。

こうした新しい事態の展開について、自分で明確な見取り図を描くこともできず、また、東インド党を法的に承認した証書のインクが乾きもしないうちに、無礼千万といっていい驚くべきことが起きた。東インド党がイデンブルフ総督に謁見を求めてきたのである。なんとのぼせ上ったことを。おそらく、この無作法は、新時代のピトゥンをまねようとした、浅はかな考えから来たものである。かつてミンケは、前総督のファン・ヒューツとしばしば歓談し、数回、宮殿に招かれたことがあった。彼らがなにを議論したのか余人にはわからないが、いま、ミンケの模倣者たちも、宮殿に参上する道を切りひらこうというのだ。

気をつけよ、おまえたち！　いまや総督はファン・ヒューツではないのだから。ファン・ヒューツは、戦場では容赦なかったが、普段の人づきあいでは穏やかだった。現総督は、戦争は好まないが、比類のない能吏である。融通がきかず、ほんのわずかでも自分の権威を損なうようなことは、認めないのだ。

R氏がわたしの部屋に入ってきて意見を求めたとき、わたしはこう答えた。

「ええ、東インド党はすでに法的な承認を得ていますからね。謁見を求める権利がある。総督は時間を割いて、彼らの発言、考え、信念があの団体の定款と合致しているかどうか、耳をかたむけてみる必要があるはずです」

「それで？」

「それで、はたして東インド党が社会のある潮流を代表していると自負する真の政党かどうか、わかる。総督は最高の政治権力者で、当然、政党の言うことにはみずから耳をかたむける必要がある。イスラム同盟やブディ・ムルヨ、あるいはティルトヨソ[70]の場合とは事情がちがう。この三つは社会団体ですからね」

「そうすると、あなたは謁見を認めるべきだと？」

こうして、ある日、ダウワーヘル、ワルディ、チプトマングンが宮殿に行って総督と対面したと聞き、東インドの教育ある者たちすべてが驚愕した。三人にとって、この謁見は党内むけのプロパガンダになった。総督自身は、こう結論づけることができた。三人は政治学の講義に夢中になってまだ日も浅い学生にすぎず、判断が甘く、皮相で、一面的なものの見方しかできない、と。「あなたの言ったとおりだ」と、部長のR氏は、東インド党の謁見をめぐる喧騒がおさまってから、言った。「なんの心配もいらない。総督の副官などは、連中は傲慢で、良い政治家の条件である駆け引きを知らない、と酷評していた。ごつごつした石の塊みたいだと。彼らの言うことは、パンフレットみたいに薄っぺらで、まさに機関紙に自分たちが書いているのと同じだ。発言に裏の意味があるかといえばなにもない」

いまや部長は、総督のご機嫌をとるため、わずかでも有益な情報はないかとばかりに、連日、わたしの執務室にやってきて意見を求めるようになった。わたしのヨーロッパ休暇旅行については完全に口をつぐんでいた。そしてわたしはと言えば、西ジャワの大小の町で交互にプロパガンダを行なうD-W-Tの活動が活発化するにつれて、ますます仕事が山積していった。この三人組のうち、チプトマングンは、医師、政治家、編集者、そして演説者という四つの仕事を同時にこなさなければならないため、だんだん痩せ細っていくようにみえた。いったい、この連中は、いつ眠るのだろうか。

新しくつけ加わったわたしの任務は、ブディ・ムルヨ、イスラム同盟、中国国民党、東インド党が互いに接近をはからぬよう、監視することであった。しかし現実には、わたしがペンを紙の上に一センチも動かさずとも、おのずと事態はわたしの望むように推移した。今後は、コル・オーステルホフの協力もあまり必要でなくなるだろう。すでに、あるヨーロッパ混血児の集団が、東インド党への反撥を旗じるしに登場し、この党を下種《げす》のオランダ人と軽蔑していた。彼らに言わせれば、この下種どもは、経験も知識も、権威も、そしてむろん血も、なにもかも一等市民たる純血のオランダ人に依存している。もし東インド党の言うとおりだとするなら、混血児はとっくに権力を握っているはずではないか。身のほど知らずの混血児の運命が、いかなるものであるか、ピーテル・エルベルフェルトが恰好の例である。純血に忠誠を！　純血なしには混血は無である、と。

この新しい声は当初、大手のヨーロッパ商館で働く者たちから発せられ、やがて小さな町々にまでくまなく浸透した。彼らは、魔法の鍵がすべての扉を開くかのごとき、政治の万能性とやらに関心はなかった。オランダ女王の庇護のもと、十分に生活が保証され、十分に幸せだったのである。

「あなたの考えでは、彼らが東インド党に対抗する組織をつくって、女王に忠誠を誓う政党となるよう後押しする必要はないと？」

「それもひとつの手かもしれません」とわたしは答えた。「ただし、われわれの期待とは裏腹に、新たなリスクが生まれるでしょう。もし女王に忠誠を誓う団体が設立され、東インド党と争うようになったら、中立的な立場の、また新たな政党が登場することは目に見えている。そしてさらに、先行するこれら三つの政党の失敗に刺激された新党が、また出てくる。この政党はおそらくプリブミに接近し、彼らを取り込もうとする。こうなると東インドは、さまざまな団体、声、新聞、対立、敵対で収拾がつかなくなるでしょう」

「では、東インド党は黙殺しておけばいいと？」

「待ちましょう。このままにしておくんです。連中には、自分たちがいちばん賢く、いちばん知識があって、いちばん勇敢で、いちばん凄いと思わせておけばいい。なんでも自分たちが最高だと。そういう自負心がいつか頂点に達し、知恵が働かなくなったら、彼らは自制心をうしなって跳ねまわり、限度というものがわからなくなる。われわれはただ、そのときを待っていればいい」

「自分の判断に自信満々のようですね」

「もっといい考えをお持ちなら、そちらを採用すればいいでしょう」とわたしは答えた。

ともあれ、わたしはこれらの問題では専門家とみなされ、彼は黙って耳をかたむけた。それから数日間、R氏がこの件についてわたしと議論することはなかった。なにをやっていたのかは知らないが、ひどく忙しそうだった。そうしたある日、資料の研究に没頭していると、突然、彼があわてた様子でわたしの部屋に入ってきた。

「この一週間でブディ・ムルヨに関するあらゆる情報が必要なんです。できれば、もっと早く用意してもらいたい」

わたしにはわかっていたが、R氏は総督から叱責を受けたのだった。ここに至るまで、わたしの報告書は、この大きな団体についてほとんど言及していなかった。わたしから見れば、この団体は、みずからにふさわしい組織形態をつくり上げ、これまでに達成した成果で満足している。ブディ・ムルヨのことに総督みずから言及する必要は、まったくないと思われた。とはいえ、仕事は仕事である。わたしは、オランダ語（ジャワ語はわからなかった）で書かれたブディ・ムルヨの出版物を研究しながら、併せて、およそ五年前、ブディ・ムルヨの設立にかかわった学生たちについて、バタヴィア医学校の校長から情報を得るために、誰かを派遣するよう要請した。

あらゆるものを研究してみても、重大な変化はみられなかった。ブディ・ムルヨは、イスラム同盟にも東インド党にも、あくまで無関心だった。この一九一三年に、彼らは小学校を新たに二校、東ジャワに設置していた。十分に存続していける力と、授業のレベルが十分な条件を満たしていることを証明したブディ・ムルヨ学校のいくつかは、カトリックやプロテスタントの設立した学校と同様に、東インド政府から補助金を得るようになっていた。

ブディ・ムルヨはまた、《若きジャワ《ヨング・ヤーファ》》という名の青年団体の設立と、ソロとジョクジャにおけるボーイスカウトの結成を後援していた。さらに、生命保険会社まで設立していた。しかしその活動はあくまで社会活動に限定され、そこで目に見える前進をとげていた。バタヴィア医学校から有益な情報はなにも得られなかった。

三日後、R氏がやってきた。いつもの神経質そうな調子で、教育状況について調査報告をまとめるよう新たな指示を伝えた。わたしはやりかけの仕事を放り出し、一時間もしないうちに文教部の長官に面会した。しかし彼から得られたものはわずかで、文教部こそが、変化する時代の要請にこたえながら、どこよりも首尾一貫して倫理政策を推進してきたのであり、たとえ一年間に総督が四人交代することがあってもそれは変わらない、とのご託宣を聞かされただけだった。

彼はわたしのような原住民に応対しなければならないことに、心穏やかでなかったのだ。わたしが必要なのは、ご託宣ではなく、データであり、数字であり、教育についての情報だった。もし自分が純血のヨーロッパ人であったなら、わたしはそのことを口にしていただろう。あるいは、「数字が欲しいのであれば、少なくとも去年の十月に来るべきだった。もっと早くに」と彼は言った。

しかしそれでもわたしは引き下がらなかった。長官は秘書官を呼び、わたしに協力させることにした。わたしと秘書官は長官とその部屋をあとにして、別の場所にむかった。歩きながら、秘書官は小声で言った。

「現在の長官は、ファン・アベロン氏となにもかも正反対でしてね」

「文教部の仕事に関心がないと?」

秘書官は足を止め、後悔と疑いの眼でわたしを見た。

「うちのトップのことを悪く言うつもりはありません。ましてや総督官房府の人間に」

「どういう意味ですか」

「いずれにせよ、わが文教部は政府が策定したことを、つまり、総督がその権限にもとづいて命令したことを実行しているだけでして」

すぐにわたしは、この役所ではなにかうまく行っていないことがあるのだ、と推測した。その推測が正しいとすれば、なにがうまく行っていないのか。互いに向き合って坐ると、さっそく彼は、原住民小学校を一級課程と二級課程に分けたものの、うまく機能していない、と話しはじめた。一級課程をオランダ語小学校にするには、教員数が十分でないことが判明したのだ、と。

その説明にわたしは納得がいかなかった。総督が決定を下す前に、現有の教員数と教員養成学校の卒業予定者の数は、あらかじめ計算されていたはずである。しかもこれには、オランダ語の初級免許を取得している教員はふくまれない。そのことからわたしは、自分がここに派遣されたのは、文教部長官に対する総督の不信感を代表してのことだ、と理解した。

わたしは数字を要求した。オランダ語を教授用語とする私立学校に交付してきた補助金の額を説明することで、あくまで彼はわたしの要求をかわそうとした。そして、ブディ・ムルヨ学校とジェパラの娘[71]の学校が増えるにつれて、交付される補助金の額もさらに増えていくだろう、と。

「そればかりか」と秘書官はつづけた。「スマランでは現在、あの驚くべきジェパラの娘の夢をかなえるために、一級小学校の卒業者用に、女学校を設立する動きが活発化している。これはまさに倫理政策の理念、ファン・アベロン氏、ファン・コルレウェイン氏、デフェンテル氏や、その他の倫理政策の提唱者の考えとも合致している。このなかでもデフェンテル氏は、もっとも重要で、もっとも大きな、そしてもっとも決定的な貢献をした人物です。スマランの女学校には、おそらく、彼にちなんだ名前がつけられるでしょう。もちろんわれわれとしては、さらに補助金を出さなければならなくなる。同じスマランで、ヨーロッパ混血児たちが設立したスルヤ・スミラットの職業学校に交付しているように」

彼はあくまで資料提供を拒んだ。

「どうしても必要だとおっしゃるなら、わかりました、この二か月で用意しましょう」と彼はやがて言った。

自分がオランダ人ではなく、いわんや純血のオランダ人ではなく、メナド人にすぎないという現実が、またしてもわたしの仕事を困難にしていた。必要な資料は別のところから入手しなければならないのだ。だが、いったいどこから？

帰り道、わたしは、文教部長官のところに派遣されたのは総督の不信感のせいである、という推測を、自分で打ち消していた。総督官房府は訓令ひとつで必要な資料などいくらでも簡単に入手できる。なぜ、わざわざわたしが足を運ばねばならないのか。もしかしたら、上層部はわたしをもてあそぼうとしているのではないか。

わたしは道端のワルンで休みながら、事態をきちんと把握していないからこんなことになるのではないか、と考えてみた。全体として植民地生活のさまざまな動きにかかわるニュース、報道をわたしは十分に検討してこなかった。教育！　教育！　かつて、東インドにおけるオランダ語教育と、その功罪について述べた記事があった。いったい、どの新聞に掲載されたものであったか。もう思い出せなかった。明らかにわたしは、R氏の指示をまちがって解釈していたらしい。彼はこの問題を深く掘り下げて研究してみるよう、わたしに提起したのだった。それをわたしは誤解して受け取っていたのだ。

植民地支配層には、オランダ語教育を原住民《プリブミ》に与えるのは、利益よりも弊害のほうが大きい、とする意見があるらしかった。オランダ語を学んだ子どもは、先進世界の生きた考え、ものの見方に直接触れることができるから、より早く成熟する。もはやヨーロッパ人の手引きなしに、大きな世界をのぞくことができる。その結果、彼は自分たちの社会のなかの異分子、カラスの群れのなかの白サギとなる。もはやカラスに戻ることはできず、かといって白サギのままでも仲間はできない。その白さがカラスの社会をおびえさせるのだ、と。

東インド政府が恐れているのは、このことなのか。そうだとするなら、オランダ語を教授用語とする中国人小学校は、なぜ、再検討と認可取り消しの対象にならないのか。そして対照的に、なぜ中華会館の小学校は、オランダ語教育をかたくなに拒否し、むしろ英語を教えているのか。わたしはこれまで、教育問題とそれがもたらす結果について、考えてこなかった。それらはすべてわたしには新しいことであった。

オフィスに戻ると、さっそくわたしは仕事に着手した。

オランダ語小学校出身の少数の原住民が、仕事量を増やすことで、政府の大きな負担になってきたのは明らかだった。また、原住民組織の指導者たちは例外なく、オランダ語を話すこともわかった。このときわたしは、総督の不安が理解できた。これから十年、オランダ語を教える私立学校が、大量の卒業生を社会に送り出すようになったら、いったいどうなることか。安閑としていられる問題ではない！

まだすべての資料が集まらないうちに、新たな指示があり、スカブミの農業学校の生徒たちのあいだで起きている異変について、報告書をまとめることになった。それからさらに、教員養成学校についても。どうやら中等学校の生徒たちの心理に、なにか共通した不穏なものがひろがっているようであった。

わたしはもう仕事に歓びを見いだすことができなくなっていた。上層部は寄せる波のように互いに責任を押しつけ合い、すべてがわたしの頭上に降りそそいだ。これで何度目になるのか、わたしは助手をつけてくれるよう申請し、そして何度目になるのか、またしても却下された。仕事は減ることがなく、ますます山積するであろうと、わたしは申請の理由を述べた。しかしR氏は耳を貸さず、いよいよ神経質になっていくばかりだった。

こうして、未完の仕事を抱えた状態で、わたしは部長からまた新たな問題を与えられた。

「とくに補助金の効果もあって、ブディ・ムルヨを飼いならすことに成功したいま、イスラム同盟を飼いならすには、どうすればよいか」

「もはや彼らを飼いならす理由はない。同盟はすでに、一連の騒動のせいで、おとなしくなっているから」わたしは、過去に書いた報告書がまったく無意味だったような気がして、ややむっとなって答えた。「あの団体はただの一校も学校を持っていないし、附属機関もない。工場がひとつあるだけで、なにも残してない」

「工場？」

「そう、おしゃべり工場、たわごと工場を」

「あなたが疲れていて、不満なのはわかる。でもしかたがない。この仕事をまかせられるのは、あなたしかいないのだから。そうやって信頼された人間が、重く、困難な責任を引き受けることになるのは致し方ないことだ」

わたしを慰撫するような口調で、R氏は、官房府の貴重な人材は国家公務員の給与規定に縛られておらず、ある仕事を信頼してまかされた者は、その仕事ぶりに応じて最大七十五パーセントまでの昇給が認められる、と語った。

「こうつぎつぎに新しい仕事をやらされるのではかなわない。七十五パーセントの昇給より、こんな一定しない仕事から解放されるほうが、よほどありがたいと思いますが」とわたしは答えた。

彼は近づいてきて、あたかもわたしが見習いの身であるかのように、わたしの肩を軽くたたいた。わたしは机の上のファイルを閉じて、部屋を出ようとした。

「帰ります」とわたしは、なお不機嫌な口調で言った。

「あなたがいなければ、この仕事はわたしひとりではやれない」

「わたしの休暇については、いまもってなんのお沙汰もありませんが」

「それはまさに仕事が増えたからだ。プリブミ社会は変わりはじめている。パンゲマナンさん。五年前のようなわけにはいかないのですよ」

「誰だってわかります、そんなことくらい。プリブミ社会は、たんに変わってきたというだけでなく、新しい時代に適応するために、いま大きく動いている。新しい要素が浸透している。プリブミ社会は、自分たちの形と中身を変えるために動いている。そして、それは人為的な力では食い止めることができない」

「ともかく、もっと有効な手だて、構想を考えだして、それに対抗できるようにしなくては。いまのところ、あなたにはその構想がないようですが」

わたしは神経症のR氏のやり方にひどく徒労感をおぼえていた。むろん、こんなやり方をいつまでもつづけるわけにはいかない。わたしは彼の立場とメンツ、そして定年退職後の生活を守るための、手足にすぎないのだった。

最後の言葉にわたしが反応しなかったのを見て、まるでわれわれのあいだにはなにもなかったかのような調子で、彼はこう訊いた。

「イスラム同盟が、一連の騒動からくる心理的な要因でおとなしくなったとすれば、東インド党もきっと同じように扱えるはずですが。どうですか、パンゲマナンさん」彼の声はひどく子どもっぽかったが、それはただ言葉にならない謝罪の気持ちを、そうやって表わしたかったのだ。

その子どもっぽさがわたしの気持ちをくすぐった。わたしは手にさげていた鞄を机の上にふたたび置いた。立ったまま、これまで蓄えてきた知識の倉庫から、ひとりでに言葉が溢れだしてきた。その声の調子は乾いて、鋭かった。

「東インド党はなんの危険性も内包していない。あの党は動員すべき大衆を持っていない。ヨーロッパ混血児は、集団として、大きな行動を起こす熱情があるかどうか、わからない。それがあると証明したことがない。プリブミは年じゅう、村でも、イスラム塾でも、プランテーションでも、さらには海でさえも、いつでもそれを証明している。混血児は生活の根っこを持っていない。いつも猜疑心に包まれている。政府に反対しようがしまいが、結局のところ、彼らは政府に寄りかかっているにすぎない」

「でも党の指導部にはプリブミがふたりいる」

「あのふたりをよく見てみるといい。ワルディもチプトも、ともにプリブミながら、文化的な意味では混血児ではないか。あるいは、政治的な姿勢においても」

「では、あなたの考えによると、D-W-Tのトリオは、言ってみれば、王国なき王冠をかぶった三皇帝、三頭政治家だと?」

この神経症者はいまや、わたしの心ではなく、わたしの頭を悩ませているのだった。

「いや」とわたしは、そっけなく答えた。

「なぜいいや、なのか、もちろん説明してもらえるんでしょうね」

「東インド党というものは、現実には存在しないからです。存在するのは、D－W－Tだけだ。あの三人は皇帝ではないし、三頭政治家でもない。彼らは権力も影響力もまったくない。せいぜい、その勇気を買って、これまで東インドが知らなかった、新しい思想、新しい観念を伝えた中継者というのがいいところだ。たしかにイスラム同盟は飼いならす必要があったが、東インド党はちがう。あれは幻の政党にすぎない」とわたしは、むっとなってまくし立て、さらに、こうたたみかけた。「彼らは政治権力にかかわる、なんらかの力を持っているという意味での政治家では、けっしてない。作家でありジャーナリストであるにすぎない。かりに東インド党の党員がゼロだったとしても、彼らがやることは変わらないだろう。自分たちの新聞を読んでくれる者がいるかぎり、彼らはもう十分に満足だ。それで自分たちの思いと考えを伝達できるのだから。彼らは大衆を必要としない。なぜなら、イスラム同盟と同じく、彼らも大衆をどう使ったらよいかわからないから」

「でも彼らに大衆《マス》がいないというのは事実に反する」

「東インド党を支持する大衆は、根無し草の、ひと握りのヨーロッパ混血児にすぎない」

R氏はわたしがそろそろ拷問に耐えられなくなりつつあることを見抜いていた。わたしの答えを聞いて満足そうに笑うと、うんうんとうなずいた。その印象はまるで、目の前のものしか見えない白い肌のイノシシ、といった感じだった。自分の問いにわたしが意見を述べさえすれば、わたしが彼をどう評価しているかなど眼中にないのだった。

「これをごらんなさい」と彼は言いながら、ポケットを探り、『ド・エクスプレス』紙の次号の校正刷りを一部取り出した。そして、ある紙面を指で示した。「総督も副官たちも東インド党の評価を誤っている。D-W-Tは彼らが考えているようなものではない」

たしかに、その校正刷りの内容は、興味深いものだった。わたしは椅子に坐りなおして、何度もくり返しその記事を読み、あれこれ懸命に考えをめぐらせた。その間、部長はじっとわたしの意見を待っていた。その様子はますますイノシシに似ていた。一瞬、なぜ彼はそれほどまでにわたしの意見をあてにし、頼りにしたいのか、質問してみたいという思いが頭をよぎった。

R氏はふたたび、こう口を開いた。

「総督と副官たちは、彼らのことを青臭い学生もどき、自信過剰の若輩者にすぎないと考えているが、この記事はそうした見方を完全に否定するものだ。これを読むと、彼らはすでに自治という構想を示唆している。なんの現実的な根拠もないのだが。その自治とはいかなる形態のものであるかと問われれば、おそらく彼らは口をポカンと開けるだけだろう。だが彼らはすでにそれを考えはじめている。お高くとまった人間なら、机に坐ったまま、ばかばかしいといって一笑に付すかもしれない。わたしはそうはいかない。示唆しているだけとはとはいえ、これは実に由々しきことだ」

「それで、あなたはどうするべきだと？」とわたしは訊いた。

「連中はまことに憂慮すべき新思想をひろめている」

「ほのめかしているだけで、まだ具体的なかたちをとっているわけじゃない。東インドの法律に抵触しないかぎり、意見表明するのを法的に禁止することはできない」

「しかしこれは煽動につながる」

「いや、まだそこまでは」

彼は不同意のしるしに首を振った。

「では、どうしたいと？」

「これに取り組んでもらいたい」

「やりかけの仕事は？」

「放っておけばいい」そう言ってR氏はわたしの執務室を出ていった。

この仕事は火急を要するものであった。東インド党をめぐるこの新しい現象は、あることが東インド社会で広がり高まりつつあることを物語っていた。もしも、ヨーロッパ混血児と原住民知識層の同盟ができたら、いったいどうなるか。とりわけ、彼らが示唆したような、自治という構想のなかでそれが成立したら？　世の常識からすればそんな取り合わせなどないはずだが、これもまた時代の流れと言うべきなのか。だいたい、原住民とヨーロッパ混血児のあいだには、共通の出発点も、共通の社会的な到達目標もないはずではないか。

東インド党が結成されてまだ数週間しかたたないころ、彼らの声が――行動ではなく、声だけが――甲高く響いて天空をかきむしった。この組織の内部にはかなり無理がある、とわたしに推測させたのは、まさにこのことだった。この東インド党の構想については、新聞紙上であれ口頭であれ、いくつか反応があったが、それらは総じて驚きを表明したにすぎなかった。しかしわたしは独自の解釈を持っていた。すなわち、ヨーロッパ混血児は数が少なすぎる。その少ないなかで、ダウワーヘルを認める者、まして積極的に賛同する者となれば、さらに少数である。とすれば、否応なく彼は原住民に顔をむけざるをえない。だが原住民は、言葉がちがい、考え方がちがい、利害がちがうから、ダウワーヘルのことなど聞く耳を持たない。しかし彼にはほかに選択肢がないから、せいぜい、教育を受けた原住民に顔をむけることしかできない。それでもなお彼に関心のある者は、ほんのひと握りである。

むろんこの解釈には検証が必要だった。きめつけは禁物である。なぜなら、それは分析する仕事には不適切だから。その危険性は明らかで、自分自身の批判力を奪い、人格を損なう。とすればわたしはなにより、彼らに近づき、その思想と行動だけでなく、血と肉をもった生身の存在として接しなくてはならない。

ダウワーヘル、通称エドゥとは、まだ顔を合わせたことがなかった。ワルディにはかつてミンケから紹介されたことがある。どうも彼は、そっけない男で、ちょっと生意気そうに見えたが、よくいる高慢なタイプの原住民であったのか。それとも、なにか考えごとをしていて、それでわたしを無視したのかもしれない。一般的に言って、小柄で背が低い人間は、ああいうのが多い。なにか重要人物であるかのように振る舞うことで、軽い自分の存在に重みを持たせようとするものだ。毛深いたちであれば、まちがいなく拳ほどのごつい口ひげを生やすはずである。

おそらくワルディは、南アフリカについて、オランダ人移住者が独自の国家を樹立したというダウワーヘルのおとぎ話に、すっかりいかれてしまったのであろう。だとすると、故国を離れて異郷に自分の命運をかけることは、冒険をする勇気と能力がなければとうていなしえないということを、彼は忘れていたのだ。新国家の樹立に成功したことは、その勇気と能力が証明されたということであり、さらにその成功は神の手から直接差し伸べられた恩寵にほかならない。神の祝福がなければ南アフリカ共和国の樹立もなかったのだ。しかるに、ワルディよ、おまえはようやく両親のもとを離れ、故郷を離れたばかりで、祖国を離れたことがないではないか。

そしておまえ、エドゥ、ダウワーヘル。おまえは南アフリカで挫折し、勝者ではなく、たんなる戦争捕虜として現われた。ワルディ。おまえも医者になることに失敗した。ミンケもまた医者にはなれなかったが、少なくとも彼は王国を築くことに成功し、ある発展の道を切りひらいた。新しい時代の原住民の活動はすべて、彼の足跡をたどることになるだろう。

わたしの全重量をあずける前に、おまえたちがどれほどの重みに耐えられるか、まずは計ってみなくてはなるまい。こちらが重すぎて、おまえたちがつぶれてしまうかもしれないから。

さらにおまえ、ドクトル・チプト、夢想家よ！　おまえは世界を自分の前に、手術台の上に置いている。現代は帝国主義の全盛期、強者の勝利の時代である。倉庫一杯の知識を身につけたどれほどの賢者でも、強者に、勝者に仕えなくてはならぬのだ。おまえがこの圧倒的な怪物を自分の患者とみなして、病状も知らずに手術しようと考えているのであれば、それは賢明なことではない。怪物の心臓をゴムの風船に、脳をサゴ椰子の澱粉に取り替えるとでもいうのか。この怪物は病気ではない。眠りもしない。まして気絶することはない。気をつけるがいい、チプトよ。おまえは撥ねとばされるやもしれぬのだ。

問題の校正刷りの文章を、わたしは一行一行、一文一文、じっくり検討してみた。自治構想とやらの存在を示すものは、なにも発見できなかった。D-W-Tの三人が、建築家となって、なにかを建てようとしていることをうかがわせる痕跡は、どこにもないのだった。あるのは、大言壮語のみ。

わたしが彼らに怒りを覚えたのは、まさにこのせいだった。自分より能力のある者は、誰であれわたしは尊敬しなければならなかったし、それがわたしの義務でもあった。たとえこの人生において、彼我《ひが》のいる場所がどれほど相容れないものであろうとも、である。しかるにおまえたち三人は、尊敬よりも怒りをかきたてるだけではないか……。

*

オランダ本国からの訓令の定めるところにしたがって、東インドにおいても、オランダがフランスの支配、より正確にはナポレオンの支配から解放されて百周年を祝う記念式典が、準備されていた。東インド政府は、イデンブルフ総督の祝福を受けて、式典を大々的に祝うよう呼びかけを行なった。

このとき、東インド評議会の議員たちは、来たるべき記念式典の華麗さに胸を躍らせるばかりで、洋式教育の普及が原住民にもたらしたものについて、警戒心が薄かった。そしてたまたま、この問題に関するわたしの報告書が未完成であったため、東インド政府は問題にどう対処するべきか、いまだ確たる指針を持たなかった。

わたしの観察によれば、その現象形態や表現形式がどうであれ、またその重みがどうあれ、東インドで民族的《ナショナル》な自覚が芽ばえ、成長しつつあることは疑いなかった。ナショナリズムの種子がひそかに、原住民社会の胎内で育ちはじめていた。そして東インド党は、わたしに言わせれば、不完全な受胎から生まれた子であった。

予想できたことではあったが、ブディ・ムルヨはむろんのこと、イスラム同盟も、記念式典が挙行されることに、なんの異議もとなえなかった。ブディ・ムルヨにいたっては、祝賀の波に加わるため、傘下の全生徒を動員することさえ予定していた。この気持ちは理解できる。ジャワの原住民にとって、慶事といえばせいぜい、誕生と結婚の祝い、それに断食月明けの大祭くらいのものだ。これにおまけの祝い事が加わるとすれば、なにを反対することがあろうか。お祝いはお祝いであり、お祝いにすぎないのだから。

東インド党は、当然ながら、ちがった受け止め方をしていた。その党員はヨーロッパの歴史およびヨーロッパと植民地の関係につうじた知識層である。オランダがナポレオン・ボナパルトから解放されて百周年を祝賀すること、そして、東インドがイギリスから解放されオランダの手に還って百周年を祝賀することは、政治的な祝典にほかならないことを彼らは理解していた。おそらく、この問題について、東インド党は口を開かずにはおかないだろう。

こうして、東インド党がなにか行動を起こすのを待っていたのは、おそらくわたしひとりであった。

オランダがフランスの支配から解放されて百年。オランダ領東インドは、百年前、総督ヘルマン・W・ダーンデルスの統治下にあった。祖国独立の英雄としてオランダ国民に歓呼して迎えられた偉大なる愛国者、名将である。一七八七年、オランダがプロシア軍の侵攻を受けたとき、彼はフランスに難をのがれた。だが、それから八年後の一七九五年、ダーンデルスは反攻に転じ、オランダからプロシア軍を駆逐した。オランダ国民は解放者として彼を迎えた。そして一八〇七年、オランダ国王は彼を東インド総督に任命した。

＊

ある日、ブタウィの総督宮殿前で、興味深い光景が出現した。ダーンデルス総督みずからの指揮で、特別の閲兵式が行なわれたのだった。正装に身をつつんだ総督が宮殿から降りてきた。太鼓とラッパの音とともに、三色のオランダ国旗の掲揚がはじまった。いっせいに敬礼の手があがった。そして三色旗はポールのてっぺんに達した。それから、やはり厳粛な太鼓とラッパの伴奏で、ダーンデルス自身がオランダ国旗の降納式を指揮した。これにつづくシーン、それはもうひとつの三色旗——フランス国旗の掲揚であった。

この出来事があったのは一八一一年、オランダがフランスの一部となり、皇帝ナポレオンの弟でオランダ国王のルイ・ボナパルトがその併合を歓迎した、との報をダーンデルスが受けたときである。東インドにフランス三色旗をひるがえらせるにあたって、ダーンデルスはあらかじめ東インド評議会の承認を得た。戦争シーンで頭が一杯のダーンデルスは、フランスの敵でこの豊饒の地東インドに植民地の野望をもつ、イギリスの侵攻に備えるため、原住民を動員してさまざまな軍事施設を建設した。アニェルからバニュワンギまでの軍用道路の建設、またガウィの大要塞の建設で、どれほど多くの原住民の人命がうしなわれたことか。アニェル—バニュワンギの街道沿いでは、強制労働で数万の原住民が命を落とした。ダーンデルスが東インドを統治しているあいだは、結局、イギリス艦隊の攻撃はなかった。

ダーンデルスはナポレオンに召還されてロシア遠征に加わることになった。彼は東インドを離れ、後任に総督代理のヤンセンスが就任した。ヤンセンスの総督就任から数か月しかたたないうちに、フランスの敵イギリスが、フランスの手から東インドを奪取するためにやってきた。イギリス艦隊はスマトラとジャワに上陸し、攻撃した。東インド軍は大混乱におちいった。ヤンセンスは捕らえられ、俘虜となった。そのときから、東インドはイギリスの植民地となった。

一八一三年、フランス皇帝ナポレオン・ボナパルトが、ヨーロッパ諸国軍の総攻撃を受けて敗北した。オランダはふたたび解放された。そしてそれから百年後の今年、オランダでも東インドでも、その解放を大々的に祝おうとしているのだ。記念式典の準備はしごく順調に進んでいた。ウィルヘルミナ女王の誕生日の式典より、さらに盛大に祝わねばならなかった。

それから、根っからの植民地気質があらわになった。ブタウィの行政機構の中心から遠ざかれば遠ざかるほど、役人たちは、式典の準備にいちばん熱心で、いちばん忠実であると称讃されることにいっそう固執し、豪華さを競うようになっていったのだ。むろん、監査もなく野放図にお金が使えるという、もっとも肉厚でもっとも旨味のある餌食を手に入れようと、競うように口を大きく開けている、腐敗分子たちのことも忘れるわけにはいかない。東インド政府は記念式典のための経費を支出していたが、盛大であることを義務づけられた式典の出費をまかなうには、とても足りそうになかった。

植民地新聞はフランスとイギリスの醜悪さについてさまざまな話を掲載し、このため読者はいつしか、オランダがフランス、イギリスから解放されたことを感謝すべきである、と刷り込まれた。ダーンデルスへの憎悪がとめどもなく垂れ流された。ブディ・ムルヨとイスラム同盟の機関紙もまた、この喧騒に口をはさまずにはおかなかった。

ひとり『ド・エクスプレス』だけが集団ヒステリーに感染しなかった。同紙は記念式典にむけて雰囲気を高めることにも同調しなかった。わずかに、オランダと東インドがフランス、イギリスから解放されたことを言祝《ことほ》ぐだけだった。フランスとナポレオン・ボナパルトを非難する合唱の輪に加わることもなかった。
『ド・エクスプレス』の姿勢はますますわたしに不審を抱かせた。おそらく、わたし以外の読者は関心がなかったろう。盛大な記念式典の雰囲気のほうが、よりひとびとの関心を引いたのだった。そして、わたしの危惧したことが起きた。式典の日が近づくにつれて、東インド党の三人組、あのD-W-Tのトリオから、予想もしないほど激しい紙爆弾が、つづけざまに炸裂させられたのである。この王国なき王冠をかぶった三皇帝が書いたものを、ごくごく簡単に要約すれば、以下のようになるだろう。

百年前、ほんの数年で、オランダと東インドはフランスに支配された。ナポレオン・ボナパルトの失脚は、オランダには独立の回復と、東インドがその支配下に復することを意味した。何故にわれわれまでがそれを慶祝しなければならないのか。オランダの栄光のために三色旗がふたたび空にひるがえったとき、逆にわれらの旗は地面に引きずり降ろされたのではなかったか。はたしてわれわれは、われら自身の旗が地に落ちたことを慶祝するのか。そして、なぜ、オランダが解放され三色旗が再度はためいたことが、各世帯主に少額ではあれ寄附金を払わせ、自分たちのお祝いではないお祝いのために出費を強いることになるのか。そして世帯主に寄附金を払う能力がないならば、労働力でもって払わなければならないのか。プリブミの稼ぎは一日わずか一ベンゴルである。とすれば、その盛大な記念式典のために、彼らは四日間も労働力を提供しなければならず、そうなれば妻子には飢えが彼らの胃袋と住居でひとり祝宴を張ることになるが、それでよいというのか。

このような挑戦を、ブディ・ムルヨやイスラム同盟がしてくることは、まずありえなかった。なによりわたしを驚かせたのは、ワルディの書いた《植民地支配者としてのオランダ人》という一文であった。その文章はまことに美しく、純粋な思いにあふれ、感動的だった。おそらくこれこそ、彼がいままでに書いた最高の文章であり、今後もこれほどのものは書けまいと思われた。そしてまさしくその美しさゆえに、おそらく世間は、ワルディの憤激がいかに強いものであるか、感じ取ることができなかったのである。

『ド・エクスプレス』の新しい号が発行されるや、またしてもR氏が、ドアをノックもせずに息せき切ってわたしの部屋に入ってきた。それが極度に緊張したときの彼の癖だったのだ。

「パンゲマナンさん」と彼はいつものようにフランス語で言った。「恥ずかしい。わたしがどんな思いをしているか、きっとあなたもわかるでしょう。フランス人ですからね、わたしは」

「心中お察しいたします」とわたしは言い、彼の怒りを和らげようとした。

「これらの文章によれば、まるでフランスには輝ける歴史と栄光がないかのようだ。ないどころじゃない。ヨーロッパを現在われわれが知るような文明の段階に引き上げたのは、まさにナポレオン・ボナパルトだ。あの連中は戦争のもつ別の側面を論じようとしない」彼はまるで法律家ではなくて無学な農夫のように、不満をならべた。それもひとえにフランス人としての自尊心が傷つけられたからだった。やり場のない怒りで顔が紅潮していた。「あなたはフランスの教育を受け、フランス人を妻にしている。こういうことを書かれて、あなたはどう感じますか」と彼は憤懣やる方ないという調子で訊いた。

「わたし？」と、わたしは返事の言葉を探すことを強いられた。

「あなたはいつだって一家言《いっかげん》ある人だから」と彼はさらなる同情を求めて、わたしに返事を迫った。「フランスはこういう扱いをされるには偉大すぎると思いませんか。これではまるで歴史の審判をやっているみたいだ。なぜ黙ったままなんですか」と彼はなおも迫った。「わかりました。返事をしたくないというわけですね。それではお聞きしますが、あなたはオランダ人としてどう感じますか」

こうした苦痛に彼の神経は耐えられないことをわたしは知っていた。

「あいにくですが、これはわたしの仕事じゃありませんので」

「それとも、原住民《プリブミ》という立場で考えたほうが、答えやすいと？」

わけもなく、一瞬、その言い方は侮辱的に感じられた。

「失礼。あなたを侮辱するつもりはありません」

「わたしにとっては、検討すべき問題がひとつそこにある、とただそれだけのことです」とわたしは答えた。

「いかにも。だから、植民地の原住民として、とくに感じるものはないというわけですな。でも問題はまさにそこにあるのでは？」

わたしは危険がわたしの安全を脅かしつつあることを嗅ぎとった。それはもっぱらわたしの意見を反映していたのだが、総督への勧告がこれまで好意的に受け入れられてきたR氏は、おのれのフランス的なものが切りさいなまれているというだけの理由で、わたしに襲いかかろうというのか。まさしく、イノシシである。わたしは攻撃から身をかわし、彼と折り合いをつけねばならなかった。

「黙っていないで」と彼は言った。

「お国のフランスはオランダと東インドを支配した。わたしは、オランダ人として、原住民を支配する側に加わった。そしてオランダに追従した原住民として、同胞を監視することになった。これ以上なにか言うべきことがありますか」

「言えることがあるはずだ」

「東インドの原住民が支配されたのは、ただの数年間ではなく、数百年間だ。いかに獰猛な虎といえども、太った、おとなしい猫に変わってしまうでしょう」

「たしかにあなたは、原住民の組織を飼いならすことに成功した。だがこの問題では、あなた自身の見解と矛盾することを言っている。東インド党はいつの日か、思想の伝道者として危険な存在になる可能性がある、かつてそう警告したのは、あなた自身じゃないですか」

わたしは静かにR氏を見つめた。フランス国民としての自尊心が傷つけられることに、どうしても耐えられない様子だった。総督への忠誠心を証するために、彼が自制心をなくして、わたしを生け贄にすることも考えられた。

「太った、おとなしい猫?」と彼は、わたしの言ったことを反復し、『ド・エクスプレス』を机にひろげてみせた。「きっともう読んだでしょう」

「もちろん、読みました」

ゼーゼーという息づかいが聞こえた。彼は心臓病を患っているのかもしれなかった。

「この東インド党の連中が書いたものは、植民地新聞によるフランスへのさらなる誹謗中傷を招くことになる」

「フランス国民としてのプライドが傷つけられている、というわけですね」とわたしは、問題の核心に直接触れた。「しかしそれはあなた自身の問題であって、東インド党とも『ド・エクスプレス』とも関係がない」

「いや」と彼はさえぎった。「こういう記事を『ド・エクスプレス』が流せば流すほど、植民地新聞の反応も大きくなる」

「そしてオランダがフランスから解放されたことに、ますます多くの人間が拍手喝采するから、それだけあなたの心理的な拷問も大きくなる。でもあなたを拷問にかけるのは、『ド・エクスプレス』ではなく、植民地主義的な新聞、あの御用新聞どもだ」

「パンゲマナンさん」と彼は、教養あるヨーロッパ人とも思えぬ、怒りをあらわにした声で言った。「こういうことを個人的な感情の問題と結びつけるべきじゃない。これはあくまでわれわれが取り組むべき課題だ。フランス国民のプライドについては、あなた自身、よく理解しているはずだ。いま問題なのは、いかにして『ド・エクスプレス』を発行停止にするかということだ」

こうしてR氏は、植民地主義者としての本性をわたしの前に現わした。そこにあるのは、自分の権力を用いて、おのれの私的な満足と勝利を得ようとする官僚の姿であった。わたしは、フランスの教育を受けた教養ある者として、あの自由で独立した人間に生まれ、健全な理性に忠実たるべく育てられた者として、R氏の植民地主義者の顔を見るのは恥ずかしかった。彼はそうした教えの本元たるフランス人でありながら、自己の私的な目的を達するために、先祖の教えに背をむけ、植民地支配者としての特権的な立場を利用しようとしているのだった。

「発行停止？　オランダにはフランスに対する戦勝記念を祝う権利がある。なぜあなたがそのことで気分を害するのか。ひとびとが拍手喝采するのは、『ド・エクスプレス』のせいじゃない」

「チッチッ。要するに、あなたは『ド・エクスプレス』を消す方法を見つければいいんだ」

「でもそれは原住民《プリブミ》の問題じゃない。わたしの管轄外だ」

「あの新聞には原住民もいる」

こうして、新たな任務がわたしの頭上に落ちてきた。

『ド・エクスプレス』を消すくらい造作もないことはわかっていた。合理的な理由などなくてもやれるだろう。だがそれはフェアではない。堕落であり、わたし自身をも堕落させるものだ。ラデン・マス・ミンケと対決したときは、まだむこうからの抵抗もあった。総督の非常大権がなければ、たぶんわたしが負けていただろう。D-W-Tは不正行為をやったわけではない。わたしは汚い手を使わねばならないのか。

わたしはためらった。あれを始末するのは赤子の手をひねるようなものだ。それに東インド党は誕生してまだ数か月で、所期の政治的成果を示すには至っていない。その彼らを弾圧する口実を、フランス人上司のために見つけること、いまやそれがわたしの任務、植民地支配者の任務なのだった。なんと卑しむべきことか！

すでにこの数日前、東ジャワと中部ジャワのプランテーションの支配人たちが何人か、官房府を訪ねてきてR氏と面会していた。推測が許されるならば、総督を動かしてなにかをやってもらうために、彼らはR氏に贈賄工作のようなことをやっていたのだ。そしてどうやら、わたしのこの唾棄すべき任務は、彼らの訪問と関係があるらしかった。

R氏がわたしの部屋を出ていった直後、西ジャワ全域のプランテーション支配人の一行が、彼に会いにやってきた。こうした大代表団がただ茶飲み話をしに来るはずもない。なにか特別なことがあるに相違なかった。

わたしは自宅で仕事をする旨のメモを机の上に残して、帰宅した。食事をすませそのままベッドに入った。ようやく目が覚めたときは午後七時になっていた。目が覚めたのは、妻や子どもたちに起こされたからでも、たっぷり眠ったからでもなかった。玄関先で聞き慣れない声がしたからだ。

「こんばんは」とフランス語で男の声がした。

妻と子どもたち以外、わが家でフランス語を話す者はいない。わたしは飛び起きた。ほかにありえない。不安に駆られた部長のR氏が、家までわたしを追いかけてきたに相違なかった。あのイノシシはどうやら、傷ついた心を癒そうとして、ますます見境がなくなっていくようだ。わたしはシャワーを浴びた。

わたしが応接間に姿を見せるや、いきなりR氏はこう訊いた。

「いかがですか、パンゲマナンさん。あの仕事はもう終わりましたか」

わたしは本当に腹が立った。妻はその問いかけを聞いて席を外した。

「まだ糸口すらつかんでいません」とわたしは答えた。

「くそっ！」と彼は声を上げ、それから不意に質問を変えた。「暑い。お宅ではふだん扇風機を使わない？」

R氏がそう言ってほどなく、息子のマルクが客人に会釈しながら扇風機を運んできた。マルクはそれを低いテーブルの上に置いた。そしてR氏を横目でそっとうかがいながら、扇風機のぜんまいを四十回ほど巻いて、また出ていった。

扇風機のスイッチがなかなか動かないのを見て、R氏はぎらぎらした目でわたしを見つめ、刺すように、こう訊いた。

「この扇風機、壊れているのですか？」

わたしは立ち上がってスイッチを動かしてみた。扇風機はまわりだした。客人は威嚇するように咳払いをした。

「お気に召しますように」とわたしは言った。

あらかじめ仕組まれたこんな芝居じみたことを、なぜやらなければならないのか、自分でも理解できなかった。それからこんどは娘のデデが現われて、客にこう言った。

「もしや音楽を聴くのはお嫌いでしょうか」

「ありがとう、お嬢さん。大好きだよ」とR氏は答えた。

デデは部屋を出てゆき、まもなく、蓄音機からフランスの歌謡曲が流れてきた。歌っているのは、人気上昇中の歌手メイ・ル・ブック、曲名は《わが愛は太陽をおそれ》、生粋のパリっ子の歌である。

客は陶然となった。その眼に、もはやいらだちはなかった。頭を垂れて、つぶやいた。

「パリ！　人間がつくったものでパリほど美しいものはない！」彼は顔を上げ、わたしを見つめた。「この声を知らないフランス人がいようか」

「メイ・ル・ブック！」とわたしは間髪をいれずに答えた。

「そして、フランス人歌手の声ほど美しい声はない」

「そう」

そのとき妻が、わたしとR氏の不愉快な芝居を早く終わらせたいというように、応接間にふたたびやってきた。いきなり椅子に腰を下ろして、こう言った。

「わたしども、あまりにも長くパリを見ていませんの」

「チッチッ。パリが恋しいのはわたしも同じですよ、奥さま」

「いつ、みなまたパリに行けるでしょうか」

「あなた方もとなると、当面は無理でしょう。わたしたちは来年行くつもりですが」

「夫の休暇は？」

「はは、それをおっしゃりたかったわけですか。しかたがありません。総督閣下はまだまだご主人の意見をたいそう求めておられますので」

「それはないでしょう」とわたしは抗議した。「辞めようと思えば、いつだって辞められる。きょうでも、あさってでも」

「あさって？」R氏はびっくりして立ち上がった。「それでは筋が通らない。仕事が山積しているのに」

妻は自分の打った芝居が失敗したことを知って、また奥に引っ込んだ。

R氏は『ド・エクスプレス』の最新号を取り出した。

「もう読みましたね？」わたしはうなずきながら、その新聞のある欄に目が吸い寄せられた。赤い線で囲んだその欄には、小さな走り書きがされ、いくつかの文章には下線が引いてあった。「もはや限界点に達している。ふたりで仔細に検討してみよう」

ようやく検討が終わったのは午前二時であった。わたしは頭がズキズキしてきた。R氏は、東インド党の三人組に対していかなる措置を講ずるべきか、策をまとめるよう迫った。わたしは拒否した。『ド・エクスプレス』に書かれていることは、若きナショナリストたち――そう呼んでよいなら――からすれば、当然のことであって、まだ享受することが許されている自由に、彼らは酔っているだけなのだ。このときわたしは依然、前日の朝に読んだワルディの文章への感動が冷めずにいた。あのオランダ語は美しく、真の文学的な価値がある。彼らが書いているものは、洋式教育を受けた者にとって、至極当然の意見表明である、とわたしは懸命に自説を展開した。もしそうした意見の表明を望ましくないというのであれば、洋式教育を廃止するのがむしろ理にかなっている、と。

「それに、オランダ語教育の影響についてわたしが研究しようとしたら、それを延期させたのはあなた自身じゃありませんか」とわたしは言った。

「パンゲマナンさん。あなたが怒るのはわかる。でもあなただって、わたしがあなたの仕事に満足していないのは知っているはずだ。いずれにせよ、この仕事はけさのうちに終わらせなければならない」

R氏は憤慨して帰っていった。ますます頭痛がひどくなった。アスピリンを飲み、またベッドに入った。病気だとわかった。その朝のうちに医者が呼ばれた。医者が帰り、家のなかが静かになると、わたしは東インド党の三人組について、おもむろに自分の考えをまとめはじめた。ダメだ！　もうその力は残っていなかった。彼らは情緒的でロマンチックな、若いナショナリストである、と結論づけるのが精一杯だった。それからわたしは汗びっしょりで眠りに落ちた。

午前九時、妻がオフィスから届けられたものをわたしに手渡した。譴責《けんせき》の手紙と、一枚の英字新聞であった。手紙のほうは読まなかった。

英字新聞には、東インドとその諸民族に対してオランダが行なってきた施策は、フランスのそれよりはるかに良いかのごとく書き立てる、オランダ領東インドの植民地新聞への批判が載っていた。いわく、ラッフルズによる三年間のジャワ統治は、オランダによる三百年間の統治よりもはるかに多くの良きものを、住民に与えた。少なくとも、その三年間に、ラッフルズは奴隷制度を廃止し、原住民のために初等学校を建設した。だが、イギリスがジャワを去りオランダが復帰するやいなや、初等学校はすべて廃校になり、奴隷制は復活した。オランダ領東インドでは現在でも、ジャワとマルク諸島、南北セレベスを除いて、奴隷制がまかり通っている。なるほど、フランスの支配から解放されて百周年をオランダが祝うのは、理にかなったことであろう。しかし彼らオランダ人が、その倫理政策の理念にうたわれているように、東インドの原住民にどこまで恩返しができているか、よくよく考えてみるならば、それこそもっと理にかなったことである。

この記事はわたしにとって特効薬になった。医者が処方してくれた薬より効いた。結局、わたしは三日三晩、毛布にくるまっていた。記念式典がどのように祝われたのか、知らない。妻も子どもたちも外出しなかった。みなわたしの健康状態を案じていた。数回、オフィスから手紙が届いたが、すべて無視した。

盛大な記念式典が三日間にわたってくりひろげられた。わたしに届いたのは、大砲の音だけであった。その大砲は、原住民を屈服させてきた大砲でもある。オランダにとって偉大さを表わすものが、原住民には卑小さの象徴なのだ。D-W-Tはいささかも真実に背いていない。おのれを恥じるべきは、ほかでもない、オランダ自身なのである。フランスがやってきて、オランダは敗れ、イギリスがやってきて、オランダは敗れたのだから。であれば、フランスからの解放百周年を祝う記念日は、実のところ、ついぞ勝利をもって終わったことのない、戦場で偉大さを発揮したことのない国民の、敗戦記念日にほかならないのである。

R氏は、歴史と現実の渦のなかでめまいを起こしている。そしてわたしのめまいは、犠牲者に飢えた権力の渦のせいだ。

わたしはまだ一年にもならない、この仕事の経験をふり返ってみた。疑いもなく、わたしの歩みは、泥の原のさらなる深みへとわたしを運んできた。そしてわたしの足跡は、その泥の軟らかさに沈んで消えた。だがいかに消えようとも、それがわたし自身の足跡であることに変わりはない。それにしてもわたしは、なぜ、またこんなに動揺しているのだろう。あの警部時代のなんと美しかったことか。わたしは悪事に対して、いかなる形式犯であろうと、断固たる措置をとることにいささかも躊躇しなかった。そして原住民の犯罪が、一般に、もともと犯罪者の資質をもつがゆえに起きるものではないことも知っていた。形式犯は、総じて、貧困が招いたものであり、また、不公平な扱いの結果にすぎなかった。だが形式犯といえども犯罪は犯罪である。無知と迷妄からくる犯罪や、過剰な愛郷心《パトリオティズム》、また、出口のない絶望的な状況がもたらす犯罪もあったが、それもすべてもとをたどれば、まさしく、ケチで欲深い植民地支配の直接的な産物にほかならない。そしてあのピトゥンは、そうしたさまざまな要因がひとつになって生まれた犯罪を代表していたのである。

わたしの最近の任務のなんとおぞましいことか。まだ生まれてまもない、ナショナリズムという名のヨーロッパ文明の最良の産物とたたかうこと、それがわたしの任務なのだ。

病気中、ラデン・マス・ミンケの顔が絶えず目の前をちらついた。ワルディとチプトの顔も。そしてあのピトゥンまでもが。ただ、ピトゥンは、不思議なことに、以前のようにわたしを悩ますことはなかった。ダウワーヘルが脳裡に浮かぶことはいちどもなかった。

いま、わたしは何をなすべきなのか。わからない。わかっているのは、意志力が枯渇しかかっているということだ。あるいは、これが老いてしまったということなのか。わたしにいま必要なのは、なによりもまず気力である。わたしの内部に気力を吹き込んでくれるものがなくてはならぬ。気力がなければ、泥の原を進みつづけることは不可能だし、そこから引き返す力もないだろう。泥の原のまんなかで行き倒れになるだけだ。

そして、その気力をわたしの体内に吹き込んでくれたのは、総督副官の訪問であった。軍服に身をつつんだ副官の来訪を、わたしの家族は名誉と敬意をもって迎えた。妻と子どもたちのあとについて彼はわたしの部屋に入り、ベッドの縁に腰を下ろした。

「パンゲマナンさん。あなたをお見舞いせよとの総督閣下の命を受けてやってきました」かくも耳に心地よく、励ましを与えてくれる彼の声に背中を押されるように、わたしはベッドの上に坐りなおした。

「わたしは病気ではありません。過労のようで。でもどうやら快方にむかっています」とわたしは答えた。「総督閣下のご恩情とご配慮に心より感謝いたします。あすは、まちがいなく出勤できると思います」

そしてそのとおりになった。翌日、わたしは執務室の机に坐っていた。総督にわたしの部屋まで来て、椅子にかけ、二言《ふたこと》三言《みこと》ねぎらいの言葉をかけてほしいと、どんなに願ったことだろう。その言葉は疑いなく、オランダ女王に代わって、しかもわたしひとりにむけて発せられることになるのだ。

儀礼的にわたしの部屋にやってきて、型どおりのご機嫌うかがいをしたのはR氏とGr氏、それに官房府の幹部職員だけであった。おそらく彼らは、わたしがあのままくたばって、戻ってこないほうがうれしかったのだろう。もっとも慇懃なのは、ほかならぬR氏だった。わたしが不在のあいだ、彼がどんな仕事をしたのかは知らない。どうやら彼は、宣誓のうえ就任した、特別の専門職であるわたしの復帰を、待たねばならなかったようである。

「元気になってなによりです」とR氏は言ったが、おそらく東インド社会の反フランス感情の波がおさまったせいであろう、以前ほどの焦燥感は見られなかった。「総督はあなたの快復を心待ちにしておられました」

R氏は自分の考えを述べた未完成の草案を添えて、わたしに一冊のファイルを差し出した。草案の中身は、総督が伝家の宝刀たる非常大権を行使する必要性について、見解をまとめたものであった。そのことが述べられた箇所まで来て、わたしは目を閉じた。わが上司は、この間フランス国民としての彼の自尊心を逆なでしてきた、東インド党の三人組の追放を求めているのだった。そしてわたしがこの汚れた仕事を完成させることになるのだ。

わたしは草案に手を加えて報告書を完成させ、さらにその写しを作成して署名までしなければならなかった。写しを自分でつくることにしたのは、このような文書を書記の手にまかせるわけにはいかないからだ。

R氏は、完成したものを取りにすぐ戻ってくると言い残して、部屋を出ていった。

報告書をまとめながら、わたしは、この仕事は自分の意思でやるのではない、と自分自身を納得させた。わたしが共同責任を負うことはない。そうだ！　そうだ！　わたしは上司の意向を忠実になぞる書記にすぎないのだ。そう自分に言い聞かせながら、わたしは仕事を終わらせた。こんなふうに構えれば心理的に楽だったものを、なぜ最初からそうしなかったのか。まったく、融通のきかない男だ。

R氏が戻ってきた。彼は椅子を引き、わたしを監督するような格好で坐った。

「そろそろ終業の時間ですよ、パンゲマナンさん」

わたしは懐中時計を見てみた。たしかに、終業まであと五分になっていた。ということは、もう五時間以上も仕事をしていたことになる。わたしは報告書を読みなおした。さらにもう一回。美しい自分の筆跡に満足だった。書記の仕事をやっていたら、有能な書記になれたはずだ。小学校のときから、わたしは書き方の授業でいつも満点に近い成績をとっていた。わたしの書く文字は流れるようにつながって単語を形成し、単語は文をつくった。オランダ語でもわたしはつねに高得点をとっていた。

「どうもこの仕事が楽しくないようですな」

「また頭痛がしてきました」

職員たちはもうとっくに帰宅の途についていた。

さらにもういちど報告書を読み返していたとき、突然、わたしは胸が苦しくなった。自分の書いた言葉のひとつひとつがわたしの感情を激しく圧迫した。その言葉のひとつひとつが、わたしのことなどなにも知らない、あの東インド党の三人組を追いつめることになるのだ。彼らはわたしのことを知らないが、まさに彼らの命運を決するのはこのわたしなのである。

「まだ署名がされていない」とR氏は注意した。

わたしは報告書に署名を添えて彼に差し出した。そして鞄と帽子をとって、大急ぎで官房府の建物をあとにした。玄関先で、館内の管理係のニコラス・クノルがわたしを待っていて、あいさつをした。わたしはうなずき返しただけで、そのまま立ち去った。誰からもじゃまされない、ひとりきりになりたかったのだ。足は自宅にむかわずに、そのままひたすら歩きつづけた。そして最初に目についた安宿に入り、靴をはいたままベッドに身を投げだした。

これまで受けてきた教育は、いったい何だったのか。気づかぬうちにわたしは嗚咽《おえつ》していた。本来ならもう孫がいてもいい男の涙。破産だ！　知的な破産！　わたしが学んできたことは無駄だったのだ。植民地主義者の堕落がわたしを、わたしの魂を堕落させたのだ。ああ、神よ。わたしはもはやチェスのプレイヤーではない。わたしは呪うべき奴隷にすぎないのだ。

頭がズキズキして熱が出てきた。いまこの瞬間に死がやってきたら、わたしはおおいに、おおいに感謝するだろう。先ほど報告書に書いたことが、もしわたしの身に降りかかってきたら、いったいどんな思いがするだろうか。災難に見舞われるのがD-W-Tではなく、もしわたしの子どもたちだったとしたら、さらに耐えられないだろう。わたしはなんと言うだろうか。その悲しみを、誰に訴えればよいのか。これはすべて人間の為せるわざである。そしてわたしもそれにかかわったひとりだ。植民地主義者とあの聖なる者たちは、こう言うだろう。これは神罰である、神に安寧を祈願せよ、と。ああ、神よ。彼らはなんとたやすくあなたの名を堕落させることか。そして、わたしが堕落するのはそれよりなんとたやすいことか。

ドアがノックされた。明かりをつける余裕もなく部屋は暗いままにしてあった。わたしはベッドから降りて、スイッチをひねった。

「もしもし、もしもし」とドアのむこうから大きな声がした。「開けてください」

わたしは懐中時計を見た。午前三時。相変わらず頭がズキズキして、割れそうだった。ゆっくりとわたしはドアに近づいた。開けると、目の前に、宿のあるじの中国人が立っていた。そしてその背後に、総督の副官が立っていた。

「おはようございます」と副官は口を開いた。軍服姿ではなかった。「すぐに居場所がわかって幸運だった。この受領書にサインしてください」

受領書にサインすると、副官は蠟で封印された二通の文書をわたしに手渡した。一通はわたし宛て、もう一通はバンドゥンに駐屯する、東インド政府軍の司令官に宛てたものだった。自分宛ての文書をわたしはその場で開けて読んだ。わたしへの指示が書かれていた。

「外に車が用意してある。これからすぐ出発してください」

わたしは鞄を持って、総督宮殿用の特別ナンバーがついた車に乗り込んだ。おそらくわたしは、総督からの任務を帯びて、宮殿の公用車に乗った最初の原住民である。

運転手は純血のヨーロッパ人で、白い制服に白い帽子をかぶっていた。無言のまま、車はヘッドライトを光らせバンドゥンめざして疾走した。

車のライトに照らされて浮かび上がり、また次の瞬間には闇に呑まれて消える沿道の並木が、わたしの目をチカチカさせた。これからなにが待ち受けているか予測できた。小さな宿に身を隠そうとしたが、結局は見つかってしまった。そして発見されたとき、わたしはすっかり観念していた。抵抗する意志など微塵もなかったのだ。

司令部の衛兵詰め所の前に車が停止したとき、わたしは目を覚ました。そのときまで、着ている服がすっかりよれよれになっていることに、自分でも気づかなかった。髪は乱れたままで、帽子は宿に置き忘れていた。

午前六時半。

衛兵たちはわたしを冷ややかに迎えた。わたしは原住民《プリブミ》にすぎず、衛兵は全員が純血のヨーロッパ人だった。彼らは銃の絵柄の真鍮ボタンのついた暗緑色の制服を着て、同色の竹編みの帽子をかぶっていた。そのうちのひとりが、司令部の建物の脇にある待合室にわたしを案内した。

わたしは大きな肘掛け椅子に身を沈めた。空腹が襲ってきた。副官がやってきて、わたしは立ち上がった。立ちくらみがした。わたしは手紙を差し出した。司令官宛ての文書である。副官は受け取ると、そこに書かれた住所を読んだ。

「お顔がまっ青ですが、体調でも？」と彼は訊いた。

「ちょっとめまいが」

「おかけください、どうぞ。医者を呼んできましょう」

副官は出ていった。まもなく、給仕がミルクコーヒーとトーストを運んできた。その朝食のうまさは格別だった。あっ、わたしはまだ歯も磨いてないし、顔も洗っていなかったのだ。それから、副官がオランダ人の医者を連れてまたやってきた。彼らは別の部屋にわたしを連れて行った。そのあと副官はまた姿を消した。十五分後、ふたたび戻ってきて、はじめて見るような目つきでわたしを見つめ、こう言った。

「ドクターが治せるといいのですが。診断では、あなたは病気らしい。とは言っても、あなたの任務は余人をもって代えられない。ここはひとつ、二、三時間あなたにがんばってもらわねば。ちょっと待っていてください。じきに薬が来ますので。そのあと、この手紙を持って駐屯部隊のところに行ってもらいます」

わたしの薬がやってきた。副官はわたしが車に乗るところまで見送った。そして車は駐屯部隊のところまでわたしを連れて行った。ある大尉がわたしの到着を軍隊式のやり方で迎え、しばらく待つように言うと、待合室にわたしを残していなくなった。

そこでわたしは、鞄を車のなかに忘れたことに気づいた。このところ、なんと物忘れのひどいことか。もうボケがはじまったのだろうか。鞄のなかにあったものを全部、懸命に思い出そうとした。いや、なにも危険な書類はないはずだ。

どんなに待たされたことだろう。

午前八時半、戦闘態勢の政府軍一個中隊を乗せたトラックの隊列が到着した。わたしは先頭のトラックの運転手の横に坐るようすすめられた。運転手はアンボン人の伍長であった。

隊列が動きだした。道行く者たちが、わざわざ立ち止まってわれわれを見た。隊列はゆっくり進んだ。ある住宅地まで来て、すべてのトラックが停止した。そして兵士たちが飛び降りて、散開した。わたしはひとり坐ったまま、トラックに残っていた。

それから十五分もしないうちに、ワルディが兵士たちに伴われて道を歩いてくるのが見えた。道を歩く者たちがみな、この奇妙な光景を眺めていた。軍に拘束された民間人！　かくも多くの兵士たち。拘束されたのは、背の低い、痩せた原住民ひとり。

拘束された若者は堂々と胸を張って歩いた。まるで彼を見ている者たち全員と対話をするかのように、顎をぐっと前に突き出していた。

《これがやつらのやり方だ。手持ちぶさたの兵士たちを、こうやって働かせているのだ。ここにいるのは、わたし、ワルディである！　みなに伝えよ、やつらはこんなにもおおぜいの兵士でわたしを逮捕したのだ、と》

わたしはうなだれた。この事態はすべて、上司の命を受けてわたしの手が紙の上に言葉を刻みつけたせいで、動いているのだ。

ダウワーヘルとチプトの運命もこれと変わるまい。わたしが、よりによってわたしが、逮捕状況をこの眼で確認する任務を与えられたのだ。紙に刻まれた言葉の力の、なんと強いこと。人間ひとりを逮捕するのに一個中隊の兵士が動く。東インド党の三人組をそろって逮捕するには、おそらく一個大隊の兵士が動員されるのだろう。そしてこのすべては、わたしが報告書にサインしたことに端を発しているのだ。R氏は、東インド党の熱狂的な党員たちが、三人を守ろうと抵抗するのではないかと恐れていた。あのイノシシ！　三人の指導者と一般党員のあいだには、越えられない溝があるというわたしの意見に、彼はついに耳を貸そうとしなかった。それとも彼は、力を誇示するショーをやりたかったのか。もしマス・チョクロを逮捕するとなったら？　おそらく、一個連隊がまるごと、逮捕劇に参加するだろう！

この日わたしは、ヒーローとはどのように生まれるものか、まのあたりにした。対照的に、このわたしのおぞましい仕事は、これで終わりというわけではなかった。

バイテンゾルフのオフィスに戻るや、新たな指示が伝えられた。今回の逮捕を正当化する世間むけの理由を考えよ、というのだ。世間むけの理由！　内輪の理由ではなく！　それもこれも、中国語紙およびマライ語・中国語紙(72)が、三人の逮捕について驚きを表明し、事情説明を執拗に求めたからにほかならない。ほどなくして、海外の英字新聞も危惧の念を表明し、東インド政府は権力を濫用していると書いた。現代は中世ではないのであって、なにごとにも合理的な理由がなくてはならぬ、と。

体調不良をおして、わたしは、D-W-Tが逮捕されたのは、彼らが東インド党の有力者だからでも、政治家だからでも、リーダーだからでもなく、ジャーナリストとして、彼らの書いたものが公共の秩序と安寧を脅かしたから逮捕されたのである、との見解をまとめた。

三人はただちに追放地にむかうことになっていた。しかし中国語紙および英字紙の強い反撥のせいで、イデンブルフ総督は強硬手段をとることにいささか躊躇した。こうして三人は、ペンによる自己弁護の機会が与えられ、書いたものを公表することが認められた。そして彼らはその与えられた機会を活用した。

ワルディとダウワーヘルは、追放地として、東インド国内か国外かを提示されると、後者を選び、ヨーロッパへむけて出発した。チプトは当初、国内追放を選んだが、結局はオランダ行きを選択した。

わたしは、汚れたわが手をぬぐって知らぬ顔をきめこむことはできない、と承知していた。と同時に、すべてはわたしの上司、国民的なプライドを傷つけられた、狂ったフランス人の計略だということもわかっていた。一七八九年、大革命によって人類を明るく照らした国民、かくも偉大な国民の子。この一九一三年に、その子は、わたしの手を汚させることで先祖を裏切ったのである。

7

一九一四年。ヨーロッパ休暇旅行はいっこうに認められなかった。勲章がわたしの胸を飾ることもなかった。

そのヨーロッパでは、サラエボにおける銃撃事件が大きな波紋を呼び、重要な標的をめぐる争奪戦の口実にされた。標的とは、自国工業のための原材料の供給源、そして自国の工業製品の販売市場としての植民地である。この争奪戦に、植民地列強はすばやく参戦した。大戦争が勃発した。戦争！　戦争！

フランスは直接の当事者になった。彼の地を訪れるという妻と子どもたちの夢は、完全についえた。一般人が戦場に飛び込むのはまさしく愚の骨頂に相違ない。

東インド政府はキリスト教とイスラムの聖職者に対し、オランダとウィルヘルミナ女王およびその家族の安寧のために、それぞれ礼拝の場で祈りをささげるよう要請した。D-W-Tが追放されていなかったら、きっと彼らは植民地権力者たちの神経を逆なでする言葉を浴びせたにちがいない。ところが、いまはこうだ。みなさん、信仰心の篤いみなさん。東インドの大地と人間に対するオランダの支配を永遠ならしめるために、さあ、祈りましょう！

この年、わたしの健康はすっかり快復した。

R氏はジャワ島外の別のポストに異動になった。後任の部長は落ち着いた感じの生粋のオランダ人だった。彼は東インドにやってきて間がなく、植民地的なメンタリティーにまだ完全に染まってはいなかった。

海外の報道機関はこの大戦争を〝世界大戦〟と呼びはじめた。ある者は、こう解説してみせた。今次の大戦争は全世界、全人類に影響を及ぼす、いままさに墓場に運ばれようとしている者から、母親の子宮内で胎児に成長しつつある者まで、例外なく、と。ある予言者は、この大戦争はこれから生まれる赤ん坊たちに深い傷を残すであろう、と宣告した。すなわち、彼らは、死ぬまで、つねに戦争と切っても切れない運命を背負うことになる、と。

東インドの運命はどうなるか、どの列強の手に落ちるのか、誰にもわからない。植民地権力者たちの表情は暗くなるばかり。彼らの頭は不確実な明日の予測でふさがれていた。ドイツ、フランス、イギリスの大砲の遠音が、日ごと大きくなっていくようで、権力者たちの気分を萎えさせた。ひとたびオランダ本国が攻撃を受ければ、東インドはもはや俎上の魚でしかないのだ。

わたしの心は憂いから解放され、むしろ平安を楽しみつつあった。ただ、仕事が減ったというわけではなかった。逆に、仕事量は増えるいっぽうのように思われた。それはおそらく、ひとりの助手もつかなかったせいである。

一九一四年の末近くに、東インドで新しい動きがあった。東インド党の数人の元党員が、《インスリンデ》[73]という名の新党を結成したのだった。しかしこの党は貧血症で精彩がなかった。新聞を、つまり口を持たなかった。また、進取の気象に欠けていた。それは言い換えれば、意欲に欠け、手を持たないということだ。さらに、思想の工場もなかった。このため、新党の成長は、枯れ木に花を咲かせるようなものであった。とはいえ、インスリンデの誕生は、当初からそれに反対したヨーロッパ混血児たちへの挑戦だった。混血児の大半は、そのことが結果的にはしばしば政府の頭痛の種となっていたのだが、東インド政府のために働きたいという過剰な期待感があったのである。やがてインスリンデは機関誌を発行するようになった。

新しい動きはそれだけではない。あらゆる町で、組織熱が流行したのだ。いったいどれくらい組織がつくられたのか、数えるのはほとんど不可能で、まして、それらは法人格を必要としなかったから、記録にとどめることなどとうていできなかった。彼らが組織をつくったのは、熱病に浮かされてのことで、必要に迫られてではない――少なくとも、大急ぎで結論づけることが許されるなら、そう言ってよいだろう。

だが、なにより世間の関心を引いたのは、東インド社会民主同盟（ISDV《イーエスデーフェー》）[74]の結成であった。その中心メンバーは、オランダで分裂した党を離れて東インドに渡ってきたスネーフリート、バールスという、二名の政治亡命者である。ヨーロッパの伝統を持ち込んだ彼らは、どこでも、誰が相手でも、自分たちの意見をきわめて率直に表明した。スネーフリートとバールスは、毎日、場所を移動し、しゃべりまくった。まるで東インドのすべての人間の耳を征服するのだ、といわんばかりに……。

ある日、新任の部長がわたしを彼の執務室に呼んだ。そして封印された封筒に入ったファイルを手渡した。いや、ファイルというのは、おそらく適切でない。かたちはそれほど大きくなく、薄いものだった。二、三十ページの文書だったろうか。

「ヨーロッパは戦争です」と彼は言った。「ここは平穏ですが」

わたしは彼がなにを言いたいのかわからなかった。質問する気もなかった。彼はオランダ語以外の言葉はけっして使わなかった。

「アメリカ合衆国も、この東インドと同じように、平穏なのでしょうね」

ますます彼の意図がわからなかった。なんどか議論をするうちに、この新しい部長は、アメリカ合衆国について議論ができる人間を、話し相手に選ぶ傾向のあることが明らかになった。いったい、ヨーロッパの教育を受けてきた人間が、アメリカについてなにを議論できるというのだろう。たしかにこの国は、自国で閉塞感を持った多くの人間を引きつけてきた。犯罪者にとって、また、自国での暮らしに満足しない、半ば飢えた者たちにとって、アメリカは逃亡者を受け入れてくれる国であった。

「アメリカに関する本を読むのはお好きですか」と彼は尋ねた。

「もちろん興味はあります。ただ、仕事が忙しすぎて」

「その仕事は、いついつまでに終わらせなければならない、というようなものですか」

そう、これがR氏とちがうところだった。そればかりか、彼はわたしに新しい任務を与える気もなく、むしろアメリカについて本を読むよう勧めるのだった。とすると、わたしがこの官房府にいることに、どんな意味があるのか。もしやこれは暗に、おまえはお役ごめんだと言っているのか。

「もちろん、終わらせなければならないものもあります」

「むろんそうでしょう。でも、あわててやることになんの意味がありますか。いまヨーロッパでは嵐が吹き荒れている。なぜわれわれが、わざわざこの東インドに嵐を巻き起こさなきゃいけないのですか。悠然と構えていればいい。はいこれ……」と言いながら、彼は一冊の本を渡した。

「たぶん気に入ると思いますよ」

それはアメリカ合衆国の自然と動植物の生態に関する本で、まだ滅びていない先住民インディアンの生活についての記述もあった。

「読むのが楽しみです」

彼はうれしそうにほほ笑んだ。わたしは自分の部屋に戻った。

渡された薄いファイルには、査読を乞うというしるしに、部長のイニシャルだけのサインが付されていた。なんたること！　中身はラデン・マス・ミンケの文書だったのだ。いったい誰が彼の家に押し込み強盗を命じたのか。わたしではない。ああ、神よ。誓ってわたしがやらせたのではない。文書をわたしは封筒に戻した。戻すとき自分の手が震えているのに気づいた。もはやなんの力もないこの人物は、流刑地の孤独のなかにあって、なお迫害されつづけているのだ。彼はなんでも書く権利がある。回想録であれ、告白であれ。権利がある。こんな野蛮なことがやれるのは恥ずべき悪党だけだ。わたしは言う、彼には権利がある！　権利がある！　権利がある！

両手が自然に持ち上がって、急にズキズキ痛みだした頭を、ぎゅっとつかもうとした。だがその手は途中で止まった。年老いて、痩せた、皺だらけの人物が、わたしの部屋に入ってきたのだった。髪はすっかり白くなって、杖をつき、ごくごく質素な洋服に、はいているのは靴ではなく、スリッパだけ。老人はしだいにわたしに近づいてきた。ひとことも言葉は発しなかった。

「ミンケさん！」とわたしは口ごもった。「こんなに老けてしまって」

ああ、なんと！　クソいまいましい幻想だったのだ。また神経がおかしくなったのだった。わたしは自覚せねばならなかった。神経がまたやられたのだ、と。わたしは背後にあるベルを押した。この電気器具はつい一週間前に取り付けられたばかりだった。給仕がやってくると、わたしはウイスキーを一瓶もってきてくれるよう頼んだ。

よくもこんなひどいことを誰が命じたのか。ただちにわたしは簡単な意見書をつくって部長に提出した。部屋に戻ってみると、給仕が途方にくれた顔でドアの前に立っていた。彼はわたしのあとについて部屋に入り、わたしの前にウイスキーとグラスを置いた。四杯目のグラスを飲み干したとき、わたしは意見書がすでに部長の手を離れたことを知った。十杯目のグラスで、わたしの書いたものは銅線を伝って、電流によってどこかへ運ばれていた。

わたしは部長が貸してくれた本をぱらぱらとめくってみた。なんだ、これは？　色つきのイラスト！　目の錯覚か、それとも本当に色つきなのか。わたしはベルを押した。また給仕がやってきた。わたしは彼に本を差し出し、色つきのイラストを見たことがあるか、と訊いてみた。給仕は自分の前にひろげられた本に視線を滑らせた。そしてわたしを見て、またイラストに目をやった。

「はじめてでございます」

すると、やはりイラストは本当に色つきなのだ。わたしの目の錯覚ではない。チップとして五セントを渡すと給仕は喜んで帰っていった。

わたしはウイスキーをもう一杯、さらにもう一杯飲んだ。このウイスキー瓶が空になるころには、意見書に対する回答が届くはずだ。本をわたしは一ページ、二ページ読んでみた。なにひとつ興味を引くものはなかった。アメリカの大地が、動植物の生態が、インディアンが、どうしたというのだ。アメリカ！　どうしてもアメリカに関するものをというなら、別のものを読みたい。これではなく。

それからさらに五杯。体がほてってきた。壮快さが全身に滲みるようにひろがった。弱った神経からつぎつぎ登場した冷たい生き物たちは、しっぽを巻いて逃げ、無のなかに身を隠した。

部長がわたし宛ての一枚の書類をもって入ってきた。

「おや、さっそく読みはじめましたか」と彼は言った。「それはいい。緊張してばかりじゃいけません」彼は満面に笑みを浮かべた。それはまるで植民地権力の中枢にいる幹部ではなく、アムステルダムのレイツスクエアの曲がり角で出逢ったわたしの友人か、フォンデル公園のベンチにたまたま隣同士で坐っただけの理由で言葉をかわすようになった、新しい知り合いのようだった。「わたしはこの回答の意味がわからない。あなたのほうがよくわかるでしょう。どうもわたし自身、知りたいという気持ちがちっとも湧いてこない。ただ、これだけはよく知っているが、ここにいる有象無象の小役人たちは、くわしい経緯は知らないくせに、なにか見つけたり小耳にはさんだりすると、さっそく新聞にそれを売る。知ってましたか、そんなこと」

これはラデン・マス・ミンケの書いたものに出てくる話だが、わたしは、総督官房府の書類を盗み読みしている現場を押さえられた、メーステル・コルネリス地区のパティ[75]の甥のことを思い出した。しかし、よく情報を売るのが、ほかならぬ官房府の小役人たちであったとは、わたしには初耳だった。

「ここが騒動の火元になるようなことはもうないでしょう」と彼はつづけた。「情報が売られるようなことは、これからけっしてあってはならない。いまやオランダじたいの命運がどちらに転ぶかわからないのだから」

この部長は軽率すぎる。わたし以外の誰にこんなことをしゃべっているのか。わたしにだけなのか。

「パンゲマナンさん。われわれの任務は、まるでこの世界にはなにごとも起きていないかのように、東インドをできるかぎり平穏に保つことだ。世界大戦に関する報道は大幅に制限してある。あなた自身、報告書に〝組織熱〟と書いていたように、いまあちこちでグループ化の動きがあることはわたしも承知しているが、脅威になるようなものはない。連中には好きなように吼《ほ》えさせておけばいい。彼らが銃器を手にしないかぎり、なにも起きやしない」

どうやら、わたしが職を解かれる日も近いという予感は、やはり現実になりそうであった。

「スネーフリートとバールスの演説を旧来のやり方で追っていたら、とてもじゃないが眠れないでしょう。放っておけばいい。ああいう連中が千人いても現状は変えられない。相手にしちゃだめだ。無視するだけで連中は孤立する。ヒーローにはなれない。せいぜい薬売りになるしか道はない」

それに、職を解かれたら、はたしてわたしは、この官房府から年金の増額を受けられるのだろうか。また、公費によるヨーロッパ休暇旅行もまだ実現していないが、それはどうなるのか。たぶん、戦争が終わったら？

「下の連中にはもっと用心しなくてはいけない。少なくとも、初代の東インド総督ピーテル・ボスのころから、官房府はさまざまなうわさの出所《でどころ》となり、情報が売買される場になってきたのだから」

どうやら、先行き不透明な状況下で、東インド政府の政策は自分の図体しか見えない、内向きのものになっているようだった。

「この官房府が株式市場や報道機関、その他投機のための情報源になることは、もはやありえない。うわさの源になってもいけない。原材料の在庫が増えるにつれて、東インドの状況も困難さを増していく。ヨーロッパの工場は東インドの資源を必要としない。唯一、工場が稼動している国はアメリカだけだが、これもわれわれの資源を必要としない」彼はなかなか弁舌が巧みなようだった。「経済の衰退に歯止めをかけるには、新しい政策が必要だ。アムステルダムとロッテルダムにおけるわれわれの市場は、今後なお閑散とした状態がつづくものと予想される」

彼は声をたてて笑った。おそらく、殴り合ってお互いアザだらけになるばかりで、なんの利益も得られない、ヨーロッパの事態を笑ったのであろう。

「そう、それがまさにヨーロッパだ」と彼は、わたしの考えが読めたというように、ふたたび笑った。「その歴史をつうじて、ヨーロッパはつねに仲間内だけで戦争をしてきた。しかしそれがまたヨーロッパの復活を容易にもしてきた。これが他の大陸よりヨーロッパがまさっているところだ。例外は、むろん、アメリカ合衆国だ。アメリカは独自の道を歩んできた。同士討ちをくり返すヨーロッパのまねは、けっしてしなかった。一回まちがいを犯すと、同じ轍は踏まない。パンゲマナンさん。それがアメリカだ。その本でおわかりになったでしょう。岩石、蝶、河川などあらゆるものが、万人の目を楽しませるために、みごとな色合いに印刷される栄誉に浴している。万人の目を楽しませるために。パンゲマナンさん。わたしの言うこと、おわかりですか」

自分の演説に満足した彼は、わたしをひとり残して部屋を出ていった。ほとんど空になったウイスキー瓶に関してもなにも言わなかった。

そうだ、オランダと女王自身の明日がどうなるかさえ不透明なのだとするなら、こんなに焦って仕事をすることなどあるものか。わたしはラデン・マス・ミンケの記録文書を、キャビネットから取り出し、鞄に入れた。同胞のひとりとして、それを研究してみるつもりだった。いや、ミンケさん、いまのわたしはもう、あなたのことを嗅ぎまわる猟犬ではないのだ。ふたたびわたしは、心の底からあなたを尊敬する、あなたの生徒、あなたの讃美者になるだろう。

この日渡されたばかりのラデン・マス・ミンケの文書も鞄に入れた。そして……さらば、破壊の仕事よ！　さらば、猟犬の仕事よ！　わたしはむかしのパンゲマナン、最初のころのパンゲマナンに戻るのだ。もはや、この指が彼らの運命を左右する報告書を書くことで、破滅する者はいなくなるだろう……。

まったく異例なことに、その日、メナド人のグループがわが家を訪ねてきた。それはまことに楽しい午後のひと時だった。わたしは、新時代のピトゥンの文書を研究しようという当初の予定を取り消した。客たちのうち六人とは初対面で、わたしと面識があるのは、末尾のnがひとつしかつかない、甥のパンゲマナンだけだった。

この場には、わたしの妻と、ふたりの子ども、マルクとデデも同席していた。オランダ語による会話のそこかしこにメナド語の語彙がまじった。やがて、会話は本題へと移っていった。メナド人たちのスポークスマンを務めたのは、誰あろうわたしの甥であった。

彼は巧みなオランダ語に大いなる熱気をこめて、訪問の目的を説明し、著名なメナド人のひとりであるわたしには、メナド民族全体の生活に少しでも関心を持ってもらいたい、と言った。はたして、そう、はたしてメナド民族は、未来永劫に兵士や警察官にとどまるのか[76]、と。

のっけからわたしは苦境に立たされた。どこから見ても、どの瞬間を切ってみても、そのことは明らかだった。

「学生たちはみな競って政府の役人になりたがる。首尾よく役人になると、自分はどこまでいってもメナド人であるという事実を、忘れてしまう。メナドの大地と民族がなければ、個々のメナド人はなく、メナドの兵士と警察官もありえないのに。メナド人であることは他の民族よりすぐれていることである、と僕らは言うつもりはない。実際、メナド人として誇れるものは、なにがあるか。パンゲマナンなる人物が警視になり、ルムンガンなる人物が医者に、パンケイなる人物が弁護士になったことを自慢したところで、われわれにどんな意味があるか」

彼の熱弁はとどまるところを知らず、わたしは恥ずかしさでますます窮地に立たされた。

不意に彼は話をマライ語に切り替えた。

「どうしてわれわれはオランダ語を使わなきゃいけないのか。おばさまはマライ語がわかる。おじさまも、お子さんたちもわかるのに」

「どうぞ」とわたしは答えた。「家内も異存ないだろう」

「おじさま、おばさま。みな知っているように」と彼はわたしの妻にうなずいてみせた。「いまや情勢は変わった。日々変わっている。東インドの諸民族には、それぞれ自分たちの民族を進歩させようとする活動が生まれている。ジャワ族はブディ・ムルヨをもち、ブディ・ムルヨはすでに多くの学校を設立している。そして東インド政府も、彼らの学校のいくつかに補助金を交付することを認めている。今年は、スンダ族がパスンダン協会を設立した。マドゥラ人はマドゥラ同盟を結成した。ムスリムはイスラム同盟に結集している。それだけでなく、もっと小さな集団でも、ソロの貴族たちのあいだに、ダラ・マンクヌガラという団体ができている。こういうことについては、おじさまのほうがずっとお詳しいはずです。こうした時代の変化に対して、われわれは、そんなことなど何ひとつ起きていないかのように、まるでわれわれの世界は警察官と兵士の制服一色であるかのように、いつまでも手をこまねいているのか。僕らもすでに、東インドの他の民族と同様、メナド民族の進歩のために、活動をはじめることで意見が一致している」

「ぜひそうするべきだ」とわたしは心にもないことを言った。

「僕らが聞きたかったのは、そのひとことです。おじさまが賛同してくだされば、ほかの者たちもきっと賛同する」

わたしはプリヤイ同盟の設立のことを思い出していた。

「われわれが組織を立ち上げるのは、おじさまのせいでも、ルムンガン医師のせいでも、パンケイ弁護士のせいでもない。組織に付和雷同的なメンバーはいらない。そんなのがなんの役に立ちますか。真に組織の必要性を感じて、組織のために働きたい、と願う者たちだけで結成したほうがいい」

「それが正しいやり方かもしれない。しかし、必要性を感じないメンバーであっても、少なくとも、組織のことを友だちに話して聞かせるくらいのことはできる」とわたしは口をはさんだ。

このときわたしは、組織生活とはどういうものなのか、自分がまったくの無知であることを理解した。それと同時にわかったのは、わたしの前に坐っているこの若者が、そうした知識を、おそらくは科学的な方法論まで、身につけていて、それらはすべて学校以外の場所で、役所勤め以外のところで得たものだということであった。わたしは彼に感嘆の念を抱きはじめた。そして彼に好きなように語らせることにした。

彼は話しつづけた。話術が巧みであるというのは、利害と関心を異にする不特定多数のなかで活動するうえで、必須の条件でもある。友人たちをわが家に連れてくるのに成功したというのも、彼の組織能力を物語っていた。

「おじさまが賛同してくださったので、僕らはやや広範囲に呼びかけを行なうつもりです。それもうまくいったら、おじさまは何という団体名がよいと思われますか」

団体名？　もっともふさわしい名前！　わたしは知恵を絞った。名前を思いつくのは、なんとむつかしいことか。ああ、なぜ、すでにあるものをまねしないのか。

「シャリカット・メナド、メナド同盟」

「そうおっしゃるだろうと予想していました」と彼は言った。「でも僕らはムスリムじゃない。シヤリカットというアラビア語は、使わないほうがよいように思います。メナドという語も、あまり心に響かない。ミナハサという名前を使ってはどうでしょう？」

悲しいかな、わたしはそんな身近な問題でさえ、考えたことがなかった。とすれば、わたしが警察組織のなかで高い地位についたことを、メナドの同胞は誇りにしているが、彼らにとってわたしのような人間にどんな値打ちがあるというのか。恥ずかしい。実のところ、わたしの仕事はと言えば、まさに原住民《プリブミ》の諸組織に対応することなのだ。それも、ともになにかを建設するのではなく、彼らを破壊し、彼ら自身ではなくわたしが選択した道を、彼らに歩ませるために、である。近い将来、わが同胞の団体ができたときも、わたしはそれと同じことをやらねばならないのか。恥ずかしい。

「ルクン・ミナハサ、ミナハサ友愛会という名前にしてはどうでしょうか。賛成していただけますか、おじさま」と彼はなんのためらいもなく、単刀直入に尋ねた。どうやら事前に案を練ってきたようだった。

「ルクン・ミナハサ。すばらしい」とわたしは間髪をいれずに答えた。「その名前のほうがメナドのプリブミらしい」

それを聞いて全員がわたしを見つめた。

「いや、侮辱して言ったわけじゃないんだ。プリブミという呼び方は、けっして侮辱じゃない」

とわたしはあわてて言った。「きみらはシャリカットという語を、アラビア語だという理由でしりぞけた。わたしの知るかぎり、ルクンという言葉は外国語ではなく、東インドのプリブミが広く使ってきた言葉だ。きみらがオランダ語の語彙や、その他の外国語を使わないのは、メナド人の独自性を、民族性を大事にしたいがためではないのか」と、こんどはこちらが演説する番だった。わたしは、英独仏以外のヨーロッパの国々で、アンチ・コスモポリタニズムの運動が起きていること、それは英独仏の影響力に対する嫌悪感、この三国の影響を受けすぎて民族的《ナショナル》な個性を喪失することへの危機感から来たものだ、と彼らに説明した。これらの運動は、言語の使用にいたるまで、民族的な発展をもっと優先させるよう提唱している。もしもある民族が、この東インドのように、外国の圧倒的な支配下で、いつまでもコスモポリタン的なものから抜け出せないとすれば、言語もまたコスモポリタン的にならざるをえず、歴史のある時期に英語が経験したように、とめどない混乱と無秩序におちいることになる。イギリス人の民族的な覚醒は結果として、言語における秩序の回復をうながすことにもなった。「であるから」とわたしは言葉をつづけた。「組織の名称でプリブミらしさを重視するのは、民族的《ナショナル》な性格をきわだたせるということである。ルクン・ミナハサという名前にわたしは賛成だ」

これまで原住民《プリブミ》のさまざまな団体に対処する仕事をしてきて、わたしは、彼らが組織につける名称からだけでも、その組織の性格の一面を知ることができた。たとえば、ある団体が組織名に母語を用いるのは、共通の母語をもつ同じ民族以外の団体とはかかわる必要がない、という意思表示でもある。これに対してマライ語の名称を使う者たちは、自分以外の東インドのすべて民族集団の団体とも連携すべく、門戸を開いているのだ。

若者たちの目の動きから、わたしの言ったことを彼らは理解していないことが推量された。この種のテーマはたしかに、教育を受けた原住民の多くにとって、なお理解の範囲をはるかに超えたものなのだ。わたしはコスモポリタニズムと民族的《ナショナル》な問題を論じたことを後悔した。そう思ってそれ以上の議論はしなかった。そのために誤解が生じたかもしれなかった。

「わたしはルクン・ミナハサという団体とその名称を支持する」と言ってわたしは演説を締めくくった。「いずれにしても、わたしはもう歳だ。未来はきみらのもので、未来をどう使うか、どう決めるかはきみら次第だ。そのときは、わたしみたいな老人はもうお払い箱で、時代はもはやわたしたちの時代ではない。これから、決定権はきみらにある」

「ではもちろん、おじさまは後ろ盾になってくださることに、異存ありませんね」

後ろ盾？　わたしは心のなかで叫んでいた。わたしが？　原住民の組織を嗅ぎまわり、追跡してきたこのわたしが？　この子らは真相をまるで知らないのだ。

「それについては、よく考えてみなくちゃいけない。言うまでもないが、わたしみたいな歳になると、より慎重さが求められ、政府高官としてどんな服務規程が課せられているか、まずはよく確かめなくちゃいけないからね」

若者たちに落胆の色が浮かんだ。

「ジャック。どんな異存があるというの」と妻が訊いた。「あなたはこれまでメナドの同胞に無関心だったわ。マルクとデデも」

「つまり」とわたしは言った。「きみらはきみらで努力をつづけてほしいということだ。きみらの努力がものごとを決めることになる。わたしみたいな年寄りの出る幕じゃない」

若者たちが帰っていって、ようやくわたしは彼らの追及から解放された気分になった。

その夜、わたしはラデン・マス・ミンケの文書を丹念に読んでみた。手短に結論を記せば、以下のとおりである。

文書にはブタウィ、ソロ、スマラン、そしてなかんずくスラバヤからの手紙がふくまれ、ラデン・マス・ミンケがアンボンとこれらの都市のあいだで、精力的に通信活動を行なっていた事実を示していた。マス・チョクロをイスラム同盟の議長に抜擢することに、彼は同意していなかった。組織の方向性を転換させるやもしれぬ重大な決定を行なう場合は、ハジ・サマディはなによりもまず、彼と事前に相談するべきであったにもかかわらず。これらの手紙ではまた、ラデン・マス・ミンケは流刑地から帰還したら、同盟の指導権をふたたび握るつもりであること、政府の定める流刑の期間は五年または終身なので、あと五年でそれが実現するであろう、と述べられていた。

新時代のピトゥンの足跡を追ってきた者からすれば、彼の性格を見抜くのは造作もなかったのだが、彼は人間の善意を信じるタイプの、素朴な魂の持ち主であった。彼の世界は、この地球上のどこであれ封建的な社会ではそれが普通の生き方になっている、旧態依然たる陰謀とは無縁だった。手紙には、彼が同盟のトップに復帰するのを夢みているとあったが、わたしはそれを信じなかった。もともと彼はその地位をみずからの意思で手放したのだ。わたしの推測では、むしろ彼が当初の地位に復帰しないよう、裏工作をしている者たちがいたのである。

いったいどこから、ラデン・マス・ミンケの指導部復帰をめぐる声が聞こえてきたのか、その最初の発信源はどこなのか、それをさぐるのは警察の仕事ではなかった。そもそも、東インドの警察組織には、そうした問題を扱う部署はまだなかったのだ。それにしても、彼にとってはこれが二度目の犯罪被害になるのだが、ラデン・マス・ミンケの文書を強奪するようしむけたのは誰の声だったのか、いまだ謎のままだった。

したがって、入手しうるだけの限られた材料にもとづいて判断するしかないのだが、ラデン・マス・ミンケが同盟のトップに返り咲くことを恐れるグループが存在する、というのがわたしのとりあえずの結論であった。東インド政府の側には、このとき、同盟になんらかの対抗策を講じる理由はなかった。そうしたことを決めるのはこのわたしであり、わたし以上に詳しい人間はいなかった。対抗策を講じる理由がないとすれば、陰謀を仕掛ける理由も、政府側にはなかった。ラデン・マス・ミンケの返り咲きをめぐる陰謀めいた声は、イスラム同盟の内部から出たものであるとわたしは推測した。

むろん東インド政府としては、新時代のピトゥンが同盟の指導者に復帰するのは見たくなかった。ボイコットに関する彼の教えは、もっとも弱い者たちに武器を与えた。彼はボイコットという武器を与え、そして政府は弱者がそれを行使するようしむけるのに成功した。ただし、政府を標的にではなく。

　この日渡されたばかりのラデン・マス・ミンケの新しい文書には、彼がジャワとつながりを持っていることを示す記述は、なにひとつ発見できなかった。それを示す具体的な証拠も、もっと正確に言えば、それを立証できる者もいなかった。彼が書いた数十ページの文書から、わたしが重要だと判断した事柄は、ほんの数えるほどだった。すなわち、いくつかの問題についての彼自身の考察、そして指示ではなく彼個人の意見、それくらいである。

　たとえば、言語について。

　判断は誤っていなかった。官製のものではないマライ語によってのみ、そして国からの俸給に依存する者ではなく、自由で独立した者[77]たちのなかでのみ、東インドの大衆組織は大きく成長することができるのである。ジャワ語のほうが好きなサマディを説得するのに、わたしは何度か苦労せねばならなかった。官立学校で教えられるマライ語から遠くなればなるほど、封建的な者たちから遠くなればなるほど、民主的《デモクラティス》になって健全なコミュニケーションの手段になればなるほど、このマライ語は自由な人間の自由な言語となる。そして東インドの諸民族の運命を決めるのは、この自由な者たちのみである。なぜなら、多民族をまとめる条件のひとつは、民主主義の原則にもとづいて互いに接近し、相互理解を深めることだから。

資本について。

イスラム同盟は、さらに大きな組織へと成長していく基盤をもち、貧者の一灯から巨大な資本を蓄積することができる。その資本は、経済的な弱者を、依存状態から解き放つことができるものでなくてはならぬ。個人の依存状態を解消する個人資本もよいが、十分なものではない。そうした欠陥のある個人資本で、個人を呑み込み、新たな依存状態に個人を縛りつけ、他人をも依存状態に引きずり込む資本、それはヨーロッパ型の資本である。ヨーロッパ型資本がもたらしたのは、ヨーロッパ大陸外の人間の圧倒的多数の絶対的な奴隷化であり、ヨーロッパ諸国民そのものの相対的な奴隷化である。

自分自身について。

わたしも過ちをまぬかれなかった。十分な時間をかけて人間をきちんと育てるということは、ついにできなかった。わたしにもっとも近かった三人、ワルディ、サンディマン、マルコを、わたしは明確な指導を与えることなく放任し、好きなように活動させた。その結果、ワルディは同盟を軽んじるようになった。才能あるサンディマンは、あまり目をかけてやらなかったために、その能力に見合った働き場を得られなかった。マルコは日々の仕事に没頭させ、わたし個人の身辺警護をさせることのほうが多かった。

かつて助手として働いたこの三人とは、もっと親密な交流があったはずなのだが、この最近の文書においても、その関係については言及していなかった。また、妻についても、あの感嘆すべき女性のことはもう心のなかから追放したかのように、ひとことも触れていなかった。

新聞報道からその動きをつかんでいたにもかかわらず、彼がサマディについて、ましてやマス・チョクロについて、多くを語ることはなかった。

ワルディ、サンディマン、マルコ、プリンセス・カシルタ、サマディ、マス・チョクロについては、きっとわたしのほうが彼よりもよく知っていたはずである。ワルディのその後についてはもう多言を要しまい。サンディマンに関して言えば、指導者ミンケが逮捕されたあと、姿を消した。マルコも同様である。このふたりは、ロベルト・スールホフ一味が銃撃され、ナイフで刺された事件に関与しているようだった。ラデン・マス・ミンケ自身の記述が、そのことを示唆していた。サンディマンとマルコ、およびプリンセス・カシルタに対する捜査は、やろうと思えばできたが、それは不誠実なゲームというものだった。彼らは非合法集団に立ち向かったのだ。とすれば彼らに法的な処分は無用である。そして、この秘密を握っているのはわたしである。あの襲撃事件を理由に、プリンセス・カシルタ、サンディマン、マルコを追及するつもりはなかった。

サンディマンとマルコは貴重な自由とともに姿をくらました。プリンセス・カシルタはスカブミにあって、一日二十四時間、ひたすら夫のことを想いながら暮らしているが、内側から身を焼く怨念を晴らすことはできないだろう。そしてそれはわたしの身の安全にとっても好都合なことだった。

ラデン・マス・ミンケは彼ら全員と別離をよぎなくされた。最近の彼の文書から、もうひとつだけ引用してみよう。

反中国人暴動について。

どうしてあれほど多くの者たちが、まんまと煽動され、中国人を襲撃したのか。同盟には真の意味で教育ある者はいないのか。あのような妄動、蛮行は、未来への信頼がないということの表明であり、あたかも神が創造したこの自然界は、人間ひとりひとりの幸福を保証するには不十分であるかのごとくである。たしかに、人間は欲深いもので、その強欲が他者の貧困をもたらしもするが、そうした問題の解決には、もっと分別ある方法を見つけだすべきである。アモック![78]西洋人はアモックを、適切にも、非理性的な情動、理性の伝統を知らない感情の爆発だと言った。それにまた……。

ウイスキーグラスを持ち上げていた手が、途中で止まった。わたしはふり返った。妻の手がわたしの手を制止していた。

「それ以上飲むのはおやめなさい。あなた、だんだんアルコール量が増えているわ。この家に来てからでも、もう五回も酔っぱらって。子どもたちを大事にしてください。そんな悪いお手本を示さないで」

妻の声は暗く、眠そうなその目はさらに暗かった。

彼女の善意は十分すぎるほどわかっていた。だが、この重苦しい気分にさせるものは、アルコールの力を借りるしか消えないのだ。

「ルクン・ミナハサについて話をするのがいやなら、なぜそうおっしゃらなかったですか。わたしは議論に加わりたくないと。なぜあの人たちの前ではいい顔を見せて、そのあとで無理して酔っぱらわなきゃいけないの」

わたしは立ち上がって妻を抱きしめ、キスをした。かつては若かったこの女性も、いまでは肌がかさかさで、体の弾力性がなくなっていた。妻のすすり泣きが聞こえた。それはおそらく結婚生活ではじめてのことだった。

「忘れておくれ」とわたしは言った。

「ジャック。お酒はやめて。わたしの知っているむかしのジャックに戻って。あのころのあなたのことが忘れられない。あのころが恋しいわ。ジャック。わたしがあなたを選び、あなたを愛したのは、世のフランス人よりすぐれたものをあなたが持っていたから。むかしのあなたは一滴も飲まなかった。絶対禁酒主義者だった。結婚する前、わたしがあなたに尋ねたこと、覚えている？　なぜお酒を飲まないのか、そうやって楽しむのは嫌いなのかって尋ねたの。するとあなたは、こう答えたわ。東インド出身の僕らはアルコール抜きでも楽しめるって。そのあなたが、いまでは、ウイスキーでもジンでも満足しない。こうやってストレートで飲みつづけている」

妻の声は、もう二度と陽は昇らないのではないかというように、ますます悲しそうになった。

「こんなふうにわたしを苦しめないで。ジャック。あなたの妻になったのは無意味だったような気がする。いったんお酒を飲みはじめると、わたしと子どもたちは、いないも同然。あなたにとってなんの意味もなくなる」

夜がふけるにつれて、妻の嘆きはさらに深くなった。

「むかしのあなたは、家に帰ってくると、とっても楽しそうで、家のなかを明るく照らし、わたしたちを明るくしてくれたわ。そのあなたがいまでは、どんなことにもいっさい無関心。ぐっすり眠ることも、めったにない。さっき甥っ子たちと話をしていたときのように、あなたはもう自分自身の言葉さえ信じていない」

「それでどうしたいんだ、きみは」とわたしは強いて尋ねた。

「もうわたしたちが必要でないのなら、フランスに帰らせてほしい。ジャック。たぶんあなたのじゃまになるだけだわ、わたしたち」

「ヨーロッパは大戦争のまっただなかだ」

「フランスはまだわたしを必要としているかもしれないわ。こうやって自分の夫からも必要とされない人間がここにいてもしかたがないでしょ」

「もう休みなさい」

「こんな夫を見てどうして妻が眠れるというの」その声は抗議と怒り、いらだち、悲しみがいりまじってひとつになっていた。「このところ教会に連れて行ってくれたこともない。だんだん外泊が多くなった。いやだわ、わたし、あなたがどこに行ったかなんて役所に聞きたくもないし、聞いたこともない。あなたは家族に飽きたのね。ジャック。わたしたちのことなど必要としないのだわ。子どもたちはあなたが必要なのに、あなたは見向きもしない。むかしは、みんなといっしょに物語をよく読んでくれたのに。いまではもう自分の心を読むことさえできなくなったのだわ」

「どう答えればいいんだ」

「なにも答えなくていいわ。答えることなどなにもないはずだから」

「わたしを裁こうというのだね」

「ちがうわ。あなたこそわたしたちに判決を下したのよ、もうおまえたちは必要ないって。わたしはあなたの重荷になっている。あなたにはお酒のほうが妻と子どもより大事なのよ」

わたしの腕のなかで妻は話しつづけた。ときおりその声は消えて聞こえないこともあった。また、ただ単語を吐き散らすだけで、前後の脈絡がわからないこともあった。それはわたしが半分酔っていたせいでもあったろう。

「ポーレット……」とわたしは言ったが、言葉がつづかなかった。

「わたしにしゃべらせて。あなたがなにか言おうとすると、お酒をまき散らして、ほんとに嫌なにおいがするの。あなたが高価なお酒を買えば買うほど、そのにおいは耐えられなくなる。ジャック。わたしは子どもたちを酒飲みにはしたくない。あの子たちには、アルコールの力を借りるのではなく、自分の頭で考えて決断できるようになってもらいたいわ」

「もうマルクもデデも寝ているよ」

「わたしがこんなにたくさんしゃべったのは、結婚してはじめてじゃないかしら。あなたがわたしの言うことを聞いてくれるのは、おそらくこれが最後だわね」

「なぜそんなことを言うんだ」

「あなたは、きょうよりあしたのほうがひどくなっているでしょう。あさっては、もっとひどく」

「許しておくれ、ポーレット。きみをこんなに苦しめてきたなんて。許しておくれ」

「ごめんなさい、ジャック。あなたの要求を満たしてあげることができなくて。フランスに帰るのを許して。あなたの良さが残っているうちに、お別れができて、わたしはまだ幸運だったと思う。あなたの良さがすっかりダメになってしまわないうちに」

「お願いだ。わたしをひとりにしないでおくれ」

「もうだめ。もう何か月もあなたを観察して、熟慮を重ねてきた。わたしにできそうなことはもう全部やったわ。あなたはだんだんひどくなる。ありがとう、ジャック、それでもまだわたしを引き留めてくれて。でも、もう引き留めるのは無理。心ゆくまでお酒を飲みなさい。わたしはあなたのじゃまになるだけだわ」

わたしは妻の手を引き、ベッドに誘った。

「ジャック。あと二週間したら、ヨーロッパへ発ちたいの」

「だめだ。きみはここにいてくれなきゃ」

「引き留めることはできないわ。わたしはヨーロッパへ発つ。もう言うべきことは全部言った。どうぞ飲みつづけて」

「これまできみはなにも言わなかったじゃないか」

「ジャック。あなたはわたしよりずっと教養があって、理解力がある。でもちっとも理解しようとしなかった。わたしたちを行かせて」

「ヨーロッパへ行ってどうするつもりだ」

「子どもたちに必要とされる喜びがあるわ」

「五人もヨーロッパに行ったら、わたしには仕送りする余裕がない」

「それは心配しないで。わたしは働いても平気だから。たいしたことはできないけれど」

「フランスは戦争中だ」

「フランスはだめでもオランダで暮らせるわ」

「オランダじたいの運命がどうなるかわからないんだ」

「行かせて。わたしの願いはそれだけ」

それから彼女はベッドに上がった。もう口をきこうとはしなかった。いまや、妻までがわたしに背を向けはじめたのだった。わたしは机に戻り、書類を放り投げた。そしてウイスキーを飲みつづけた。一杯、また一杯。

*

そう、これが現在のわたしの姿だ。わたしからひとつ、またひとつうしなわれていった。ひとつまたひとつわたしを去っていった。やがてわたしは自分自身までうしなうことになるのか、すっかり?

かつての従順で貞淑な女性は、いまや、かたくなにその決心を曲げなかった。子どもたちを連れて彼女はヨーロッパへ発った。あらゆるものが値上がりし、貨幣価値が下落している戦乱のヨーロッパで、彼らがどうやって生きていくのか、想像もつかなかった。二十年以上の汗の結晶である預金は全額、妻に渡した。彼女はひどく悔やみながら、結婚生活がこんな結果になったことを悔やみながら、それを受け取った。いつかアルコールと縁を切ることができたらどうする、とわたしは妻の耳元でそっと尋ねてみた。彼女は酒飲みが真人間に戻れるとは思っていなかった。

家のなかはがらんとして、音もなく、まるでわたしは、不能を妻に責められ逃げられた男のようだった。酒瓶だけが友だった。もはやわたしが酒を飲むのを禁じたりする者はいなかった。やがてわたしは、酒瓶のほかに、リエンチェ・ド・ロオと同じ世界の住人たちを、かわるがわる新たな友に加えた。それでもこの家のように、心はどこまでも空虚で、孤独だった。

生まれて四十年間、わたしは自分がこうありたいと願うような人間として生きてきた。厳しく自分を律してきた。だがこの十数年間は、わたしの力よりもっと大きな力が、すでに形をなしている、できあがったわたしと戦い、それを粉砕する新たな人格をわたしに与えた。そしてそれこそが現在のわたしである。ひとつまたひとつしない、ボロボロになった男。それがわたしなのだ。

こうした酒と仕事と娼婦たちとの日常のなかで、わたしは、新時代のピトゥンの文書の研究だけは怠らなかった。彼が書いたものを読みながら、ますます人生のむなしさ、無為の大きさを知り、かつて深かった人生の水路が浅くなってしまったこと、自分の濁りが視野をさえぎっていること、そして……そしてわたしに未来がないことを感じていた。こうした危機のただなかで、わたしは彼の文書の研究をつづけていたのだった。

彼の失望と悲しみは完全に理解できた。メナドに追放されたのは、『メダン』の論説記事が、彼によれば、イデンブルフ総督の権威と政策を傷つけたから——彼の失望は、そう思っているところから来ていた。バナナの皮ごときで足を滑らせなければならなかったことが、どうしても彼には納得できないのだった。もし追放の理由が重大なものであったなら、喜んでそれを受け入れていただろう。彼はこう書いていた。

行為の偉大さ、思想の偉大さ、魂の偉大さゆえに人は偉大になる。小人《しょうじん》はその逆である。あのような些細な記事を理由に重罰に処されるのは、不当である。小さな過失に過大な刑罰を科した者を、わたしはどんな人間に分類すればよいのか。本来、わたしは自分の権利として、どんな罵詈雑言でも投げつけることができたのだが、頭のなかに並んだ言葉を吐き出すとき、活字を重視しすぎた。小さな過失に大きな刑罰！　あってはならないことが起きてしまったのだ。しかし東インドの諸民族は、スンダ人であれマドゥラ人であれ、ジャワ人であれバリ人であれ、あるいはアチェ人であれ、誰ひとりとして正義が傷つけられたとは感じていない。わたしは不正義の犠牲になった。不正義の犠牲にならなかった者たちは、いまだ正義について学んでいない。東インドのなんという暗さよ。ジェパラの娘の書簡集に、ファン・アベロンが『明るい未来』という題名をつけたのは、まったく適切であったのだ。明るい未来を迎えるために闇を突き破るのは、教育を受けた者ひとりひとりの責務であるが、学校はそれを教えていない。彼らはこのわたしの経験からも学んでいない。ブディ・ムルヨは口をつぐみ、イスラム同盟そのものも沈黙したままである。

よろしい、新時代のピトゥンよ。わたしがきみの疑問に答えよう。きみはイスラム同盟の支部と副支部のあるところに時限爆弾を仕掛けた。自分がやったことをきみは認識していなかった。それとも、知らぬ顔をしていただけなのか。中国系住民に対する一連の襲撃事件は、わたしの推測が正しかったことを裏づけた。時限爆弾は疑いなく存在したのだ。われわれに責任はない。そもそも、きみの先祖は、正義のなんたるかを知らなかった。時限爆弾に正義はいらない(少なくとも、L氏によればそうだ)。きみの母語のなかに「正義」に類する言葉があるかどうか、よくよく探してみるといい。白髪頭《しらが》になっても見つけられまい。むろん、きみの先祖の生活に、そんなものは存在しなかったのだ。ようやくきみはヨーロッパの書物から正義のなんたるかを知り、いざというときにそれを求めた。だがきみが求めたものは、なかった。それを手に入れるには、東インドのすべての民族がヨーロッパの良き生徒になる日まで、待たねばならなかったのだ。だいたい、きみ自身、あまり良い生徒ではなかった。ようやくヨーロッパから爪の先ほどの知識を獲得したと思ったら、もうきみは増長してヨーロッパに挑戦しようとした。

ブディ・ムルヨのほうがきみより正しかったのではないか。彼らは健全かつ賢明にも、ジャワ人同胞がヨーロッパの良き生徒になるための条件、設備をととのえた。きみは時代を踏み越えようとした。だから転落しなければならなかったのだ。もしわたしの寛大さがなかったら、きみはもっとひどい運命をたどることになっただろう。そう、これがわたしの回答だ。流刑になったのは、マルコとサンディマンのせいだときみは思っているようだが、その推測にはまったく根拠がない。きみの運命はあらかじめ決まっていたのだ。あとはきみがなにかヘマをやるのを待ってさえいればよかった。それで流刑地へ直行というわけだ。

彼はさらに、こう書いていた。

総督の権威と政策を傷つけたと断じられたことがわたしの流刑の理由とするなら、あの性急《せっかち》で意気盛んな三人が追放されたのは、記念式典の問題で騒いだからである。同じように小さな事件で同じように重い刑罰！　わたしと彼ら三人は、ないものねだりで大騒ぎをしたようなものだ。今後もさらに多くの者が、ぞくぞくと追放に処せられるであろうことは疑いない。ヨーロッパの子らのなんと幸福なことか。彼らは政府の政策を批判することも、不信を表明することも許される。そして追放はおろか、なんの刑罰も受けない。批判した側もされた側も、なにもうしなうものはなく、いわんや自由をうしなうことはない。むしろ互いに足らざるところを改善しながら、さらに前進していく。しかるに東インドでは、政府を批判するのは、看過しえない不埒なこととみなされているのだ。だがこれらはほんのはじまりにすぎない。

これに対するわたしの回答——。新時代のピトゥンよ。きみの先祖の思考世界がどういうものであったか、どうやらきみは忘れてしまったようだ。ためしに、その時代に生きていたとして、きみの王を批判してみるいがいい。最後に口にした言葉の余韻が消えないうちに、きみは鋭い刃《やいば》にかかって崩れ落ちているはずだ。きみは先祖の物語を読んだことがないのか。ヨーロッパのやり方を東インドにあてはめてはいけない。むしろヨーロッパ人じたいが、正義ということに関しては、きみの先祖のやり方をまねようとしてきたのだ。これに異論のある者は、東インドにはきみ以外にいないだろう。

きみの先駆者としての努力に重罰が科せられたというのは、たしかにそのとおりだ。しかし時とともに東インドは流刑というものにだんだん慣れて、しまいには政府も流刑を議論し執行することに飽きてしまうだろう。そのときこそ、ようやくきみは活動のための広々とした場を得られるのだ。いずれにせよ、きみはすでにはじめてしまったのだし、きみのおかげで、その広々とした場は誰の前にもひろがることだろう。

きみは六年活動し、追放になった。D-W-Tはもっと悲劇的だ。わずか数か月で追放になったのだから。半年に満たないうちに！

そしておまえたち、マルコとサンディマン。おまえたちはいったいどこに行くのだ。監獄か、それとも最終の流刑地へ？

そう彼は書いていた。

マルコ！　いまでもまだラデン・マス・ミンケは、忠実な部下たちのことを想っているのだ。新時代のピトゥンよ。きみは知るまいが、マルコもサンディマンも、きみがいなくなると誰の庇護も受けなかった。政府の追及の手が自分には及ばないことを知ったマルコは、いま、領民までいる、豊かな独立王国を建設しようとしている。ソロに！　サンディマンはわれわれの視界から消えた。だが、新時代のピトゥンよ。わたしの読みでは、彼こそ、マルコをひそかに操っている黒幕である。彼は影に生きているのだ。東インド党が彼らの安住の地になることはありえない。あの党に田舎者のいる場所はないのだ。さて、きみの忠実な部下、マルコについて話をしよう。

マルコは、きみのもとで働いた経験から得た、わずかばかりの知識と、道で拾ったオランダ語のひとこと、ふたことの表現力を武器に、ソロのいたるところに登場し、町や村のあらゆる場所で、誰とでも、どんな話題についても、しゃべりはじめた。

彼はきみの権威を借り、そして持ち前の大胆さをもって、イスラム同盟ソロ支部の有力指導者のひとりになることに成功したものの、支部を完全に牛耳ることには失敗した。新時代のピトゥンよ。きみとちがって、彼には知識も経済力もない。否応なく彼はソロ支部にすがって、またソロ支部のために、生きていくしかないのだ。

たしかに、きみの見立ては正しく、マルコには一種独特の力がある。その力の秘密は、彼の本能的な正義感からきている。マルコが力をもつのは、正義をかちとるために彼が全身全霊をささげるからだ。きみが夢みた正義のために。新時代のピトゥンよ。政府のきみへの仕打ちに抗議しなかった者は東インドにひとりもいない、と勘違いしてはいけない。もちろんサマディは抗議しなかった。マス・チョクロも。声を上げたのはきみのマルコだけだ。だが彼は政府に声を上げたのではない。彼が発言したのは、見当違いの聴衆にむかってである。万人が読めるように、その抗議をペンによって表明する勇気は、マルコにはまだなかったのだ。いずれは彼も、その方向へ成長していくだろう。

よろしい、新時代のピトゥンよ。きみのこのもっとも忠実な部下のために、特別なファイルを用意することにしよう。そしてマルコよ。いまからおまえは、わたしの机の上の〈ガラスの家〉の住人に加わるのだ。

わたしはラデン・マス・ミンケの草稿をすべて読み返してみた。《ニ・プルマナ》を除いて、それらの草稿には互いに関連性があるとの印象を受けた。ただ、《人間の大地》と《すべての民族の子》を一方に、《足跡》をもう一方に置いてみると、両者にはある種の断裂が認められる。この三作がはたしてひとつづきの自伝なのかどうか、わたしは断言できない。少なくとも、いまのところは、こうだと言い切るだけの自信がない。ここでは暫定的な評価として、長所も短所もすべてそなえた、興味深い連続物語である、というにとどめておこう。これから特別な時間をとって、この物語に書かれていることを、関連する公文書および現実に起きたことと照らし合わせてみたい。実を言えば、わたしがこのノートを綴ろうとするのも、ラデン・マス・ミンケの三作の影響によるもので、それを白状することにわたしはいささかの躊躇もない。

物語としては、はじめの二作が、今世紀初頭におけるプリブミの思考世界の近代化の過程を、より多く反映したものになっている。プリブミの思考世界とヨーロッパ人の思考世界が、ぶつかって爆発するにせよ調和するにせよ、これらの作品のなかで出逢っているのだ。

こうやって読めば、じつは、これが自伝であるか否か、もはや答えを求める必要はない。多面的な物語として、近代化の過程はなによりも、作者であるミンケ自身の精神の内部で起きているのだ。立ち位置が移動することで起きた価値観の変化。個に対する環境の影響と環境に対する個の影響。交通・コミュニケーション手段の交替と、それによって結びつけられる人間たちの交替のはじまり。人種差別の戦略化とその反映としての法。教師としての、また破壊者としてのヨーロッパ。

国立公文書館のL氏に会って話を聞いたとき、彼は、プリブミの世界観とヨーロッパ人の世界観には、架橋しがたい本質的な相違がある、と解説した。ヨーロッパ人は自然を自分たちの外部にあるものとみなし、それを征服しようとする。これに対しプリブミは、おのれを自然の一部と考える。プリブミとヨーロッパ人の異なる行動様式の源にあるのは、こうした自然観の相違で、また、この源において両者のちがいが再発見されるのである。ヨーロッパ人は自然を征服しようとし、プリブミは自然におのれを適応させて自然の調和的な一部になろうとする、と。

もしL氏の言うとおりだとすると、ラデン・マス・ミンケという人物は、このふたつの世界観を架橋するものと位置づけられるだろうか。彼の思考世界は完全にヨーロッパ人のものだとも言えないし、完全にプリブミのものだとも言えない。ただ、両者をつなぐ橋としても、彼の軸足がよりヨーロッパのほうにかかっているのは確かだ。

いや、そう決めこむのは早計である。わたしがプリブミについて知っていることは多くないのだから。プリブミに関する研究は、それはそれで独自の学問分野になっているらしいのだ。かつてスヌック・フルフローニェ博士[79]は、あるプリブミを標本に実験を行なった。ドラクロア一家はミンケを実験台にしようとした。だがミンケ自身は、文化の面では混血児になったようだった。彼は《足跡》で、ヨーロッパへの強いこだわりは維持しつつ、みずからの運動のために、プリブミの方向へふたたび体をくねらせた。文化的な混血児であることをやめないまま、プリブミに接近したのである。

しかしそれにしても、これら三編の草稿は自伝と言うべきなのだろうか。当面、この問いに答えることはできない。だが少なくとも、わたしの見るところ、これらの物語の舞台となった時代状況を描きだすために、彼がもてる力のすべてを傾注しようとしたことは疑いない。

この著作を理解しようとすると、かつての高校時代の文学の授業が思い出された。最終学年のとき、文学の教師はわたしに、ギュスターヴ・フロベールの『まごころ』を読む課題を与えた。残念ながら、ラデン・マス・ミンケの著作と同一線上にある、フランスの文学作品を研究する課題は与えられることがなかった。ここでいう「同一線上にある」とは、価値観、ものの見方、さらに社会生活そのものの変容をあつかった点で共通する、という意味である。しかしそれはともあれ、一個の作品をどうやって分析するか、高校時代に手ほどきを受けたのは確かだった。ラデン・マス・ミンケの作品についてわたしの書くことが読者の興味を引くかどうか、わたし自身にはわからない。だが書かないというのも誤りであろう。なぜなら、出版を意図したものではないらしいこれらの原稿を自由に料理できる、特権的な機会を与えられたのは、この世界でおそらくわたしひとりだけだからである。

世界大戦の影がますます濃く東インドの生活をおおいつつあった。そしてわたしはラデン・マス・ミンケの作品の研究にますます魅せられていった。

自伝的な色彩の濃い第三の草稿が、第一、第二のそれにくらべてより多くの紙幅を費やして描いているのは、彼がヨーロッパの理念にもとづいて設立した最初の団体の創生と発展、その勢力拡大にむけたさまざまな努力、困難、勝利と敗北、そして組織のさらなる展開と切り離せない新聞の発展、その悲喜こもごも、成功と失敗であった。また、この第三の草稿において明らかなのは、それがラデン・マス・ミンケであれ某Aであれ、某Bであれ、個人の役割はまったく重要でないということだった。時代がすでに、その容器として、またその容器に盛るべき中身として、組織の誕生、成長、発展を保証していたのである。むろん、ある個人が将来の組織活動に深い、おそらくは永続的な痕跡を残すのは確かであろうが、しかしより重要なのは、組織がいかに東インドの新しい歴史のなかに自分を位置づけ、組織の中身としてみずからかかげ、たたかい、発展させてきた理想に合わせて、いかに東インドとその人間を変えていくか、ということである。

パンゲマナンという元警視の役割もまた重要ではない。原住民団体の勢力伸張を阻止するために、彼がなにをやってきたにせよ、パンゲマナンの敗北は目に見えている。歴史の進歩はそれ自身の法則をもって進行するのだ。パンゲマナンはオランダ領東インド権力の利害を代表しているにすぎない。歴史の進歩は、地球規模における人間の生きた運動であり、ヒューマニティの宿命である。それに敵対する者は、集団であれ、個人であれ、種族《スク》であれ、民族《バンサ》であれ(80)、かならず敗北する。オランダ領東インドとわたし自身も例外ではない。そしてわたしには、その敗北が現実になることがはっきりわかっていた、いつの日か、遅かれ早かれ……。

ラデン・マス・ミンケの草稿について、わたしの全面的かつ最終的な判断を示すのは、時期尚早であろう。世界大戦の影は、事態を変える力のないわたし個人の見解よりも、はるかに差し迫っていたのである。

8

国外追放になったワルディとダウワーヘルがヨーロッパへ発つ前に、わたしは休暇旅行を兼ねて、ふたりに同行してヨーロッパに渡る許可申請を出していた。しかし部長はそれを認めなかった。いかにも、なにごとにつけ禁止するというのは、独特の歓びを与える植民地的な趣味なのである。禁止することでなにかしら自分がより影響力があって、より権力があるように思われるのだ。それはわたしにも理解できた。わたし自身、その感覚を味わったことがあるし、これからも味わってみたい。抑圧するのもまた植民地的なメンタリティーである。抑圧という行為がもたらす快感は、たんに禁止するだけの快感より、深い。そして、かの民主主義的な社会からやってきたヨーロッパ人たちは、ものの半年も植民地の空気を吸えば、たちまち禁止すること、抑圧することに病みつきになり、彼ら自身嘲笑し軽蔑してやまない、原住民《プリブミ》の王たちがほしいままにしてきた権能の蜜の味を忘れられなくなる。これに関しては、ジェパラの娘が書いていることにわたしは同意する。

ヨーロッパ休暇旅行が実現しなかったことは、わたしに植民地の権力構造をさらに深く理解させた。この権力を支えるのは植民地主義的な白の小集団であり、その彼らはさらに自分たちより何倍も大きな、植民地の茶色の集団に支えられている。上から下に貫徹しているのは、禁止、抑圧、命令、叱責、侮蔑。下から上に一貫しているのは、追従《ついしょう》、恭順、奴隷根性である。わたしはこの構造のなかにいるのだ。だから、部長がこう返答するのを聞けば、誰もが納得顔で微笑するだろう。

「パンゲマナンさん。仕事は増えるいっぽうですからね。それにあなたの場合、助手を使ったり誰かに代理を頼んだりするのは認められていない。おわかりでしょう、あなたの仕事は東インドではまったく新しい仕事なんです」

くたばれ、仕事め！　唇は甘く如才ない笑みを浮かべながら、わたしは心のなかでそう毒づいた。いかにも、笑みはあくまで甘く、如才ないものでなければならなかった。なぜなら、まさにそれが、目下の者が目上の者に対して遵守すべき、植民地の慣習だからである。上司もまた笑顔で応じたが、その裏に侮蔑が隠されているのをわたしは感じとった。おい、パンゲマナンよ。おまえの仕事は、たかだか、逮捕と追放の理由を考えだすだけなのに、えらく身勝手な要求をしてくるじゃないか。それを受けてわたしの微笑もさらに複雑になった。ふん、あんたこそわたしのアイディアを利用しているだけなのに、えらくもったいぶるじゃないか。わたしが休暇をとっていなくなったら、あんたがわたしの替わりに仕事をして、自分の脳味噌を使わなくてはいけなくなるが、それが心配なのでは？

こうした心理劇が部長とのあいだでくりひろげられた。そしてそれは、休暇をめぐるやりとりが終わったあとも、一週間、ひと月、半年とつづいた。妻はすでに去っていた。子どもたちも。東インド党の三人組を弾圧したことからくる良心の呵責は、もう消えていた。いまでは、古き良き時代への郷愁がやってきて、たびたびわたしを苦しめるようになった。人間のなかで、人間とともに、人間のために働くべし。文書を捨てよ。血に飢えた政府の手足として犠牲者を求めるのをやめよ。人の血のかよわない、観念だけが詰まった書類を捨てよ、と。

「まさしく、リベラル派の政治が開始した植民地社会の発展ぶりは、驚くべきものがある」とあるとき、新しい部長は、わたしを勇気づけるように言った。「まるで茸《きのこ》のように、さまざまな団体が生まれつつある。いや、まさに茸だ。ところで、メナド人の団体はいつ結成されそうですか」

「そういう日が来ないことを願っています」とわたしは答えた。

「だが、確実にその日はやってくる」と彼は反論した。「そしてその結果、あなたは仕事がますます増える」

「かりにそういうものができたとしても、政府へのわたしの忠誠心は少しも変わらない。わたしがそういう組織にかかわって忙しくなる、なんてことはありえない」とわたしは受け流した。

「あなたの同胞であるメナド人の内面でなにが進行しているか、わたしもあなたも知らない」と彼は切り込んできた。

わたしはその切っ先をかわそうとしたが、ビー玉のような彼の青い眼をまともに見ることさえできなかった。逮捕直後の犯人を尋問する警察官のように、彼は一方的にまくし立てた。たしかにわたしにはそう感じられたのだ。我慢できなくなったわたしは、彼をさえぎった。

「わが同胞は、東インドのどの民族よりもオランダ人に近い。われわれはキリスト教徒だ。東インドの諸民族のなかで、政府と好んでことを構えようとするキリスト教徒は、いまだかつていない」とわたしは答えた。「たしかにそのむかし、マルク諸島のキリスト教徒で、オランダ東インド会社と衝突した者たちがいて、キリスト教の聖職者、ヨーロッパ人牧師がそれに関与したことも知られている。しかしわたしの考えでは、そういうことが起きたのは、東インド会社側のやり口があまりにひどかったからだ。それ以降、同じことは起きていないじゃありませんか。彼らは二度とオランダに刃向かうことはなかったはずです、メナド人と同様に」

彼はただ笑うだけで、どこか、自分から数万マイルも遠く離れた、ある問題を客観的に解説してみせる、中立の立場の大学教授のように講義をはじめた。じつは、その問題は、わたしのつい目の前の机の上にある文書に記されていたのだが。それから、

「この新しい時代に、宗教はもはや、ある民族が政府に忠誠を誓うことの保証にはならないのじゃありませんか」と彼は言った。「いや、そんなことはわたしなどより、あなたのほうがよく理解しているはずだ。いまや世界中の新しい考え、思想が、どんな辺鄙《へんぴ》な土地にも押し寄せてきて、ある者たちに影響を及ぼし、彼らを別人に変えることができる。そういう者たちが政府に忠誠を

誓うかどうかを決めるのは、もはや宗教ではなく、彼ら自身の利害であり、彼らが自分たちの利益だとみなすものが決める。そうじゃないですか」

わたしの立場を危うくするこうした会話は、一刻も早く終わりにせねばならなかった。言うまでもなく、かつては宗教もまた政治であった。東インドのキリスト教徒の民族が、同じくキリスト教徒である政府との衝突を求めなかったのは事実である。だがラデン・マス・ミンケが書き残したものは、たとえば許亞歳《ホウアス》と安山梅《アンサンメイ》[81]のように、ある者たちは同胞と衝突することもあえて辞さない、という例を示している。この若いカップルがそれぞれプロテスタントとカトリックだったのは事実だが、しかし彼らが清朝の打倒をめざす運動に加わった動機は、宗教ではなかった。彼らをつき動かしたのは、ナショナリズムという名の、別のなにかだったのである。

ああ、これでは自分の頭で自分の首を絞めているようなものだ。しかしそれでも、この仕事にわたしは最善を尽くすだろう。たしかに、ときには、良心の呵責が激しく頭をもたげ、わたしを狂気に誘うこともある。だがこれまでのところはそれを克服できている。そればかりか、日がたつにつれて、しだいに植民地主義者の快感にひたることに、歓びを見いだすようになっている。それは、わたしが他者の運命を決定できる神だということである。いまやわたしは妻も、子もいない、自由の身だ。ヨーロッパに去った彼らには十分な仕送りをしており、問題はすべて解決ずみである。もはやわたしにあれこれ禁止できる身近な者はいない。この世の快楽はわたしに開かれている。飲酒の制限もない。オフィスでは、わたしは小さな神で、職場を離れれば、無限の自由人だ。官房府の机に坐ってわたしが書類に記す文字と句読点のひとつひとつを、やがて、原住民ナショナリストたちの皮膚、肉、骨、心、頭脳がじかに感じることになるのだ。その彼らはわたしの名前を聞いたことすら、おそらく、まだない。わたしの眼の届かないところに、触知できないところにいるのは、東インド国外に追放されたナショナリストたちだけである。東インドにとどまっているかぎり、彼らはすべてわたしの机の上の〈ガラスの家〉の住人なのだ。

わたしは部長にこう言いたかった。もう十分だ、これ以上はやめてくれ。わたしは自分がこの植民地体制の泥のなかにどんどん沈んでいるのを知っている。ますます深く。もはやぬかるんだ泥の原に足をとられたというのではなく、疑いもなく、悪臭ただよう深い泥溜まりに転落してしまっているのだ。ああ、神よ、わが身体に重石《おもし》を加えよ。わが頭に重石をかけよ。この泥がますます速くわたしを呑み込んでいくように……。だが、このことをわたしが上司にむかって口にすることは、ありえなかった。わたしはただひたすら自分の唾を飲み込むだけだった。

そして、おまえ、わが部長よ。おまえはこの泥とはどこまでも無縁だ。おまえの手はどこまでもきれいで、おまえの心は良心の呵責に苦しむことはないのだろう。

「まもなく、ブギスやトラジャ、バンジャル、ダヤク、ミナン、アチェなどの民族団体もつぎつぎ誕生するだろう。もちろん、なにが起きるかは、あなたのほうが先刻ご承知のはずだ。おそらくわたしは、今後そういう問題にかかわることはない。おそらく、そう、おそらく」と部長は言った。

「なぜですか」とわたしはびっくりして尋ねた。

彼はただ、汚れを知らぬ善良な少年のように、笑うだけだった。わたしは心底、彼がうらやましかった。

「あなたは当面、そんなことに気を使わなくていい。それより、ラデン・マス・ミンケの影響を受けた連中、彼が育てて表舞台に登場させた連中のことを研究してください。きっと、そちらのほうがあなたには興味の尽きない仕事でしょうし……」

こうしてわたしは――このズタズタに切り裂かれた良心は――なおも、上からの命令を忠実に実行していくことになった。

ラデン・マス・ミンケの影響を受けた連中、と彼が言ったのは誰のことか、容易に察しがついた。マルコ・カルトディクロモとサンディマンのことだ。ふたりの恩師の原稿から知られるように、サンディマンは謎に包まれた人物である。すでに彼は表舞台から姿を消している。所在を知る者はなく、その足跡すらつかめていない。わたしは彼がソロにいて、マルコの頭脳になっていると読んでいるが、いまのところ、その推測を裏づけるものはない。

マルコはまたちがっていた。時間がたつにつれ、しだいに彼はわたしの権力の影におびえなくなった。公衆の前に姿をみせることにだんだん大胆になっていった。村で、町で、屋内で、広場で、あらゆるところで彼はしゃべっては書き、書いてはしゃべった。

バンドゥン、ブラガ通り一番にあった『メダン』編集部から押収した資料のなかに、彼の未発表の草稿が数編みつかった。そのうちの一編がとりわけわたしの関心を引いた。その文章にどれほどの重要性があるか、おそらく彼自身も認識していなかったはずだ。内容は、筆者であるマルコ自身のこともふくめて、過去半世紀に東インドで起きたさまざまな変化にかかわっていた。

師であるミンケの庇護下にあったとき、マルコはMarkoだった。ところが師が突然いなくなると、マルコはMarcoに変わった。これもまた過去半世紀の変化のひとつと言えるのだろうが、どうやら彼は、師ミンケがいなくなったことで、力がなくなったと感じたようだ。koをcoに変え、マルコポーロ (Marco Polo) やマルコーニ (Marconi) といった偉大な名前に近づけ、少しでもヨーロッパふうに読ませ、教養がありそうな雰囲気を醸しだすことで、マルコは新たな力を求めたのである。さらに、都市部に住む読み書きのできるジャワの原住民は、つねにヨーロッパ人に打ち負かされてきた自分たちの祖先の力への信頼を喪失して、このMarcoの例にならうことが予想された。Marcoにみられるこうした現象には、ヨーロッパ文明に無条件に降伏しようとする志向性を読みとることができる。

彼は多くの点でワルディとちがい、むしろ対極にいた。ジャワの高い貴族出身のワルディは、貴族というものの驕奢《きょうしゃ》、放逸ぶりを知っていて、自分が持っていたすべての称号を放棄した。ヨーロッパに対しては、ワルディは拒否する姿勢をみせ、敵視さえしているようだった。その精神は、世界におのれの存在を示さんとする衝動と激情にあふれていた。一般民衆への共感を示すために、彼は意図して黒シャツに黒ズボンをはき、靴もはかず、サロンを首に巻いていたが、それはあたかも（あたかも、とわたしは言っているのだが）、プリヤイの服装とヨーロッパの服装を永遠に捨てようとしているかのようだった。ワルディが農民にシンパシーを抱いていたのは、職業としての農民に共鳴していたということではない。他と異なること、彼はそこに力を求める傾向があった。

いまやMarkoからMarcoになったマルコはちがった。彼はますます激しく押し寄せる時代の波を理解し、それに従おうと努めていた。いつも彼は白いズボンに白いジャケット姿だった。髪はつねに真ん中できちんと分け、眼は、自分の周囲で起きていること、国の外の大きな世界で起きていることは、どんなことも見逃すまいというように、いつも大きく見開かれていた。知っていること、半分知っていること、自分で知っていると思うことはすべて、彼に関心を寄せる者たちに伝えようとした。

ワルディとマルコはいくつか共通点もあった。すなわち、激情と衝動性あふれる精神、自発性、そして植民地権力に対する憎しみ、である。

ところで、ワルディはすべての称号を放棄したと言ったが、対照的にマルコは師の先例にならってそれにこだわり、最近ではフルネーム、マス・マルコ・カルトディクロモで登場するようになっていた。

わたしが重要だと判断した彼の文章から、この間、いったい何がマルコの心の奥に棲んでいたのか、うかがい知ることができる。以下は、先に述べた、『メダン』編集部から押収した彼の文章で、めちゃくちゃな市場マライ語(82)で書かれていたため、わたしがあちこち手を加えつつ再構成したものである。

ある日、ついに彼は働くことができなくなった。女房も、それ以前に病に倒れて、働けなくなっていた。九歳の息子だけがまだ元気だった。やむなく村役人は九歳の息子に、父と母に代わって、労働に出るよう命じた。

現場まで四キロの小径を行く道すがら、少年はずっと泣いていた。それは空腹のせいばかりではない。足の裏がひび割れ、全身にいちご腫(83)がひろがっていたからである。とぼとぼ歩いていく人の列には、痩せた身重の女、杖をつき咳き込みながら歩く老人、それに、母親が餓死したばかりの乳飲み子を抱いた男がまじっていた。

あと数か月もすれば、彼らにも確実に死が待ち受けていた。全員が南をめざした。国営の藍農園へ。強制労働。栽培制度。無報酬。強制栽培制度(84)!

その村の名はチェプといった。現在のチェプではない。いまでは東インドでもっとも豊かな地域に数えられるが、当時は貧しい村だった。ここでわたしは生まれたのだ。強制栽培制度について老人たちの話をわたしが聞いたのも、この村だった。彼らはかつて、一定の月に毎日、なんの報酬も保証もなく、自分たちの田畑を耕すひまもなく、政府経営の藍農園に働きに出た。そして彼らのなかからは毎日、病死者と餓死者があいついだ。

わたしの村も他の村々と変わるところがなかった。ひとびとは農業を営み、森で木を伐り、山羊や牛や鶏を、そして自分自身を養い、大家族のなかで暮らしてきた。だが強制栽培制度は、その大家族をばらばらにし、彼らの飯《めし》と生命を奪ってしまった。

要するに、わたしのチェプ村を今日のチェプと同じように思ってはいけない、ということだ。わたしのチェプ村は無数の果樹に囲まれていたが、現在のチェプ地域は電信柱に囲まれている。九歳の少年は、十日間働いたあと、夜、からっぽの家にひとりでいるところを発見された。帰り道に自分で集めた木の葉を土間に敷いていた。火の気のない冷たい竈《かまど》。食べ物も、人気《ひとけ》もなかった。少年は病気の父と母を大声でなんども呼んだ。返事はない。隣家に行ってみた。いたのは病人だけ。半病人と四分の一病人もまた働きに出ていたのだ。

夜明け前に、父親が、同じように疲労困憊した隣人たちと手をつなぎ、倒れないように互いに身体を支え、暗闇で道に迷わないようにしながら、家に帰ってきた。彼らは少年の母親を埋葬して戻ってきたところだった。

ひと月後、さらに多くの者たちが同じように埋葬された。そのなかには少年自身の父親もふくまれていた。

少年はそれからもなお強制労働に駆り出された。飢えは若草を食べてしのいだ。それが労働中に一番たやすく手に入るものだったから。さらに、ギンネムの若葉と青い実も口にしたが、これはいくらか味がしたものの、なにが悪かったのか髪の毛が全部抜けてしまった。ガリガリに痩せて髪のない姿は、悪魔《サタン》のように見えたことだろう。

あるとき、ひとびとは、政府が藍農園を閉鎖し、強制栽培制度による賦役を廃止したとの知らせを聞いた。しかしその村はそれからさらに二年間、この制度から逃れることができなかった。のちに知ったことだが、政府が強制栽培制度を廃止したあとも、地域によって制度が存続させられたのは、その土地のヨーロッパ人と原住民の高官たちの利益のためだったのである。

そうした地域に残った欺瞞的な制度が、どのような経緯で最終的に廃止されるに至ったのか、わたしは知らない。あるいは、利益の分配をめぐって、もめごとがあったのかもしれない。いずれにしてもわたしにはわからない。それは権力を握った神々の問題だ。かくしてひとびとは、森や藪に戻ってしまった田畑を開墾するために、ふたたび農作業に精を出した。しかし人口が半減していたため、森林や藪と化した土地の再開発も、なかなか進まなかった。そして村の行政も、栽培制度《クルトウールステルセル》という名の国営農業の廃止によって改善されることはなかった。

それからさらに、国営農園が民営化されるというニュースが伝えられた。そしてそれらの農園はヨーロッパ人の所有になる、と。村人たちは、望むなら、十分な――家族が食っていくに十分な賃金を得て、そこで働くこともできるとされた。

その間、少年は十二歳になり、三年前よりたくましくなっていた。国営農園の民営化をめぐるニュースは、現実のものにはならなかった。事実はむしろ逆で、個人と村の土地が政府に強奪されたのだった。村の所有地は、六分の五が奪われた。これも民営農園に供するため、という名目であった。こうした土地の強奪に対して、死と飢餓から立ち直ったばかりの農民たちは、怒りをもって決起した。別の村の出身であるパ・サミン(85)に率いられて、農民叛乱が起きたのだった。十三歳になった少年は叛乱者の列に加わった。しかし農民たちは、都市部から派遣された野戦警察隊にたやすく蹴散らされ、敗北した。農民たちが政府軍部隊と対峙することはなかった。というのも、伝えられるところでは、政府軍兵士はすべてアチェに派遣されていたからである。

逮捕をまぬかれた男たちは元の村に戻った。多くの者が野戦警察隊との衝突で命を落とし、農民の数はさらに減少していた。

少年は十五歳になった。

平和と安寧の日々がつづいて、農民たちの土地は返還されるかに思われた。しかしそうはならなかった。奪われた土地にはチークの植林がはじめられた。聞くところでは、農民から奪った土地は石灰分が多すぎて肥沃ではないとみなされ、そこを開拓しようとするヨーロッパ企業は一社もなかったそうである。

不幸の星はなおも輝きをうしなわなかった。やがて、農民たちは村から立ち退きを迫られた。石油会社がそこに製油所と事務所の建設をはかったからだ。農民は家畜を連れて移住し、田畑を開墾し家を建てるために、ふたたび森林を伐採した。奪われた土地には金銭補償がなされるはずであったが、金額を示さずに約束されたその補償金を見た者は、誰ひとりいなかったという。それればかりか、奪った土地の立ち木の一本一本に、補償金が支払われたというが、それもまたたんなるうわさにすぎなかった。

緑豊かな果樹の陰で涼しかったわたしの村は、手品にかかったように、更地に変わった。村人たちの小屋は消えた。美しい道路が建設された。大きな建物も。なにもかもが美しかったが、それは村人たちの所有物ではなかった。

少年は新しい村で暮らした。そこで彼は、死をまぬかれ生き残った娘のひとりと結婚した。そして、彼らのあいだに生まれた子どものひとりが、このわたしである。

それから、ずっとあとになって、わたしは、五千ギルダーの資本で出発した石油会社が、わずか五年のうちに、五十万ギルダーの富を有する巨大企業へ成長したことを知った。村を追われた住民たちには、そのような巨万の利益はまったく別世界のことであった。これものちに知ったことだが、わたしの先祖の土地から産出されるチーク材は、世界最高のチーク材で、「ジャワ・チーク」の銘柄で有名になった。それのみならず、最高級のチーク材は、東インド国内で消費することは認められず、もっぱら輸出用とされた。そしてわれわれは、そこからもたらされる利益の分配にあずかることはけっしてなかった。ただ損失と喪失だけを、われわれはそっくり引き受けさせられることになった。

運命とはあくまで人為的なものであるが、こうした人の運命がどこでどうやって分かれ、禍福はどう配分されるものなのか、考えてみればなんと不思議なことだろう。これらの石油成金たちはもともと、バンドゥンで政府のために働いていた、地質調査の技師だったことをわたしは知っているし、またそれを立証する用意もある。彼らは政府の任務を帯びて、わたしが生き、わたしの両親と隣人たちが、親類縁者が生きた場所で、わたしの先祖が生まれ埋葬された土地で、石油資源の探査を行なった。村人たちはこれらよそ者を、肌の色や宗教のちがいに関わりなく、いつも温かく、気さくに受け入れた。薪や椰子や果物を彼らのところに運んでやったものだった。ところが、石油資源が発見されると、彼らはバンドゥンにとって返し、そして……政府に辞職を願い出た。それから彼らは、われらの血と肉と土地を吸い、わが先祖の大地の懐に抱かれた石油を吸い上げる、巨大な蚊として、ふたたびチェプに戻ってきた。十年で彼らの石油会社は数百万ギルダーの資産をもつ企業に発展し、その一方、かつて彼らを客としてもてなした家のあるじは、土地をうしない、しだいに深まりゆく貧困の淵に沈むことになった。それだけではない。幸せな自由農民の身から、かつての客たちの人夫《クーリー》へ転落していく者も多かった。

わたしが生まれたのは、われわれの住む一帯で、新たな油田の掘削が急ピッチで行なわれているときであった。わたしの父――かつて、いちご腫にかかってひび割れた足で歩いた少年は、このときもう石油のための人夫ではなかった。彼は村長《むらおさ》になっていた。そして石油会社は土地に対してますます貪欲になっていった。彼らは、わが生活圏に茸のように誕生した、他の石油会社との競争を恐れた。奪った土地への金銭補償がはじまった。石油会社は互いに、住民に対して行なった犯罪行為が、ライバル会社に暴かれることを恐れたのだった。

わが村にはもはや、牛や馬を放し飼いにする土地も残されていないようだった。たとえ一頭であれ、綱を放れた牛や馬が石油会社の所有地に入り込もうものなら、石油警察がそれを捕まえて没収し、さらに飼い主を探しだして、一日の平均収入――一リンギット――の百倍の罰金を科したのだ。

わたしがここで言いたいのは、ただ、東インド政府のなかにはもうひとつ石油政府というのがあって、わが村の住民はこのどちらの政府にも従わねばならなかった、ということである。

いまやチェプには、東インドの他の地域から、あらゆる民族から、何千ものひとびとが生活の糧を求めてやってきた。それ以前はわずか三つの集落から成っていたにすぎないチェプは、短期間のうちに、集落が二十三に急増し、活気ある町へと変貌した。犯罪と不道徳がはびこった。梅毒が村に蔓延し、多くの者たちが不具廃疾の身となり、村の重荷として残された。

農民たちのあいだで、ふたたび叛乱が起きそうになった。村人数名があいついで逮捕され、二度と村に帰ってくることはなかった。逮捕したのは石油警察であった。

その後、状況がふたたび不安定化することはないように思われた。力によっておさえつけられたいびつさのなかで、かつての旧い秩序が回復したかのようだった。政府も石油会社も依然として住民と利益を分かち合うことはなかった。そしてわれわれには、大きな土地はもう残されてなかった。村の畜産も強制栽培制度の時代に壊滅していた。

もしわたしがアメリカ人であったなら、尊敬する読者諸氏よ、わたしがなにをするか、当然おわかりであろう。そう、まだ守るべきものがあれば拳銃を抜いてそれを守ったはずだ。だがわたしは武器を持たない、世界について知識を持たない、原住民《プリブミ》の少年にすぎなかった。自分の生まれた村が、いったい、この世界のなかでどこに位置するのかさえ、わたしは知らなかったのだ。われわれを貧しさに追いやった者たちの位置する場所さえ、知らなかった。わたしは三年制の村落学校しか出ておらず、石油のための人夫として、わが先祖の土地を奪った者たちのために働くよう教育されてきたにすぎない。どこまでも無知で、白い肌のご主人の命令にはなんでも無条件に従うよう教育されてきたのだ。

父は臨終の床で、わたしに強くこう言い残した。

「やつらはわたしたちからすべてを奪った。よく聞け、息子よ。おまえはこれ以上、やつらの人夫《クーリー》に甘んじてはいけない。バンドゥンに行きなさい。そこで高邁な志をもったお方に仕えなさい。そのお方の名は、ラデン・マス・ミンケ。バンドゥンに行って、そのお方を探すのだ。そのお方がおまえに命じられることは、なんでもやりなさい。そして、そのお方の善い行ないをおまえの手本としなさい」

わたしはそれがどんな人物なのか知らなかったし、聞いたこともなかった。それを父に尋ねるひまもなかった。

父の死後、町からやってきた人が、ラデン・マス・ミンケとはいかなる人物であるか、わたしに語ってくれた。少なくとも、他のプリヤイたちのように、貴族然とした人物ではない。彼は賢者である、とその人は言った。

父の命令と期待を背に、わたしは生まれてはじめて自分の村を出た。このときわたしの旅の備えは、十セント硬貨が数枚、村落学校で受けた教育、ヨーロッパ人の人夫に甘んじてはならぬという父の遺命、血の気の多い叔父がつけてくれた三年間の拳法の稽古（その後、この叔父はどこかで死んだ）、ただそれだけだった。と聞けば、読者諸氏はきっと、わたしがラデン・マス・ミンケを探しだすのがいかに困難なことか、想像できるであろう。わたしはバンドゥン行きの列車に乗るのをためらった。切符代が十分でなかったのだ。不足分をわたしはどこかで工面しなければならなかった。やつらの人夫になってはならぬ、と父は言った。とすれば、チェプのような町で、わたしがやれるような仕事はない。この町で必要とされているのは人夫だけ、それだけだったのだ。バンドゥン行きの切符代をかき集めるために、わたしは浮浪者のように町を徘徊した。拳法の技を少しばかり披露すると、石油警察官たちも一目置いてくれたが、わずか拳法の実演ごときでなにを得られるだろう。

　そうこうしていると、ある日わたしは、駅で自分の同類と出遭った。彼の名はゴムブロといった。覚えやすい名前だが、ゴムブロという名は彼にふさわしくないように思われた[86]。頭が良さそうで、たぶん七歳わたしより年上だったはずだ。彼は新聞を読むのが好きで、わたしにマライ語の読み方を教えてくれた。あるときはふたりで、ピーナッツ売りの女をいじめていた白と黒のシニョ[87]の一団と、素手の殴りあいをやった。相手のひとりは顎に拳が命中し、顎がはずれた。わたし自身は、ある黒いシニョのみぞおちにうまくパンチが当たり、相手はあおむけに倒れた。われわれはカンポン[88]の人たちに匿われた。彼らは、なけなしの金をかき集めてわれわれに渡し、チェプを離れるように言った。

ゴムブロはチェプを去り、以来、彼の消息は不明だった。わたしもチェプを去ったが、三か月後ふたたび戻ってきた。それから数か月間、若いチークの森でわたしは、ひとりの猟師と行動をともにした。ナイフを自在に操れるようわたしに指南してくれたのは、この猟師である。この新しい術をもって、わたしは自分が強くなったこと、守られていることを実感しながら、チェプに戻った。わたしは大人になっていた。

いったい何か月、わたしはこんな生活をつづけたことだろう。この先、自分はいったいどうなるのか。わたしの周囲には、やはり人夫になることをいやがっている、多くの若者たちがいた。それから、わたしを探している人がいると聞いた。わたしはその人を尋ね歩いた。するとそれは誰あろう、あのゴムブロであった。きみはバンドゥンで暮らしたいのか、と彼は新たな働き場を提供するというように尋ねた。

その瞬間、亡くなった父の言葉が思い出された。ゴムブロの申し出にわたしは泣き、彼に抱きついた。父の遺命をあまりに長く先延ばしにし、実行しなかったことをわたしは自覚していた。その申し出をわたしは、父自身がわたしをためしているのだと受け止めた。そして突然、ゴムブロはわたしの人生にとって重要で、かけがえのない人物になった。

われわれはいっしょに汽車に乗った。旅の半ばで彼は、ラデン・マス・ミンケという名前を聞いたことがあるか、と尋ねた。わたしの心臓は破裂しそうにドキドキした。わたしはただうなずいた。すると彼はふたたび、われわれはこの人を、あり得べきあらゆる脅威から守らねばならない、と言った。わたしは身震いした。なぜ震えるのか、怖いのか、と彼は訊いた。その人を守る機会を与えてほしい、とわたしは答えた。

このような経緯で、わたしは、その住民の話す言葉すら理解できない、バンドゥンという名の大都市で、ラデン・マス・ミンケに受け入れられることになった。彼は自分の弟のようにわたしに接してくれた。わたしを教育し、指導し、善きことをするよう手引きしてくれた。やつらの人夫《クーリー》になってはならぬ、と彼は亡き父の遺命をくり返すかのように言った。おまえの汗でもって彼らをさらに裕福にしてはならぬ、さらに力を持たせてはならぬ。彼らと同じくらい賢くなるまで彼らから知識を吸収せよ。そしてそのおまえの知識を、この果てしのない暗闇からおまえの同胞の手を引いて抜け出させるために、活用するのだ。

尊敬する読者諸氏よ。わたしとともに、過去には戻らぬことにしよう。太陽は山の背の向こうに、われらの背の向こうに沈んだ。これからわれらの前に太陽は昇り、明るく、燦々と輝き、永遠に沈むことはないだろう。

この原稿は、ミンケだけでなく、ワルディも読んだものと思われた。これはわたしの推測である。というのも、作品の精神が、ワルディの書いた《植民地支配者としてのオランダ人》とよく似ていたからだ。つまり、ムルタトゥーリ的精神である。この作品にわたしが見いだしたのは、プリブミの内面に生じた変化だった。土地と生活基盤を奪われたことは、彼らを愛郷心《パトリオティスム》に駆り立て、それ以上に、ヨーロッパのそれと相似形をなすナショナリストにしたのである。

マルコが書いていることは、あのミンケの草稿と同じように、自伝的な要素が濃いものの、絶対的な真実ではないかもしれない。しかし重要なことは、師の場合と同様に、さまざまな価値の転換と社会経済的な変動の過程にあるプリブミの内面を、彼がよく描きえているということである。

こうしたヨーロッパの影響が、建設的な意味でも破壊的な意味でも、将来いかなる結果をもたらすか、わたしは想像できなかった。なにひとつ世界を知らなかった村の子が、ほんの数年、プリブミ知識人に接しただけで、ヨーロッパ流の文章表現力を習得することができ、しかもそれを当のヨーロッパと対決するために使っているのだ。妖怪と悪霊たちの棲むかつての自分の世界や宇宙について、マルコはまったく言及しなかった。なにを書き、どう行動すべきか、ただそれだけを彼はしゃべった。これから四半世紀、ヨーロッパ式教育がさらに普及し、人と人とのまじわりがさらに拡大し、交通網がますます密になって、プリブミとプリブミの距離と身分差、階層差が消滅したあかつきには、いったいどういう事態が生じるだろうか。

マルコの作品はまた、生粋のジャワ娘であったニャイ・オントソロ(89)について書かれた、ミンケの草稿を思い起こさせた。読み書きもできなかったこの娘は、十数年ニャイとして暮らすうちに、ヨーロッパ式大農場を女手ひとつで経営できるまでになり、その後、ミンケの書くところによれば、法的身分が保障されないオランダ領東インドの臣民ではなく、フランス国民になることを選択した。自覚的に！　たんにジャン・マレと結婚したことがその理由ではなかった。

ジャン・マレ！　かつてソルボンヌで、わたしの一学年下に、この名前の学生がいたが、彼のことなのか。いや、同姓同名にすぎないのだろう。おそらく、ミンケがそこらへんの名前を適当に使っただけなのだ。

ヨーロッパの影響という問題は、たしかに興味深かった。いつの日か、これについて特別に研究をしてみよう。役人としてでも、公的な任務としてでもなく。総督はすでに、東インド評議会に書簡を送り、原住民にヨーロッパ式教育を施すことの損得について、評議会の意見を求めていた。評議会の回答はまだなかったが、大きな町ではどこでも、賛成反対のさまざまな声が聞こえていた。幸いにも、わたしがこの仕事に呑み込まれることはなかった。そしてさまざまに聞こえる声も、意味のないこだまにとどまっていた。わたしにはジェパラの娘とミンケ、ワルディ、チプトの書いたもの、そして副産物としてのマルコの作品を研究すれば十分で、おそらく彼らの書いたものに問題の核心を見いだせるはずだった。

新時代のピトゥンは、マス・マルコ・カルトディクロモのこの作品を出版していなかった。察するに、それにはふたつの理由があった。第一に、こういうものを活字にするのは時期尚早であると判断したこと。第二に、讃辞やお世辞を並べられるのが苦手なことで知られるミンケが、新たな称讃の言葉を浴びるのを避けようとしたこと、である。

実のところ、ヨーロッパ式教育の是非について、賛成反対の太鼓をたたいてまわっても、無意味だった。賛成か反対かという議論は、完全にピントがずれていた。すでに現実問題として、東インドにヨーロッパ企業が増えれば増えるほど、教育を受けた原住民の人材が必要とされていたのである。わたしにはそんな議論よりも、ヨーロッパの影響の産物の一形態である、マス・マルコ・カルトディクロモを研究するほうが有益であった。

マルコにおけるヨーロッパの影響は、成長の過程で学校と家族から受けたものではなく、成人になっていきなり受けたものであり、そのことが彼を奇妙なまだら模様にしていた。それは彼の内部でヨーロッパの影響が良く作用しなかったということではない。ただ、その影響が彼のある面だけに作用し、他の面にはあまり、あるいはまったく作用しなかった、ということである。このため、彼の成長は不安定で、バランスを欠いたものとなった。

ここ最近、彼の写真がソロとスマランで発行されている雑誌に載るようになったが、その格好が実に、背広にネクタイ姿なのだ！　これはいまだかつて彼の恩師や仲間たちの誰もしなかったものである。こうした洋装は、ネクタイから靴まで、どこかで賃借りしたかタダで借りたものなのだろう。たぶん。だがそれよりもっと奇妙なのは、彼の写真のポーズが、ヨーロッパ式になっていたことである。直立不動で背筋をピンと伸ばし、燃えるような眼を大きく見開き、ぞっとするような硬い表情をしていた。自由で気楽なアメリカ式のポーズは、まだヨーロッパでは普及しておらず、まして東インドではまったく知られていなかった。

こうした格好をすることで、マルコはみずからをヨーロッパ原住民《プリブミ》であると宣言していた。彼は欧亜混血児《インド》と見分けがつかなかった。シャツとズボンを脱げば、身体にはいちご腫の痕がいっぱい残っていたかもしれない。だがそれもたいしたことではない。問題は、まさにヨーロッパのまだら模様の影響を受け、そうやって成長して原住民とヨーロッパ人の種々の極端さを同時に身につけたがゆえに、彼は東インド政府にとって危険人物たりうる、ということである。東洋の卑劣さと残忍さがヨーロッパの合理的思考と結びつくことで、突如として恐るべき悪魔になりうるということなのだ。

この予言はそれほど見当違いなものではあるまい。すでに彼自身、その方向に旗幟を鮮明にしはじめている。《サマラタ・サマラサ、平等と連帯》なる標語の発見と喧伝がそうだ。これはいまや東インドの津々浦々に急速に浸透しはじめ、ボルネオの密林にまで届いている。この標語によって彼は、一般大衆に新たな態度を喚起することに成功した。すなわち、肌の色にかかわりなく、すべての金持ち、すべての官吏と対決する、ということである。彼は社会生活にアナーキーの種子を植えた。村落共和制という枠のなかで、古代の村落民主主義に一般大衆を連れ戻したのである。

そしてこの標語は、恩師が去ったあとの時代に、彼を比肩する者のない名声の高みへと押し上げた。

さらに彼は、MTWT・I、MTWT・IIという符丁をひろめている。前者は「ミトゥロ・ウト、盲目の仲間」、後者は「ムト・ワティリ、深く憂慮する」という意味である。このふたつの符丁を彼は、イスラム同盟内の若い世代に吹き込み、(自分の仲間に対して)盲目で、(仲間の安全にとって)憂慮すべき者たちを排除しようとした。

この成果は小さからぬものがあった。政府に色目を使っているとみなされた若い同盟員は隊列から除かれ、孤立させられ、同盟員としての諸権利を剝奪された。これによってマルコの影響力は、あたかも一個大隊の戦闘部隊を掌握したかのように、あらゆるところに浸透していった。彼はソロおよびジョクジャ周辺の、武術や腕力におぼえのある猛者たちと精力的に連絡をとった。

他方、同盟自身はと言えば、スラバヤ中央本部もソロ支部も、この動きになんの対策も講じないどころか、気にかけることすらなかった。

やがて彼の活動は北にむかって拡大した。サラティガ、マグラン、ウンガラン、そしてスマランである。スマランでは、同盟の指導部を説得し、猛者たちの部隊を編成することに成功した。それでもなおマス・チョクロは、自分の組織に寄生虫がいることに太平楽を決めこんでいた。わたしは部長に意見書をまとめ、マス・チョクロを昼行灯《あんどん》から目覚めさせるよう勧告した。こうしてスマランとソロ、ジョクジャ、スラバヤのあいだを電報が飛びかった。マス・チョクロはそれでも自分の権威を疑わず、同盟は彼の人格に依存しているものと信じていた。どうやら彼は新車のことしか眼中にないらしかった。おそらく彼は、王やスルタンやスフナン[90]以外で、自家用車を所有した唯一の原住民である。ボルネオ・スマトラ貿易会社の事務員で終わっていれば、歳をとって腰が曲がっても、自動車など高嶺の花であったろうに。

マルコのほうも、同盟にマス・チョクロという人間など存在しないかのように、平然としていた。なおも彼はスマラン、ソロ、ジョクジャに自分の権力基盤を築きつづけた。もしこれを放置すれば、おそらく今後二年間のうちに、彼の具体的な影響力が他の町にまで及ぶだろう。これはリーダーシップをめぐる原住民の権力闘争と言うべきものなのか。興味津々である。

だが待て、マルコよ！　あまりに速く発展してはならぬ。おまえの活動を追うにはわたしは時間が必要なのだ。

わたしはおまえに意見がある。活動を中止せよ。自分と仲間たちを焚きつけるのをやめよ。これから四年間、系統的に、きちんと勉強をして、自分の欠点、足りないところを補うべきだ。そうすれば、おまえは光り輝くことができるだろう。気をつけよ！　おまえはいま、わたしの観察の材料になっているのだ。おまえもまたわたしの机の上の〈ガラスの家〉に棲んでいるのだ。

いや、わたしのほうこそ落ちぶれてしまったのか。こんな村の子の活動を追跡しなければならぬとは。いやいや、それとも、彼こそ総督官房府の高官が関心を寄せるに値する、尋常ならざる人物ということなのか。

＊

スラバヤの住民登録事務所の回答は、わたしが予想したとおりのものであった。ミンケの《人間の大地》の草稿にくり返し登場するジャン・マレ氏は、住民登録をしていなかったのだ。一八九八年から一九一八年までのあいだに、スラバヤに在住したフランス人は四十二人いた。ボジョヌゴロの元副理事官の名前としてミンケが使ったドラクロアなる姓と同様、ジャン・マレというのが本名でないことは明らかだった。

住民登録事務所の回答によれば、たしかに、アチェ戦争に参加したフランス人の退役軍人がいたのは事実で、一八九六年からスラバヤに住んでいたが、彼はアントワーヌ・バルビュス・ジャンビットという名前で、軍における最終の階級は伍長ということであった。スラバヤでは、クランガン通りに住んで、家具修理の工房を開き、マドレーヌ・ジャンビットという娘と暮らしていた。一九〇五年に彼は、他人の妾だった女性と結婚した。残念ながら、住民登録事務所の記録に、この元妾についての情報はなかった。

しかしその後、スラバヤのカパンジェン教会から、追加の情報を得ることができた。それによれば、アントワーヌ・バルビュス・ジャンビットが教会で、サニケムという名の原住民女性と結婚式をあげたのは事実だが、彼はジャン・ル・ブックという名前を使っていた。おそらく、おのれの存在を隠したいがために、軍隊ではアントワーヌ・バルビュス・ジャンビットの名前で登録していたのだろう。

結婚からほどなくして、彼らはスラバヤを離れた。住民登録事務所の回答によれば、彼らは一九〇七年、マドレーヌ・ジャンビットとロノ・メレマというふたりの子どもを連れて、スラバヤに永久《とわ》の別れを告げてフランスに旅立った。

わたしは驚いて首を振った。

一九〇五年にジャンビット氏とニャイ・オントソロは何歳だったのか、とわたしはスラバヤの住民登録事務所に問い合わせた。一九〇五年の結婚時、ジャンビット氏は三十九歳、という回答があった。妻については不明だった。

とすると、ジャン・マレことアントワーヌ・バルビュス・ジャンビットことル・ブックは、わたしの大学の後輩ではなかったのだ。いずれにせよ、後輩というのはわたしの推測にすぎなかった。サニケムは結婚時、三十七歳だったとの回答がカパンジェン教会からあった。ということは、ふたりが確かに存在し、スラバヤに住んでいたのは疑いない。

かつてスラバヤにロベルト・メレマ、アンネリース・メレマ、そして技師マウリッツ・メレマなる人物が住んでいたことはないか、と再度わたしは照会した。

それ以前にもまして迅速な回答が寄せられた。ロベルト・メレマとアンネリース・メレマは、ウォノクロモの大地主であり農場経営者であった、ヘルマン・メレマ氏[91]の認知した子どもである。

技師マウリッツ・メレマについては、当方には記録がない。ロベルト・メレマなる人物は、一八九九年に失踪が宣告されている。アンネリース・メレマはスラバヤを離れてオランダに渡り、それから現在まで、スラバヤには戻っていない、と。回答には、アンネリース・メレマの出生証明書の番号と、ヘルマン・メレマによる認知届けの番号が、それぞれ記されていた。オランダに渡る前に、アンネリース・メレマは原住民と結婚した、または結婚させられたのではないか。

住民登録事務所はこれには回答できなかった。それも無理からぬことで、彼らがイスラム式に結婚したのだとすれば、住民登録事務所に婚姻届けを出すことはありえないからである。

スラバヤ高等学校に送った照会状には、不本意な回答しか返ってこなかった。前世紀の末から勤めていた教員はこの十五年で去ってしまい、ひとりも残っていないというのだ。さらに、照会の件については、五年以上が経過した文書は破棄されている。おそらく、ブタウィの文教部でまだ情報が得られるのではないか、と。

ラデン・マス・ミンケに関する記録がまだ残されているのではないか、との期待を抱いてわたしは文教部の担当者を訪ねた。得られた回答は不満足なものだった。われわれは内部文書しか保存していない。あるいは、とくに重要なものだけしか。しかも五年が経過したものは国立公文書館に移管している、と。

ミンケの草稿では、彼は小さいころトゥバンに住み、ヨーロッパ人小学校（ＥＬＳ）に通っていたことになっている。ところが、全オランダ領東インドのヨーロッパ人小学校のリストで、同種の学校はトゥバンには現在まで存在していないことが判明した。ヨーロッパ人小学校があるのは、トゥバンの近隣の町ジェパラ、レンバン、ボジョヌゴロだけなのだ。

三つの作品――《人間の大地》《すべての民族の子》《足跡》――をつうじて、ミンケはみずからを作者としてではなく、なによりもその時代に起きたさまざまな出来事の、知的な目撃者として位置づけているようにみえた。国立公文書館の記録には、ボジョヌゴロの県知事《ブパティ》の息子だったということ以外、若いころの彼に関する情報はなにもなかったと言ってよい。バタヴィア医学校を中退してから流刑されるまでの彼の情報は、わたしにはそれほど必要がなかった。

県知事であった彼の父親はその後、ブロラに任地替えになった。今年、父親は、ダルモ・リニという女学校を開いた。ダルモ・リニとは「女性の本分」という意味だが、この学校創設はおそらく、流刑中の息子を偲ぶためのものである。また、いまやまったく消息の知れない、あの勇猛果敢な嫁に敬意を表わすためでもあったろう。

よし。とりあえず、ミンケとは何者で、どんな氏素性なのか、明らかになった。彼はさまざまな状況下で、無力な、小さき者たちの擁護者、新時代のピトゥンとして登場した。時代状況の目撃者として行動した。自身の置かれた立場よりも状況をなにより重視した。《ミンケ》という名前は、どうやらまちがいなく、彼が高等学校に在学中につけたもので、その後、ジャーナリストとして、作家として、あるいはまた社会でのあらゆる活動に際して、ずっと保持してきたものらしかった。それは父親がつけた名前ではないのだ。わたしの知る彼の本名をイニシャルで表わせば、ラデン・マス・T・A・S[92]である。

一九一五年の初頭、わたしはスラバヤにむかう旅の途上にあった。汽車がボジョヌゴロ駅に着いたとき、わたしは、できることなら、新時代のピトゥンの肉親から話を聞くために、二日か三日この町に立ち寄るつもりだった。だが予定はあくまで予定である。真新しい赤帽をかぶった駅長が、大声をあげながら息せき切ってホーム上を走ってきた。

「パンゲマナンさんとは一体どなた？」

駅長は純粋のヨーロッパ人で、そうやって余計な仕事ができたことがおもしろくなさそうだった。

わたしは一等車を降り、昇降口のところで彼をつかまえた。

「あなたがパンゲマナンさん？」と彼は尋ねた。そのしゃべり方から、オランダ人でないことは明らかで、ドイツ人ではないかと思われた。

彼は鉄道用の回線で送られてきた一通の電報を、わたしに差し出した。

「あなたの返事を待って返電を送ります」と彼はまた言った。

電報は部長からで、暗号化した指示が書かれていた。わたし自身がまとめた意見書に沿うかたちで、マス・チョクロに面談を行ない、スマラン－ソロ－ジョクジャの三角点におけるマルコの動きを、彼がどの程度知っているのか測定し、同時に、瞠目すべき新ヒロインの登場について研究せよ、というのだった。その新しいヒロインは、シティ・スンダリなる若い女だというのだが、部長は、その名前を使っているのが本当に女性なのか、それとも変名にすぎないのか、調査するよう求めていた。

わたしは駅長に案内されて事務室に入った。原住民《プリブミ》に便宜をはからねばならない不愉快さを押し隠すように、駅長はつとめて慇懃に振る舞った。わたしが暗号表に返事を書くのを、辛抱づよく待っていた。やがてその暗号表を受け取ると、自分の読み方が正しいかどうか自分で確認するように、一字ずつ書き写した。

「これから三十分以内にバイテンゾルフに届くでしょう」

「お心遣い、ありがとうございます」とわたしは応じた。

わたしが総督官房府の要職にあることを知って、彼は自己紹介せねばと思ったらしい。

「まだなにか必要なことがありましたら。わたしの名はメルビン・ランデルスです」

わたしも如才なく手帳を取り出して彼の名前を控えた。それから列車に戻ることにした。部長から与えられた新たな任務は、わたしがボジョヌゴロに滞在するのを不可能にしたのだった。

駅長はふたたび列車内にわたしを案内すると、愛想よく挙手の礼をしてから、道中の無事を祈念し、列車を降りた。そしてまもなく笛を吹き、合図のステッキをかかげた。列車が動きだし、彼はわたしの座席の窓にむかって手を振った。

そうやって見送ってくれた駅長の対応は心なごむものであったが、しかしそれでも、シティ・

スンダリと称する人物を内偵せねばならないわたしの嫌悪感を、軽減することはなかった。もしシティ・スンダリが本当に女性で、しかもまだ生娘であったとしたら、わたしはどこまで堕ちていくことになるのか。最終的に、わたしはどういうことになるのだろうか。そのうちに、道端の屋台引きにまで、新聞や雑誌に巧みな文章を書くからという理由で、監視の目を光らせねばならなくなるのか。いまや新聞と雑誌は次から次へ発行され、その数はますます増えている。それを発禁にしたり制限したりすることはできない。誰もが自分の感情と考えを表明する権利を持っているのだ。それでもなおわたしにとって幸いなのは、生徒がみな投稿用の切手を買う余裕があるとはかぎらないことだった。そうでなければ、新聞と雑誌は、こうした生徒たちの書いたものであふれるはずだ。そのすべてをチェックせねばならないとしたら、わたしは発狂してしまうだろう。

スラバヤでは、東ジャワ州政府の役人が、州知事の公用車でわたしを出迎えた。州知事はわたしがホテルではなく、知事公邸に泊まることを望んでいた。この機会をわたしは最大限利用するつもりだった。わたしが公邸に着いたとき知事自身はまだ帰っていなかった。夫人がにこやかに迎えてくれたが、そのあまりの愛想のよさは警戒心を抱かせるほどだった。マンディーをすませると、彼女はわたしに庭椅子にかけるようすすめた。

最初の質問――。

「パンゲマナンさんはフランスの教育を受けられたって本当ですか」

「ええ」

「残念ながら、わたくしはフランス語の使い方を忘れてしまいました。ソルボンヌにいらしたというのも本当？」

「ええ、そうです」

「ほんとに運がよろしかったのね。ほんとに」

州知事夫人は三十二歳くらいだったろうか。体にはたっぷり贅肉がついて、自己管理できていないこと、ついぞ体を動かしたりスポーツをやったりした経験がないことを示していた。抑制のきかないその太り方は、あと数年もすれば、生活の負担になるだろう。彼女にはウエストというものがなく、動くたびにゼーゼーという荒い息づかいがした。東ジャワ州の知事もこんな妻とは幸せになれまい。

「なんでも、奥さまはフランス人だとか」と彼女はつづけた。わたしが肯定するのをみて、こう言葉を継いだ。「きっとスマートで、きびきびして、魅力的なのでしょうね」その声にはうらやましいという響きがあった。「そのフランス人の奥さまとのあいだに、お子さまは何人？」

「四人です」

「フランス女性が！　子ども四人？」

わたしは州知事が一刻も早く帰ってきて、こうしたくだらない質問から解放してくれることを祈った。

「それで、お宅でのお食事はいかが。洋食それともプリブミの?」

「洋食です。ときにはプリブミのも食べますが」

「奥さまはプリブミの料理が食べられますの」

「好きなのがいくつかあります」

「奥さま、シャンパンはお好き?」

「妻は絶対禁酒主義者でして」

「絶対禁酒主義者! フランス人なのに!」

しだいに夜の闇が深くなった。自動車のエンジン音がして、知事が帰ってきたことを知った。

「さあ、夫が帰ってきましたわ」と知事夫人は言った。「ちょっとお願いがありますの。よろしいかしら」

「ええ、もちろん」

「夫をカッとさせるようなことは議論しないでいただきたいの」

「知事殿はカッとなりやすい性質《たち》で?」とわたしは驚いて尋ねた。州知事といえば不特定多数を相手にしなければならないのに、そんな欠点があってはまずかろうと思ったのだ。

「いいえ、そんなことはありません。でも、家に帰ってまで余計な仕事に縛られるのは嫌がりますの」

彼らの結婚生活は幸せではないのだとわたしは理解した。

帰宅した州知事は、そのままわたしのところにやってきて、まるでわたしが原住民《プリブミ》でないかのように、にこやかに握手を求めた。彼はわたしの傍らに腰を下ろし、その日に起きたあれやこれやの興味深い出来事について話をしてくれた。それから、電灯に照らされた自分の執務室にわたしを案内した。

そこには中年のヨーロッパ人の個人秘書がいて、立ち上がって州知事に敬礼を、わたしには軽く一礼をしてから、また仕事をつづけた。

われわれはヨーロッパ製の応接椅子に腰を下ろした。知事が秘書に目配せをすると、秘書はすぐさま席を立ち、黙礼をして部屋から出ていった。

このときわかったのだが、州知事との話は想像していたほどむつかしくはなかった。彼はじつに気さくな、親しみやすい人物で、人種差別的な傲慢さは微塵もなかった。要するに、わたしは彼から、東ジャワにおける原住民の諸団体の構造と活動実態について、包括的で過不足のない見取り図を得ることができたのだった。マス・チョクロに関する知事の見解は、わたしのそれと大差がなかった。

「彼は話のしやすい人物です。ときどき、得意になりすぎることがありますがね。でも少なくとも、注意するべきところはちゃんとわかっている。われわれヨーロッパ人高官に対しては、けっして乱暴な態度や冷笑的な態度をみせたことがない。かと思うと、われわれ相手にコーランの章句をもち出し、あれこれ解釈してみせることもよくある。イスラムのことを知っているヨーロッパ人はいないとでも思っているんでしょうね」と州知事は言った。「たしかに彼はおうおうにして格好をつけたがる。でもわたしが思うに、それは同盟の王冠なき皇帝としての偉大な成功がそうさせているのであって、一個人としてはその成功とバランスをとることができないから、どうしても無理をすることになる。つまり、その成功の大きさに見合ったかたちで成長できていない、ということです」

州知事から得た情報をもとに、わたしはマス・チョクロに面談を行なうつもりだった。翌朝、わたしは職務上の慣例にしたがって、東ジャワ州政府の庁舎に州知事を表敬訪問した。公邸のときと同様、ここでも彼は気のおけない率直さで、少しも飾ったところがなかった。彼の下で働く幹部職員にわたしを紹介し、そのあと図書室に案内してくれた。

この機会にわたしは、数日かけて、マライ語でもオランダ語でも、シティ・スンダリを名乗る人物の書いた文章が掲載されている東インドの新聞、雑誌が読めるよう便宜をはかってほしい、と州知事に要請した。

わたしのこの希望を実現する任務を課せられた秘書官は、予定外の仕事が増えたことに不満顔だった。

ホテルでわたしは、とくにシティ・スンダリの書いたものを研究するために、過去一か月間の新聞と雑誌を片端から読んだ。分厚い紙の山から見つけだしたのは、オランダ語とマライ語で書かれた四編の文章だけだった。オランダ語でもマライ語でも、その文章のスタイルと表現、また文中に使われているさまざまな例と比較が、とても繊細で洗練されていて、良い教育を受けた、教養ある女性の書いたものだということが容易に察せられた。マライ語は教科書どおりのマライ語。おそらく彼女は、ジェパラの娘の書いたもの、とりわけ書簡集『明るい未来』の冒頭の部分から多くを学んだはずである。その箇所では新たな一行一行が、読者を、まるでそれに手を触れることができるかのように、さまざまな理念や理想、思想の館にいざなうのだった。もし書いたのが本当に女性だとしたら、年配者か、それともまだ若い娘なのか。その思慮深い文章から、なにもかもマルコの正反対のようだった。

彼女は自分の考えをうまく表現することができ、不必要に他を攻撃するという傾向をまぬかれていた。例示と比較のしかたも、多少の限界はあるものの、教養が感じられた。その精神は高く、それでいて抑制され、マルコやワルディのように、限界をこえて爆発することがなかった。明らかに彼女はさまざまな力を蓄えていた。ラデン・マス・ミンケと同様、精神的な動揺、混乱とは無縁だった。文化的に洗練された貴族的思考スタイルを身につけた者——、わたしはそう彼女を評価した。この推測が当たっているかどうかは、やがて明らかになるはずである。

一般に原住民《プリブミ》の、なかんずくジャワ人の書いたものとちがって、彼女の文章にはコンプレックスというものがなく、心理的にも肉体的にも傷を負っていないのは明らかだった。おそらく、美しく、たおやかな女性なのだろう。幼いころから両親と周囲の愛情に抱かれて育ち、どんな劣等感も持たずにすんだのだろう。

シティ・スンダリは、もし本当に女性だとしたら、歳を重ねるにつれて他者の視線を求めたジエパラの娘とはちがう。彼女は他者の視線を浴びることを求めるのではなく、ひとびとが自分の生きる社会的現実に眼をむけ、そこから教訓を引き出すことを願っていた。また、ミンケがその作品で描くところの、気が強く、妥協を許さないニャイ・オントソロとも異なる。シティ・スンダリは柔らかな心をもち、その柔らかさのなかに自分の強さを見いだしていたのだ。少なくとも彼女は、東ジャワ州知事の妻の十倍の値打ちがあった。

また、その文章からうかがわれるのは、彼女が清らかな女性で、自分がなにを望み、なにを望んでいないかを知っているということだった。そしてその清らかさのなかに、激しく燃え上がるものがあった。植民地主義《コロニアリズム》への憎しみである。

これまでわたしの関心を引いてきた者たちには、植民地主義に対する怨嗟《えんさ》の炎しかなかった。だがいま、シティ・スンダリを名乗る書き手が突然、わたしの心の眼に、人類の生活をもっと美しくする、ただそれだけのためにこの地上に産み落とされた、理想の女性として登場したのだ。わたしは、その顔も見ないうちから、シティ・スンダリがいとおしくなった。彼女はすべての男性のあこがれの花。あのリエンチェ・ド・ロオとその同類に比すれば、まさに女神である。ただひとつ、まだ明らかでないのは、はたして彼女に、サニケムが持っていたような精神的な強靭さ、試練に立ち向かう強さがあるか、ということだった。

マス・チョクロとの面談は実現しなかった。わたしが自宅を訪ねたとき——むろん、事前の約束なしで——彼は新しい車でスラバヤの外へ、南の方角へ、旅行中だったのだ。パチタンに視察に行ったということだった。ここは熱狂的なイスラムの土地で、いまだかつてキリスト教会が建てられたことのないところである。

組織のなかで中くらいに位置する、あるイスラム同盟員とのやりとりは、次のような会話を生んだ。

「マス・チョクロは知っているかね」

「名前だけは」

「マス・チョクロはよく視察旅行をするのか」

「そう。そのために車を買った」

「その車は誰のお金で購入したのか」

「最高指導者のためであれば同盟はなんでも提供する」

「それは誇張ではないのか」

彼は不満そうだった。マス・チョクロの熱狂的な支持者なのだ。

「マス・チョクロがいちばんよく訪ねるところは？」

「ジョンバン、トゥルンアグン、それに東ジャワの海沿いの町」

「よく行くところとそうでないところがあるのは、なぜ？」

「よく行くのはイスラムの寄宿塾《プサントレン》があるところだ」

「つまり、敬虔《サントリ》なムスリムがみな同盟員になっているところということ？」

「いや、そうじゃない。むしろ逆だ。一般的に言って、敬虔なムスリムは同盟員にならない。彼らはよそ者より、自分たちのキヤイ[93]を信じる。そしてそのキヤイたちも、外部の者の権威にすがるよりも、自分たちの権威に絶対的な自信を持っている」

「では、なぜ彼は寄宿塾のある土地をよく訪ねるのか」

「あいにくだが、わたしにはよくわからない。聞くところでは、キヤイたちの推すその道の専門家と、宗教上の知識や解釈をめぐって論争するためだとか。自分のほうが優秀だということを、マス・チョクロは証明しなければと思っているらしい」

「ということは、自分の威信を守る、ただそれだけのために？」

「マス・チョクロがそういうことをするのに賛成でない者も、もちろん、たくさんいる。それは組織活動とは関係がないのだから。そんなのはマス・チョクロの個人的なメンツの問題にすぎないとさえ言う者がいる。しかしわが同盟がイスラムの名を冠している以上、ムスリムはみなそういう論争に加わる権利がある。確実なことはわたしにはわからないが、そんなことをマス・チョクロは考えているのではないか」

「マス・チョクロはいま、パチタンでも同じことをやっているのだろうか」

彼は困惑した笑いを浮かべた。わたしにはその理由が理解できなかった。なにか良心にひっかかるものがあるらしかった。これはもはや公然の秘密になっていることだが、マス・チョクロは、その話し方、服装、大衆的な人気を高めそれを維持する方法、大きなことを他に先んじて打ち出すやり方、といったいくつかの点で、彼の先行者ラデン・マス・ミンケを模倣していた。そして最後にしてもっとも際立った共通点は、どちらも女たらし、ということである。この中位の同盟員の困惑した笑いは、おそらく、最高指導者の女たらしという性癖にかかわってのことだったのだろう。そしてそれはまさに、女性たちが夫に、男の収入に頼って生きる、封建的世界の原住民男性の日常においては、少しも特殊なことではなかったのだ。

東ジャワ州知事の秘書官の力があずかって、至急便でスマランから返信が届き、次のような情報を伝えてきた。

シティ・スンダリの名で新たに登場しているのは、スマラン高等学校の数年前の卒業生であると思われる。彼女はすでに在学中から、書くことが好きで、文才を発揮していた。スマラン高等学校のある教師は、オランダ語で書かれたその文章を読み、シティ・スンダリは自分のかつての教え子に相違ないと証言した。高等学校当時の文体と、社会で活動するようになった自由な女性としての文体に、本質的な変化はみられない。わずかに、あとになって書いたもののほうが、より確信にみち、より充実しているが、それは実社会での数年間の経験のなせるものである。シティ・スンダリがスマラン高等学校の元生徒というのが事実だとすれば、彼女に関するあらゆる情報が得やすくなるだろう。

次の手紙は、やや詳しい情報が得られるにはあと一週間ほど要し、それはバイテンゾルフの総督官房府に直接送られることになるだろう、と述べていた。

わたしはスラバヤからマランに足を伸ばした。この町はオランダ領東インド海軍の保養地に指定されていて、そのオープニングセレモニーに出席予定の総督の受け入れ態勢がどうなっているか、この目で確かめたかったのだ。ここでもわたしは電報を受け取り、マス・チョクロがまだパチタンにいて、公開の説教を行なっていることを知った。どうやら彼はもう少し長く同地に滞在するようだった。

マランでは、ちょっとした事件がわたしの訪問を飾ることになった。スラバヤでも同様のことが起きるのではないかと予想していたので、この事件に驚くことはなかった。問題は、わたしがもはや警視の階級章をつけた警察の制服を着ることができない、という一点に起因していた。

わたしがビリヤードの台に近づいたときのことだった。あるヨーロッパ混血児の男が、わたしの使おうとした突き棒《キュー》を奪い取った。

「きさま、誰の許可があってここに入ってきた」と男はどなりつけた。

すばやくわたしの目は、自分が着ている上下の白い服から、きちんと紐を結んだ、茶色のぴかぴかの靴へと滑っていった。

わたしをビリヤード場に連れてきたマラン警察署長のルデンタール氏は、海軍の制服を着た人物と話をしているところだった。

その混血児の言葉は、わたし自身も他人に対して使ったことがあったが、胸にぐさりと突き刺さった。

「マラン警察署長ルデンタールさんです」とわたしはオランダ語で答えた。

「天使といえども原住民《プリブミ》と犬をここに入れる権利はない！」と彼はマライ語で吼えた。

賭けてもいいが、わたしのほうがマライ語もオランダ語も、彼よりうまかったはずである。だがこの状況では、そんなことを自慢してもはじまらない。言うまでもなく、わたしは、オランダ領東インドの法律の下では彼と同等だったとはいえ、ひとりの土着民《インランデル》、(94)純粋のメナド人にすぎなかった。

「ありがとうございます」とわたしはオランダ語で言った。「あなたが少しでも礼儀をわきまえていれば……」

混血児は激昂し、ビリヤードの棒をわたしに突きつけた。まさにそのときルデンタール氏が割って入った。

「ストローマンさん。それはまずいんじゃないですか。パンゲマナンさんはバタヴィア警察の元警視で、いまは官房府の要職にあり、総督閣下のために任務を遂行中だ」

「署長さん」とストローマンは答えた。「だからといって彼が土人《インランデル》であることに変わりないでしょう。それに、わたしはちゃんと会費を払っているのに、このビリヤード場の規約を持ち出すこともできないというのですか」

「なるほど。一理あるかもしれない」とルデンタールは言った。「しかし土着民《インランデル》であるというのが問題なら、あなただって混血児だから半分は土着民でしょう。会費を払っているのにうんぬんというのは、あなたのおっしゃるとおりだ。わたしだって会費を払っている。この身体に土着民の血は一滴も流れていない。ストローマンさん。もっと礼儀をわきまえてはどうですか。パンゲマナンさんをここに案内したのはわたしだ。マランの警察署長が総督官房府の高官をここに連れてきて不都合でもありますか」

この種の事件は、わたしにとって初体験ではなかった。制服を着ていないときにヨーロッパ人用のホテルに泊まりたくなかったのは、こういうことがあるからだった。それがいま、ビリヤード場で同じ屈辱を味わう破目になったのだ。わたしが自分の感情に忠実に従っていたら、疑いなく、騒ぎになっていただろう。植民地主義的な輩《やから》は世界中みな同じで、人種的な憎悪が人生の羅針盤になっているのである。かく言うわたし自身、メナド人でない者、あるいはヨーロッパ人でない者に対して、そんな態度をとってきたのだ。

わたしは引き下がらざるをえなかった。たぶんわたしの負けだったのだ。ビリヤード場を出ると、ルデンタールがあとについてきて、遺憾だとしきりにつぶやいた。ビリヤード場の前庭を出たところで、ああいうことが総督官房府の要職にある人の身に起きたのは不当である、と彼は言った。そして警察署長として看過しないと約束した。

マランからわたしは理事官《レシデン》の車でマディウンに旅をつづけた。マディウンは家内工業の町として発展しつつあるところだった。ここではイスラム同盟員の数は増加の一途をたどり、いちども減少したことがなかった。

わたしはホテルに泊まらなかった。マディウンの県知事《ブパティ》は、いくつかの近代的な言語をあやつる教育ある人物だったが、その彼が郊外にあるレストハウスに宿泊させたのだ。ここで、わたしと理事官、県知事の会談が行なわれた。わたしは両者から、視察旅行で訪れる総督の受け入れ態勢は万端ととのっている、との公式の確認を得た。マディウンは町をあげて盛大な歓迎準備をしていた。

さまざまな団体の活動状況が口頭と書面でわたしに報告された。

マディウンの住民は組織熱にとり憑かれていた。圧倒的に大きなイスラム同盟マディウン支部のほかに、ローカルな団体がいっぱい誕生していたのだ。馭者組合、運転手組合、女中下男組合、鉄道駅人夫組合といったものだが、このほかにも十数種の団体があった。そしてこのすべてが、組合を意味する語に《サレカット》を使っており、ラデン・マス・ミンケが後代に残した名称で、東インドの運動の世界で永遠に残るだろうと思われた《シャリカット》は、もう使われていなかった。だが重要なのは名称ではない。なにより重要なのは、なぜマディウンで、組織熱が流行しているのか、ということである。

この席でわたしはマラン、スラバヤ、スマランに電報を打つよう依頼し、それぞれの町の人口と面積、原住民《プリブミ》が所有する団体数、その加盟者数について、正確な数字を求めた。

「当地では組織熱が蔓延している」とわたしは言った。

「ごらんのとおりです」と理事官が答えた。

「この熱をあおっている牽引者《モーター》は誰ですか。自然発生的にこうなることは絶対にありえない」

理事官も知事も答えられなかった。わたしは彼らがとまどいを解消し、わたしのいないところで相談する機会を与えるために、わざと席を外して自分の部屋に戻った。部屋に入ったとき、わたしはハッと立ち止まり、床に釘づけになった。部屋の隅にカヤツリグサのござが敷かれ、三人の女が坐っていたのだ。わたしが入ってきたのを見て、女たちはわたしの前にしゃがみ、手を合わせて恭順を示した。

まさにこれこそ、かつてレンバンの県知事の評判を失墜させた、原住民首長たちの慣習のひとつに相違なかった。

わたしはドアを閉めて女たちに歩み寄った。女たちはもう合掌はしていなかったが、ずっとうつむいたままだった。

たびたび視察旅行をする政府高官であれば、これがなにを意味するか、わかりすぎるほどわかっていた。わたしはひとりずつ女たちの顎に手をやって顔を上げさせた。うちひとりはヨーロッパ混血児だった。原住民の服を着ていたがそれで血筋を隠せるはずもなかった。三人とも同じ年格好だった。

「おまえたちをここに寄こしたのは誰だ」とわたしはマライ語で尋ねた。

「ウェダナさまでございます」と女のひとりが答えた。

ウェダナと女が言ったのは、むろん、県知事の下にいる郡長のことである。

「理事官殿が寄こしたのは？」

「わたくしでございます」とヨーロッパ混血児の女がジャワ語で答えた。

三人のうちのひとりが、すばやく自分の肩掛けでわたしの靴を磨いた。花と整髪油の匂いが女たちの頭から立ち昇ってきた。この手の匂いにわたしは不慣れだった。その匂いには、人を酔わせ、縛る、重い力があった。三人とも若く、魅力的で、豊満な体をしていた。わたしはそれ以上なにも言わずにまた部屋を出た。

理事官と知事は、わたしの表情に変化を読み取ろうとして、まじまじとわたしを見た。彼らは協議中というのでもなく、また、話し合いが終わったという様子でもなかった。どうやら、あの部屋にいる女たちの魔力だけが頼りらしかった。

「じつは、その牽引者の存在については、まだ十分な情報がそろっておりませんで。あなたに情報を提供したものかどうか、ちょっと迷っております」と知事が言った。

「なぜ迷っているのですか」とわたしは訊いた。

「情報にいまひとつ信頼が置けないのです。おとぎ話みたいなもので」

「おとぎ話みたいと！」とわたしは乾いた声を上げた。

「ええ、そうです。わたし自身、まだ信じられない」と理事官が引き取った。「あなたもきっと信じられないと思いますよ」

「おっしゃってみてください。三人でじっくり検討してみましょう」

「まだ真剣に受け取らないでいただきたいのですが、おとぎ話によると、その牽引者は女だというのです」

スンダリだ！　とわたしは直感した。シティ・スンダリ。いま現在、東インドの大空を輝いて飛翔している女性といえば、ひとりしかいない。ただひとり、シティ・スンダリだけである。お嬢さん、あなたがいったい誰なのか、いまここで明らかになるのだ。

「女！」とわたしはくり返した。「きっと、まだ若いはずだ」

「未婚です」

その瞬間、わたしの心の眼に、美しく、教養にあふれ、聡明で、たおやかで、明晰で、繊細で、魅惑的な娘の姿が浮かんだ。彼女の書いたものは、たぐいまれな内面の美しさを映していた。それはおそらく、美貌の反映でもあったろう。そしてもし美しいというのが事実だとすれば、きっと彼女はこれまで、甘言や誘惑に乗せられたことなどないはずである。本当に美しいのなら、強い精神をもった人物に相違ない。

「美人なんでしょうね、きっと」とわたしは同意を求めた。

「報告では、そうらしい。彼女の話を聞いた担当官たちは、話の中身は覚えていなくて、その美貌と上品さ、笑み、輝くばかりの白い歯、しなやかな身のこなし、いつも濡れている赤い唇にばかり心を奪われている」

そう言ったのは県知事である。

おそらくこうしたものすべてが、同胞を動かす彼女の武器になっているのではないか、とわたしは考えた。

ちょうどそのとき、マディウン警察の署長がハーレーダビッドソンに乗ってやってきた。純粋のヨーロッパ人で、暑さのために顔が赤らんでいた。竹で編んだ茶色の帽子はいかにも古ぼけてみえた。彼は理事官に挙手の礼をし、知事とわたしに一礼した。

理事官は署長に着席するよう言い、彼がもつシティ・スンダリに関するすべての情報を提供するよう命じた。

署長はポケットからハンカチを取り出すと、顔をふき、そっと鼻をかんだ。そしてオランダ語でこう言った。

「シティ・スンダリなる女性については、わたし自身、この目で見たことがあります」

「報告書ではそのことに触れていないじゃないか」と理事官が言った。

「最終報告書を一週間前に提出したばかりで」と署長は急いで弁解した。「たしかに、見たことはあるのですが、でも信じられない。まだ若すぎる。あんなにうるわしい歳のころに、ああいう活動のためにあんなに若く、あんなに美しい人生をささげるなんて、あまりに無鉄砲だ。彼女はどこか裕福な県の知事の奥方にこそふさわしい」

「名前をまちがえてはいませんか」とわたしは訊いた。

「わたしの知るかぎり、シティ・スンダリという名前にまちがいありません」

すぐに見抜いたのだが、ここにいるマディウンのお偉方は、東インドの新聞も雑誌も読んでいなかった。彼らには警告が必要だった。

「わたしがはじめて見たとき」と署長はつづけた。「彼女は折り目のないバティックの腰衣《カイン》をつけていた。顔立ちは、原住民の比喩《たとえ》にあるように、シリの葉(95)のよう。色白の肌はきめ細かく、唇は小ぶりながら、ふっくらしていた。彼女が話をしているときは、誰もがその唇にうっとり見とれてしまう」

「わたしが聞きたいのはそういうことじゃない」とわたしは注意した。

理事官は愉快そうに笑った。知事はなぜか顔をしかめた。

「彼女に関する情報はまだ非常に限られていまして」

「マディウンの住人ですか、彼女は」

「いいえ。ただ、報告によると、当地にはよく来るらしい。いつも休日を利用して。泊まるところは決まっていて、郊外に住むある教師の家。この報告は事実かどうか未確認なのですが、彼女はパチタンの住人らしい」

わたしは笑いを隠した。おそらくそれは、スラバヤで数日前、イスラム同盟の中位のメンバーが浮かべたような、困惑ぎみの笑いであったろう。パチタン！

「とすれば、彼女はイスラム同盟じゃない」とわたしは言った。そして心のなかで、こうつぶやいた。もし同盟員ならば、マス・チョクロの訪問にそなえて、同盟員と彼が接するような場を設定する準備に追われているはずだ。ところが警察署長は、一週間ほど前に、シティ・スンダリをマディウンで見たというのだから。

三人はわたしの言ったことに応答しなかった。まだ十分な判断材料がないのだ。

「なぜそう考えるのですか」と理事官が尋ねた。

「同盟員となるには、たぶん彼女は教育がありすぎる」とわたしはぶっきらぼうに答えた。

三人の高官は、わたしのほうが自分たちより事情を知っていると思ったのだろう、びっくりした様子だった。とたんに黙り込んでわたしを観察した。もしかしたら、準備不足を理由に、総督の視察が取り止めになるのではないか、と不安を感じているのがわかった。東インドでは、こうしたちょっとした瑕疵《かし》で、昇進がダメになる可能性もあるのだ。まったく！　植民地官僚たち。いまや、わたしの発言をじっと待っているのは、彼らのほうだった。

マディウン警察の警部が面会を求めてきて、大きな封筒をひとつ理事官に届けた。そしてその後の指示も待たずに、われわれのいたレストハウスの応接室を出ていった。

理事官は封筒から数通の電報を取り出し、電文を読まずにわたしに手渡した。

電報の発信地はマラン、スラバヤ、スマランで、内容は、これらの町の人口と面積、原住民団体の数、およびその加入者数の報告であった。

「やはり」とわたしは、内容を確認してから言った。「マラン、スラバヤ、スマランにくらべて、マディウンの組織熱は高いことがわかる」わたしは電報をテーブルに置いた。「それぞれ自分でごらんになるといい」

理事官と県知事は苦渋にみちた顔で電報に目をとおした。そして、わたしの言葉を肯定した。

「ではわれわれは、総督閣下がおいでになる前に、可及的速やかになにをするべきだとおっしゃるのですか」

「あなた方がプリブミの団体を規制できないうちは、閣下がマディウンに来られることはありえない。だいたい、肝心の運動の牽引者について、情報不足だ。あなた方の怠慢のせいで、閣下の安全が危険にさらされるかもしれない。そんな賭けはできない」とわたしは辛辣に言った。

「できるだけ早急かつ適切な手を打ちます」

「これでもあえて総督閣下の安全は保障できると言うつもりですか」

「一週間でいい、時間をください。あなたに電報でご相談します」

わたしは返事をしなかった。ただ、おやすみなさい、と言っただけだった。彼らは席を立ち、夜の闇に消えていった。自動車とオートバイのエンジン音が聞こえていた。守衛がやってきて、まだ夕食が欲しいかどうかマライ語で尋ねた。わたしはいらないと告げ、部屋にリキュールを用意してくれとだけ言った。守衛はさらに、もうドアと窓に鍵をしてもよいか、と訊いた。わたしはうなずいた。それからしばらくして、部屋に戻った。

三人の女はまだ部屋の隅のござに坐っていた。注文のリキュールが二瓶、テーブル上に用意されていた。わたしは女たちを招き寄せ、ひと口ずつ飲むよう言いつけた。彼女たちは飲もうとして口にふくんだが、パッと吐き出した。

わたしはその滑稽な光景に大笑いした。女たちも笑い、お互いに身体をつねり合った。

国立公文書館のL氏によると、上層のジャワ人に女性を献上する慣習は、ずっと古い時代からあったものらしい。そして現代では、原住民高官たちがいよいよ無能で腐敗していくにつれ、彼らが上の者に提供する女たちも、ますます贅沢になっていた。いまは亡きレンバンの県知事に対してなされた、ある新聞の告発を、わたしは忘れることができない。キリスト教のモラルを堕落させている、と非難したのだ。それがまさにいま、わたしの前にいるヨーロッパ混血児の女は、純粋のヨーロッパ人たる理事官が贈ったものにほかならない。とするなら、キリスト教のモラルに反しているのは、いったいどちらなのか。こうした原住民高官たちの慣習を禁止しなかったのは、植民地主義一般のなせるものなのか、それとも、ヨーロッパ人による植民地支配のゆえなのか。この慣習は、おのれの無能さと腐敗ぶりを満天下にさらさないですむよう、原住民高官たちの権威を支える強固な柱になってきたのではなかったか。レンバンの県知事に対する新聞の告発は、おそらく、ヨーロッパ人がこの島嶼部にはじめて足跡をしるしてから三百余年のうちになされた、ただひとつの勇気ある告発である。ヨーロッパ人高官たちも、明らかに、この慣習から大きな快楽を得てきた。だから、彼らは裁判に訴えることなど、ついぞなかったのだ。先の新聞のほかに、この問題に触れた者がいるとすれば、それは『シティ・アイニ物語』におけるハジ・ムルクだけである。

そして、おまえ、シティ・スンダリよ。こういうことがおまえの同胞の生活にあることを、おまえは知っているか。おまえはぞっとするだろう。わたしだってそうだ——ただし、それはむかしのこと。いまはちがう。わたしが思うに、こうしたことはこの地上の植民地世界すべてで起きていることなのだ……。

*

バイテンゾルフの官房府に戻ってみると、事態が大きく変化していた。ヨーロッパから届く電報はますます悲観的になっていた。フォン・ヒンデンブルクは大号令をかけてドイツ軍の戦争準備を推し進めた。ニュースは戦争一色だった。イデンブルフ総督は旅行をとりやめた。オランダ領東インド全域で厳重な警戒態勢がとられ、軍人へ禁足令が出された。新聞界は、植民地主義的な論調のものも、マライ語と中国語のものも、息をつめて事態の推移を見守ることのほうが多かった。

このような緊迫した静寂のなかで、突然、耳目を驚かすようなことが起きた。スマランのある新聞が、次のような読者の投書を掲載したのだった。

オランダがフランスから解放されて百周年を祝う盛大な式典のことが記憶に新しいうちに、いままたしても、オランダは現代のバラタユダ(96)におびやかされている。オランダはどちらの側につくのか。はたして彼らは今次の戦争を勝ち抜く力があるのか。過去百年をみれば、植民地の諸民族とたたかう場合を除いて、戦争をつづける力を持たなかったはずなのに。東インドはドイツの手に落ちるのか。そして百年後、こんどはオランダがドイツから解放されたことを、ふたたび盛大に祝うことになるのか。さきに行なわれた百周年記念の大式典に際しては、ダウワーヘル、ワルディ、チプトが追放されたが、百年後には、いったい誰が追放されることになるのか。

これを掲載した新聞は、投書の主が誰であるか、明らかにできるときが来るまで、またはみずから進んで明らかにするまで、即時発行停止の処分を受けた。オランダ語で書かれたこの投書には、S・Sというイニシャルの署名がついていた。わたしは、投書したのはシティ・スンダリではないかと読んだが、みながやかましく詮索するにまかせて沈黙を守った。もし本当にシティ・スンダリが書いたのであれば、St・Sのイニシャルを使うはずである。それに投書の内容そのものも、政府の無力さを嗤《わら》うという意図以外、なにか特別なことを主張していたわけではない。しかしわたしはまさにその内容から、さらに別のことを推理していた。すなわち、シティ・スンダリは、いまは解散した東インド党の元党員にちがいない、ということである。

調査の過程で、投書の元原稿は、すでに原形をとどめないほどメチャメチャになり、うしなわれていることが判明した。事情聴取した植字工たちは、こう証言した。原稿が印刷工の手についたインクの汚れをふき取るために使われたのはまちがいない。かりに原稿が見つかっても、判読不能だろう。その後、原稿はごみ箱に捨てられた。そのごみ箱も、印刷がはじまるとすぐ、中身を捨てた、と。

それでもまだ、投書の主は少なくとも、官僚機構のなかでしかるべきポストにつけずにいる混血児の不満分子に相違ない、との推測がなされていた。または、東インド社会民主同盟の不逞の輩。インスリンデの党員がそんなことをするはずはない。なぜなら、第一に、彼らは慎重すぎるほど慎重であり、第二に、東インド政府にきわめて忠実だから。

いずれにせよ、こうした犯人探しに、わたしはいっさい加担しなかった。プリブミを励まして植民地権力に対決させようとする、その意志的な魂において、文体がシティ・スンダリのものであることは明らかだった。ああ、神よ。わたしは、はじめてわたしの事務机の上に登場し、わたしの〈ガラスの家〉に入ってきた女性を、追いつめたくないのだ。ほんのわずかとはいえ、わたしにはまだ誇りがある。ああ、神よ。わたしはいやだ。この唯一無二の女性については、いやだ。公衆の前に現われて彼らを導いた最初の女性！　彼女はジェパラの娘より千歩進んでいる。ニャイ・オントソロの千歩前を行っている。わたしの〈ガラスの家〉で彼女をあまりに早く破滅させてはならぬ。彼女はおのれの美しさを、若さを、教育を、知性をじっくり味わうべきだ。彼女をその天命にしたがって発展させよ。美しく成長させよ。わたし自身、何年間プリブミは向上しつづける力をもつことができるものか、この目で確認してみたい。むろん、彼女が原住民のジャンヌ・ダルクになることはあるまいが、しかし彼女には、いま生きている人生よりもっと多くのものを獲得する権利があるのだ。

オフィスでの議論は日ごとに熱を帯びていった。あの新聞投書はあまりに辛辣である。そう感じた者たちが延々と論議をくり返した。ある者は、誰であれ人が質問するのを禁じる法的な根拠はなく、あの投書は顔と宛て名のない読者にむけて発せられた問いかけにほかならない、と言った。別の者は、あれはたんなる問いかけではない、あの投書には悪辣な意図、ためにする悪意がこめられている、と述べた。さらにある者は、その意図が犯罪に結びつかないうちは、悪辣な意図を持っていると誰が立証できるのか、と反問した。もしある意図を持っている、ただそれだけで、処罰の理由となりうるのなら、少なくとも、礼拝をすませて心のなかで神に祈っている、少なくとも五十万のイスラム教徒を逮捕できるだろう。なぜなら、彼らの礼拝はうさんくさいものであり、心のなかで彼らはほぼまちがいなく、この植民地権力が滅ぼされることを神に祈っているはずだから。

論争はあらゆるところに波及し、山間部のプランテーションの管理人事務所にまで飛び火した。わたしの知らないさまざまなルートをつうじて、あの辛辣な投書の主はシティ・スンダリという原住民女性である、とのうわさがひろまった。さほど的外れとも思えぬこのうわさはまた、彼女が高等学校を卒業した、美しい乙女であることを伝えていた。それから、まさしく、うわさになったのが若く、美しい女性であったがゆえに、犯人探しの大騒動もしだいに下火になっていった。うら若き乙女を処罰するなんて、そんなむごいことが植民地権力にできようか。しかも、教育ある女性を。ただ事実を述べ、問いを発しただけの理由で。また別のうわさが流れはじめた。元原稿がうしなわれただけでなく、その封筒まで紛失してしまった以上、東インド政府が彼女に処分を下すことは不可能であろう、というのだ。そしてわたし自身も、このうわさに、さらなる材料をつけ加えた。すなわち、名前がSではじまる人間は数えきれない。原住民で、しかも女性に、あのような発言をする勇気などあろうはずがない。ああいうことが書けるのは唯一、ジェパラの娘だけであるが、彼女はとうのむかしに世を去った、と。

論争の場はしだいに静かになった。これに反比例して、別の場で、似たような論争が起きた。とりわけ、その中心となったのは、ヨーロッパ混血児の家庭の主婦たちであった。原住民女性がかくも身のほど知らず、恥知らずであるとするなら——と、ある主婦は言った——その男たちは推して知るべし！　混血児のなかでさえ、ものを書いているのは、ようやくひとり、ふたりである。しかるに、あの投書をした女は、生粋の原住民である。それに対する反論の声。——だが、みなさんにも、ものを書き、怒りをぶつける自由がある。再反論。——われわれは書くことができない。再々反論。——書くことができないなら、できる者を見つければいい。再々々反論。——いったい誰が書くことができるか、書いてくれるか。

まだ見ぬこの娘が天空をきらきらと飛翔していくさまを、わたしはひそかに見守った。高く昇るにつれて、彼女はますます輝いた。彼女の書いたものは、わたしにとって、ある警告をふくんでいた。ドイツ！　ドイツ！　起てよ、ナショナリストたち！　警戒せよ！

この啓示にも似た警告は、偶然と言うべきだろう、オランダ領東インド政府の触角でも感知することができた。東パプアとその周辺海域におけるドイツの活動は、厳重に監視された。オランダ領東インドの軍艦はすべてジャワを離れ、東インド領海で海上封鎖を行なった。合法的に入国したトルコ人青年たちに対する監視も強化され、彼らの活動はいちだんと厳しく、困難になった。ローカルな行政単位でばらばらに動いていた諜報機関は、活動の見直しと統合がはかられることになった。原住民の各団体に対する監視は、とくに、彼らがドイツ人およびトルコ人と接触するのを阻止することに重点が置かれた。

その一方で、わたしの机の上には、組織熱は徐々に、もっとも素朴なかたちで村落部にまでひろがっていくだろう、としたわたしの予測を裏づける材料が、しだいに揃ってきた。なかでも、シティ・スンダリその人に関する情報が増えていた。

シティ・スンダリの名前がついたファイルには、彼女の肖像写真が収められた。わたしにできることは、その外見上の質素さのなかの、予想どおりの美貌を、あらためて確認する以外になかった。面立ちはまさしく、マディウンの警察署長が言ったように、シリの葉のかたちをして、それに細く尖った顎がついていた。大きな両の瞳は、まるで人類のすべての行動を観察し、その奢侈と驕慢を憂慮の念をもって監視しているような光を放っていた。彼女の心をとらえることのできた男性は、どんなにか幸せなことだろう。そして、見た目には、いかにもたおやかだった。見た目にはとわたしが言ったのは、彼女の頭のなかでは、男女を問わず数百、数千の人間を動かすことのできるナショナリズムの炎が、熱く燃え上がっていたからだ。

シティ・スンダリは事実、スマラン高等学校の卒業生だった。生まれはプマラン。在学中から《若きジャワ》《ヨング・ヤーファ》の活動家で、また、プマラン同盟と、ある原住民学生組織の活動家でもあり、つねに指導的な立場にあった。学校の壁新聞を運営し、毎週欠かさずなんらかの記事を書き、教師たちの称讃を浴びないことがなかった。彼女のオランダ語は申し分なく、英語、ドイツ語、フランス語の力も十分だった。そして、これら近代的な言語の成績がすぐれているということは、とりもなおさず、彼女がヨーロッパの学問、知識、文明を吸収できる鍵を手にしていることを意味した。ヨーロッパでは、学校の成績にはなんの意味もなく、それらはなにも語らない。だが東インドでは、かならず記録に載せられる。なぜなら、学校の成績も、植民地官吏の給与を決める際の参考になるからだ。高等教育を受けた者は、ヨーロッパ人と混血児においても、あまりに少ない。まして原住民においては。このために、学校の成績が、東インドの未来をうつす鏡にもなるのだった。

スマラン高等学校を卒業すると、彼女はある私立小学校の教壇に立った。そしてそれから数か月後、学校を辞めてパチタンに移り、ブディ・ムルヨの小学校で教えることになった。スマランからパチタンへの転居は一見、不可解に思われた。両親が依然、パチタンよりスマランに近いプマランで暮らしていたことを考えれば、なおさらである。しかし、転居の動機を知るわたしからすれば、それは少しも驚くにあたらなかった。美貌ゆえに、彼女は多くの混血児の若者たちに言い寄られ、それが苦痛でもっと小さな町を選んだのである。

彼女はいまも「若きジャワ」のメンバーだった。しかし、傘下の学校で教鞭をとっているものの、ブディ・ムルヨの一員ではなかった。これは捕捉されてわたしの机にまで届いた彼女自身の発言によるのだが、彼女はブディ・ムルヨを、蝸牛《かたつむり》のように動きがのろく、その長い触角は、迅速かつ的確に動くための強力な武器というよりも、飾り物にすぎないと考えていた。そうなるのも、彼女によれば、そもそもブディ・ムルヨには、迅速かつ的確に動く意思がないからだった。この活発で軽快な娘は、どうやら、ダイナミックなヨーロッパの生活リズムを吸収しているらしかった。

シティ・スンダリの出発点は、インスリンデの宣伝工作者になったことである。しかしこの党には、D-W-Tに匹敵する強力なリーダーがいなかったため、彼女自身も意欲をなくしていった。これほどの若さで中央執行委員会に加えようというのだから、おそらく彼女はインスリンデに、その能力を高く評価されていたのであろう。

しかし彼女は、起爆剤となるリーダーも理論家もいない、沈滞したインスリンデ党内の空気に、満足を得ることはなかった。また、無関心な混血児たちとのつきあいにも、うんざりしていた。彼女は師となる人物、インスピレーションを与えてくれる人物を求めていた。このように、新たな行動を渇望する、怏怏《おうおう》として楽しまない心理状態にあるとき、人は思いもかけない飛躍をとげることがある。飛べ、スンダリ、飛べ！　事実、彼女は遠くへ、遠くへ飛躍した。だがそれはマルコの庇護の下でのことで、ついに彼の翼から抜け出ることができなかった。

人生のなんと不思議なことか。マルコはすでにわたしの〈ガラスの家〉に入れた。そして、おまえ、プマランの乙女よ。おまえも彼のあとにつづいて、そのなかに入った。いったいどうすれば、高等学校まで出たお嬢さんが、山出しの神鳥ガルーダの翼の下に収まることができるのか。いやいや、わたしの観察対象であるこのふたりの若者は、イスラム同盟の若い翼の旗じるしの下に結集したのだ。

スンダリよ。ついこの前まで、わたしはおまえのことを、あのシドアルジョ、トゥランガン出身の田舎娘、サニケムの千キロ先を歩いていると評価していた。ジェパラの娘からも千キロ先んじていると。ところが気がついてみると、おまえはマルコの腋の下までしか到達していなかった。彼の翼の下で、おまえは飛ぶのをやめ、これ以上は発展しないのだろう。だがそれでも、お嬢さん、プマラン生まれの美しき乙女よ。わたしはおまえの監視をやめない。気をつけるがいい。他人のせいで転落せぬように。

スンダリよ。わたしは、おまえの肌に指一本触れぬよう、最大限のことはするつもりだ。このわたしのペンがおまえの運命を決めることはない。おまえは堂々と発言する権利をもった、ジェパラの娘につぐ二番目の原住民女性だ。わたしはおまえに知的道義的責任を感じている。すでにおまえにはチャンスを与えてある。どこまで、どこに、おまえは到達できるか。おまえの手が目標をたぐり寄せられるほどに長いのか、それとも、せいぜい背中のかゆいところをかけるくらいしかないのか、わたしはこの目で見てみたい。さて、どうするか。好きにやってみるがいい。

シティ・スンダリに関するさらなる情報は、次のようなものであった。

彼女は教育ある家庭に生まれた。父親はバタヴィア医学校を中退し、地主として成功するかたわら、プマランの国営質屋の代表をつとめていた。質屋というのは東インドの官業としては新しいもので、彼は政府の信任を得てプマランにおけるその初代の責任者となったのである。この業務に従事したのは、もっぱら原住民だった。そもそも、原住民以外の誰が、質屋を利用するだろうか。周囲の者たちのうわさでは、父親は製糖工場の株主でもあるということだったが、その話はあまりに空想的で信じられなかった。

彼女はこの父親の愛情にはぐくまれて成長した。母親は生後七か月で亡くなったため顔も知らない。スンダリを愛してやまない父親は、その人柄も知れぬ継母を娘にあてがう気にはなれなかった。

スンダリの父親には、彼女の兄となる息子がひとりいた。スマランの高等学校を卒業後、息子はさらに五年間、オランダの高等学校で勉学をつづけるべく留学させられた。その後、彼はロッテルダム商科大学に進学した。経費はすべて家族の負担である。

おまえ、スンダリよ。おまえは知らなくてはいけない。父親が政府の公職にあるかぎり、おまえは原住民として、父親の利害に縛られつづけるのだ、ということを。美しい乙女よ、おまえはそれを理解できるようにならなくてはいけない、わたしが後任者と交代する前に。

こうしてシティ・スンダリにかかわる一方、わたしの仕事にはまるで終わりがないかのようだった。問題がひとつまたひとつと、鎖でつながったように、押し寄せてくるのだ。

オランダからの政治亡命者たちが新たな頭痛の種になった。なかに数名、強力なオルガナイザーのいることが判明したのだ。彼らはジャワやマライの伝統には通じていなかったが、植民地的な伝統と流儀をまったく無視した態度と接近法によって、たちまち一群の教育ある原住民の心をとらえ、親しく往き来することに成功した。そしてその教育ある原住民たちは、無意識のうちに、ヨーロッパ流の組織術を、その形態と内容の両面において学んでいった。この影響は、それまで穏健そうに見えながら、しかし新たな経験を渇望していたさまざまな団体を、明確な主張をもつ戦闘的な団体へと変貌させた。各種の大きな従業員組合がぞくぞく誕生していった。国営質屋従業員組合、製糖工場労働者組合、官立学校教師組合、鉄道電車労働組合……ほかにも十数あった。

そしてわたしは依然、助手を与えられることも、より専門知識をもった上司に恵まれることもなかった。

フランス人であるR氏の後任としてやってきた新しい部長は、わたしに距離を置くようになっていた。わたしに対する態度は、木で鼻をくくったようで、まるでわたしをベテラン用務員のように扱った。けっこうだ。ポストと権力をかさに居丈高に振る舞う――それがまさに植民地的メンタリティーであり、彼もまたご多分に洩れず、その色に染まりつつあるというだけのことなのだ。なぜなら、そうすることで彼らは、おのれの弱さと愚かさが暴露されないですむと思っているのだから。同僚たちは険しい顔をして、もったいぶるようになった。だが諸君、ふたつのnのついたパンゲマナンは、そんなことはすでに織り込みずみだ。諸君は知るまいが、このパンゲマナンは、きみたちの態度に相応したお返しをさせてもらうことにした。つまり、一生懸命に、寸暇を惜しんで働いているふりをするのである。

この新しい部長が前任者のR氏と部屋に入ってきたのは、ちょうど用務員のヘルシェンブロックが、手紙と電報の束をわたしの机に置こうとしているときだった。彼はそれを見るや、猫を蹴とばすような勢いで、ヘルシェンブロックを部屋から追い払った。新しい部長は下級職員をみな疑ってかかっていた。外部に売れるものならなんでも盗《と》ってやるというように、あたりをうかがっているヘルシェンブロックのあやしい目つきを見れば、彼の疑心にもそれなりの根拠があった。しかしそれからほどなくして、ヘルシェンブロックがまたやってきた。総督副官から部長への呼び出しを伝えにきたのだ。わたしとR氏はそのまま残った。

わたしの机をはさんでわれわれは向かい合って坐った。そしてこのときはじめてわたしは、元部長の眼が、どんなものにも、どんな一点にも視線を固定することができないというように、落ち着きなく、不安げに漂っていることに気づいた。神経のアンバランスがますますひどくなっているのだ、とわたしは直感した。もういちど注意して見た。まちがいない、例の神経症がぶり返しているのだった。

「ジャワの外の生活はいかがですか。楽しいですか」とわたしは丁寧な口調で訊いてみた。

「騒動の絶えないこんな世界で誰が楽しいものか」

「では、騒動の絶えないこんな世界をのがれて、どこに行くおつもりですか」

彼はとまどった様子で首を振って、上着のポケットからなにかを取り出し、それからまたポケットに戻した。そしてそのあと、ズボンのポケットを手で探った。

「なにかわたしにお手伝いできることは？」

「追放リストにはあと誰が入っているのかね」と不意に彼は尋ねた。

「あいにくですが、それは言えません」

わたしはドアのところまで歩いて、元部長にお引き取りを願った。

さまざまな思いがいっぺんに押し寄せてきて、胸が苦しくなった。かつての東インド党の三人組の追放は、疑いなく、あの神経症の男が考えついたことだったのだ。あのときわたしは、彼の草案を書き写して、この手で修正を加え、報告書として完成させわたしの署名をつけた。しかしあれからさらに、R氏もしくは他の人間のどんな意見がわたしの報告書に添付され、副官をへて総督の手に渡ったのか、わたしは知らなかった。あのときは、わたしの報告書にそって三人組は逮捕され、その執行にわたしは立ち会ったのだが。

三人組の追放が神経症者の発案にほかならないと知ったことは、わたしを大きく動揺させた。

いったい、R氏のような、完全に正常とは言えない神経症の者たちの、どんな考えが、どんな数の妄想が、この植民地の政治と権力のあり方を規定してきたことか。

わたし自身、自分のことに自信が持てなくなってきた。もしかしたらわたしも正常ではないのか。あるいは、ほんのわずかだけ正常なのか。この元部長は、自分を鏡にうつして見よ、とわたしに教えているのだった。自分の考えと行動の軌跡を、わたしはつねに自分で注意しておかねばならないと自覚していた。

ヘルシェンブロックがまた部屋に入ってきた。わたしは椅子をすすめた。

「きみは混血児《インド》だね」

「そうです。父の代から」

「きみはインスリンデの党員かね」

一瞬、彼はわたしに警戒の眼をむけた。

「たまたまですが、ちがいます」と彼はためらいがちに答えた。「これは尋問なのですか」

「尋問されるのは不愉快だと?」

「いえ、とんでもない」と彼はあわてて否定した。

「きみの父親は東インド党もしくはインスリンデの党員かね」

「どちらの党員でもありません」

「イスラム同盟員では、たぶん」

彼は馬鹿にしたように笑った。

「なぜ笑う?」

「うちはプロテスタントです」

「きみはきっと正直者なんだ」

彼はにやりとした。

わたしは書類の山をひとつ、彼の前に押しやって、こう尋ねた。

「こういうものを見て、きみはなにを考えるかね。あるいは、なにを思い出すかね」

ヘルシェンブロックは書類の山から眼をそらし、同時に顔色がやや青くなった。しかし返事はなかった。なにかで頭が一杯なのだ。

「ウイスキー!」とわたしは彼のほうに顔をむけながら大きな声を上げ、眼をちらっと見た。その眼には一瞬、光るものがあった。

「ウイスキーをお求めで?」と彼はなにげない顔で言った。

「きみの頭のなかにあるウイスキーだ。どんなウイスキーが好きかね、きみは」

彼はふたたび警戒した。

「三つの質問にきみは答えていない」

彼は首を振った。

「混乱していまして」

「なにを混乱しているのかね。ウイスキーのことか?」

返事しそうもなかった。

「マッチ!」とわたしは命じた。

ヘルシェンブロックは椅子を立って、部屋の隅に行った。そしてそこにあった小さなブリキ缶を取って、わたしのところに戻ってくると、床の籠に捨てられていた紙くずを集めてブリキ缶に入れた。マッチで火がつけられ、紙が燃えだした。彼は扇風機をつけて窓辺に歩いた。またたくまに紙くずは燃えつき、煙が窓の外に吐き出された。

彼がこの作業をやるのに三十秒もかからなかった。それでもわたしは、この短い時間に、まだ自分の頭が正常に働いていることを確認できた。二、三の質問をぶつけただけで、ヘルシェンブロックの内面を見ることができた。たしかに、彼は書類をよく盗み見していて、おそらくは遊ぶ金ほしさに、情報を売ったりしていたのだ。

それから彼はまたわたしのところにやってきて、ブリキ缶のふたを開け、なかの紙が完全に燃えて灰になり、なにも残っていないことをわたしに確認した。

「行っていい!」とわたしは言った。

ヘルシェンブロックは部屋の隅の小机の下に缶を置き、わたしに一礼をしてドアに歩いた。彼の手がドアを開けようとしたその瞬間、わたしはもういちど呼び戻した。彼は近づいてきたが、このときは椅子をすすめなかった。自分の確信をさらに揺るぎないものとするために、わたしは猫と鼠の神経戦を必要としていたのだった。

「ヘルシェンブロック君。きみは、飲むときはひとりで飲むのがいいのか、仲間たちとおおぜいで飲むほうが好きなのか。それとも、気の合った友人とふたりだけがいいのか」

「こんどご招待しますのでいっしょに飲みましょう」と彼は挑発するように言い返し、鼠になることを拒否した。眼がぎらぎら燃えていた。

わたしの視線を背中に浴びながら彼は去っていった。その歩き方、腰と尻の動き、首筋と両肘をわたしは注視した。だいじょうぶ、頭はまだ正常に働いている。彼にもわたしにも自尊心があることを、ヘルシェンブロックに自覚させることができたのだ。前任の部長のような災難に遭うことはあるまい。

そしておまえ、シティ・スンダリよ、おまえは知っているか。おまえに対する政府の方針を策定してきたパンゲマナンは、どこまでも正常な男だということを。

9

オランダからの政治亡命者スネーフリートとバールスは、東ジャワ、なかんずくスラバヤでの活動をいちだんと活発化させていた。まるで喉が嗄れることはないといわんばかりに、あらゆるところで精力的に演説を行なった。オランダ本国での党内抗争を逃れて東インドに渡ってきた彼らは、あたかも自分たちは無敵の勇士であり、東インドを、民主的な法によって政治活動が保障された自国のようにみなしていた。幸いだったのは、彼らの活動範囲がもっぱら、東インド社会の下層で鬱々として暮らす、オランダ語を話す者たちの世界だったことである。

ふたりはヨーロッパ人であったから、彼らをどう扱うかはわたしの仕事ではなかった。とはいえ、植民地権力の自尊心を逆なでする彼らの乱暴なやり方は、わたしにも不愉快きわまりなかった。もしスネーフリートとバールスが原住民《ブリブミ》であったなら、彼らはわたしの手に落ちていたであろうし、そうなればわたしは迷わず、ふたりにいちばんお似合いのネクタイとして、絞首刑の縄を用意してやったはずである。彼らの演説は、ヨーロッパの最良の文明的価値を転倒させ、そうしたヨーロッパの偉大な価値にいまだ無縁の植民地、東インドに届けられた。彼らはいまわしいニヒリストの集団に属していた。たしかに彼らは、きわめて論理的に考えかつ表現する能力に長けていて、ひとびとはその能弁に抗するすべもなく沈黙するしかなかった。彼らは明らかに、これまでわたしの知らなかった哲学の流れを汲んでいた。あるいはより正確には、知ってはいたが忘れてしまった哲学、と言うべきかもしれない。

驚きであったのは、彼らがたんに、大胆きわまる、無鉄砲な、不逞の輩というだけでなく、現実に聴衆を獲得していたことである。そしてその聴衆の数はしだいに増えていった。彼らは団体を結成するにあたって、法人格を求めなかった。法人化しなかったのは、おそらく、東インドの法をあなどってみせることが、意図的な作戦だったのである。彼らはスラバヤにつくった組織中央の存在を世に知らしめた。これまで東インドには、集会結社の権利を取り消す規定がなく、彼らはそのことをよく認識していた。さらに、ヨーロッパ人である彼らは、原住民法廷で裁かれるおそれもなかった。彼らは白人法廷で自分を弁護し、弁護される権利を有していた。そして、いざとなれば、彼らは迷うことなくヨーロッパから弁護士を雇うだろう、とわたしは確信していた。その懸念があるというだけで、ヨーロッパ流の政治事件に直面した経験のない、東インドの法執行者たちを震撼させるに十分だった。スネーフリートとバールスは、こうした状況を最大限に利用した。全速力で。

彼らはヨーロッパ人で所轄外だったとはいえ、否応なく、わたしの職務にもかかわってきた。スラバヤを彼らが活動拠点に選んだのは、ここにイスラム同盟の中央本部があったからだ。彼らは同盟に直接間接の働きかけを行なうだろう。政治に関してはいまだ子ども同然の、あの皇帝マス・チョクロに、彼らの影響力に対する免疫をつけさせなくてはならない。

スネーフリートらによるヨーロッパの世俗的な急進主義ではなく、彼自身の宗教にマス・チョクロをより傾斜させること、それがわたしの任務であった。

部長からあの手この手で圧力をかけられた後、わたしは皇帝に免疫をつけるための詳細な青写真を完成させた。だが部長の嫌がらせはそこで終わらなかった。まるでわたしが嘘をつき、罠にかけたとでもいうように、声高にわたしを詰問した。

「彼らがイスラム同盟に影響を及ぼそうとしていると、どうやってあなたは結論できるのか。証明できるのか」

わたしの職務上の能力を疑うような彼の発言は、わたしの自尊心を傷つけた。もう少し言葉を選ぶべきではないか。

「これじゃまるであべこべだ」とわたしは、逆に圧力をかけるような強い口調で言った。「本来、そう結論づけて証明すべきは、わたしではなく、あなたのほうだ。彼らはプリブミではないのだから」

「でも計画書を提出したのは、あなただ」

「じゃあ、撤回しましょうか」

「ものごとに着手するには、当然、しかるべき根拠があって着手するはずだ。わたしが尋ねているのは、まさにそのことだ」

「ではあなたは、あの計画書を読む時間がなかったと？　そうならそうと最初からおっしゃれば、わたしもこんなにびっくりすることはないでしょうに」

「パンゲマナンさん。単刀直入にいきましょう」

「すべてあの計画書のなかに書いてある」

「わたしの質問に答えるのはいやだと？」

「答えはあのなかにある。いまここでくり返すつもりはない」

部長は憤懣やるかたないという表情でわたしを見つめた。だがわたしは譲らなかった。この機会をとらえて、ますます居丈高に、椰子の実のように大きく膨らんでいく植民地主義者の頭と脳を、粉々にしてやった。彼は詫びを言ってわたしの部屋を出ていった。たしかに、部長に対するわたしの態度は、植民地の流儀にもとるものであったかもしれない。しかしわたしは後悔するどころか、快哉を叫びたい思いだった。

彼がもう少しまじめに仕事をしていたなら、イスラム同盟とその皇帝を、ヨーロッパ人の不穏分子どもが名指しで非難したり、妨害したりしていないことに気づいたはずである。同盟は東インドで、いやおそらくは世界で最大の団体であったから、その存在がスネーフリートらの眼に入らなかったとは考えられない。本来、彼らは同盟を攻撃してよいはずなのだが、そうはしなかった。むしろ、その存在すら知らないかのような態度をとっていたのである。

わたしの計画は、同盟をスネーフリートらから遠ざけることに絞られていた。遠ざけて彼らの影響に染まらないようにする、その一点に尽きた。数日後、わたしの知らないところで、計画は実行に移された。しかし部長から届いた一通のメモは、ただ遠ざけるだけでは彼が満足していないことを告げていた。さらなる手を打って、両者が相争うようにしむけるべきである、と。

ものの見方も姿勢も相反するふたつの集団を争わせることじたいは、赤子の手をひねるようになんの造作もない。だがそれは出口のない、やっかいな結果をもたらすだろう。同盟はヨーロッパ人一般と対決するように、スネーフリート一派と対決し、その結果、オランダへの悪感情が全体的に高まるだろう。他方、これまで勢力を誇示する機会のなかったマルコ派は、このチャンスを利用するはずだ。そして彼がマス・チョクロの指導力から離れた場合は、その支持者たちともども、きわめて危険な存在になるにちがいない。事態がそこまで急激に進展するのは、われわれの望むところではなかった。

その日のうちに、わたしは部長のメモに返事をした。それを見た部長は、わたしの部屋にやってきて、こう不満をぶちまけた。

「あんたは命令に逆らうつもりか」

わたしが公式文書にしてサインをしなければ、彼の発案も実効性を持たないことがわかっていたので、わたしはこう逆襲した。

「命令するのであれば、そのまえに政府がまず、専門分析官というわたしの肩書きを外していただきたい。そうすれば、わたしはただちに命令を実行します。そうでないなら、わたしには拒否する権利がある」

彼の顔が怒りで紅潮した。そうだ、部長よ。わたしはあんたをからかっているのだ。どちらが長く耐えられるか、我慢くらべをしようじゃないか。

しかし彼はそれ以上追及せずに、ぶつぶつ文句を言いながら部屋を出ていった。メモがまた届いたが、それはわたしがイスラム同盟かスネーフリート一派のいずれかのシンパではないか、との疑念を匂わせる内容であった。

パンゲマナンがいかなる人間か、明らかに部長は知らないのだった。このパンゲマナンという人間を総督官房府の専門分析官に任命した以上、彼をその場所からたとえ一センチでも容易に動かすことはできないはずなのだ。わたしは彼のメモを厳重に保管し、返事はしなかった。

こうして、彼がわたしの粗さがしをするときがやってきた。一九一二年から一九一五年まで、わたしは自分のやってきた仕事のすべてを、年代順に思い返してみた。指弾されるとすれば、ただひとつ、ラデン・マス・ミンケの草稿三編について、価値がないと思っていい加減な分析しか行なわなかったことである。その草稿をわたしは私有物として自宅に保管していた。だから、真剣味に欠けるその分析が、なにか事実を隠蔽したとか見解を明らかにしなかったとかいって、わたしを糾弾するチャンスを部長に与える可能性があった。

そうなればしかたがない、わたしはその草稿を、公共性の強いものではなく、私的な性格のものだとあくまで主張するつもりだった。そしてそれが通らなければ、草稿はオフィスのわたしの部屋の小さなブリキ缶で焼却した、と言うつもりでいた。それでもなお、あらゆる可能性に備えておかねばならなかった。

スネーフリートの演説は、マライ語に翻訳され、ソロ、スマラン、マディウン、スラバヤの新聞につぎつぎ登場しはじめた。マライ語とジャワ語に堪能なバールスの演説も、同様だった。しかし西ジャワとブタウィの新聞各紙は、なにごともないように見えた。彼らの影響は原住民の芝居にも浸透していった。その影響は、クルマの車輪にたとえられるかもしれない。ひとたび原住民社会が彼らの考え(=車輪)を知って使いだすと、それが生活の一部になるのに時間はかからなかった。

ソロで上演された芝居には、彼らの影響が一目瞭然だった。このとき芝居の演目は『スラパティ』(97)だったのだが、上演が数週間つづいたあと、主役のスラパティを演じた役者が、なんとあのお馴染みの男、マルコであることがわかったのだ。

スネーフリートらの影響力が浸透していくさまを描いた地図を、わたしは特別に用意した。一週間で明らかになったのは、その影響力は、火の粉が飛び散るように、中部ジャワと東ジャワの港町に勢いよく拡大し、ついで内陸部に及び、製糖工場地帯——製糖工場のある全地域に、火の粉は降りそそぐだろう、ということであった。

これは人の話を聞いて知ったことであるが、東インド評議会は、警察組織において原住民の政治活動の監視に一定の経験を積んだ者たちのポストを制度化し、特別部局としてこの問題に対処させるよう総督に求めた。すでにこの仕事に着手している地方の警察組織には、正式の承認を与え、さらに、特別部局の設置を促進するために、調整機関を設けるべきである、と。こうした提言の根拠になったのは、東インドとオランダ本国の関係がおろそかになるにつれて、原住民の政治活動がますます活発化していったことである。本国から軍事援助を行なう計画もあるにはあったが、世界大戦という時局下では、期待できるはずもなかった。この状況を受けて、東インド評議会は、あらゆる可能性に対処できるよう、東インド軍の増強も提言していた。

軍事力の増強という提言は、わたしにとって重要なことではなく、なによりわたしの職務外のことである。だが特別部局の設置を求める提言は、明らかに、総督官房府におけるわたしの立場を危うくするものであった。もしそのような部局ができれば、わたしの職務は、おそらく、終わる。総督官房府の専門分析官という、絶大な力をもった植民地統治機構の高い梯子段から、わたしは蹴落とされるだろう。

この数日のうちに、かならずや部長がわたしの部屋に来て、右の問題について議論することが予想された。あるいは、東インド評議会の提言を添えた、メモをよこすだろう。あるいはまた、東インド評議会が総督に特別部局の設置を求めたことで、わたしの立場が微妙になったことを知り、また新たな恫喝をかけてくるかもしれない。わたしの抵抗は彼の権威を損ねるものであったから、わたしを追い出すことに彼が利害関心を持っていることは、まず疑いない。真正の植民地権力者として、きっとわたしの追い出しにかかるはずだ。

よし。わたしは断固として対決するつもりだ。それはたんにわたしが、この世にふたつとないこの仕事を、だんだん愛するようになったから、というだけではない。多くのものを喪ってしまったいまでも、わたしにはいつの日か、植民地のさまざまな問題について、なにか書いて世に問うことができるのではないか、という夢があったからである。いまこうやって書いているような回想録でもなく、犯罪物しか書かなかったフランシスやタン・ブンキム(98)、nがひとつのパンゲマナンの二番煎じでもないものを。nがふたつのパンゲマナンも、世界に読まれてしかるべきなのだ！

部長はなかなか姿を見せなかった。メモも送られてこなかった。しかしすでに、警察内に特別の部局をつくるという話は、東インド社会のエリート層のあいだで論議の的になっていた。おそらく部長は、特別部局の設置を実現させるために、エリート層への多数派工作で忙しかったのだろう。そしてこのパンゲマナンは、彼に転落させられる、ただひとりの犠牲者なのだった。ふざけるのはやめろ。あんたはまだパンゲマナンと対決していないではないか。

東インド評議会の提言がなされてから十日後、部長がわたしの部屋に入ってきた。彼は白い綾織りの真新しい服を着て、蝶ネクタイをしていた。勝ち誇った晴れやかな表情だった。植民地主義的な新聞との共同謀議が、どうやら、成功を収めつつあるようだった。わたしが職を追われることを彼は確信していた。握手を求め、こう言ったのだ。

「パンゲマナンさん。これまでの行き違いはお互いに忘れましょう」

「こちらにはそんな意識はありません」とわたしは答えた。

「それならなおけっこうだ」と彼はつづけた。

その直後、用務員のヘルシェンブロックが新聞をひと山かかえて入ってきた。わたしの検討材料とすべく、新聞には赤い線が引かれていた。

部長は東インド評議会の提言の写しとともに、メモを机の上に置いた。いよいよはじまるのだ、とわたしは思った。

「この仕事はまさしく、現下の困難な時代における東インドの命運を、大きく左右することになる。こんどはもっと慎重かつ賢明に対処されるものと信じています。新聞編集者のなかには、東インド評議会の提言を支持する意見が多い。彼らの考えはおおやけにはなっていませんがね。それでは、がんばってください」

誰がどう言おうと、それが活字になろうがなるまいが、専門分析官としてのわたしの立場が揺らぐことはないはずだ。わたしはかなり長い意見書を作成し、特別部局を設けるのは時期尚早である、原住民の政治活動の監視という仕事はいまのところ、ごくごく限られたもので、特別部局をつくってまでやる価値はない、と述べた。特別部局の設置は警察力の増強を意味するが、国家の財政状況は悪化の傾向を示しており、ヨーロッパの戦争が泥沼化するにつれて、見通しはますます悲観的にならざるをえない。東インドは世界貿易においてヨーロッパに全面依存しているのである。それに、東インドの原住民の政治活動は、政府自身が推し進めてきた倫理政策の影響にほかならないのであるから、総督はそうやすやすとこれを潰してしまうべきではない。政府としては、壊滅させるのではなく、手を差し伸べて導くべきであろう。正しい方向へ導いていけば、彼らの組織は、政府の障害物となる心配はなく、むしろブディ・ムルヨ、ティルトヨソ、政府プリヤイ協会といった原住民団体が示すように、政府の良き協力者となるはずである。強硬措置は過激分子に対してのみ意味をもつ。しかるに、その過激分子、つまり政治的に覚醒した者たちのことだが、その数はいまだ指でかぞえられる程度にすぎない、と。

部長が目を剝くであろうことは明らかだった。だが彼がなにもできないこともわかっていた。

その日の夕方、ちょうど帰宅しようとしたとき、総督の副官がわたしを呼びに来た。宮殿に連れて行かれて総督に謁見するのは、これがはじめてだった。

わたしは図書室に通された。そこではすでに部長が官房長官とならんで坐っていた。

総督が平服姿で入ってきて、われわれは立ち上がって敬礼をした。指にはダイヤの指輪が光っていた。総督のあとには副官が、そのうしろに秘書官がつづいた。

「諸君。はじめよう」と総督が開会を宣した。

こうして、わたしの裁判がはじまったのだった。

官房長官と部長はともども厳しくわたしを追及した。総督はわたしを観察しながら黙ってそれを聞いていた。わたしはと言えば、原住民と政治問題を分析する自分の能力と専門知識への絶対的な自信に、いささかの揺るぎもなかった。それがあればこそ、わたしは官房府の専門分析官として、宣誓のうえで任命もされたのである。

意図的に官房長官と部長は、わたしの生まれがメナド民族であることに言及した。しかり、わたしの先祖がヨーロッパ人でないことは確かである。

しだいに追いつめられていく緊張した雰囲気のなかで、不意に、総督がこう尋ねた。

「きみ、学校は？」

そのひとことが空気を一変させた。

「警察学校でございます、閣下」

総督はうなずいた。

「高校は？」

「リヨンの高校です。それからソルボンヌで二年」

「警視で定年になったのだね」

「そのとおりでございます、閣下」

「東インド評議会が考えた末の結論を、どうして否定するのかね。とても重要な提言だが」

わたしは意見書で述べたことを口頭でくり返した。そしてこう言い添えた。

「以上が専門家としてのわたしの意見です。もし閣下がこれとちがった判断をお持ちであれば、もちろん専門家としてのわたしの意見は斥けられてけっこうです」

「意見を変えるつもりはないかね」

「ございません。世界戦争がいつ終わるか、わたしたちは誰もわからない。おそらく、さらに激化するでしょう。オランダの会社は、リスクを冒してまで東インドからヨーロッパへ、大量の船荷を送ることができない。保険をかけようにも保険料が高すぎる。一方、政府役人の給与を削減することは、彼らの忠誠心を損なうことになる。給与の削減どころか、いずれ政府は人員整理を迫られる、とわたしは見ている。すでにプランテーションではそれがはじまっています」

総督に命じられた官房長官はただちに、農企業家総連合および砂糖シンジケートの代表者に電話をかけ、人員の削減について問い合わせた。受話器を置くと彼は、現場の労働者は六から七パーセント、管理部門では〇・一パーセント、それぞれ削減されていると報告した。

さらに官房長官は総督の指示で、政治事犯と刑事事件の件数が、前年度比でどうなっているか警察本部に問い合わせた。その間に総督は、こう言った。

「パンゲマナン君。公共の秩序と安寧に対する挑戦が、今後、増えていくだろうと思わないか。そのこともきみは考慮に入れたのかね」

「もちろんでございます」

「きみの判断が重大な意味を持ってくることを、よく承知しているのだろうね」

「承知しております」

今年度上半期の犯罪件数は著しい増加がみられる、と官房長官が報告した。

「ほら、パンゲマナン君、きみはどう答える？」

「その増加の原因は、東インドではもともと知られていなかった、まったく新しいタイプの活動が行なわれていることにあります。これまで、いかなる社会運動においても、かならずそれに便乗して悪事を働く者たちがいた。だから、犯罪件数が増えているとすれば、その原因はもっぱら団体の数が増えてきたせいではなく、悪党どもにとって便乗のチャンスがだんだん増えたことにある。警察がなすべきは、警察力を増強することでも、警察の仕事を増やすことでもない。まさに経験こそが警察官の専門能力を向上させる。この新しい事態の展開に対する回答として、より適切なのは、警察学校の創設であろうと思われます」

総督がこれをどう受け止めたのか、わたしは知らない。思うに、総督はただ、わたしの見解が揺るぎのないものであることを知りたかっただけなのだろう。見解そのものではなくて、それが不動であることを。こうして謁見は終わった。彼らはこれからもわたしの署名なしではなにもできないのだ。特別部局の構想は断念させなければならない。わたしはこれからもずっとこの職務にとどまるのだ。そして、もっと強い立場にたつのだ。

ヨーロッパの戦火はいまだ衰える気配がなく、むしろ烈しさを増していた。ますます多くのヨーロッパ諸国が参戦し、戦場に兵を送った。植民地を所有するヨーロッパのすべての国が、この戦争にみずからの植民地の命運を賭けた。英国は戦力、とくに海軍力を倍増させた。他方、国の独立が危ういとみられたオランダは、この戦争に巻き込まれまいと必死で、中立的な立場をなんとしても維持せねばならなかった。

東インド自身が第二のフィリピンになる懸念はなさそうだった。この現代世界にあって、植民地が新たな支配者の手に移るためには、大衆の支持や影響力のある当該植民地の知識層の支援が不可欠である。ところが東インドの原住民知識層は、大衆の支持ないし影響力があっても、あるいはそのふたつを兼ね備えていても、他の植民地宗主国に関心を持っている様子はみられなかった。彼らに関心があるとすれば、もっぱらオランダに限られていた。フィリピンの原住民知識層とちがって、ここ東インドの同輩たちはまだセックスの問題にかまけていた。さまざまな現実をみるならば、彼らがヨーロッパ人女性か混血女性をものにしたいという夢にとり憑かれ、またそのために必死になっていることは明らかだった。彼らにとって組織、団体とは、いまだ新しい人形、新しい王国にすぎないもので、数百年間にわたって、それらを手に入れるために抗争、殺し合い、中傷合戦をくりひろげてきた彼らの先祖と、変わるところがないのである。

こうしたことから、東インドが他国の手に渡ることはない、とわたしは確信していた。オランダ王国政府も東インド政府も、オランダに代わって東インドをわがものにする、いかなる口実、いかなる根拠も他の植民地列強に与えまいと、ひどく神経質になっていた。まさしく、ヨーロッパの文脈では、なんの口実も根拠もない、いかなる行動も、反道徳的だったのである。

数年前、東インドが第二のフィリピンになるのではという懸念は、わたしにとって核心的な問題であった。いまやその懸念は戯言《ざれごと》にすぎなくなった。東インドはオランダの植民地として、この世界戦争を無事にやり過ごせるはずだ。

　わたしは二度、総督の前に出なければならなかった。二度目も自説を曲げなかった。そしてわたしは勝利した。特別部局の構想は取り消されたのである。東インド軍の増強計画もなしとされた。宣誓つきでわたしを総督官房府の専門分析官に任命したことは、いまなお重みがあるのだということを、官房長官と部長は理解しなければならなかった。こうしたもろもろのことは、わが〈ガラスの家〉に棲むふたつ星、すなわちマルコとスンダリの一挙一動の監視をつづけるにあたって、わたしの裁量権が大きくひろがったことを意味した。

　彼らふたりは原住民の組織熱の具体的な象徴であった。マルコはプロペラのように回転し、精力的に活動すればするほど中身が尽きて、ますます粗暴になっていった。それはおそらく、文化的な素養が足りなかったせいであろうし、また、仲間と敵の双方の挑戦に、あまりにもこまめに対応したせいでもあったろう。そしてその粗暴さこそ、彼が地方役人たちに好かれなかった、憎まれさえした原因であり、その結果、彼は格別にこれだという理由もなしに、たびたび監獄に出入りする破目になったのである。マルコよ。おまえを牢送りにしたのは、わたしではなく、経験から学ぼうとしなかったおまえ自身なのだ。そしておまえはますます凶暴になって、分別なしに、ばかげたことを仲間たちに吹き込んでいる。おまえは、投獄を恐れていては民族を愛するといっても痴《し》れ言、民族を導くといっても痴れ言というが、それで良いのか。

　ソロにおけるマルコの台頭を、わたしはひとつの奇跡と評価した。彼が村落学校の出身であったというまさにその理由で、いまや村落学校を出た若者たちがこぞって彼の跡を追った。若者たちはつぎつぎ公衆の前に登場し、いつでも、どこでも、ヒーローとなるために進んで監獄に入る覚悟をみせた。彼らはヨーロッパ式教育を受けた知識層よりも機敏で、エネルギッシュで、また、過ちを犯すことを恐れなかった。そして、その意味も、どこで、どんなときに使うべきかも十分に理解しないまま、ヨーロッパ直輸入の用語や術語の使用熱に感染していった。

原住民の知識層はよく、若者たちの無知をあざ笑い、からかった。混血児とヨーロッパ人の知識層は顔をしかめた。だがこのふたつのグループがともに忘れていたのは、若者たちの行為はいずれも、思考法が西欧化されていく過程での必然的な現象にほかならない、ということである。新しい用語や術語は、若者たちの生まれ育った村には、けっして存在しない、まったく新しい文明の利器であった。この新しい文明の利器は、金やダイヤモンドのように、若者たちの胸を飾るアクセサリーとなり、起きるときも寝るときも、食べるときも、マンディーをするときも、つねに彼らとともにあって、それをみずから受け入れて使おうとする者には誰であれ、惜しげもなく与えられた。若者たちが生きていく過程で新しい用語を拾い集めていくことは、とりもなおさず、彼らの頭が新しい概念、理念でいっぱいになっていくこと、そして若者たちの歩みが、彼らの生まれ育った世界からますます遠ざかっていくことを、原住民の知識層も、混血児とヨーロッパ人の知識層も、忘れていた。第一と第二のグループが、いつの日か、彼らに置き去りにされる可能性すらあったのである。

ひと月、またひと月と、ますます多くのマルコ二世たちが監獄に入った。どうやら、監獄を襲うのが、彼らの新しいスタイルらしかった。わたしの見るところ、監獄に入った者たちは、意図して、一般の犯罪者に組織的な影響を及ぼそうとしていた。政治犯と一般犯罪者のあいだに、相互の影響関係が生じる可能性があった。これは現代の監獄がもたらす新たな脅威である。むろん、地方の行政当局はすでに、両者を切り離す努力をはじめていた。しかし、両者が接触しないという保証はどこにもなかった。ある政治活動家が意図的に、犯罪者の大胆不敵さを受け継ぐことになれば、いつなんどき騒動を引き起こすかもしれない。そして逆に、意図して政治的な知識や経験を受け継いだ犯罪者は、ますますもって危険な存在となる。東インドの新聞でよく売れているのは、もっぱら、この種の事件を報じるマライ語紙であったのだ。

こうした分野はむろんわたしの仕事ではなく、またわたしの仕事にする気もなかった。政治犯と一般犯罪者の影響関係についてここで明らかにすれば、おそらく、ひとびとは将来、一般犯罪者が政治を演じ、政治にかかわる者たちが犯罪を演じる、と予想したわたしのこのノートを思い出すことだろう。

言うまでもなく、こうした問題だけが監獄で進行していると考えるべきではない。だが監獄は、どこでも、犯罪にとって最高の学校なのである。あるいは、政治にとっても?

要するに、若きナショナリストたちは、どうやら監獄を、いつでも出入りできる停車場のように考えはじめたらしいのだ。彼らの考えによれば、監獄はもはや恥ずべき場所ではなく、逆に、民族的《ナショナル》な名誉が得られる場所だった。わたし自身、それは十分に理解できた。公衆の面前で道路の改修をやらされる屈辱的な労役よりも、首吊り自殺したほうがまだましだと考える、腐敗した役人たち、あらゆるものに強欲で、偽りの名誉をうしなうことを恐れる者たちとは、正反対であった。

奇妙なことに、責任を負うべき当局者は現在のところ、新しい現象の存在、すなわち、監獄で政治の影響を受けた犯罪者たちが釈放後、あれやこれや標的を選びはじめているという事実に、気づいていなかった。そしていつも、政府とヨーロッパ人の農園が被害をこうむった。

シティ・スンダリはまたちがった道を歩んでいた。

雑誌に自分の写真を載せたがる目立ちたがり屋のマルコと対照的に、シティ・スンダリは、世間に顔が知られることを恐れているようだった。わたしは公表された彼女の写真に出逢ったためしがなかった。手もとに一枚だけある写真は、若すぎるうえに、不鮮明だった。彼女が暮らした土地の写真屋から顔写真を入手するよう指示はしておいたのだが、そこで判明したのは、本当にシティ・スンダリが写真ぎらいということであった。

彼女に関する報告書のひとつは、およそ以下のように述べていた。

シティ・スンダリはつねに、きちんとした身なりをしている。腰衣《カイン》を巻き、クバヤ(99)を着て、花柄の刺繡をほどこした黒いビロードのスリッパをはいている。踝《くるぶし》の位置まで降りた腰衣は、すその線がきれいにそろい、踝より高くなったところも低くなったところもない。伝統的なスタイルの髷《まげ》には、象牙の櫛を刺し、銀製の小さな短刀《クリス》を飾っている。クバヤはかならずオランダ製の木綿である。ジャワの女性にふさわしく、つねに高価な金のアクセサリーを身につけている。イヤリングにいたっては青いサファイアである。

家にいるときも外出のときも、彼女はつねに化粧をして身だしなみをととのえている。その立ち居振る舞いはと言えば、いつもしとやかで、優美である。

報告書は、わたしの命令にそって、可能なかぎり詳細なものを作成せねばならなかった。シティ・スンダリのことを知るパチタン住民からの情報収集をふくめて、報告書の材料を集めるために五人が動員されていた。

かわいそうに、スンダリよ。おまえは知るまいが、壁に耳あり天に目ありなのだ、おまえの浴室にまで。

これにつづく報告書によれば、彼女は手本となすべき、申し分のないジャワ女性とみられていた。日常生活では、おしゃれじょうずで、慎み深く、優美である。いついかなるときも人助け、協力を厭わない。力仕事であれなんであれ、尻ごみすることがない。おおやけの場でも家庭でも、てきぱきと手際がよい、と。しかし、そうした天にも届かんばかりの讃辞は、もっぱら若いナショナリストたちから寄せられたものだった。もし彼らのこうした評価が掛け値なしのものだとすると、明らかに価値観に変化が生じていることになる。というのも、ヨーロッパ人女性を近未来の理想的な女性像として描いてきたのは、まさに彼ら若きナショナリストたちだったからである。

プリヤイ層の女性たちはちがった見方をしていた。シティ・スンダリは未婚のくせに、分をわきまえない、不遜な女である。ジャワ人の格好をしたオランダ女、結婚相手が見つからずに焦っている行かず後家である、と。彼女たちは、この生娘が自分の夫を奪ってしまうのではないかと恐れて、シティ・スンダリとのつきあいを避けていた。双方を結びつけるような共通の話題がないこともあって、口をきくのさえいやがった。そして、女が学問をやりすぎるとこれだ、賢くなればなるほど小生意気になる、と彼女たちは言っていた。

パチタンの敬虔なムスリムは、シティ・スンダリのことを、客が欲しくて媚を売る街の女、娼婦と同類だとみなしていた。たしかに美人で、魅力的ではあるが——と、彼らは言った——妻となるにふさわしい条件をそなえていないとすれば、そんなものになんの値打ちがある?

シティ・スンダリが道を行くと、男も女も見蕩《と》れてしまう、と報告書は言っていた。まるで神々に遣わされて天界から降りてきたばかりの妖精であるかのように、彼女にちょっかいを出す不届きな男はいない。なんどかそういう不埒なことをこころみた男もいたが、毎回、彼女の反応は決まっている。にっこりほほ笑んで、立ち止まると、相手に近づいて、毅然としてこう尋ねるのだ。「わたくしになにかご用ですか」と。そうやって問い返されると、たいてい、ちょっかいを出した男はとりつく島もない。それでも相手がしつこくつきまとうときは、あくまで丁寧に、しかし周囲の者たちに聞こえるように、もっと強い調子の声を出すのだった。

教育ある男たちのなかには、シティ・スンダリを、男に敬遠される女だと言う者がいた。いったい誰が、これほど高い教育を受けた娘を妻にしようというのか。また、みごとな彼女の働きぶりは、じつは、玉の輿に乗るための売り込み策なのではないのか。別の男たちは、そんなことはありえない、運動をやっている者たちのなかに、玉の輿など見つかるわけがない、と反論した。わが部長は、偽りの笑顔と丁寧な口調で、たかが小娘ひとりになぜそれほど多くの情報が必要なのかと、冗談めかして尋ねた。

この大馬鹿めが――と、わたしは考えた――、教育ある原住民の娘がはじめて公衆の面前に登場した、その一事だけでもう十分に研究に値する社会現象なのだ。あわれなり、わが部長よ。植民地の権力は、もうすっかり彼の頭を鈍らせ、ものを見る目を曇らせてしまった。彼の人間らしい資質と科学的な直感は、植民地支配者としての栄光と権勢によって、どこかに追いやられてしまったのだ。

部長には、東インドが今日のように困難な時代にあるときはなおさらのこと、教育ある原住民への対抗策はもっと慎重であるべきだ、と言うしかなかった。ヨーロッパ的な価値を遵守する支配権力として、政府は、いかなる策を講じる場合でも、それ相応の正当な根拠がなくてはならない。とすれば、どんな対抗策をとるにせよ、そのために必要な材料にはヨーロッパ流の説明責任が求められる。そうでなければ、原住民の王たちがやってきたことと、なんら変わるところがない、と。

わたしの講釈に部長が気分を害しているのはわかっていた。それを撥ねつける彼なりの理由があれば示せたはずである。だが、彼にはそれがなかった。

こうして、わたしの観察対象に関する情報収集はつづけられることになった。悪くても、わたし自身の研究材料として役に立つはずである。

これにつづく報告書から、わたしは次のような情報を得た。

シティ・スンダリは、オランダ語を教授用語とするブディ・ムルヨの小学校で教えていた。一週間に一回、彼女は最高学年の児童たちを水田や畑に連れ出し、そこでオランダ語の授業を終わらせることにしていた。このようなやり方は、生徒たちのオランダ語の学習意欲を高めるとともに、彼女を生徒たちにより身近なものにした。彼女は指定の教科書ではなく、身近にある自然を教材として使った。教科書は自宅学習用に使うよう奨めていた。

そのことで彼女は何回か、学校長から注意された。そして校長は校長で、学校が政府から補助金をもらっていたため、視学官から叱責を受けた。

パチタンの地元社会では、こんなうわさが流された。シティ・スンダリは、疑わしい活動のせいで当局の監視を受けている。彼女の教え子たちは将来、公務員になることはできない、と。

生徒の親と後見人が校長のもとに押しかけ、口ぐちに不安を訴えはじめた。そこでやむなく、スンダリは学校を去ることになった。彼女は校長が見守るなか、教壇から生徒たちにいとまごいをした。彼女が生徒たちを愛していることは誰しも認めるところだった。生徒たちも彼女を愛していたかどうか、それはおのずと察せられるであろう。

良い子のみなさん、とスンダリは、生徒たちへの別れのあいさつで、いつもの穏やかな口調で言った。わたしは、みなさんにわたしの真似をしてほしい、と思ったことはいちどもありません。わたしはみなさんに、しっかり勉強するようにという以外、あれをしなさいこれをしなさいと命令したこともないし、教えたこともないでしょう？　きょう、わたしはみなさんを残して、この学校を去ります。学校の外では、どこかで出逢って、これまでと同じように、おしゃべりをすることも多々あるでしょう。みなさんのなかには、わたしのうちを訪ねてきたい、と思っている人もいるかもしれませんね。いつでもいらっしゃい。

みなさん。わたしはよくみなさんを野外の自然のなかに連れ出しましたが、それはただ、みなさんに自分の祖国《くに》のことを知ってほしかったからです。なぜなら、まさしくそこで、これからみなさんは生き、成長していくのですから。まわりにある自然を愛しなさい。なぜなら、それは全部、みなさんのものなのですから。みなさんのうちのひとりでも、心から自然を愛し、それが全部自分たちのものだと理解してくれる人がいたら、わたしとしてはこんなうれしいことはありません。

これでみなさんとはお別れです。みなさんのなかに、わたしにいじめられた人はいませんね。心のなかでは、みなさんにまちがったことは何ひとつしなかった、と思っています。そして、みなさんの誰ひとり、わたしにまちがったことはしなかった、ということもよく知っています。みなさんとお別れするわたしの気持ちを、いくらかでも軽くしてくれるのは、そのことです。みなさん、さようなら。しっかり勉強なさい。ご両親を、先生方を、そして祖国《くに》の自然を、愛しなさい。

学校の階段を下りながら、スンダリが涙をぬぐうのが見えた。その態度はどこまでも気品があった。生徒たちの前では、校長に解雇されて学校を去るのだ、とはひとことも言わなかった。残された生徒たちが真相を理解することはなかった。

わたしにとって、この報告書は、出来事の全体像を写しとってはいなかったが、十分に感動的なものであった。これで何回目になるだろうか、わたしはスンダリが完全に解放された女性であること、そして、西洋的であることを、またもや確認することになった。彼女は自由そのものだった。わたしにとって彼女は、原住民女性として、東インドにおける新時代のはじまりがもたらした、もっとも美しい産物であった。それをわたしは目撃したのだ。彼女が時代よりあまりに先んじていたがゆえに破滅することになれば、いちばん喪失感をおぼえるのは、このわたしである。たとえ、そうたとえ、それが起きるべくして起きたことであったとしても。スンダリは歴史の実験台である。彼女は同胞を引きずって自分といっしょに前進させようとするだろうが、同胞は彼女を引き戻そうとするはずだ。そのため、やがて彼女は疲れはて、引っ張る手が抜けてしまうかもしれない。そうやってエネルギーが尽きてくれれば、引き戻され、結局は同胞のなかにふたたび消え去ってしまうだろう。あるいは、引っ張っているものがいっこうに前に進まないことに嫌気がさして、新時代のピトゥンの草稿に描かれたニャイ・オントソロのように、彼らを置き去りにして、ひとりで歩きつづけるかもしれない。そう、仲間もなく、たったひとりで。そして突然、自分がいかに孤立しているか、ひとりぽっち、孤独であるかに気づくだろう。耳をかたむける者はいない。しだいに減っていくエネルギーに新たな力を補給しようと、手が差し伸べられることもない。現代という名の新たなジャングルに呑み込まれてしまうのだ。そこでは、周囲の世界すべてが、彼女が思い描いていたものとちがって、あまりに新しく、あまりによそよそしいだろう。なぜなら、あらゆる進歩の後ろには、また別の面からの進歩がついてくるのであり、いかなる新しい文明の産物も、新しい法律を、いちだんと拘束力のある新しい法律を、同伴せずにはおかないから。なにもかもが、ざわめきもなく、静かで、孤独な魂のなかで歓呼するだろう。現代世界は誰にとってもよそよそしさを増していく。その世界では、人はみな孤独であるほかはない。だが彼女がそうなったとしても、犯罪者どもに囲まれて破滅するより、はるかにましである。

まことに残念なことに、ラデン・マス・ミンケの草稿が誕生したのは、シティ・スンダリが登場する以前のことである。もしもあの悪党どもが流刑地の彼の家に押し入って、掠奪を働くのがあれほど早くなかったならば(これはわたしから見ても、汚い、恥ずべき植民地主義的な行為である)、おそらく、この尋常ならざる娘についての見解も示されていただろう。

はたしてミンケとスンダリには、なんらかの接点があったのか。むろん、あった。中部ジャワから送られてきたさまざまな報告書のなかに、以下の記述がみられたのだ。

《一九一二年三月、R・M・ミンケ氏が、プマランにシティ・スンダリの父親を訪ねた。両者は

かつての級友である。》

これらの報告書をそっくり引用するのでは面白味があるまい。だからここでは、その一部を紹介するにとどめよう。むろん、わたし自身のやり方で整理して。

一九一二年七月、新時代のピトゥンは、ジャワ全土への旅行を終えた。旅行の目的は、同盟のウイングを東インドの外にもひろげたいとする彼自身の構想を、各支部の指導者たちに内々に説明することだった。彼は、シンガポール、マラヤ、ボルネオ、シャム、フィリピン、そして可能ならばセイロンと南アフリカもふくめて、マライ語を話す諸民族の団結を訴えていた。過去六年間のジャワでの経験をもってするなら、政府がすばやく流刑に処してさえいなければ、彼のこころみはおそらく成功したはずである。そして成功していれば、彼の行動は疑いなく、オランダ、イギリス、フランスの植民地を同時に、大混乱におとしいれていただろう。むろん彼は、こうした自分の意図するところを、つねに書き留めていたというわけではない。だが、どんなに知恵を働かせようとも、わたしのような人間の眼をあざむけるはずもなかった。彼は、植民地主義は一国だけの問題ではなく、国境を越えた問題であることを独自のやり方で示し、マライ語を使う諸民族の国際的な連帯でそれに対抗しようと考えていたのである。だが彼は自分の弱点を忘れていた。人を見る眼がなかったことだ。自分の近くにいて自分のことを理解している者はみな、自分と同じ能力、同じ信念をもち、自分と同じように善良で、正直で、真剣であると思い込んでいた。このため、ひとたび人を選んでなにかをやらせようとすると、決まって人選を誤ったのである。

人は後年、同盟の全国大会の議決を経ずしてものを動かそうとしたといって、彼のことを笑うかもしれない。しかしこの当時、原住民団体のあり方は、まさしくそういうものだったのである。旅行の最後の訪問地がプマランだった。それ以前にも数回、彼はここに立ち寄り、シティ・スンダリの父である旧友の家に泊まったことがあった。

この最後の訪問のとき、シティ・スンダリは学校が休暇中で、自宅に帰っていた。兄は東インドにはおらず、オランダに留学していた。この機会に、スンダリは父の旧友と、優しい先生を前にした生徒のように、父親に対する子どものように、さまざまな事柄についてたくさんおしゃべりをした。

彼らがどんなことを話し合ったのか、わたしはよく知らない。それを把握するにはまだまだ情報が不十分なのだ。なぜそのようなプライベートな情報まで収集しなくてはいけないのか、地方の情報担当者はいぶかるだろうが、なんとか全容をつかみたい。

結論的に言えば、スンダリとミンケには、まちがいなく接触があったということである。手紙による接触もあったのかどうか、それはわからない。いずれそのことも明らかになるはずだ。

ヨーロッパの戦争が苛烈さを加えるにつれて、東インドは、あたかもオランダ王国からの分離がはじまったかのように、奇妙な現象を呈していた。五年前には起こりえなかったことが、いまや日常茶飯事となった。プランテーションの管理人や職員たちの言うことを、労働者たちが聞かなくなってきたのである。なかには挑戦的な態度をとる者さえいた。管理人や職員たちは、植民地法の庇護下で、大手を振って歩けなくなり、拳銃を携行せざるをえなかった。

状況はますます興味深くなっていた。国庫収入の落ち込み、失業の増加、食料品価格の上昇、多くの地域でみられた米の不作、シャムからの不良品ともいえる古米の輸入、こうしたもろもろのことが都市部における不満感の大きなうねりをつくった。クディリでは、いくつかの製糖工場が、危機一髪のところで当局の介入がなければ、労働者たちに打ち壊されるところだった。ヨーロッパ人は、自分たちの雇った労働者に囲まれて、身の危険を感じはじめていた。

そしてシティ・スンダリは、この不満感の高まりと時を同じくして、華々しく登場したのだった。

政府がまだ幸運だったのは、これらがいずれもジャワ島内だけで起きたことである。同様の動きをみせようとしていたのは、ジャワ以外では、パレンバンのみだった。わたしは当初、スマトラ東海岸のプランテーションの契約クーリー[100]たちが、ジャワの事態に便乗して、これまで彼らに加えられてきた不正義、不公平の復讐に立ち上がるだろうと予想していた。しかし現実はそうならなかった。どうやら東海岸のイギリス人管理人たちは、契約クーリーを手なずけるのに成功したらしいのだが、それはクーリーたちにあるものを持ち込むことによって可能になった。賭博、タユブ[101]、そして売春婦である。

警察と軍の力は依然として増強されなかった。警察官や兵士は、本来なら給与が削減されるところであったが、削減されなかった分、より長時間の勤務を強いられた。

種族主義的《エスニック》な性格の団体がますます増えていった。プトラ・バグラン（バグランの息子たち）、レンチョン・アチェ（アチェの短刀）、ルクン・ミナハサ（ミナハサ友愛会）、ムファカット・ミナン（ミナンの合意）、プルタリアン・バンジャル（バンジャルの絆）といったものである。組織熱がさらに高まった。そしてこれらはいずれも、東インドというチェスの盤上に、たったひとりの人物が登場したことの結果であった。一九〇六年のラデン・マス・ミンケである。

植民地政府には事態を憂慮する理由があった。オランダ王国政府の不安はいっそう強かった。事態が混迷を深めてさらに拡大し、また世界大戦がただちに終結しないとすれば、ジャワ島は爆発して溶岩流におおわれかねない。見よ。ブタウィでも、運転手同盟なるものが結成され、正当な理由もなくヨーロッパ人乗客だけ料金を値上げしているではないか。

わたしはこれらのことを、原住民《プリブミ》が、先生であり主人であり抑圧者であるヨーロッパ人に対して、堂々と頭をもたげた証拠であると評価した。先生、主人、抑圧者……これをジャワ人はなんと言ったか。ドゥルノ！[102] そう、ドゥルノ！ どこの民族出身であったか、ペンネームを使う売れない作家が、この名前を使っていた。そうなのだ。新しい時代、新しい条件をそなえた新しい生き方、新しい概念と新しい名前。それこそ動いている生命が存在するあかしなのである。

わたしはこの新しい現象をわくわくしながら見ていた。白や茶色の肌をした植民地のご主人さまたちのように、敵としてではなく。わたしにとって、いまわたしが直面しているこの新しい現象は、自分とは利害関係のない、純然たる社会問題であった。むろん、だからといって、わたしの新たな任務、新たな仕事が減るわけではなかった。わが部長は、特定の団体の撲滅計画を持ち込んできた。わたしは専門分析官として、署名を拒否するだけでなく、強引にことを進めようとする、倫理政策の枠組みを逸脱した計画だとして、あからさまに笑ってやった。

「でもあなたは、東インド党を弾圧することには賛成し、署名をしたはずだ」と部長は勢い込んで反論した。

「あのときは、団体といっても、ひとつふたつしかなかった。現在は、十いくつ、いや何十もある。部長が力ずくでやろうとすれば、期待したのと正反対の結果を招くでしょう。標的にされた団体は、ますます巧妙に、警戒心を強めながら、生き延びていく。そして政府はそれをコントロールするために、さらに多くの出費を強いられる」

白熱した論争になるのは避けがたかった。わたしは一歩も引かなかった。彼がなにをどう言おうとかまわないが、署名をするつもりは毛頭なかった。

「いずれにしても、あなたにはなにかをやってもらわねば」と彼は最後に言った。

それを受けてわたしは、各団体を二種類に分ける分類表をつくった。第一は、全東インドを志向する団体、第二は種族主義的な性格の団体。むろんわれわれにとって問題になるのは、前者に分類されるグループである。こうして、公務員に対し、既存のさまざまな手段を使って種族主義的な団体を支援し、同種の団体間のライバル意識をあおるよう指示を出すことにした。こうすれば、東インド全体のまとまりを志向する第一グループの活動は、困難になるだろう。いずれにせよ、政府にとって、より危険なのは、種族主義的なナショナリズムではなく、東インド・ナショナリズムである。なぜなら、前者が東インドの原住民に種族間の対立を持ち込むものであるのに対し、後者はそれをひとつに統一しようとするものだから。

わたしの署名の入った企画書を受け取った部長は、満面の笑みを浮かべた。

「では、あなたの考えでは、種族主義的な団体がますます増え、それだけ組織をつくる機会が多くなると、東インドにとってますます好都合である。なぜなら、ヨーロッパの民主的なやり方がプリブミの世界に浸透して、それが彼らの封建的な生活様式を変えることになるから、と？」

「少なくとも、彼らは、なにをすべきか、みないっしょになって決めることを学ぶでしょう。そうなると、それらの団体はオープンな性格のものにならざるをえない。われわれはいつでも、窓から、ドアから、なかの様子をのぞき込むことができるというわけです」

この企画はたいへん包括的なもので、おそらくわたしの最大かつ最良の作品と言ってよいだろうが、わたしが個人的に研究したことは、いっさいふくまれていなかった。

こうして、新しい趨勢、新しい時代の流れが、いささかもわたしの敵でないことは明らかだった。その拡大と浸透のしかたは、かつてヨーロッパが経験したよりも熱狂的であったとはいえ、流れじたいは、そうなるべくしてなった、ごく自然なものであったのだ。ヨーロッパで例外があるとすれば、革命前夜のフランスだけであろう。

ジャワで起きつつある社会構造の変容も劣らず興味深いものだった。ジャワの上位の貴族は、国家機構において高い官位にあることで社会的地位を保証され、高貴の家系というだけで地位を得てきたが、その彼らがいまや、いかなる職位でもかまわない、官職につけるのであればいかなることでも学びたいという意欲をもった、下位貴族出身の若い世代に、あっさり置き去りにされようとしていた。下位貴族の若い世代は、上位貴族の若い世代が敬遠した専門学校に、ぞくぞく入学した。その一方で、村々が賦役から解放されると、村の子たちはあらゆる生計の手段を求めて、都市に押し寄せ、多種多様な、一世紀半前の彼らの先祖の経験より何千倍も多様な、生活の経験を得ることになった。彼らはさまざまな種類の機械に触れて、その動かし方を学び、ルールを覚えた。労働者として、電気、蒸気機関、ガソリンといった現代の新しい要素に親しみ、有能な機械工に育っていった。この分野では、かつてその前にひれ伏し手を合わせた上位貴族の子弟よりも優秀で、技量があった。彼らは鉄橋を建設し、電信網を整備し、自動車や汽車を動かした。コンクリートのダムをつくり、大小さまざまな工場を建てた。やがて彼らは、その経験を生かして、自分たち自身の修理工場を開いた。なかには、その技能と会社の業績があいまって、大金持ちになる者が現われた。彼らは、何世紀にもわたって自分たちの先祖を支配してきた上位貴族よりも、はるかに裕福で、名をなした。

専門学校に殺到する下位貴族の子弟を見ていると、近い将来、彼らこそが社会をリードしていくであろうことは疑いなかった。農業学校、医師養成学校、工業学校、師範学校、獣医養成学校はいずれも、下位貴族の子弟に占拠された観があった。しかし将来その彼らが社会をリードしていく時代が終わると、職人や商人になった農民の子どもたちが、その先の社会をリードしていく機会を得るだろう。上位と下位の貴族たちは生存競争に負けるだろう。最終的に、高貴な家系であることは意味を持たなくなる。そうなれば、これまでその権力の源泉を上位の貴族に求めてきた東インド政府は、みずから変わることを迫られ、こうした社会構造の変化に適応していかざるをえない。さもなくば、政府もまた、原住民貴族の没落に合わせて、没落するしかないからだ。

教育ある者で、こうした社会変容をまのあたりにして関心を持たない、心を奪われない者は、わたしに言わせれば教育ある者ではない。わたしが下位貴族の子、シティ・スンダリに注目してきたのは、それゆえである。この娘は将来、どうなっていくのか。もし彼女が男であったなら、ここで述べたわたしの考えを全面的に肯定するだろう。だが女は？　彼女がどうなるか、わたしには読めなかった。

一方のマルコは、スンダリがこの舞台から退場したあとにこそ、登場すべき男だった。彼の登場はわたしの読みを外れていた。不運なことに、年齢が上であったがために、彼はスンダリより先に世に出たのだが、時期尚早だったと言ってよかろう。少なくとも十五年、登場するのが早すぎた。

右に述べてきた考えはむろん、ヒンドゥー的な階級構造のあり方と矛盾する。貴族階級の没落後、社会をリードすべく登場するのは、ヒンドゥーの概念では本来、原住民商人の子どもたちのはずである。しかし一般的に言って、原住民商人の子どもは、ヨーロッパとちがって、十分に成熟していない。原住民商人たちが生み出したのは、親と同じような商人になるというだけで、もっと前に進みたいとか、他の分野の活動に進出したいといった意欲のない、進取の気象にとぼしい子どもたちなのだ。

貴族の称号をめぐるシティ・スンダリとマス・マルコの態度のちがいが、わたしの考えの正しさを裏づけてくれそうである。かつてのワルディと同様、スンダリは、おそらく原住民貴族が消滅してしまうことへの対応策としてであろうが、自分が持っていた称号をいっさい投げ捨てた。逆にマルコは、称号とは無縁の出自であったのに、原住民貴族の位階制における最下位の称号、マスを使うようになった。つまり彼は、推測するに、貴族たるべき条件や資格をもう満たしているという一方的な思い込みがあって、下位の貴族に自分を列したのである。

こんな考えは正気の沙汰ではないかもしれぬが、わたしはまさしくそう考えていたのだ。

さて、おまえたちふたりよ。おまえたちに万が一のことがあっても、それはけっしてパンゲマナンのせいではない。おまえたちはどちらも、わたしの研究対象として、十分に魅力的である。おまえたちは、総督官房府の友人と向き合っているのだ。おまえたちには顔のない、姿かたちのない、だがまちがいなく実在する友人と。

どこからともなく、おとぎ話のような、かすかな音が、ふたたび聞こえてきた。自治を！　ただちに！　それはまさしく、墓穴から聞こえてくる東インド党の声であった……。

マルコは作家、地元の名士、演説家、ジャーナリスト、印刷業者、そして、出入獄をくり返す確信犯として、キャリアを重ねていた。ひとつ、世間に知られていなかったのは、彼が熱心な手紙の書き手で、とくにシティ・スンダリに対してそうだったということである。ソロの郵便局に押さえられたその手紙の何通かは、現在はわたしの手もとにある。

では、シティ・スンダリは？　持ち前のこまやかさ、如才のない仕事ぶり、それにマルコに影響された、その魂の熱さから、いまや彼女は、植民地権力の上層部にもっとも嫌われる人物のひとりとして浮上していた。

「だから、パンゲマナンさん、もうほかに手はないでしょう」と部長が言った。「このところ、われわれの動きが鈍いといって、総督閣下の叱責がすぐに飛んでくる。非原住民《ノン・プリブミ》の調査を担当する部局が、あるビラを調べてみたのだが、文脈とテーマが、ソロの若い連中の運動のものと同じ調子だった。文体と語彙の選択が、しばらく前の、S・Sという署名のついた新聞投書のそれと同じだった。あなたに調べてもらいたい。もし本当にそのビラが同一人物の手になるものだったら、なにをすべきか、当然わかりますね」

部長が求めたのは、考えることではなく、明確な対応策だった。

「閣下もそれはお読みなっている」と彼は言い添えた。

「さしつかえなければ、総督閣下のお考えを聞かせてください」

「なにもおっしゃっていない。眉をひそめただけ。嵐の前ぶれだ」

こうしてわたしは、そのビラを調べてみた。あのシリの葉の美女が書いたものであることに疑問の余地はなかった。いまマルコが熱を上げているはずの彼女と、マス・チョクロにどんな関係があるのか、わたしはわからなかった。しかしいずれにせよ、いまやわたしは、ひとりの女性に対して、わたしの知的また道徳的な全存在をかけて称讃してきた、唯一無二のプリブミ娘に対して、行動に移らねばならないのである。

　スンダリよ。わたしはやりたくてやっているのではないのだ。総督が眉をひそめた！というだけで、官房府はもう恐慌状態だ。総督が眉をひそめたということは、すなわち、官房府が職務怠慢だとみられていること――そして否応なく、わたしのペンとインクが、若く美しいおまえの人生に接近せざるをえないということなのだ。

　わかった。おまえがこのために困難な目に遭うとしたら、どうか許しておくれ。わたしはできるだけ穏やかな対応策をまとめるつもりだ。以下は、その顚末である。

　まず、中部ジャワの州知事が、プカロンガンの理事官に指示して、スンダリの父親がみずから娘をしっかり監督するよう働きかけた。州知事も理事官も、わたしがまとめた対応策に賛成で、政府と異なる意見、信念を持っているというだけの理由でうら若き乙女を逮捕するのは、いかにも大人げないと考えていた。これが男であれば事情はちがっていただろう。

　それから、理事官はプマランの県知事に命じ、スンダリの父親に穏やかな圧力をかけて、早急に娘を結婚させようとした。このやり方は、十二年前、ジェパラの娘に対して成功したものと同じである。[103]プマランの県知事は、気の毒な父親を呼んで、ふたつの選択肢をつきつけた。第一は、不名誉な退職をよぎなくされ、年金の受給資格もうしない、娘もうしなう。第二は、名誉ある結婚によって娘を幸せにし、彼自身も職にとどまり、将来の年金も保証される。もし婿の候補がいないというのなら、県知事の子息もしくは医学校出身の医者の卵のリストを、政府が用意してやってもよい。父親が第一の選択肢をとるなら、オランダにいる息子は、ロッテルダム商科大学を退学になる可能性がある、と。

誇り高い父親は、学業に秀でた息子と娘のことで尊敬され、近隣の町の教育ある原住民からお手本ともされ、またヨーロッパ人や混血児の一部からはねたまれてもいたが、生まれが中位の貴族であり、官位と名誉がなければ生きていけなかった。彼は旧い世代の貴族で、まだ近代的精神を十分に身につけてはおらず、自己解放して独立の人格を獲得できてはいなかった。学問があるとはいえ旧世代の人間であり、名誉や栄光は政府の恩寵としてのみもたらされると考えていた。彼は自分のやり方と流儀で、十二年前に、ジェパラの娘の父親がやったことを、くり返すことになった。官位を選んだのである。政府の逆鱗に触れることを彼はあまりに恐れていた。

父親は震える手を県知事に合わせて恭順を誓い、二か月の猶予をもらって、あわてて帰っていった。彼は休暇を願い出た。

タクシーを雇い、小さなトランクをひとつ持って、パチタンにむかった。訪ねた先では、老婆がこう言って彼を迎えた。

「申し訳ございません。スンダリお嬢さまは、もうここをお移りになりました」

彼はすぐさま道路を右折し、娘が教師をやっているという場所を訪ねた。

「ええ、そうです。スンダリさんはもうこの学校をお辞めになりました」

父親は困惑した。パチタンからマランの親族に電報を打った。安宿で受け取った返事には、「たしかに立ち寄ったが、スラバヤにむかった。行き先は不明」とあった。

雇ったタクシーで彼はスラバヤに行き、友人宅に泊まった。そこで残りの料金を払ってタクシーを手放した。それから彼は、友人といっしょに、まるまる一週間、娘を探しまわった。スンダリの消息は杳《よう》として知れなかった。

万策つきた父親は、汽車でプマランに帰ることにした。途中、スマランで一泊せざるをえなくなった。汽車を降りて、二輪馬車に乗り、安い宿を探した。そのとき、そう、ちょうどそのとき、彼は馬車の上にいた。たそがれ時だった。おや、あれはスンダリではないか？　その女は歩いていて、細身で、痩せぎみ、青い顔をしていた。母親の情愛をほんの一瞬しか知らない、あの美しい娘。彼は躊躇した。わが子への愛情はかぎりなく大きい。だが、理事官への恐怖心は、もっと大きかった。

スンダリ！　おまえは、父親の破滅の源にならねばならぬのか。兄が大学を追われる原因にならねばならぬのか。

この美しい娘が、自由な女性になること、祖国と同胞のために働くことを理想に描いているのを、父親は知っていた。そんなふうに教育してきたのは彼自身だったのだ。

まさしくこれが、総督官房府の用箋の上で乾いている、わたしのペン先のインクがもたらしたことだった。賢明な策を講じるべきである、いかなる暴力的手段も避けるべきである、とわたしは書いた。いっそのこと、強硬手段をとるべきであると書いていたら、父親もこれほど苦しまずにすんだろう。迷うひまもなく、現実に直面させられ、すぐそれに慣れたろう。十二年前、ジェパラの娘の父親は、娘を屈服させ、本人の意向を無視して結婚させねばならなかった。スンダリの父親の苦悩は、このときの彼の苦悩と同じものだったはずだ。わたしは、ヨーロッパの教育を受けた者として、その苦衷が痛いほどわかった。

はたしてこの父親は、人生の残りを、ジェパラの娘の父親と同じように、ずっと後悔しつづけるのだろうか。それは彼自身が解くべき秘密である。

娘とすれ違った瞬間、父親は声が出せず、馬車はそのまま進みつづけた。その顔は娘が通りすぎた方向をじっと凝視していた。十メートルほど行ったところで、ようやく彼は叫んだ。

「ダリ！　ダリ！」

駅者は馬車を止めた。だがスンダリは歩きつづけた。

これにつづく話は、プマランの県知事の報告によるものではなく、複数の人間の口から口を介して伝わったものである。おそらくは、彼女を汚れなき存在として植民地権力の影響から守るために、スンダリの仲間たちが意図的に流したものであろう。なぜなら、ひどく手のこんだ話になっていたからだ。

そのとき父親は、馬車から降りる力がなくなっていた。本人が言うには、体が、百キロ近い米袋におしつぶされているようだった。それこそ、最愛のわが子に対して、植民地主義の使い走りになり果てた父親の、罪の意識だったのだ。その話が真実であれ、半分真実であれ、あるいはまったくの作り話であれ、わたしはここでも彼の苦しい思いがよくわかった。

彼は馬車から降りるのに手を貸してくれと馭者に頼んだ。地面に足をつけてみると、こんどは歩けなかった。彼は馭者に、娘のあとを追って呼び戻してきてほしいと言い、自分はその間、馬車のドアにつかまったままステップに腰かけていた。

馭者は娘を呼んだ。

「お嬢さん！　お嬢さん！」

痩せて青白い顔をした美しい娘は、凛とした気品を保ちながら歩きつづけ、まるで周囲ではなにも起きていないかのように、まっすぐ正面を見たまま、ふり返ることはなかった。馭者はあとを追い、娘は足を速めた。

「お父上がお呼びですよ、お嬢さん」と馭者はあとを追いながら言った。

スンダリは半ば駆け足になった。馭者はあまり遠くに馬を置いてくることが不安で、ひき返した。彼は客に手を貸してまた馬車に乗せた。

「あとを追ってくれ」それで馬車はひき返し、後方からついていった。

あたりはしだいに暗くなっていった。父親は娘がワヤンオラン(104)劇場に入っていくのを見た。この時間帯に公演があるのか、人がぞくぞくつめかけていた。劇場からガムラン[105]の音は聞こえなかった。人の波はとぎれることがなかった。しかしそれにしては、切符売り場の前に群がる者はなく、入り口にはもぎりもいない。さらに、夫と連れ立ってやってくる女性の姿は、ほとんど見られなかった。

馭者は父親に手を貸して劇場内まで案内するのを断った。近くにいた子どもふたりに金を渡して助けられてなかに入ると、空いていた椅子にかけさせてもらった。子どもたちは彼の両脇に坐った。

そこでようやくわかったのだが、劇場では集会が開かれようとしていたのだった。主催者は、スマランに本部を置く鉄道電車労働組合（VSTP《フェーエステーペー》）[106]だった。

スンダリの姿は参加者のなかに埋もれて見えなかった。弁士がひとり演壇に上がり、演説を行ない、降壇した。その一部始終を、父親は不安げな面持ちで見つめていた。さらにひとりが演壇に上がり、降りた。それから、そう、それから、彼は身震いした。こんどは、場内にほんの数えるほどしかいない女性のなかで、最愛の娘シティ・スンダリが、割れるような喝采を浴びて登壇したのだった。ひどく顔が青く、疲れた様子だったが、彼女の美しさは壇上に立つといっそう際立った。その美女にすべての目が吸い寄せられた。

父親はたしかに、あのいつもの柔らかな娘の声を聞いた。しかし娘はその柔らかな声をふり絞って絶叫した。娘が標準マライ語[107]を話すのを聞くのは、これがはじめてだった。彼らは家ではジャワ語とオランダ語を使っていたのだ。それがいま、マライ語で演説をしている。いつ、この言葉を習ったのだろう。

両脇をふたりの子どもに支えられ、父親は演壇にむかって進んだ。その姿は満場の視線を浴びたが、耳が遠く、そばで演説を聞きたいがために、演壇に近づいたと思われたのだった。病人でさえわざわざスンダリの演説を聞きにくる、そうみな思ったようだった。

この出来事は、スンダリを称える聴衆の喝采をさらに大きくした。「スンダリ嬢、万歳！」の声が場内にこだました。

主催者のひとりが演壇の下に父親の椅子を用意した。

演壇の下に坐ることのできる名誉に浴したのが誰なのか、知る者はなかった。しかし父親は、会場の全員が自分のまな娘を称讃し尊敬していることを知った。

席についた父親は、うつむいて、手塩にかけたわが子の発言を、ひとことも聞き漏らすまいとしていた。それは彼自身の教えがどんな反響をえがいたのかを発見するためであり、愛するわが子の心に植えた苗がどこまで伸びて、どんな花を咲かせているのか知るためだった。彼はわが子の魔力に金縛りになった。スンダリの母親も笑顔の美しい女性だったが、花盛りのころのそのほほ笑みですら、このときのまな娘のほほ笑みにはかなわなかった。そして、きびきびとしたその身のこなし！　娘はしばしば拳をふり上げ、ときには人差し指を聴衆につきつけた。そればかりか、繊細な手のひらを演台に打ちつけさえするのだ。青白かった顔は赤みを帯び、疲労の色は消えていた。表情がきらきら輝いていた。父親はわが子の所作に魅了され、娘がなにを言っているのかうわの空だった。目の前にいるスンダリの全存在は、まぎれもなく母親と瓜ふたつだった。だが彼の妻はかつて、拳をふり上げたことも、指を鋭くつきつけたことも、机をたたいたこともけっしてなかった。

一瞬、死ぬまぎわの妻の姿が浮かんだ。彼が手を握ると、妻はこう言い残したのだった。あなた、わたしのスンダリをいじめないで。あの子を苦しめたり悲しませたりしないで。まだ健康で美しかったときのわたしよりも、もっとあの子を愛してあげて。

彼はこれまで、ただのいちどもわが子を傷つけたことはなかった。願いはすべてかなえてやった。すべて。そのまな娘のスンダリがいまや、彼女の話を聞きにきた参加者のなかに政府の意を受けてまぎれ込んだ父親を、一時的に麻痺させているのだ。聴衆は誰ひとり彼のことを知らなかった。彼らはみな娘の話を聞きたいという思いしかなかった。

スンダリが降らせる言葉の雨は父親には聞こえなかった。彼がとらえたのは、柔らかさと優雅さを湛えながら、美しくも激しく高下する娘の声だけであった。この光景を見たら母親はなんと言うだろうか。

突然、娘の喉から叫び声が上がるのを聞いた。なにを言ったのかはわからなかった。それから娘はうやうやしく頭を下げ、聴衆に敬意を表わした。「スンダリ嬢、万歳!」の歓呼と拍手が、まるでやむことがないように鳴り響き、演壇から降りる彼女を包んだ。

父親の手が震えながらわが子を迎えた。

「ダリ！　ダリ！」

娘の輝く瞳はすぐさま父親をとらえた。

「お父さま！」とスンダリは小声で言い、さらにジャワ語でつづけた。「お父さまにわたくしの演説を聞きにきていただき、わたくしはなんと幸せなことでございましょう」

「そうだ、ダリ。そなたの様子をこの目で確かめるために、わざわざやってきたのだ」

「お父さまのお気に召しましたでしょうか」と彼女はオランダ語で尋ねた。

「よかった。すばらしかったよ、ダリ」

閉会が宣せられ、参加者たちはそれぞれ席を立って、スンダリと父親を取り囲んだ。

「スンダリ嬢、万歳！」と彼らは叫んだ。

「万歳！　万歳！」

ひとびとがそれほどまでに娘を敬愛していることを知った父親は、恥ずかしさにおそわれ、困惑するばかりで、プマランの県知事にどう報告してよいかわからなかった。こんな娘を持って誇りに思うと言うべきか。まさしくここで目撃したことの一部始終は、政府《おかみ》がもっとも嫌っていることなのだ。はっきりしているのは、小さいころから掌中の珠として手塩にかけてきた娘が、いまや月になり、太陽になり、星になり、そのことに彼がひどく困惑しているという事実だった。そんなふうに成長した娘を、いまになって否定しなければならぬとは。彼は自分が恥ずかしかった。

ひとびとは馬車のところまでスンダリにつき添い、酔ったように彼女を高く持ち上げて、そのまま馬車に乗せた。馬車は、おおぜいの者をつき従えて、ゆっくりと動きだした。みな口ぐちに「シティ・スンダリ嬢、万歳！」と連呼した。多くの者たちが父親に握手を求め、こんなにもすばらしい娘を持ったことを祝福した。

にぎやかな人の列は沿道に歓声を響かせながら、鉄道電車労組の本部へゆっくりと進んでいった。労組本部の狭い前庭は人であふれた。歓喜が人の心とあたりを包んでいた。ただひとりスンダリの父親だけが、冷や汗でぐっしょりだった。

父親は、ふたりの人間が両脇を支えてくれたのに、彼らに小銭を渡すことさえ忘れてしまっていた。

父親と娘は建物内に通され、籐製の質素な、古びた椅子に腰を下ろした。

長ズボンと半袖シャツの、白ずくめの小柄な少年が、きびきびとした動作でお茶を出してくれた。グラスを置くと、少年は背筋を伸ばして立ち、よどみないオランダ語で、父親には歓迎のあいさつを、シティ・スンダリには演壇上での成功について祝意を述べた。それから彼は、ヨーロッパのどこかの王家に仕える近習のように腰をかがめ、自己紹介した。

「僕はスマウン[108]といいます。この日の輝かしい出来事を、僕はいつも大いなる喜びをもって思い出すことでしょう。あなた様におかれても、きっとそうであろうと思います」と彼はスンダリの父親に言った。

彼を待ち受けている過酷な運命へのおびえと（その運命を差し向けたのは、パンゲマナンという名の知られざる神でなければ、いったい誰なのか）、まな娘を誇りに思う大きなうねりが、互いにぶつかり合って、父親は地獄と天国のあいだを行きつ戻りつ、漂っているようだった。

労組本部での公式行事は長くはかからなかった。

その夜のうちに、鉄道電車労組の執行部は、パチタンに帰るスンダリと父親のために、タクシーを用意した。それは父親の強い要請によるもので、家族になにかがあった、というのがその理由だった……。

*

この当時のスマランは、ブタウィに伏せたまま秘密警察を設置し、政治活動の内偵を行なっていた。ここで起きたあらゆることに関連する、いかなる動きも、発言も、見解も、彼らは見逃さなかった。スンダリが演説した翌日にさっそく、スマランに限定した禁止令が出された。未成年者は集会に行くこと、団体の事務所に行くことまかりならぬ、というのだ。

禁止令が出された理由は、スンダリの父親に手を貸してワヤンオラン劇場に入った子どもがふたりいたこと、それに、鉄道電車労組の本部にスマウンという名の少年がいたことだった。

わたしはこのようなスマランの対応策を完全に理解した。何回かわたしは、スマランに事情説明を求めたことがあったが、彼らからしかるべき回答はなかった。いまや、この種の問題の処理については、彼らがイニシアティブをとり、他に先んじようとしているのは明らかだった。その結果、必要な教育や訓練をまったく受けたことのない、それればかりか、報告書をつくる能力すらない者たちが、複雑で難しい内偵の任務につかされていた。そしてそこから導きだされる当然の結果として、スマランから送られてくる報告書は、あれやこれや雑多な情報を盛り込んで長くなりがちで、ましてその信憑性となると大きな疑問符がついた。

たとえば、プマランに出発する前に父親と娘がかわした会話について、報告書ではこうなっていた。

父親――ダリ。今夜のうちに、わしらはプマランに帰らねばならぬ。

娘――どうかお許しください、お父さま。わたくしの仕事ははじまったばかりなのです。

父親――それはわしにもわかっておる。おおいに評価もしておる。ここにおられるみなさまがたにも、わが子を導いてくださったことに、深甚なる感謝を申し上げる。お許しくだされ。いますぐに解決せねばならぬ家族の問題があって。少しばかりみなさまがたのお仕事のじゃまをせねばならぬこと、どうかお許しくだされ。なにとぞ、わが家族のために、少しばかりの時間をくださることに、みなさまがたが反対なされませぬように。

「ごめんなさい、仲間のみなさん」とスンダリが父親につづいた。「わたしはまだ仕事を終わっておりません。どうしたらよいか、みなさんの判断におまかせします」

「お父さんといっしょに行きなさい、スンダリ」と仲間のひとりが決断し、他の者たちもみな同意した。

原住民《プリブミ》の伝統的な考え方や人間関係を学んだことのない、事情にうとい植民地的な人間は、肌の白い茶色いを問わず、おそらくこの報告を事実として鵜呑みにするだろう。わたし自身はあまり信用できなかった。この報告書にみられるのはむしろ、ヨーロッパ人的な考え方と人間関係のあり方であって、わたしは作成者もヨーロッパ人であろうと推測した。

ただ、わたしのこの判断にも留保が必要だった。もしも報告が真実だったとしたら？

真実だとしたら、それはまさにヨーロッパ的な物語の主題にふさわしい。なにしろ、仕事にみずからをささげた原住民の娘が、わが子を愛してやまぬ父親よりも、仕事を優先させようというのだから。父親といえば、原住民の家族関係では、その決定に誰も異論をはさむことのできない専制君主にほかならないのに。さらに、高い地位にあって、上から人に命令することに慣れきった父親が、娘の仲間たちに囲まれて、しかも娘の見ている前で、苦慮しているのだ。このような状況にあって、父親はどんな態度をとるべきなのか。

わたしとしては、フランスがふさわしいだろうが、ヨーロッパではどこでもありそうな、しかし少なくとも東インドではありえないこの会話を、信じない気持ちのほうが強かった。

とはいえここでは、スンダリの父親から直接、口頭で事情説明を受けたプマランの県知事の報

告書にそって、この話をつづけるのがよかろう。すなわち、

彼らはその夜のうちにプマランに帰った。翌朝、父親は、県知事のもとに参上する前に、娘にどこにも行かずに、彼が帰るまで家で待つよう言い残した。

こうして父親は、県知事に経緯を報告して、政府《おかみ》の意向にそって娘となにを、どんなふうに話せばよいか助言を乞うために、出かけていった。

彼は謁見場に通された。そこにはたまたま監督官《コントロルール》(109)も同席していた。遠慮がちに彼はことの一部始終を報告し、監督官はなにも口をはさまずにメモをとっていた。報告が終わってようやく、監督官は不意にこう言った。

「よろしい。自分自身と自分の仕事についてスンダリはどう考えているのか、彼女の話をじかに聞いてみたい」

こうして、ひそかに聞いている第三者の存在を知らせないまま、スンダリから話を聞く計画が進められた。

その日の夕方、スンダリは、父親に連れられてある人を訪問した。もちろん、監督官が壁のむこうで聞いていることは知らなかった。

すすめられて席に着くやいなや、その家の老婦人がジャワ語でこう切りだした。

「まあ、本当に久しぶりだこと。会いたくてたまらなかったわ」

「ええ、おばさま。暮らしを立てていくのは本当にたいへんなことで。どうぞご容赦ください」

「暮らしを立てていくってどんな暮らし？　あなたにはお父上がなにもかも、必要なものはすべて与えておいでじゃありませんか。まだなにか不足でも？　あとはお婿さんがやってくるのを待つだけなのに、まだなにかすることがたくさんあるらしいわね。あなたには家でそばにいてもらったほうが、お父上はずっと幸せでしょうに」

「どうぞご容赦ください、おばさま。わたくしが十年学校に通い、二年働いてきたのは、夫となる人が現われるのを待つためではありません」

「では、幸せを求めるのでないとすれば、あなたはこの人生になにを求めようというの。それから、どこに幸せがあるというの、夫のいない女に」

　ここまで父親は口出しをしなかった。盗人のようにひそかに聞いている権力の耳があることを知っていた彼は、意識的に、できることなら、会話に加わるまいとしていた。おそらく父親は、他人の私的なやりとりを盗み聞きしようとするヨーロッパ人がいることに、嫌悪を感じていたのだった。

　わたし自身、そんな卑劣なことをやろうというヨーロッパ人がいるとは、思いもしなかった。実際、わたしの知るヨーロッパとは、その高度に洗練された文明であり、卓越した学問や技術であり、偉大な精神性であり、それがすべてだった。東インドでは、これまでわたしがやってきたような、卑しい仕事はすべて、原住民にまかされてきたのだ。ところが、こんな臭気漂う仕事をみずから買って出るヨーロッパ人がいたとは。

「ともかく、わたくしは、夫が現われるのを待っているわけではありません」

「でもあと何年かすれば、婚期を逸してしまうのですよ」

それから、ふたりの会話はしだいに深刻さを増していった。スンダリは、きっぱりとこう言った。

「幼いころから、わたくしは独立した、自由な女性になるよう、お父さまに大切に育てられてきました。お父さまは、わたくしがどんなことをしようと、家族とわたくし自身の名誉と安全を損なわないかぎり、禁止されることはありませんでした。お父さまの情愛が、わたくしの家族とわたくし自身の生活を、明るく照らしてくれました。お父さまはわたくしの力なのです」

ここで父親は口出しせざるをえなくなった。

「この子は、乳飲み子のときから、母親の愛情を知らずに育ってきた。わしが父親であり母親だった。小さいころは、わしといっしょに寝ていた。わしはこの子にあらゆるものを与えてきた。この子は大切なものをうしない、母親の乳さえほとんど飲んだことがないのだから」

「なんと不憫《ふびん》なこと」

「わたくしはなんの困難もありませんでした。幸運の星がつねに、わたくしを照らしてくれていました」

「とっても美しいことだわね。わたくし自身は、学校というものに通ったことはありません。でも、いかに生きるかが問題なのだとすれば、学校に行く行かないは、どちらでもよいことです。

それより、献身的でない人生なんて、なんの意味もありません。いま、お父上はたいへん苦しんでおられて、それでそのことをあなたに伝えてほしいと、わたくしに頼んでこられたのです。あなたは、もう十分に大人で、分別がある。あなたがお父上に孝行するのをごらんになりたいのですよ、お父上は」

「わたくしは、いつだって孝行をしてきたではありませんか。お父さま。わたくし、なにかまちがったことを申しておりますか」

父親は予期せぬことを娘に聞かれ、うろたえた。ようやく、ゆっくり、ひどくゆっくりと、慎重に、こう答えた。

「そなたの言うとおりだ」

「まあまあ。お父上は、あなたの孝行が足りない、とおっしゃっているのではないの。でも考えてごらんなさい。あなたのお兄さまはまだ勉強中の身で、お父上に孫の贈り物をすることはできない。お父上はもう孫を抱いてもよいお歳だと思わない？　あなただって、お父上と同じ歳になって、まだ孫も抱くことができないとなったら、どんなにつらいことか。わたくしはただ、お父上が忍びないと思って口に出せないことを、あなたに伝えているだけなの」

シティ・スンダリは父親をしばし見つめた。父親の目じりにいくつもの小じわが刻まれているのが見えた。彼女はうつむき、オランダ語でささやいた。

「これまでお父さまは、第三者をつうじて、わたくしにお話をされたことはありませんでした。

いったい、なにが起きているのでしょう。もうわたくしへの信頼をなくされたと？」

「自分の口からは言えなかっただけだ。けっしてそなたへの信頼をなくしたわけではない」そう言って父親は立ち上がり、前庭のほうに歩いていった。

「ごらんなさい。お父上は言葉がつづかないのですよ」

「わたくしも、ジェパラのお嬢さんのように、無理やり結婚させられるのですか」

「誰も無理強いしようというのではないの。お父上はあなたが自分の意思でそうすることを願っているだけ。だって、あなたと同年輩のお友だちは、みなもう結婚しているじゃありませんか。未婚はひとりだけで、それだって神経がおかしいからですよ」

「結婚しなかったお友だちが三人おります。若くして亡くなったからです。ということは、わたくしは、その神経がおかしい人、若死にした人と同じというわけですね」

「そういうわけじゃないの。この年寄りを許してちょうだい、すぐに変なことを言ってしまって」

「お友だちのうちふたりは、結婚はしたけれど、死にました。ひとりはお産のときに、もうひとりは、夫に第二夫人ができたせいで、悲嘆のあまり死んでしまった。わたくしの結婚したお友だちのなかで、夫に第二夫人がいないのは、ひとりしかおりません」

「人の運命なんて、どうなるかわからないものですよ」

シティ・スンダリはしばらく黙りこみ、それから言葉を選びながら、こうつづけた。

「もしおっしゃることが本当にお父さまのご意向であるとしたら、わたくしにそれを伝えなくてはいけないのは、おばさまではないはずです」彼女は不信の目で老婦人を見つめた。「この件については、どうしても納得いかないことがあります」

「納得がいかないなんて、なぜそんなことを言わなきゃいけないの。こうするよりしかたがないのですよ。お父上がそうしてほしいとおっしゃらなければ、こんなことを伝えるのは、わたくしだってやりたくありません。あなたを怒らせてしまったとしたら、どうか許して」

それから、わたしの知りたかった言葉があふれ出した。すなわち、スンダリとラデン・マス・ミンケの関係について、である。

「わたくしは、なにかおかしな動きを感じます。ごめんなさい、こんなことを言って」

「どうしてそんなことが言えるの」と老婦人はびっくりして尋ねた。

「こういうことです。たぶん、おばさまは、ブンドロ[110]・ラデン・マス・ミンケの名前をお聞きになったことはないでしょう」

「その名前、聞いたことがありますよ。あなたのおうちにいらしたことがあるのでは？　あのときは、そのお方の話でみな持ちきりでしたからね」

「最後にわが家においでになったとき、あの方はお父さまにある注文をつけ、お父さまはそうすると約束なさいました」

「どんな注文？」

「お父さまとわたくしの前で、こうおっしゃったのです。〝マス。[111]このお嬢さんは〟と、わたくしを指さしながら、〝かならず最後まで学校に行かせてくれ。きみが学資を出せるうちは、出してやってくれ〟と。お父さまは、わたくしのいる前で、そうすると約束なさいました。それから、ブンドロ・ラデン・マス・ミンケは、こうも注文されました。〝この子に結婚を強いてはいけない。ジェパラの娘さんのつらい思いを、この子に味わわせてはいけない！〟それについてもお父さまは、そうすると約束され、こうまでおっしゃいました。〝この子の理想に逆らってなにかを強制することは、誰も許されない。ジェパラの娘の悲劇を、この子にくり返すことはない。赤ん坊のときから、この子は母親の顔を知らずに育ってきた。だから、母親以外のものはすべて、この子に与えなくてはいけなかった。信じてくれ。ディク。わたしは、何になってもよい自由を、この子に与えるつもりだ。そのうえで、人さまの役に立つ人間になってくれれば、ありがたい〟と」

「そのとおりですよ。あなたはお父上にとって、とても意味のある、有用な人間になりました。このうえさらに、孫の贈り物をしてくれたら、なんとよいことでしょう。お父上はどんなにそれを待ち望んでおられることか……」

＊

プカロンガンの理事官は、このやりとりにご満悦であった。彼はこれを有益な第一歩だと評した。どのみち、原住民の娘は、どんなじゃじゃ馬も、床入りすればおとなしくなるものだ、と。

しかし中部ジャワの州知事からすれば、それはなんの意味もない、やり手ばばあとその餌食になる娘との、他愛ない世間話にすぎなかった。

事実、この一件のあと、みずから公衆の前に姿を現わすことはなかったものの、スンダリの書いた文章はますます多く出まわるようになった。郵便局は彼女の手紙をチェックするよう指示を受けていた。しかし実際には、彼女は郵便を利用していなかった。

プマランでの蟄居《ちっきょ》状態のなかで書かれた彼女の文章は、わたしの読むかぎり、いずれも標準マライ語で、ますます重厚な内容になっていった。どの文章にも署名はなかったが、その文体は唯一無二のもので、わたしの目をあざむくことはできなかった。彼女の文章を掲載したがために犠牲になる、つまり、三十ギルダーの罰金と三日間の発行停止になる新聞は、ここまでのところ、まだ出ていなかった。

ジェパラの娘の父親と同じように――あのうわさが事実と仮定してのことだが――スンダリの父親も、花婿候補のリストに向き合わされていた。候補者は全員が将来を約束された、若いプリヤイの卵で、十分な教育を受けており、いずれもプカロンガン理事州の出身だった。しかしプマランの県知事の報告によれば、スンダリはなおも抵抗していた。

「わたくしはお父さまから、十分な教育と愛情を授かり、さまざまなことを学んできました。それもこれも、このようになるためだったのでしょうか。なぜお父さまは、いまになって、わたくしの意思を尊重されなくなったのでしょうか」

「こうなったのは、わしがどうこうというのではないのだ。わしはこれまで、わしの持てる自由のすべてをそなたに与えてきた。どうか事情を察しておくれ。もしもこれがわし自身の意思ならば、もちろんわしは非難されるべきだろうが」

「伴侶を選ぶ、ただそれだけが目的だとしたら、わたくしが勉強に十年も費やしてきたのは、いったいなんだったのでしょう。そんなにも多くの学資を使ったのは、なんだったのでしょう。わたくしの苦労と努力は、なんだったのでしょう。わたくしは、ただ夫を選ぶだけよりも、もっと多くのことをなしとげられるはずです。お父さま自身、ご存じのはずではありませんか。いまは亡きジェパラのお嬢さん以降、わたくし以外に、社会的な場で発言をしている女性はいないと」

わたしはここから、シティ・スンダリが、まるでジェパラの娘に欠けていたものを補正するかのように、意識して運動の前面に出るようになったわけを理解した。父親の情愛に引きずられ、ただ流されることを彼女は好まなかった。それがわたしに、ますます彼女への敬意を抱かせたものだった。そして明らかなことは、彼女はまさに新時代のピトゥンの精神上の子であり、不屈の人であり、行動の人であるということだった。新時代のピトゥンの言葉は彼女のなかに生きていた。スンダリは、個人的な感情にまどわされることなく、明確な自覚をもって答えていたのだった。

スンダリの父親は、東インド政府の圧倒的な権力と娘への情愛という、ふたつの力の板ばさみになって、身動きがとれなくなっていた。

ある日の早朝、父親は、スンダリが隣人から一通の電報を受け取るところを、ひそかに目撃した。ヨーロッパの教育を受けた者として、電報の中身を知りたいとは思わなかった。娘に疑いをもつことは許されなかった。彼はそのまま田んぼを見まわりに行った。ところが、帰宅してみると、もう娘の姿はなかった。夜になっても、帰らなかった。

再度、彼はタクシーを雇い、スマランにむかった。スマラン市内に入ると、タクシーは警察に止められ、警察署に連れて行かれた。赤みがかった肌をしたヨーロッパ人の警部が、椅子をすすめるなり、こう警告した。

「今晩、おたくの娘さんが演説するのを、なんとかやめさせてもらいたい。われわれは彼女のおかげでたいへん困っている。さらに多くの女たちが娘さんのあとにつづくようになったら……」

そのときスマランでは、交通ストライキが盛り上がっているところだった。ある植民地主義的な新聞はこれを、かつてヨーロッパで起きたあるストライキと同一視した。どの道路もひっそりとしていた。公共の交通機関はもちろんのこと、車輪のあるものは、二輪馬車から荷車にいたるまで、すべてが仕事を放棄したからだ。スンダリの父親のタクシーが容易に警察の目にとまったのは、このせいだった。

父親はどう返事をしてよいかわからなかった。

「おたくの娘さんは汚いことをやっているようだ」

「汚いこと？」と父親は驚いて声を上げた。

「プマランはこれまでずっと平穏だった。それはあなたも知ってのとおりだ。だが、娘さんがプマランに帰ってから、なにが起きたか。砂糖きび農園が放火された。かつてなかったことだ」

「娘はその事件には絶対にかかわっていない」と父親は否定した。

「絶対に、なんてことは言わないほうがいい。いずれハッキリすることだから」

「娘はいちども家から外に出たことがない」

「いちどもないなんて、どうして言えるんですか。いま現に、スマランにいるじゃありませんか」

「だからこうして探しにきているんです。それから、プマランで砂糖きびに放火されたことはない」

「その事件が起きたとき、あなたはちょうど旅行中だった。十五ヘクタールが全滅したんです」

「ありえない！　ありえない！」

「まずは娘さんを探しだすことですね。居場所はわかりますか。以前と同じところ、ワヤンオラン劇場です」

警察署を出た父親は、タクシーの運転手がそれ以上乗せることを拒否する、という現実に驚かされた。彼はやむなく言われるとおりにして、そこまでの料金を払った。

車をスタートさせる前に、運転手は、遺憾の気持ちを伝えた。

「どうぞご容赦ください。あなたさまがスンダリさんのお父上であることは、わたくしもよく承知しております。本当であれば、目的地まで無事にお連れすべきところです。でも、いまのスマランでは、できません。まして、こんなふうに警察で事情を聞かれたあとでは。わたくしがストライキに参加せずに、車を運転しているところをスンダリさんが見たら、きっと不愉快に思われるでしょう。どうぞ、どうぞ、お許しください。心よりあなたさまのご無事を念じております」

タクシーは大きな音をたてて走り去った。父親は歩かざるをえなかった。

彼がワヤンオラン劇場に入ったのは、深夜の十二時近かった。まだ娘が壇上でしゃべっているのを聞いた。冷や汗が全身を濡らすべきところなのに、そうはならなかった。ときおり大きな拍手が会場に響いた。

それから突如、最前列に坐っていた聴衆のひとりが、片方の手を挙げて立ち上がり、ステージに上がった。彼はスンダリに近づき、なにごとか話した。スンダリ本人以外、彼の言葉が聞き取れた者はいなかった。そうやって、シリの葉の顔をした娘はステージを降りた。

男はまだステージ上に立っていた。こんどは両手を高く挙げて、それをなんども振った。立ち上がった参加者たちは、解散命令への不満を表わしながら、ゆっくりゆっくり動いた。

スンダリが劇場の外に出ると、すぐさま父親が迎えた。

「急ぐんだ、ダリ」と彼は言った。「連中はそなたを逮捕する気だ」彼は娘を引きずるようにして闇のなかに消えた。

父親と娘がどこに行ったのか、知る者はなかった。スンダリを監視する任務についていた警官は、彼女の足どりを見うしなった。

それから二日後、ようやく、父親がジャワ銀行から預金の全額を引き下ろしていたことが判明した。そしてそれ以来、スンダリは二度とその姿を見ることはなかった。公衆の前に姿を現わすことも、ものを書いて発表することもなかった。

プマランの彼女の家では、マルコの手紙が何通も発見された。その内容は、組織や活動や、議論についてというのではなかった。なぜなら、手紙の調子が、女を口説いている男のそれだったからだ。ということは、これまで報告されてきたことは事実だったのである。

10

スマランのワヤンオラン劇場での出来事から十日後、ラデン・マス・ミンケのもうひとりの精神上の子であるマルコが、ソロの牢獄を釈放になった。牢獄の門の前では数十人が歓呼の声で彼を迎えた。マルコは彼らの肩に担がれ、自動車に乗せられて、いずこかに連れて行かれた。

その翌日には早くも、スマランを徘徊するマルコの姿があった。それから三日、また姿が見えなくなった。その後、パチタンに現われたことが報告された。衣服は汚れ、新しい革のサンダルをはいて、ひとりで歩いていた。眼がやや落ちくぼんでいた。解雇されたばかりの砂糖きび農園の人夫頭のようだった。

それからまたマルコは監視の眼をすり抜け、こんどはプマランに再登場した。

明らかに彼はシティ・スンダリを探しているのだった。ソロの牢獄から解放され、ようやくマルコは、砂糖プランテーション放火事件に関与したのではないか、との疑惑からも解放された。きっと彼は、ふたたび法廷に引き出される理由がなくなったことで、ある種の虚脱感をおぼえていたはずである。プマランでは、さっぱりした白の詰襟服を着て、白のズボンに、ぴかぴかの黒い靴をはいていた。頭には、あたかも休暇中の混血児のように、グレーのフェルト帽が戴ってい た。籐のステッキを手に、颯爽と歩いていた。大きな眼と高い鼻、それが彼をヨーロッパ混血児ではないかと思わせる一因でもあった。その歩き方と落ち着いた態度が、内面の不安をうまくおおい隠していた。

その格好でマルコは、スンダリの父親の家を訪ねたところを目撃された。しかし彼らがどんなことを話したのか、知る者はなかった。

それから数日後、同じくプマランで、くたびれた格好をしたマルコが、ある中国人の店で腕時計を売ろうとしているところを目撃された。その後、うすぎたない服装で、靴もはかず、ステッキも持たず、タマリンドの木の下に坐っているところまで確認された。それから、足どりが消えた。どうやらスンダリの居場所を発見することには失敗したらしかった。

数日後、わたしは、マルコが貨物列車に乗って、ブタウィのガンビル駅に、夜の十時に到着する可能性があるとの報告を受けた。この東インドの新人類には会っておかねばならなかった。いちど彼の発言を聞き、眼の光を確かめ、そしてできれば、意見交換をしてみる必要があった。

総督官房府の自動車がゆっくりとわたしをバイテンゾルフからブタウィに運んだ。宿舎からガンビル駅までは馬車に乗った。貨物列車が入ってきて、停止したが、マルコの姿は発見できなかった。

翌日、わたしはオフィスで、マルコがおよそ八か月前に逮捕されたとき、そのポケットから押収したスンダリの手紙を読み返してみた。

マス。わたしの願いは、いまもなお、これからも、ミンケ様が流刑地からお帰りなるまで、こうやって活動をつづけていくことです。あのお方からなにかを学び、自分たちで新聞を発行できる能力を身につけ、それに関連したもろもろのことを覚えられたら、どんなに素晴らしいことでしょう。あなたもわたしと同意見でしょうが、あのお方から学べることは無数にある。だってそうでしょう。その時代の読者がなにを望んでいるかを見抜いて、それを紙面に反映させた『メダン』ほど成功した新聞は、いまなおありません。マス・チョクロの『ウトゥサン・ヒンディア』もそれはできていない。あのお方のような強い影響力をもった人物も、いまなお現われていない。こうしたもろもろのことは研究してみる価値があるはずで、この問題をあなたへの手紙の話題にしたからといって、あなたが落胆することはないと信じています。

この手紙が彼女の本当の気持ちを綴ったものだとしたら、新時代のピトゥンの流刑地からの帰還を、シティ・スンダリがずっと待ち望んでいたのは疑いない。その思いはいまも変わらないのだろうが、しかしその当人の足どりがまったくつかめないのだ。まるで紺碧の空に蒸発したかのようだった。わかっているのは、父親がジャワ銀行から下ろしたお金を持って行方をくらませている、ということである。そして、マルコが最終的にブタウィ入りしたところをみると、おそらくこの娘も、東インドの首都のどこかに身をひそめているのだろう。

はたして、スンダリは本当にブタウィにいるのか。

その答えをわたしが得たのは、それからようやく四か月たってからのことだった。この娘はオランダのロッテルダムにいたのである。そしてさらに数か月後、新たな報告が届き、マルコもまたロッテルダムにいることが判明した。

ワルディ、スンダリ、マルコ、——ラデン・マス・ミンケと深いつながりのある三人は、同じ国に集合していたのだ。そして彼らの精神上の父である新時代のピトゥンは、なおアンボンの流刑地につながれたままだった。

これで三人はわたしの〈ガラスの家〉を出て、わたしの監視の眼の届かないところにいることになる。ワルディはオランダ領東インド政府によって追放された。スンダリは逃亡し、マルコはその後を追った。

政治的人間である彼らは、刑法に触れる行為をしないかぎり、オランダ王国政府から追及されるおそれはない。それぞれの信念をかかげるのも宣伝するのも自由、またそれについて沈黙を守るのも自由である。ひとつまみの、とるにたりない知識しか持たない彼らは、ヨーロッパの生活に呑み込まれ、無価値な小人《リリパット》になるほかないだろう。彼らがその足で立っている土地は、故国のように泥の水田がひろがる大地ではなく、科学と高度な技術がなければなにも産まない不毛の砂地なのである。

そして東インドの状況はそれ自身の発展をつづけ、国外にいる彼らを忘却のかなたに追いやっていた。

部長はもはや、わたしの休暇の権利について、まったく触れようとしなかった。わたし自身もそれをあらためて議論することはなかった。そんなことをして何になるというのか。ヨーロッパはまだ戦乱のさなかにあったし、妻と子どもたちはみな、東インドとわたしではなく、オランダ本国を選んだのだ。

ある日、部長がわたしの部屋に入ってきた。その顔はてかてかして、まるで大学の卒業証書を受け取ったばかりの新卒者のように、口ひげも顎ひげも——考えてみれば、これはいささか奇妙なことなのだが——はやした痕跡がなかった。時がたつにつれ、しだいに彼は、自分がアメリカの讃美者であることを隠せなくなっていた。別の人格になろう、新しい人間になろう、そして腹蔵のない、率直なもの言いをしようと努力しているようにみえた。どのような心境の変化が起きているのか、わたしにはうかがい知れなかったが、彼が得意になって話して聞かせたように、そういうものがおそらく、アメリカ人の行動様式なのであろう。ここのところ、彼は自分を変えるべく懸命に努力し、植民地主義的な言動はとるまいと自戒しているらしかった。いまや彼は、新しい顧客のご機嫌をうかがうセールスマンのようであった。

こうしたわたしの判断は、それほど的外れではないはずである。少なくとも、わたしにはそう評価する権利があった。彼はたしかに変わりはじめていたし、変化は継続していくことになるのだが、その変化をもたらした要因は、さらに驚嘆すべき人物、全世界に名を知られた偉大な発明家の存在であった。その人物の名はトマス・エディソン。東インドでも十数年前から、彼の発明になる電球が、町々に普及しはじめていた。

しかしながら、こうしたことをこまごまと書き留めるのがわたしの本意ではない。その日、部長はざっくばらんな、それでいて丁寧な口調で、こう英語で尋ねた。

「パンゲマナンさん。ブディ・ムルヨの歴史について、ひと通り解説していただけないでしょうか」そしてわたしが口を開く前に、こうつづけた。「いやいや、失礼。これは行き過ぎたお願いかもしれない。でも、パンゲマナンさん。あなたはブディ・ムルヨの歴史を知っているというだけじゃない。当のブディ・ムルヨ会員よりも、この団体のことを理解しておられるし、それぱかりか、これ以外の諸団体の歴史についても精通されている」

わたしは彼の表情と言葉のひとつひとつに全神経を集中させていた。それは彼の変貌ぶりがますます顕著になっていったせいだけでなく、英語を使うことにわたしがあまり慣れていないせいでもあった。

「いや、わたしが知っているのはわずかです」とわたしはオランダ語で答えた。「ここは歴史を研究するところではなく、個々の問題を調査するところですからね」

「わたしには英語で話していただけませんか」

わたしは無視して、こう言った。

「ブディ・ムルヨを標的にスネーフリートが攻撃を仕掛けていることは、当然あなたもご存じでしょう。これについては、あなたなりのご意見があるはずです」

このときわかったのだが、部長がわたしの部屋に来たのは、ふたつの仕事を同時にこなしたかったからだ。第一に、こみいった問題を英語で議論する練習をしておくこと、第二に、自分の仕事がどうにも手に余るために、わたしの協力を求めることである。スネーフリートは原住民ではなかったから、彼と東インド社会民主同盟をめぐる問題は本来、わたしの管轄外だった。

スラバヤの倶楽部マリンにおける定例の講演で、スネーフリートは、ブディ・ムルヨと東インド政府を同時に標的とした、あからさまな攻撃を行なっていた。この大きく、確固たる地位を築いたプリブミの社会団体を、彼は、みずからの責務を理解していない組織であると非難した。なぜなら、ブディ・ムルヨは、同胞を導いていくと言いながら、その同胞に奉仕するよりも、植民地権力に奉仕しているからである。

自分たちと同じ名前を冠した小学校を各地に設立したブディ・ムルヨは、ジャワ人の団体と称しながら、そのじつジャワ語を学校のカリキュラムに組み入れていない。むしろ、ブディ・ムルヨ学校の生徒たちは、一年次から七年次まで、オランダ語原住民小学校、ヨーロッパ人小学校、オランダ語中国人学校と同様、オランダ語を使うよう教育されている。東インド政府は、中国人の児童用に、オランダ語中国人学校を設置した。だが、プリブミのために、政府はなにをしてきたか。なにもしていない！　プリブミの学校を建設することが、まさに政府の責務であるにもかかわらず、である。一九〇九年以来、プリブミのためにヨーロッパ式の小学校を建設してきたのが、なぜ、ブディ・ムルヨなのか。本来政府が果たすべき責務を、なぜブディ・ムルヨが代行してきたのか。

東インド政府は、ブディ・ムルヨが率先してやってきたことを、貴重なものとして、いち早く評価した。政府の覚えがめでたいことに、ブディ・ムルヨはのぼせ上がった。同胞を導くと称するブディ・ムルヨは、そんなことのために設立された団体なのか。いったい、彼らは、オランダ領東インド政府の下部機関になろうというのか。ブディ・ムルヨ学校の卒業生たちはやがて政府に吸収され、その下僕となっていくというのが、彼らにはわからないのか。いまブディ・ムルヨ学校で学んでいる生徒たちに、尋ねてみるがいい。卒業後、きみたちはどうするのか、と。即座に、異口同音の答えが返ってくるはずだ。政府の役人になる！　と。あと一、二年して卒業生が出るようになったら、政府の公職につくために彼らがどうやって列をなすか、この眼で確かめようではないか。

気の毒なのは、入会金と毎月の会費を払ってきたブディ・ムルヨ会員である。その子どもたちは、同胞への愛ではなく、役所への愛をはぐくむよう教育されているのだから。気の毒に。まったくもって、気の毒である！

自分たちの無為無策を東インド政府が恥じたことは、ブディ・ムルヨをますますのぼせ上がらせた。ブディ・ムルヨが最初の学校をつくって五年後の一九一四年、ようやく政府はオランダ語原住民小学校を設置した。だがそれから七年後、各地のオランダ語原住民小学校が大量の卒業生を社会に吐き出すようになったら、政府機関に職を得るにはオランダ語が必須であるから、ブディ・ムルヨ学校の卒業生たちが厳しい競争にさらされ、四苦八苦するのは目に見えている。

ブディ・ムルヨは現代世界のイロハを学ばねばならない。ここでいう現代《モデルン》とは、たんにオランダ語が使いこなせることを意味するのではない。ブディ・ムルヨの諸君は、卒業生は同胞のために働く意志がないことを、ちゃんと知っているのではないか。オランダ語のできる労働力を政府に献上するために、わざわざ汗を流し、資金を出しつづけることに、いったいなんの意味があるというのか。そうやって、東インドの同胞に対するオランダ帝国主義の支配を打ち固めるのに協力することに？　プリブミは自分たちの置かれた状況を憂うべきではないか。現下のヨーロッパの戦争を思えば、なおさらそうではないか。

プリブミのすべての団体は、ブディ・ムルヨのような痴呆ぶりを、彼らの尻馬に乗って演じることはしないと決議すべきである。いったい、東インドの同胞のために真に活動するプリブミ団体は、どこにあるか……？

スネーフリートはこのように舌鋒鋭く攻撃した。

もし彼がヨーロッパ人でなかったら、政府の対応策はより簡単であったろう。しかし彼はヨーロッパ人というだけでなく、どんな法廷闘争でもたたかえる武器を備えていた。彼を原住民のようにそう軽々に扱うことはできなかった。政府の権威を傷つけるような演説をしたという理由だけで彼を法廷に引き出すことは、かえって、無能な東インド統治者として総督の顔に泥を塗る、やぶ蛇になるおそれがあったのである。

スラバヤの倶楽部マリンにおけるスネーフリートの演説は、諸刃の剣であった。

「この攻撃でブディ・ムルヨは大きな痛手をこうむるでしょう」とわたしは言い、この団体の歴史についての話を終わらせた。「ブディ・ムルヨは、設立以来、同胞たるジャワ族に奉仕することをうたい文句にしてきただけでなく、実際そのために懸命の努力をしてきた。スネーフリートの攻撃ほどブディ・ムルヨを激しく揺さぶる批判は、かつてなかった。そのうたい文句はインチキであったことが白日のもとにさらされた。ブディ・ムルヨが身を粉にして働いてきたのは、自分たちの理想と正反対のことを実現するためであった、と告発されたのですからね」

部長は、謙虚な学生のように、この話に熱心に耳をかたむけていた。それはまるでわたしの直属の上司でも、東インドの運命を決することに参画してきた、神々のひとりでもないかのようであった。

「憂慮すべきなのは」とわたしはつづけたが、もうオランダ語ではなかった。「そうした告発が、ブディ・ムルヨにも東インド政府にも馴染みのない、ある新しい考え方――新しい価値観にもとづいた新しい考え方、つまり、すべてのことを人民に対する政府の責務、という観点から評価する考え方に発している、ということです」

「パンゲマナンさん。あなたの見解では、そのスネーフリートの発言は正当ですか」と彼は相変わらず丁寧な口調で訊いた。

「それはわたしがどこに身を置くか、どういう考え方をとるかによる」とわたしは答えた。

「公職にある者としてではなく、私人としてのあなたの見解を」と彼はなお英語で言った。「公人としてのあなたの見解は、すでにわかっている」

「もしわたしがヨーロッパにいるのであれば、スネーフリートにはそういう意見を述べる権利がある、と考えるでしょう。彼の発言の正当性については、是とするにせよ非とするにせよ、人それぞれ根拠をあげられるし、その根拠をめぐって議論する余地もあるでしょう」

「私人としての見解を述べるのはひどく慎重なようですね、あなたは」と彼は刺すような笑いを浮かべた。そして「そう」とつづけた。「公人としての見解なんて、一番たやすいものだ。だってそうでしょう。公人としての見解の背後には公権力が控えているから、どんな考えをしようと、なんの心配もいらない」それから彼は声をたてて笑った。「わたしがだんだんこの職場に嫌気がさしてきたのも、そのせいでしてね。で、私人としてのあなたの見解は？」

彼の言葉は、ますます親密であると同時に丁重になってゆき、その分わたしを不安にした。安全な道へ話を戻さねばならなかった。

「わたしの考えでは、答えは単純明快です。総督は東インド評議会に、原住民にヨーロッパ式教育を施すことの損得について諮問したが、評議会は現在もなお答申を行なっていない。どうやら答申をわざと先延ばしにしているらしい。とはいえ、それは答申がなされないということではない。わたしの考えでは、政府の果たすべき責務をブディ・ムルヨが代行したのであれば、政府が面目ないと思うのは当然のことです」

「でもあなただって知っているでしょう。適切だと判断したブディ・ムルヨ学校には、多額ではないにしても、政府が補助金を出してきたことを」

「ブディ・ムルヨ学校に補助金を出してきたのは事実だと言われれば、それはまったくそのとおりです。でも一校につき五十ギルダーの補助金は、政府からすればなんということはない額だ。けれどもブディ・ムルヨ会員から五十ギルダーを集めるとなると、百万倍も貴重な大金です」

「あなたはまだ私人としての見解を明らかにしていない」と彼は言い、まるでわたしがメナドのエディソンでもあるかのように、さらにまじまじとわたしを見つめた。

しゃべりながら、彼は、自分の声に合わせて全身でアメリカ流の民主主義を実践しているのだといわんばかりに、頭と手足をたえず動かしていた。

いかにエディソンはこの人物を変えたことか。そしてまたなんと皮肉なことか。エディソンは死せる物質に生命《いのち》を与えたが、われわれふたりの仕事は、生命あるものに死をもたらすことなのだから。彼は仕事の一環としてブディ・ムルヨについて質問し、わたしはおのれの保身のためにそれに答えた。彼はブディ・ムルヨがヨーロッパ人の攻撃を受けたことに不安を覚え、わたしもまた、その攻撃が自分自身にむけられていると見なさざるをえない原住民として、不安を覚えていた。

われわれの議論は二時間以上つづいた。それはわたしがここで働くようになってこの数年、かつてなかったことだった。

わたしがなおも彼の問いに正面から答えず、問題の核心を避けてばかりいるのを見てとった部長は、きわめて慇懃な口調で、そして相変わらず英語で、わたしの見解と政府がとるべき対応策について、概要をまとめるよう求めた。

二日間、わたしは各地から届いた資料と電文を精査した。資料などから断然明白になったのは、ブディ・ムルヨは、スネーフリートの攻撃に応答していなかった。一方、ブディ・ムルヨは、スネーフリートの攻撃に応答していなかった。資料などから断然明白になったのは、ブディ・ムルヨの指導者たちがパニックにおちいっていること、少なくとも、プリヤイの頭脳ではまったく理解の及ばない新しい考え方に直面して、途方に暮れているということだった。いまブディ・ムルヨは、まばたきもできないほどの攻撃力をもった考え方に、創設以来はじめて直面しているのだ。彼らが沈黙しているのは、わたしの見るところ、スネーフリートの攻撃がまさしく正鵠《せいこく》を射ていたからである。このことはわたしの仕事をやりやすくした。わたしは機械のように働くことができた。

しかしスネーフリートの攻撃は同時に、東インド政府の心臓にも命中していた。そして政府となんらかの共通利害をもつ者は誰でも、この攻撃に傷ついた。むろんわたしもそうである。だがわたしはスネーフリートの正しさを認めた。わたしの個人的な利害はどうでもよい。報告書をまとめることじたいは容易だったが、しかしここには互いに矛盾する問題がいくつかふくまれていた。ブディ・ムルヨは飼いならされた団体で、政府と良好な関係にある。政府を攻撃しているのはヨーロッパ人である。そしてわたしに食い扶持を与えてくれているのも政府である。だがスネーフリートの攻撃は、権力の側や私的利害という観点ではなく、真実という観点から見るならば、まさしく正当なものであったのだ。

冒頭から、わたしはこう書いた。

絶えざる運動によって老朽化した思考を革新すること、それはすでにヨーロッパの伝統と化したものであり、その伝統があればこそヨーロッパはつねに若々しく、新鮮でいられるのである。スネーフリートは歴史的に、この伝統の継承者である。東インド政府の倫理的な責務について彼が述べてきたことは、その中身と語調において、半世紀前、みずからの発言ゆえに東インドを国外追放されたドミネ・バロン・ファン・ホエフェル[112]の述べたことと、同じである。あるいは、まさに総督ファン・ヒュ―ツ閣下がはじめて行なったことと、同じである。

スネーフリートは間接的に、植民地統治機構に著しい欠陥があることを指摘しているが、それはオランダ下院でリベラル派がつとに訴えてきたことでもある。元東インド文教部長官ファン・アベロン氏の活動、ジェパラの娘の夢をかなえるために委員会と基金が設けられ、各地にジェパラの娘学校が建設されたこと、また、スマランに原住民のための女子中等学校を開設したファン・デフェンテル氏の支援活動、これらはいずれも、東インド政府がその倫理的な責務を十分に果たしてこなかったことに対する、リベラル派内の急進勢力の不満を反映したものにほかならない。したがって、スネーフリートの主張に耳を貸すことは、東インド政府がみずからの顔に平手打ちを食らわせるのも同然である。

スネーフリートとその仲間は過激な急進派にすぎないとする見解は改め、もっと真剣で注意深い関心を払わねばならないと思われる。最近の彼の演説からいっそう明らかになっているのは、これまで東インドでは馴染みの薄かった、ヨーロッパ仕込みの、ある種の新しい論理《ロジック》が使われていることである。一方では、まさしくその新しい論理こそ、彼らは過激分子であると印象づけるものなのだが。まずはこの新しい論理を検証してみるべきである。

ただ、まことに遺憾なのは、この攻撃が公衆の面前で行なわれていることである。こうした発言は本来、東インド評議会のメンバーの前で、非公開でなされるべきものである。スネーフリートとその仲間たちがとったやり方は、東インド社会を驚愕させ、ブディ・ムルヨの気持ちを萎えさせるだけである。

わたしがかくも高い地位にあることをずっといまいましく思ってきた連中にとって――そして、植民地気質《かたぎ》というものがどんな行動となって表れるか、わたしはよく承知していた――この報告書は、わたしがスネーフリートを弁護していると非難する絶好の機会を与えそうだった。だがそれはわたしの関知するところではない。知識人としてのわたしの責任はどうやら、植民地的な利害と衝突するほかないらしかった。わたしは自分の意見をあくまで貫くつもりだった。

報告書を仕上げて提出したあとも、部長はまだ満足しなかった。彼はこんなメモをつけて報告書を差し戻した。《研究をまとめるだけが仕事ではない。政策を提言することもわれわれの仕事だということを、どうやらあなたはお忘れのようだ。官房府は研究機関にあらず。》

部長の言うとおりだった。しかしそれでも彼はわたしの書いたことを否定しなかった。彼の意向にそって報告書をまとめようとした矢先に、部長はわたしの部屋にやってきた。

「スネーフリートについては」とわたしは言った。「政府はなにもしないほうがいい」

それからわたしは、この二年間たびたびくり返してきた持論をまたくり返した。すなわち、集会結社の自由を制限するような法制化は時期尚早である。また、総督はいつでも非常大権を行使することができるが、現在はそんな状況にない。まして、オランダ王国は戦時下にあるのだから。非常大権は、事態がもはや収拾できなくなったときに、行使するべきである、と。

「パンゲマナンさん。わたしが知りたいのは、そんなことじゃない。それはみな共通の了解事項になっていることだ。忠実なブディ・ムルヨに政府はどんな態度で接するべきか、どんな方針で臨むか――そんな問いを総督が発しなくてよいようにしたいのです」

「えっ、そんなこと?」とわたしは驚いて声を上げた。実際、わたしの驚きは非常に大きかった。原住民《プリブミ》団体のことを案じる植民地統治者など、東インドの歴史において、これがおそらくはじめてだったからだ。

「そういうことであれば、まちがいなく政府は、原住民団体に対して新しい伝統をつくりつつある。これまでわたしが目を通してきた公文書には、そんな問題意識はまったく見られなかった」

「でも、すべての公文書が閲覧できるわけじゃない」


彼の言うとおりである。関係者が一回読んだだけで廃棄される文書は無数にあるのだった。

「政府はブディ・ムルヨを」と彼はつづけた。「法人格をもった原住民団体のなかで唯一、政府に忠実な団体だと評価している。あなたにはそれだけ言えば十分でしょう」

「しかし、場所によっては、プリヤイが会員になるのは禁じられている」

「そう。でもそれはまた別の問題だ。場所によっては、指導者が自分たち独自の活動方針を打ち出して、その土地の行政当局を困らせているケースがあるから」

「なるほど！」とわたしは声を上げた。原住民団体に関する公文書に、わたしの閲覧できないものがあるとわかったからだ。「あなたの説明だけで十分だとおっしゃるのなら、わかりました、それでさっそく報告書をまとめてみましょう」


いざはじめてみると、この追加の仕事は当初思ったほど容易ではなかった。手がかりとすべきものは漠然としていて、推測をまじえてやるほかなかったが、それはわたしを誤まらせる可能性をはらんでいた。そしてそれが意味するのは、わたし自身の転落の危険性が大きいということである。部長が語った言葉をそのまま引用するわけにもいかない。彼が真実を話したとはかぎらないからだ。わたしに罠を仕掛けていることもあり得たのである。

わたしは長時間、熟慮を強いられた。手持ちの資料を再検討してみた。結局、部長の言葉の正しさを認めるほかなかった。そうやってようやく、わたしはこう書いた。

政府は、ブディ・ムルヨへの攻撃が起きたことを、言葉で表明する必要はないにしても、遺憾に思うべきである。毎年ブディ・ムルヨに補助金を出してきた文教部は、ここまで沈黙を通しているが、ブディ・ムルヨに接近するべきである。このような攻撃を受けたブディ・ムルヨは、田圃《たんぼ》の真ん中にひとり取り残された幼児のようなものである。いくら泣いてもその声は誰も聞いてくれない。だから、こんなときにやってきて同情を示してくれる者は誰であれ、自分の母親以上の存在だと彼らはみなすであろう。政府にはこの幼児にアプローチすべき好機が訪れたのである。

政府がとるべき最善の道は、ブタウィのブディ・ムルヨ指導部を招いて、文教部長官に引き合わせることであるが、ただし、招くのは現役教師として教壇に立っている者にしたほうがよい。なぜなら、少なくとも、彼らはオランダ語をうまく話すことができ、そうすることで双方に恥をかかせたり落胆させたりすることがないからである。もしこの会見が満足すべきものであったなら、次はさらに進んで、総督への謁見も可能になるであろう。ただしこうした政府の配慮は、スネーフリート一派にさらなる攻撃の材料を与えないよう、新聞報道で表沙汰にならないようにしなければならない。

二日後さっそく、ブディ・ムルヨ指導部が、文教部長官の自宅に招かれた。もちろん、わたしも同席した。この会見は長官宅の裏庭で行なわれ、屋外での茶話会というかたちをとった。

客人たちは一様に、目上の者に従順で卑屈なジャワのプリヤイらしい態度を見せ、文教部のトップの一言半句も聞き漏らすまいと、真剣そのものの表情だった。彼らはいかなる話題であれ、みずから持ち出すことはけっしてなく、あくまで相手の発言を待ち、それに応じて答えるという姿勢を崩さなかった。

受身の態度に終始するプリヤイたちに、文教部長官が徐々にうんざりしていくのがわかった。このままでは会見も失敗に終わりかねない。わたしは長官の耳元にあることをささやいた。それを引き取るようにして彼は、なにか質問したいことはないか、ブディ・ムルヨはなにか困難に直面しているのではないか、そうであれば政府として支援の手を差し伸べられるかもしれない、と客人たちに積極的な発言をうながそうとした。

どうやら客人たちは、事前になにも考えてこなかったらしい。文教部長官に招かれたというそのことだけで、彼らにとっては天にも昇るような大事件だったのである。質問や問題を提起するチャンスが訪れるや、たちまち困惑の色を浮かべた。やがて、ある者は、政府がブディ・ムルヨ学校の卒業生のために、師範学校にしかるべき場を用意してほしい、と懇願した。ある者は、ブディ・ムルヨが自前の高等学校を、自前の師範学校を設立できるよう、政府の指南を求めた。またある者は、大半が師範学校を出ていないブディ・ムルヨの教師たちが、政府から能力向上のための講習を受けられるよう要請した。

結局、彼らがどんな困難に直面しているか訴えなかったので、文教部長官はなんの約束も与えなかった。そして双方とも、こうやって会見の席が設けられたのもまさに、看過しえない攻撃が行なわれているからであり、そんなことはみな百も承知だというように、スネーフリートの攻撃に言及する者はなかった。

提起された問題はすべて書記官が記録した。

長官自身は原住民の相手をするのに不慣れらしかった。彼はまだおのれの傲慢さを押し隠すべを知らなかった。長官が立ち上がって会見の終了を告げようとしたとき、ブディ・ムルヨ指導部のひとりが発言を求め、県議会にブディ・ムルヨの議席数を増やすのは時期尚早なのか、と政府の姿勢を問うた。

しかし文教部長官はそれを無視して席を離れた。予定の時間がすでに経過していたのだ。彼がその問いに応じなかったのは賢明だった。というのも、その扱いは内務部長官の権限だったからである。

このようにしてわたしは、彼ら自身の達成したこととその名声を誇りにできるように、そしてスネーフリートの攻撃に動じないでいられるように、ブディ・ムルヨを持ち上げてやったのだった。文教部長官はさらに進んで総督への謁見までは必要ないと考えていた。

会見の翌日、部長が早朝からわたしを訪ねてきて、こう伝えた。

「パンゲマナンさん。あなたの勝利です」と彼は、身体をしきりに動かしながら、にこやかに言った。「彼らを招待するように総督からご下命がありましてね。昨日のようなぎごちない会見にならないよう、しっかり準備をしてもらえませんか」

こうしてわたしは準備をはじめた。その朝のうちに、ブディ・ムルヨ指導部のひとりを呼んで面談した。彼はジャワの服装をして、鞄をさげてやってきた。それほど背は高くなく、小太りだった。

わたしの部屋に入ってくるや、彼は立ち止まって腰をかがめ、学校の祝典でスピーチをするような調子で、こう言った。

「ブディ・ムルヨ代表、マス・スウォヨ、総督官房府に呼ばれてまいりました」

彼のオランダ語は流暢で、欠点がなかった。ジャワなまりは、ほぼ完璧に矯正されていた。

わたしは近づいて彼を迎えた。

「ブディ・ムルヨの書記長にお会いできてうれしいです。スウォヨさん。どうぞおかけください」

彼は鞄を床に置いて椅子に坐った。わたしはその鞄を持ち上げてテーブルの上に置いた。安っぽい革製スリッパをはいているのが目に入った。

「きのうの文教部長官との会見に、スウォヨさんの姿はありませんでしたね」とわたしは切りだした。

会見が行なわれるという電報を受け取ったとき、彼はちょうどジョクジャカルタに滞在中で、間に合わなかったのだという。

「ジョクジャではきっと、スネーフリートの攻撃をどうするかの議論で忙しかったんでしょうね」

「忙しかったろうと言われるとそうでもなかったのですが、では忙しくなかったかと言えば、まあ、多少は忙しかったといったところでしょうか」

「で、ブディ・ムルヨの受け止め方はどうなんですか」

「われわれは空疎な言葉で対応するつもりはない。実際の行動で応じる」と彼は腹心に相対するように答えた。

「それが一番でしょうね、きっと。で、その行動とはどんなことですか、たとえば」

「これまで以上に懸命に働くことです」

「そのとおりです。スウォヨさん。あれは犬が吠えているようなもので……」とわたしは言い、彼の顔を見つめた。その奥に秘められたものは容易に推し量れなかったが、彼のもの言いは実の父に対するように率直であった。

　わたしのような植民地支配者の前では、彼の返答はオルガナイザーとしての未熟さを露呈させるだけだった。スネーフリートを相手にしたら、とうてい太刀打ちできないのは明らかである。オランダ語はたしかに一級品だが、その思考法は先祖のようにまだ幼稚だった。見るからに誠実そうで、そうした人格的な力でもって、自分の私的な利益にはなにひとつ結びつかない組織を、倦むことなく育ててきたのだった。

「ちょっと失念してしまったのですが、あなたが公務員として働いていたときの最終ポストは何でしたか。視学官、それとも師範学校の教師？」

「パンゲマナンさん。あいにくですが、わたしはそれよりも、ブディ・ムルヨの人間として記憶されたい」と彼は答えた。わたしに言わせれば、それはうぬぼれというものである。「ジャワの若い世代を育てる仕事は、われわれにとって、もっとも重要なものです」

「おっしゃるとおりです。ブディ・ムルヨ以外に、その先駆者となるべき者がおりましょうか。ジャワ族の後進性を認める者は誰であれ、あなたをお手本にして同じ道を歩むしかない。あなたのような指導者をもったジャワ族は幸いだ」

「いや、それは過大評価というものです」

「しかるべき評価を受けるのは当然の権利ですよ」

「ありがとうございます」

わたしは、その日の夕方五時に、総督みずからブディ・ムルヨの指導部と会見する意向であるが、すでに前日の文教部長官との会談で提起された諸問題は、総督の前ではくり返さないでもらいたい、と彼に伝えた。その場で持ち出すのは、ブディ・ムルヨ自身にとって喫緊の関心事だけにするのが望ましい。さらにわたしは、これらのことはいっさい報道関係者に漏らさないよう念を押した。

彼はブディ・ムルヨに対する政府の配慮に深甚なる感謝の意を述べ、わたしは別れのあいさつをした。

ドアの手前で彼は、謝意と敬意を同時に表わそうとするジャワ人の伝統的なやり方にのっとって、腰をかがめながら感謝の言葉をくり返した。

この面談から、わたしは次のような結論を得た。私利私欲をはかることにうつつを抜かすような者は組織の指導部にひとりもいない、とブディ・ムルヨは信じており、マス・スウォヨはその確信を必死になってみなに共有させようとしてきた。ジャワ族の若い世代の進歩にブディ・ムルヨが多少なりとも貢献できるならば、それでもう幹部たちは満足で、幸せなのだ、と。

もしスネーフリートの前でしゃべることになれば、きっと彼は、「諸君はジャワの若い世代をどの方向へ進歩させようというのか」と質問されるはずである。だが総督はちがっていた。イデンブルフ総督はさもわかったというように、うんうんとうなずくだけであった。

マス・スウォヨと仲間たちは、組織の代表として発言することに全力をかたむけた。前日の文教部長官との会見とは様変わりしていた。文教部長官も同席していたが、ひとことも意見をはさまなかった。もっと如才なく振る舞うよう総督から注意されていたのかもしれない。その夕方、総督は謁見者たちに対してことのほか愛想がよく、あらかじめ用意していたと思われるジョークを連発することに懸命だった。しかし彼もまたスネーフリートに言及することはなかった。

謁見の終わりに、イデンブルフ総督は、ブディ・ムルヨと政府の良き相互理解を願っている、ブディ・ムルヨが代表する民族にとって、この会見が建設的なことのはじまりになってほしい、と述べた。そして、願わくは、この良きはじまりが、自分の後任者によって引き継がれ、発展させられることを。

ブディ・ムルヨのもっとも重要な創設者のひとりに、いまはブロラのミッション系病院で医師として働いているトモがいたが、依然として彼のことが話題になることはなかった。他の創設メンバーのことも。

イデンブルフ総督との謁見後、マス・スウォヨの名は植民地の天空高く舞い上がり、実力者として広く世にうわさされることになった……。

11

イデンブルフ総督の任期が終了した。世界大戦という難局にかんがみ、かつてのファン・デル・カペレン総督のように、彼も再任になるだろうとの観測がさかんに流れていたが、それは現実によって否定された。交代は既定の方針であったのだ。

やがて、後任者が到着した。ファン・リムブルフ・スティルムである。

引き継ぎのセレモニーは、不安な世相を反映して、きわめて簡素に行なわれた。それはオランダ領東インド政府自身の危機意識の表われでもあった。いまやジャワは、ふつふつと不穏な空気に包まれつつあったのだ。各地でストライキが頻発していた。あらゆる生産部門とサービス業部門において、もっとも重要なのは人間の労働力であり、機械でもなければお金でもない、だから、人間の労働力にはそれに見合った賃金をもって報いるべきである、と訴える者たちがぞくぞく登場した。荒れ狂うストライキは、賃上げを要求した。ストライキの影響で国庫収入はますます減少し、それに伴って東インド政府は多くの困難に直面した。

イデンブルフの帰国もまた、前任者たちのように華やかなものではなかった。

わたしは港まで見送りに加わったひとりだった。見送る者たちのなかにはスウォヨ氏の姿もあった。ジャワの服装に身を包んだ彼は、溌溂として、県知事や理事官たちのあいだをきびきびと動きまわっていた。イデンブルフ氏も颯爽として、見送りの者たち全員に忙しく声をかけた。

汽笛が鳴ると見送りの者たちは下船した。最後まで残ったのは、わたしをふくむ官房府のスタッフであった。この機会に、イデンブルフ氏は、公共の秩序と安寧を守るためにわれわれが協力したことに、深甚なる感謝の意を述べ、新総督ファン・リムブルフ・スティルム氏にもいっそうの力を貸してやってほしい、と言い残した。

船は岸壁を離れた。

桟橋の上で、他の者たちと同じように、わたしは手を振って別れを告げた。前総督の一家はデッキの手摺りにもたれて、見送りの者たちに手を振り返した。

船はしだいに遠ざかった。煙が黒い塊となって立ち昇り、だんだん薄くなって東インドの空に消えた。

イデンブルフは去った。彼は東インドに、原住民《ブリブミ》団体との友好関係という、新しい慣習のはじまりを置きみやげにした。離任直前にも彼はなお、自分は法によって処罰もしたが恩恵を施すことも忘れなかった、としきりに好印象を残そうとつとめていた。ラデン・マス・ミンケとダウワーヘル、ワルディ、チプト医師には処罰を、そしてブディ・ムルヨには友好的な雰囲気のなかで恩恵を。しかし彼は同時に、新たに取り組むべき仕事も残した。それはスネーフリートとその一派が教えた新しい教義、新しい論理がもたらしたものであった。事態はますます容易ならざるものになっていった。多くの名前がつぎつぎに現われては消えていった。消えずに残った名前は、スルヨプラノト、ジョヨプラノト、ソストロカルドノ、サストロカルトノ、グナワン、グナディ、スカンダル、スクンダルといったものであるが、わたしは彼らをほとんど区別することができない。スマントリ、マントリ、スマン……その数は九十を下らなかった。全員がそれぞれ活動にかかわり、全員が反政府の姿勢を鮮明にしていた。そして全員がそれぞれに支持者を持っていた。ストライキをしたことがないのは、国家の下僕くらいのものであった。

雑誌が雨後の筍のように発行された。ソロで、スマランで、ジョクジャカルタで。そのいずれの土地でも、スラバヤよりも、またさらにブタウィよりも、雑誌の数は多かった。雑誌は小さな町でも出されたが、それは活版印刷ではなく、謄写版刷りだった。どの雑誌も、互いに衝突するような、多種多様な考えを載せていた。ほとんどすべてが、ヨーロッパ流の考え方を伝統的なそれに接ぎ木しようとして、とくに市場マライ語を使っているものは、ひどく混乱した考えを示していた。そして東インド政府に対しては、総じて、同じ姿勢をとっていた。反政府である。

これらの雑誌を大車輪で研究したのは、むろん、わたしを措いてなかった。雑誌のなかには、月刊もしくは半月刊をうたいながら、一回出ただけで停止し、五か月、六か月後にまた発行されるものもあった。そして、保存のため数部寄贈してほしい、というバタヴィア学芸協会附属博物館の図書室の要請に応じた雑誌は、ほとんどなかった。

どの雑誌にもほぼ毎号、他誌に対する攻撃と反論が掲載された。驚きだったのは、こうした論争に、宗教をめぐる対立がついぞ見られなかったことである。主要な論争点は、祖国《くに》というものの概念と、暮らしの意味にかかわるものだった。ある雑誌は祖国の崇高さを称揚した。国民は祖国をもち、それをはぐくみ、建設し、守っていくが、その国民を成立せしめるものこそ祖国にほかならない。すると別の雑誌は、祖国なんぞ糞くらえだと書いた。たとえ南極、北極であっても、暮らしを保障してくれるのであれば、そこが祖国である。祖国とは自然界そのものである。こうした対立と論争はやむことがなかった。

　彼らはその用語を使ったわけではなかったが、原住民の思想の世界に、はじめてナショナリズムとインターナショナリズムの問題が浮上したのである。そしてそれはいずれも、かのヨーロッパで起きている対立の反響《エコー》でもあった。

　こうした事態は、L氏の講義の言葉を思い起こさせた。このジャワで誕生したものはことごとく、アジアの大陸部で起きたものの反響にほかならない。それにいまや、ヨーロッパからの反響が加わったわけだが、またしてもそれは原則なき受容である、と。

　L氏の言葉を、わたしは当面の手がかりにすることができるだろう。だがスネーフリートもおそらく、どのように原則を堅持していくのか、ひとびとに教えようとするはずだ。そしてもうひとりのバールスも、東ジャワで話をするだけでなく、中部ジャワでも徘徊をはじめていた。

まさしく、こうしたことすべてに、ファン・リムブルフ・スティルム総督は直面することになるのだ。そしてわれわれは、彼がなすべきことにむけて、こまかな調査と下準備をしておかねばならないのだった。

彼は宮殿に入った。

東ジャワと中部ジャワでは、声高に賃上げ要求が行なわれ、罷業つまりストライキが起きた。いくつかの土地では、質屋の従業員たちが職場に入ることを拒否して、敷地内に集まり、これから質屋を利用しようという客たちと合流した。それから、いくつかの農園の労働者たちがつづいて立ち上がった。

あるヨーロッパ企業の支配人は、腹立ちまぎれに、ストライキ参加者たちを「豚」と呼んだ。押しても動かない《モゴック》、引いても動かない《モゴック》！　それこそ豚の習性である、と。これ以来、オランダ語の「罷業《スタキン》」やマライ語の「就業停止《ベロッ・クルジャ》」に代わって、「モゴック《うごかない》」がストライキを表わす言葉になった。

こうした原住民のあらゆる活動領域のうちで、王座を占めると目されたのは、ジャーナリズムの活動である。むろんここでいうジャーナリズムとは、ヨーロッパ的な意味でのそれではなく、実名であれペンネームであれ、イニシャルであれ、新聞雑誌で自分の名を前面に大きくかかげて書くスタイルのものをさす。この新しい現象は、直接にはラデン・マス・ミンケに由来している。かつて彼は仲間にこう語ったことがある。人はどこまでも賢くなれるが、書くということがないかぎり、社会に埋もれ歴史から消えてしまう、と。もうひとりジェパラの娘も、書くという作業は永久化のための作業である、と言った。東インド流のジャーナリズムは、リーダーシップを求める原住民の運動と永遠性への欲求が、おのずと融合したものであったのだ。

指導者としていかに公衆の前で名をはせようと、新聞雑誌でその発言が知られないかぎり、重みのある人物とはみなされなかった。同じことはオランダ在住の東インド原住民についても言えた。ワルディは書かなかったが、ソスロカルトノ[113]はオランダ・ジャーナリズム界の寵児となっていた。オランダ人の筆名を使っていたのに、彼が何者であるかは周知のことだった。これにつづいたのがジョヨプラノトで、彼はあるインタビューに答えて、自分はジェパラ出身のソスロカルトノと同じ道を歩むつもりであると語っている。ジョヨプラノト自身は、ドイツ国民として兵役義務を終了したあと、逃げるように同国を離れ、オランダに定住したのだった。

このジョヨプラノトについては、興味深いことがある。わたしと同様、彼もまたあるドイツ人薬剤師の養子だった。そしてラデン・マス・ミンケと同じく、バタヴィア医学校の中途退学者でもあった。彼はオランダ語でもドイツ語でも、燃えるような若々しいスタイルで書いた。これは、冷静で説得力のある書き方をした、ソスロカルトノと対照的である。

ジャワでは、ソスロカルドノがソスロカルトノの文体を踏襲しているようだった。彼の文章はどれをとっても、冷静さと重厚さを追求していたのだ。

マルコがオランダで活字にしたものはなにもない。だいたい、彼の貧弱なオランダ語力と限られた知識では、なにを書けるというのだろう。それより、わたしがもっとも気にかかっていたのは、言うまでもなく、シティ・スンダリのことだった。彼女も書いてはいなかった。かの地で彼女が勉学をつづけているのかどうか、わたしは知らない。もし勉学に専念しているのなら、東インドに帰国したあかつきには、重みのある、有能な書き手になるだろう。

書かないマルコとスンダリは、チェスの盤面から姿を消したも同然だった。しかしわたし、ふたつのnのパンゲマナンは、彼らの行動をこれから先もずっと記録しつづけるだろう。

ジャワでも、ふたりの名は忘れ去られつつあるようだった。新たな中心になりそうなのはグナワンとソスロカルドノだったが、その動力はスルヨプラノトで、彼はいかにして国庫収入に打撃を与えるか、ヨーロッパ企業を倒産させるかをいつも模索していた。

就任して最初の数日、ファン・リムブルフ・スティルム総督は、こうしたもろもろのことを知ろうとする意思がないように見えた。官房府のスタッフは緊張した。宮殿の外の状況は日ごとに悪化していった。政府を支持する諸団体は攻勢に転じる主導権をうしなっていた。われわれは、混乱がつづく現在の事態に総督は関心がないのではないか、と疑った。もしそうだとしたら、官房府がより多くのイニシアティブを発揮せざるをえまい。

一週間が過ぎてもなお、総督は誰とも会おうとしなかった。召使いから得た情報では、総督と奥方はいまだ家具の配置に忙しいらしかった。一週間も！　外では、プランテーションやその他のヨーロッパ企業の支配人たちが、一様に不安を募らせていた。事態の悪化に明確かつ強硬な新方針がとられることを彼らは期待した。

新総督の到着から九日後、ようやく官房長官が宮殿に呼ばれた。それからほどなくして、総督自身がお供の者と副官たちを伴って官房府を訪れた。彼はわれわれの仕事部屋をすべて視察してまわった。それほど威圧的な印象はなく、笑顔が多かったが、口数は少なかった。目つきには落ち着きがあったが、やや髪の薄くなった頭はしきりにうなずくだけで、横に振られることはめったになかった。

総督が官房府をあとにして二時間後には、オランダ本国政府は東インドの状況、とりわけジャワの状況を非常に憂慮している、との声が聞こえはじめた。新総督が就任にあたって持ち込んだ方針は、ヨーロッパと東インドの新たな事態の展開を見守る、というものだった。原住民諸団体の妄動に対してただちに強硬策がとられることはなかった。強硬な姿勢で臨んでも事態をさらに悪化させるだけで、それはどうしても避けるべきだから、というのだ。

そしてこのことは、近い将来、ヨーロッパ系大企業の官房府詣《もうで》がはじまることを意味した。ファン・リムブルフ・スティルム総督を陥落させるためである。それはけっして不可能事ではない！　わが官房府の高官たちに対する企業からの献納品が、彼らの満足を得ているかぎり、官房府の意のままに操られた歴代総督は、いくらでもいたのだ。

このゲームがどう展開していくか、わたしには先が読めていた。そして、原住民の運動を担当しているのはわたしであったから、問題の鍵を握ることになるのもこのわたしだった。わたしが一回「イエス」と言い、署名入りのメモを添えれば、それだけでわたしは大金持ちになる……。

ここ数日、手持ちぶさたがつづいていた。わたしは獲物を待つ蜘蛛のようだった。あとひと月もすれば、ヨーロッパの大企業家たちが、ぞくぞくとわたしの部屋を訪ねてくるはずだ。彼らはみな美辞麗句を並べたて、あれやこれやを提供しようとするだろう。すべてをわたしは手に入れることができる。わたしが望むもの、欲するものはことごとく、むこうからやってくるのだ。上司たちには自分を高く売りつけることにしよう。専門分析官としてのわたしの署名は、わたしの月々の給与の百倍から二百倍の大金を約束できるはずだ。なんと人生はたやすく、楽しくなることか。

そうした手空きの時間を使って、わたしはラデン・マス・ミンケの草稿を研究した。またこのころは夜勤もなくなっていて、わたしには贅沢と快楽を味わう時間がたっぷりあった。

そしてこの夜、リエンチェ・ド・ロオが、約束どおり、わたしの家に宿泊することになっていた。

きっと、この驚くべき若い娼婦、ブタウィで最高級で一番の売れっ子となった娘についても、なにがしか書き留めておくべきであろう。

年齢は現在、おそらく十八にも届いていまい。わたしの読みちがいで、実際にはもっと年がいっているとしたら、それは彼女が若く見える天賦の資に恵まれているか、身体の手入れがよほどじょうずなせいである。リエンチェは礼儀作法をわきまえ、話が巧みで、男の気をそらさない娼婦だった。良酒に看板はいらぬ、というオランダの諺があるが、実際、彼女も自分を売り込む必要がなかった。彼女には休みの日というのがなく、つねに客の注文で埋まっていた。わたしがもし官房府の要人ではなく、またこれほど気前よくなかったら、リエンチェを手に入れるために、ひと月は待たねばならなかったろう。

この日の昼間、わたしは女中に、寝室をきれいにするよう命じておいた。鏡のガラスはすべて石灰でみがき、寝具は取り替えること。ベッドにはわたしが自分でオーデコロンをふりかけた。リエンチェが行くであろう部屋全部に花輪が飾られた。

夕方、マンディーをすませてから、わたしは身をととのえた。洋服簞笥の鏡に自分の身体をうつしてみた。腹が出っ張りはじめていた。両の頰も垂れてきて、目じりには小皺がまた一本増えていた。それでもありがたいことに、肌にはまだ張りとつやがあった。あと何年、この顔の肌はもつだろうか。光陰矢のごとしというが、わたしはいつまでもこの男盛りがつづきそうに思えた。わたしが他の人間と同じような道をたどるなんてことがありうるだろうか。あの死という名の道を？　最低でも、わたしは八十はこえるだろう。十八歳当時とくらべて、体力が衰えているという実感はない。いまでも多くの女たちが進んでわたしを受け入れる——原住民《プリブミ》はもちろん、ヨーロッパ人も、混血児も。それに男たる者、まだ自分は魅力的だと自信のあるうちは、老いてはいないのだ！　まだまだ若いのだ！　永遠の青春。見よ、わたしの肌は妻のようにまだ干からびてはいない。

リエンチェ・ド・ロオは、娼婦でなかったら、疑いなくわたしの妻になりたがるはずだ。そしてもし彼女がわたしの妻だったら、いったいどうなるだろう。生活はもっと華やかになるだろうか。いまや、男は財力さえあれば誰でも、ああいう美女をわが物にすることができる。それでもわたしには、日本人や中国人よりも、あるいはまた原住民よりも、リエンチェのほうが好みだった。ヨーロッパ人女性にはもう魅力を感じなかった。

鏡の前に立って、わたしはリエンチェの身体を、その肌、そのたおやかな身のこなしを想像してみた。そこには一点の瑕疵もなかった。わたしは一瞬、ラデン・マス・ミンケが崇拝したという美女のことを想い浮かべた。その名はアンネリース。あの新時代のピトゥンがその美貌を讃えたのであれば、まさしく絶世の美女であったに相違ない。そして美しさという点では、リエンチェもおそらく遜色がない。といってもわたしは、ミンケの名に隠れて、美しいものを夢想しているのではない。明らかに、ミンケはいまここにいない。あるのは彼個人の夢だけだ。そしてリエンチェについて言えば、わたしは彼女をわが物にしようと夢想するまでもなかった。ミンケはアンネリースを手にするために、あのロベルト・スールホフと丈夫《ますらお》ぶりを競わねばならなかったが、わたしにはその必要がないのだ。わたしはただリエンチェを呼びさえすればいい。そうすれば彼女のほうからやってくるのである。

この娘についてでは、ほかにも書き留めておくべきことがある。これはここ数年、うわさとして流れていたことだが、ロベルト・スールホフが不具の身になってから、リエンチェをめぐる争奪戦で二人の男が命を落とし、三人が重傷を負った。ある商人は、彼女を手に入れる競争に金をつぎ込みすぎて、破産した。だがこのパンゲマナンは呼びさえすればいい。そうすると彼女は確実にやってくるのだった。

わたしは長いネクタイを締めた。この種のネクタイは、東インドで流行《はや》りはじめていたもので、色は濃紺、白いワイシャツにつけると落ち着いた雰囲気が際立つのだった。ズボンをはかないうちに、ドアがノックされた。わたしの許可も得ずに女中が入ってきて、いつもの鼻にかかった声で、

「お客さまでございます」と言った。

「あすまで客はお断りだ。外出中だと言ってくれ」

「でもお客さまというのは警察の方でございます、ブタウィからお見えになった」

「警察？　留守だと言ってくれ」

「もう応接間に坐ってお待ちです」

「くそっ！」

わたしはあわててズボンをはくと、ふり返りもせずに部屋を出た。

サリミンという一級巡査が、応接セットから離れたところにある低い長椅子に、あぐらをかいて坐っていた。帽子は床に置いてあった。足にはゲートルを巻いていたが、靴ははいていなかった。わたしが入ってきたのを見て、彼はさっと立ち上がり、挙手の敬礼をした。

「サリミン！」

「はい」

「誰の命令で来たんだ」

「用事があってうかがいました。重大な、とても重大なことでして」

「手短に言ってくれ。時間がない」

「お待ちになっている方は来られません」

「ふざけたことを言うな。よくもそんなことを臆面もなく」

「そのことをお伝えするためにうかがったのです。リエンチェ嬢はこちらには来られません」

わたしは一瞬うろたえ、それから彼の顔をまじまじと観察した。

「リエンチェ嬢とは誰のことだ」とわたしは訊いた。

「ゴンダンギアにお住まいの方で」

「そんな女は知らない」

「あなたはこれまでに八回、ごいっしょされています」と彼は言って動じなかった。

この狂った巡査はなんのつもりなのか。わたしにかまをかけようというのか。

「坐るんだ、サリミン」とわたしは命じ、彼は腰を下ろした。「それで、誰がここに来るようおまえに命令したのか、はっきり説明しろ」

「事件がありまして」

またわたしはうろたえた。尋問を受けて、わたしとロベルト・スールホフの名を挙げているリエンチェ・ド・ロオの姿が、脳裡に浮かんだ。

「単刀直入に言え。事件とはなんの事件だ」

「リエンチェ嬢が」

「彼女がどうした」

「殺されたのです」

　事件についてサリミンは可能なかぎり詳細に話した。彼女が最後に目撃されたのは、若い中国人といっしょにいるところだった。

「なぜ一部始終をわたしに報告するんだ」

「あなたのお名前も登場しているからです」

「わたしの名前が？」

「八回出てきます、八つの件で」

「誰がわたしの名前を？」

「それはここに」と彼は言って、赤い皮製の一冊のノートを取り出した。「全部、このなかにあります。みな重要人物ばかりで。あなたをふくめて」

「ちょっと見せてくれ」

「この日記は、わたし以外の手に渡すことはできません。読むことが許されるのは、わたしサリミン巡査だけです」と彼はわたしを正視せずに、うつむいたまま言った。

「では、リエンチェは死んだと？　ほんとに死んだのか」

「死にました。でも彼女が遺した、この呪わしい日記は死んでいない。娼婦が日記をつけるなんて、わたしには前代未聞ですが」

わたしは自分の名が危機に瀕していることを知った。リエンチェ殺害にわたしがかかわっていると疑われることはあるまい。それは安心できた。だがロベルト・スールホフが関与しているのは疑いなく、そうなるとわたしと彼との関係は、わたしにとって大きな打撃で、不名誉きわまりない。

「わたしのことはどう言っているんだ」

「それは全部このなかに」

「読ませてくれ」

「お見せするわけにはいきません」と彼は言った。「リエンチェ・ド・ロオ嬢の筆跡はご存じですか」

「いや」

「それならなおのこと、お読みになるまでもないでしょう」

「おまえ以外にそれを読んだ警察関係者は？」

「わたしだけです。誓ってわたしだけです」

「わかった。サリミン。それでおまえ、いくら欲しい？」

そこでようやく彼はわたしを正視した。だがそれもほんの一瞬で、またうつむいた。

「近々、娘を嫁にやることになっておりまして」

「嫁にやるなんて嘘っぱちだな。おまえはバクチがやりたいだけだ。これまで勝ったためしがない。だが破れかぶれで、やめられない。十五でどうだ。十分か？」

　サリミンは鼻で笑った。このゆすりめが。

「二十？」

「あなたの給料は千に近い。もっと多いかもしれない」

「誰がそんなことを言った」

「なにかと物入りでしてね。こちらに来るのもタクシーを使いました」

「ロベルト・スールホフの名前もそのなかにあるのか」

「あなたが思ってらっしゃる名前は全部、ここにあります」と言って彼は赤いノートを軽くたたき、それからズボンのポケットに戻した。

「二十五」

「きっと、プリンセス・カシルタという名をご存じでしょう。彼女の名もこのなかにあります。でもご心配なく」

「プリンセス・カシルタとは何者だ」とわたしは驚いたふりをして訊いた。彼女の名は、夫を守るためにピストルを使いこなした女性として、スールホフが口にしたものにちがいない。

　彼は返事をしなかった。立ち上がって、敬礼をして辞去しようとした。

「五十だ、サリミン」

「無駄です」

「なら、鉛の弾で支払わせてもらおう」

「銃を使えば銃でお返しを受けるだけですよ」

「百! おまえの給料の八か月分だ」

「わたしの職務は、給料八か月分より価値があるはずです。その三倍出すと言われても、わたしはまだ職務を果たすほうを選びますね」

「サリミン。おまえ、いつからゆすりを覚えた?」

「それならあなたのほうがうまく答えられるでしょう、パンゲマナンさん」彼は敬礼のために手を挙げようとした。「あなたのお仕事も百ギルダーの九倍以上の価値はあるはずです」

彼は九百ギルダーを要求しているのだった。この悪徳警官め。リエンチェ・ド・ロオは、食事代と交通費を別として、わたしから二十ギルダー以上要求したことはなかった。サリミンは、その赤いノートがおおやけになれば、わたしがすべてを、仕事もカネも名声も、うしなうことを知っているのだ。他方わたしは、そんな大金を支払う余裕などないことがわかっていた。

「いくら欲しいんだ、サリミン」

「九百」

「そいつは吹っかけすぎだ」

「電話ひとつであなたはその十倍を手にすることができる」

「わたしに罪を着せようというのだな」

「あなたはラデン・マス・ミンケの全財産を手に入れた」

「誰がそんなことを言った」

「みんな言ってますよ」

なんてことだ！　みんなそう言っていると。これは新時代のピトゥンの崇拝者たちがひろめたうわさである。それ以外に考えられない。おそらくサリミンも彼の崇拝者なのだ。

「おまえの言うみんなとは誰のことだ」

「そんなことは法廷でしか言えません。この家もラデン・マス・ミンケの家だったのじゃありませんか」

うわさはすでにそこまでねじ曲げられ、悪意をもって伝えられているのか。わたしはこの男の頭をたたき割ってやりたかった。

「おまえは同盟員《シャリカット》だな！」とわたしは指を突きつけた。「告発してやる」

「わかりました。それでは法廷で顔を合わせましょう。ごめんなさい、タクシーをずっと待たせたままでして」

総督宮殿の警備兵に助けを求めて、この男から赤いノートを奪い取ってやろうかという考えが一瞬、頭をかすめた。だがそれはできない。そんなことをすれば、すぐさまノートの存在が、より広範囲に知られることになるだろう。

「サリミン！」とわたしは呼び止めた。

彼は立ち止まったが、わたしのところに戻ってはこなかった。やむなくわたしから近づいていった。

「わかった、サリミン。九百だ。ただ、いまそんな大金は持ち合わせていない。とりあえず三百渡しておく」

「それでけっこうです。でもまだこのノートをお見せするわけにはいきません。もちろん、まだあなたのものにはならない」

「こちらに来てカネを受け取ってくれ」

しかし、拳銃を突きつけてノートを奪おうというわたしの魂胆を見抜いたのか、彼はのこのこ戻ってくるほど愚かではなかった。やむなくわたしは部屋のなかに入って、ひと月分の給料の残り三百ギルダーを取ってきた。彼は受領書をくれるのを拒んだばかりか、カネを受け取るのさえためらっている様子で、こう言った。

「これから一週間、家であなたをお待ちしていますので、そのあいだに残金を払ってください。それでこのノートをお渡しします」

「サリミン。ほんとに悪いやつだな、おまえは」

「わたしより悪いやつをいっぱい見てきましたよ。わたしはしがない巡査です、たぶん定年までね」

彼は一礼をしていとまを乞い、三百ギルダーをつかんで帰っていった。わたしはと言えば、七日間で残りのカネをどう工面したらよいのか、見当がつかなかった。

家のなかに戻ると、わたしはソファーに身を投げだした。どうにもならない無力ないらだちにふさがれて、わが身の孤独を痛切に感じていた。あらゆるものがわたしを脅かしているように思われた。わたしはジェパラの娘の父親が、シティ・スンダリの父親が感じたであろう恐怖――地位をうしなう恐怖を感じていた。地位をうしなうことはすべてをうしなうことを意味した。かつてわたしはゆすりに遭ったことはない。それがいま、あろうことか一介の巡査が、大胆にもわたしをゆすっているのだ。おそらくわたしは、もはや泥の原に足を踏み入れたというのではなく、全身が泥のなかに沈みつつあるのだった。

それからふと、あることがひらめいた。思わずわたしは笑みを浮かべた。なにを恐れることがあろうか。わたしだってゆすることができるのだ。わたしより重要な地位にある者を、裕福な人間を、あらゆるものがありあまっている連中を、ゆすってやればいい。

わたしは飛び起きた。この企てはためらいなく実行に移さねばならない。露見しないかぎりゆすりは犯罪ではないはずだ。わたしの名はどこまでも無傷でなければならない。

「メシだ!」とわたしは女中に叫んだ。

夕食を前にすると、とたんに食欲が失せた。

「お客さまはとうとうお見えになりませんでしたね！」と、いまいましい女中が皮肉るように言った。

わたしの心はうつろだった。リエンチェ・ド・ロオの肉体《からだ》が今晩、わたしの横にいることはなくなったのだ、とあらためて気づかされた。もはや彼女は四十九キロの肉の塊となって、腐敗しつつあるのだ。この人生のなんと奇妙なことか。つい昨日まで、彼女は上流の裕福な男たちの欲情をそそっていた。だがいまは、その死を弔いに訪れる者さえひとりもいないのだ。

この人の世のなんとはかないことか。昨日まで、男たちは、リエンチェと情交を結ぶために死ぬことも厭わなかった。それがいま彼女は、少数の限られた者たちの想い出として残るだけで、その男たちは後ろめたさで彼女との秘め事を自分の家族に話すこともない。

リエンチェ殺害の情報は、翌日のブタウィとバンドゥンの新聞各紙でセンセーショナルなニュースとなった。それらの記事を読み終えるや、わたしはまっすぐ部長の部屋に行き、官房府の経理からカネを借りられるよう許可を得るつもりだった。しかしいざ彼を前にすると、それはとても恥ずかしくて口にできなかった。わたしの口から出たのはわずかに、こんな質問だった。

「わたしがチェックすべき書類はありませんか」

「たくさんあるが、いまかたづけなければいけないというものでもない」

結局、わたしは二日間の休暇を願い出た。部長はすんなり認めてくれた。すぐさまわたしはジャワ銀行にむかった。お金を借りるのはこれがはじめての経験だった。千五百ギルダー。それからタクシーに飛び乗り、ブタウィに急行した。サリミンをつかまえるのはそれほど簡単ではなかった。彼は終日、任務についていたのだ。わたしは彼の家で待つことにした。彼の妻はわたしがいることに落ち着かなくなっていった。わたしはまた戻ってくると言って辞去した。家を出たわたしは、あちこち歩きまわって時間をつぶした。再度訪ねてもサリミンは帰っていなかった。またわたしは外に出て、夕刊紙を買った。リエンチェ・ド・ロオに関するセンセーショナルな報道はますます熱を帯びていた。わたしはもう一紙買った。スキャンダラスな報道ではこちらも負けていなかった。マライ語・中国語紙も買ってみたが、その過熱ぶりはさらにすさまじかった。わたしにとってはすべてが脅威になりかねなかった。すべてが！

三度目に戻ったとき、ようやくサリミンに会えた。

「どの新聞もだんだんすごくなっていきますね」

「ものはどこだ？」とわたしは単刀直入に訊いた。

「あなたのものが用意できているのであれば、そうですね、ちょっと散歩にでも出ましょうか」

われわれは外に出た。わたしは警戒を怠らずに、いつでも銃を使えるよう自分自身に言い聞かせた。

小路の暗がりで、わたしはサリミンにささやいた。

「ここでおまえの頭を撃ち抜いてやるか。誰にもわかるまい」

それはわたしの本心から出た言葉だった。しかし例のものを彼が持っているかどうかこの目で確認しないうちは、それを実行する勇気がなかった。

「あなたに対してわたしも同じようなことを考えていました」と彼は言い放った。

わたしはカッとなった。

「わたしを怒らせるな」

「あなたみたいな人間のことは、こちらもよくわかっていますからね」と彼は答えた。「ここでわたしがあなたを刺したら、このサリミンが何者であるか、やっとあなたもおわかりでしょう。ここは率直に問題解決と行きましょう。わたしはカネがいる。あなたは名声が必要、ポストと仕事が必要だ。わたしになにかご不満ですか。あのノートは、当局に提出することもできたんです。そうしたらあなたは破滅だ——お子さんたちは、あなたみたいな父親を持ったことを恥ずかしく思うでしょう」

「わかった。お互いフェアに行こう」

「わたしがなにかフェアじゃないことをしましたか」

われわれは道端のサテ屋[114]に入って食べ物を注文した。食事をしながら、サリミンはしきりに横目づかいにわたしをうかがい、わたしは彼をうかがった。

「早く問題をかたづけよう」とわたしは食べながら小声でせかした。

「まずは残りのカネをあらためさせてください」

食べ物を口にふくんだまま、わたしは、銀貨を二十五枚ずつ帯封したものをひとつ、重い鞄から取り出した。さらにひとつ。またひとつ。そうやって百ギルダーになるまで。

「それじゃまだ足りないでしょう」と彼は警告した。サテをかじりながら鋭い眼でわたしを監視していた。

「百で十分だろう。これじゃわたしが破産してしまう」

「千まで要求を釣り上げなきゃいけませんかね」彼の眼はなお鋭かった。

わたしはさらに帯封を四つ取り出した。そしてそれを全部、坐っている木製のベンチの下の、二本の足のあいだに並べた。

「おまえの資本はどこだ？」とわたしは要求した。

彼は未晒しの木綿地の袋から赤いノートを取り出した。

「これですが」と彼は言った。「でもこれは写しです」

「写し？」とわたしは食事の手を休め、スプーンを置いた。

「ご心配なく。元のやつもわたしが持っています。用心に用心を重ねるにこしたことはありませんからね」

「悪党めが！」とわたしは小声で言った。

「あなたほどじゃありませんよ」

わたしの疑念はしだいに頂点に達していった。サリミンは端《はな》からわたしをだますつもりだったのではないか。

「原本も写しもわたしがもらう」

「この写しは、すべてがちゃんと片づいてから、あなたの眼の前で焼き捨てますよ」と彼はいまいましい口調で答えた。それから「おやじ。灯油をもってきてくれ」とサテ屋のあるじに言い、小銭を投げた。

サテ屋のあるじは外に出てゆき、店のなかは無人になった。

彼はポケットから絹の袋を取り出した。袋の中身は、かなり分厚い小型のノートらしかった。

「あなたの持ってきたものが全部、わたしの木綿の袋に移ったら、これはあなたのものになる。わたしを信用しないのであれば、あの三百がパーになるだけです。それで取り引きは終わりだ」

どうやら、この狡猾な悪党をあきらめさせるのは不可能のようだった。かつてスールホフにやらせた仕事をこの男にまかせていたなら、おそらくわたしはもっと成功していただろう。いままでこの男に出逢えなかったことが悔やまれもした。

「わかった。おやじが戻らないうちにカネを受け取れ」

サリミンは帯封された銀貨の束をひとつ手のひらに載せると、重さを量るようにしてから、額を数えながら未晒しの木綿地の袋に入れた。

「たしかに頂戴しました。悪党どうしにも敬意というやつがあるものですよね」と彼は生意気に言った。そして、分厚い小型のノートが入った小さな絹の袋を、わたしに渡した。「これがそうです。気持ちよく受け取ってください」

彼は取り引きが完了したことを示すために握手を求めた。

「待て」とわたしは拒否した。

わたしはノートを受け取ると、ページをめくって中身を確認した。筆跡はたしかに女性のものだった。一ページ目に、リエンチェ・ド・ロオの名前と場所、日付が書かれていた。その裏に男の手書きがあり、リエンチェが関係をもった男性たちのことを、その地位、職業、密会の日付、時間、場所まで詳細に書き留めるよう命令調で指示していた。わたしはその男の筆跡に見覚えがあった。そう、ロベルト・スールホフのものだったのだ。ノートは本物だと信じるしかなかった。

わたしは手を差し出した。われわれは握手をかわした。そのときサテ屋のあるじが灯油をもって戻ってきた。サリミンはわれわれの眼の前で赤いノートの写しを焼いた。それから、サテ屋のあるじに、ぴかぴか光る一ギルダー銀貨を渡した。

サテ屋のあるじは黙ってその一部始終を眺めるだけで、なにも詮索しようとはしなかった。

「さて」とサリミンが口を開いた。「ここで五分ほど待っていてください。そうしたら安全にここを離れることができる。五分ですよ。お忘れなく」彼の声はささやくように低くなった。「その前にここを離れたら、安全は保証できませんからね」

サリミンは立ち上がって一礼し、夜の闇のなかに消えていった。

バイテンゾルフに帰るタクシーのなかでも、わたしはまだ、原住民《プリブミ》があのようにみごとな悪党を生み出したことへの驚きから、解放されていなかった。帰宅するとただちにブタウィに電話をかけ、サリミンの経歴を警察本部に照会した。五分後、ようやく次のことが明らかになった。彼はあるヨーロッパ混血児の家庭の養子であったが、養父は結核で亡くなった。警察官として成績優秀であったため、サリミンは他の者たちより早く一級巡査に昇進した。

彼はヨーロッパ人の狡猾さを学んだのだ、とわたしは考えた。ああやってゆすりを働くなどという悪事は、原住民の犯罪の歴史にはかつて見られなかったものだ。しかしそれはどうあれ、このことによってわたしはまぎれもなく大金をうしなったのである。

リエンチェ・ド・ロオの日記には、たしかに、わたしの名が八回にわたって登場していた。他はおそらく偽名だと思われたが、それらの名前の一部には、その人物と職業を特定できるものがあった。全員が高級官僚だった。ロベルト・スールホフという名は、日記をつけるよう命じた当事者として、冒頭のページに一回だけ登場していた。日記には、リエンチェと関係をもった相手から受け取ったお金の額も記されていた。それに、彼女がR・Sなる者にいくら渡したかも書いてあった(むろん、R・Sがロベルト・スールホフの略であることは言うまでもない)。その金額は、スールホフがバンドゥンの病院に担ぎ込まれたときから最後の記録にかけて、だんだん多くなっていた。

最後の半年、リエンチェが関係をもった相手として、中国人の名前が登場しはじめ、その数は一週間ごとに増えていた。死ぬ直前の一か月には、日記の最後にわたしの名前がある以外は、中国人の名前しか記されていなかった。最後の日付は、サリミンが訪ねてきたのと同じ日になっていた。ということは、わたしの相手をするためにバイテンゾルフにむかう直前に、彼女は殺されたことになる。

この日記を手に入れることができたことを、わたしはひそかに神に感謝した。致命的な打撃になることはないにしても、これはわたしに社会的な恥辱を与えるに十分なものだった。これから何か月か、金銭的には不自由するだろうが、日記が他人の手に渡らなかったことで、この先も汚点のないパンゲマナンとして生きてゆけるはずである。

リエンチェ！　なんとおまえの人生は短かったことか。女！　おまえは、わたしの人生を彗星のように通り過ぎ、別のちがった物語を運んできてくれた。だが、おまえはどこまでも女だった。女は神によって男のために造られ、男は女のために造られた。リエンチェ。おまえは、男に奉仕するために、おまえ自身の道を歩んだ。マダム・パンゲマナンとはちがう。ミンケにとってのアンネリースともちがう。新時代のピトゥンにとっての安山梅《アンサンメイ》ともちがう。それにしても本当に、カトリック教徒の安山梅が、プロテスタントの許亞歳《ホウアス》に、ついでイスラム教徒である新時代のピトゥンに、身も心もささげることができたのか。そしてヘルマン・メレマにとってのサニケムは？　女と男を結びつける道のなんと多様なことか。女は男に奉仕する存在だと言われるのは、はたして正しいのか。

マダム・パンゲマナンの夫に対する関係は、相思相愛、相互奉仕にもとづいていたし、アンネリースとミンケの関係もそうである。リエンチェは、彼女の求める金額を支払うことのできる者であれば、相手を問わず身をささげてきたが、その奉仕の形態はいつも同じだった。サニケムがヘルマン・メレマに仕えたのは、不可抗力ゆえ、彼女自身の意思の及ばないところで大きな力が働いていたがゆえである。では新時代のピトゥンに対する安山梅の献身は、なにゆえか。許亞歳への献身については、わたしも理解できる。中国への理想を、彼らが共有していたからだ。その共通の理想がふたりの絆を強めたのである。新時代のピトゥンに対する安山梅は？　彼らの関係にプライベートなものはなかったかのように見えるが、その物語の真偽についてはこれから探ってみるとしよう。

ではスールホフに対するリエンチェは？　これまでずっと彼女はこの男に金銭を貢いできた。スールホフが不具の身になり、悪党として稼げなくなったあとも、それはつづいていた。

女と男の関係には、わたしの知らない秘密がなんと多いことか。いずれにせよ、もはやわたしはリエンチェから奉仕されることはなくなったのだ。永遠に。彼女は亡くなったが、わたしに喪失感はない。マダム・パンゲマナンも去ったが、これにも喪失感はない。子どもたちについても同様だ。それなのに、おのれの地位をうしない、社会的な名誉が毀損されることに、なぜわたしはかくもおびえ、かくも喪失感を抱くのか。

パンゲマナンよ。おまえは利己的な人間になってしまったのだ。おまえは自分のことしか考えていない。世界が自分を中心にまわっている、自分のためにまわっていると、そんな錯覚に慣れてきたのだ。自分ひとりのことしか眼中にない。おまえはいまや、あらゆる思考と知識を、おのれを正当化し、おのれの欲望を正当化するために動員している。自分を神格化している。パンゲマナンよ。おまえは、おまえ自身にとってさえ、無価値な人間になり下がってしまった。あのちっぽけな悪党、ゆすりのサリミンにさえ、おまえは手も足も出なかったではないか！　まさしくそれが、おまえの人生の果実なのだ。パンゲマナンよ。現在のおまえのようになるだけだとしたら、高等教育などまったく無用だ。読み書きのできない村の小僧だって、それくらいのことはできる。いや、たぶん、おまえよりじょうずにやってのけるだろう。一滴の汗も流すことなく地上と天界に楽園を夢みた、あの無為徒食のオブローモフ[115]でさえ、おそらく、おまえよりはるかにましである。彼は自分以外に誰も傷つけず、世間の笑いものになっただけだから。パンゲマナンよ。おまえは、ろくでなしだ！　ろくでなし！　ろくでなし！　ろくでなし！

　リエンチェ・ド・ロオのドラマをめぐる新聞報道は、いよいよ歯止めがきかなくなった。オフィスの仕事机から拾った東インドの新聞は、オランダ語紙も、マライ語紙も、マライ語・中国語紙も、すべてが彼女の名前と、殺人事件およびその関係者について大々的に報じていた。そして事件が法廷に持ち込まれるや、報道はピークに達した。

　十五日間は長かった。その二週間、わたしの食欲はすっかり失せていた。思考力は鈍り、心臓は不規則な動悸をくり返した。わたしはひたすらひとつの文章だけを――事件にわたしの名前を関連づける文章だけを待っていた。たったひとつの文章が眼に入っただけで、わたしの心臓はおそらく破裂し、この人生は終わりを告げるだろう。あの世へリエンチェを追っていくことになるだろう。毎日、わたしが祈ったのは、この世の者たちが口にしてきた、ただひとつのことだった。サリミンよ、わたしを裏切らないでくれ。そう、サリミンよ、たとえ悪党どうしの敬意であっても、わたしへの敬意を捨てないでくれ。そう、サリミンよ、わたしを救ってくれ。サリミンよ、サリミンよ。

そうしたなかで、早鐘を打つように再々わたしの心臓を高鳴らせたのは、タン・ブンキムの文章であった。タン・ブンキムの方法は、およそ警察の捜査手法に似ていて、現場周辺での調査、聞き込み、研究を組み合わせたものだった。彼は一歩一歩、わたしが身を潜める場所へ近づいていた。

大急ぎで身元照会を求めたところ、タン・ブンキムは、東インド生まれの若い中国人で、貧しく、ブタウィのコッタ[116]にある中国寺院で暮らしていることが判明した。職業は物書き、それ一本。彼がいったい誰から読み書きを教わったのか、知る者はなかった。宣教師ホールンスマから特別な教育を受けたリ・キムホクと対照的に、彼は幅広いジャンルではなく、犯罪物を専門にしていた。

「客はいっさいお断りだ」とわたしは女中に言った。「誰にもじゃまされたくない。自分のことだけで精一杯で、頭が痛い……」サリミンがやってきてわたしの様子をうかがい、タン・ブンキムが垣根の向こうから望遠鏡でのぞいているような気がした。「警察が来ても留守だと言うんだ。わかったか」

「かしこまりました。でも旦那さま、飲み過ぎないでくださいませ。床をふくのはうんざりですからね」

「それはおまえの仕事じゃないのか」

「それはそうでございますが、でも洗濯物も増えるばかりですし」と彼女は抗議した。

「もうひとり人手が必要だというのか」

「いいえ。わたくしだけで十分でございます」

「もういい。あっちに行ってくれ。わたしは仕事がしたい」

わたしは《人間の大地》の草稿を取り出して、これで何回目になるだろうか、また読もうとした。いくつかのページの余白に鉛筆で引いた長い線は、そこが注意を払うべき重要な箇所であることを示していた。原住民《プリブミ》的な思考法からヨーロッパ的な思考法への移行、その表現形態、原住民の嗜好、ものの見方の変化にかかわる箇所である。そしてその核心部分にいるのは、つねにサニケムだった。

わたしはかつて、この尋常ならざる女性について、国立公文書館のL氏と議論したことがある。非文明社会のある個人が、時代を飛び越えて新しい時代に移行するなどということは、はたして可能なのか。L氏は笑みを浮かべてわたしを見つめた。その笑みはわたしに、新時代のピトゥン自身の一文を思い起こさせた。ひとりの人間の能力を見くびってはならない、と。そしてL氏は、教育を十五年も受ければ、石器時代の人間ですら、西洋が到達した学問レベルに到達することができると説明した。他方この東インドでは——と、彼はつづけた——いったいに、原住民社会で偉大な事業をリードしてきたのは、まさしく女性であった。マジャパヒト王国の栄華は、建国者の王妃たるガヤトゥリの存在を抜きにしては考えられない、宰相ガジャマダ(117)の誕生を可能ならしめしたのは彼女であり、ガジャマダの思想と行動を祝福し擁護したのも彼女だった。これは証明できる、と。

「旦那さま。サイドボードには鍵をかけておきました。あしたまでお飲みになってはいけませんよ」と、耳もとに女中のささやき声がした。

この女中、なんとわたしに権利を行使したがることか。サニケムは明らかに、ちがっていた。彼女は支配するタイプの女性だった。この女中もわたしを支配しようというのか。女には男を征服し掌中のものにしたがる傾向があるというのは、はたして事実なのだろうか。そして、あの《すべての民族の子》に登場するスラティ。あるいは、スラティの母親。安山梅《アンサンメイ》はどうだったのだろうか。そしてミネム。それに、ミンケの母親。彼女の名は何といったか。L氏によれば、東インドではいったいに、偉大な事業をリードしてきたのは女性たちである。だがミンケの母親は、その名前さえ同時代のひとびとに忘れられているではないか。

わたしは立ち上がった。頭のなかはそんなことを考えながら、ひどく混乱していた。

「サイドボードの鍵はわたくしがお預かりしています。お渡しするわけにはまいりません」

驚いたことに、女中はずっとわたしの背後にいたのだった。くそっ！　どうあっても鍵は渡そうとしなかった。

わたしは両手を腰に当てて威圧的な態度をとった。彼女は少しもおびえる様子がなかった。女中が！

「おまえの本当の名は何だ」

「トゥミナでございます」

「亭主はいないのか」

「おやまあ。亭主がいるかなんて、そんなことお聞きになるんですか」

新時代のピトゥンの草稿を持ってわたしは寝室に入り、鍵をかけた。そして、これまた何回目になるのか、鏡におのれの姿をうつしてみた。

パンゲマナン、ジャック・パンゲマナンよ。おまえは老いていくばかりだ。おまえのことを気にかけてくれる者は、トゥミナ以外に、この世にもう誰もいない。人生の残りをひとりぼっちで生きるおまえにとって、必要なものすべてを世話してくれるのは、彼女しかいないのだ。この家の外にいる者たちはことごとく、おまえをずだずたにして呑み込もうとしているのだから。

ああ、残されたわずかな人生。この人生の残り火をいかにせん。いかに？　サリミンはおそらくもう一度、おまえに圧力をかけてくるだろう。タン・ブンキムはいつか、おまえの知らないところで、リエンチェ・ド・ロオの霊からそっと情報を得て、新聞でおまえの名前を公表するだろう。裁判が開かれ、おそらくおまえは坐らされる、たんに証人としてではなく……。リエンチェは死の直前にあなたと会う約束をしていたと、知っている人がいるのではないですか。あなたには十指にあまるアリバイがあるかもしれないが、事件を扱うのはあなたではない。それは検察官だ！　検察官は残忍な表情を浮かべ、わたしを名指しして、拳をふり上げた。そう、彼はそんなことがわたしにできるのだ。それから裁判官も、にやりと笑って、牙を見せた。さらに、ヤン・タンタン、許亜歳、ダルサム、ドラクロア一家、コンメル、サニケム、パイナ、ミンケ……みな証人となってわたしを告発し、咆え、叫んだ。

「ああ、神よ！」

不意に、法廷のシーンが消えた。部屋のドアが外から激しくノックされた。

「旦那さま！　旦那さま！　起きてください。どうなさったんですか。旦那さま！」

わたしは肩で息をした。ベッドを下りた。全身がだるく、ふらふらした。よろめきながらわたしはドアまで歩いていき、開けた。

「どうなさったんですか」女中はわたしの様子をみて息を呑んだ。「どうしてこんなことに？」

「飲むものを」

彼女はわたしをつかむと、体を支えながらベッドに戻した。

「持ってまいります。ただし、お酒はだめですからね」

「ブランデーだ！　ブランデーをくれ！」

「ただのお水しか持ってまいりません」

「おまえはわたしを殺す気か。撃つぞ……」

「それならいますぐおひまをいただきます」

「だめだ、だめだ。ブランデーを持ってこい」

「お水です」

「ブランデー！」

「お水」

「ブランデー！」

「おひまをいただきます。これまでのお給金をいただけますか」

「電話台まで肩を貸してくれ」

女中はわたしを肩につかまらせて電話台まで連れて行った。わたしが医者に電話をしているときも、ずっと支えてくれていた。電話したのはわたしのことをまったく知らない医者だった。しかしどんな医者であれ、診察代はこちらが払うのだ。こちらの言うとおりにやってもらわねば。とはいえ、こんな状態の病人なら、どんな相手だって診察するだろう。たとえお金が払えない病人でも。他人の苦しみを糧に生きているのは、おまえ、パンゲマナンと、おまえの同類だけだ。

電話の声は明らかに女性のものだった。医者は不在で、わたしはメッセージと自分の住所を伝えた。それからトゥミナはわたしをベッドに連れ戻した。そしてわたしに毛布をかけ、蚊帳《かや》を下ろした。

もしポーレットがいたなら、あるいはデデが……。いや、リエンチェはだめだ。彼女はわたしを置いて逃げてしまうだろう。アンネリースならどうか。彼女はどうするだろうか。

こんなに喉が渇いて、膀胱がぱんぱんに張っている。トイレに行かねば。だが、なんと体がだるく、力が入らないことだろう。これこそ死期が近いしるしなのか。手が伸びてベッドのへりをつかもうとした。

「はい、旦那さま」と、ベッドの下に敷いたござで寝ていたトゥミナが起き上がるのが見えた。彼女は蚊帳を開けた。それはまるで愛児に寄り添う母親そのものだった。

「尿瓶《しびん》を用意しておきましたからね。それに、水差しも」

「ブランデー!」

「調べてみましたが、サイドボードは空っぽです。お水しかありません」

彼女はわたしを支えて部屋の隅に連れて行った。そこで小用を足すのだ。

「明かりを消せ!」とわたしは命じた。

「まさか、わたくしの前で恥ずかしいと? 旦那さまのお世話をしてきたのは、わたくしじゃありませんか」

ベッドに戻ってから、わたしは、今日はじめてその名を知った女を、あらためてまじまじと見つめた。若く、たくましく、(たぶん)心のやさしい女なのだ。

「おまえの給料はいくらだ?」とわたしは彼女の耳にささやいた。

「まだ奥さまがいらしたときは――、二ルピアでした」

「奥さまがいらしたときとは、どういう意味だ」

「奥さまがいらっしゃらなくなってから、今日まで、一銭もいただいていないのです」

「なんてことだ！」ポーレットがいなくなって、もう何か月になるだろう。何か月？　なんてことだ！　わたしはもう計算する力がなかった……。「ブランデー！」

「サイドボードはもう空っぽです」

「店に買いに行け。伝票を忘れるな！　紙とペンとインクを持ってこい」

「おやすみなさいませ、旦那さま。もうじき夜が明けます」と彼女はふたたびわたしに毛布をかけた。そしてわたしの手と足の先をさすった。「こんなに冷たくなって。湿布をしてさしあげましょうか」

突然、かすかに、人の声らしきものがした。

「なんだ、あれは」

「玄関でございます。誰かがノックしているみたいで」

「誰が来たんだ」タン・ブンキム？　サリミン？　ピトゥン？　新時代のピトゥン？　行ってはいけない。「ドアを開けるな」

女中は部屋を出ようとした。医者が来たのだと彼女は言ったが、わたしは信じなかった。

「だめだ。行っちゃだめだ。行くなっ！　ドアを開けるな」

彼女は行ってしまい、わたしは心臓が早鐘を打つように高鳴った……。

医者は二週間の休養を命じた。リエンチェ・ド・ロオ殺害に関する報道は、しだいに下火になり、やがて完全に消えた。

わたしの世話をしてくれるのはトゥミナだけだった。そして彼女は頑として、わたしに酒を飲ませなかった。彼女はあらゆることをやった。いったい、そのお金はどこから出ていたのか。彼女がつくる料理はまことに質素なものだった。ときには肉も卵も、油も使わないことがあった。ご飯と薬物だけ。ところが自分でも驚いたことに、そうしたヤギの餌に食が進むのだった。

官房府の会計係がわざわざ訪ねてきて、銀行への返済分を差し引いた給与を払ってくれた。ついでにわたしは、オランダにいる妻子への送金に協力してくれるよう彼に依頼した。

「医者への支払いもあるのに、手もとにこれだけしか残らないとは、あなたも大変ですね」と会計係は言った。

そのとおりだった。ポーレットと暮らしていたときは、これほど金銭的に窮することはなかった。結婚したての数年間も、これほどではなかった。また、長男が生まれたときも。こんなわたしにただひとり、手を差し伸べてくれるのは、そのマライ語にもあまりに多くのスンダ語がまじる、田舎女なのである。

性の問題を問わないとすれば——と、あるとき、L氏が言った——あなたも、平均的な男のはるか上にそびえ立つ、まことにあっぱれな女性たちを、東インドのそこかしこに見いだすことができるでしょう。古代から、そうだったのです。公明正大で知られるシマ女王[118]は、もっともっと称讃されてしかるべきだ。それから最近では、チュッ・ニャ・ディン[119]が世界を驚嘆させた、と。

そうであれば、L氏はサニケムのすごさを信じるはずである。わたしはプリンセス・カシルタのことを持ち出すつもりはなかった。シティ・スンダリのことも。あるいは、西スマトラのフォルト・デ・コックの近くの小さな村で生まれた、ロハナ・クドゥス[120]のことも話さなかった。ジャワ以外でも、女性の先駆者はひとりならず誕生していたのである。そしてすごいといえば、わたしのすぐ身近にいる、トゥミナという女。読み書きはできず、田舎生まれで、ほとんど母語しか知らない。生まれてこのかた、本というものを読んだことがない。わずかに、教育といえば、マハーバーラタやラーマーヤナ、パンチャタントラ[121]の物語を、そして村の迷信を聞かされて育っただけである。その女が、善きこととはなにか、慈悲とはなにか、彼女なりに理解していることのすべてを、わたしに与えているのだ。自分自身までも。

この人生、この生活のなんと奇妙になっていくことか。あるいは、すべての者たちにとって、自分自身にとって、奇妙な存在になってしまったのは、わたし自身なのか。天にも地にも？

いや、おそらくわたし自身、なぜ自分がこんなにも不安なのか、わかっていた。この間、わたしはまったく文字を読んでいなかったのだ。読むことを許されなかった。トゥミナがわたしの手から、あらゆる文書、書類を奪い取ったのだ。この田舎女は、日ましに大きな力をふるい、わたしをますます彼女に依存させた。おそらく、トゥミナは古代のシマ女王に似ていた。いや、シマ女王がトゥミナに似ていたと言うべきか。

わたしは彼女に十ギルダーを渡していた。そして、そんな大金をなんのために使ったのか尋ねた。

日々の買い物で借金していたので、その返済のためです、旦那さま。

ああ、なんたること！ すべてわたしのためだったのだ。わたしはもう彼女にお金を渡す余裕がなかった。今月も文無しだった。

この家、かつてミンケが住んでいたこの家は、やはり呪われた家なのだろう。わたしは家を出てオフィスに行ってみた。わたしの執務室はひっそりとして、埃があらゆる家具備品をおおっていた。なにもかもが暗く沈んでみえた。かつてド・ランゲは、昇汞水《しょうこうすい》を飲んで、この机の脚のところに倒れていた。おのれの存在を消すために、彼はいちばん手っとり早い道を選んだ。おそらく死は、もっとも魅力的な友なのだろう。おそらく。死によってすべて片がつく。だが信心深い者たちは、死をまさにひとつのはじまり、来世における新しい生命の誕生とみなしている。わたしはと言えば、教育がわたしを信心深い人間にした。ド・ランゲは、生きることの重みに耐えられずに、新たな生命の誕生を選んだのだとしよう。すると、死ぬことに飽きたら、またふたたび彼は新たな生命の誕生を選ぶのだろうか。

ニコラス・クノルが入ってきて、部屋がこんなにも汚くなっていることを詫びた。

「わたしどもは誰も許可なく入る勇気がありませんで」と彼は言った。「すぐに、この間の新聞をお届けいたします」

わたしは椅子に坐った。それからクノルが新聞をひと山かかえて、また入ってきた。いつもの丁重なやり方でそれを机の上に置いた。新聞の束のいちばん上に、わたし個人に宛てた、大判の郵便封筒があった。開けてみると、J・パンゲマナンの書いた『盗賊ピトゥン』が三冊入っていた。本来、わたしは喜んでよいはずだった。ところが、喜びどころか、冒頭の一ページすら読む意欲がわかなかった。本のなかには、コンメルの『ニ・パイナ物語』が近日中に出版される、との予告も挿入されいた。おそらく、このコンメルとは、新時代のピトゥンの草稿でミンケの友人として登場する、あのコンメルと同一人物である。

突然、このコンメルという人物に興味がわいてきた。多少なりとも、彼の名は聞いたことがあった。すぐにわたしはメモを作成し、本当のところコンメルとは何者なのか、スラバヤに問い合わせた。

三時間ほどマライ語新聞各紙を研究しているうちに、スラバヤから回答が届いた。《コンメル。ジャーナリスト。つい最近、不慮の事故によりスラバヤで死亡。自分で飼っていたニシキヘビに巻きつかれ、背骨と腕が折れたものである。飼育していた動物はすべてスラバヤ動物園に寄贈された。》

コンメルはまだ生前に残すものがあった。ひるがえって、わたしは死ぬまでに、世界になにを残せるだろうか。

死！　死！　死ぬのと、こうやって生きるのと、どちらがよいのか。わたしだって世界になにかを与えられるはずだ。わたしは給仕を呼び、『盗賊ピトゥン』を一冊、封筒に入れるよう言いつけた。そして、流刑地のラデン・マス・ミンケの住所を書いて、郵送するように命じた。

応接室では、砂糖シンジケートの代表がひとり、わたしを待っていた。

まだ若い、細身の男で、ひげはきれいに剃り落とされ、その顔には一本の皺もなかった。彼はわたしに握手を求めたが、表情には原住民《プリブミ》が相手だという傲慢さが読み取れた。

「あなたに会ってくるよう勧められましてね」と彼は言った。「ご病気だったようで、この数日、お会いできませんでした。まだすっかり良くなられてはいないようですね」

彼はテーブルに手を置いた。指に、小さなダイヤにはさまれた、大きなダイヤの指輪がはめられていた。青味がかった白い輝きを放っていて、わたしをみじめな気分にさせた。

「ダイヤがお好きのようですね」と彼は不意に言った。

「なにか相談したいことがあるのでは？」とわたしは訊いた。

彼はすでに、中部、東、西ジャワの砂糖きび農園で起きているさまざまな困難について、部長と話をしていた。わたしは彼の言葉がよく聞き取れなかった。大きな石の塊が、額にガーンガーンと打ちつけられているように感じたのだ。三十分以上、彼はしゃべった。わたしはただ聞いているだけで、話の中身は理解できたものもあれば、半分しか、あるいはまったく理解できないものもあった。

「まだあまり体調がすぐれないようですね。あすか、あさって、また出直しましょう。どうも失礼をしました」

彼は別れのあいさつをして、帰っていった。頭がずきずきした。いくつかの言葉が、まるでボールのように、頭蓋骨の内壁に当たって跳ね返っていた。本当はもうこんなに苦しむ必要などないのだ、と自分でもよくわかっていた。もはや信仰は捨てたのではなかったのか。いまわたしのなかに残されているのは、いつ捌け口を求めて爆発するやもしれぬ、欲望のマグマだけではないのか。それ以外に欲望といえば、いつも敬意をもって見られたい、名を汚したくないという思いだけで、そこからわたしは生きるのに必要なあらゆるものを得てきたし、またそれがわたしを苦しめもしてきた。わたしの肉体は、それぞれの欲望が覇を競う闘技場にすぎなかった。そうした欲望に抗う信仰心は、わたしにはもうかけらも残っていなかった。もはやなにもかもが崩れ去っていたのだ。

わたしは終業の時刻にならないうちに帰宅した。帰りを迎えてくれるのは、むろんトゥミナしかいなかった。かつて、真っ先に出迎えてくれたのは、いつも決まってマルクの愛犬アイビーだった。あの犬はいまどこにいるのか。まだ生きているのか、もう死んだのか。わたしはもう覚えていなかった。

それから、まったく思いもかけず、あの砂糖シンジケートの若い代表が、高級車に乗って訪ねてきた。アセチレンのヘッドライトが夕陽を受けて光っていた。車輻《しゃふく》は木製ではなく鋼鉄で、やはり白く光っていた。車輪の中央部の軸受けのメタルも。彼は運転手をつけずに自分で運転してきた。

「ヨーロッパの奥方とお子さんたちはいかがなさっていますか」と彼は切りだした。

彼はその質問でわたしを殺そうというのだ。笑みを浮かべながら殺す気なのだ。

「ブタウィの銀行で働いている仲間たちが」と彼は、家族に対する責任の重さにおののくわたしの心中を無視して、そう言葉をついだ。「わたしの照会にありのままに回答してくれましてね。どの銀行も、あなたの預金残高はゼロだと」

「そんな!」とわたしはびっくりして声を上げた。

「砂糖シンジケートの代表というわたしの立場をお忘れのようですね」

「銀行の守秘義務も通じないと?」

「要するに、いろいろと考慮した結果、ヨーロッパにいるご家族について、あなたはなんの心配もいらない、ということです。われわれの善意をきっとご理解いただけるでしょう。医者の請求書もわれわれにまわしてください。それで万事うまくいく。われわれが困難に直面しているこの時期に、あなたがブタウィと東インドを離れないでくれさえすれば」

会話はごくあっさりしたもので、終わり方もあっさりしていたが、それによって得られる利益は、わたしにとってけっしてあっさりしたものというわけではなかった。

彼の自動車が視界から消えるやいなや、わたしは、神の恩寵が受けられるであろうという幻想がついえるとともに、信仰心も完全についえてしまったこと、そして、人間と人間の関係を規定する世俗的なしがらみと自然界の掟に、自分が全面的に屈服してしまったことを、あらためて知った。むしろわたしは、そうしたしがらみや掟のなかにこそ、力を見いだしていたのだった。もはや、宗教上の教えと生活の現実との葛藤ゆえに体調を崩すことは、二度とないはずである。

わが家と総督官房府のオフィスの外では、ほとんどフランス革命の前夜にも比すべき運動が、臨界点に達しようかという勢いで、過熱していた。しかし、フランス革命の前夜とは、ある決定的な相違があった。東インドでは原住民《プリブミ》の思想家が誕生せず、運動についての構想も哲学も存在しなかったことである。ミンケが追放になって以後、原住民のリーダーのなかに、外部世界との接触をこころみる者はいなかった。彼らはのぼせ上がった井のなかの蛙であった。外国の干渉を呼び込む構想もアイディアも、彼らには生まれようがなかった。仲間うちでの主導権争いの熾烈さは、一国のリーダーの座をめぐる争いにも負けないほどだった。このように明確な理念や構想を欠いた運動は、やみくもな競争のはてにニヒリズムへと堕していくほかなかった。

ファン・リムブルフ・スティルム総督は依然、なんの手も打たなかった。わたしは部長とともに、状況が危機的であることを総督に認識させる手だてを考えた。しかし彼は相変わらず無関心で、目を覚まそうとしなかった。われわれふたりは共謀して、原住民ナショナリストに断固たる対応をするよう警察を動かした。しかし裁判所は、警察の強硬措置に歩調を合わせることはできなかった。総督が司法部長官を呼び、口頭で次のように訓示していたことを、われわれは失望とともに知った。すなわち、原住民の運動に関連したいかなる事件も、乱暴に扱ってはならず、過剰な刑罰を科してはならない。いかなる破壊行為も通常の犯罪とみなし、いかなる違法行為も既存の法規にもとづいて罰しなければならない、と。

半月後、リエンチェ・ド・ロオ殺害事件の裁判が再開されたことで、こうしたもののもろの動きはどこかに消し飛んだ感があった。審理がはじまる前日、サリミンがわざわざ訪ねてきて、こう保証した。

「裁判であなたの名前が出ることは、けっしてありません。われわれはお互い悪党ですが、悪党には悪党なりの名誉というものがありますからね」

いまや彼らはなんの躊躇もなくわたしを悪党と呼び、わたしもまたそう呼ばれて気分を害することがなくなっていた。

東インド中の新聞が大きな紙面を割いて、リエンチェ・ド・ロオ殺害事件を扱った。サリミンの言ったとおり、わたしに関してはひとことの言及もなかった。わたしは尊敬さるべき高級官吏でありつづけた。また、リエンチェの日記に出てくる名前が全部、法廷で明らかにされたわけではなかった。おそらくサリミンは、裁判で名前の出なかった者たち全員から、金銭を得ていたのである。このゆすりは、いまや大金持ちのはずだ。東インドの税制に欠陥があるおかげで、彼は誰からも訴えられることなく、ゆすりの果実をたっぷり味わうことができるのである。

ファン・リムブルフ・スティルム総督の弱腰のせいで、方向性をうしなったかのような状況にあって、ジョクジャで――もういちど言うが、ジョクジャで――静かに、あることが進行していた。あることとは、原住民の生活における新しい章のはじまりである。スルヨプラノトが、官製のカリキュラムに背を向けた、初等学校とその上級学校を建設したのだ。アディ・ダルマ、すなわち、「崇高なる義務」と名づけられたこの学校は、自覚的に――もういちど言うが、自覚的に――誰の僕《しもべ》でもない、自由で独立した人間になるよう、自分で自分の主人になるよう、児童たちを教育することをめざした。アディ・ダルマの登場によって、ブディ・ムルヨは事実上、その生涯を閉じた。スネーフリートはもはやブディ・ムルヨを攻撃する必要がなくなったのである。

12

数年前まで、東インドの諸民族はまだ武器をもって、愛郷心《パトリオティズム》をもって、宗教をもって政府権力に抵抗していた。そして彼らはことごとく敗北した。この数年は、田でも畑でも、山間、渓谷でも、陸でも水上でも、一滴の血も流されていない。ヨーロッパを代表する東インド政府が、いま直面しているのは、ヨーロッパ自身の落とし子――覚醒し沸き立つナショナリズムである。かつて村々で武器を手にたたかった原住民《プリブミ》は、いまや、町々で、そしてヨーロッパ系大企業の存在するところはどこでも、ナショナリズムをかかげて登場している。資本をもつヨーロッパがいま対峙しているのは、資本はないがエネルギーにあふれた原住民である。科学と学問を究めた、新しい文明の教師たるヨーロッパは、みずからの教え子で、知識の修得よりもっと大きな意志――新しい国民《バンサ》になろうとする意志をもった原住民に向き合っている。いま、ふたつの利害が対立している。世界大戦ゆえに支えをうしなったヨーロッパと、歴史上はじめて自己の誕生に立ち会っている原住民と。そしてこの原住民は、剣と槍で武装しているのではなく、愛郷心や宗教で武装しているのでもない。彼らの武器はただ弁舌とペンのみである。

これを原住民にとっての新しい幕開け、新時代のはじまり、科学と学問の分野ではなにもかもが不十分なままの、誕生劇のはじまりと呼んでもさしつかえあるまい。それにしても、おもしろいのは、国民の形成《ナシオン》が弁舌とペンのみによって行なわれていることである。ヨーロッパでは、国民の形成はつねに剣と血と不可分だった。

ヨーロッパの大資本が存在するところで起きている一連の騒動は、おそらく、フランスでルイ十六世に反対して起きたものより激しいはずである。騒動を起こしている者たちは、世界大戦によって生じた東インド政府の弱さを衝いているようだった。こうした騒動のうち、わたしがシナリオを書いたものはひとつもない。実際のそれは、わたしのシナリオではなく、ラデン・マス・ミンケの正統ならざる遺産であったのだ。

マルキスとデデがもう家にいないことに、わたしはある安堵感を覚えていた。どちらも質問魔で、わたしを問いつめることが再々あったのだ。この新しい世代は、旧いわたしの世代より頭脳明晰だった。洞察力があって、現実そのものを把握しようとして、現実の背後にあるものまで見透すことができるのだ。わたしのような旧世代は、まるで年長の世代が真理の支配者であるかのように、年長者の言うことはなんでも受け入れてしまっていた。政府高官のわたしには、同輩たちと同様、高官としての通性があって、良き東インド臣民たることの原則に背くものはなんであれタブー視し、不道徳で、異端であるとみなしていた。ひとびとは父なる神の認めた権力としての政府にひれ伏し、服従しなければならない。さもなくば、東インド政府はとっくに崩壊していたであろう、と。しかしその一方で、わたしも否応なく、しばしば人間的な考え方に誘われることがあって、個々の行為によってその存在を実感できるにすぎない抽象物としての政府は、人間の力の最高の具現化にほかならないが、それを行使する人間の過ちもまた不完全な存在たる人間の属性である、と考えるのだった。そして、より若い世代であるわが子マルキスとデデは、政府の人間くさい側面、すなわち、そのいかがわしさ、欠陥、誤謬に、より多く関心を寄せてきた世代であった。

実のところ、マルキスとデデがぶつけてきた質問は、さほど長くもないリスト一枚にまとめられる程度のものである。それらはしかし、政府高官としてのわたしの心の平穏をかき乱すだけだから、ここに書き留めないほうがよい。いつか別の機会に、なにごとにも超然としていられるようになったら、書くこともできるだろう。いずれにせよ、そうやって父親を質問攻めにするわが子たちのささやかな進歩はおそらく、教育ある原住民の若い世代の進歩に相応したものである。原住民の進歩と言ったが、植民地主義的なヨーロッパ人は、原住民が彼らの先祖より進歩しうるなどとは信じなかった。だがわたしも原住民である。と同時に、政府高官でもある。その立場からすると、わたしは原住民に関して、彼らは無限の隔世遺伝《アタヴィズム》のサイクルから永遠に抜け出すことができない、とする植民地主義的な考えに傾いていた。たしかに、ミンケのような例外が出てくれば事態を変えることができるかもしれないが、集団としての民族の性格は不変のままである、と。ミンケの足跡から生まれた運動、そしてまたいま津々浦々で燃えさかっている騒乱は、リーダーシップを渇望する運動のうねりにほかならない。リーダーシップを求めるのは、彼ら自身には、自分たちを導いていく力がないからだ。新時代のピトゥンが導入した理念を、彼らが継続し発展させているとは思えなかった。新しいリーダーはつぎつぎに登場したが、しかしそれで新しい理念がもたらされることはなかった。たとえば、原住民と中国人の新聞の責任ある部署からヨーロッパ人法律家が消えるといったようなことは、彼らにとっては一見進歩だと思えたかもしれないが、実際は、ミンケの先見性を際立たせる以上のものではなかった。彼ら自身には、ヨーロッパ人の名前が消えたことの意味を評価できなかったし、それについて短い論評を書くことすらできなかったのである。

しばらく前に、マルキスがこう質問したことがある。衣類や機械およびその部品の名はもちろんのこと、本《ブク》、ランプ、ベンチといったもっとも基本的な語彙に至るまで、なぜマライ語には、ヨーロッパ諸言語の語彙がかくもたくさんまじっているのか。プリブミは農耕民族にほかならないのに、農業の分野ですらそうではないか、と。わたしはL氏の言葉を反復しながら、マジャパヒトの崩壊はプリブミ文明の崩壊を意味したのだ、と彼に説明した。この民はアジアの偉大な文明と活発な交流をはかっていたが、もはや海を守ることができなくなると、偉大な文明から切断されて、しだいに自己の愚かさのなかに自閉してゆき、だんだん取り残されて貧しくなり、ついにはおのれの夢と幻想以外なにも持たなくなった。今日に至るまで。ヨーロッパに接近しようとすれば、手当たりしだいに、どこからでも語彙を借用することもふくめて、すべてを借り物に頼らざるをえなかった。悲しむべきことだ、とマルキスは嘆息した。そう、悲しむべきことだ、とわたしは相槌を打った。

実際、それは悲しむべきことにちがいなかった。外来語が増えるにつれて、彼らはより内輪だけで話をするようになった。村落学校で学んだ者たちは、読み書きはできたが、彼らの指導者たちがいったいなにを言わんとしているのか、よくわからなかった。そして、スマートで魅惑的に響く外来語はあたかも、彼らの先祖の呪文《マントラ》が持っていた力を受け継いで、新しい呪文のようになったが、古い呪文と同様、新しい呪文も結局なにも生み出さないのだった。指導者たち自身、不十分な学校教育しか受けておらず、自分で使っている言葉の意味を十分に把握していないようだった。一知半解の知識や概念、不明確なイメージが、まったく準備のない支持者たちに伝えられるのだ。東インドはヨーロッパではない。わずかなヨーロッパ式教育は、ものごとの理解に混乱をもたらすだけである。政府とヨーロッパはこうしたことに無関心だったが、このわたしにとって、津々浦々で起きている混乱と騒動は、指導者たちの混乱した理解がもたらした結果でもあった。指導者たちの理解が混乱していれば、末端の支持者がさらに混乱するのは当然である。

不安定な東インドの状況にもかかわらず、指を動かすことさえ面倒だといわんばかりの、ファン・リムブルフ・スティルム総督の平然たる態度は、わが部長の仕事への意欲をすっかり殺《そ》いでしまった。もはや重要ファイルをわたしに回すことは、ほとんどなかった。命令を与えることもほとんどなくなった。わたしとの会話でますます頻繁に登場するようになったのは、まだ見ぬアメリカ——新大陸、あるいは彼自身の命名では、自由の大陸——への憧憬であった。「パンゲマナンさん。まもなく、世界は黙ってアメリカに耳をかたむけるようになるでしょう」と彼はあるとき言った。「アメリカがヨーロッパの戦場に加わるや、全世界がその武器、装備をみて仰天した。まるで彼らは戦争ではなく、商売をしに行ったかのようだ。ヨーロッパで彼らは勝利するだろう。もはやヨーロッパはすっかり消耗して、無一物で、敵を殺す欲求と屍になる欲求しか残っていない。アメリカは、改良された自動火器を持ち込んだ。そして小麦！　ヨーロッパでは穀象虫《ごくぞうむし》に食われたものがわずかしか残っていない、あの小麦を！」

東インドに希望を見いだせず、彼自身のヨーロッパからもなにも期待できないなか、エディソンという発明家に触発されたというだけの理由で、この教育ある人物はたちまちアメリカに方向転換し、アメリカと一体化していた。理性が情緒的な要求に屈していた。幅広い教養をもったヨーロッパの知識人が、あるひとつの面で発展しているにすぎない、アメリカの発明家に触発されただけで、どうすればかくも変わりうるものなのか。アメリカの別の側面、その負の側面を忘れているのだ。

すぐさまわたしの脳裡に浮かんだのは、組織的に滅ぼされたインディアンのことである。彼らは征服され、キリスト教化され、農民にされ、やがて、農業に依存したヨーロッパ流の食生活に慣らされたあと、農地を奪われ、特別保留地に押し込められ、結核にゆだねられて死に絶えた。わたしの思いはそれから、農業地帯に散らばったアメリカ黒人に飛んだ。彼らは白い肌のアメリカ人を食わせるために働いたが、その悲惨な境遇は、強制栽培制度時代のジャワと西スマトラの原住民にも劣らなかったろう。さらにわたしは、メナドの沖合いでわが先祖を拉致していった、百五十トンから二百トンのアメリカ船のことを思い出した。拉致された者たちは南アメリカに売り飛ばされ、鉱山で地底深く掘り進んだ。

「アメリカほど誰もが自由に生き、自由のために生きているところがどこにあろうか！」と部長はまた言い、さらに力をこめた。「彼らが自由を独り占めにして、アメリカの外にはもう自由は残っていないほどだ」

「東インドでは自由を感じていないと？」とわたしは尋ねた。

「この東インドでも自由は十分に享受している。原住民《プリブミ》を抑圧する自由を。しかしその自由は、みずからを向上させて無限の大富豪になる自由、世界の隅々に及ぶような、無限の影響力を築き上げる自由とは、まったく異質なものだ。そのことが可能なのはアメリカしかない——自由の、比類なき自由の国アメリカしか。アメリカ軍がヨーロッパに上陸したからには、世界大戦はすぐに終わる。比類なき技術力を誇るアメリカだけが、ドイツを打ち負かすことができる」

「でもフランスが機関銃を使いはじめるや、参戦している他の国々もすぐさま同じものをつくった。そしてイギリスは秘密兵器、戦車《タンク》を投入した。はじめひとびとは〝タンク〟とは何のことやらわからず、水槽《タンク》のことかと思ったが、動く鋼鉄の要塞だった。ほどなくして、ドイツも同じものをつくった」

「しかしアメリカほど大量生産はできない」

「現在、ドイツは新兵器、42センチ砲《ディッケ・ベルタ》を投入している。運ぶのにも特別なレールが必要なほどの巨砲を」

「わたしは確信しているが、鉄と鋼だけの問題であれば、アメリカはもっとうまくつくれるはずだ」と部長はわたしをさえぎるように言った。「一か月あれば、その種の巨砲をいくつもアメリカからヨーロッパに運べるにちがいない。ドイツはせいぜいひとつしか製造できない」

「ドイツはすでに、爆弾を投下する気球を飛ばしている」

部長は笑い、そのような気球は、アメリカの専門家と軍需産業からすれば、子どもの玩具でしかないと断言した。

「それにアメリカなら無制限に大量生産できる」と彼は言い添えた。

アメリカに懸想《けそう》した男には、なにを言っても無駄なようだった。

「東インドについてはどうですか」とわたしは訊いてみた。

「傲慢で甘やかされた支配者と幼稚な民しかいないこの国では、もっとも有効な手立ては抑圧することだ。それしかない」

「でもプリブミは進歩してきていますが」とわたしは水をむけた。

「政府への抵抗のしかたという点から見ると、たしかにそうだ。でも考えてみたまえ。もし彼らの運動が最終的に勝利するようなことになれば――そんなことはありえないとわたしは信じているが――、お互いに争う以外なにもできないことに彼らは気づくだろう。民族として相互に対立するだけだ」

どうやら彼は、わたしの意見の聞くだけのふだんの立場とちがって、答える側にまわったつもりらしかった。椅子から立ち上がると近づき、わたしの耳もとに腰をかがめて、ゆっくりと言った。

「彼らが政府を敵視しているのは明らかだ。この間、彼らを突き動かしてきた主たる欲求は、何なのか。それをまとめて総督に提出するのがあなたの任務です。あまり時間をかけないように」

「主たる欲求とはどうことですか」

「彼らの運動をもっともよく代表しているもの、ということです」そう言って彼は部屋を出ていった。わたしは仕事に取りかからねばならなかった。

ふたたびわたしは従来の仕事に戻って、報告書や記録類を読んだ。そしてイスラム同盟に関しては、現在までの状況からして、彼らはなにひとつ達成できないだろう、なぜなら自分たちがいったいなにを願っているのか、彼ら自身わかっていないからと再確認した。政府の意向をただ声高に唱和してきた連中は、まだその態度を明らかにしない総督をみて、いまは沈黙している。インスリンデは、歩きだす前から、すでに機能不全におちいっている。種族主義的《エスニック》な団体は、他の同種の団体より自分たちのほうがより優秀で、より誇り高いことを証明することに余念がない。残る問題は、ふたつ。第一は、「自治」というスローガンで、これはかつて東インド党がささやいたものだが、いまやさらに小声であっても誰ひとり口にする者はいない。第二は、ブディ・ムルヨの活動で、その主眼は地方議会のメンバーを拡大すること、原住民のための中高等学校を設立することである。このような結論をわたしは、それ以上吟味しないまま、部長に提出した。

それからほどなくして、オランダ本国政府は最近の東インドの事態を憂慮している、という総督を発信元とする情報が伝えられた。

わたしは迂闊《うかつ》だったことに気がついた。強い不安におそわれた。部長に提出した報告書の概要を再点検し、真剣に取り組まなかったことを後悔した。部長の指示と本国政府の懸念になんらかの関連性があるのは明白だったのだ。

たしかに、東インドの状況は、名もなき庶民にとって、もはや許容の限度をこえていた。失業は蔓延し、増加する犯罪と拡大する騒擾事件がそれに追い討ちをかけた。国営質屋でカネを借りようにも、庶民にはもう質草になるものがなかった。それに加えて、不満をもつ質屋の従業員たちも、他の動きに追随してストライキを打った。この結果、庶民には、低利でそれなりの援助を得られる機会がますます閉ざされ、これが彼らを高利貸しの魔の手に追いやった。国営質屋じたい、金と銀を除くと、換金できない品物でいっぱいの倉庫と化していて、その店舗数も少なすぎた。大きな町でも小さな町でも、ひとびとは食糧不足に苦しんだ。村々では、農民たちはなにも買おうとせず、自給自足をはかっていた。騒動は各地に波及し、銅を得るために、電話線と鉄道電信のケーブルが盗まれる事件まで頻発した。ニッケルと銅、銀から硬貨を偽造することが、しだいに恐れを知らぬ所業となっていった。

こうしたもろもろの事態を東インド政府がはたして収拾できるか、わたしは危ぶんだ。軍と警察だけではできまい。この危機を打開するために、わたしの仕事がなんの役に立つのか、もう自分でもわからなくなっていた。

「お願いがあります」と、ある日、わたしは部長に切りだした。

彼は椅子にかけ、王位をなくした皇帝のように見えた。口からパイプを動かさなかった。

「このあいだの報告書には不備があったようです。もういちど書き直しをさせてください」

なぜか彼の眼は輝いていた。穏やかにわたしを見つめて、象牙の重そうなパイプを口からはずし、ほほ笑んだ。なにも言わなかった。

執務室に戻ると、朝刊が一面トップで大々的に報じた、あるニュースが目に飛び込んできた。ロシアのニコライ皇帝が打倒されたというのだ。世界の新聞がロシア皇帝に叛旗をひるがえした者たちを呪った。そのときロシアは軍をヨーロッパの戦場に送っていたから、これはドイツ側を利するものだと非難されたのだった。叛徒たちの声明が引用されていて、ドイツに抑圧されようがニコライ皇帝に抑圧されようが同じようなものだから、われわれはどちらも拒否する、双方からの自由をわれわれは選ぶのだ、と述べていた。

ふたたびわたしは狂気とも思える、新しい論理に直面することになった。しかしそれはどんなに狂っているように聞こえようとも、すでに現実であって、揺るぎない権力を誇った皇帝を打倒し、またそれが打倒されるという事実のうちに具現化されていたのだ。

終業の数分前、部長がわたしの部屋に入ってきた。

「あなたに特別な仕事がある。気分転換になるでしょう」

「アメリカと関係のあることでしょうか」

部長は愉快そうに笑ったが答えなかった。見ると、業務日誌を持ってきていた。その日誌はわたしがここで働きはじめて以来、いちども取り替えられていないのを思い出した。それから、

「ラデン・マス・ミンケが流刑になってもう何年ですか」

「数えてみたことはありません。五年！　なんと早いことか！」

「あのとき、流刑地まで彼を送っていったのはあなた自身だった。彼とは航海中どんな話をしたんですか」

「彼は話をするのをずっと拒否していました」とわたしは慎重に答えた。それから、話題を変えて、「どうでしょう、このあいだの報告書、もういちど書き直しをさせてもらえませんか」

「ミンケについて話すのは好きじゃない？」

「いいえ。どうぞ」

「あの報告書はもう手直しする必要がない。すでに総督がお読みになった。われわれも総督ご自身から修正点の指摘を受け、修正したものはもうオランダに打電された」

「オランダに打電された？」

「そう。宣誓した植民地問題の専門家の見解として。パンゲマナンさん……。万事遺漏なく、無事に宛先まで届いている」

それを聞いてわたしの心臓は激しく鼓動した。欠陥のある、あの報告書がオランダに！　わたしの署名つきで！

「どうしたんですか、青い顔して」

部長はわたしの心中を読み取っていた。分厚い業務日誌のあるページを開いて、はっきりした声で一語一語、確認しながら読み上げた。

《原住民《プリブミ》の運動への政府の対応策はすべて、大枠において、総督官房府の植民地問題の専門家J・パンゲマナン氏の報告書に依拠している。彼が知らないところで彼の同意なしに、また彼の判断と提言を抜きにして、対応策が講ぜられることはありえない。これは一九一二年十一月二十二日の総督閣下の口頭による指示にもとづく。》

彼は読むのをやめて、しばしわたしに眼をやって反応を確かめ、それからこう言葉をついだ。

「オランダに送付済みの報告書をあなたが読み返し、修正したいと言うのは、自分の職務に関することではあなたはすべてを熟知して、ミスするわけもないから、きっと職務外でなにか心配なことがあるからでしょう。それは忘れてください」

「職務外のなにかとは？」

「失礼。これはわたしの個人的な意見です。主観的な願望、見解です。でもそれはもういい。忘れてしまってください。仕事の話に戻りましょう。いまから一週間後、ラデン・マス・ミンケがスラバヤのタンジュンペラク港に上陸する。あなたの仕事とは、彼を出迎えることです。それから、もう永久にイスラム同盟には関与しないという誓約をとりつけるのも、あなたの任務だ」

自分の執務室に坐ってわたしはもの思いにふけった。いまわたしは、自分で蒔いた種を自分で刈り取ろうとしているのだ。自分の気持ちを犠牲にして蒔いた種を。わたしはこれまで、新しい危険な教義と思想に感染させないよう、綿密な対応策をまとめて、イスラム同盟という巨大組織を無菌状態に置いてきた。無菌化されたことで彼らはあらゆる進取の精神を喪失した。同盟は学校をひとつ建設することさえできなかった。そればかりか、ソロ、スマラン、ジョクジャで生まれたその若い翼に対し、なんらの見解も行動も取りえなかった。わたしのもくろみは成功した。いま、その創設者が帰ってくるというのだ。なぜ、何のために、同盟がつくられたかを熟知する唯一の人物が。わたしはふたたびその人物と対面しなければならないのだ。もはやわれわれは遠距離でチェスをやっているのではない。彼は原理原則をうしなわなかった。自由だけをうしなった。それに対しわたしは、この五年間でなにもかもうしなった——原理原則も、妻と子も、名誉も。あのシンジケート、砂糖シンジケートと農企業家総連合は、いかにしてわたしを買われた、無力な奴隷にしたことか……。これからわたしは、あらゆる崇高さをそなえたその人物と対面しなくてはならない。けっして彼は敗北したのではない。たしかに彼は、ド・ランゲ委員会の調査によって非合法に得たものとみなされたすべての資産と預金を、政府に凍結されてうしなった。自分を愛した妻とも暴力的に引き離された。その妻プリンセス・カシルタは一年前にジャワから退去を命じられ、彼自身もジャワに帰還後そこを離れることは許されないはずだから、二度と彼女に会うことはないだろう。彼もまた、名誉と偉大さのほかは、すべてをうしなったのだ。

政府とその諸機関はすでに、ラデン・マス・ミンケが、自分の権利を主張してくれる弁護士を雇えないような状況をつくっていた。彼を組織から引き離すことに政府が失敗すれば、同盟から支援を得られたかもしれない。アムステルダムの大学を卒業したヨーロッパ混血児の法律家がいて、彼の弁護を買って出ようともしたが、断念しなければ東インドで開業することは困難になるだろうと、さまざまな手で警告と脅迫を受けた。

官房府の植民地問題の専門家パンゲマナンが考えたことは、その帰結として、彼自身の意図からなんと遠くまで行ってしまったことか。もうひとりのジャック・パンゲマナン——ポーレット・パンゲマナンの夫は、自分の考察の結果が、恥知らずな掠奪を正当化するために利用されようとは、夢にも思わなかった。イスラム同盟は外からの工作にさらされ、創設者を弁護し守り抜くことのできない、その気もない組織になりはてていた。これはたんに同盟が法律を知らない、法意識がないというだけでなく、なによりも、政府に対して腑抜けにさせられた結果であった。

いまふたたび、わたしは彼と対面しなくてはならなくなった。出迎えとして！　世界有数の名門大学で学んだ教養ある人間として。わたしは彼を——自分が崇拝してきた師を、まさにわたしのせいですべてを奪われた人物を、出迎えねばならないのだ。その足をわたしが切り落とした一匹の蟹として彼を迎えるのだ。その対面はわたしを辱め、わたしの胸を粉々にするだろう。なにもかもが自分と正反対の人物と対面しなければならないのだから。

あと一週間！　あと一週間で、経験豊かな、だがもはや教えることのかなわぬ教師と対面するのだ。

悲痛な気持ちで、わたしは、そこに彼がサインをしなければならない、誓約書の文案をまとめはじめた。穏やかに、できるだけ穏やかに対応しなければならないことを、わたしは承知していた。そして部長は、意味深長な、鋭い一瞥を投げながら、すべてをわたしに一任した。その視線はわたしを刺した。おそらく部長はわたしが顔面蒼白になっていたことに気づいたはずだ。

教科書どおりの英語で、彼はこう言った。

「いずれにせよ、あなたは健全な考えをした、まっとうな人間として振る舞おうとしてきた。植民地主義的な態度はとるまいと努力してきたように見える。あなたがこの植民地の鉄窓にうんざりしてきているのが、わたしには感じとれる。あなたの内面の葛藤が理解できる」

「ありがとうございます。あなたがアメリカを選んだのも、たぶんそのせいなのでは？」

「まあそんなところで」

「でもアメリカにも抑圧はある」とわたしは補足した。

「抑圧があるというのは正確じゃないでしょう。むしろ、抑圧する自由がある、と言うべきだ。しかし同時に、抑圧されない自由もある。ここには、抑圧する自由のみがあって、抑圧されない自由はない」

彼がそのようなことを口にできようとは誰が想像するだろう。東インド総督にかくも近い人物が。それよりさらに驚かされたのは、彼がこう言ったときだった。

「ご心配なく。わたしがあなたの上司であるかぎり、いつだってあなたの考えは容認するつもりです。ただそれにもおのずから限界があって、植民地政策の枠内にとどめておかなければならない。なぜなら、いずれそれは卑しむべきこととみなされる時代が来るかもしれないが、いまのこの時代にはそれが現実なのだから」

わたしは彼の顔をまじまじと見つめた。部長とはいえ彼はわたしよりずっと年下だった。前歯がタバコの脂《やに》で黄色くなっていた。口にも顎にもひげは生やしておらず、生娘の顔のようにつるつるだった。鼻はヨーロッパ人の標準からはやや長すぎる感じだったが、鉤鼻ではなく、まっすぐに伸びていた。眼は澄んだ灰色で、まるで人をその脳のなかまで見透すことができるかのようだった。しかし、彼自身がなにを考えているかは、容易に人を寄せつけないパズルのように、推し量ることができなかった。

「これまでやってきた仕事をあなたは後悔している。なぜなら、それは原住民《プリブミ》にあまり利益をもたらさなかった、あるいは、彼らの利益に反していたと考えているから。そうでしょう?」

わたしは心臓が縮み上がった。しゃくり上げて泣く内部の声が聞こえた。わたしはいったい何なのか。わたしという存在は、わたしの人生は、いったい何の意味があったのか。

それから、その日がやってきた。オランダ郵船会社の船が接岸した。空には雲ひとつなく、太陽は彼の到着をにこやかに歓迎しているように見えた。時刻は朝の九時を七分過ぎたところだった。わたしのまわりには、それぞれ家族を出迎える者たちが何人かいた。錨が下ろされて船が係留されると、ただちにタラップが桟橋に下ろされた。

わたしは数人の係官と出迎えの者たちといっしょにタラップを上っていった。船内事務室で新時代のピトゥンの船室について説明を受けた。二等の二十二号室。一刻も早く下船しようと先を争う者たちと体がぶつかるのもかまわず、わたしはその船室に急いだ。船室のドアは開いたままで、ラデン・マス・ミンケが寝台に坐って、ゆったりと紫煙をくゆらせているのが見えた。頭の被り物は古びて見え、白い詰襟服とバティックの腰衣も同様だった。新しいスリッパをはき、右足を左足の上に組んでいた。口ひげはむかしと同じように太く、黒く、上にカールしていた。流刑地に発ったときよりずっと老けた感じだった。

開いているドアをわたしはゆっくりノックした。

彼はわたしのほうを見たが興味を示さなかった。

「おはようございます」とわたしはオランダ語で言った。

「おはよう。まだゆっくりしていたいんだ」

「下船されるのはスラバヤですか。それともブタウィ？」

彼は立ち上がり、わたしの入室を禁じるかのように、無愛想にドアに手をかけた。わたしの顔は覚えていなかった。

「失礼。わたしにもわからないのだ。ここかもしれないし、ブタウィかもしれない」

「ここで降りていただきましょうか、ラデン・マス・ミンケさん」とわたしは言った。

彼はぎょっとなった。眼になにか閃光のようなものが走り、警戒の色を見せた。そして鋭くわたしを観察した。わたしはうなずいて敬意を表わした。

「ああ。nがふたつのパンゲマナンさん」と彼は言った。「制服じゃないんですね」

「警察は定年で辞めました」とわたしは答えた。依然として彼はわたしを船室に入れようとしなかった。ドアに手をかけたまま、

「定年で辞めた」と信じられないというように、くり返した。

「このことはお知らせしたほうがよいと思いますが、今回もわたしがあなたをお迎えすることになりました。ここで上陸してもよいし、このままブタウィまで航海をつづけてもかまいません。あなたのお好きなように。スラバヤを見物してみたいとお思いかもしれませんので」

「このままブタウィまで行ったほうがよいのだろうが、もし本当にスラバヤ見物が許されるのなら、ぜひそうしたい」

「わかりました。わたしがご同道しましょう」

「同道？　では、わたしはまだ自由の身じゃないと？」

「もう自由です。ただ、まだ手続きが残っていまして、所定の手続きが完了するまでは、わたし

がごいっしょすることになります」

「すると、まだ定年で辞めたわけではないんだ」

「いや、辞めたのは事実です。ただ、あなたとは古くからの知り合いなので、手続きを済ませるために、わたしが呼び出されたというわけです」

「ありがとう。その手続きとはどんなもので？」

「ごく簡単なものです。ブタウィに着けばおのずとわかります」

「ブタウィでは、あなたにぺこぺこしなきゃいけないんでしょうね、きっと」

わたしは否定するように明るく笑ってみせた。彼は依然ドアから手を離さなかった。

「誰にも頭を下げる必要などありませんよ」と言ってわたしは安心させた。「とくに、このパンゲマナンにはね。ラデン・マスさん」

「からかわないでください」

「けっしてからかっているわけじゃありません」とわたしは彼を納得させようとした。「あなたがアンボンに行ってから東インド全体が変わりました。なにもかも変わった。変えたのは、まさしくあなたです」

彼は警戒の眼をさらに鋭くした。わたしが言ったことの真意を懸命に理解しようとしているようだった。

「東インドは熱い釜の底に変わった」

「熱い釜の底！　そうだとしたら、わたしはまずい時機に帰ってきたわけだ」過去に自分がはたした役割を自覚していないかのように、彼はそう言った。

「ファン・リムブルフ・スティルム総督は、これまでとちがう政策を打ち出している。イデンブルフ総督と同じではない。新総督の治世下では、流刑や追放になった者たち全員が帰郷を許される」

彼はしばし考え込んだ。おそらく妻と義父のことが頭に浮かんだのだろう。しかしなにも質問はしなかった。

「では、スラバヤ見物にまいりましょう」

彼は船室内には引っ込まずに、そのまま外に出て、ドアに鍵をかけた。われわれは船内事務室に行き、年老いたフロント係に船室の鍵を渡した。

「ミンケさま。観光でございますか。帰りが遅くならないようにしてくださいませ」とフロント係は注意した。「それではどうぞお楽しみに。マドゥラ島には渡らないようにしてくださいね、遅くなりますので」

タクシーのなかで彼が言った。

「本当はひとりで見物するほうがよかったのだが」

「それはそうでしょう。わたしだってそう思います」とわたしは応じた。そして、運転手に「ゆっくり走ってくれ」と言い、ふたたびわたしの隣の乗客に「ラデン・マス・ミンケさん……」。運転手がうしろをふり向こうとし、それから、バックミラーをとおして様子をうかがう彼の顔が見えた。「ミンケさん」とわたしは声を大きくし、バックミラーに眼をやった。「これからどこに行きましょうか」

「ハーベーエス通り」と彼は短く答えた。

運転手はハーベーエス通りをめざして方向転換した。わたしはミンケをちらっと横目に見た。彼はもの思いに沈んでいたが、その心中は推し量りようがなかった。わたしはふと《人間の大地》のことを思い浮かべた。彼が本当にスラバヤ高等学校《ハーベーエス》を卒業しているとは容易に信じられなかったが、この学校に美しい想い出を持っているのであろう。おそらくかつて、生涯彼の心をとらえてはなさない、だがついに結ばれることのなかった愛しい人——もちろん、若い女性だ——がここにいたのだ。

まだ授業時間であったため学校は静まり返っていた。

わたしは否応なく《人間の大地》を思っていた。そこでミンケは、学生としての自分のさまざまな体験を書いていた。いま彼が訪ねているこの学校を退学させられたこと。ボジョヌゴロの副理事官が彼を擁護してくれたこと。復学して卒業し、統一国家試験においてスラバヤ高等学校で首席、全東インドで次席の成績をとったこと。それは、ひとりの若者が自己発見をとげていく信念の物語である。ただ、当時のボジョヌゴロの副理事官は、明らかにドラクロアではない。時間があまりに近すぎて十分に過去の出来事になっていないため、副理事官の本名を明らかにするのは憚られたのである。どうやら副理事官に別の名を使わねばならなかったらしいのだ。

タクシーはゆっくりと高等学校を通り過ぎた。わたしの隣人はタクシーの窓に体を寄せたまま動かなかった。学校を数十メートル通り過ぎて、ようやく彼は座席に背をもたれかけ、深く息を吸って眼を閉じた。

いかにも、流刑地では、駆け足で過ぎていく時間のことを想う以外、できることは多くない。だから、過去はすぐ近くにあるように見える。元警視であるわたしにはそれがよく理解できる。牢獄に囚われた者たちのおしゃべりは、まるで現在もなく未来もないかのように、つねに過去についてのおしゃべりなのだ。わたしにはよく理解できる。

「まだ時間は十分に、十分すぎるほどあります。ラデン・マスさん。予定を変更してブタウィまで汽車で行くこともできますよ」

彼は眼を閉じたままで、わたしは彼の回想をじゃましたことを後悔した。しかたがない。彼はわたしのほうに顔をやって、眼を開けた。

「船では自由に歩きまわることもできませんからね」とわたしは、彼の原稿の一節をくり返すように言った。「でも汽車で行けば、あちこち立ち寄ることもできる。たぶん、ご両親とお会いになりたいのでは……」

ふたたび彼は窓の外に視線を投げた。それから運転手に上半身を近づけて、

「クランガン」と言った。

タクシーは右折した。

「これもお知らせしたほうがよいと思いますが、お父上は、りっぱな女学校を一校、ブロラに建てられました」

彼はわたしのほうを見た。だがなにも言わなかった。《足跡》で彼は父親の学校のことに触れていたのだが、わたしはそれについて彼と議論するつもりはなかった。

黙ったまま彼はうつむいた。想い出の場所のほかは、車外の景色にも、行き交う人や車にも、いっさい関心がないらしい。どうやら彼が会いたいと願っているのは、過ぎ去った日々の想い出だけらしかった。それは永遠に現実から消え、もはや手の届かないものであるが、永久《とわ》の命をもって、どこまでも記憶のなかで彼を苦しめているのだった。

「ゆっくり」とわたしは、クランガン通りにタクシーが入ると、運転手に言った。

ミンケが横目でわたしを見るのに気づいたが、わたしは知らないふりをした。ちらっと見てみると、彼は一軒の古びた家を注視していた。それはまさしく、彼が《人間の大地》でジャン・マレと呼んでいる、フランス人のかつて住んでいた家だったのだ。このフランス人はソルボンヌに学び、画家で、アチェ戦争の退役軍人とされていた。しかしわたしの調査からわかったのは、彼の名はジャン・マレではなくジャン・ル・ブック、学んだのもソルボンヌではなくベルギーのルーベンカトリック大学ということであった。

「あれがル・ブックというフランス人の住んでいたところですね」とわたしは、横目で彼をうかがいながら言った。

彼は警戒して眼をしばたかせたが、わたしを無視していた。まったく興味がないというようになにも尋ねなかった。それでもその心中を忖度《そんたく》すると、あふれんばかりの多くの質問をぶつけてみたいと思っているのは明らかだった。

「傷痍軍人で、片脚でしたね。スラバヤの人たちは、彼があるニャイと、ある百万長者のプリブミ女性を妻にしたので、なんと運のいい男かと感嘆しきりだったとか」

むろん、わたしが言ったことは、彼自身がずっとよく知っていることだった。わたしがそんな話をしたのは、じつは、《人間の大地》に書いてあることはすっかり諳《そら》んじている、と彼に知らせるためだった。

彼が長い息をつくのが見えた。タクシーのエンジン音さえなければ、たぶん、ため息が聞こえたはずである。その幸運なフランス人のことを彼が回想しているのは疑いなかった。

「あの家の隣には下宿屋があった。いまではごらんのように倉庫になっている。所有者は、あるヨーロッパ混血児。やはりアチェ戦争の退役軍人でしてね」

ハンカチを取り出すのが見えた。息が荒くなった。だがわたしは、彼が過去と格闘していることがわかっていたので、知らぬ顔をした。その過去は、彼が植民地権力とあいまみえる以前の、美しい、あらゆる可能性にあふれ、あらゆる希望をほとばしらせた、なにもかもが美しい青春時代である。それと対照的に、現在の彼の前にあるのは、苦渋に満ちた現実、権力のゲーム。彼はそこでは、猫に囲まれた一匹の鼠にすぎないのだ。

彼はハンカチで眼をふいた。わたしはわかっていたが、涙をこぼしたところをわたしに隠したかったのだ。泣くがいい、新時代のピトゥンよ。なぜなら、泣くことによってのみ、きみは純真な心をもって、過去と対話することができるのだから。わたしは想像できる。勉学に励んでいたとき、書物から自分のなかに移し替えたすべてのものが、この人生の野原を渡っていく自分の力になると信じつつ、きみが書物のページを繰っていた姿を。そのころ、きみはとても素朴で、人生の野原はきみが思い描くほど単純ではない、と理解していなかった。それでもきみはその野原を渡りはじめ、わたしと相対せねばならない地点まで達した。いまでもきみは、ある意味と現実においては、まだわたしの掌中にある。だが、また別の意味と現実においては、わたしの手と指はきみをつかむにはあまりに小さく、あまりに弱い。わたしが小さいというだけでなく、きみ自身が大きくなりすぎてわたしの掌中に収まらなくなったのだ。

タクシーは、右側の道がパッサル・トゥリに伸びている三叉路に達した。

「マス・チョクロのところに連れて行ってくれ」と彼は不意に過去から目覚めた。

その要求はわたしを驚愕させた。どうやら、おまえなど恐れていないという、わたしへの挑戦状らしかった。彼はいま現在へと跳んだのだ。長子であるイスラム同盟への思いをおさえることができなかったのだ。法はまだ自分を守ってくれると彼は過信していた。植民地法など信用してはならないはずなのに——その何たるかを、きみはこれまで身をもって味わってきたはずではないか。それとも、本当に挑戦しようというのか。

「やめたほうがいいでしょう。あなたの立場を危うくするだけです」

「では、約束された自由、ファン・リムブルフ・スティルム流の自由というのは、まだまだ口先だけというわけか」

「あなたはまだ自由の身というわけじゃない。たぶんあなたの言うとおりで、この東インドに、あなたがヨーロッパの書物から学んだような自由は、存在しない。百パーセント自由なのは、総督その人だけだ」

彼は不信の眼でわたしを見つめた。そしてわたしはその眼に、わたしひとりにむけられたものか、ヨーロッパが植民地として支配する世界全体にむけられたものか、強い嫌悪感を見てとった。不意に彼は視線をそらし、正面をまっすぐに見た。その間、タクシーはパッサル・トゥリの方角へ曲がっていた。

「わかった。どこでもあなたの好きなところに案内してくれ。どのみちわたしは自由の身ではないのだから」

「それならクランガンに戻りましょう」

タクシーはクランガンに引き返し、沿道の者たちに披露しなければならない花嫁を乗せているかのように、ゆっくりと進んだ。

「ミンケさん。わたしたちがヨーロッパの書物から学べるものは、どれをとっても、東インドの生活にそぐわないものが多い」とわたしは彼の機嫌をとるように言った。「ヨーロッパはわたしに、自分よりすぐれている人は誰であれ尊敬せよ、自分より不運な者は愛せよと教えてきた。偉大な人物はみな人類の師であるとヨーロッパは教える。それがヨーロッパだ。アメリカは、人生で成功をおさめた者、それこそが汝の指導者なりと教える。日本は、多くの仲間をもつ者、それこそ人生の達人であり、善き人であると教える。そのどれも、この東インドの生活にはあてはまらない。ミンケさん。あなたはわたしよりすぐれている。わたしより不運だ。あなたは偉大な人。人生の成功者だ。あなたには仲間がいくらでもいる。でもごらんなさい。わたしはそのことを知りながら、あなたを逮捕せざるをえなかった。そしていまもなお、最悪の意味であなたのホストをつとめている」

彼は咳払いをし、タクシーの窓のほうをむいて外に唾を吐いた。

いかにもわたしは、彼とくらべて自分がどんなにつまらない存在であるか自覚していたが、それでも彼のその行為が、わたしを野蛮なやり方で侮辱しようと意図したものであるのは明らかだった。激しい怒りで耳に血液が集まるのを感じた。ヨーロッパの教育を受けた教養ある人間として、わたしは自制心を保たねばならなかった。それに、あのサリミンと同様、たしかに彼にはわたしを侮辱する権利があるのだ。彼にくらべれば、わたしなどなんの意味もない。ためしに彼をスラバヤの王宮前広場に連れて行ってタクシーから降ろしてやったら、たちまち群衆に囲まれて大歓迎されるはずだ。また、マス・チョクロのところに案内したら、あの王冠なき皇帝は消え入ってしまうだろう。それにひきかえ、パンゲマナンがひとびとに尊敬されることは断じてありえない。それがいつでも起こりうる、そしていつでも証明できる現実なのである。

わたしは屈辱感をおさえて、過去の出来事に話を戻した。

「あの家に住んでいたル・ブックですが、軍隊ではバルビュス・ジャンビットと名乗っていました。なかなか変わった人ですね。画家で、インテリでありながら、政府軍のなかでは一平卒だった。ヨーロッパの生活に倦んだ多くのヨーロッパ人が、未開社会のなかに新鮮さを求め、みずから未開なものと一体化し、ヨーロッパとその教育を忘れようとしてきた。まさにヨーロッパの学問と知識にあこがれる、その世界に暮らしながら。ラデン・マスさん。こういうのをなんと言うのでしょうね。突然変異？　それとも文明の皮肉《イロニ》？」

彼は返事をしなかった。はたしてわたしの話を聞いていたのか、聞いていなかったのか。過去に沈潜していたのか、それとも現在のことを考えつづけていたのか。この新時代のピトゥンの草稿中でテーリンハと呼ばれているヨーロッパ混血児の旧宅には、痩せこけたわが子を抱いた女の乞食が立っていた。わたしの隣の客人は、このあたり一帯にまだ多くの乞食がいることに、さも驚いた様子だった。わたしは彼に、乞食について問うのであれば、こう耳打ちしてやりたい誘惑にかられた。乞食の数は増えていく一方だろう。なぜなら、乞食はどこまで行っても乞食であり、乞食の家族はまた新しい乞食の家族を再生産するだけで、乞食が乞食以外のものに突然変異することはありえないから。それのみならず、いまや、ある階層全体——今次の世界大戦によって棄民にされた者たち――が、乞食の境涯の瀬戸際に立たされているのだ、と。

「右！」とわたしは運転手に命じた。

こうしてタクシーはウォノクロモをめざした。だが右折して五十メートル走ると、ワルンと小さな商店が軒を連ねたところで、ミンケはタクシーを止めるよう命じた。両手で彼は車の窓枠をつかんだ。幼児《おさなご》の手を引いた、あばた面の女をまじまじと見ていた。その女のうしろには、肩幅の広い、がっちりした体格の、見るからにたくましい少年がついていた。

「白樹油《ミニャプティ》(122)が欲しい」と彼は言った。そしてわたしを無視してドアを開けると、車から降りた。

わたしもつづいて車から降りると、一軒のワルンに入って、彼が白樹油の瓶をポケットに入れるのを見ていた。しかしその間、彼の眼はずっと、自分の正面であれこれと着物の材料を選びあぐねている、あばた面の女にそそがれていた。彼はそのそばに近づいた。そして女より先に、ジャワ語で尋ねるのがはっきり聞こえた。

「パイナ。おまえはいまスラバヤに住んでいるのか」

あばた面の女はびっくりした様子だったが、おびえもせず彼をまじまじと見た。その唇は、発せられることのない質問でぴくぴく動いていた。

「これはおまえの末の子か」

そのときわたしもパイナのことを思い出した。コンメルが亡くなる直前に発表した作品『ニ・パイナ物語』の登場人物だったのだ。これは薄い、小さい本ながら、原住民《プリブミ》に対してきわめて同情的な内容で、ミンケの草稿《すべての民族の子》に出てくる、あばたの娘スラティはこの物語のパイナのことである。ミンケとパイナは言葉をかわしたが、わたしはジャワ語を解さないので話の中身はわからなかった。それでも、サストロ・カッシエルとトゥランガンという名は聞き取れた。これらはコンメルの作品中にも出てくる人名と地名で、《すべての民族の子》でもミンケが使っていた。

見るとパイナは腰をかがめてミンケに手を合わせた。ミンケは頭を振ってそれを拒み、それからパイナの幼児の頬をなで、そのあとで年長の少年に言葉をかけた。彼らはひとしきり話に花を咲かせた。わたしはそばに立っていたが、盗み聞きしているのではないかとあらぬ疑いを避けるために、道の反対側に視線を移し、さらにその場を離れてタクシーに近づいた。ミンケは紅潮した面持ちでタクシーに戻ってきた。車が動きはじめてからも、その眼は輝いていた。

「驚くべき女性だ！」と彼は感嘆した。「わたしはこれまでの人生で、なんと多くの驚くべき女性たちに出逢ったことだろう」

「まったく。驚くべき女性だ」とわたしは相槌を打った。「彼女の名はパイナでは？」

「では、あなたは彼女の物語をご存じ？」

「コンメルが本にしました。コンメルとは面識がおありで？」とわたしはとぼけた顔で尋ねた。

「傑出した混血児ジャーナリストです」

「そう、プリブミとマライ語を愛していた」とわたしは言った。「残念ながら、最近亡くなった」

「えっ？　いつも元気で、活動的に見えたが」

「不慮の事故だったんです。自分で飼育していたヘビに巻かれましてね。巨大なニシキヘビに」

アラビア語と思われる言葉で彼はなにごとかつぶやいたが、わたしには理解できなかった。

「彼の墓を見たい」

「その必要はないでしょう。それに、どこに墓があるのか、わかりません。行かないほうがよいと思います。ブタウィに帰られたら、いずれその機会もあるでしょう」

「これからどこに？」と彼は少し打ち解けた口調で訊いた。

「ウォノクロモ。あの村はいまでは、りっぱな建物が並ぶ町になっています。ごらんになっておくと役に立つこともあるのではありませんか」

彼は返事をしなかった。おそらく、ふたたび過去に沈潜していたのだ。

わたしはこのときもまだ、彼が《人間の大地》で書いたさまざまな出来事の信憑性について、疑念を抱いていた。だから、彼の表情を注意深く観察することにした。アンネリース・メレマなる娘と関係があったというのは、はたして事実なのか。本当に彼女と結婚したのか。また、ニャイ・オントソロと親密な関係があったというのも、事実なのか。彼が書いたことは、まったくの夢物語《ファンタジー》にすぎないのではないか。あるいは、他人の話をとおして彼らを知っていただけではないのか。

彼の視線はずっと道路の左側にむけられていた。タクシーはゆっくり進んだ。まるで彼は通り過ぎる家々を一軒ずつ数えているかのようだった。

「スラバヤにいらしたことがあるなら、当時とのちがいがきっとおわかりになるでしょう。この沿道には、いまでは住宅がたくさん建ち並んでいる。水田と畑はますます隅に追いやられていく。これから十年後には、いったいどうなっていることか」

わたしの言葉に彼は反応しなかった。徒歩でスラバヤをめざす人の群れがあったが、それにも無関心だった。

「あれはむかし売春宿[123]でした」とわたしは説明した。「かつての所有者は、カリソソックの刑務所で死にました」

彼は聞こえないふりをした。それでもわたしは、美しさと同時に苦渋にもみちた過去に彼を連れ戻すように、こうつづけた。

「ほら、あれがきっと有名なニャイの館だったものですよ。彼女はたぐいまれなニャイだった。大金持ちで、しかも美貌で。実物にお目にかかれなかったのが残念です」

「すばらしい家だ」と彼は言った。

「むかしはもっとすばらしかったんでしょうね。建築家がほんとに優秀だったんだ。あの木造建築にはドイツ様式が認められませんか」

彼は反応しなかった。それでもわたしは、ヨーロッパの建築様式について彼はまったく知らないのだと見抜いていた。彼があの作品に注ぎ込んだ夢物語の秘密をわたしはさらに探っていった。

「ドイツの勢力下にあったヨーロッパの国には、どこでも、あのニャイの館に似た住宅がある。いまだかつてプリブミはああいうのをつくったことがない」

彼はうなずいた。

「ここまで走ってきてなにか気がつきませんでしたか。この道路、アスファルト舗装されているんです」

隣人は首を伸ばして道路を見てから、うなずいた。

「ブタウィの大通りもそうです。ジャワの主要な町では、どこでも舗装がはじまっている。あなたがそこを通っても、むかしとは様変わりして、同じ道だとは気づかないでしょう。このスラバヤでも車がたくさん走っている。このように、馬車とちがって、車はずっと快適です。ましてや馬が腹痛を起こしでもしたら！」

ふたたび彼は道の左側の家々に眼を凝らしていた。おそらく、わたしの言葉は、彼の孤独をいくらかでも慰めていただろう。

「むかしこの道を馬車で通ったことがあれば、鉄の車輪が路上の石とぶつかって、体全体がガタガタ振動したことでしょう。見てくださいよ。どの家も競うように華美になっている」

有名なニャイの旧宅を通り過ぎ、タクシーは低速でさらに走りつづけた。この先どこに行けばよいのか、彼は黙ったまま指示しなかった。まるでぼやけた写真の貼られた古いアルバムを見るように、相変わらず道の左側を眺めていた。しかしわたしはそれでも、この道の左側一帯と彼の過去の生活になにか直接的で密接な関係があるのか、確認することはできなかった。

「あの遠くの瓦屋根のむこうに、いまでも木の茂ったのが見えますね」とわたしは言った。「鳥や猪や鹿の狩りをするのに恰好の場所なんでしょうね」とさらにわたしは言い、ロベルト・メレマの記憶を喚起しようとした[124]。

わたしの期待は裏切られた。反応がないのだ。

「このまままっすぐに行けば、シドアルジョに着きます。なんでも、あそこには有名な……」

「このまま十キロほど行きましょう」と彼は言った。

アスファルトの道路は小さな畑地にはさまれ、右側には、水田が遠くアルジュナ山の麓まで達するようにひろがっていた。その広大な水田のそこここに濃緑色の点々が見えた。農民たちの集落だった。しかしミンケは相変わらず左側だけを見ていた。そしてタクシーが進むにつれて、畑地は、繁った野生種のサトウキビの野原、また、さまざまな種類の木々の陰におおわれた暗い藪と、交互に入れ替わった。ときおり、竹造りのバラックや小屋が現われた。ミンケはなおも道の左側を見つめていた。

周囲の景色に飽きてしまったのか、ほかに理由でもあったのか、運転手が車のスピードを上げた。わたしの隣人はそれに同意も反対もしなかった。

「ストップ！」と不意に彼が言った。

タクシーは停止した。

われわれの前方には、道路の右も左も、野生種のサトウキビしかなかった。たぶん草丈は二メートル半以上あったろう。彼の視線の先をなぞると、われわれの前に幅三メートルほどの、鉄製のゲートが現われた。その上には、幅も長さもあるトタン板がかかっていて、大きな字で《ウォノチョロ農場》[125]と書いてあった。

彼は車を降り、地面にコンクリートで固定された鉄柱を調べ、なんども看板を眺めてから、

「運転手！」と呼んだ。

運転手はエンジンを切って外に出た。われわれ三人は、奥に伸びる幅三メートルの進入路を見つめていた。密生した背の高い野生種のサトウキビに両側をはさまれた進入路は、奥のほうで折れていて、その先はサトウキビ以外なにも見えなかった。

「あの先には集落があるのか」と新時代のピトゥンはマライ語で尋ねた。

「よく存じません。T《テー》・A《アー》・S《エス》さま」

これまでずっと沈黙を守ってきた運転手は、自分が運んでいる乗客の正体に気づいていたらしい。生まれて以来のミンケの実名で彼は答えたのだ。

ミンケはまじまじと運転手を見つめた。その眼は輝いていた。――いま彼は、かつての自分の世界とふたたび接触することができたのだ。彼はうなずくだけだった。それから、

「この農場はむかしからあるのか」

「はい、むかしからございます」

「所有者は？」

「よく存じません」

「中国人？　それともヨーロッパ人？」

「マドゥラ人だと聞いておりますが」

「マドゥラ人が農場を所有している？　では、あそこでは牛を飼っていると？」

「さようで。乳牛を三百頭ばかり飼っているそうでございます」

「もう十分だ。スラバヤに戻ろう」と彼は言った。

われわれが乗り込むとすぐ、タクシーは方向転換してスラバヤにむかった。ミンケは運転手のほうに上半身を伸ばして、尋ねた。

「じゃあ、あんたは、あの農場の所有者の名を知らないのか？」

「存じません。だいたい、あんな草藪の奥に住んでいる人の名を、誰が覚えていましょうか。世間で知られているのは、所有者がマドゥラ人ということだけでして。聞いた話では、むかし、本当かどうか知りませんが、あるニャイの用心棒[126]をしていたとか。いや、もうそれも古い話で、覚えている者なんかいやしません。どういうふうに話は進んでいくのだったか。そのニャイは裁判で負けて、あそこにそのマドゥラ人と新しい農場を開いた。農場が軌道に乗ってから、なんでも、ニャイは別のオランダ人と再婚してオランダに渡ったとかで、それから現在まで帰ってきていないようでございます。農場は全部そのマドゥラ人にまかせて」

ミンケは座席の背に体をあずけた。眼は閉じていた。横に坐っているこのミンケが《人間の大地》で空想化されたあのミンケと、はたして同一人物なのか、わたしはまだ確信がなかった。現実に見たことと、彼が夢物語に描いたことのあいだに、はたして個人的なつながりはあるのか。少なくとも、はっきりわかったのは、彼がウォノクロモで見たことに強い関心を示したということである。

「これからどこに?」とわたしは訊いた。

「市内に戻りましょう」と言って彼はまた眼を閉じ、黙りこくった。

スラバヤ市内に入って、わたしはこう尋ねた。

「なにか買い物をなさりたいのでは?」

彼は返事をせずに眠っている顔をしたが、たぬき寝入りであるのは明らかだった。わたしは横から彼を見つめた。四十に近いその年齢には老いのきざしが見えた。流刑地の五年は、教育ある者には自由が不可欠と信じる人間にとって、あまりに過酷だった。そして彼が追求した自由は、彼にとって基本的な資本としての自由それじたいをふくめて、あらゆるものを彼から奪う結果となった。来る日も来る日も、彼は、新聞と本を読むあいまに、ただアンボン港の海に想いを託すしかなかったのだ。あと数年すれば、老人のように眼鏡が必要になるだろう。そして彼は自分自身のためにはなにひとつ手に入れていないのだ。

ヨーロッパ人と長年つきあってきた者として、わたしの受けた印象では、彼の横顔《プロフィール》はまぎれもなくジャワのプリブミだった。だぶだぶの黒いズボンをはき、丸首シャツを着て、サロンを首に巻いてでもいれば、みごとな口ひげが上にぴんと伸びているとはいえ、そこらにいるプリブミとなんら変わるところがない。しかしまさに彼のその横顔こそがわたしに感嘆の念を起こさせたのである。彼は素朴な人間で、自分にどれほどの力があるかよく自覚していなかった。もし彼がその力を認識し最大限に活用していたら、東インドにあるすべてのものをひっくり返すことができたろう。その乏しい知識をもって彼は、東インド・ナショナリズムの誕生を、それがいかなる道をたどるか理解しえぬまま、夢想していた。これはまさにジャワの服装をしたジャワのプリブミであるが、もはやジャワ人ではけっしてない。彼は自分の両親ともちがい、先祖ともちがう。彼はジャワ人の幻想《イリュージョン》や、自身で名づけたようなジャワ主義に基礎を置くのではなく、理性にその生き方の基礎を置いたヨーロッパ人であった。そのジャワ主義は、ワヤンとガムランという芸術形式のうちに典型的なかたちを見てとることができるが、このふたつはマジャパヒトの崩壊から数世紀にわたって、ジャワ人の逃避の山となってきたものである。L氏の言葉を借りれば、ジャワ人は、数世紀におよぶ敗北の現実から逃避し、この山に平穏と、けっして再来することのない栄光の時代とのつながりを見いだしたのである。

わたしの横に坐ったこの人物は、おそらく、ジャワ族としても個人としても、いっさいの幻想を捨て去った唯一のジャワ・プリブミである。いまだ十分とは言い難いその学問と知識を背に、彼は草の根をかき分け、小枝をつかむようにして、徒手空拳で東インド・ナショナリズムを興そうとしたのだった。

　この世界には想像もつかないすさまじい力があって、あるときは大洋の海底から吹き上げ、火山となって爆発し、またあるときは人生の目的を真に理解した個人にそれは宿るのだという。かつて彼自身が書いていたではないか、個人の能力を見くびってはならない、と。わたしの横にいるこの個人も、大洋のような、火山のような、すさまじい力を持っている、そういっても過言ではあるまい。彼があれほど素朴ではなく、自己の力をよく認識していたならば、おそらく東インドも、孫逸仙とアギナルドにつぐ、アジア人の大統領を持つことができたはずである。

　ジャワ主義を捨て去ったジャワ人は、ジャワ人の幻想世界を認識しそれを拒絶する者のことにほかならない。そういう人間は、あるがままの世界に向き合い、あるがままにそれを受け入れ、働きかけることを好む。そしてジャワ主義者でないジャワ人は、わたしが生きているこの時代には、革命家であるほかない。彼が西洋哲学を学んだことがないのをわたしは知っている。この隔世遺伝から彼を抜け出させたのは、ひとえに、健全なる理性という資本である。

　おそらく彼はジャワ人で最初の現実主義者《リアリスト》である。

　否応なくわたしは、ジャワ人の内面について語ったL氏の講義を思い浮かべていた。ある特定の瞬間に——と彼は言った——ジャワ人は、揺るぎない、まったき人格をもった個であるかのごとく登場する。ある特定の瞬間とは、L氏によれば、世俗的な成功を得たときである。その実例を、ヨーロッパ人が東インドに入ってきて以降のジャワの歴史に登場した、スルタン・アグン[127]

から最近の諸王にいたる、ジャワ人指導者たちに見ることができる。ところが試練に直面するや、彼らのまったき人格はたちまち崩壊、決まって自信を喪失し、幻想に身をゆだね、空想の世界から、樹木から、精霊や魑魅魍魎から、先祖から、動物等々から力を吸い取ろうとする、と。これを聞いたわたしは、〝醜い魔羅《まら》〟ことプリクムボ[128]の圧力を受けたとき、サストロ・カッシエルがどんな行動をとったかについて、ミンケ自身が《すべての民族の子》で描いていることを首肯せざるをえなかった。

いつか教育あるジャワ人と会ったならば、クリスやワヤンの話に誘い、ガムランとジャワの踊りがいかに高雅であるか絶讃してみよう、とL氏は言った。さらに、ジャワ人の哲学、神秘主義《クバティナン》の奥深さを讃えよう。相手が身を乗り出してきて、あなたの讃辞に同意するようなら、いかに教育があっても彼はなにもなしえないであろう。つまるところ、人間の人間に対する勝利とはすべて哲学の勝利——人間、おのれ自身、社会、自然に対する洞察力、精神的態度の勝利にほかならない。ジャワは敗北に敗北を重ねてきた。もしそうした讃辞にのぼせ上がってしまうようなら、これまで世界で起きたことに無知であることを示しているにすぎない。そのような人間は、まず最初の試練でつまずく。ジャワの歴史を研究してみるならば、ジャワ人の指導者のなかに、みずからの哲学的信念を守ろうとして戦死した者がいかに少ないか、おわかりになるでしょう。彼らはみな揺れ動き、オランダに降伏し、そうやってヨーロッパの知識や技術のみならず、ヨーロッパとヨーロッパ哲学の優越性をも認めることになったのだ。

いまこの瞬間まで、ジャワ人にいちばん好まれてきた歴史上の話はなにか、ご存じですか。そうL氏は訊いた。ジャワのことをまったく知らないわたしは、黙って彼に耳をかたむけるしかなかった。自信満々で彼はこうつづけた。スラパティの話ですよ。なぜスラパティなのか、ジャワ人自身わかっていないが、わたしにはわかる。ジャワ人は、自己の信念に生き、またそれに殉ずる用意のある、スラパティのような指導者にあこがれているのです。信念とは哲学的な宣言にほかならない。スラパティのような人物はいっこうに現われない。スラパティは唯一無二だ。彼は夢の存在。スラパティ以後のジャワ人指導者はいずれも、最初の試練でつまずいた、というのが現実だ。

わたしたちが生きている現代世界の諸民族は——と、さらにL氏はつづけた——学問、哲学、技術、医学などの分野でいかに人類に貢献するか、競い合っている。黒人だってインディアンだってそうだ。ところが、ジャワ族からの貢献は、なにひとつない。彼らは先祖よりもはるかに後退し、幻影のなかに生きている。彼らは——ごめんなさいね、こんな比喩を使って——大地の肥沃さによって生かされている雑草にすぎない。それ以上ではない。地下で養分を吸い、地上で土にへばりついて生きる丈の低い雑草。それだけが彼らの世界で、それ以外はまったくの幻想にすぎない。周辺に巨大な樹木や木材があっても、彼らの眼には入らない。

自分でもわかっていたが、L氏がジャワ人に言及するたびに、なにかわたし自身もその当事者のような気がして、自分の民族であるメナド人の観察をはじめていた。わたしの見るところ、ジヤワ族と東インドの他の諸民族のあいだに差異はなく、あってもごくわずかである。彼らにとっても、幻想《イリュージョン》こそが全宇宙なのだ。

ミンケはふたたび眼を開け、このときはじめて道路の右側が彼の観察対象になった。

「クンバン・ジュプン[129]」と彼は運転手に言い、そのあとまた眼を閉じた。

かつて日本人娼婦たちの遊廓があったクンバン・ジュプンに、いったいなんの用事があるというのか。娼婦の誰かに関係があって、その過去の残骸を見てみたいというのだろうか。《人間の大地》と《すべての民族の子》で彼はひとりだけ、マイコという名をあげている。あれから十七年、あの娼婦もきっと朽ちた肉塊になっているはずだ。ミンケの物語でも、彼女はビルマ梅毒にかかっていると宣告されていた。

時代とともに投機と企業活動の街という様相を呈してきたクンバン・ジュプンは、いつもと同じにぎわいを見せていた。

彼はまた眼を開け、真剣なまなざしで会社名をチェックした。わたしは運転手に速度を落とすように言った。

「ストップ！」と突然、彼は命じた。

わたしの許可も得ずに彼は車を降り、ある会社のドアに近づいていった。そこには厚いガラスの小さなショーウィンドーがあって、さまざまな根茎類、樹皮、乾燥した木の葉などが陳列されていた。さほど大きくない看板には《モルッケン》という会社名が書かれ、その下に《東インド香料取り引き》と記されていた。

これもわたしの許可を求めずに、彼はなかに入った。わたしもつづいた。なにも興味を引くものはなかった。なかには事務室があるだけで、数人が机にむかって仕事をしていた。

わたしはやや離れたところから、ミンケが従業員のひとりと言葉をかわすのを見ていた。すぐに従業員は、閉まっている別室のドアの前に彼を案内した。彼はドアをノックし、そのままドアの前に立っていた。誰かがドアを開けて招じ入れようとしたが、立ったまま動かなかった。おそらく、逃亡する意思のないことをわたしに示そうとしたのである。そのあと、ドアが大きく開けられ、痩せぎすで、青白い顔をした、ミンケよりも背の低い、洋服姿のプリブミが出てくるのが見えた。

わたしはあえてふたりに近づかずに、七メートルばかり離れた位置から見守るだけにした。従業員たちがわたしに奇異の視線をむけたが、気にしなかった。

洋服姿の人物はミンケの前に立ちつくした。それから突然、両手をあげ、ミンケにぶつかっていって抱きついた。幼児のような、感極まった声が聞こえた。

「マス、マス。帰ってきたんだね、マス。あんな苦境に立たされたきみを助け、守ってやれなかった僕を許してほしい」幼児のように彼はしゃくり上げて泣き、ミンケにキスをして抱きしめた。

従業員はみなその光景に眼を移していた。わたしはそのうちのひとりに近づき、オランダ語で尋ねた。

「あの方の名前は?」

「メネール・ダルマン」(130)

わたしはすぐさま、その名前も新時代のピトゥンの作品に登場していたのを思い出した。あの草稿に出てくる《スペシェラリア》とは、この会社のことに相違ない。

彼らはオランダ語で話した。

「奥方の居所をつきとめようと努力したんだが、うまく行かなかった。きみの父上と母上も探そうとされたが、だめだった。奥方のほうからも僕らに連絡はなかったし。うまく行かなくてごめんなさい。許してほしい」

「きみがどうしているか様子を見に来ただけだ」

「くわしい話はまた別の機会にしよう。とにかく入ってくれ」

「いや。すぐに行かなきゃいけないんだ。奥さんと子どもたちはどうだい」

メネール・ダルマンはすぐには返事をしなかった。

「子どもたちはどこに?」

彼はミンケを抱いていた手を離し、顔をそむけた。

「ヨーロッパとの連絡はどうなっている」

「だいじょうぶ、うまくやっています」と彼は上司に対するような口調で答えた。「マス。いつ釈放になったんだ」

「まだ自由の身じゃないんだ」と言ってミンケはわたしのほうをふり返り、メネール・ダルマンもその視線をなぞった。

わたしは顔をそむけ、そのまま《モルッケン》の外に出た。まもなく新時代のピトゥンも、メネール・ダルマンに付き添われて出てきた。彼らがほかにどんな言葉をかわしたのか、わたしは知るよしもなかった。

メネール・ダルマンがわたしのところにやってきて、船は明日まで出航しないから、ミンケが彼の自宅に泊まることを許可してほしい、とみごとなオランダ語で要請した。彼はまたわたしも泊まるよう招待した。わたしは断り、ミンケもみずからその申し出を断った。

タクシーが走りはじめたとき、メネール・ダルマンは会社の前に立ったままだった。ずっとハンカチを振りつづけているのが見えた。

「さて、これからどこに行きますか」とわたしは尋ねた。

「あなたのお好きに」と彼はぶっきらぼうに答えた。

「食事をしたいのでは？」

「部屋でひとりになりたい」と彼は、いよいよ取りつく島がなかった。

彼が不機嫌なのは理解できた。おそらく、家庭生活が破綻したダルマンのことを怒っていたのだ。メネール・ダルマンはどうやら、すべてがあまりうまく行っていないらしかった……。

ブタウィまでの航海中、ラデン・マス・ミンケは一等船室に移された。明らかに彼自身が働きかけたのでもなく、政府の指示によるものでもなかった。きっとメネール・ダルマンが手をまわして一等船室に変えさせたのだ。彼みずから見送りに来て、中身はなんだったのかトランクを渡そうとしたが、ミンケはそれを断った。ミンケは船室ひとつを独占して使った。新しい船室でも彼は依然ジャワの服装をしていた。わたしと顔を合わせるのはかたくなに拒否した。

こうしてわれわれは、ひとことも言葉をかわすことなくブタウィまで航海した。

ブタウィのタンジュンプリオク港に上陸したとき、どんなにわたしは驚いたことか。彼の手荷物たるや、古びた、小さなトランク一個だったのだ。ほとんど塗料が剝げてしまった、でこぼこだらけの、ブリキのトランクが。

「ほかに手荷物はないのですか」とわたしは訊いた。

「ある」

「わたしがお持ちしましょう」

「必要ない。全部わたしの頭のなかにあるから」

「ああ、そういうことですか。わかりました」

彼はなにも要求しなかった。おそらく、自分がやっていたさまざまな事業が、五年前と同じように、いまでも順調に行っていると信じていたのだ。この東インドでは時間の移ろいがいかに早いか、彼は理解していなかった。暑い気候と湿った空気は、あらゆるものを早く傷《いた》め、腐敗させる。人間の身体も、その生活も。彼の全資産を凍結した政府の決定は、どうやら彼には届いていなかったらしい。その理由がわたしにはよくわかった。政府は自分のやったことが恥ずかしかったのだ。ほかならぬ政府自身、それがいかに詐欺的で、冷酷で、野蛮な行為であるか認識していたのである。また、カネで雇われた政府の手先どもが、イスラム同盟内でうわさをまき散らし、ラデン・マス・ミンケの組織復帰は同盟員ひとりひとりに災いをもたらすだろう、なぜなら彼こそ四年前に起きた中国人襲撃事件に責任があるのだから、とひそかにキャンペーンを行なっていたが、そのことも彼はまだ知らなかった。

それだけにとどまらない。政府の手先はさらに、ラデン・マス・ミンケは銀行への詐欺事件に関与し、そのために全財産を没収されたのだとデマを流していた。政府は事件の再捜査を行なっており、そのため当局のスパイが、彼のもっとも身近にいた者たちを嗅ぎまわっている、と。そして、こうした秘密工作がわたしの手を遠く離れるほど、そのやり口はますます汚く、ますます陰湿で、ますます脅迫的なものになっていくことを、誰よりもよく知っていたのはこのわたしである。それがいかにおぞましい、許されざる行為であるか、わたしは認識していた。しかしこの人物は、なんとしても彼のヒツジたちから切り離しておかねばならない。イスラム同盟はマス・チョクロのほうを向いて、彼に忠誠を誓わねばならないのだ。だが、新時代のピトゥンよ。だからといってわたしに腹を立ててはいけない。きみに対するあの措置は、わたしがきみにささげることのできる、もっとも寛大な措置だったのだ。そしてきみは、盲目でないなら、あのような軽微な贈り物は、きみの先祖がまだ多少の力を持っていた時代に、オランダ東インド会社がいつもやっていたものだということを、きっと知っているだろう。

きみが自分の力を自覚すればどんなことだってできる。すでにきみは、幻想によって矮小化し萎縮したジャワ族を目覚めさせた。たしかに、きみが何者であるか、この民族がいまなお完全に理解していないのは事実だが、それでも彼らはきみの一言一句に耳をかたむけ、それを実行してきた。しかし彼らはなお、みずからの幻想に抑圧され、矮小で萎縮したままだ。これから四半世紀のうちに、わたしのように幻想から自己を解放できる者が、きみの民族に現われることはおそらくあるまい。東インド政府は彼らの幻想を必要とし、きみのような幻想を持たない者は必要としていないのだ。

ブタウィまでの航海中、彼は一睡もしなかったのであろう。疲労の色がにじみ、ますます老けて見えた。あの取りつく島もない無愛想な口の利き方は、一刻も早くわたしから解放されたい、望まざる者たちから自由になりたい、という願望の表われだったのだとわたしは解釈した。そしてメネール・ダルマンとの邂逅《かいこう》は、流刑地から帰還してはじめて味わう、期待が失望に変わる瞬間であった。これから彼はさらに多くの失望の瞬間に立ち会うことになるだろう。

さらに、手荷物の有無をめぐる受け答えもまた、おそらく、政府の僕《しもべ》であるこのパンゲマナンに、自分からすべてを奪うことはできないぞ、と意思表示したものだった。彼は大きな計画を持っていたが、それはまだ彼の頭のなかにあったのだ。

いまやわたしは、政府と総督の言葉のひとつひとつに耳をかたむけるのと同じように、彼の一言一句を注意深く聞き取らねばならなかった。

出迎えの車は、上陸手続きを省略して、われわれをタンジュンプリオク港から連れ出した。彼の眼は大きく開かれ、眼前にひろがるものすべてを観察していた。言葉はひとことも発しなかった。

わたしは、《足跡》に書かれているように、はじめて彼がブタウィに来たときのことを思い出させようとした。

「あの馬に引かせる軽軌道車《トレム》は、いまでもまだ走っていましてね。あれにはじめて乗ったとき、ある新聞に、こんな景気のいい予測が載っていたのを覚えておいでしょう。あと五年すれば、馬のいない、煙も吐かない軽軌道車が走るようになる。動力は、蒸気でもガソリンでもなく、電気である！と」

彼はフンと鼻を鳴らした。わたしの話に関心があるのかないのか、わからなかった。だがいずれにせよ、まもなく果たさねばならない任務が上首尾に終わるよう、その糸口として、彼と良好な関係を保っておく必要があった。

「いまでもひとびとは、電気で動かせる新しい奇跡の到来を待ち望んでいる。人間の身体の外にある電気をね」と言って彼を盗み見ると、彼も偶然わたしを横目に見ているところだった。人体の内部にある電気について、わたしがなにを言うか、彼が興味をもって話のつづきを待っているのが読み取れた。

わたしはその先をつづけなかった。

車はアンチョルの森と沼地を、速度を上げて滑るように通り過ぎた。彼は依然として黙りこくっていた。

ガンビル広場の周辺には、この五年で新しいビル群が建っていた。彼はその建物のひとつひとつを注視した。その朝のガンビル広場は美しく見えた。遠くに、乳母車を押すオランダ人女性たちと、それについて歩く年長の子どもたちの姿が見えた。さらに年かさの子どもたちは、草原の仔ヤギのように、走りまわっていた。それらを彼はじっと眺めていた。それから、彼の視線が遠くの音楽堂に吸い寄せられるのが見えた。かつて彼はよくあそこで、午後のひととき、孤独なニャイたちにまじって、バタヴィア医学校の級友たちと音楽を聴いたものだった。

ふたたび彼は過去と対面していた。きっと、さまざまな思いが脳裡に浮かんだに相違ない。わたしにはそれが想像できた。人は過去と向き合うたびに、人生の過ぎゆく速さに驚き、それから、ためらいがちに、これまで自分がなしえたことを値踏みしはじめる。明らかなのは、ラデン・マス・ミンケが、みずからの理想に合わせて、多くのことをなしえたということである。わたしもまた多くのことをなしえたが、それはけっしてわたしが理想としたことではなかった。

車は警察本部の敷地内にゆっくりと滑り込んだ。庁舎のベランダの前に停止すると、ふたりの幹部が警察式の敬礼をもって迎えた。ミンケは知らぬ顔をしていた。その敬礼が彼にではなく、わたしにむけられたものであることを知っていたのだ。

われわれは彼を応接室に案内した。さっそくコーヒーにミルク、彼の好きな葉巻きたばこが出された。警察幹部は最大限の愛想をふりまいた。ふたりとも純粋のヨーロッパ人だった。ミンケもまた最大限の笑顔をふりまこうと懸命の様子だったが、その胸中に激しく渦巻くものは容易に察せられた。

双方が愛想と笑顔をふりまく猿芝居は、十五分間つづいた。ミンケは出されたコーヒーをカップの四分の一ほど飲み、そのあとは口をつけなかった。われわれは多くのことを話したが、彼はまだなにも話さなかった。それから彼が口を開き、われわれは黙って耳をかたむけた。低い、早口のオランダ語で、吐息をもらすように言った。

「わかった。もう十分だ。あなた方はわたしになにをお望みで?」

彼の眼が光を放って、挑むように、われわれ三人の顔をひとつずつ掃いていった。

「ラデン・マス・ミンケさん」とわたしは言った。「率直に申し上げましょう。あなたにお願いしたいことがあります。ちょっとしたことで、すぐに済む。あなたのサインをいただきたい、それだけです。それが済めば、あなたは完全に自由の身になる」

「ほう。そのサインとは、なんのためのサインですか。新しい法律や規定ができたとでも?」

「いや、そういうわけじゃない。ラデン・マスさん。わたしたちはあなたの声明文がほしいだけです。サインしていただくだけでいい。文面はもう用意してあります」

「わたしがサインすべきものはなにもないはずだ。わたしを釈放するという総督の決定書があればそれで十分じゃないのか」

「それがいちばん賢明なやり方だと思われるなら、あなたのお好きにと言うしかない」とわたしは脅すように言った。「でもまずはこの文面をよくお読みになったほうがいい」

彼はわたしを、それから警察幹部を交互に、キッとにらみつけた。もちろんそれは彼らの仕事ではなかったから、幹部たちは押し黙って、口出しすることはなかった。

ミンケはうなずき、口ごもるように言った。

「読みたくないものを読む必要はない」

「わかりました。でも少なくとも、ラデン・マスさんは、どんな内容か知っておく必要がある」

「あなたはいつでもわたしを再逮捕できる。中身を知る必要はない」

「わかりました」とわたしはまた言った。「わたしにはこの声明文の中身をあなたに告知する義務がある。自分で読むのがいやだというのなら、よろしい、わたしが声に出して読みましょう」

わたしは自分で書いた声明文をひとことずつ読み上げた。ふたりの警察幹部は、ミンケを見つめながら、注意深くそれを聞いていた。しかしミンケ自身は関心を示さず、あろうことか、自宅でくつろぐように、しきりに口ひげをなでつけていた。

「さて、あなたは、ふたりの警察幹部の立ち会いのもと、声明文の中身をお聞きになった。これをもって内容を理解されたものとみなします」

「政治と組織にかかわらない約束」と彼は吐き捨てた。「まったくすばらしい。コメディ・バンサワン[131]みたいだ。みなさん、コメディ・バンサワンをごらんになったことは？」そう言って彼はわれわれをひとりずつ見つめた。「つまり、政治と組織を運営することが許されるのは、政府だけというわけか」

　そのような鋭い拒絶と質問が返ってくるとは、われわれの誰も予想しないことだった。三人とも呆然となった。

「政治と組織にかかわることは許されない」と彼はひとりつぶやいた。それから突然、唇に笑みを浮かべ、声が大きくはじけた。「あなた方の言う政治とはなにか。そして組織とは。また、かかわることが許されないとは、どういう意味か」

　われわれ三人はまだ呆然としていた。

「かかわることを許さないとは、あなた方はわたしに、山の頂上でひとりで暮らせと言うつもりか。政治と無関係のものはなにひとつない。また、すべてが組織とかかわっている。田畑を耕すだけの、読み書きもできない百姓は政治にかかわっていない、とあなた方は思っているのか。彼らは、あのわずかな収穫物の一部を税として村当局に納めた瞬間に、すでに政治にかかわっているのだ。なぜなら、それは彼らが政府の権力を肯定し、承認しているということだから。あるいは、政府の気に入らないことすべてが、あなた方の言うところの政治で、政府の気に入ることは政治ではないと？　それに、いったい誰が、組織から自分を切り離すことができるのか。ふたり以上の人間が集まれば、ただちにそこに組織が生まれる。その人間の数が多くなればなるほど、組織はますます複雑で高度になる。それとも、あなた方の言う政治と組織は、なにか別のことを意味しているのか」

われわれはなおも呆然としていた。

「預言者の時代から今日まで」と彼は声の調子を落とした。「精神異常ゆえに排除された人間を別にして、同じ人間の権力と無関係でいられた者はいない。それればかりか、世捨て人になって、森の奥か大海の孤島でひとりで暮らしたとしても、まだどこかで権力の残滓《ざんし》を引きずっている。支配する者とされる者がいるかぎり、命令する者とされる者がいるかぎり、人は政治から逃れられない。そして社会のなかに存在するかぎり、それがどんなに小さな社会であれ、人は組織にかかわっている。それともあなた方は、裁判抜きで流刑に処されたのと同じように、裁判抜きの死刑判決として、わたしにサインせよと言うのか。あるいは、その滑稽きわまる声明文も、総督が行使する非常大権の一部なのか。もしそうだとしたら、新しい法律や規定が定められたという証拠はどこにあるのか。ぜひ見せてもらいたい」

われわれ三人の舌が引き抜かれてしまったのを見て、彼は灰皿で葉巻を消し、勝ち誇った笑みを浮かべた。

「答えるのはわれわれの義務じゃない」とわたしは言った。

「じゃあ、誰が答えるべきだと？　このわたしが？」

われわれはますます窮地に立たされた。

「そう怒らないでください」と警察幹部のひとりが言った。

「問題は怒るとか怒らないとかじゃない。あなた方は法律の僕《しもべ》だ。わたしがサインすればそれは法的な拘束力を持つことになるが、その声明文は法的な根拠があってつくられたものじゃない。あなた方が自分でサインするほうがましなのでは」

呆然としているわれわれを見て、東インド総督のように彼はわたしにこう問うた。

「パンゲマナンさん。客人としてのわたしの立場はこれにておしまいですか」

「これからどちらに?」

「どこに行くにしても付き添いは無用です」

「では、この声明にサインはしないと?」

「忘れてください」

「わかりました。今日のところは、サインする気になれないようですね。あすかあさってには、考えが変わるかもしれない」とわたしは言った。「この文書は本部に保管しておきます。これが必要だ思われたら、いつでもここにいらしてください」

「あれやこれやありがとうございました。客人としてお礼を申し上げます。ではごきげんよう」

彼は重さがないように見えるトランクをつかむと、部屋を出て、背筋をぴんと伸ばして大通りのほうに歩いていった。

一方の警察幹部はあきれたように立ちつくし、片方は部下に尾行を命じるために奥に走った。

「賢い石頭だ」と幹部のひとりは言った。

「もしわたしが彼だったら、わたしだって同じような態度をとっただろう」とわたしは言った。

「パンゲマナンさん。この文書はどうしますか」

「誰も彼に強制はできない。手続き上の瑕疵《かし》があった。総督でも強制できない。警察が組織をあげてやっても無理だ」

ミンケが馬車を止めるのが窓越しに見えた。彼が乗り込むと、馬車はスネンの方向に走り去った。

それからまもなく、私服の五人が警察本部を出て、自転車で馬車のあとを追った。

13

わが部長によれば、総督は、ラデン・マス・ミンケの態度に至極ご満悦であったらしい。うなずきながら報告に耳をかたむけ、それから笑ってこう言ったという。

「自尊心のあるヨーロッパ人なら誰でも同じ態度をとるだろう。わたしが思うに、イデンブルフ氏はあのような強権的な手段をとるべきではなかった。あれでは彼をより強硬にするだけだ。ファン・ヒューツ氏が統治していた時代、彼はまだあれほど強硬ではなかったはずではないか。彼を制御する術を、ファン・ヒューツ氏は心得ていた。それにしても、今回のふたりの対応ぶりは対照的だ。パンゲマナン君は、数本の指を動かすだけで机上に声明文を用意し、彼にサインを求めた。それに対し、ラデン・マス・ミンケは徹底してサインを拒否した。いかなる代価を払おうとも断固として拒否した。そしてそれはすばらしいことだ」

たしかにファン・リムブルフ・スティルム総督は、非常大権を安易に行使するのは、穏当でないばかりでなく、反道徳的なことであると考えていた。だがわたしに言わせれば、彼の時代とイデンブルフ総督の統治時代は状況が異なるのだから、そうやって前任者を批判するのは不適切である。世界大戦はいまや、東インド社会のあり方を決定的に変えてしまったのだ。よろしい。そう言うのであれば、おそらく、東インド政府は今後、非常事態に際しても裁判所の決定を遵守するのであろう。

「何人《なんぴと》も法の裁きなしに罰せられることはない」と総督はあるとき、そう語った。総督がそう言ったのは、それが最初にして最後だった。

この総督の発言は、官房府のスタッフの顔色をうしなわせるに十分だった。それはまた、ド・ランゲの死が犬死にであったことを意味した。さらにそれは、ド・ランゲ委員会の存在を知ったならば、総督はかならずや委員会の決定の見直しを行なうだろうことも意味した。そしてもしそれが現実になれば、官房府のスタッフの幾人かは、不名誉ゆえに辞職を願い出ることになるであろう。

わたし自身も劣らず困難に直面することになるだろう。総督がそのような政策を貫けば、もうわたしの力は無用になるやもしれないのだ。政府のために働くことができないのであれば、nがふたつのこのパンゲマナンに、いったいなんの意味があろうか。シンジケートとの共謀はことごとく失敗に帰していた。他方、わが部長は、そうした構想にいっさい関心を示さないばかりか、東インドを離れてアメリカに移住する準備で気もそぞろだった。五年後には、アメリカ市民権を得ているだろう。勤務中もぼんやりもの思いにふけっていることが多く、政府機関全体が彼にならって昼寝をしているように見えた。

わたしは、自分の地位を安泰ならしめるために、いかに忙しく働いているか、自分の仕事ぶりを最大限よく見せねばならなかった。状況を見ればたしかにわたしの前途は暗かったが、それでもわたしの職務に関する諸規程の改廃が行なわれることはなかった。そこでわたしは、自分が必要にして欠くべからざる人物で、あたかもオランダ領東インド全体の命運がわたしの双肩にかかっている、パンゲマナンなしではオランダ領東インドは立ち行かなくなると言わんばかりに、精力的に働いた。

ファン・リムブルフ・スティルム総督の声は、天界から届けられる天使の声のようだった。しかし天界ならぬ東インドの地上では、また別の事態が進行していた……。そしてそれを把握するには、膨大な数の報告を細かな濾過《ろか》装置にかけて読みとるようにして、ラデン・マス・ミンケという大地の人間の足どりを追うにしくはなかった。

彼は警察本部を出ると馬車でスネンの方角にむかった。しかしスネン市場に着く前に馬車を降りた。古びたトランクをさげたまま馭者に料金を払った。馭者が文句も言わずに受け取ったところをみると、十分な、いや、十分すぎる金額だったのだろう。

彼はある路地へ入ってゆき、足早に歩いた。どうやらその界隈は、およそ十五年前、医学校の生徒だったころにぶらついた経験から、地理に詳しいようだった。尾行の者たちはあやうく見うしないかけた。彼は急ぎ足で路地を出たり入ったりしたが、それは明らかに特定の家を尋ね当てるためではなく、やがて、スネン市場に入っていった。馬車で直行すればとっくに着いていたものを、そうしなかったのは、なんとか監視の眼を逃れるためらしかった。

彼は一軒のワルンに入って食べ物を注文し、市場の人夫たちにまじってむさぼり食った。そしてしばし好物の葉巻をくゆらせながら、その葉巻に感嘆する人夫たちとおしゃべりに興じていた。予備が十分でなかったからなのだろう、彼は手持ちの三本を分け与え、人夫たちはそれをかわるがわる吸った。

人夫たちとの会話はまったく他愛ないもので、書き留めるまでもない。彼は古びたトランクをさげてまた歩きだした。ある人夫が荷物を運ぼうと労力の提供を申し出たが、それを断り、クラマットの方角へひとり歩いていった。数回、口ひげをきれいにととのえた。そしてトランクは軽々として、まるでなにも入っていないかのようだった。

彼は右も左も見まわすことなく足早に歩いた。そして片方の手でトランクをさげ、もう片方で腰衣《カイン》のすそをもち上げながら、五叉路を渡った。道の右側にある建物をめざした。それがなんの建物か確かめもせず、なかに入っていった。フロントで彼は、

「マス・カルディはどこに？」と尋ねた。

「どのマス・カルディのことで？　ここには塗装工でマス・カルディというのはおりますが。それとも宿泊客にマス・カルディが？」とアラブ系らしい従業員が応じた。

「そうじゃない。ホテル支配人のマス・カルディだ」

「支配人のマス・カルディ？　そういう人はおりません。わたしです、このホテルの支配人は」

「では、マス・カルディはどこに。支配人を辞めたのか」

「わたしにわかろうはずはございません」

ラデン・マス・ミンケは呆気にとられた様子だった。周囲に視線を滑らせ、キーホルダーに刻まれたホテルの名前に釘づけになった。そして、ためらいがちに尋ねた。

「ここはホテル・メダンじゃないのか？」

「ちがいます。以前は、たしかにそのような名前でしたが。競売で所有権がわたしの手に移ったのです」

「競売！　誰が競売にかける権利を与えたんだ。わたしはそんな権利を与えたおぼえはない」

こんどはホテルの所有者のほうがびっくりした。彼はこう尋ねた。

「もしや、あなたさまは、ラデン・マス・ミンケさまで？」返事がないとみるや、すぐにこう言葉をついだ。「表の看板をごらんにならなかったようですね。どうぞおかけください。それとも部屋をおとりしましょうか。どうぞおかけになってください。ようこそお帰りなさいませ。さぞかし遠いところだったのでしょうね」

自分のホテルが人手に渡ったことを知らされ、彼は困惑したようだった。タンジュンプリオク港に上陸するずっと前から、頭のなかでみずから宿泊用に確保していた部屋が、消えてなくなったのだ。

「わたしもこのホテルの全従業員も、あなたさまに、なんの落ち度もございません。かつてはわたしも同盟員でした。どうぞいつまでもお好きなだけここにお泊りくださ い。あなたさまが競売のことをなにもご存じなかったなんて、わたしどもは本当に知らなかったのです」

新時代のピトゥンは、みすぼらしいトランクをさげ、バティックの腰衣のすそをもち上げて、もはや自分の所有物ではなくなったホテルを立ち去った。歯ぎしりをし、顔が青ざめていた。彼は立ち止まって、太く大きな字で《ホテル・キャピトル》と書かれた看板を読んだ。その文字の下には《ホテル・メダン》と古い塗料の旧名がまだ薄く残っていて、さらその下部に〈メッカ巡礼者御用達〉という添え書きがあった。

彼はこんどは左に曲がって、重い足どりでクウィタンの方角へ歩きだした。五叉路の左側を数十メートル行ったところで立ち止まり、かつての借家を眺めた。それは彼が生まれてはじめて借りた家である。そしてそこからしばらく行った右側には、彼の立っている場所からは見えなかったが、かつて彼が六年間学んだ医学校と病院の複合施設があった。

それから彼は馬車を呼び止め、料金の交渉もせずに乗り込んだ。馬車はまっすぐシンドゥ・ラギル医師の自宅にむかった。家は表のドアが閉まっており、開業していないらしかった。彼は馬車を降りて料金を払うと、敷地内に入って、家の脇を歩いてゆき、医師の妻に会った。

「マス、ああ、マス・ミンケ! 怒らないで。わたしたちを許して。この一週間、お客さまをうちに入れてはいけないと警告されているの」

「誰が警告した」

「知らない？　まさかそんな。本当にごめんなさい。わたしたちなんにもできなくて」

「わたしもその立ち入りを禁止された客のリストにふくまれているのか」

「訪ねてきたのがたまたまあなただったというだけよ」

こうして新時代のピトゥンは、かつてブタウィに来るとよく訪ねたシンドゥ・ラギル医師の家を立ち去った。敷地の外に出ると、しばらく立ち止まり、フェンスの鉄の格子に手をかけて旧友宅をじっと見つめ、首を振った。身体を汗が濡らしていたが、顔をふこうともしなかった。

ふたたび馬車を呼び止めると、こんどはサワ・ブサルにむかった。懸命に考えているふうで、道行くものには目もくれなかった。馬車はある店に彼を運んだ。馬車が停止したとき、彼はとまどいの表情を浮かべた。そこにはもはや《メダンの事務所と学用品販売店》という看板がなかったからだ。そして店内でノート類が販売されていないとわかると、彼は絶句した。いまやその店が商っているのは鉄製品だったのである。

ようやく彼は、眼に見えない壁に囲まれていることに気づきはじめたようだった。馬車を降りることなく、ガンビル駅にむかうよう命じた。あわれなり、新時代のピトゥンよ。自宅に帰るつもりなのだ、わたしの住まいになっているバイテンゾルフの家に。

列車内での彼の行動については報告がなかった。なにが起きようとわたしの関知するところではなかった。

午後の四時。わたしは自宅の書斎にいた。窓のガラス越しに、馬車が止まるのが見えた。それから、プリブミの服装をした男が降りてきた。それがラデン・マス・ミンケであることは一目でわかった。例のトランクをさげ、敷地内に入ってきた。きっとプリンセス・カシルタが出迎える姿を想像しているにちがいない。だが、新時代のピトゥンよ、それはきみの思いちがいだ。きみを出迎えるのはこのわたしだ。

部屋着のままわたしは書斎を出て彼を迎えた。わたしに気づいたとき彼はもうベランダまで達していた。

「どうぞお上がりください、ラデン・マスさん」

彼の顔はこわばり、青ざめ、かさかさで紙のようだった。新時代のピトゥンよ。結局、どこまで行ってもわたしの勝ちなのだ。

「さあさあ、どうぞ。きっとあの声明文のことでいらしたのでしょう」

彼はなんとか自制心を保とうとしていた。顔の青さが消えると、眼が燃えるような光を放つのが見えた。両手が震えてトランクが落ちた。

「わたしがここに来たのは、いかなるサインをするためでもない！　わが家に帰ってきたかっただけだ！」

「どうも勘違いをなさっているようだ。お宅までわたしがお送りしましょう。ご自宅の住所はここじゃないことをお忘れになったようですね。何通りでしたか、ご自宅は」

見ると新時代のピトゥンは唇を噛んだ。口ひげの左側が垂れ下がっていた。たぶん、ひげを固めた蠟が陽光にあたって溶けてしまったのだ。

「どうぞお入りください」とわたしはベランダから降りて、地面に立っている彼に近づいた。

「たしかに、わたしの勘違いだったようだ」と彼は冷静さをとり戻して言った。「それにしても、パンゲマナンさん。ここであなたに会おうとは夢にも思わなかった」

「どうぞお上がりください。きっと喉が渇いておいで. でしょう。あいにく妻は不在ですが、でもご心配なく。さぞやお疲れでしょう。客間がありますから、お使いください」

不意にわたしは、かつてこの家を客として訪ねたときのことを思い出した。しかしそのときといまでは、主客の立場が逆転している。すぐさまわたしは言葉をついだ。

「ラデン・マスさん。いちどこの家でお会いしたことがありましたね。その意味では、われわれは旧知の間柄というわけだ。もっとも、あのときとはお互い立場がちがいますがね」

彼はぐっと唾を呑み込み、それから、

「ありがとう、パンゲマナンさん。これで失礼します」

「こんな時間にどこに行くおつもりですか」

彼は一礼をして、地面に落ちていたトランクをつかみ、立ち去った。

このときわたしは、自分がいかに冷酷なサディストに変貌したかを自覚した。サディストになるのは、なんと高くつくことか。だがわたしは自分のやったことを後悔しなかった。それどころか、ああやって彼をいじめることができたことを、名誉にさえ思っていた。この東インドでは、権力さえあれば、誰もがサディストになりうる。それが許されず罰せられるのは、権力を持たない者だけである。わたしは、あのようにラデン・マス・ミンケにむごい仕打ちを加えたことで、自分がますます重要で、力のある人間になっていくように感じていた。そしてそれに比例して、自分自身への嫌悪感がますます強くなっていた。

その夕方、きっとラデン・マス・ミンケは、旧友たちを訪ね歩いたはずである。だがそうだとしたら、深夜までかかっても、徒労に終わったろう。彼に十分なお金がないのをわたしは知っていた。総督から釈放書とジャワへの帰還命令を受け取るや、ただちに彼は、アンボンでの全財産を、一リンギット×十二か月×五年分の貯金もふくめて、家政婦に贈ったのだった。その家政婦タンテ・マリエンチェは、滂沱《ぼうだ》の涙を流しながら船まで彼を見送った。二度目の汽笛が鳴り響き、ようやく彼女は力ずくで船から降ろされた。三度目の汽笛と同時に甲高い悲鳴を上げた。錨が上げられ、船が動きはじめるのを見て、彼女は泣き叫んだ。ひとびとは三三五五、家路についた。

タンテ・マリエンチェはなおも泣いて波止場にとどまった。船が視界から消えるとようやく、もはや新時代のピトゥンの世話をすることもない、新しい生活をはじめるために、すすり泣きながらベンテン通りのミンケの旧居に帰っていった。

したがって、わたしが推測するに、いま彼のポケットには、せいぜい四リンギットくらいしか残っていないはずである。

彼は四人の客とタクシーに相乗りしてバンドゥンにむかい、ブラガ通りで降ろすよう頼んだ。

すでに夜になっていた。しきりにあたりを見まわし、かつての『メダン』編集部のオフィスの様子をうかがった。数人の印刷工が出入りしていた。そのなかにはひとりとして顔見知りはいなかった。彼はなかに入るのをためらっていたが、かといって様子を尋ねるというのでもなかった。やがて、またそこを立ち去った、歩いて。

夜十時。彼はヘンドリク・フリッシュボーテン弁護士の自宅を訪ねた。迎えたのはシェパードの吠える声で、あわてて門柱の表札を読まざるをえなかった。そこはもうフリッシュボーテンの家ではなかったのだ。

翼を折られた鳥のように、彼はなにかに憑《つ》かれたかのごとく歩きまわり、やがて道端にあった無人の番小屋に入っていった……。

きっと彼はその番小屋で、孤独な夜をかみしめながら、過ぎ去ったあらゆることどもを回想していたはずだ。それにしても、祖国とその民は、なんと彼にしみったれであることか。五年前はあれほど名をとどろかせた彼が、いまでは忘れ去られ、ボロ切れのように片隅にうち捨てられている。ヒツジたちを導くことによってのみ生き、また生きることのできた男が。いまや、一匹のヒツジさえ導くことができないのだ。

とはいえ、ラデン・マス・ミンケよ。きみは教師だ。ヨーロッパの教育を受けた者たちすべてにとって、教師だ。なぜならヨーロッパはわたしに、こう確信させることができたから。みずから切り拓いた事業において成功した者はみな、誰であれ、人類の科学と学問に新たな貢献をなした教師である、と。わたしがきみにかくも穏やかな態度で接してきたのは、まさしくきみが教師であるというその一点によるのだ。だがこれ以上穏やかに接することはできない。正直なところ、もしきみがこの浮き世から消えてくれれば、わが身と職務を守るために、わたしが間断なく強いられてきた、神経をすり減らすような仕事が軽減されることにはなるだろうが。きみがけさ、あの声明文にサインする気になっていたならば、おそらく総督は、きみになんらかの仕事を提供していたはずだ。だがもはや手遅れ、覆水盆に返らず、である。

それから三日後、三等車でブタウィにむかったことが報告された。バンドゥンでは、彼が探していたものはなにひとつ発見できなかった。スカブミでも、なんの収穫もなかった。かりに得るものがあったとしても、それは過ぎし時代の情報にすぎなかった。

彼は列車の窓辺に坐って、追いつ追われつあてどなく流れていく車窓の風景を、じっと眺めていた。遠ざかりゆく過去の輝きは、時間がたてばたつほど、遠く離れれば離れるほど、ますます美しく、ますます切なく胸をかきむしった。妻は、プリンセス・カシルタは、いったいどこに？　彼が聞いた唯一の消息は、ジャワ島からの退去命令を受けて、マルクにむかったというだけで、五十以上ある島々のどこいるのかは不明だった。いま、彼の生活世界のなんと寂しいことか。だが彼はまだ若く、その歩む道はまだ大きくひらけているはずである。だが、はたして本当に、まだ歩みつづけることができるのか。その足跡を追ってみよう。

彼はガンビル駅で降りた。しばらく駅のベンチに坐っていた。たったひとつの所有物であるトランクは、膝の上に置かれていた。中身はいったい何なのか。これがラデン・マス・ミンケであることに気づく者はなかった。彼はなにも見ていないようだった。ただ心の眼だけがおそらく、ひとびとに忘れられはじめた、かつての輝ける時代を透かし見ていたのだ。そう、どんな硬い骨も熱帯の湿気で朽ちていくように、赤道地帯の人間のなんと忘れっぽいことか。

それからようやく、老人のようにゆっくりと歩いて、プラットホームを離れた。この数日間、彼が直面したさまざまな現実は、あまりに残酷で、彼の能力をもってそれを背負うには重すぎたのだった。新時代のピトゥンよ、わが教師よ。まさしくこれが、わたしがきみに用意した自由というやつなのだ。

もはや馬車を雇うお金もなく、歩くほかなかった。ひたすら歩きつづけた。うつむいて、地面ばかり見ていた。おそらくなにも中身のない、みすぼらしいトランクに、どうすればあれほど忠実でいられるのか。それはまことに感動的ですらあった。

実を言えば、彼の尾行をつづけるのは、すでに意味がなくなっていた。いまや彼は自由の身であるが、その自由は結果として、さらに遠い、孤絶した島への流刑も同然だったからだ。だがそれでもわたしは尾行をつづけるよう警察に命じた。

数週間、彼は市場から市場をさまよい歩いた。どうやら旧い友人、仲間とは接触すまいと決意しているようだった。やがて、旧い仲間のひとりで、マス・チョクロが主導権を握ったあとイスラム同盟を追われたグナワンが、彼を受け入れたことが判明した。

両者のあいだには、六年ほど前、ある行き違いが生じていたから、かつての仲間ふたりが再会することはありえない、というのが担当者たちの当初の読みだった。しかしその読みは結果的に誤りであった。

報告によれば、彼らはブタウィのコッタの小さな通りで行き逢った。先にラデン・マス・ミンケの姿を見て注目したのは、グナワンのほうだった。通りを歩いているとき、両端が上にぴんと伸びた口ひげをはやした男が、ある商店の壁に貼られたポスターを、じっと立って見ているのに気づいたのだ。男は古びたトランクをさげ、未晒しの木綿のシャツを着て、同じマカオ綿の膝下までのズボンをはいていた。そんな風体の男がオランダ語で書かれたポスターを読んでいたのだ。読んだあと、しばし考えているふうで、横目で左右をちらちらうかがっていたが、なにかを見ているわけではなかった。それから男はまたゆっくり歩きだした。いかにも疲れて、精根つきはてたといった印象だった。

好奇心からグナワンは男のあとをつけ、これはきっと高い教育を受けながら、世間に見捨てられた人物にちがいない、と推測した。

すでに、その口ひげを最初に見たときから、彼は輝ける時代のミンケのことを思い出していた。グナワンは足を速めて男を追い越した。そして五十メートルほど先行すると、道端の一本の木の下で立ち止まり、男を待った。

ラデン・マス・ミンケはゆっくりと歩いてきた。顔が青白かった。周囲には無頓着だったが、離れたところで誰かに見られている気配を感じて、うつむいた。顔を伏せたまま、上目づかいにグナワンに一瞥をくれ、それが誰であるか気づいた。彼の前方にいる人物は、この五年間、少しも老けていなかったのだ。それでも彼は知らぬ顔をして、そのままゆっくりと歩きつづけた。

彼が通り過ぎるやいなや、グナワンは一メートル後ろからあとをつけた。まちがいなかった。グナワンは足を速めて男の横に並んだ。

「マス・ミンケ!」と彼はふり向かずに、小さく声をかけた。「じゃあもう、流刑地から帰ったんだね」

ラデン・マス・ミンケは、聞こえないふりをして、歩きつづけた。わたしに差し伸べられる手はない——と、このとき、たぶん彼はそんなことを考えていたはずだ——、わたしに開かれたドアはない。このグナワンもわたしの傷口に塩を塗ろうというのか。はたして彼がそんなことを考えたかどうか、むろんわたしは知らない。ただ、まさに彼の態度がそんなふうに言っているようにみえたのだ。おそらく、グナワンも東インド政府の手先にちがいない、と推測していたのであろう。

「いまどこに住んでいるんだ」とグナワンは顔を合わせずに訊いた。

ラデン・マス・ミンケは返事をせず、ただ呟き込むだけだった。ここのところ、住所不定のまま歩きまわって、健康を害していたのかもしれない。

「具合が悪そうだ。疲れているみたいで。どこに住んでいるんだ」

相手が返事をためらっているのを見て、グナワンはその手からトランクを取ったが、中身があると言うにはあまりに軽いトランクだった。その手の感触から、彼はかつての仲間に熱があることを知った。馬車を呼び止め、有無を言わせず新時代のピトゥンを乗せた。

それから二日間、ミンケの足どりはつかめなかった。しかし彼を馬車に乗せて運んだのがイスラム同盟ブタウィ支部の元指導者、グナワンにまちがいないことが確認されると、その居所は難なく突き止められた。

そこでわたしが、わが英雄、わが師について知ったのは、おのれの力に自信満々であった男がいまや他人の庇護のもとで生きている、ということだった。わたしの命じた再調査で事実と確認されるまで、それはにわかに信じ難いことであった。それはほとんどありえないことだった。だが、その起こりえないことが起きていたのである。

四種類の報告書から、次のような像が浮かんだ。むろんこれは、わたし自身がその当否を判断し、頭のなかで再構成したあとのものであるが。すなわち、ラデン・マス・ミンケが病を得ているのは疑いなかった。かつて医者の卵であった彼は、それがどんな病気なのか当然わかっていたはずだが、医者に診てもらうことを拒否した。たいした病気ではない、適当に休息をとればよくなる、と彼は言った。

これはグナワンが友人たちにした話を盗み聞きしてわかったのだが、ふたりのあいだで次のような会話がかわされた。どちらが口火を切ったのかは定かでない。要するに、かつての仲間に、ミンケがこう言ったというのだ。

「わたしはまずいときに帰ってきたようだ」

「きみが同盟の中央指導部を去ったときも、まずかった。あのときは、みながまさにきみのリーダーシップを待望していた。それなのにきみは、そんな彼らを見捨てるほうを選んだ。それがわれわれの対立の根本原因だったんじゃないか」

「いまここで言い争ってもしかたがない」と彼は答えた。

「たしかに。でも過ちはやはりきちんと総括するべきだ。たとえそれが遠いむかしのことでも」

「もちろんそうだ。でもきみは忘れているが、同盟はあのとき、わたしが旅に出ることに同意したんだ」

「それはまさに、きみが退くことをサマディが願ったからだ」

このやりとりから明らかになったのは、バンドゥンにおける銃撃事件を、当事者以外は依然として知らないということだった。スールホフはこの一件に関して口をつぐんでいた。おそらくは現在も、いったい誰が銃撃したのかさえ、わかっていないのだ。そしてミンケも、事件のことをグナワンに話さなかった。おそらく彼自身も、プリンセス・カシルタがスールホフ銃撃事件に関与していると、まだ確証がなかったのである。

「それは勘ぐりというものだ」

「勘ぐりじゃない。それ以後の事態の推移がおのずと物語っている。サマディは、人を導く仕事がむつかしいといってもバティック業をやるのと大差あるまい、と考えていた。ところがやってみると、人間はバティックじゃなかった。それでも幸いなことに、彼はまだ自分の過ちに気づくことができた。そしてそれを自覚したがゆえに、同盟はマス・チョクロの手に落ちることになったのだが、その結果は、各地で騒動を引き起こし、同盟にダメージを与えただけだった。そうじゃないか」

ミンケには、妻が関与を疑われる銃撃事件という個人的な秘密があり、それはいっさい口外しないことにしていた。そして不幸なことに、グナワンもそうだったが、彼は、その沈黙のなかにこそ、ふたりがともに望まなかった、制御できなかった同盟のいびつな成長の謎がある、とみなしていた。

かわいそうに、秘密を知る者はほかにいない、とミンケは考えているのだ。誰が殺人者で、誰がド・ズウェープ一味を負傷させたのか、それを実行するよう彼の妻の耳にささやきかけたのは誰なのか、知りすぎるほど知っているのは、このわたしなのに。

なぜ同盟の中央指導部を離れて旅に出る決断をしたのか、ミンケが多くを語るつもりがないのは明らかだった。彼は長子たる同盟を溺愛しており、わが子が汚名にまみれるよりみずから退くことを選択したのだが、その秘密は墓場までもって行くつもりなのだ。

会話はそこでとぎれ、グナワンもその先は無理強いしなかった。なにより、新時代のピトゥンに病気回復のきざしがいまだ見えなかったからだ。

彼が去ってからのイスラム同盟の命運——新聞で盛んに報じられたのとは異なる、その真実の姿についてミンケに語ったのは、グナワンだった。それをミンケは、ときおり信じられないと頭を振りながら、黙って聞いていた。

「わたしはまずいときに帰ってきたというだけじゃない」と彼は感想を述べた。「事態はわれわれが望んだ方向には進まなかったらしいな」

「どうやらやつらは、きみの帰還にそなえて、あらゆる手を打っていたらしい。きみが非常な困難に遭っているのはよくわかる」

「そう。なにをやっても試練が待ち受けているから。それをひとつひとつ受け止め、前に進んでいくしかない」

「そうだ」

「彼らが企んでいることは、わたしにはたいしたことじゃない」

「本気でそう思う？」

「もちろんだとも。わたしの行動を妨げるものは、ひとつしかない。世界大戦だ……」

「いくらなんでもそれはないだろう。戦争はわれわれに関係ない」

「誰もこの戦争を避けて通ることはできない。これもわれわれ自身にかかわる問題だ。われわれの事業にとって大きな障害になる。そして来たるべき時代に深い傷跡を残すだろう」

「少なくとも、きみが釈放になったことは、世界大戦とは無関係だ」

「この植民地の空の下でなにが起きるか、誰にわかると言うんだ」

「世界大戦が終結したら？」

「終結したら？　まず手始めに、政府と銀行を訴える」

「そんな！」

ラデン・マス・ミンケは数回うなずいてみせた。ひどく痩せてはいたが、口ひげはまだきれいに手入れがされていた。その眼は相変わらず楽観主義にみちて光り輝き、声は往時のように力強かった。

「ヨーロッパ人の弁護士を雇うつもりだ」

「そんなお金をどうやって払う？」

「彼らの任務は法を守護することだ。弁護士がカネでしか動かないとなれば、もはや法律なんて無用だ」

「でも弁護士になるには大変な苦労があるし、お金がかかる」

「人類は古来、法を獲得するために、多大の犠牲を払ってきた。それにくらべれば、彼らの苦労なんてちっぽけなものだ。一個人が法律家として、人類の法律目録に貢献しうることって、どれくらいあるだろうか。違法行為をみて怒りを覚えない弁護士なら、道路清掃人になったほうがましだよ」

「それはきみの期待であって、現実はちがう」

「たしかに現実は受け入れなくてはならない。しかし、現実をただ受け入れるだけなら、それは人間の行為として、なんの発展性もない。なぜなら、人間は新たな現実をつくり出すこともできるのだから。新たな現実をつくり出そうとする人間がいなければ、《進歩》という語と意味は、人類の語彙集から削除するべきだ」

「きみは政府を敵にまわすつもりか。まさか忘れていないはずだが、きみはイデンブルフ総督を攻撃したから追放されたんじゃないか」

「あのことがなくても、総督はわたしを追放できた。自分にそうする権限があることを東インド社会に見せつけるためにね。そのほうがいい。非常大権というのは、神に選ばれしものと自負している連中にとって、高価な玩具《おもちゃ》みたいなものだ。見せびらかしたくなる。いずれにせよ、ああやって『メダン』で総督を攻撃したのは、わたしじゃない」

「きみじゃない？　あの行為のせいで、みんながきみの勇敢さを称讃してきたんだ」

「わたしじゃない。わたし自身はあれに反対したんだ。ああいう軽はずみで無謀なことは、わたしはやらない。社会にとってどんな利益があるかわからない軽率な行動は」

「でもあれはひとびとに勇敢さというものを教えた」

「なんのための勇敢さだ？　勇敢さのための勇敢さは、権力の濫用のための濫用と同じく、否定されるべきものだ。どちらも高価な玩具にすぎない」

「世界大戦が終わり、問題を裁判に訴えたとして、きみに勝算はあるのか。ヨーロッパ人の弁護士を雇っても、彼らは茶色い肌をした植民地の子より、白い肌をした権力者たちに味方するだろう。政府と銀行は、きみよりずっと多額の報酬を支払うことができるから」

伝えられるところでは、ラデン・マス・ミンケはそれを聞いて笑い、こう答えたという。

「それはどっちに賭けるかの問題だ。わたしは相当期間、世間から指導者と目されてきた。わたし自身とわたしの傘下にあった企業——現実には、それは組織が所有していたわけだが——に加えられた不正義と違法行為をひとびとがまのあたりにしたあとで、わたしはただ沈黙すべきだというのか。そんなことしたら、わたしはいったいどんな指導者だということになる？」

「でもわたしには、きみが勝てるとは思えないんだ」

「これまでは彼らがつねに勝者だった。だから、この問題で彼らが勝ったとしても、当たり前すぎて誰も驚かない。だが、もしわたしが勝ったら？」

「わたしにできるのはせいぜい、きみが勝つように祈るだけだ」

政府と銀行の告訴という問題をめぐるやりとりは、そこで終わりではなかった。

聴く者のいないふたりの会話は、紆余曲折を経てわたしのもとに届けられ、多くの政府機関を震撼させた。わたしのオフィスは忙しくなった。誰にもまして多忙を極めたのは、ミンケに関するあらゆるファイルを精査せよ、と矢継ぎ早の命令を受けたわたしであった。わたしはファイルされた文書の一枚一枚をそらで覚えていたが、すべての命令を忠実にこなした。アンボンから届いた草稿も読み直した。わたしがこの草稿をわが物として自宅に保管していることを知る者は、ここまで誰もいなかった。

バンドゥン地方検察局は、ラデン・マス・ミンケの直接支配下にあった同盟系企業の接収に関する各種の書類を、大車輪で再検討した。バタヴィア警察もそれに劣らず忙しく、かつてミンケの身近にあった者たちをリストアップし、彼らにミンケを支援する計画がないかどうか探るべく、いたるところに耳と眼を配置した。バイテンゾルフとバンドゥンの警察も同様であった。

わたし自身は、調査目的で関係する銀行を訪問せねばならなかった。ところが、どの銀行も、ラデン・マス・ミンケの帳簿を見せようとはしなかった。「このことに関してわたしどもがお相手できるのは、ラデン・マス・ミンケさまだけです」と彼らは口をそろえた。

わたしは、『メダン』の出版事業の元責任者、コールダット・エフェルツェン[132]を探しだす任務を警察に与えた。そこから、彼がすでにオランダに帰国し、さらにスリナムに移住して、かつて東インドで得た富をもとに、農園を開いていることが判明した。

みずから命を絶ったド・ランゲの人生のなんとむなしいことか。彼はヨーロッパ知識人の良心の声に忠実でありすぎたのだ。もし彼がわたしと同様、植民地権力の意向に忠実であったなら、彼の人生は平穏無事で、わたしも警察官として人生をまっとうしていただろう。たとえ政府が不正行為を働いたとしても、それで政府が罪に問われて負けることはありえないのだ。なぜなら、すべての事件が、ましてや政府に対する訴えが、法廷に付されるとはかぎらないのだから。

スリナム警察はオランダの警察当局をつうじて、コールダット・エフェルツェンに対する捜査を行なうよう命令を受けた。連日におよんだ綿密な取り調べは、彼がド・ズウェープの脅迫によってまた私腹を肥やすために、不正な経理操作を行なっていたとの自白を引き出した。もはやミンケがコールダット・エフェルツェンが罪を認めたかどうかは、重要ではなかった。もはやミンケがそれを告訴することはできないというだけでなく、エフェルツェンに対する取り調べは、通常の捜査の一環として行なわれたにすぎないからだ。そしてこれに関連してド・ズウェープの名が浮上したとすれば、警察としては沈黙を守るのが賢明だった。また、ロベルト・スールホフがあれ以来、人前に顔を見せていなかったのも、けっして偶然ではない。コル・オーステルホフに消された可能性があったのだ。リエンチェ・ド・ロオが殺害されたあと、彼がどんな人生をたどったのか、知る者はなかった。もはや彼のことなど誰も眼中になかったからだ。使い物にならなくなった悪党の末路とは、いかにもそういうものである。

ド・ズウェープ！　おぞましい記憶を呼び覚ます名前。ド・ズウェープは、プリンセス・カシルタの放った銃弾がロベルト・スールホフの肩甲骨を貫通したことで、すでに消滅していた。

むろんミンケは、東インド政府のやったことを全世界に暴露するために、ヨーロッパの友人たちに訴えることもできた。だがそれを阻止するのがわたしの任務である。彼はすでに、手紙の一通や二通は友人たちに送ったのかもしれない。そうだとしたら、スールホフとその残党は、どこにいようとも、コル・オーステルホフの手で地獄に送られるだろう。もし彼がヨーロッパの友人たちとまだ接触していないなら、その可能性の芽は摘んでおかねばならない。こうして、グナワンの家から出てくる者はすべて、手紙を投函するかどうか、尾行することになった。その結果、これまでのところ、手紙を出した者はまだいないことが判明した。

報告からさらにわかったのは、ミンケが数回、手紙と電報を送りたいとの希望を、かつての仲間に表明したということだった。しかしグナワンは彼の意思をよく理解せず、そのためのお金を渡さなかった。新時代のピトゥン自身は、有り金と言えるものは一銭も所持していなかった。タムリン・モハマド・タブリエ[133]に会いに行くことも考えたが、歩いて遠出をするほどの体力はまだなかった。すべての計画を延期せねばならなかった。

彼のジャワへの帰還が新聞に知られずにすんだのは、わたしが厳重な緘口令《かんこうれい》を敷いたからである。ふたたび彼が一般社会の関心を引くことは許されなかった。彼はあくまで長子たる同盟と、ジャーナリズムの世界と、切り離しておかねばならなかった。まことに皮肉なことに、原住民《ブリブミ》の新聞のパイオニアである男が、その人生のもっとも重要な局面のひとつで、新聞にしかるべき場所を得ることができなかったのだ。スラバヤで発行されている同盟の機関紙『ウトゥサン・ヒンディア』も、彼が帰ってきたことはまったく知らなかった。グナワンはすでに同盟と縁を切っており、彼の帰還については、どの同盟の発行物にも情報を提供していなかったのである。

とはいえ、彼の帰還は、一週間で同盟ブタウィ支部の有力者たちの知るところとなった。彼らは対応を協議するために臨時の会議を開いた。わたしは執務室の机から、彼らがへたなまねをしてミンケの存在がふたたび世間に知られることがないよう、しかるべき手を打った。

ブタウィ支部のある指導者の自宅近くに住む警察官が、この隣人のところに行って、こんな話をした。スラバヤから到着したミンケは、元警視パンゲマナンの出迎えを受け、そのまま警察本部に連れて行かれた。そのとき自分も警察本部の同じ部屋にいて、パンゲマナンと他の警察幹部ふたりの目の前で、同盟の最高指導者であったミンケが、誓約書にサインするのをこの目で見た。誓約書の内容については知らない。そう言った警察官はしかし、これは断じて誓ってもよいがと前置きして、同盟を内部スパイするようにという政府の命令を、ミンケが受け入れ実行することを約束したと、彼が警察本部を去ったあとで、パンゲマナン元警視らが話しているのを耳にしたと語った。

そんな作り話をするだけで、すべてこちらの思惑どおりになった。明確な目的意識と理想を持たないこの手の人物を、こうしたちょっとした情報操作でまどわすことは、まったく造作ないことであった。

ブタウィ支部はミンケのことではなにも動かないことになった。

しかしミンケ自身は、世界大戦の終結を待つだけの忍耐力があったようである。むろん彼が辛抱づよく待てたのは、それが彼の歩むことのできる唯一の道であり、彼に開かれた唯一の道だったからだ。はたして他の者たちも彼のように辛抱づよく待つことができるだろうか。

グナワンの周辺に、ベルンハルト・メイエルソーンというドイツ人医師がいた。その彼が警察に来て、こんな通報をした。数時間前、ヨーロッパ混血児の患者がやってきた。診察室に入ってきたときから、その患者は病気どころか、水牛のように頑健そのものに見えた。そして実際、どこも具合の悪いところはなかった。メイエルソーン医師と向き合うやいなや、患者はシャツの内側から革製の鞭を取り出し、オランダ語の、粗野な口調でこう訊いた。

「先生《ドクトル》。これはなんだね?」

「鞭だ」

メイエルソーン医師はきわめて単純な人物であった。彼が東インドに渡ってきたのは、ひたすら生きる糧を求め、ただ平穏に暮らしたいがためだった。東インドでなにが起きているか、なにひとつ知らなかったし、知りたいとも思わなかった。そんな東インドの状況にうとい彼は、あきれたように患者を見つめ、いま自分の前にいる男は神経に変調をきたしているのだと判断した。

「ここに来られたのは筋違いじゃありませんかな」と彼は患者に言った。

「わたしが看板を読めないとでも?」

「とんでもない」と彼は、患者が手にした革製の鞭に眼をやりながら、答えた。「でもその鞭はわたしには必要ない」

「ところが必要なんだな、こいつが。所持するためじゃなく、ひっぱたくためにね」

「わたしは医者だ。牛じゃない」とメイエルソーンは言い返した。「お引き取り願おうか」

若いヨーロッパ混血児は彼の左頬に思いっきり平手打ちを喰わせた。そして鞭を腰のベルトにはさむと、ハンティングナイフを取り出して医師に突きつけた。

「わたしは医者というだけじゃない。わたしはドイツ人でもある」とメイエルソーンは挑むように言った。

「そいつはなおいいや」と混血児の若者は間髪をいれずに、医師の心臓にナイフの先の狙いをつけた。「度胸があると言いたいんだろうが、そんなごたくを並べるより、俺の言うことを聞いたほうが身のためだ。このナイフは遠慮なくあんたの心臓を切り裂くことができる。よく聞け。これから数時間以内に、原住民《ブリブミ》の患者がここに運ばれてくる。いいか。そいつを診察するな。治療するな。腹をこわしている、赤痢だと言ってやれ。わかったか。赤痢だ。それであんたは助かり、患者は死ぬ。いや、逆のケースもありうる。患者が生きながらえて、あんたが死ぬというやつだ。あるいはもうひとつ、両方とも死ぬか、両方とも助かるか。あんたにとって、最善の選択肢はどっちだ。最初のやつがいちばんだろう。わかったか？」

「それはわたしが判断することだ」

若者は左手で鞭をふるった。顔に一発受け、メイエルソーン医師は一瞬、視力をうしなった。つかまるものを求めて手が空《くう》をまさぐった。かろうじてつかんだのは若者の肩であった。それと同時にメイエルソーン医師は、若者がまたこう言うのを聞いた。「これで、骨身に沁みたろう」。若者は医師を椅子まで連れて行って坐らせると、診察室に用意してあった水で自分のハンカチを濡らし、顔の手当てをしてやった。

若者はそのまま診察室に居坐った。

ほどなくして、一台の馬車が前庭に止まった。三人の男が病人をひとり担いで降ろした。病人はもう立つこともできないようだった。男たちはそのまま混血児の若者に診察室に通された。医師は病人を診察し、若者がそれを手伝った。それから、若者のほうがベルンハルト・メイエルソーン医師に、こう言った。

「ひどい赤痢ですね、先生。もう手のほどこしようがない。このまま連れて帰ったほうがいい」

医師は返事をしなかった。若者は、同じ言葉をマライ語で三人の男たちにくり返し、さらに、とっとと病人を連れ帰るよう語気を強めた。

男たちは口答えをせずに、病人を担いで外に出ると馬車に乗せ、視界から消えた。

「先生。あいにくだが、本日の診察はここまでだ」

それから若者は四時間も診察室にとどまった。

夜の九時になっていた。混血児の若者が姿を消すやいなや、メイエルソーン医師はあわてて最寄りの警察詰め所に駆け込み、ことの顚末を知らせた。しかし彼は、鋭い記憶力の持ち主であったものの、若者の特徴をあますところなく描くことはできなかった。不完全な情報では、警察としても犯人像を得ることに困難を感じざるをえなかった。診察室に担ぎ込まれてきた病人が誰であったのか、警察は尋ねなかった。ベルンハルト・メイエルソーンも病人の名は知らなかった。

ラデン・マス・ミンケは危篤状態でグナワンに自宅に連れ帰られ、彼に看取られて息を引き取った……。

わが師の最期はかくのごとくであった。その歩み、その足跡だけを世界に残して、彼は孤独のうちに逝った――忘れられ、生前から忘れられて。彼は支持者たちに忘れられた指導者だった。こんなことはヨーロッパではけっしてありえない。おそらくは、どんな硬い骨さえも湿気であっというまに朽ちていく東インドだけで起こりうること、起きたことであった。しかしいずれにせよ、支持者に忘れられた指導者のほうが、多くの追従者を首尾よく獲得して指導者になったペン師よりも、まだましであり、まだ幸運である。

*

彼の死はわたしに、この人生において、かくも脆く移ろいやすい人間の立場について考えさせた。過去と未来から彼を断ち切ろうとうごめいた多くの手を、いまでもわたしは思い出すことができる。彼がめざしたはずの場所へ到達させないように、意図的に流されたさまざまな声を、いまでも聞くことができる。これらのことについて、この世界でわたしよりよく知る者はいないのだ。わたしは執務室の机から、わたしと彼をつなぐ目に見えない糸を紡ぎだし、彼の指の動きのひとつひとつまで感じとることができたし、心臓の鼓動さえ聞きとることができた。だから、死ぬ前に、彼がひとことの遺言も残さなかったのを知っている。

彼は突然の腹痛で死んだ。実際、赤痢にかかっていたという混血児の若者の説明を、わたしは信じる。いずれ将来それを否定する者も現われようが、それはもはやわたしの関知するところではない。そのときは、パンゲマナンはすでにこの世からいなくなっているだろうから。畢竟《ひっきょう》するに、生きるという問題は、死をいかに先延ばしにするかという問題である、たとえ賢者たちはくり返し死ぬよりも一度の死を願おうとも。

ラデン・マス・ミンケは死んだ。金で雇われた担ぎ手たちによって、彼はカレット墓地の終《つい》の棲家《すみか》に運ばれた。知人たちのなかで、野辺送りに加わったのはただひとり、グナワンのみであった。ほかには誰もいなかった。そして、遠くから見送っていた彼の讃美者が、ひとりいた。ジャック・パンゲマナンである。彼が墓穴に降ろされるときも、讃美者は遠くから見守っていた。その胸には安堵感があった。なぜなら、彼の死によって、ロベルト・スールホフとド・ズウェープ、その他同類にかかわる問題から解放されるだろうから。ラデン・マス・ミンケは、誰もがいずれそこに旅立つ、そしていま旅している場所へ、行ってしまったのである。

14

ラデン・マス・ミンケの死を伝える新聞が一紙もなかったことは、わたしを安心させるに十分であった。彼は忘れられたままだった。

だが、はたして本当に、彼は忘れ去られてしまったのか。

やがて明らかになったのは、ミンケにつづく者たちが彼の残した足跡の上を、つぎつぎに歩みはじめ、彼を追い越し、さらに多くの、さらに遠くに至る足跡を残していったことである。すでにわたしはその兆候を見ることができた。わたしの前に置かれているものもまた、その徴《しるし》で、それはマス・マルコ・カルトディクロモの書いた『学生ヒジョ』と題する新しい本であった。わたしはその文体、用語法、さらには物語じたいも好きではなかったが、それでもこの本を読んだ。

わたしの照会に対する回答によれば、マス・マルコは恩師の死後、ジャワに戻って数か月がたっていた。ファン・リムブルフ・スティルム総督は、違法行為の証拠がないかぎり、マルコに手出しをしてはならぬと口頭で注意していた。刑罰は、検察官であれ裁判官であれ、憶断にもとづいて下してはならない。どうやら総督は、マルコがシティ・スンダリのあとを追ってオランダに渡る前に、若竹色の紙(134)に書いたイデンブルフ総督に対する挑戦的なビラのことを、意識的に忘れようとしているらしかった。

マルコは秘密裡に帰国したようだった。彼はかつて、恋しい人のそばにいられるように、名声も、活動も、闘いも、それへの献身も忘れて、海を渡った。その彼がいまひとりでジャワに戻っている。それはきっと活動を再開し、ひとびとに忘れられかけたかつての名声を回復するためであろう。察するに、スンダリをわがものにしようとした彼の奮闘、努力は挫折したのである。「わたしは、やつらがまたわたしを逮捕し、どこかに追放するまでは、自由に動くつもりだ」と彼は仲間のひとりに語った。

彼は追放はおろか、逮捕もされなかった。しかしつねに、いつ逮捕されてもよい覚悟をしていた。ファン・リムブルフ・スティルム総督は、マルコのような不穏分子に対処する、独自の方針を持っていた。総督はきわめて慎重に発言し、行動した。東インド政府の権力を裏から支える不法集団の必要性についても、関心を示さなかった。はたしてこうした方針をどこまでも堅持するのかどうか、将来のことはわたしにも総督自身にもわからなかった。われわれは今後の事態の推移を待つしかなかった。

マルコはしばらく演壇に登らなかった。クトプラ(135)の舞台に立つこともなかった。世間を離れてひたすら書きまくり、それらを匿名で発表した。しかしパンゲマナンには、その文体と、彼が選ぶ言葉およびテーマは、お馴染みのものであった。その論調はますます過激化し、騒動を引き起こすようさらに読者をまどわせ、そそのかすものになっていた。

しだいに高まる社会不安に直面しても、東インド政府は、意図的に以前のような強硬策をとることはなく、このためわたしは、これがすでにオランダ本国の基本政策になっているのだ、とますます確信した。明らかに、強硬策はさらに社会不安を高じさせる、との懸念が生まれていたのである。

捕捉されたマルコの発言の断片からわかったことだが、彼が帰国した理由はわけても、亡くなった恩師ラデン・マス・ミンケの名を、しかるべき場所に安置するためであった。しかし彼がシティ・スンダリについて語ることはもうなかった。そしてヨーロッパからの帰途、ブタウィで一時下船することもなく、スラバヤに上陸した彼は、そのままソロに帰った。スラバヤでは、マス・チョクロに会いに行く必要も認めなかった。

しかしながら、亡き恩師の名を回復させるという計画は、実行に移されなかった。なぜ計画を実行しないのかと、ヨーロッパからの手紙が彼に問うてきたのに対し、マルコはふたりの仲間を前に、口頭でこう答えた。「われわれの闘いの現段階は、感傷的な行動を許さない」と。

その手紙が誰からのものであったのか、知る者はいない。マルコは返事を書かなかった。それから、怒りとともに手紙を焼き捨てた。彼はまた、恩師とは誰のことかという仲間ふたりの問いかけにも、答えなかった。それにしても、ヨーロッパから届いた仲間の手紙に、なぜ彼は返事すらしなかったのか。おそらく、手紙は、シティ・スンダリからのものであったのだろう。あるいは、東インド政府の注目を引くようなことをして、彼に対してなんらかの措置が講じられるような事態を招く勇気は、まだなかったのかもしれない。

さあ、マルコよ。おまえはまたわたしの〈ガラスの家〉に入ってきた。恩師と同じく、おまえもまたじっとしていられない性質《たち》だ。おまえは運がいい。ファン・リムブルフ・スティルム総督は、あの若竹色の挑戦的なビラのことを忘れようというのだから。それはおそらく、オランダ本国から総督が持ち込んだ穏健策のせいだけではなく、十分な教育に裏づけられていないおまえの言動を見て、閣下があわれに思われたせいでもある。

おまえのそのじっとしていられない性格では、たとえめでたくスンダリを娶ることができたとしても、幸せでいられるのは一瞬だけで、やがてまた焦燥の虫が動きだし、行動を起こしたい、活動したい、動きまわりたいと思うだろう。なにをやるのかはわからぬが。もし本当にスンダリとの結婚生活にこぎつけたなら、おまえは、ふたりが受けてきた教育にいかに大きな隔たりがあるかを悟り、そのギャップに生涯苦しむことになるだろう。

おまえが東インドに帰る決断をしたのは正しかった。スンダリがいなければ、おまえは心理的な負担から解放され、本来のまったき自分をとり戻すだろう。恩師の名を回復したいというおまえのもくろみも正しい。東インドの状況は確実に変わった。実際、名声を回復しようとすれば、以前よりたやすくやれるはずだ。ただ、当のおまえが、政府がどんな対抗策に出るか、その影におびえている。東インドが地雷原に変わってしまったことを、総督とオランダ本国政府が深く憂慮している事実を、おまえが知ってさえいたら。そして、スネーフリートの甚大な影響力のせいで、オランダ領東インド陸軍と海軍の忠誠心を、総督も本国政府も疑問視しているという事実を……。一発目の地雷が炸裂するとしたら、きっとそれが起きるのは、マンクヌガラン部隊(136)の駐屯地、ソロの周辺であろうと政府は推測していた。わたしのオフィスでは、たとえ兵士全員が鉄砲を持ち上げる力すらない老兵になろうとも、部隊の若返りはなされない、とささやかれていた。ところが、マルコよ。おまえは報復の影におびえている。いまこそ、おまえのその焦燥感の命ずるところにしたがって、動きたい、行動したい、活動したいと思うなら、まさにそのときであるはずなのに。

マルコよ。もしおまえが恩師の名を回復させる計画を実行に移せば、ラデン・マス・ミンケが熱望していたもの、彼自身もまだ文章化する勇気のなかったなにかが、同盟にとってさらに明らかになるかもしれない。同盟は、いかなる姿勢をとるべきか、方向性が得られるだろう。おそらく、そうなるはずだ。いや、そうならないかもしれない。

それから、かりにおまえが、むかし医学を学んだことがあって、グナワンを訪ねて面談をしたなら、ことの顚末に驚くことだろう。ブタウィのような都会で、元医学生が赤痢にかかって死ぬなどということはありえない、と。むろん、その病気ではないことを誰よりも知っていたのは、ラデン・マス・ミンケ本人だった。なにを患っているのか、本人にはわかっていた。しかし彼はその病気のことをグナワンには告げなかった。グナワンの家族にまちがった憶測を生むのを避けたかったからだ。彼は自分で選んだ医者に診てもらいたかった。だがその病気は彼の計算より速く進行した。そして彼は死んだ。マルコよ。おまえはそれから帰ってきた。そう、帰ってきた。だが恩師のためになにもしていない……。

それどころか、マルコは、恩師の墓参りに、ブタウィに来ることさえなかった。これに対しわたし自身は、東インドのある変化を先導した人物に敬意を表するため、ひとりで墓参りをした。彼の生徒、讃美者として、墓前に花輪をささげた。彼が死んで十日後のことだ。花輪には黒いリボンがつけられ、感謝と敬意のしるしに、白い文字でこう書かれていた。《名もなき者より真に評価し尊敬する人物へ》。

わたしは自分が彼に対して善からぬこと、正しくないことをしたとわかっている。そして、否応なく実行せざるをえなかったその行為を、悔いてもいない。彼は指導者で、実力者だったし、わたしが仕掛けたゲームを当然、勝ち抜くことができるはずだった。ところが彼は、歩《ポーン》から王様《キング》まで、持ち駒をすべてなくし、ついには自分自身までうしなった。わたしはただ原理原則をうしなった。だが原理原則がなにほどのものだというのか。そんなものはそれが大切だと知ることが大切なのであって、それを実践することが大切なのではない。太陽の位置と運行の法則を知っているからといって、それを手につかまなければならないというわけではないのと同じ道理だ。彼は当然、わたしが動かしてる盤上の駒はどれも、わたしの所有物ではないことを知っておくべきだった。そしてチェス盤と駒をひっくり返して、わたしに闘いを挑むか、わたしを完全になきものにするべきであったのだ。

マルコは依然として計画を実行しなかった。

イスラム同盟は黙っていた。スラバヤの同盟本部も黙っていた。王冠なき皇帝、王国の継承者

マス・チョクロも、黙っていた。その沈黙とともに彼らはみな、まるでもう理性や道理などどこ吹く風で、同盟はいずこかの神々のおぼし召しで岩の割れ目から誕生したのであって、その道を切り拓いて第一歩を踏み出した人物などいなかったと言わぬばかりに、ジャワ主義の心地よい腕のなかに、暗黒の眠りのなかに戻ってしまっていた。サマディも口を閉ざしていた。タムリン・モハマド・タブリエも。というのも彼は、ミンケより先に世を去っていたから。

この東インドの諸民族の、ヨーロッパ国民、とりわけフランス国民となんと対照的なことか。フランスでは、人類社会になんらかの新しい貢献をなした人間はみな、当然のこととして、世界とその歴史にしかるべき場所を与えられる。東インドでは、東インドの諸民族においては、誰もがその場所を得られないことを恐れ、場所の奪い合いを演じているようなのだ。

わが師。わたしが評価し尊敬してきた人格。わずか五年足らずのあいだ、支持者から切り離されただけで、きみは忘れ去られてしまった。きみのことを追想する者がわたし以外にいないのであれば、きみは自分の望むままに、自分で歴史のなかに自分の場所を選ぶがいい。いつの日か、わたしはたびたび、きみの名に言及するだろう。いつの日か。いまではない。願わくは、きみの

神がきみを受け入れ、きみ自身の善なる行為にふさわしい場所を与えられんことを……。

マルコの帰国はスマラン―ソロ―ジョクジャの線《ライン》をますます熱くするだろうとの予測を、わたしは当分、自分の頭のなかだけにとどめておいた。マルコには手出しすまいと自分に誓っていた。彼はあくまでわたしの観察対象にとどめるつもりだった。わたしはひたすら上司がこの計画をだいなしにするような命令を下さないことを願っていた。

状況はますます緊迫していった。あちこちで暴力行為が起きた。逮捕された暴力事件の首謀者の何人かは、かつてイデンブルフの時代、政治犯と同房だった犯罪常習者であったことが判明した。いくつかの土地では、犯罪と政治がよじれたかたちで結びつく現象が見られたのだ。

地方の高官宅への放火があいついだのは、けっして偶然ではない。スマラン―ソロ―ジョクジャの線上にある村々でもときどき、不穏な空気が見られた。中部ジャワの王侯たちは、こうした社会不安を憂慮するそぶりも見せなかった。

総督はこれらの事態を政治的な方法で収拾したい意向のようだったが、しかしその適切な方法をまだ見つけられずにいた。それだけでなく、総督官房府のスタッフとその方法について議論することさえ、まだこころみていなかった。ファン・リムブルフ・スティルムの本心は依然、謎に包まれていた。非政治的な対応策は事態をいっそう混乱させるだけ、と考えているらしかった。

こうした総督の態度は想定できたことであったが、オランダ本国から届いたニュースは、各方面を震撼させずにはおかなかった。世界大戦が終結するまで東インドが平和と公共の秩序を維持することができたあかつきには、オランダ王国は東インドに自治を与える、そして自治に加わる各レベルの評議会に東インドの諸団体の代表を参加させる、と約束したというのである。

この約束は、一九〇六年から一九一七年の今日に至る、東インドの諸団体の奮闘、努力の成果にほかならないことをわたしは知っていたが、他方でこの約束のベースになっているのは、かつてわたしが書き直したいので返してほしい、と前任の部長に要請した報告書にほかならないのも事実だった。あるいは、わたしの知らないところで、わたしと同様の報告書を作成していた委員会があったのか。わたしにはわからない。

きわめて魅力的な約束だった。ファン・リムブルフ・スティルム総督は意欲満々で、謎に包まれていたその装いをかなぐり捨てた。ただちにわれわれは、東インドで活動する原住民《ブリブミ》とヨーロッパ人の主要団体の代表を招集せよ、との命令を受けた。代表団がぞくぞくと到着したが、わたしはその会見の場には同席しなかった。

このような新しい事態の展開はわたしをひどく落胆させた。新任の部長は、まるでわたしがこの世界に存在することすら知らないといった顔で、そればかりか、わたしが総督官房府から俸給を得ていることすら無視しようとしていた。彼はいちどもわたしの部屋に来ることはなく、わたしが彼の部屋に呼ばれることもなかった。オランダ王国と東インド総督の政治方針は、どうやらもうパンゲマナンを必要としないようだった。

政府がこれまでのわたしの働きに眼を閉ざすとしたら、なんとつらいことだろう。わたしは汚物にまみれたボロのように、打ち棄てられる運命にあるのか。原住民の諸団体が、いつの日か、勇気をもって政府と同じように各種の委員会を設置するようなことになれば、彼らはヨーロッパ人弁護士を雇い、かならずやその委員会のどれかがわたしを召喚して、わたしの手と指と、心と頭のなかを調べるだろう。そうなれば、いったいなにが、わたしに残されるだろう。この世界のどこかに、まだ二本の足で立つことのできる場所があるだろうか。

自治の約束は、なぜ、かくもわたしの気持ちを憂鬱にさせ、息苦しくするのか。自治の導入によって、原住民の諸団体が行政府、立法府、司法府、および各種の治安機関のそれぞれに席を占めることになる、というわたし自身の理解にとらわれすぎているせいなのか。彼らの言わんとするのが真の意味の自治であるとすれば、当然そうなるはずである。わたしの〈ガラスの家〉は住人がいなくなって、たぶんわたし自身がそこに入れられ、今日までわたしが外から眺める立場であったのに対し、自治の導入によって、へたをすればみんなが〈ガラスの家〉のなかのわたしを眺めることになるかもしれない。

だがそれにしても、ここでいう自治とは、どのような概念なのか。わたしは連日、彼らからなんとか情報を引き出そうとしたが、なにも得られなかった。彼らは秘密にしているのか、あるいはわたしと同様、このことについて完全に知らないかのどちらかだった。そして、原住民の諸団体も、東インドにおける自治の概念について、わたし以上のことはなにも知らなかった。自治が導入されたあかつきには、おそらく、彼らは自分たちの気に入らない人間に対して、好き勝手なことをするだろう。もっぱら幻想のなかに生き、理性と感覚の働きのすべてを幻想にゆだねることに慣れきった原住民は、飽くことなき獰猛な狼の群れに変わってしまうかもしれない。東インドはヨーロッパではないのだ。ああ、現代のヨーロッパがなんと恋しいことか。そこではすべての生命が評価され、尊重され、そしてそれ以上に、当たり前のこととして、太陽の下でそれぞれがしかるべき場所を与えられ、さまざまな権利が認められているのだ。

自治はきっと、どの原住民にとっても、美しい夢なのだ。なぜなら、政府の力を恐れるがゆえにこれまでおさえてきた動物的な欲望を解き放つという夢を、彼らはあきらめないできて、それが自治によってかなうことになるのだから。そして、わたしは賭けてもよいが、自治の約束はもともと、過去何年かの、そして近年のスマラン－ソロ－ジョクジャ線《ライン》の高揚によって頂点に達した、自分たち自身の運動から発しているということを、彼らは知らないのだった。

わたしは自分の運命がどうなっていくか、想像することができた。わが師、ラデン・マス・ミンケよ。きみより恵まれることはない。きみを超えることはないだろう。あのとき、きみが誓約書を受け取ってサインをしていればだ。だがきみはあのとき、自尊心を捨てるより、カレット墓地を選んだ。毅然として、駆け引きをしなかった。もしあのときファン・リムブルフ・スティルム総督を喜ばすことができていたなら、当然きみが総督に呼ばれて、各種の問題について意見交換をすることになっていたはずだ。まさに、政治の歴史とはそういうものである。そのときどきの利害関係によって、今日は味方であったものが、明日は敵になる。荷車の車輪のようにくるくる回らないのは、わたしのような人間だけだ。わたしを信じたのは、ただひとつの力だけ。わたしのような男を信頼してくれたのは、東インドの水牛と同じくらい愚かな権力だけだったのだ。

しかし結局、スマランーソロージョクジャ線の騒乱状態は、自治の約束によっても沈静化することがなかった。この事態に欣喜したのは、ほかならぬわたし自身であった。事態をさらに混乱させるために、わたしは手持ちの駒を総動員した。なにしろ、かつて政府の意に染まぬ連中を弾圧してきた男が、いまや、自分の意思で、政府に反抗する者たちの手助けをしようというのだ。熱狂する若い世代は自治の約束など歯牙にもかけないことを、政府は知らなければならない。政府は約束を撤回しなければならない。かならず。危機にさらされた自分の立場を守るために、わたしはいかなる手段に訴えることも許されるのだ。

わたしの現場指揮官であるコル・オーステルホフは、疲れも見せずに働いていた。わたしは彼に、当局に摘発されないかぎり、どこで、いかなる方法でも、資金を調達してよいという権限を与えておいた。万が一、摘発されるようなことになったら、わたしとの関係についていっさい口をふさがなくてはならない。必要とあらば、刃物や銃にものを言わせてでも、封じなければならないのだ。

スマランーソロージョクジャ線はますます騒然としていった。このとき、数年前までスマランの鉄道電車労働組合で接客係をしていた、背の低い十六歳の少年が、オランダ語の書物を何冊か読んでおり、弁舌の才に恵まれている、という強みをいかして、恐るべき煽動家の卵として登場していた。少年は名をスマウンといった。機関銃のような熱弁をふるって聴衆にこう警告したのは、彼であった。自治の約束は、オランダ領東インドとオランダ王国の立場が弱くなっている現実を反映したものにほかならず、したがってプリブミの諸団体は、握手を求めてきたオランダに手を差し出しすようなまちがいを犯してはならぬ、と。

わたしの末の子よりずっと歳下のこの少年は、気持ちも頭も閉塞状況にあったわたしに、新鮮な風を運んでくれた。彼の発言を支えなくてはならぬ。プリブミの諸団体はオランダ王国の約束を信じないようにしなくてはならぬ。だがはたしてコル・オーステルホフは、このような政治的な任務を遂行することができるだろうか。

ブタウィで彼と会ったとき、次のような会話があった。

「スマランのスマウンという少年を知っているか」

「もちろん。やつの登場は好都合とちがいますか」

「わたしに質問するな。それはおまえの仕事じゃない。黙ってわたしの言うことを聞け。彼を支持するようスマランの連中に工作できるか」

コル・オーステルホフは返事をしなかった。わたしにはよくわかっていたが、彼は政治的な任務の経験はなく、力を行使することしか能のない男だったのだ。それでもわたしは、配下の者たちを動員して、中部ジャワの同盟員がこぞってスマウンの考えを支持するよう工作せよ、と命じた。彼は首を横に振るだけだった。

「われわれにそんなことをする力はない」

彼らにその能力がないのはわかっていた。

「まだやってもいない」

「あなたにピストルを突きつけられても、できないものはできないとしか言えない」

「でも口を閉じることはできる」

「もちろん。このゲームのルールはどういうものか、あなたが教えてくれたから」

この問題について、政府の公式のチャンネルを使うのは不可能、ということもわたしは認識していた。

二時間以上かけて、わたしはコル・オーステルホフに、どうやってこの新たな任務を遂行するか教えた。説明すればするほど、彼は熱心に耳をかたむけ、ますます夢中になっていったが、逆にそうなればなるほど理解力は落ちていった。この新たな任務に関しては、彼は洟垂れ小僧も同然だった。手綱を放せば、たぶん、ロベルト・スールホフよりもっと馬鹿なのだ。

わたしは彼がこの任務をこなすのは無理だと見切りをつけ、これまでの仕事をつづけるよう、ただもっと精力的に、と指示した。

「あらゆる手を使って、政府は本当に自分たちに対決する力がないと、彼らに信じさせろ」

スマランースロージョクジャ線の騒乱はますます悪化した。スマウンもまた、まるでこの世界はもう自分のもので、すべての人間が彼と心をひとつにしていると言わんばかりに、いよいよ過激になっていった。もしイデンブルフ総督の治世であったならば、この少年は疑いなく、流刑地で青春を浪費することになったはずである。また、この少年の口からは、「帝国主義《インペリアリズム》」「資本主義《キャピタリズム》」「ナショナリズム」「インターナショナリズム」といった、原住民《プリブミ》がはじめて耳にする魔法の言葉がとび出した。しかしわたしには、まだ十代のこの少年が、これらお気に入りの言葉の意味を、完全に理解しているとはとうてい思えなかった。

スマウンを支援する計画は、ありがたいことに、実行に移す必要がなくなった。というのも、事態の展開がおのずと、政府への不信感の大きなうねりを生みだすことになったからだ。

スマウン自身は、演説がますます絶叫調になっていくのと並行して、さらに上昇をつづけた。わたしの観察対象のマス・マルコ・カルトディクロモは、あっさり追い抜かれた。スマラン–ソロ–ジョクジャ線――わたしの文書では、S–Yラインと記されていた――は、スマウンの影響と支配下に入り、まるでジャワ島がこの線で分割されているかのようだった。

ファン・リムブルフ・スティルム総督は、原住民は自治の約束を信じていない、といくら事実を示しても、説得されなかった。彼はスマウンを称讃しさえした。それだけにとどまらず、あのスヌック・フルフローニェ博士と同様に、またボジョヌゴロの副理事官のように、そしてこのわたしと同じように、この少年を学問的な観察の材料として、自分のところに迎えたいとさえ口走った。スヌック・フルフローニェにとってのアフマド・ジャヤディニングラット、[137] ドラクロアとファン・ヒューツ将軍にとってのミンケ、そしてわたし自身にとってのマルコとシティ・スンダり。これらはいまや観察の材料としては骨董品である。東インド原住民の世代交代のなんと早いことか。彼らは伝統のしがらみを受けずに、それぞれ別々に見えてその実ひとつの共通の滑走路から、天空高く駆け上っていく。共通の滑走路とは、かのヨーロッパである。

スマウンが同胞の真実の姿をよく理解していなかったとしても驚くにあたらない。彼はヨーロッパの教えの絶大な威力を過信していた。国立公文書館のL氏によれば、東インドの諸民族はすべてにおいて明晰なヨーロッパ人と異なるのであり、わたし自身もそう教えられたが、スマウンはそのようには見ていなかった。東インドの諸民族の思考世界は暗く錯綜している、このため彼らに押しつけられるヨーロッパ的なものすべては、彼らに新たな混乱と矛盾をもたらすだけである。それがL氏の見方だった。

こうして、ファン・リムブルフ・スティルム総督は、スマウンはあるヨーロッパ人、ジャワ文化研究を専門とする、あるヨーロッパ人学者の養子であると伝えられると、合点がいったというように、うんうんとうなずくばかりであった。

総督はわかったようにうなずくだけでよかったが、このパンゲマナンは、新たな事態の展開を注意深く追って頭が痛くなるばかりだった。社会不安が頂点に達するなかで、オランダ王国は東インドになにを望んでいるのか、総督は依然はっきりしたイメージを与えなかった。一方のスマウンは相変わらず謎だった。彼はまるで、月と星を妨げる雲ひとつない、東の水平線から昇る太陽のようだった。対照的にマス・チョクロとマルコの輝きは失せていった。影を残すことさえ彼らはためらっているようだった。むろんわたしは太陽ではない。月でも、星でもない。わたしは出口の見つからないパンゲマナンのままである。

自治を与えるという約束はすでにひろく社会の話題になっていた。ヨーロッパの戦火はまだ消えていなかった。いまだに大砲が弾を吐きだし、死体があちこちの戦場にころがっていた。わたしにとって二代目の部長は、自由の国の市民権を得るべく、すでにアメリカに渡っていた。そしてそのアメリカの軍も参戦し、各地の前線で、すでに資金も兵力も尽きはてたドイツと対峙していた。アメリカは、他の同盟国とともに、植民地領土の拡大をもくろむドイツの野望を打ち砕き、旧い世界分割の図式を維持する勢力として登場したのだった。

その間、ブタウィでは、ある日、わたしをふくめたすべての植民地高官が、大挙してタンジュンプリオク港に集まり、オランダ王国による自治の約束を受け入れるためにオランダにむけて出発する、東インド代表団を見送った。

その代表団に加えられなかったマス・チョクロの落胆はいかばかりか、わたしには痛いほどわかった。というのも、参加を認められた原住民団体の代表は二名のみ、すなわち、ブディ・ムルヨ書記長のマス・スウォヨと、イスラム同盟のアブドゥル・ムイスだけだったからだ。したがって、原住民の全団体のうち、オランダ王国と東インド政府のお眼鏡にかなったのは、ブディ・ムルヨとイスラム同盟だけということになる。マス・チョクロは代表団に加わらなかったとはいえ、スマウンとマルコが、東インド政府に対してだけでなく、この王冠なき皇帝との対決姿勢においても、いっそう強硬になっていくのは目に見えていた。

　祝砲がとどろくなか、船は出航した。黄色い絹の肩帯をつけた代表団は、甲板上に並んで、なんども手を振った。ひとりを除いて全員が洋服だった。そのひとりとはマス・スウォヨだったが、彼も手を振った。そして、これからひと月足らずのうちに、オランダ王国の自治の約束を受け取るために差し出されるのも、またこの手なのであった。

　スマラン－ソロ－ジョクジャ線の活動が結果として自治を呼び込んだとすれば、そのラインを強化するために働いたのは、まず第一にマルコとその仲間であり、ついでスマウンとその仲間たちである。だが、そのご褒美にあずかることになったのは、マルコやスマウンではなく、スウォヨであった。マルコもスマウンも、そんなものは端《はな》から期待していなかったし、嫌悪さえしていた。他方、ブディ・ムルヨの重要な創設メンバーのひとりであったトモは、ブロラという小さな、不毛の町に埋もれて、ミッション系病院の医師として仕事に追われ、また、彼の看護婦で、ヨーロッパ混血児の女性との恋愛に忙しかった。

　では、わたし自身は？

　わたしは自動車でタンジュンプリオク港を離れた。これからどこに行くのかと運転手が尋ねたが、返事をしなかった。わたしのとまどいは深くなるばかりだった。政治状況は変わっていた。わたしはそれについて行けなかった。一日たてば一日分変化しており、その最初の変化からわたしはもう理解できないのだった。いったいわたしはどうなるのか。ウイスキーに悶々たる想いを沈めるだけでよいのか。

不意にわたしは、もう長らく手紙をよこしていない妻と子どもたちのことを思い浮かべた。

「どちらに?」とふたたび運転手が訊いた。

わたしのほうから手紙を出し、最高の写真を送ってやるのも悪くあるまい。

「マレイケ写真館へ」

「かしこまりました」

自動車はコッタの商店街に止まった。

写真館のあるじは年老いたヨーロッパ人だった。七十はこえていたろう。彼は化粧室にわたしを通した。それから、鏡にうつしたこの日の自分の顔を見て、わたしは愕然とした。頬がこれほどたるんでいるとは。髪はもう全体が白くなっていた。眉も、睫毛も。眼球には三日月のような斑点ができていた。落ちくぼんだ眼窩。目じりの小じわはますます勢いよく筋目を刻んでいた。なんと早く老けてしまったことか。この老醜では、妻も子もわたしだと気がつくまい。いやだ。写真を撮るのはやめにしよう。

わたしは写真館を出て自動車に飛び乗った。気がつけば、死はなんと間近にあったことか。わたしはまだまだ若いつもりでいたし、頭脳明晰で、不死身で、威厳にみちて、誰でも自分の意のままに操れると思っていた。

訳もなくわたしは、ラデン・マス・ミンケのことを思い出した。運転手に花屋に行くよう命じた。そこでわたしはリボンも、メッセージも添えずに、急いで花輪をつくるよう頼んだ。それからカレット墓地に連れて行くよう運転手に言った。

今日、彼らは自治の約束を受け取りにオランダにむけて出航し、わたしは墓地に車を走らせている。わたしはこんなにも早く老いてしまった。もはや、自治政府にお呼びがかかることはありえない。東インド政府のためにあらゆることをやってきたわたし。その苦い果実しか味わえなかったわたし。あと何年わたしには残されているだろう。あと何年。定評ある植民地問題の専門家として、わたしは、自治政府に席を占める資格がないのか、たとえ議論に加わるだけでも。

パンゲマナンよ。おまえはマス・スウォヨに嫉妬している。ねたんでいる。飴を分けてもらえなかった幼児のように、ひがんでいるのだ。

わたしはひとりで墓地に入っていった。墓守りにも声をかけなかった。墓守りは離れて待っていた。ラデン・マス・ミンケはムスリムとして埋葬されたから、わたしは、聖地メッカに顔をむけて横たわっている死者の、その頭のところにある墓標に花輪を立てかけた。しばらく質素な墓を見つめていた。あちこちに太く低い雑草の生えた、茶色っぽい、むき出しの土。墓をおおう木陰もない。墓標には、その下に誰が埋葬されているのか、なにも書かれず、なにも彫られていなかった。そして、以前わたしが供えた花輪は、すっかり跡形もなくなっていた。

きみはここに安らかに眠っている。わが師よ！　死はなんと単純なものか。人はみな、死の世界で平和のうちに集うのだ。王であれ奴隷であれ、死刑執行人であれその犠牲者であれ、リエンチェ・ド・ロオのような娼婦であれ、あるいはまた絶対の権力をふるう皇帝であれ。死はなんと単純なものか。ド・ランゲは死を選んだ。わが師よ。あと何年したら、わたしはきみと再会することになるだろう。だがその前に、わたしは、なにかをなしとげたい。なにかを！

わたしの空想は、盛り土をとおして、墓穴の底まで透視しようとした。だがわたしの空想は死に、働かなかった。それに代わってわたしの目がとらえたのは、雑草の下に散っている、乾いた花びらであった。どうやら、わたし以外にも、ここに花を届けた人がいるらしかった。

わたしは視線を上げ、うしろをふり向いて墓守りを呼んだ。

彼は墓前で祈りの詞《ことば》をとなえるために待機していたのだが、わたしが尋ねたのはこんなことだった。

「この墓に花を届けた人がいるのか」

「はい、ございます」

「誰だ、それは」

「はい。このすぐ近くにいる人たちです。ジャミアトゥル・ハイル[138]の人たちでございます」

ジャミアトゥル・ハイルの人たち？ ということは、彼を愛する者たちがまだいたのだ。ジャミアトゥル・ハイル。これは何の名だったか。わたしは聞いたような覚えがあった。

「ヤースィーン章[139]は誦《よ》まなくてよろしいので？」

「いや、誦んでくれ」

彼はわたしにはまったく理解できない祈りの詞《ことば》をとなえた。それが終わるとわたしを見つめた。いや、わたしは、その祈りの謝礼に、自治という構想で政府がわたしになにひとつ与えないのと同じく、一銭たりとも与えるつもりはなかった。

運転手はわたしを好きなところに案内してくれた。ブタウィ市内をぐるっと一周し、それから、こんどは彼自身の意思で、バイテンゾルフにわたしを連れ帰った。ポーレットと子どもたちから教わったわが家の旧い慣習《しきたり》をまねながら、あわてふためいてわたしを迎えたのは、またしても、あのわたしの忠実な女中であった。いや、もはや破綻してしまったわたしの家庭生活について、ここで話をしても、しかたがあるまい。

もう生活が元のように戻ることはない。なぜなら、わたしの胸にはますます孤独がひろがっていたから。これからのわたしに残されたのは、わたしがうしなったものすべてに対する対価として、年金を受け取ることだけだ。年金だけ！　自治という制度の下で自分がどうなっているか、その姿を想像することさえ、わたしにはできなかった。運命の神は、わたしになんとケチなことか。原住民団体のことはなんでも熟知しているわたしなのに！

コル・オーステルホフは、スマラン－ソロ－ジョクジャ線において、同盟の若い世代の立場をいっそう強固なものにしていたが、それでもオランダ王国と東インド政府の考えはいささかも変えられなかった。このため、わたしはここ最近、新聞雑誌をチェックする気力さえ萎えてしまっていた。仕事に対する意欲の喪失は深刻だった。その一方でわたしは、わたしと同じように歳をとり、同じように落ち込んでしまった人間は、意欲の喪失を死が近づいていることと結びつけて考えがちである、ということもわかっていた。仕事への意欲は生命力のしるし。働く意思があるうちは、生きる意思がある。そして、働く意思がなくなったときは、じつは、死と握手をしているのだ、と。コル・オーステルホフはわたしを鼓舞するような楽観的な報告を持ち帰ったが、それでもわたしの心が動かされることはなかった。本当に死はわたしと握手をしているのか。はたしてわたしは、六十歳になる前に、死なねばならないのか。人生のなんと早く過ぎ行くことか。なんと早く。

　東インド代表団のオランダ滞在の様子を伝える新聞報道も政府の公式報告も、わたしは無関心のままやり過ごした。それらはわたしともうなんの利害関係もないことだった。

　いまわたしに残されているのは、このノートに自分を永遠に刻みつけねばという義務感だけであった。

　ところで、おまえ、nがふたつのパンゲマナンよ。おまえはかつて、ラデン・マス・ミンケは孫逸仙、アギナルドにつぐ、アジアで三番目の大統領になることを夢みているのでは、といっておまえ自身のその憶測をあざ笑った。ところが現実には、おまえこそ、意識下で、しかるべき処遇を政府からのご褒美として期待していた。おまえは、公文書館のL氏といっしょになって、おのれの幻想の世界におしつぶされて野の草となった原住民《プリブミ》を、笑いものにしてきた。いまや、現実はどうだ。おまえは老境に至って、どこかの植民地権力がある約束をしたというだけで、突如、自分自身の幻想におしつぶされて、頭がおかしくなってしまったのではないか。

　東インド代表団のオランダからの帰国は、わたしをいっそういらだたせた。自分が不当にのけ者にされている気がした。わたしのほうが総督の近くにいたのに、なにゆえ、遠くにいた者たちのほうがむしろ総督の関心を引くのか。このわたしになにが足りないというのか。ただわたしが年齢以上に老いてしまったせいなのか。しかしそうなったのも、政府のために必死で働いてきたからだ。それとも、わたしのような老人は、それがなんの役にも立たないとわかっていながら、抗議の涙を流すのがふさわしいとでもいうのか。

　その後、ふたたび病気に倒れたときにわかったのは、わたしの長期の不在にもかかわらず、なんらの不都合も生じなかったということである。わたしの力がますます不要になっているのは明らかだった。新しい部長は、病院に一度見舞いに来て、一日も早い快復を祈ってくれた。他の同僚たちも同じだった。もう人が自分を必要としていないと知ったときの、老いた日々の暮らしのなんと孤独なことか。

　デデから届いた手紙は、わたしの傷心をいや増した。それは長男と次男が勉学をつづけないこと、つまり挫折したこと、そして英国の軍隊に入隊したことを伝える手紙だった。もうわたしは何に期待をかければよいのか。子どもたちはヨーロッパに住むほうを好んで、ヨーロッパ人になりたがっている。わたしはひとり暮らしで、世話をしてくれるのは、親の名も、どこで生まれたかも尋ねたことのない女中だけだ。この女がいつまでもわたしのところにいるのは、ただわたしに情を……男と女が情を通じるという意味の情ではなく、憐憫、憐れみの情の情をかけてくれたからである。それは自尊心のある者にとって、屈辱以外のなにものでもないのだが。いや、自尊心？　これまでやってきたもろもろのことをふり返って、いったいわたしにまだ自尊心があるというのか……。

わたしが受け取ったのはデデからの手紙だけで、ほかはなにもなかった。デデの手紙でも、母親のポーレット、若い幸せな時代をわたしに寄り添ってくれた女性のことは、触れられていなかった。なにもなかった。マルクの消息もなかった。それにおまえ自身、わが娘よ、おまえはいま何をしているのだ。もう結婚しているのか。おまえは語らない。子どもはいるのか。おまえは話さないではないか。おそらくおまえたちはみなでグルになって、父親から受け継いだ姓を捨てようというのだろう、おまえたちにはなんの頼みにもならない、東インド原住民の遺産が嫌なのだ。

この侘《わび》しい、孤独の日々を慰めてくれるのは、教会の思い出だけであった。病院のベッドからまた起き上がることができたら、いつか天気のよい日に、教会に行って、罪を告白し、懺悔をしよう。このような状態では、神父に出向いてもらうのは気が引ける。教会に行くまでには、わたしに残されたすべてのエネルギーを使って、自分のなかをきれいに整理しよう。かつて妻といっしょによくロザリオをもって祈りをささげたように、もうわたしの唇はたびたび、主の祈りとアベマリアをとなえようとしていた。だがわたしはそれを我慢した。そう、我慢したのだった。

「ロザリオって知っているか」とわたしは、女中が見舞いにやってきて、テーブルの上に果物を置いているとき、訊いてみた。

「なんでございますか、ロザリオって？」

「祈りのときに使うネックレスみたいなものだ」

「つまり、数珠《タスビー》のこと？」

「たぶん、おまえたちは数珠と言うのだろう。わたしたちはロザリオと呼んでいる。わたしの洋服簞笥のなかにあるから、そう、ここにもってきてくれ」

わたしは簞笥の鍵を渡した。簞笥の奥の引き出しには拳銃がしまってあったが、女中がその鍵を開けるだろうという心配はしなかった。信頼するほかなかった。翌日、彼女は果物とロザリオをもってきた。

すぐにわたしはロザリオを受け取り、それについている銀の十字架に口づけをした。すると十字架はわたしに心の平安を与えてくれた。むかしのように、すべてを神にゆだねられた。神経のこわばりがほぐれていった。そして、ひとえに十字架のおかげで、わたしの健康は徐々に回復にむかった。半月後には退院を許された。こうしてわたしは、わが女中に全面的に依存することになった。

魂の安らぎを得たわたしは、もうなにも不安におびえることも、期待することもなく、欲しいと思うものさえなかった。十字架がわたしに、自分自身と和解させ、欲望を無化し、これまで緊張を強いてきた欲望の結果を打ち消してくれた。それによって、わたしは永遠の静寂へ――誰もがみずから望んで、あるいは望まずしてそこに至る場所へ、入っていく準備をしたのだった。

一週間、自宅で静養して、健康はすっかり快復した。なにか目に見えない力が、わたしを家から引っ張り出し、職場復帰させた。わたしを迎えた同僚たちの冷ややかさ。わたしはこれを現実として受け入れねばならなかった。パンゲマナンの頭脳と労力は、もう本当に必要とされていないのだ。それもいい。神はお望みの場所にわたしを配されるだろう。

三か月以上も空けていた執務室を用務員が掃除しているあいだ、わたしは立ったまま窓ガラスごしに庭を眺めていた。それから、ヘルシェンブロックが、給仕ふたりを連れて部屋に入ってきた。給仕たちは、この間わたしがチェックするはずであった新聞の山を、運び出した。ヘルシェンブロックは朝のあいさつをすると、まっすぐわたしのところに来て、最新版の新聞の束を渡した。

「もうお飲みにならなくてもよろしいようですね」と彼は口を開いた。

「そう。ヘルシェンブロック君。病気になってから、飲むのはやめたんだ」

「おめでとうございます」と言って彼は手を差し出した。

わたしはその手を握り返したが、彼の言葉が本心から出たものでないことはわかっていた。彼がわたしの部屋に来た本当のねらいは、以前よくそうしたように、ウイスキーのご相伴にあずかるためだったのだ。

「飲みたければひとりでやってくれたまえ、ヘルシェンブロック君」

「そう飲みたいというわけでも」

かつてド・ランゲがみずから命を絶った部屋にひとりでいると、しだいに死についての観念がふくらんできた。なぜ、死を考えなければならないのか。ジャックよ。おまえはまだ生きているではないか。生きている者として、生についてのみ考えよ。まだおまえは、まともに考えられる。その知恵を使わないということは、生の掟を破っているということだ。さあ、仕事への意欲を燃やせ！　人が生きていることのあかしになるのは、働く意欲だけではないか。その意欲がうしなわれるのは、死がやってくるしるしではないのか。以前のような働く意欲をとり戻せば、おまえはもっと長く生きられる。もっと長く。

こうして、わたしは机に坐り、新聞を、最新版の新聞をめくりはじめた。

ヨーロッパの戦争は突然終結した。ドイツが負けたのだ。それは大ニュースで、疑いようもない歴史的な出来事であったが、もはやわたしの心に響くことはなかった。おそらく、わたしの心は、どんな印象も感動も刻むことはできなくなっていて、氷の表面のように、それに触れたものはことごとく無のなかに滑り落ちていくのだった。

このようにして毎日わたしは、なんの感興も驚きもなく、ただひたすら新聞のページを繰《く》るためにのみ出勤した。いったい、いつまで。辞職命令が出るまでだ。全東インドの耳目を集める総督官房府も、わたしにはもう味気ないもので、偉大さと魅力のかけらもなかった。権力はもうわたしを引きつけることができなくなっていたのである。

オランダから、東インドに国会《パラメント》を開設するというニュースが飛び込んできた。国会を開くことで、原住民もともに法律の制定に加わるから、共同で東インドを治めることになるというのだ。ふっ！　自治政府よりさらに地位の低い国会に、なんの意味があろうか。全原住民団体に国会の議席を与えるがいい。どのみちわたしには関係のないことだ。

わたしは依然として新しい任務を与えられなかった。ファン・リムブルフ・スティルム総督は、政治的なやり方で、という自身の政策になお固執していた。よし、わかった。わたしの官房府での仕事はもう終わったということだ。コル・オーステルホフは、わたしがいなくても、自分の判断で勝手に動くだろう。それがもうあの男の生き方になっているから。そしていつの日か、同じ穴のムジナともども、地上から抹殺されるだろう。

国会の開設をめぐる報道は消え、代わって登場したのはフォルクスラート[140]、すなわち国民参議会に関する報道であった。新聞はこぞって、この議会の意味と機能、およびそれが東インドの発展にはたす役割について論じ、誰が議員になるのか予想してみせた。オランダ王国は、自治とはなにかについて、独自の解釈を持っていたようである。その回答が、フォルクスラート、擬似国会なのだった。

わたしは心のなかで自分を笑った。大戦中にあれほど話題になった東インドの自治の意味について、過大な期待をかけすぎていたのだ。戦争が終わってみれば、オランダ王国はあっさりその約束を反故《ほご》にした。なぜわたしは、あのころ、自治構想はわたしになにかを約束してくれる、と幻想を抱いていたのだろうか。

さらに驚くべきは、原住民団体の反応であった。これらの団体のリーダーたちの胸には、わたしに負けず劣らず、幻想が激しく渦巻いていた。国民参議会《フォルクスラート》に名誉ある議席を占めることを夢みて、全国大会や所定の会議での機関決定を待つことなく、これらの団体——それはすべて社会団体だった——を声明文ひとつであっさり政治団体に変えてしまったのである。

うんざりだ。

このときまたわたしが知ったのは、これら原住民団体とそのリーダーたちの性格がいずれも、まことにご都合主義的だったということである。例外があるとすれば、スマランとジョクジャカルタを結ぶ線上で活動している者たちだったが、いずれ彼らもご都合主義者の団体に呑まれてしまうだろう。

まさしくこれがファン・リムブルフ・スティルムの政治戦略というものらしかった。そして実際、スマラン–ジョクジャ線の外での混乱は沈静化し、製糖工場は静かに操業を再開した。静かにと言ったのは、まだ回復していない世界の砂糖需要に合わせてのことだった。しかし総督はすでに、農企業家総連合の代表団を前に、大戦の終結によって世界は東インド産のあらゆる商品を欲しがるだろうから、すべての分野で生産を増強するようはっぱをかけていた。まるで神風に吹かれたように、製糖工場はフル操業した。プランテーションも同様だった。スマラン–ジョクジャ線の外での騒動は、火に冷水をかけたように、消えた。東インドの繁栄は明日にも回復するかに思われた。

県レベルであれ国政レベルであれ、議員になりたいという欲求は、栄えある議場でみなの注目を浴びながら演説を行ない、ドリンクを楽しみ、県知事と同水準の、場合によってはそれ以上の俸給が得られる名士になるのだ、という新しい夢を生むことになった。

このときからわたしは、原住民諸団体の活動に、修復しがたい亀裂の徴《しるし》を見てとっていた。一方は各議会に席を得るために政府と協力することを望み、他方は政府とのいかなる協力も、原住民にとって恥辱であるとして拒否した。

わたしはこれらの動きをすべて追うことができたが、もはやなんの関心もなかった。政治熱が抵抗《レジスタンス》熱にとって替わった。ファン・リムブルフ・スティルムの政治的戦略は、明らかに功を奏したのだった。

それから、フィナーレがやってきた。一九一八年五月二十日の国民参議会の開会である。ここに議席を得た原住民は、マス・スウォヨ、マス・チョクロ、チプト、いずれも総督による任命だった。選挙で選ばれた原住民議員は、アブドゥル・ムイス、ラジマン、アブドゥル・リファイ。七十名ほどの議員のうち、原住民議員は八名のみで、うち二名は政府から指名された県知事だった。

議席を得られなかった団体は、落胆から手をこまねいているというのではなく、逆に、議席獲得にいっそう拍車がかかった。こうして、一片の公式声明もないまま、政治運動、政治活動が事実上の合法性を獲得したようだった。

そしてわたし自身はますます興味をなくし、無関心になった。なにもかもがわたしの心というタロイモの葉に落ちて、地面にこぼれ、永遠に消えていく、小さな雨のしずくのようだった。

政治熱が大きなうねりとなり、団体がぞくぞく誕生してさらにかまびすしくなっていくのと対照的に、わたしが退屈な新聞を機械的に繰っていたとき、ある晴れた朝に、新しい部長がわたしの執務室にはじめて入ってきた。

「元気回復しましたか、それほどきつくない仕事ならこなせるくらいは」と彼は尋ね、そのあと言葉を訂正した。「いやいや、たいしたことじゃないんです。わたしに言わせれば、じつに簡単な仕事でしてね」

「やってみましょう」

「すばらしい。パンゲマナンさん。われわれがあなたを選んだのは、フランスの教育を受けた職員は、ここではあなたしかいないからです」

新しい任務とわたしがフランスで受けた教育にどんな関係があるのか、べつに知りたくなかったし、知ってどうなるとも思わなかった。すべてはわたしの上司たちではなく、神が最善のかたちでしかるべく差配されるだろう。

「これからすぐブタウィに行けますか」

「もちろん」

「すばらしい。午前十時に、フランス領事があなたをお待ちだ」

「わかりました。すぐに出発します」

いったいわたしは何をすればよいのか、質問する気力もなかった。これで何度目になるだろうか、自動車はわたしをブタウィに運んだ。道中も、なにひとつ知りたいという欲求は湧いてこなかった。わたしは目を閉じ、ポケットからロザリオを取り出して、祈りの言葉をとなえはじめた。

自動車は時刻どおりに着いた。しばらく待合室に坐っているまもなく、フランス領事の執務室に通された。

「パンゲマナンさん？」と彼は北部のフランス語で訊いた。わたしはそうだと答えた。「本日はおいでいただき大変うれしく思います。みごとなフランス語だ。どこで勉強されましたか」

わたしは自分が受けた教育についてあまさず話をし、領事はうれしそうに何度もうなずいていた。彼にはこれまで植民地での勤務経験はないようだった。その態度は適切かつ丁寧で、わたしを見下すようなところは微塵もなかった。この領事にわたしは、かつてわたしが触れた古き良きヨーロッパを見いだした。わたしはどこか救われるような気がして、植民地の匂いのないヨーロッパの環境で暮らした経験があることを幸運に感じてもいた。

しかしそこまで話が進んでも、わたしはいったいどんな任務を与えられて自分がここに来ているのか、知りたいと思わなかった。

「総督官房府の説明によれば、あなたは優秀な植民地問題の専門家というだけでなく……」

心臓がどきどきしてきた。

「……また、わたしがもらった報告では、原住民《プリブミ》の指導者にかかわる問題の専門家でもある」

「ありがとうございます。でもそれはやや大げさでして」

「それでも、ある原住民指導者のことは、熟知しておられるはずです。その指導者の名は……」と領事はポケットから小さなメモ帳を取り出し、ページをめくって、おかしなアクセントと綴りでその名を読み上げた。「ええと……ラデン・マス・ミンケ。ごめんなさい、読み方がおかしかったら」

わたしは発音を訂正して、二、三度それをくり返してみせ、最後に失礼しましたと言った。その間、心臓の鼓動はますます速くなっていた。もう長らく口にしたことのなかった名前が、わたしに神の裁きのときが迫っていることを知らせる、通告のように聞こえたのだ。

「どこか具合でも悪いのでは？」

「いえ、なんともありません」とわたしは息せき切って答えた。

領事はけげんそうだった。わたしは、どんなことになろうとそれは神のおぼし召しなのだから、あらゆることに毅然として立ち向かわねばと、気持ちを奮い立たせようとした。

彼は呼び鈴を押し、ヨーロッパ人女性が飲み物をもって現われた。女性は会釈をして、飲み物を目の前に置いた。領事はそれをすすめ、わたしは飲んだ。冷たくて、さわやかな味がした。それでも、その飲み物がなんであるのか、聞きたいとも思わなかった。

領事はなおも口を開かず、わたしの表情をじっと観察していた。わたしの耳は壁時計の音をとらえていた。彼の言葉をわたしは待った。おそらく、このフランス共和国の代表が、わたしに対する神の裁きを運んでくるのだ。南フランスのある教会で、わたしはポーレット・マルセルと結婚し、喜びのときも悲しみのときも、ともに人生を歩むことを誓った。そしてその誓いを、酒に溺れて破った。学童として、共和国への忠誠も誓った。まだ分別もない洟垂れ小僧だったが、それでも心をこめて誓った。その誓いも破って、わたしは東インドのオランダ植民地主義に忠誠心を移した。そんなことをひとつひとつ挙げていくのはいやだった。残された人生でなにをしようと、もはや償いようもない裏切りにつぐ裏切り。そしてわたしはまだ、その裏切りのほんの一部さえ、神に告白していないのだった。

「本当になんでもない？」

「ええ」

「いろいろお話をうかがう前に、フランスの歌謡曲でもお聞きになりませんか」と彼はわたしの返事も待たずに立ち上がると、蓄音機でシャンソンを一曲かけた。「あなたのフランスへの想い出をよみがえらせるために」そう言って彼は、またわたしの正面に腰を下ろした。「この声、もうずいぶんお聞きになっていないでしょう、きっと」

「メイ・ル・ブック」とわたしは言った。

不意に自分自身の口からル・ブックの名が聞こえてきて、わたしはハッとなった。ル・ブック……ル・ブック……たしかこれは、ミンケがマレと呼んでいたアチェ戦争の退役軍人で、フランス人画家の名でもあったはずだ。ベルギーのルーベンカトリック大学の元学生。メイ・ル・ブックの歌声はもう耳に入らなかった。あの話のなかでミンケがメイサロ・マレと呼んでいた、おてんばな少女が脳裡に浮かんできた。メイサロからわたしの記憶はさらに、ロノ・メレマと呼ばれた男の子に、そしてニャイ・オントロソことマダム・サニケム・マレに飛んだ。たぶん彼女はいまではマダム・サニケム・ル・ブックというのだろう。

「メイ・ル・ブックの声はお好きですか」と彼は、曲がやんでから言うと、蓄音機を止めに行って、また戻ってきた。

「もちろんです。とくにわたしの子どもたちが大好きでして」

「それなら話をはじめましょうか」

「ええ。はじめましょう」

「メイ・ル・ブックは、終わったばかりの大戦において、その美声でフランスにおおいに貢献してくれました。共和国はいつか、彼女に勲章を授与することになるかもしれない。お会いになったことは？」

「わたしはフランスを離れてもう二十五年以上になりますので」

「そう、もちろんお会いになっていないでしょう。あなたとちがって、わたしは彼女と面識がある。ただ知っているというだけでなく、親しい友人だと言ってさしつかえないでしょう」

この紳士然とした領事は、おそらく、神の裁きをわたしに伝えようとしているのだ。しだいにわたしは、その刑が執行される場所へとつづく、自分の歩む細い道をたどりはじめていた。

「本当にどこかお悪いのではありませんか」

「なんともありません。本当に」とわたしは笑顔で言ったが、血圧が上がって、もう百八十はこえているだろうと感じていた。少しめまいがして、目の前がちょっと曇ってきた。首筋に触ってみると熱はなかった。そう、わたしは強くあらねばならない。なんとしてもこの任務を終わらせねば。これがもし本当に神からの刑の宣告だとしたら、みこころのままに、謹んで、甘んじて受け入れなければならない。不透明な残りの人生すらも誇りをなくして生きるのだとしたら、いったいこの人生になんの意味があったのか。

「医者を呼びましょうか」

「いえ、だいじょうぶです。ご心配なく。どうぞつづけてください」

ためらいながら、領事はこう言葉をついだ。

「こういうことです。メイ・ル・ブックから、東インド駐在のフランス領事であるわたしに強い要請があり、最愛の母マダム・ル・ブックがラデン・マス・ミンケに関する情報を集めるのに、力を貸してほしいと言ってきたのです。あと十五分もすれば、マダム・ル・ブックはここにお見えになるはずです」

一瞬、目の前が真っ暗になった。わたしは転げ落ちないように椅子の肘掛けにつかまった。それから再度、この現実をすべて、みこころのままに、謹んで、甘んじて受け入れなければならないのだ、と自分自身に強く言い聞かせた。こうしてわたしはふたたび平常心をとり戻した。

「医者を呼んだほうがよさそうだ」

「本当に、どうぞお気遣いなく。つづけてください」

「マダム・ル・ブックが探している人物について、あなたはお詳しいのでしょう?」

「それなりに」

「それはすばらしい。マダム・ル・ブックはもうブタウィに一週間いて、ミンケ氏を探しにバイテンゾルフ、スカブミ、バンドゥンにも行かれた。でも会えなかった。マダムは、同氏がアンボンの流刑地から戻ったばかりだと聞いていたのだが」そこで彼は話をやめ、通りのほうに視線をやった。「さあ。マダム・ル・ブックが到着されたようだ。かわいいお嬢さんといっしょに」

もう目の前が真っ暗になることはなかった。わたしはミンケの精神上の母、サニケムと対面するのだ。ここで気をうしないでもしたら、わたしはなんたる意気地なしか。だが、この問題の解決を先延ばしにしたら、もっと意気地なしである。

領事は立ち上がってマダム・ル・ブックを迎えるようわたしをうながした。どうやら彼女に敬意を払っているらしかったが、それは彼にとって、サニケムにとってなんの意味もないわたしのような人間もふくめて、誰に対してもみせる態度だったのだ。

サニケムは、領事館のベランダにむかって歩いてきた。おしゃべり好きで愛想のよさそうな、七歳くらいのヨーロッパ人の少女が、その手を引いていた。サニケム自身は健康そのもので、輝いてみえた。年齢はもう四十五をこえているはずだ。五十？　なぜ、あんなに若々しいのか。その眼に老いの影はなかった。白地に小さな花模様のついた絹のドレスを着て、細い革のベルトを巻き、左手には鰐革のハンドバッグをさげていた。その歩みは三十五前といってよいくらい力強かった。

　東インドに住みつづける女性たちにくらべて、彼女の肌はずっと白かった。その険しい顔には抜けるような笑みが飾られていた。どうやらこれこそ、ミンケの書いたとおりだとすると、実の父親に売り飛ばされ、徒手空拳でヨーロッパ文明を吸収してみずからの血肉となした、かつての田舎娘らしかった。これこそ、東インドのオランダ植民地権力に対する怨念を、心のうちに巧みに秘め、さまざまなやり方でそれを表現しようとした原住民女性なのだった。これこそ、自分の国籍と祖国と故郷を拒絶して、外国籍を選び、その国生まれの者たちに負けないほどそれを活用してみせた、意志の人なのだった。彼女は自分で自由を選択した。法は彼女が築いたすべてのものを奪ったが、しかし彼女はなにもうしなわなかった。いわんや誇りは。彼女は子どもたちをうしなったが、あくまで顔を上げて、生きることは可能性なのだと見据えていた。

　そしてこのわたしは？

　領事に紹介されて彼女と握手をしたとき、わたしは熱い鋼鉄《はがね》が心臓に迫ってくる感じがした。まるでわたしは、踏みつけられるしか値打ちのない、卑しい虫けらのようだった。彼女はなしうることすべてをなしとげた。そして誰ひとり彼女が築いたものに圧迫されて苦悶の声を上げるものはない。

「パンゲマナンさん――お近づきを得て大変うれしく存じます」と彼女は正確で流暢なフランス語で言ったが、わずかに発音だけがフランス生まれのフランス人でないことを示していた。それから、自己紹介がわりに、幼いジャニーヌ・ル・ブックがまとわりついてきた。

強く、強く、とわたしは自分に言い聞かせた。そして自分のみじめな気持ちをおさえつけるために、ジャニーヌにこう尋ねた。

「では、お嬢ちゃんは、あの有名な歌手メイ・ル・ブックの妹?」

「もちろん。あたしは妹。あたしもお歌がじょうずなのよ。ね、ママ」とジャニーヌは母親に確認を求めた。

「あなたはなんでもできるわ」とマダム・サニケム・ル・ブックは答えた。「歌うだけでなく、小鳥のようにさえずることも」

ジャニーヌはわたしに寄りかかってきたが、しかしそれから、わたしの正体を嗅ぎつけたかのように、不意に離れていった。

領事がすぐに本題を切りだし、つづいてマダム・ル・ブックが、ミンケを探すのに苦労していることを話した。スラバヤからの電報でミンケの釈放に関する情報を得たこと。もうひとりの養子が、ブタウィと西ジャワまで探しに行ったが、見つからなかったこと。

わたしはその話を聞きながら、スラバヤで香料会社モルッケンを営むメネール・ダルマンと、マダム・ル・ブック本人が、わたしがオフィスにいるか入院かしていて留守のとき、バイテンゾルフのわが家を訪ねてきたのに、それを女中が報告しなかったのだと確信した。女中を責める気にはなれなかった。むろん彼らはわたしではなく、ミンケを探しにやってきたのだから。

「では、わたしの息子がどこに住んでいるか、あなたは確実にご存じなのですね」とマダムは言った。

「もちろんです」

彼女の顔が輝いた。

「きょうにも会うことができますでしょうか」

あわててわたしは聖母マリアのご加護を祈った、必要な力が授かるように。その力を得て、慎重に、しかしきっぱりと答えた。

「もちろんです、マダム。ただ、ミンケさんはもう死にました」

「死んだ?!」マダムは悲鳴を上げ、目が眼窩からとび出しそうになった。「死んだ?!」不意に黙り込んだ。そして泣いた。

領事は深くうなだれた。それからため息をついて、また上体を起こし、わたしを注視した。

「誰が死んだの、ママ」とジャニーヌが尋ねた。

わたしは立ち上がって、哀悼の意を表わすためにマダムに手を差し出した。彼女はその手を受け止め、見えるものすべてを焼きつくすように、目が赤く燃えていた。表情はいっそう険しくなっていたが、その険しさは、同情されることを拒む、強い精神から来ているように思われた。わたしの印象では、彼女に悲しみはなく、あるのはつらさ、ただつらいという感情だけであった。

領事も立ち上がって、わたしに代わってマダムの手を握り、お悔やみを述べた。

ジャニーヌが母親の腰に抱きつき、上を見て、尋ねた。

「ママ。誰が死んだの。お兄さま？」

マダム・ル・ブック、別名サニケム、ニャイ・オントロソは、下をむいて娘の顔を見つめ、うなずいて答えた。

「そう、ジャニーヌ。あなたの最愛のお兄さまが亡くなったの。わたしたちの探していたお兄さまが」

彼女は口を結んで涙をこらえながら、また腰を下ろした。ジャニーヌがその膝にもたれ、返事の返ってこない質問の雨を浴びせた。

「マダム」と領事が言った。「こんなことになろうとは思いもしませんでした。本当に」

「あの子はブタウィで死んだのですか」とマダムはわたしに尋ねた。

「そうです」

「病気についてお医者さまはなんと？」

わたしはうろたえた。彼の病気に関する報告には不審なところがあり、メイエルソーン医師はかたちだけの診察をして、赤痢だと断定したのは、鞭とナイフをもったヨーロッパ混血児の若者だったからだ。

「赤痢だったそうです」

「手当てをしたお医者さまの名は？」

「それについてはよく知りません」とわたしは答えた。そう答えてから、また偽りを働いたことに良心の呵責をおぼえた。わたしも嘘つきなのだ。愛する者を探し求めているだけの女性をだましているのだ。わたしは抵抗する勇気はなかった。

「あなたがなにもかも承知されているわけではないというのは、たしかにそのとおりでしょう」と彼女は刺すような口調で言った。「でも、最後に診察したお医者さまがどなたであったか、ご存じないはずはありません」

「どうしてもとおっしゃるなら、もちろん情報を当たってみましょう」

「ありがとうございます。パンゲマナンさん。ひとつ、お願いをしてもよろしいでしょうか。あの子のお墓に案内していただけないかしら」

「喜んで。いつでもご案内いたします」

「領事さま」と彼女は言った。「こんなふうに事情が明らかになったのですから、これからお墓参りに行くことをお許しください」

「それがマダムのご希望であれば……乗り物の用意をさせましょう」領事はそう言って立ち上が

り、部屋を出て行った。それから戻ってきて、もうすぐタクシーが来ると伝えた。

わたしは、マダム・ル・ブックの質問を避けるために、うまくタクシーの運転手の横に坐ることができた。彼女は関心をもったあらゆる事柄について質問を浴びせてくるのだ。ミンケの病気と治療にあたった医者の名前について、あいまいな返事をしたことで、彼女がわたしに不信感を抱きはじめていることに気がついていた。まともな判断ができる者なら誰でも彼の死を不審に思うだろう。カレット墓地に埋葬したあと、グナワンが完全に口を閉ざしてしまったのも、おそらく、彼自身と家族が警察沙汰に巻き込まれるのを恐れたためである。

タクシーのなかでは、ジャニーヌだけが、沿道の景色に感嘆の声を上げつづけていた。マダム・ル・ブックはずっと静かで、娘の質問に必要最小限の返事をするだけだった。

対照的に、ここでもわたしだけが動揺を深めていた。後部座席に坐っているこの女性は、愛する者を探すために、ふたつの海を越えてきた。そしてその人物はまさに、わたしの手のなかで粉砕されていたのだ。しかし粉砕はされたが、パイオニアとしての仕事はまっとうした。そのパイオニアの仕事から、他の多くの人格のなかに自分を増殖させ、火花のようにジャワ島全体にひろげた。明日か明後日には、ジャワ島外にも拡大するだろう。彼がはじめたパイオニアの仕事がなければ、nがふたつのパンゲマナンも、総督官房府に席を占めることはありえなかったし、部長の言うこの簡単な、しかしわたしを殺してしまいかねない仕事と、こうして向き合っていることもなかったはずである。

カレット墓地までの道中、わたしの血圧は下がることがなかった。かろうじてまだこの任務を遂行させたのは、意志の力だけだった。耳には、汽車の修理工場のように、蒸気の音や、なにかの回転音、長い汽笛、ハンマーの音が響いていた。視界が揺れてきた。わたしの判断では、血圧が十さらに上がっていた。足が冷たく感じられ、汗で濡れていた。

わたしは、ミンケの草稿に書かれていたことのひとつひとつを、思い出そうとした。しかしその記憶は、あるときは夜の闇のなかに沈み、あるときは雷光のようにその闇を突き抜けた。それでも見えるものと見えないものは、けっして一体になることはなく、ばらばらのままだった。

タクシーを降りたあと、わたしは、めまいをおさえるために、しばらく立ったままにしていなければならなかった。墓守りがわれわれを迎えた。わたしはつい三日前、ここに来てラデン・マス・ミンケの墓に花輪を供えたばかりだった。それが、見よ、またやってきたのだ。

ジャニーヌは母親の手を引いていた。いかにも快活で、賢そうなこの少女は、ママが大好きなのだった。わたしはふたりの後を、花輪をもって歩いた。花輪はかなりの重さで、故人に対する尊敬の念がなかったならば、きっとわたしは金を払って運ばせていただろう。

墓守りはわれわれの後からついてきた。

ミンケの墓の前に来るとすぐ、めまいを起こして倒れないように、わたしは地面にひざまずいた。最初の墓参りで花輪を供えたあと、わたしは墓守りに、チーク材の墓標にラデン・マス・ミンケの名を書き込むよう依頼しておいた。三日前に来たとき、墓標の名前は、六メートル離れた

れていた。ところからでもはっきり読めた。ところがこのとき、名前は消え、代わって黒いタールがかけら

わたしがひざまずくのを見て、マダム・ル・ブックもひざまずいた。ジャニーヌも。わたしは首《こうべ》を垂れ、彼らもそれにつづいた。

わたしを案内するのを墓守りが嫌がっているのはわかっていたが、それでも拒否しなかったのは、わたしをどこかの政府高官だと恐れたからだった。墓守りが歓迎しなかったのは、わたしがいつも洋服姿で来るためでもあった。それが今回はさらに、洋服を着た女性と、どこを見てもヨーロッパ人ふうの少女を連れて来ているのだ。

以前来たときもそうだったが、それからすぐに、墓地のフェンスのすぐ外にある番小屋に、キリスト教徒の服装をした者はイスラム墓地に入ってくるなと、目に不快感をにじませた男たちが集まってきた。彼らを恐れる理由はなかった。わたしはつねに拳銃を携帯していたのだ。どんな大人数でも、銃声一発で、算を乱して逃げていくはずである。

わたしは墓守りを呼んだ。

「わたしがペンキで書くように言った名前にタールをかけたのは誰だ」とマライ語で訊いた。

「わかりません。いま気がついたばかりで。あそこには以前、ジャミアトゥル・ハイルの人たちがペンキで名前を書き、それに誰かがあとからタールをかけ、わたしがそれをきれいに落としたんです。ところがまたこれだ」

マダム・ル・ブックは顔を上げてマライ語のやりとりを聞いていた。ジャニーヌは不思議そうにわたしと墓守りを交互に見つめていた。

「わかりましたよ」とマダムはフランス語で言った。「あなたは終《つい》の棲家《すみか》でも、安らかに眠らせてもらえないのね」

その言葉は直接わたしを責めているように聞こえた。名前にタールをかけるなどというのは、まったくわたしのあずかり知らぬことだったのだが。

「わたしがやったことではありません」とわたしは答えた。「むしろわたしは数日前に、花輪を供えたばかりです。それが二度目になります」

彼女は不審そうな目でわたしを見た。

「マダム。本当にわたしではありません」

「あなたが花輪を？」

「墓守り！」とわたしはマライ語で呼んだ。「わたしが花輪を供えたことを、おまえ知ってるな。これまでに二回」

「はい」と彼は答えた。「ここの集落の連中も知っております」

「ほら、マダム。彼が証言してくれる」

サニケムは依然、射るような目でわたしを見ていた。わたしも自分の内部の奥にひそかに目をやり、はたしてまだ神経が正常に働いているかチェックした。

「祈りの詞《ことば》をとなえてくれ！」とわたしはマライ語で墓守りに言った。

墓守りはすぐに墓の横の、われわれの向かい側にひざまずいて、さっそく祈りの詞をとなえた。サニケムはなおもわたしをじっと見ていた。ジャニーヌの目は墓守りに釘づけになっていた。

その祈りはひどく長く、拷問のように感じられた。わたしは前方にひろがる墓地全体に視線を這わせた。そこには地中から生えたように、木や川石、煉瓦、竹でできた、さまざまなかたちの墓標が並んでいた。前方には、見渡すかぎり墓標だけが立ち、なにかをつかもうとするように、踊り、手を振っていた。ああ、それにしても、わたしの横にいる女の視線よ。それから、わたしの前の墓標たちは、いっせいに震えだし、背を伸ばした。宙をひっかくように、あっというまに伸びたものもあった。わたしは目を閉じ、両手に顔をうずめた。

おい、パンゲマナン。おまえはサニケムの靴の裏についたゴミと変わらない！　パンゲマナンよ！　彼女の目は、おまえの脳を、心臓を、胸を、そして腎臓までも見透かしているのだ。無言のまま横目で見られただけで、おまえはすっかりうろたえている。おまえはもう老いた。さらにおまえは、自分のために、力づくでなにを得ようというのか。そんなことはできない。すべてがおまえに反対しているのだ。すべてが。前方の墓標までもが。

おい、パンゲマナン。かつてヨーロッパの良き教育を、今世紀に世界が与えうる最良の教育を受けた男よ。おまえはいま、おまえよりはるかに若い人の墓に首《こうべ》を垂れている。いったい、おまえが受けてきたヨーロッパの教育は、この死のためにあったのか。おまえが人生でなしたのは、これだけか。それに対し、おまえの横にいるサニケムは、建設することのできるものはすべて建設した。そしておまえがやってきたのは、それを破壊するだけ？　それだって、すべてを破壊できたわけではあるまい。

マダム・ル・ブックが耳もとで、「帰りましょう、パンゲマナンさん」とフランス語でささやき、わたしはわれに返った。その声は春先のパリの冷気を思い起こさせた。「ジャニーヌ。これがあなたのお兄さまのいるところ」

ジャニーヌは反応しなかった。

母と娘は立ち上がった。最後にわたしがようやくのことで立ち上がった。それすらも、突然襲ってきた立ち眩《くら》みをこらえるために、目を閉じなければならないほどだった。わたしは墓守りに一タレン渡して、マライ語で頼んだ。

「あのタールをきれいに落としてくれ」

わたしはもうベッドに横になって、医者に診てもらわねばならないほどの状態であることを自覚していた。しかし失礼なことはすまいとの思いだけで、マダムを滞在先まで送っていった。途中、彼女はひとことも口を開かなかった。ジャニーヌも。いわんやわたしは。

タクシーはあるゲストハウスにわれわれを運んだ。そこに彼らは滞在しているのだった。ゲストハウスということは、もう何週間か、ブタウィにいるつもりなのだ。

わたしが無理をおしてタクシーから降りたのも、礼を失してはとの一念からだった。足は鎖を巻かれたように重く感じられた。マダムにすすめられて、わたしは椅子に腰を下ろした。タクシーは待っていた。ジャニーヌは自分の部屋に駆け込んだ。マダムは、わたしに死刑を宣告するかのように、わたしと向かい合って坐った。

「あなたはあのタールの件にかかわりがない、とわたしは信じております」と彼女は不意に、マライ語で言った。「でもあなたはきっと、あれ以外のことをおやりになった」

わたしは震えながらうなずいた。

マダム・ル・ブックは静かに席を立つと、わたしから目をそらして、わたしを残したまま部屋に入り、内側から鍵をかけた。

わたしの顔を見るのも嫌だったのだ。

わたしは二回、三回と運転手を呼んだ。運転手が来ると、タクシーまで手を貸して乗せてくれるよう頼んだ。彼はわたしを肩につかまらせた。それからバイテンゾルフまで連れて帰ってくれた。時速六十キロ以上で走っているのはわかっていたが、ひどく時間がかかった。運転手はまたわたしを支えてタクシーから降ろし、家のなかまで連れて入った。

女中がわたしを迎えた。

ふたりは部屋にわたしを運び込んだ。女中は急いで、わたしをマットに平らに寝かせないように、枕を高くした。

「運転手さん。この通りの先のお医者さんを呼んできて」と女中は、請求されたタクシー料金を渡しながら言った。

運転手は出ていったが、いつまでたっても医者は現われなかった。女中はベッドの脇の椅子に坐ってわたしに付き添っていた。ああ、この恩返しに、わたしは彼女にいったいなにを与えられるだろう。

「キャビネットにある緑色の包みをもってきてくれ」とわたしは彼女に言った。

女中は黙って指示に従い、緑色の包みをわたしの横に置いた。その中身は、わたしが総督官房府の保管庫から持ち出した、ラデン・マス・ミンケの草稿を綴じたものであった。

「厚い大型のノートが書斎の机の引き出しにある。それをもってきてくれ」とわたしはふたたび言いつけた。

女中は出てゆき、わたしが頼んだものをもってまた現われた。それが《ガラスの家》で、わたしはこの日の経験を記して、ノートを締めくくりたかったのだ。

「ペンとインクをもってきてくれ」とわたしはまた頼んだ。

女中はそれをもってきて、文句を言いながらわたしに渡した。

「旦那さまは病気なんですからね。お仕事はダメですよ」

わたしは取り合わなかった。

「おまえは」とわたしは言った。「いい男を見つけて結婚しなさい」

わたしがそんなことを言うのを見て女中はびっくりしていた。

「旦那さまは病気なんです。話してはいけません。書き物もいけません」

わたしは、ミンケのアンボン時代の家政婦、タンテ・マリエンチェのことを思い出した。ミンケは、ジャワへの帰還に際して、彼女に全財産を与えた。わたしも同じことをしよう。

「これからおまえに書類をつくる。ここにあるわたしの全財産をおまえに譲る」

「なにをおっしゃいますか」

「わたしはオランダに行く。おまえにすべてを残していくつもりだ」

「旦那さま。お休みなさいませ」

わたしは財産譲渡に関する簡単な書類を作成し、女中に手渡した。彼女にそれをしてやれたことでわたしの気持ちはずっと軽くなった。理解できないというように、女中はあきれ顔でその書類を受け取った。

「あとでこの書類を教会に見せなさい。この先の教会に行って、わたしは重病だと伝えなさい。わたしが書き物を終わってから。飲み物をもってきてくれ」

女中は出てゆき、わたしはこの日の出来事について記しはじめた。強くあらねば。これを書き終えぬうちは、まだくたばるわけにはいかないのだ。女中がもってきた冷たい水を飲むと、頭がすっきりしたように感じられた。彼女は夜半まで、夜明けまで、何時間もわたしが書くのをそばで見守っていた。ノートの最後は、ブタウィのフランス領事気付けでマダム・ル・ブックに送る手紙と同じ文で、締めくくった。

マダム・サニケム・ル・ブックへ、

私がやったあれ以外のことに関しては、説明するまでもありますまい。聡明で思慮深い女性であるマダムは、すべてを理解されるはずです。なにが実際にあったのかについては、この私のノート《ガラスの家》に細大漏らさず記されており、これを私は喜んでマダムに差し上げます。マダムこそが私の裁判官です。マダム。私はどんな罰でも受け入れます。

この手紙とともに、私は、あなたの最愛の子ラデン・マス・ミンケの書いた草稿も、あなたにお渡しいたします。それは当然、あなたの所有に帰すべきものです。マダムがそれをいかように使われるか、扱われるかは、おまかせいたします。

Deposuit Potentes de Sede et Exaltavit Humiles.

（彼は権力あるものをその座から引き降ろし、卑しめられたものたちを高く上げた。）(141)

【訳註】

★1

1ファン・ヒューツはオランダ領東インド総督（任期一九〇四〜〇九年）。軍司令官としてアチェ戦争を勝利に導いた後、総督に就任し、未支配地域の軍事的併合を進めた。この物語（とくに第3部『足跡』）では、主人公ラデン・マス・ミンケの活動に一定の理解を示す人物として描かれる。

2倫理的な責務。オランダは一九〇一年から二〇年代半ばにかけて、権力分散や福祉政策、近代教育の導入などを柱とする開明的政策をとったが、これは一般に「倫理政策」と呼ばれる。「オランダは東インド住民に倫理的義務と道徳的責任を負う」というオランダ女王の議会演説に由来するこの政策は、一九二六〜二七年のインドネシア共産党の武装蜂起などによって破綻するが、二十世紀初頭の東インド・ナショナリズムの台頭の下地をつくった。この小説に出てくる倫理主義（者）、倫理政策、倫理的な責務といった表現は、こうした文脈において語られるものである。

3全編をとおしての主人公ミンケは、バタヴィア医学校で学んだ。

4《党》は中国人の秘密結社。おもに福建省、広東省の出身者から構成され、クーリーの調達から密輸、賭場やアヘン窟の経営まで、幅広い活動を行なった。この小説の第2部『すべての民族の子』、第3部『足跡』では革新派（反清朝派）の若い中国人活動家らと対立する。

5太平天国の革命。十九世紀半ば、江西省から起きた貧農を中心とする中国近代史上最大の民衆反乱。キリスト教にめざめた洪秀全を指導者とし、清朝軍を破って南京に首都を定めるが、やがて鎮圧された。

6ブタウィはオランダ領東インドの首都バタヴィア（現ジャカルタ）のこと。

7『シンポー』は一九一〇年十月に創刊された植民地時代のもっとも有力な中国系新聞。マライ語と中国語の二言語で印刷され、前者は『Sin Po』、後者は『新報』と称した。

8非常大権。東インド総督には、非常時に際して、逮捕・投獄・流刑などを行なう超法規的な権限が認められていた。

9バタヴィア医学校。正式には「東インド医師養成学校」。一八五一年にバタヴィアに開設された「ジャワ医学校」を前身とする。当時の東インドを代表する最高の教育機関で、在校生を中心として一九〇八年にジャワ人の団体「ブディ・ウトモ」（この小説ではブディ・ムルヨ）が結成されるなど、二十世紀初頭の民族運動のリーダーを輩出した。現在のインドネシア大学医学部の前身。

10 イスラム商業同盟。ラデン・マス・ミンケのモデルであるティルトアディスルヨ（一八八〇〜一九一八年）らによって、一九〇九年、バイテンゾルフ（現在のボゴール）で創設された。その後、イスラム同盟（ＳＩ）となり、二十世紀初頭の民族運動を主導する大規模な大衆団体に成長した。創設の経緯については第3部『足跡』に詳しい。

11 土地の言葉とは、ジャワ人にとってのジャワ語、スンダ人にとってのスンダ語などをさす。東インドは、オランダ語とマライ語、地方語（土地の言葉）による多言語社会。

12 プリヤイとは、もともとジャワ、マタラム王国の王に仕えた貴族の家臣集団のこと。植民地下でオランダの行政機構に組み込まれ、官僚層を形成した。

13 カインは一枚の布（おもにバティックの木綿）を腰に巻く、伝統的な衣服。

14 アバンガンは、ジャワのムスリムのうち、ヒンドゥー的な要素を残した名目的なムスリムとされる。ここでいう「敬虔なムスリム」は原文では muslim putih（白いムスリム）であるが、これは信仰心の篤いムスリムが白い衣服を着用するところから来ている。これに対して、アバンガンのアバンはジャワ語で赤を意味し、赤い衣服を着る者（あまり熱心でないムスリム）、白い衣服を着る者（敬虔なムスリム）と対比される。

15 アギナルドはフィリピン独立運動の指導者（一八六九年〜一九六四年）。スペインの植民地支配からの独立運動を指導し、一八九八年、独立を宣言、フィリピン共和国（第一次）の大統領となった。

16 スールホフは主人公ミンケのスラバヤ高等学校時代の同級生。親友だったが、のちにミンケに敵対するようになる。その野望については第2部『すべての民族の子』（とくにその第一章）を参照。

17 ピトゥンは十九世紀末、バタヴィアとその近辺を荒らしまわった盗賊団の首領。「ロビンフッド」的な義賊として庶民に人気があった。

18 バイテンゾルフは現在のボゴール。バイテンゾルフとはオランダ語で「無憂」を意味し、東インド総督の宮殿があった。

19 スンダ語は西ジャワに居住するスンダ人の母語。マライ語以外の東インドの言語ではジャワ語について話者人口が多い。

20 高等学校（ＨＢＳ）はオランダ語を教授用語とするエリート校。スールホフとミンケはスラバヤ高等学校の同級生。

21 ド・クネイペルスはオランダ語で「挟むもの」「紙ばさみ」

「クリップ」の意味。スールホフ配下の不法集団。

22 フリッシュボーテンはミンケの活動を支援するオランダ人弁護士で、ミンケの古い友人ミリアム・ドラクロアの夫。イスラム商業同盟と『メダン』の顧問弁護士をつとめた。

23 メナドは北スラウェシ（セレベス）の地名で、この地域に住む民族をメナド人という。早い時期にキリスト教化され、住民の多くはキリスト教徒。このため、ムスリムの多い東インドでは官吏や教師、警察官、兵士などとして植民地政府に用いられた。

24 ド・ズウェープはオランダ語で「鞭」のこと。スールホフ配下の不法集団。

25 総督官房府は東インド総督直属の機関で、植民地統治のための政策の立案、提言、情報分析などを行なった。司法部、財務部、内務部など一般の行政部門を束ねる強い権限をもち、オフィスはバイテンゾルフの総督宮殿のそばにあった。長官はその最高責任者で、総督の補佐役。

26 白人法廷。東インドでは、ヨーロッパ人と原住民は別々の法廷で裁かれた。ヨーロッパ人および原住民貴族は「白人法廷」で裁かれ、別の法律が適用された。

27 マンディーはシャワーを浴びること、あるいは入浴すること。

★2

28 ブディ・ムルヨはジャワ人の民族主義団体「ブディ・ウトモ（最高の徳）」のこと。一九〇八年、バタヴィア医学校の学生を中心に結成された。東インドの原住民が組織した近代的な団体としては最初のもので、創設日の五月二十日は「民族覚醒の日」として記念される。第3部『足跡』では「ブディ・ウトモ」の名で登場する。

29 王子たちとはジョクジャカルタ、ソロの王家の王子たちのこと。

30 ディポネゴロ（一七八五〜一八五五年）は、ジョクジャカルタの王家の生まれで、オランダを相手に果敢なゲリラ戦をくりひろげたジャワ戦争（一八二五〜三〇年）を指導した。インドネシア史上、最大の英雄のひとり。

31 プリンセス・カシルタは、アンネリース、安山梅が亡くなったあとの、ミンケの三番目の妻。第3部『足跡』では、プリンセス・ファン・カシルタと表記。

32 ワルンは、駄菓子屋のような簡単な造りの小さな店、あるいは屋台。

33 アンボンはインドネシア東部、バンダ海の北端に位置するマルク（モルッカ）諸島の島のひとつ。現在のマルク州に属する。

34 当時の統治機構の位階については、次頁の図を参照。

オランダのジャワ統治機構

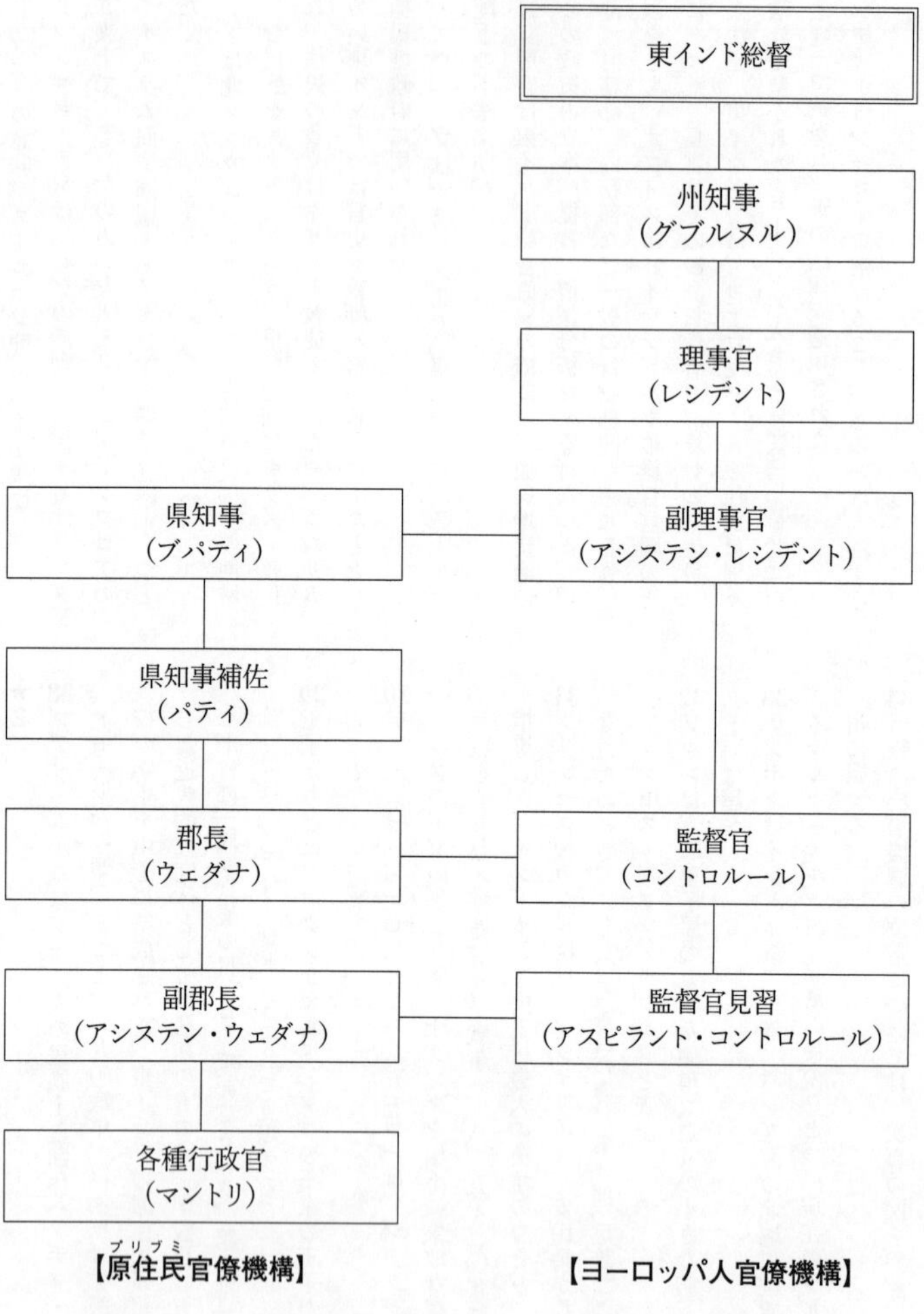

永積昭『インドネシア民族意識の形成』（東京大学出版会）xi 頁を参考に作成

35シリは、粉末状の石灰、ビンロウジュの実をシリ（キンマ）の葉につつんで嚙む嗜好品のこと。シリを収める容器（箱）は工芸品として宝物のように扱われることもある。

36倶楽部ハルモニはバタヴィアにあった高級社交場。白亜の建物で、ヨーロッパ人のみが会員になることを認められた。

37トーマス・ラッフルズ（一七八一～一八二六年）はイギリスの植民地行政官。ナポレオン戦争当時、イギリスの遠征軍に加わってフランスの支配下にあったジャワを陥落させ、総督代理として統治した。その後、マラヤに渡って、シンガポールの建設に大きな功績を残した。大著『ジャワ史』を著したことでも知られる。

38ギルダーはオランダ領東インドの基本通貨。ルピアはそのマライ語での呼び方。他の単位としてリンギット（一リンギットが二・五〇ギルダー）、セント（百セントが一ギルダー）、タレン（一タレンが二十五セント）、ベンゴル（一ベンゴルが二・五〇セント）などの硬貨がある。

39ボニファシオ（一八六三～九七年）はフィリピン独立運動の最大の指導者。九二年に武力革命をめざす秘密結社カティプーナンを結成し独立闘争を進めたが、アギナルド【註15】政府に処刑された。ホセ・リサール（一八六一～九六年）はボニファシオらに先立つフィリピン改革運動の指導者。スペイン留学で医学と文学を学んだ。小説『ノリメタンヘレ』でスペインの植民地支配を批判し、大きな反響を呼ぶが、煽動罪でスペイン植民地政府に銃殺された。

40アチェ戦争。スマトラ島北端に居住するアチェ族の反オランダ戦争。一八七〇年代から三十年余にわたってたたかわれ、オランダは多くの戦死者と莫大な戦費を強いられるなど、もっとも困難な植民地征服戦争となった。

★3

41オランダ東インド会社は十七世紀はじめに設立され、東インドにおけるオランダの植民地経営を担った。条約締結権や交戦権など国家に匹敵する強大な権限を与えられ、香料貿易などにより莫大な富をオランダにもたらした。

42汎イスラム主義。西欧世界に対抗してイスラム世界の統一と連帯をめざす思想と運動。

43黒水熱は致死型のマラリアのこと。

44フェス（一八一四～九五年）はオランダのジャワ学者。該博な学識とリベラルな姿勢で知られ、オランダの植民地支配を批判したムルタトゥーリ【註66】の小説『マックス・ハーフェラール』を世に紹介した。

45スリンピ。四人の女性によって演じられる、典雅で様式性の高いジャワの宮廷舞踊。

46ハヤム・ウルク（一三三四〜八九年）はマジャパヒト王国【註49】最盛期の王。

47タントゥラルはマジャパヒト王国の宮廷詩人（生没年不明）。仏教とシヴァ教の統合を説く詩篇『スタソマ』で知られ、インドネシア共和国の国是「多様性のなかの統一」（原意は、「それらは異なるが、それらは同じである」）は、ここからとられている。

48プラパンチャ（生没年不明）。歴史詩篇『ナガラクルタガマ』（一三六五年）で知られる。

49マジャパヒトは最大の版図を誇ったジャワのヒンドゥー王国（一二九三〜一五二〇年ころ）。その領土はマレー半島まで及び、今日でもインドネシアの古代の栄光を物語る代名詞となっている。

50マタラムは中部ジャワを中心とするイスラム王国（一五八〇年代末〜一七五五年）。現在のジョクジャカルタ、ソロの王家はその末裔。

51フラールディンゲンはオランダ南西部の町、スヘルトヘンボッシュはオランダ南部の北ブラバント州の州都。
★4
52ワヤンはジャワの伝統的な影絵芝居。演目はインド古代叙事詩『マハーバーラタ』や『ラーマーヤナ』などからとられる。

53リ・K・Hはリ・キムホク（一八五三〜一九一二年）、クウェ・T・Hはクウェ・テクホイ（一八八六〜一九五二年）、タン・B・Kはタン・ブンキム（一八八七〜一九五九年）のこと。いずれもオランダ植民地時代の著名な中国系文学者で、膨大なマライ語の作品を残している。

54中国人レフテナン。オランダは植民地経営にあたって、ジャワ各地の中国人社会で徴税などの仕事を代行させるため、「レフテナン」「カピタン」「マヨール」という軍隊の階級名をつけた中国人リーダーを配置した。レフテナンは、オランダ語の luitenant（中尉）から来ている。

55女王ウィルヘルミナ（Wilhelmina）のW。

56ハジ・サマディはイスラム商業同盟の最高指導者。ソロのバティック商人から同盟の活動に転じた。彼の活動およびミンケとの関係は『足跡』に詳しい。サマディのモデルはハジ・サマンフディ（一八六八〜一九五六年）。

57スタン・カサヤンガンは、一九〇八年にオランダでつくられた留学生の親睦団体「東インド協会」の創設メンバーのひとり。この団体はのちに多くのナショナリズム運動の指導者を輩出した。

58アンボン【註33】はキリスト教が浸透した地域で、キリスト教徒のアンボン人は軍隊や警察に登用された。

★5

59 カスナナンはソロにあるススフナン王家の王宮。

60 中国人虐殺事件。オランダ東インド会社に対して中国人労働者が起こした反乱を鎮圧する過程で、一万人以上の中国人が虐殺されたと言われる。死者の血が川の水を赤く染めたことから「紅河事件」とも。

61 クリン人はインド系住民、とくにタミル人のこと。

62 『ジャワ年代記』はマタラム王国【註50】の栄光を記した歴史書。

63 サン・バルテルミの虐殺は、一五七二年八月、フランスでカトリック教徒が新教徒を大量虐殺した事件。ユグノー戦争が激化するきっかけとなった。

64 中華会館は一九〇〇年にバタヴィアで設立された中国人の近代的結社。現地社会への同化傾向を強めていた中国系住民のあいだに儒教を復興させ、中国人意識を高めることなどをめざした。これに刺激されてアラブ系住民が、そして原住民が民族意識を高揚させるきっかけともなった。リ・キムホク【註53】は、中華会館設立の中心メンバーのひとり。

★6

65 タンジュンプリオクはバタヴィアの港。

66 ムルタトゥーリは、本名ダウエス・デッケル（一八二〇～八七年）。ムルタトゥーリは筆名で「われ苦しめり」の意。小説『マックス・ハーフェラール』（一八六〇年。日本語版・佐藤弘幸訳、めこん）でオランダの植民地支配の実態を告発し、強制栽培制度が廃止されるきっかけをつくった。

67 ジェイムス・ブルックはイギリスの植民地建設者（一八〇三～六八年）。ボルネオ島西北部サラワクの反乱の鎮圧に協力した見返りに、同地の「ラジャ」に任ぜられ、「白人王」（ホワイト・ラジャ）と呼ばれた。サラワクはその後も、一九四六年にイギリスの直轄地になるまで、ブルック家の子孫が代々統治した。

68 ラトゥ・アディルは、平和と正義をもたらすとされる神話上の救世主。犯罪や不正が横行し、道徳が退廃し、飢餓や疫病、天変地異が頻発したのちに現われると信じられた。

69 東インド党は一九一二年、ダウエス・デッケル（一八七九～一九五〇年）、スワルディ・スルヤニングラット（一八八九～一九五九年）、チプト・マングンクスモ（一八八五～一九四三年）の三人によって設立された。オランダ領東インドを祖国とみなすすべての「東インド人」を包括する政党をうたったが、幹部と党員の大半はヨーロッパ混血児であった。小説中のダウワーヘル、ワルディ、チプトマングンとは右記の三人のこと。

70ティルトヨソは十九世紀末にプリヤイたちによって設立された、学校や協同組合、相互扶助の銀行などを運営した。『足跡』五九一〜五九二ページを参照。

71ジェパラの娘とは、女性運動の先駆者ラデン・アジェン・カルティニ（一八七九〜一九〇四年）のこと。死後、彼女の功績を称えて各地にカルティニ学校が設立された。また、この小説に出てくる書簡集『明るい未来』とは、カルティニの書簡集『闇をこえて光へ』（一九一一年刊）をさす。

72マライ語・中国語紙とは両言語で印刷された新聞のこと。『シンポー』（新報）【註7】はその代表的なもの。

★7

73インスリンデとは「東インドの島々」の意味。インスリンデはもともと、混血児の社会経済的な利益をはかる団体として一九〇七年に創設されていたが、東インド党の解散後、元党員がこれに加入して政党化した。

74東インド社会民主同盟は東インド在住のオランダ人社会主義者によって結成された。その中心人物がスネーフリート（一八八三〜一九四二年）とバールス（一八九二〜一九四四）。やがて、スマウン【註108】らの原住民活動家を獲得して、一九二〇年に東インド共産党、二四年にインドネシア共産党と改称した。スネーフリートは一九一八年に東インドを追放された後、モスクワに渡ってコミンテルンの工作員となり、マーリンの名で中国での国共合作のために働いた。

75パティは植民地統治機構のなかで県知事《ブパティ》を補佐する原住民官僚。七〇〇ページの図を参照。

76メナド人はキリスト教徒が多かったため、植民地の警察と軍に採用された。【註23】

77ここでいう「自由で独立した者」とは、官職といっさい関係を持たない者たちをさす。【原註】

78アモックとはマレー系の民族にみられる心的要因による衝動的・攻撃的な行動のこと。しばしば殺傷事件に至る。

79フルフローニェはオランダのイスラム学の泰斗（一八五七〜一九三六年）。東インド政府の顧問として、原住民の西洋的教化による民生の向上と植民地秩序の安定化をとなえた。

80多民族社会のインドネシアでは、「スク（種族）」とはジャワ人やスンダ人、バリ人などインドネシア国民を構成するエスニック集団をさし、「バンサ（民族、国民）」はその集合体としてのインドネシア民族（国民）をいう。

★8

81許亞歳は中国からの密入国者で、中国革新派の活動家。

スラバヤで地下工作を行なっている最中、保守派に殺害された。プリンセス・カシルタの前の、ミンケの二番目の妻である安山梅は、許亜歳の元フィアンセ。彼らの活動については第2部『すべての民族の子』参照。

82 市場マライ語とはマーケットで売り買いの際にやりとりされるような、規範から外れた口語体の平俗なマライ語のこと。

83 いちご腫（フランベジア）は劣悪な栄養・衛生状態から発症する細菌性の病気。皮膚と骨が侵され、手足がうしなわれることもある。

84 強制栽培制度は一八三〇年にオランダがジャワ島で始めた収奪制度。コーヒー、砂糖きび、藍などの商品作物を強制的に栽培させ、廉価で買い上げて輸出することでオランダは莫大な富を得たが、ジャワの農村社会は極度に疲弊した。オランダ語ではたんに「栽培制度」という。

85 サミン（一八五九?〜一九一四年）は、十九世紀末から、中部ジャワ・東ジャワで納税と賦役の拒否、オランダの権威の否定、自給自足的な社会の建設などをとなえた。この運動を「サミン運動」という。

86 ゴムブロとはジャワ語で「間抜けそうな」の意味。

87 シニョは、オランダ人もしくはヨーロッパ混血児の若い男性のこと。「黒いシニョ」とは西洋化した原住民の若者。

88 カンポンとは村、集落の意味。ここでは一般庶民の居住する地域もしくはスラムのこと。

89 ニャイ・オントソロは、ミンケの最初の妻アンネリースの母親で、彼の活動に精神的・金銭的な支援を行ない、大きな影響を与えた。この4部作全編をとおして重要な人物として登場する。ニャイとはヨーロッパ人の現地妻、妾となった原住民女性に対する呼称。

90 スルタンは中部ジャワ、ジョクジャカルタの、ススフナンはソロの王のこと。

91 ヘルマン・メレマはニャイ・オントソロ（サニケム）のオランダ人の夫。スラバヤ郊外で大農場を経営するが、精神に変調をきたし売春宿で変死する。

92 T・A・Sは、ミンケのモデルであるティルトアディスルヨ（Tirto Adhi Soerjo）の頭文字。

93 キヤイは、イスラム寄宿塾の指導者や学識者、教師などへの尊称。

94 インランデルはオランダ語で「土着民」「原住民」のこと。ここでは「土人」といった侮蔑的なニュアンスが強い。

95 シリ（コショウ科の植物）の葉とは、美人の顔のたとえ。瓜ざね顔。

96 バラタユダは、インド古代叙事詩『マハーバーラタ』を翻案したジャワの物語で「大戦争」「バラタ一族の戦争」

をいう。

97 英雄スラパティ（一六六〇?〜一七〇六年）を主人公にした物語。スラパティはバリ島の奴隷出身で、オランダ東インド会社の圧政に対して西ジャワで蜂起、各地を転戦しながら抵抗を指導するも戦死した。

★9

98 フランシスはイギリス系混血児の作家・ジャーナリスト（生没年不明）。スンダ人のニャイをめぐる物語『ニャイ・ダシマ』（一八九六年）で知られる。タン・ブンキム【註53】は、実録物を得意とし、この小説中の娼婦リエンチェ・ド・ロオをめぐる物語は、彼の小説『フィエンチェ・ド・フェニクス嬢の物語』（一九一五年）をもとにしている。

99 クバヤは長袖で、前開きになった女性の上着。腰衣《カイン》と組み合わせて着用し、胸の前をピンなどで留める。

100 契約クーリー。スマトラ島東海岸デリ周辺はタバコのプランテーション地帯として知られ、労働者たちは罰則つきのさまざまな労働契約を結ばされ、苛酷な労働を強いられた。こうした労働者たちを契約クーリーといい、中国人のほかジャワ人が多かった。

101 タユブ（タユバン）はジャワの踊り。女性ダンサーが観客のなかから男性を選んでペアで踊る。金銭の授受により売春に結びつくことがあって、しばしば低俗なものとみなされた。

102 ドゥルノはワヤン（影絵芝居）『マハーバーラタ』において、善玉パンダワ五王子とたたかう悪玉コワラについて計略を駆使する知将のこと。

103 ジェパラの娘【註71】は、父親の命で強制的に結婚させられ、女性教育への活動をこころざし半ばで断たれた。

104 ワヤンオランは、影絵人形ではなく、俳優が演じる芝居。

105 ガムランは打楽器を中心とするジャワの伝統的な合奏音楽。ワヤン、舞踊などに合わせて演奏される。

106 VSTPは一九〇八年に結成された東インド初の近代的労働組合で、スマウン【註108】をはじめとする急進的な活動家を多く生みだした。

107 標準マライ語とは、学校教育で学ぶ正統的なマライ語のこと。これに対して、規範的な文法や語彙に縛られないのが市場マライ語【註82】。

108 スマウン（一八九九〜一九七一年）は鉄道員の子として生まれ、十代からVSTPの活動家として頭角を現わし、スネーフリートらをつうじて社会主義の洗礼を受け、一九二〇年に結成された共産党の初代議長をつとめた。二三年に追放され、五三年に帰国するまで国外にあった。

109 監督官は、オランダ領東インドの統治機構において、副理事官の下に位置するヨーロッパ人官僚。七〇〇ページ参照。
110 ブンドロはジャワ貴族の称号。
111 マスは兄、ディクは弟のこと。呼びかけの言葉として用いられている。
★10
112 ファン・ホエフェルはバタヴィアのオランダ改革派教会の牧師（一八一二〜七九年）。一八五〇年代のもっとも有力な植民地改革論者で、東インドに中高等学校の設置を求める演説を行なって国外追放になった。
113 ソスロカルトノは「ジェパラの娘」ことラデン・アジェン・カルティニの兄（一八七七〜一九五二年）。数十の言語をあやつる語学の達人として知られ、第一次大戦中に『ニューヨーク・ヘラルド・トリビューン』紙の従軍記者になるなど、ジャーナリストとして活躍した。
★11
114 サテは串に刺した焼き鳥のこと。材料は鶏、ヤギ、牛の肉など。インドネシアの代表的な料理のひとつ。
115 オブローモフはロシアの作家イワン・ゴンチャローフの同名の小説の主人公。善良で知性がありながら、無気力で怠惰、優柔不断。無為徒食の人物の代名詞とされる。
116 コッタはジャカルタの旧市街地コタのこと。バタヴィアでもっとも早く開けた地区のひとつで、中国系住民の経済活動の中心として知られた。
117 ガジャマダ（?〜一三六四年）はマジャパヒト王国を栄華の絶頂に導いた大宰相。
118 シマ女王はジャワのカリンガ王国を治めた神話上の人物。強い意志と公明正大な態度で知られる。
119 チュッ・ニャ・ディン（一八四八〜一九〇六年）はアチェ戦争の女性指導者。戦争の末期、ゲリラを率いてオランダ軍と戦ったが捕らえられ、流刑にされた。
120 ロハナ・クドゥス（一八八四〜一九七二年）は女性教育とジャーナリズムの先駆者。フォルト・デ・コックは現在のブキティンギ。
121 パンチャタントラは古代インドのサンスクリット説話集。子どものための教訓物語としてジャワ語にも翻訳された。
★12
122 白樹油とはフトモモ科の「カユプティ」からとったエッセンシャルオイル。解熱、鎮痛、発汗、かゆみどめ、消毒など広範な効能がある。
123 売春宿とは第1部『人間の大地』に登場する中国人経営の娼館のこと。ニャイ・オントソロ（ミンケの義母）のオランダ人の夫ヘルマン・メレマは、日本人娼婦マイコの虜となり、ここで変死する。

124 ロベルト・メレマはニャイ・オントソロと夫ヘルマン・メレマのあいだに生まれた長男。『人間の大地』には、のちにミンケの妻となる実の妹、アンネリースをこの場所で犯す場面がある。

125 ウォノチョロ農場は、ニャイ（現地妻、妾）であるがゆえに法的権利を認められず、それまで経営していた農場の所有権を奪われたオントソロが、新たに開いた農場。第2部『すべての民族の子』参照。

126 ニャイの用心棒とは、マドゥラ人の男ダルサムのこと。ニャイがジャン・マレと結婚してフランスに渡ったあと、ウォノチョロ農場の経営はダルサムにまかされた。

127 スルタン・アグンはマタラム王国【註50】の第三代の王（在位一六一三〜四五年）。王国の版図を最大にひろげた。オランダ東インド会社と衝突し、その根拠地バタヴィア城を包囲攻撃するも失敗した。

128 「醜い魔羅《ブリクムボ》」とは第2部『すべての民族の子』で描かれる醜悪なオランダ人のこと。製糖工場の支配人プリクムボは、部下の出納係の子である美貌のスラティ（ニャイ・オントソロの姪）を、悪だくみの末に手に入れるが、それを嫌ったスラティが天然痘にみずからかかってそれを「醜い魔羅」に感染させて殺害する。この筋書きはコンメルの『ニ・パイナ物語』からそっくり採用されている。

129 「クンバン・ジュプン」とは「日本の花」の意味。

130 メネール・ダルマンはスラバヤ高等学校時代のミンケの同級生。ニャイ・オントソロが親権を奪われ、娘アンネリース（ミンケの最初の妻）がオランダに強制的に送られたとき、その消息を求めてオランダに渡った。スラバヤで香料会社を営む。「メネール」はオランダ語でMr.。六八三ページの「もうひとりの養子」とは彼のこと。

131 コメディ・バンサワンは、十九世紀末から二十世紀はじめにかけて、英領マラヤで流行した歌劇。文字どおりには「貴族劇」を意味し、同地の貴族の生活に題材をとったストーリーが多い。しばしばジャワでも上演された。

★13

132 スリナムは南アメリカ大陸の北東部にあるオランダ領。

133 タブリエはミンケがイスラム商業同盟を創設するのを支援した人物。第3部『足跡』参照。

★14

134 若竹色の紙。当時、若い世代のあいだでは、若竹色のようなグリーン系の色の紙を使うのが好まれた。とくにラブレターではこの色が使われたという。おそらく、マルコがシティ・スンダリにあてて書いた手紙の便箋もこの色だったのであろう。

135 クトプラはジャワの大衆演劇。歌、踊り、武芸などを組み込んだもので、庶民に人気が高い。

136 マンクヌガラン部隊。ソロのマンクヌガラ2世が一八〇八年に創設した近衛隊で、総督ダーンデルスが再編成し精強な部隊とした。

137 ジャヤディニングラット（一八七七〜一九四三年）は近代西洋教育を受けたジャワ人エリートの第一世代で、フルフローニェの「原住民の西洋化」構想のモデルとなった。

138 ジャミアトゥル・ハイルは「良きものの団体」「慈悲深きものの団体」といった意味。東インドにおけるアラブ系住民初の近代的組織で、アラブ人の教育・福祉の向上をめざした。ジャワ人の団体ブディ・ウトモ（ブディ・ムルヨ）はこの組織をモデルにした。

139 ヤースィーン章はコーランの第三十六章。イスラム教徒がもっとも重きを置く章句のひとつで、死者の平安と冥福を祈って葬儀や墓参の際に朗誦される。

140 フォルクスラート（国民参議会）は一九一八年に開設された植民地議会。翼賛的な性格が強く、植民地改革に大きな貢献はできなかった。

141 このラテン語の言葉はもとは「ルカ福音書」第一章四十六節〜五十五節のマリアの言葉。

訳者あとがき

本書はプラムディヤ・アナンタ・トゥール作『ガラスの家』(Pramoedya Ananta Toer, *Rumah Kaca*, Hasta Mitra, Jakarta, 1988)の翻訳である。『人間の大地』(*Bumi Manusia*, 1980)『すべての民族の子』(*Anak Semua Bangsa*, 1980)『足跡』(*Jejak Langkah*, 1985)とつづいた長編小説(原文で一八四一ページ)、いわゆる「ブル島四部作」はこれをもって完結する。

この第4部のもとになる原稿が執筆されたのは前三作と同様、一九七五年、ブル島の政治犯収容所においてである。四部作の成立の経緯については『人間の大地』の「あとがき」で触れたが、その後刊行されたプラムディヤ自身のメモワールやインタビュー記録、関係者の証言などをもとに、明らかになったことを補足しておきたい。

*

一九六五年十月十三日夜十時過ぎ、ジャカルタの自宅で仕事をしていたプラムディヤは、ナイフなどで武装した覆面姿の集団の襲撃を受けた。妻と生後まもない息子を含む子どもたちは別の場所にいて難を逃れた。彼はひとりで暴徒に立ち向かおうとしたが、投石がはじまり、ドアと窓ガラスを破られた。そこに兵士と警官を乗せたトラックが到着し、「保護する」という名目で同行を求められた。彼は書きかけの原稿とポータブルタイプライター、それに洗面用具など必要最小限のものをバッグに詰めてトラックに乗った。自宅に残してきた蔵書と原稿、資料等の保全を求めたところ、兵士に軽機関銃の台尻でこめかみを殴打され、このとき受けた傷がもとで左耳の聴力をうしなうことになった。彼は後ろ手に縛られ、縛った縄は首にかけられた。こうして縛られることは死を意味した。トラックが去ったあと、暴徒たちは書斎に押し入り、出版を待っていた原稿八本と、約五千冊の蔵書、歴史小説執筆のために蒐集していた資料、ファイルなどを自宅裏の空き地に積み上げ、火を放った。

このとき焼失した原稿は、以下のようなものである。『わたしをカルティニとだけ呼びなさい』(*Panggil Aku Kartini Saja*)。インドネシアの女性運動の先駆者で、この小説中の「ジェパラの娘」のモデルであるラデン・アジェン・カルティニ(一八七九〜一九〇四年)の評伝。全四部からなるこの作品は、最初の二部が六二年に出版され、残りの二部がうしなわれた。『浜の娘』(*Gadis Pantai*)。母方の祖母をモデルにした小説で、ブル島四部作の前奏曲にあたる。すでに完成していた第一部は、八七年に出版されたが、未完の部分を含む残りの二部、三部の原稿が灰になった。研究書『インドネシア語の歴史——ひとつの試論』(*Sejarah Bahasa Indonesia, Satu Percobaan*)、その他。

暴徒から「保護する」ために連行されたプラムディヤは、書きかけの原稿を含むすべての持ち物を没収され、陸軍戦略予備軍やジャカルタ軍管区など軍の施設を転々としたのち、ジャカルタのサレンバ特別拘置所に勾留された。いかなる理由で逮捕されたのか告げられることも、法廷に引き出されることもなかった。

こうして、すでにインドネシアの内外で名声を確立していた四十歳の作家は、もっとも創造的で生産的な人生の実りのときを前にして、自宅などすべての財産を奪われ、以後、十余年にわたって身柄を拘束されることになった。独立革命の時代、非合法文書所持のかどで、一九四七年から四九年にかけてオランダ軍に捕らえられた二年半、評論『インドネシアの華僑』によってスカルノ政権の華人政策を批判し、六〇年から六一年にかけて国軍に投獄されたおよそ一年につづく三度目の、しかしもっとも長期におよぶ苛酷な体験のはじまりであった。

プラムディヤが暴徒に襲われ軍に拘束されたのは、その二週間前、六五年十月一日未明に起きたクーデター未遂事件、いわゆる「九月三十日事件」の影響によるものである。国軍の内部抗争説も根強いこの出来事は、インドネシア共産党による政府転覆の陰謀と断じられ、軍を中心とする右派、イスラム勢力による徹底した共産党弾圧が行なわれた。六五年から六六年にかけて連日つづけられた共産党の物理的解体の過程では、党員、同調者、華人などが数十万人規模で虐殺された。もっとも大規模かつ残虐な殺戮が行なわれたのはジャワ島とバリ島で、いまや世界的な観光地としてその血の痕跡などすっかり漂白されたバリ島だけでも、十万人が殺害されたといわれる。虐殺をまぬかれた者たちは逮捕され（あるいは、逮捕されたがゆえに虐殺をまぬかれた）、一時的にせよ身柄を拘束された者を含めればその数は百五十万人にのぼった。これにより二百五十万の党員を誇った共産党は完全に壊滅した。プラムディヤ自身は党員ではなかったが、五〇年代後半から、共産党系の文化団体「レクラ」（人民文化協会）の論客として活動したことが逮捕の原因であった。

逮捕者たちは「政治的勾留者」（Tahanan Politik，通称 Tapol）と呼ばれ、事件へのかかわりの度合いに応じてＡＢＣに分類された。軍当局の基準によれば、Ａは中央と地方とを問わず事件に直接関与した者、Ｂは共産党員もしくは党の下部組織の幹部、あるいは事件の鎮圧を妨害した者、Ｃは下部組織のメンバーもしくは共産党のシンパ、とされた。このうち、Ａは裁判にかけられ、多くが死刑や終身刑を受けた。最多数を占めるＣのグループは、善良なる市民生活に戻ることを条件に釈放された。Ｂは社会から隔離され、長期にわたって苛酷な生活を強いられることになった。この分類は恣意的なもので、プラムディヤは高名な作家で影響力があったため、Ｂに分類された。

＊

一九六六年五月から三年二か月、サレンバ特別拘置所に勾留されたあと、プラムディヤは、ジャワ島インド洋岸の港町チラチャップの対岸にある監獄島ヌサカンバンガンを経て、六九年八月、Ｂ級政治犯の第一陣として、およそ五百人の仲間とともにブル島に送られた。バンダ海に浮かぶマルク諸島のひとつブル島は、オランダ植民地時代からエッセンシャルオイルの原料を産出する以外に産業のない、山岳と森林が面積の大半を占める未開の地であったが、この六九年にB級政治犯を収容するコロニーが開かれ、七九年に閉鎖されるまで、一万四千人の政治犯がここで暮らした。

彼らが到着したとき、ほとんど施設らしいものはなく、収容者たちは徒手空拳で森林を拓いて、道をつけ、切り出した木材でバラックを建てた。食事も十分には与えられず、やがて田畑を耕してキャッサバ、とうもろこし、砂糖きび、米などを栽培し、家畜の飼育（プラムディヤも鶏を飼っていた）や魚の養殖によって自給自足の生活をはじめるまで、ヘビやネズミ、カエル、昆虫などを口にして飢えをしのいだ。

かつて植民地時代、オランダは政治犯を隔離するために収容所をつくり、のちの大統領スカルノや副大統領ハッタ、首相シャフリルらを流刑に処した。そのひとつ、ニューギニアの密林の奥地にあったボーフェン・ディグルでは、一九三〇年のピーク時に約千三百名の政治犯が暮らしたが、劣悪な環境下で命を落とす者も少なくなかった。たとえば、この『ガラスの家』にも登場するマス・マルコは、二七年にここに送られ、マラリアにかかって三五年に没している。そうした生きて還ることが保証されない遠い瘴癘《しょうれい》の地というボーフェン・ディグルのイメージは、恐怖をかきたてる記号として、植民地の安寧と秩序を維持するうえで効果があった（むろん、急進的なナショナリストからすれば、ボーフェン・ディグルは「聖地」でもあったのだが）。ブル島もまたオランダ領東インドからインドネシア共和国へと至る、隔離と監視と矯正のためのコロニーの系譜に連なるもので、スハルト政権下における秩序維持のための記号の役割をはたした。

収容者たちをとらえたのは、生きてふたたび島を出ることはできないのではないかという絶望と死への恐怖であった。プラムディヤのメモワール『ある啞者の孤独のうた』(*Nyanyi Sunyi Seorang Bisu*, Lentera, Jakarta, 1995, pp.291-303)には、彼が把握した六九年から七八年までの死者と行方不明者三百十六人の氏名、生年、没年月日(または行方不明になった年月日)、信仰、旧住所、死因などがリストアップされている。それによれば、死因では、土地の住民とのトラブルによる死、川や海での溺死、落雷による感電死といった事故死、睡眠中の突然死などのほかに、縊死《いし》や服毒による自殺が十五件、軍による殺害が四十六件にのぼっている。死因の大半を占める病気は、結核、癌、肝炎、腸チフス、マラリア、破傷風などであるが、なかには通常の健康な生活であれば死に至るはずのない病気もあり、このことがかえってブル島での生活の厳しさを物語っている。いずれにせよ、死はつねに彼らの身近にあった。

このような収容者たちを慰め、励ましたのは、たまに届く家族からの手紙であり、彼らがみずから演じた音楽や芝居、スポーツなどの娯楽だったが、プラムディヤが語り聞かせる物語もまた彼らを勇気づけるものであった。

もともとブル島四部作は、逮捕される以前から、執筆のために資料を集め、構想が練られていた。たとえば、主人公ミンケのモデルとなったティルトアディスルヨは、それほど名を知られていない地味な人物で、彼を主人公に歴史小説を書くことを思いついたのは、プラムディヤ自身の回想によれば、六〇年代のはじめ、レスプブリカ大学（ジャカルタの名門私立トリサクティ大学の前身）文学部に招かれて講義を行ない、学生にレポートを課したときのことであった。二十世紀初頭からの新聞を調べ、植民地社会の動きをレポートにまとめて提出する課題を出したところ、ティルトアディスルヨに関するものがあり、そこから小説の着想を得たというのである。彼は中部ジャワの小さな町ブロラの出身で、プラムディヤと同郷でもあった。

資料そのものは六五年十月十三日に焼失したが、彼はブル島でその構想をふくらませ、肉づけして仲間たちに語り聞かせながら、大きな物語に仕上げていった。『人間の大地』の末尾に、「口述、一九七三年」「筆記、一九七五年」とあるのは、まず語りとして紡ぎだされ、そのあとにそれが記述されたことを示している。収容者たちはあらゆる職業を網羅していたから、宿舎内にプラムディヤのための小さな仕事部屋をつくり、タイプライターの修理や紙、リボンの調達、また日々の労働の肩代わりなど、さまざまなかたちで創作活動を支援した。それと同時に、語り聞かせることは、彼と仲間たちがこの物語を記憶として共有するための作業でもあった。七三年十月には、当時の治安責任者であったスミトロ治安秩序回復作戦司令部司令官が来島し、タイプライターの使用が正式に認められたことも執筆活動に拍車をかけた。

それにしても驚くべきは、四部作や『逆流』（九五年）、『アロク・デデス』（九九年）などブル島で生まれた長編歴史小説が、いかなる文献も参照せずに、彼の記憶力と想像力のみで書き上げられたことである。実際、七七年十二月に撮影した写真があるが、二・五×二・七五メートルの小さな部屋で、白い丸首シャツ姿でタイプライターにむかう彼のまわりには、天井から裸電球が吊られ、背後にメモ用紙を留める布か紙の幕が張られ、手もとにノートらしきものが置かれているだけで、書籍類は見あたらない。

こうして書き上げていった原稿は、没収される可能性にそなえて、カーボンコピーが数部つくられた。それは独立革命の時代、スカルノ時代、そして六五年十月十三日の経験から学んだものであった。その写しは、ブル島のカトリック教会や、ひそかに共鳴する海軍関係者、また政治犯仲間たちに託された。このうちカトリック教会を経由したものは国外に持ち出された。私の手もとにもそのコピーがあるが、文字が薄れ、多くの手を経てきたことを物語っている。結果的に彼の不安は的中し、釈放時に原稿のたぐいは私信を含め、すべて没収された。初期の小説『ゲリラの家族』(一九五〇年)がジャカルタのブキドゥリ刑務所からひそかに持ち出されて出版されたように、ブル島四部作もまた同じような運命をたどって私たちの手に届けられたものである。

収容者たちとの共同作業が生んだ作品として逸することができないのは、いわゆる「従軍慰安婦」の調査報告書である。太平洋戦争中、日本やシンガポールへの留学という甘いことばで故郷のジャワから誘い出され、日本軍の性的奴隷にされた末に、ブル島に流れ着いた女性たちの消息を仲間たちと追跡調査し、丹念に掘り起こしたこの記録は、「従軍慰安婦」の存在が国際社会に知られるはるか以前にまとめられたものである(邦訳『日本軍に棄てられた少女たち』山田道隆訳、コモンズ、二〇〇四年)。ここにも埋もれた歴史を明るみにだそうとするプラムディヤの強い意志をみることができるだろう。

ブル島での生活は苛酷なものであったが、彼は灌漑施設や道路の建設など強制労働に従事しながら、それを一種の「スポーツ」(olahraga)と前向きにとらえ、身体を鍛えることにしたと述べている。ブル島に送られなければ、もっと早く死んでいただろう。本を読み、タイプライターをたたき、煙草をすう不健康な生活にくらべて、ブル島で私の身体は強く、大きくなった、と(『私はひとり怒りに身を焼かれる』、*Saya Terbakar Amarah Sendirian!*, KPG, Jakarta, 2006, p.36)。

幾度か生命の危機におびやかされながら、アムネスティ・インターナショナルや国際ペンクラブの支援、また、米国カーター政権からインドネシア政府に加えられた圧力もあって、ブル島を生き抜いた勾留番号641の作家は、B級政治犯の釈放がはじまっておよそ二年後、一九七九年十一月十二日に流刑を解かれ、船で島を離れた。最初のグループで島に送られ、最後の一員として島をあとにしたことになる。それから、ジャワ島東部のスラバヤに上陸し、マグラン、スマランなどを経て、十二月二十一日にジャカルタで釈放され、サレンバ拘置所の前で家族との再会をはたした。あの夜に身柄を拘束されたときから十四年と七十日が過ぎていた。その間ついに具体的な罪名をもって起訴されることも、裁判が開かれることもなかった。

*

釈放後もプラムディヤは監視下に置かれ、週に一度、東ジャカルタの軍司令部に出頭して近況報告することを義務づけられ、許可なくジャカルタを離れることを禁じられた。これは彼だけでなく、六五年の事件で逮捕され、「ET」(Ex-Tapol, 元政治的勾留者)というコード名を付された者たち全員に適用された。彼らは職業選択の自由、転居など移動の自由、表現の自由、投票権を制限され、さまざまな社会的不利益をこうむった。そしてその累は家族にまでおよんだ。

それにしても「ET」というコード名は絶妙である。それはスハルト独裁政権下のインドネシア社会にまぎれ込んだ「異星人」「異物」であり、国民が携帯を義務づけられた身分証明書に記載されていたから、彼らはそれを提示するたびに社会から容易に排除される仕組みになっていた。その後、司令部に報告する義務は、ひと月に一回に軽減されたが、九二年をもってプラムディヤは公然とその義務を拒否した。「ET」という烙印は、九五年の独立五十周年の恩赦によって、ようやく身分証明書から削除された。

拘束されていた十四年間に、彼の全作品が出版と販売を禁じられ、全国の図書館から姿を消した。それのみならず、この時代に書かれたインドネシア文学のテキストに彼の名が載ることもなかった。プラムディヤという作家の存在そのものが消し去られたのである。

そうしたなか、プラムディヤは釈放後まもない八〇年四月、流刑時代の仲間ハシム・ラフマン(Hasjim Rachman)、ユスフ・イサク(Joesoef Isak)と共同で出版社「ハスタ・ミトラ」(Hasta Mitra,「支えあう手」の意味)を立ち上げ、ブル島で書いた一連の作品の出版を開始した。治安当局の妨害を受けながら、彼らが記念すべき最初の刊行物に選んだのは『人間の大地』であった。これは大きな反響を呼び、二週間たらずで初版一万部が売り切れるベストセラーとなった。

この背景には、国際的に知られた高名な作家が流刑地から帰還後に発表した、ほぼ二十年ぶりの作品であるという話題性と同時に、スハルト独裁体制下で国民の非政治化が、逆にいえば、大政翼賛化が進められ、それに相応するように作家たちが批判力をもった、社会性の強い作品を避けてきた閉塞的な文学・言語空間をつき破るものとして、この小説が歓迎されたということがあるだろう。そして実際、読者は、たとえば、オランダ植民地権力に単独でたたかいを挑み、主人公のミンケに大きな影響を与える現地妻ニャイ・オントロソの姿に、スハルト体制への批判を二重写しにしたのである。しかし『人間の大地』は、発売から十か月後の八一年五月末、検事総長の命令により、続刊の『すべての民族の子』とともに発禁処分を受けた。『足跡』『ガラスの家』もゲリラ的に出版されたが、いずれも発禁になった。

四部作の発禁に至るまでの版数と部数はそれぞれ、五版五万部、三版一万五千部、二版六千部、初版三千部である。小説を所持することじたい違法とされ、八九年にはこれを仲間に回覧したジョクジャカルタの三人の大学生が逮捕され、最長で八年半の刑を受けている。プラムディヤの小説を読むことが、政府に対する破壊活動を企んでいるようにみなされたわけだが、コピーで出まわったもの、また、ひそかにまわし読みされた回数を含めれば、おそらくこの小説の読者は数十万に達するだろう。

検事総長の声明によれば、発禁の理由は、「マルクス・レーニン主義の教義を浸透させ、もって社会秩序を乱そうとする」というものであった。そうした表向きの理由の裏にあるのは、プラムディヤとその小説がスハルト独裁体制の正当性を揺るがしかねない、という危機感である。その体制が崩壊して十年を経た現在、発禁処分はなお公式には解除されていないが、おもだった書店では彼の作品が並べられ、事実上その効力をうしなっている。

『ゲリラの家族』『夜市のようにではなく』『ブロラ物語』『汚職』といった一九五〇年代の小説の再版を含め、出版と発禁をくり返しながら、プラムディヤが畢生《ひっせい》の事業として執念を燃やしたのは、『インドネシア地理事典』(*Ensiklopedi Kawasan Indonesia*)の編纂である。八二年からはじめられたこの仕事は、村落や都市から海、山、川に至る、インドネシアの現代史に登場するあらゆる土地の記録をまとめたもので、『コンパス』『メディア・インドネシア』など新聞数紙とハサミ、糊、紙を手に、「クリッピング」と彼が呼ぶその基礎資料の蒐集は、食事や睡眠と同じような毎日の営みとして、ほぼ四半世紀にわたって、朝八時から欠かさずつづけられた。

気の遠くなるような膨大な労力を費やしながら、しかしほとんど出版の見込みのないこの編纂作業から生まれた資料は、台紙に貼りつけてAからZまで項目群ごとに分類され、書斎の棚に並ぶその長さは八メートルにも達した。見出しのうち最多の項目は、東ティモールとアチェに関する情報である。とりわけスマトラ島北西端のアチェが多くなった理由は、オランダ東インド会社の時代から、ジャワがくり返しアチェに侵攻したことに、ジャワ人として責任を感じてきたからだという。このクリッピングの作業は死の直前までつづけられ、最後の切り抜きは、二〇〇六年三月にインドネシア東部のパプア州アベプラで起きた、米国系の独占的鉱山開発会社フリーポート社への地元民の抗議行動と流血に関するものであった。

プラムディヤは、亡くなる直前のインドネシア語版『プレイボーイ』誌（二〇〇六年四月号）のインタビューで、なぜそのようなことにそれほどまでに情熱を傾けるのかと問われて、記録に残すこと（mendokumentasikan）の重要性を語り、インドネシアにはそのような伝統がなく、植民地時代からこれまでインドネシアの歴史を記述してきたのはもっぱら西洋人であった、記録することなしにいかにして歴史を知りえようか、と答えている。

スハルト独裁体制の崩壊後、プラムディヤは国外旅行を認められ、一九九九年に米国とヨーロッパで講演を行ない、二〇〇〇年九月には福岡アジア文化賞の大賞を受けるために来日した。福岡、京都につづいて行なわれた東京での講演「プラムディヤ・アナンタ・トゥールとの対話――歴史・民族そして文学」では、自身の文学世界について、長期におよぶ勾留生活を支えた信念について、歴史を学ぶ意味について、抑圧や不正とたたかう勇気について率直に語り、多くの聴衆に深い感銘を与えた。

ブル島から帰還後、彼は事実上、新しい小説を書いていない。十九世紀末から二十世紀初頭にかけて書かれた「ニャイ物語」などの文学作品の発掘と編集、ミンケのモデルであるティルトアディスルヨの評伝（発禁）、植民地時代の作家ハジ・ムクティの小説『シティ・マリア物語』の編集（発禁）、スカルノ大統領時代の閣僚である華人ウィ・チュタットの回想録の編集（発禁）、『ある唖者の孤独のうた』(発禁)、実弟クサラ・スバグヨ・トゥール(Koesalah Soebagyo Toer, 1935–)らとの共同による独立革命の記録の編集(全五巻)、流刑地ボーフェン・ディグルに関する植民地時代の短編小説の編集。それらが主たる仕事である。

『人間の大地』を発表した八〇年代以降、プラムディヤは毎年のようにノーベル文学賞の有力候補となり、主要作品は世界の四十以上の言語に翻訳された。しかしそうした海外での名声にもかかわらず、インドネシア国内で作品が読者から遠ざけられてきたことが、彼には耐えがたい苦痛であった。そのためにこそたたかい、発言し、書いてきた愛するインドネシア。最晩年に行なわれたインタビューの記録『私はひとり怒りに身を焼かれる』で、その孤独感と疎外感を"terisolasi/terasing"(「孤立している」「のけ者にされる」「追放される」)と表現しながら、彼はこう語っている。

……まさにこれが私に対するインドネシアの返答なのだ。かつて私がそのためにたたかった国はいまや腐敗しつつある。これがどうして怒らずにいられようか。かつてわれわれが理想に描いた国と正反対だ。最近、ますます多くの記憶がよみがえってくる。友人たちの大半はもうこの世にいない。私は殺された二百万人の人間のことや、血で水が赤く染まった、死体でいっぱいの河のことを思いだす。どうすれば人間はあのように同胞を殺すことができるのか。この問題についてこれ以上のことは話せない。私にはなまなましすぎる。(一二四ページ)

晩年、病を得たプラムディヤは、ボゴール郊外におもな生活の場を移し、ささやかな野良仕事をしながら、『インドネシア地理事典』の編纂をつづけた。毎日、ひとり静かに庭でゴミを焼くのが習慣になっていた。しかしそんな穏やかな日々を送りつつも、ブル島の悪夢から解放されることはなかった。あるときは軍に追われ、あるときは拷問を受け、またあるときは強制労働に従事している夢であったが、ひと晩たりとも悪夢が去ることはなかったという。

二〇〇六年四月三十日朝、プラムディヤは、多臓器不全による合併症で、家族と友人たちに見守られながら東ジャカルタの自宅で死去した。享年八十一歳。遺体はその日のうちにジャカルタ市内の共同墓地に埋葬された。

*

プラムディヤが生きた八十年余は、インドネシアの現在をかたちづくった歴史的な出来事が生起した時間である。オランダの植民地支配とその終焉、太平洋戦争中の日本軍による占領統治、オランダとイギリスを相手にたたかった熾烈な独立戦争、初代大統領スカルノによる新国家建設とその破綻、三十年余にわたる第二代大統領スハルトの独裁的支配、その後の「改革」の時代。彼はこれらの出来事のすべてを目撃し、またみずから体験してきた。そしてそれぞれの時代の不条理への怒りや絶望、再生への希望や祈りに寄り添いながら、文学がひとびとを励まし、現状を変革する力になりうることを信じて書いてきた。その意味でプラムディヤは、ホセ・リサールや魯迅など、鋭い社会批判と歴史への透徹した洞察力をそなえ、つねに現実社会と離れることのなかった、アジアのもっとも硬質な文学者の系譜につながる作家である。

　プラムディヤが生まれた一九二五年は、オランダの植民地支配下、独立をめざすインドネシアのナショナリズム運動が高揚した時代であった。二六年には共産党がオランダ植民地権力に対する武装蜂起を行ない、その翌年には、彼が敬愛してやまなかったインドネシア共和国の初代大統領となるスカルノが、インドネシア国民党を創設し、独立運動の舞台に華々しく登場する。《プラムディヤ》という稀有な名前は、ナショナリストであった父親が、そんな運動の熱気のなかで、「最初《ヤン・プルタマ》に戦場《ディ・メダン》に立つ者」という意味をこめてつけたものである。その意味にこだわるなら、彼の名はプラムディアではなく、やはりプラムディヤと読むべきであろう。

　プラムディヤは、インドネシアの現代史の最先端で、政治権力と文学との危うい緊張関係に身をさらしながら、戦いの場から一度も降りることはなかった。八十一年の生涯はまことにその名にふさわしいものであった。

＊

　この第四部は、前三作と構成がちがっている。第一部から第三部までは、主人公のミンケが、多彩な周辺人物の影響を受けながら、ナショナリストへ成長し運動を率いていく過程を、みずからの体験を通して語る構造になっている。これはナショナリズム運動を、当事者の視点で、内側から描いたものである。それに対して、『ガラスの家』では、バタヴィア警察の元治安担当官で、総督官房府でナショナリズム運動の分析と対策を担当する原住民官僚パンゲマナンが、どのようにして同胞の運動をコントロールし、抑圧しようとしたかが、彼自身の日記を通して語られる。ミンケの視点だけでは教養小説の色合いが濃くなったであろう四部作に、構造的な厚みをもたらしているのは、この語りの変更である。

パンゲマナン、そしてニャイ・オントソロ（とくに『人間の大地』と『すべての民族の子』のニャイ）は、この長編小説において特別な位置を占めている。しかし両者の語り口は対照的である。オランダ人の「現地妻」であるニャイ・オントソロが、ヨーロッパ人社会からも原住民社会からも疎外された、それゆえ植民地支配の不条理をもっともよく肌で受け止め、圧倒的な存在感でミンケに影響を与え、最後まで凛とした輝きをうしなわないのと対照的に、植民地権力の意を受けて同胞を抑圧するパンゲマナンの語りは、揺蕩い、悔悟にみちている。

題名の『ガラスの家』は、オランダ領東インドという植民地国家において、ナショナリズム運動にかかわる者たちを監視する体制の隠喩である。彼らが、いつ、どこで、だれと会い、どんなことをしゃべり、どんなことを書き、さらにはどんなことを考え、企図しているかが、ガラスの家を透視するように、なかの住人（ナショナリスト）たちの気づかぬうちに把握される、それが「ガラスの家」の意味である。そして、総督官房府のパンゲマナンの執務室からスパイ網を使って遠隔操作される監視装置は、警察国家ともいうべきスハルト体制下での住民監視システムを彷彿とさせるものでもある。

「ガラスの家」(Rumah Kaca)とは、「温室」を意味するから、あたかも観葉植物を育てるように、運動が過激に走らぬようにパンゲマナンの手で馴致していく、ということでもある。穏健なジャワ人の団体ブディ・ムルヨや、ミンケなきあとのイスラム同盟を、余計な枝葉を切り整えるような手つきで飼いならしていくパンゲマナンのやり方は、盆栽をあつかう庭師のそれにも似ていよう。

それだけではない。そもそもこの小説を成立させるミンケの草稿《人間の大地》《すべての民族の子》《足跡》じたいが、パンゲマナンによって保管され、彼の発意なしには陽の目を見なかったはずのものである。その意味では、オランダ領東インドのナショナリズムをめぐる物語の最終の審判者は、パンゲマナンということもできるだろう。

ブル島四部作が、十九世紀末から二十世紀初頭にかけて、オランダ領東インドで芽ばえたナショナリズムの運動を描いているのはもちろんだが、それに劣らぬ重要なテーマは、「ジャワ主義」(Jawanisme)に対する批判である。それは『ガラスの家』において、国立公文書館のアーキビストL氏を登場させたことで、より鮮明になる。L氏の口を通して語られるジャワ主義、ジャワ的なるものへの批判は、ジャワ的なメンタリティーに対するプラムディィヤの批判と重なり合う。プラムディィヤにとって、ジャワ主義の本質は、上位のものへの盲目的な服従であり、それこそがスハルトの権威主義的な支配を支えてきたものである。ジャワ語を母語としながら、複雑な敬語体系とそれに伴う所作を精緻化させてきた言語の「階層性」「権威主義」「封建的性格」を批判し、家庭内でさえジャワ語の使用を忌避してきたプラムディヤにとって、ジャワ主義の克服は、たんにミンケが《ジャワ人》から《インドネシア人》へ成長するというような問題ではなく、それなしではあらゆる変革が無効になる文化革命のようなものであったのだ。

しばしば指摘されるように、この四部作の登場人物の多くには、それぞれ歴史上のモデルがいる。『ガラスの家』でいえば、ピトゥンであり、マス・マルコであり、シティ・スンダリであり、また、スマウン、スネーフリートらである。しかしこの物語のおもしろさは、作家の想像力で肉づけされた実在の人物と架空の人物が渾然一体となって登場するだけでなく、物語の細部に、思わぬかたちで先行するテクストがはめ込まれていることである。そのテクストの多くは、一九六五年以前にプラムディヤが発掘した、十九世紀末から二十世紀初めにかけて書かれた大衆文芸の作品である。たとえば、ニャイ・オントソロの姪である、あばたの娘スラティをめぐる物語は、これもミンケに大きな影響を与えるジャーナリスト・作家コンメルの『ニ・パイナ物語』(一九〇〇年)からとられているし、ニャイ・オントソロ自身が同じ作者の『ニョニャ・コンホンニオ物語』(一九〇〇年)のヒロインから造形されていることは疑いない。娼婦リエンチェ・ド・ロオの物語も同様である。こうした大衆文芸のエピソードを縦横に織り込み、小さな物語を紡ぎ、いきいきとしたディテールを重ねながら歴史を人びとの物語として再生することにおいて、プラムディヤは稀代の小説家であった。

＊

翻訳にあたっては一九八八年の初版のテクストを底本に用いた。これまで多くの版を重ねているこの小説の原本には、残念なことに、おびただしい数の誤りがあり、最新版でもほとんど訂正されていない。それには句読点の打ちまちがいから、誤字、脱字、脱文、引用符のずれによる会話文の混乱、登場人物の入れ替わりによる文脈の不整合、固有名詞の誤記、歴史的事実（たとえば年号）の誤認など、およそ考えられるかぎりの誤りが含まれる。しかもやっかいなことに、こだわりなく読めば、そうした誤りに気づかずにそれなりに読み通すことができる。

プラムディヤ自身は原稿の見直し、校正はしないことを信条とし、そう宣言もしていたから、原稿を校閲しテクストを確定させる作業は編集者が責任を負うべきものであろうが、遺憾ながら、それがまったくといってよいほどなされていないのである。そのため翻訳に際しては、初版のテクストを、ブル島で書かれた一九七五年十二月二十七日の日付がある元原稿と全文対照させ、また、プラムディヤ独特の用語法、文体を勘案しながら、可能なかぎりの校定を行なった。むろんインドネシア語版では、出版にあたって、元原稿からの修正も一部なされてはいるが、両者を対照させることで、現在流布しているインドネシア語版の誤りはおおむね補正できたと思う。

＊

第一部『人間の大地』を出してから二十年あまりが過ぎた。ずいぶん長い時間がかかり、読者のみなさまをお待たせしたことをたいへん申し訳なく思う。ご寛恕いただきたい。いまは、多くの読者を得た前三作と同様、本書が多くの人たちに読まれることを願うのみである。

お名前は記さないが、翻訳にあたってご教示をいただいた方々に、あつくお礼を申し上げる。めこんの桑原さんには、例によって硬軟とりまぜた励ましをいただいた。この四部作の日本語版を発行することは、私にとってはもちろんだが、桑原さんにとっても、多くの時間と労力を費やし、いささかの感慨にとらわれることだったようである。心からお礼を申し上げたい。

なお、本書はトヨタ財団「隣人をよく知ろう」プログラムの助成を得て出版されるものである。ご支援をいただいたトヨタ財団の関係者のみなさまに感謝を申し上げます。

二〇〇七年五月　訳者

押川典昭（おしかわ　のりあき）
一九四八年宮崎県生まれ。
訳書『牢獄から牢獄へ』（Ⅰ・Ⅱ）（タン・マラカ　鹿砦社）
『果てしなき道』（モフタル・ルビス　めこん）
『ゲリラの家族』（プラムディヤ・アナンタ・トゥール　めこん）
『人間の大地』（プラムディヤ・アナンタ・トゥール　めこん）
『すべての民族の子』（プラムディヤ・アナンタ・トゥール　めこん）
『足跡』（プラムディヤ・アナンタ・トゥール　めこん）
『アルジュナは愛をもとめる』（ユディスティラ・ANM・マサルディ　めこん）
『アルジュナ、ドロップアウト』（ユディスティラ・ANM・マサルディ　めこん）
共著『東南アジアの思想』（弘文堂）
『東南アジア文学への招待』（段々社）
Reading Southeast Asia（Cornell University Southeast Asia Program）
Seribu Tahun Nusantara（Kompas）

プラムディヤ選集7
ガラスの家

定価　三五〇〇円+税
初版印刷　二〇〇七年八月六日
第一刷発行　二〇〇七年八月一五日
著者　プラムディヤ・アナンタ・トゥール
訳者　押川典昭
造本装幀　戸田ツトム
発行者　桑原晨
発行　株式会社めこん
東京都文京区本郷三-七-一
電話〇三-三八一五-一六八八
http://www.mekong-publishing.com
組版　字打屋
印刷　モリモト印刷株式会社
製本　三水舎
ISBN978-4-8396-0208-6 C0397 ¥3500E
0397-0706208-8347

アジアの現代文学

1さよなら・再見《ツァイチェン》［台湾］黄春明　田中宏・福田桂二訳（品切）

2わたしの戦線［インド］カーシナート・シン　荒木重雄訳（品切）

3果てしなき道［インドネシア］モフタル・ルビス　押川典昭訳　一五〇〇円＋税

4マニラ―光る爪［フィリピン］エドガルド・M・レイエス　寺見元恵訳　一二〇〇円＋税

5地下の大佐［タイ］ローイ・リッティロン　星野龍夫訳（品切）

6残夜行［シンガポール］苗秀　福永平和・陳俊勳訳（品切）

7メコンに死す［タイ］ピリヤ・パナースワン　桜田育夫訳　二〇〇〇円＋税

8スンダ・過ぎし日の夢［インドネシア］アイプ・ロシディ訳　一五〇〇円＋税

9二つのヘソを持った女［フィリピン］ニック・ホワキン　山本まつよ訳（品切）

10タイ人たち［タイ］ラーオ・カムホーム　星野龍夫訳　一八〇〇円＋税

11蛇［タイ］ウィモン・サイニムヌアン　桜田育夫訳　二〇〇〇円＋税

12七〇年代［フィリピン］ルアールハティ・バウティスタ　桝谷哲訳　一九〇〇円＋税

13香料諸島綺談［インドネシア］Y・B・マングンウィジャヤ　舟知恵訳　二〇〇〇円＋税

14ナガ族の闘いの物語［インドネシア］レンドラ　村井吉敬・三宅良実訳　一九〇〇円＋税

15電報［インドネシア］プトゥ・ウィジャヤ　森山幹弘訳　一八〇〇円＋税

16はるか遠い日―あるベトナム兵士の回想［ベトナム］レ・リュー　加藤則夫訳　二八〇〇円＋税

17渇き［インドネシア］イワン・シマトゥパン　柏村彰夫訳　二〇〇〇円＋税

プラムディヤ選集

1ゲリラの家族　二五〇〇円+税
2人間の大地（上）　一八〇〇円+税
3人間の大地（下）　一八〇〇円+税
4すべての民族の子（上）　一九〇〇円+税
5すべての民族の子（下）　一九〇〇円+税
6足跡　四二〇〇円+税
7ガラスの家　三五〇〇円+税

訳　押川典昭